我鄙惡行影　明見於法鏡
意極起痛惱　我當趣正法

心一堂彭措佛緣叢書・法鏡藏漢經典系列

入中論善顯密意疏

༄༅། །བསྟན་བཅོས་ཆེན་པོ་དབུ་མ་ལ་འཇུག་པའི་རྣམ་བཤད་དགོངས་པ་རབ་གསལ་བཞུགས་སོ།།

藏漢對照

印度月稱論師　造論
宗喀巴大師　疏
法尊法師　譯
法鏡編譯組　編輯

書名：入中論善顯密意疏（藏漢對照）
系列：心一堂彭措佛緣叢書 ・法鏡漢藏經典系列
月稱論師造論　宗喀巴大師疏　法尊法師譯
責任編輯：法鏡編繹組

出版：心一堂有限公司
地址/門市：香港九龍旺角西洋菜南街 5 號好望角大廈10樓1003室
電話號碼：(852) 6715-0840　(852)3466-1112
網址：www.sunyata.cc publish.sunyata.cc
電郵：sunyatabook@gmail.com
心一堂 彭措佛緣叢書論壇：http://bbs.sunyata.cc
心一堂 彭措佛緣閣：http://buddhism.sunyata.cc
網上書店：http://book.sunyata.cc

香港及海外發行：香港聯合書刊物流有限公司
香港新界大埔汀麗路36號中華商務印刷大廈3樓
電話號碼：(852)2150-2100
傳真號碼：(852)2407-3062
電郵：info@suplogistics.com.hk

台灣發行：秀威資訊科技股份有限公司
地址：台灣台北市內湖區瑞光路七十六巷六十五號一樓
電話號碼：+886-2-2796-3638
傳真號碼：+886-2-2796-1377
網絡書店：www.bodbooks.com.tw
心一堂台灣國家書店讀者服務中心：
地址：台灣台北市中山區二0九號1樓
電話號碼：+886-2-2518-0207
傳真號碼：+886-2-2518-0778
網址：www.govbooks.com.tw

中國大陸發行 零售：心一堂 彭措佛緣閣
深圳流通處：中國深圳羅湖立新路六號東門博雅負一層零零八號
電話號碼：(86)0755-82224934
北京流通處：中國北京東城區雍和宮大街四十號
心一堂官方淘寶流通處：http://sunyatacc.taobao.com/

版次：二零一六年五月初版

平裝

定價（上下兩冊）：
港幣　三佰九十八元正
人民幣　三佰九十八元正
新台幣　一仟七佰九十八元正

國際書號　978-988-8316-85-4

༄༅། །བསྟན་བཅོས་ཆེན་པོ་དབུ་མ་ལ་འཇུག་
པའི་རྣམ་བཤད་དགོངས་པ་རབ་
གསལ་བཞུགས་སོ། །

入中論善顯密意疏

印度月稱論師　造論

宗喀巴大師　疏

法尊法師　譯

法鏡編譯組　編輯

入中論善顯密意疏

目　　錄

入中論善顯密意疏簡介 xix

卷一

釋第一勝義菩提心之一 1

甲一、釋題義 2

甲二、釋禮敬 6

甲三、釋論義〔四〕 6

乙一、造論方便先伸禮供〔二〕 6

丙一、總讚大悲〔二〕 6

丁一、明大悲心是菩薩之正因〔三〕 7

戊一、明二乘從佛生 7

戊二、明諸佛從菩薩生 13

戊三、明菩薩之三種正因 16

丁二、明彼亦是菩薩餘二因之根本 20

丙二、別禮大悲〔二〕 22

丁一、敬禮緣有情之大悲 22

丁二、敬禮緣法與無緣之大悲 26

乙二、正出所造論體〔二〕 33

丙一、因地〔三〕 33

丁一、總說此宗修道之理 33

丁二、別釋異生地 36

丁三、廣明菩薩聖地〔三〕 38

戊一、十地總相建立 38

卷二

釋第一勝義菩提心之二 43

戊二、諸地各別建立〔三〕 43

己一、釋極喜等五地〔五〕 43

庚一、極喜地〔三〕 43

辛一、略說地體性 43

辛二、廣釋地功德〔三〕 45

壬一、莊嚴自身德〔二〕 45

癸一、別釋功德〔三〕 45

子一、得真義名初功德 46

子二、生佛家等四功德 47

子三、趣上地等三功德 48

癸二、總明功德 49

壬二、勝過他身德〔三〕 50

癸一、此地由種姓勝二乘 50

癸二、七地由智慧勝二乘 53

癸三、釋成上說〔三〕 57

子一、明十地經說二乘通達法無自性〔二〕 57

丑一、解釋釋論之意趣 57

丑二、明彼亦是入行論宗 61

子二、引教證〔二〕 66

丑一、引大乘經證 66

丑二、引論及小乘經證 71

子三、釋妨難〔二〕 77

丑一、釋釋論已說之難 77

丑二、釋釋論未說之難 81

卷三

釋第一勝義菩提心之三 87
壬三、初地增勝德〔四〕 87
癸一、釋初地之布施 87
癸二、釋下乘之布施〔二〕 88
子一、由施能得生死樂 88
子二、由施能得涅槃樂 90
癸三、釋菩薩之布施〔四〕 91
子一、明菩薩布施之不共勝利 91
子二、明二種人皆以布施爲主 92
子三、明菩薩行施時如何得喜 92
子四、明菩薩施身時有無痛苦 93
癸四、明施度之差別 95
辛三、結說地功德 99
釋第二勝義菩提心 100
庚二、離垢地〔五〕 100
辛一、明此地戒清淨〔四〕 100
壬一、明此地戒圓滿 100
壬二、明依此故功德清淨 101
壬三、明戒比初地增勝 102
壬四、明戒清淨之餘因 103
辛二、明戒之功德〔五〕 105
壬一、明於善趣受用施果必依尸羅 105

壬二、明生生輾轉受用施果必依尸羅 106

壬三、明無尸羅難出惡趣 107

壬四、明施後說戒之理 108

壬五、讚尸羅爲增上生決定勝之因 109

辛三、明不與破戒雜住 112

辛四、明戒度之差別 113

辛五、結明此地功德 114

釋第三勝義菩提心之一 115

庚三、發光地〔四〕 115

辛一、釋地名義 115

辛二、釋地功德〔四〕 116

壬一、明此地忍增勝 116

壬二、明餘修忍方便〔二〕 118

癸一、明不應瞋恚〔四〕 118

子一、明無益有損故不應瞋 118

子二、明不欲後苦則不應報怨 120

子三、明能壞久修善根故不應瞋〔二〕 121

丑一、正義 121

丑二、旁義 125

子四、明當思不忍多失而遮瞋恚 130

卷四

釋第三勝義菩提心之二 131

癸二、明理應修忍〔二〕 131

子一、多思安忍勝利 131

子二、總勸修習安忍 132
壬三、明忍度之差別 132
壬四、明此地餘淨德 133
辛三、明初三度之別 136
辛四、結明此地功德 137
釋第四勝義菩提心 138
庚四、焰慧地〔三〕 138
辛一、明此地精進增勝 138
辛二、明此地訓釋 139
辛三、明斷德差別 141
釋第五勝義菩提心 142
庚五、難勝地〔二〕 142
辛一、明此地訓釋 142
辛二、明靜慮增勝善巧諸諦 142
釋第六勝義菩提心之一 146
己二、釋第六現前地〔四〕 146
庚一、明此地訓釋與慧度增勝 146
庚二、讚慧度功德 148
庚三、觀甚深緣起真實〔五〕 149
辛一、立志宣說甚深義 149
辛二、可說深義法器 152
辛三、說後引發功德 155
辛四、勸法器人聽聞 158
辛五、宣說緣起真實〔三〕 162
壬一、聖教宣說真義之理〔二〕 162

癸一、引聖教 162
癸二、明瞭知真實之障〔二〕 164
子一、明自續中觀派之實執〔三〕 165
丑一、明實有與實執 165
丑二、以幻事喻明觀待世間之實妄。 168
丑三、法喻合釋 170
子二、明應成中觀派之實執〔二〕 174
丑一、明由分別增上安立之理 174

卷五

釋第六勝義菩提心之二 179
丑二、明執彼違品之實執 179
壬二、以理成立聖教真義〔二〕 184
癸一、以理成立法無我〔四〕 184
子一、就二諦破四邊生〔三〕 184
丑一、立無自性生之宗 184
丑二、成立彼宗之正理〔四〕 191
寅一、破自生〔二〕 191
卯一、以釋論之理破〔三〕 191
辰一、破自許通達真實之邪宗〔二〕 191
巳一、破從同體之因生〔三〕 191
午一、從同體因生成無用 191
午二、從同體因生違正理 193
午三、破彼救難 194
巳二、破因果同一體性〔三〕 195

午一、種芽形色等應無異 195
午二、破其釋難 196
午三、二位中應俱有俱無 197
辰二、明未學宗派者之名言中亦無 198
辰三、結如是破義 198
卯二、以中論之理破 199
寅二、破他生〔二〕 200
卯一、敘計 200
卯二、破執〔二〕 203
辰一、總破他生派〔五〕 203
巳一、正破他生〔三〕 203
午一、總破他生〔二〕 203
未一、以太過破〔二〕 203
申一、正明太過 203
申二、抉擇彼過〔二〕 205
酉一、明他生犯太過之理 205
酉二、許太過反義亦無違 208
未二、破釋妨難〔二〕 210
申一、釋難 210
申二、破救 211
午二、別破他生〔二〕 212
未一、依前因後果破他生〔二〕 212
申一、正破 212
申二、釋難 214
未二、依同時因果破他生 218

午三、觀果四句破他生 220

卷六

釋第六勝義菩提心之三 221

巳二、釋世間妨難〔二〕 221

午一、假使世間共許他生釋世妨難〔二〕 221

未一、世間妨難 221

未二、答無彼難〔五〕 222

申一、二諦總建立〔四〕 223

酉一、由分二諦說諸法各有二體 223

酉二、明二諦餘建立 226

酉三、觀待世間釋俗諦差別 231

酉四、明名言中亦無亂心所著之境 235

申二、正釋此處義 237

申三、別釋二諦體〔二〕 238

酉一、釋世俗諦〔三〕 238

戌一、明於何世俗前爲諦何前不諦〔二〕 238

亥一、正義 238

亥二、釋煩惱不共建立 245

戌二、三類補特伽羅見不見世俗之理 250

戌三、觀待異生聖者成爲勝義世俗之理 253

酉二、釋勝義諦〔二〕 254

戌一、解釋頌義 254

戌二、釋彼妨難 256

申四、明破他生無世妨難 262

申五、明世間妨難之理 264
午二、明世名言亦無他生釋世妨難 265
巳三、明破他生之功德 268

卷七

釋第六勝義菩提心之四 271
巳四、明全無自性生〔二〕 271
午一、破計有自相〔三〕 271
未一、聖根本智應是破諸法之因 271
未二、名言諦應堪正理觀察 275
未三、應不能破勝義生 279
午二、釋妨難 283
巳五、明於二諦破自性生之功德〔二〕 287
午一、易離常斷二見之功德 287
午二、善成業果之功德〔三〕 288
未一、明不許自性者不須計阿賴耶等〔三〕 288
申一、釋連續文 288
申二、釋本頌義 291
申三、釋所餘義〔二〕 295
酉一、明滅無自性是不許阿賴耶之因由 295
酉二、明雖不許阿賴耶亦立習氣之所依 298
未二、明從已滅業生果之喻 301
未三、釋妨難〔二〕 304
申一、釋異熟無窮難 304
申二、釋違阿賴耶教難〔三〕 307

酉一、正釋違教之文義 307
酉二、離意識外說不說有異體阿賴耶之理 310
酉三、明密意言教之喻 313

卷八

釋第六勝義菩提心之五 317
辰二、別破唯識宗〔三〕 317
巳一、破離外境識有自性〔二〕 317
午一、敘計 317
午二、破執〔二〕 324
未一、廣破〔三〕 324
申一、破無外境識有自性之喻〔二〕 324
酉一、破夢喻〔三〕 325
戌一、夢喻不能成立識有自性 325
戌二、夢喻不能成立覺時無外境 329
戌三、夢喻成立一切法虛妄 333
酉二、破毛髮喻 335
申二、破由習氣功能出生境空之識〔三〕 337
酉一、破說由習氣成未成熟生不生見境之識〔二〕 337
戌一、敘計 337
戌二、破執〔三〕 338
亥一、破現在識有自性功能 338
亥二、破未來識有自性功能 339
亥三、破過去識有自性功能 342
酉二、重破說無外境而有內識〔二〕 346

戌一、敘計 346
戌二、破執 349
酉三、明破唯識宗不違聖教 353
申三、明如是破與修不淨觀不相違 358
未二、結破 363

卷九

釋第六勝義菩提心之六 365
巳二、破成立依他起有自性之量〔四〕 365
午一、破成立依他起之自證〔四〕 365
未一、徵依他起之能立明其非理 365
未二、破救〔二〕 368
申一、敘計 368
申二、破執〔三〕 372
酉一、正破他宗 372
酉二、自宗不許自證亦有念生〔二〕 375
戌一、此論所說 375
戌二、餘論所說 378
酉三、釋難〔二〕 380
戌一、釋餘現量及比量難 380
戌二、釋餘意識難 383
未三、以餘正理明自證非理 390
未四、明依他起有自性同石女兒 391
午二、明唯識宗失壞二諦 392
午三、唯龍猛宗應隨修學 394

午四、明破依他起與破世俗名言不同 399
巳三、明說唯心非破外境〔三〕 403
午一、解《十地經》說唯心之密意〔三〕 403
未一、以《十地經》成立「唯」字非破外境 404
未二、復以餘經成立彼義 406

卷十

釋第六勝義菩提心之七 410
未三、成立「唯」字表心爲主 410
午二、明外境內心有無相同 415
午三、解《楞伽經》說唯心之密意〔二〕 419
未一、明說唯心都無外境是不了義〔二〕 419
申一、以教明不了義〔二〕 419
酉一、正義 419
酉二、明如是餘經亦非了義 422
申二、以理明不了義 429
未二、明通達了不了義經之方便 431
寅三、破共生 436
寅四、破無因生 438
丑三、破四邊生結成義 446
子二、釋妨難〔二〕 447
丑一、正義 447
丑二、總結 454

卷十一

釋第六勝義菩提心之八 459

子三、以緣起生破邊執分別 459

子四、明正理觀察之果 464

癸二、以理成立人無我〔三〕 470

子一、明求解脫者當先破自性我 470

子二、破我、我所有自性之理〔二〕 473

丑一、破我有自性〔六〕 473

寅一、破外道所計離蘊我〔二〕 473

卯一、敘計〔二〕 473

辰一、敘數論宗 473

辰二、敘勝論等宗 477

卯二、破執 478

寅二、破內道所計即蘊我〔五〕 482

卯一、明計即蘊是我之妨難〔二〕 482

辰一、正義〔二〕 482

巳一、敘計 482

巳二、破執 485

辰二、破救 489

卯二、成立彼計非理 490

卯三、明計即蘊是我之餘難 492

卯四、解釋說蘊爲我之密意〔五〕 496

辰一、解釋經說我見唯見諸蘊之義〔三〕 496

巳一、明遮詮遮遣所破是經密意 496

巳二、縱是表詮亦非說諸蘊即我 499

巳三、破救 501
辰二、依止餘經解釋蘊聚非我 502
辰三、破蘊聚之形狀為我 503
辰四、計蘊聚為我出餘妨難 504
辰五、佛說依六界等假立為我 508

卷十二
釋第六勝義菩提心之九 511
卯五、明他宗無系屬 511
寅三、破能依、所依等三計〔二〕 513
卯一、正破三計 513
卯二、總結諸破 515
寅四、破不一不異之實我〔二〕 518
卯一、敘計 518
卯二、破執 519
寅五、明假我及喻〔四〕 521
卯一、明七邊無我唯依緣立如車 521
卯二、廣釋前未說之餘二計〔二〕 523
辰一、正義〔二〕 523
巳一、破計積聚為車 523
巳二、破計唯形是車 524
辰二、旁通 527
卯三、釋妨難 529
卯四、餘名言義均得成立 530
寅六、明此建立易除邊執之功德〔五〕 532

卯一、正義 532
卯二、釋難 534
卯三、車與我名法喻相合 536
卯四、明許有假我之功德 536
卯五、明凡聖繫縛解脫所依之我 538
丑二、破我所有自性 540
子三、觀我及車亦例餘法〔三〕 541
丑一、例瓶衣等法 541
丑二、例因果法 543
丑三、釋難〔二〕 547
寅一、難破因果過失相同 547
寅二、答自不同彼失〔四〕 549
卯一、自宗立破應理〔二〕 549
辰一、於名言中許破他宗 550
辰二、許立自宗 552
卯二、不同他過之理 555
卯三、如成無性難成有性 556
卯四、了知餘能破 558

卷十三

釋第六勝義菩提心之十 560
壬三、說彼所成空性之差別〔二〕 560
癸一、略標空性之差別 560
癸二、廣釋彼差別義〔二〕 563
子一、廣釋十六空〔四〕 563

丑一、釋內空等四空〔二〕 563
寅一、釋內空〔二〕 563
卯一、正義 563
卯二、兼明所許本性 566
寅二、釋餘三空 571
丑二、釋大空等四空 573
丑三、釋畢竟空等四空 576
丑四、釋一切法空等四空〔三〕 579
寅一、一切法空 579
寅二、自相空〔三〕 580
卯一、略標 580
卯二、廣釋〔三〕 581
辰一、因法自相 581
辰二、道法自相 582
辰三、果法自相 586
卯三、總結 589
寅三、不可得空與無性自性空 589
子二、廣釋四空 591
庚四、結述此地功德 595
釋第七勝義菩提心 597
己三、釋遠行等四地〔四〕 597
庚一、第七地 597
釋第八勝義菩提心 599
庚二、第八地〔三〕 599
辛一、明此地願增勝及起滅定之相 599

辛二、永盡一切煩惱 603
辛三、證得十種自在 604
釋第九勝義菩提心 606
庚三、第九地 606
釋第十勝義菩提心 608
庚四、第十地 608

卷十四

戊三、明十地功德〔三〕 611
己一、明初地功德 611
己二、明二地至七地功德 613
己三、明三淨地功德 614
丙二、果地〔五〕 616
丁一、初成正覺之相〔二〕 616
戊一、正義 616
戊二、釋難〔二〕 619
己一、敘難 619
己二、解釋〔二〕 620
庚一、釋不證真實義難 620
庚二、釋無能知者難〔二〕 625
辛一、正義 625
辛二、明理 627
丁二、建立身與功德〔二〕 628
戊一、建立身〔三〕 628
己一、法身 628

己二、受用身 630
己三、等流身〔三〕 631
庚一、於一身及一毛孔示現自一切行 631
庚二、於彼示現他一切行 634
庚三、隨欲自在圓滿 636
戊二、建立十力功德〔四〕 637
己一、略標十力 637
己二、廣釋十力〔二〕 639
庚一、釋處非處智等五力 639
庚二、釋遍處行智等五力 642
己三、一切功德說不能盡 647
己四、知深廣功德之勝利 649
丁三、明變化身 649
丁四、成立一乘 651
丁五、成佛與住世〔二〕 655
戊一、釋成佛時 655
戊二、釋住世時 656
乙三、如何造論之理 659
乙四、迴向造論之善 664

甲四、結義〔二〕 665
乙一、何師所造 665
乙二、何人所譯 666

入中論善顯密意疏簡介

《入中論》是公元七、八世紀，印度極著盛名的中觀派學者吉祥月稱論師所著。他出生在南印度娑曼陀地方，是佛護論師的再傳弟子，並曾從清辨論師派下諸弟子學習，他認爲龍樹菩薩的《中觀論》的諸種解釋中，唯佛護論師能圓滿解釋聖者父子之意趣；以此爲本，更復採取清辨論師所有善說，兼亦破除其少數非理之處。佛護論師的中觀學傳至月稱論師而大宏其說。

月稱論師種於中觀學派之著述，有十餘種。其中一部是爲龍樹《中論》作精詳註釋的《中觀明句論》，黃教僧人頗予重視。另有《四百論廣註》《六十如理論疏》等。《入中論》是他學習中觀，有獨特心得，發表自己見解的一部權威作品。他出生在印土大小乘佛法均極隆盛的時代。他在擔任那爛陀寺堪布時，大弘中觀宗，當時弘揚中觀學說的有多種派別，彼此論難不已。論師追隨佛護阿闍黎，直探聖者父子真義，摧伏異說，所向披靡。又多次與唯識學者辯論而獲決勝。那時有一位博學精微、學通內外的唯識宗大師月官論師，前來那爛陀寺與他往返爭論達七年之久。故《入中論》，除與《中論》相同，破斥二乘外道而外，復廣破唯識、及中觀自續諸師，尤爲本論特色。

宗喀巴大師在講《八難題》中指出，佛護、月稱二大論師對聖者龍樹中觀根本慧論之註釋，不同於其它註釋處甚多，最重要者有其八種：

（一）不許有阿賴耶識。雖不許阿賴耶識等，但作業亦不失壞。唯名言假安立之因果有或無，在壞滅之業上亦爲有故。

（二）名言中亦不許有自相。若許名言中有自相者，聖者之智應成爲破壞「有事」之因，性空即成他空、非是自空。

（三）名言中許有外境。在名言能量之份上，境與心二者均同爲有；而在思維真實性份上，二者亦同爲非有。

（四）不許自相續。在方法論上，依龍樹大士隨應破的方法，非自立因。

（五）不許自證分。謂自證分不能領受自體，以諸作用不能於自體而轉，如刀不自割。故心自緣不應道理。

（六）聲緣二乘聖者亦證法無我。

（七）諦實執及其種子即是煩惱障。二妄現之習氣即所知障。

（八）佛盡所有智爲現量知。知如其一切所有顯現諦實之智，雖亦爲現量了知，然不迷亂，非由病識增上力顯現爲諦實故。

以上四許四不許，是佛教中極爲重要之論題，本論對此，類有論說。

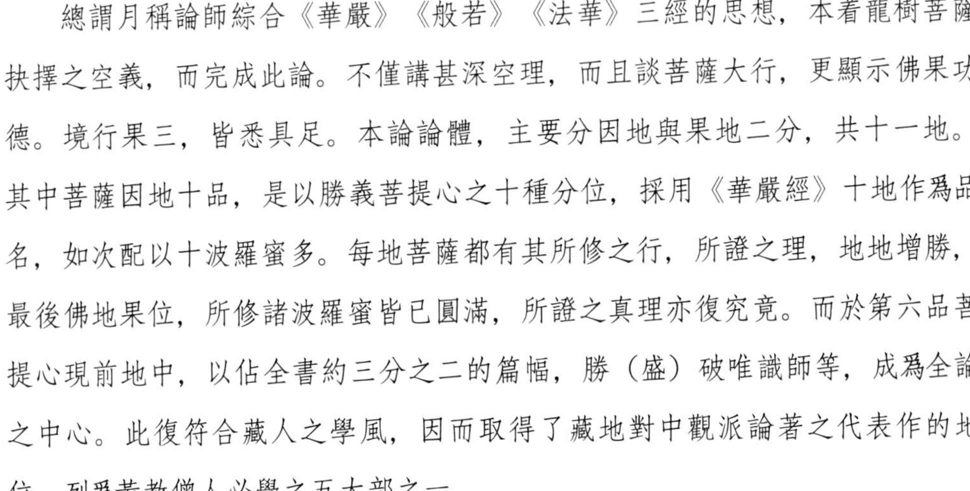

總謂月稱論師綜合《華嚴》《般若》《法華》三經的思想，本着龍樹菩薩抉擇之空義，而完成此論。不僅講甚深空理，而且談菩薩大行，更顯示佛果功德。境行果三，皆悉具足。本論論體，主要分因地與果地二分，共十一地。其中菩薩因地十品，是以勝義菩提心之十種分位，採用《華嚴經》十地作爲品名，如次配以十波羅蜜多。每地菩薩都有其所修之行，所證之理，地地增勝，最後佛地果位，所修諸波羅蜜皆已圓滿，所證之真理亦復究竟。而於第六品菩提心現前地中，以佔全書約三分之二的篇幅，勝（盛）破唯識師等，成爲全論之中心。此復符合藏人之學風，因而取得了藏地對中觀派論著之代表作的地位，列爲黃教僧人必學之五大部之一。

本論卷十曰：「智者達空即解脫。」解脫生死必須要通達無性空見，乃得成辦。若離緣起正觀，未得無自性之甚深智慧，尚不能得聲緣解脫，況論成佛度眾生。藏人之重視中觀學說，決不是偶然的。

《善顯密意疏》作者宗喀巴大師，降生於一三五七年、青海西寧地區（藏人稱爲宗喀，義爲宗水）的一個佛教家庭內。三歲時，依止當地噶當派大德，修雅曼達迦成就之敦珠仁欽而住，七歲受沙彌戒，取名羅桑扎巴，依止十年，學習了多種經論。敦珠仁欽對大師此後學經的路術、思想格局均有重要影響。十六歲進藏深造，在聶塘極樂寺學習以《現觀》爲首之慈氏五論，十九歲開始參加桑朴寺辯場，以《現觀》立宗答辯，初露頭角。後見《現觀》釋文多引

《俱舍》，較爲難懂，乃發心學《俱舍》，二十歲夏，住孜欽寺，從薩迦派學識淵博之喇嘛貢嘎貝，聽學喇嘛自己註釋之《現觀》，甚覺滿意。進而請求講授《俱舍》。喇嘛以年老體衰，乃介紹其弟子仁達瓦。大師從仁達瓦學《俱舍》，文字義理，均極明瞭。對仁達瓦生起極大敬信，嗣後經常依止聽學。是年秋，仁達瓦爲大師第一次講《入中論》。此後五年中，又爲他重講《入中論》二次，並反覆講授《釋量論》《俱舍》《集論》等重要論典。仁達瓦成爲大師一生主要之師承，對大師有很大的影響，大師的一些顯教經論註疏，在義解方面，多數係根據仁達瓦的見解而寫。

三十二歲冬，大師改戴黃帽。黃帽原爲持律者所戴，即含有重興戒律之意。大師提倡戒律，自己能嚴格地遵守，悉糾昔舊諸派之流弊。大師之學問行持均達到最高的造詣，足以領導群倫，他會通一切經教，互不相違，認爲一切聖言皆是最勝教授，大乘道遍攝一切餘乘所有斷證功德，一切至言皆攝入成佛大乘道支分中。此復學修之過程，必須經歷由下而上，從淺入深、循步漸進的次第，不可缺支、或躐等，在抉擇見地上，以中觀爲正宗，以月稱爲皈依。大師建立格魯派，中興了藏地已趨衰頹的佛教，使正法住世近七百年，迄今仍爲西藏最大之教派，教化流布遠及青、康、甘、蜀、蒙古等地，最近國際上掀起「藏學」熱潮，真有普及全球之勢。大師功行業績，至高至偉，後世尊爲第二法王，足見其感召之深矣。

譯者法尊法師，俗姓溫，河北深縣南堡村人。一九〇二年十二月十四日生，一九八〇年十二月十四日示寂，世壽七十九，戒臘六十。法師幼而岐嶷，弱齡慕道，年滿二十，受具於北京法源寺，後入武昌佛學院。一九二五年入藏學法，十載勤學，備通三藏。一九三六年返漢，主持漢藏教理院十餘年。一九五六年起任中國佛學院副院長，一九七八年後，兼任院長。

法師畢生致力於翻譯藏文經論，五十餘年，積功不替。前後翻譯西藏格魯派重要論著，如《菩提道次第攝頌》《菩提道次第廣論》《密宗道次第廣論》

《入中論善顯密意疏》《辨了不了義論》《辨法法性論》等多種，又依獅子賢論主疏，譯述《現觀莊嚴論略譯》，並將《大毗婆沙論》二百卷，及《社會發展史》等由漢譯藏，編輯藏漢，漢藏字典詞匯若干種。爲響應中國佛教協會爲四化立功之號召，法師以耄耋高齡，譯出陳那菩薩《集量論》、法稱論師《釋量論》及僧成大師《釋量論疏》等數十萬言。早年脫稿而未曾出版問世的、尚有《五次第論》等重要密部論著。法師對介紹藏地佛教高深理論、及交流漢藏文化，作出了偉大的貢獻，起了不可磨滅的影響，海外譽稱爲我國近代第一大譯師云。

釋迦教下苾芻幻慧依若干資料整理撰集

一九八八年八月

༄། །དབུ་མ་ལ་འཇུག་པ་ཞེས་བྱ་བ་བཞུགས་སོ། །

入中論

༄། །དབུ་མ་ལ་འཇུག་པའི་རྒྱ་ཆེར་བཤད་པ་དགོངས་པ་རབ་གསལ་ཞེས་བྱ་བ།

入中論善顯密意疏

卷　一

རྗེ་བཙུན་བླ་མ་འཇམ་པའི་དབྱངས་དང་། འཕགས་པ་ཡབ་སྲས་རྣམས་ཀྱི་ཞབས་ལ་གུས་པ་ཆེན་པོས་ཕྱག་འཚལ་ཞིང་སྐྱབས་སུ་མཆིའོ། །

敬禮皈依恩師妙音與聖者父子足

釋第一勝義菩提心之一

ཟབ་ཅིང་རྒྱ་ཆེའི་ལེགས་བཤད་ཀུན་གྱི་གཏེར། །འཇིག་རྟེན་ཀུན་གྱི་མ་འདྲིས་མཛའ་བཤེས་ཏེ། །
ས་གསུམ་འགྲོ་ལ་ལམ་བཟང་མཚོན་པའི་མིག །ཐུབ་དབང་སྨྲ་བའི་ཉི་མས་རྟག་ཏུ་སྐྱོངས། །

一切深廣善說藏　普爲世間不請友
啟示三地善道眼　牟尼法王常照護

རབ་འབྱམས་རྒྱལ་བའི་འཁོར་དུ་ཟབ་མོའི་གནས། །ཡང་དག་ཕུལ་གྱི་གདམ་གྱི་སེང་གེའི་སྒྲ། །
ཀུན་ནས་སྒྲོག་ལ་མཚུངས་པ་མ་མཆིས་པའི། །འཇམ་དབྱངས་བླ་མས་རྟག་ཏུ་བྱིན་གྱིས་རློབས། །

遍於無央佛會中　演唱最勝甚深處
作獅子吼無能等　妙音恩師恆加持

དུས་གསུམ་བདེ་བར་གཤེགས་པའི་ཐུགས་ཀྱི་བཅུད། །མཐའ་བྲལ་དབུ་མ་རྟེན་ཅིང་འབྲེལ་འབྱུང་ལམ། །
ཇི་བཞིན་འགྲེལ་བར་ལུང་བསྟན་ཀླུ་སྒྲུབ་ལ། །སྙིང་ནས་འདུད་དོ་བརྩེ་བའི་ཐུགས་ཀྱིས་ཟུངས། །

三世諸佛心中心　緣起中道離二邊
佛記龍猛如理釋　至心敬禮哀攝受

མགོན་དེའི་གདམས་པས་གོ་འཕང་མཐོར་གཤེགས་ནས། །ཉིད་ཀྱིས་གཟིགས་གང་འགྲོ་ལ་གསལ་མཛད་པའི། །
ལེགས་ལམ་སྟོན་པའི་གཏམ་ལ་དབང་འབྱོར་པ། །དཔལ་ལྡན་འཕགས་པ་ལྷ་ཡི་ཞབས་ལ་འདུད། །

由前教授登高位　以自所見示眾生
演說善道得自在　敬禮吉祥聖天足

རྗེ་བཙུན་འཇམ་པའི་དབྱངས་ཀྱི་བཀའ་གྲུབ་ཅིང་། །འཕགས་པའི་དགོངས་པ་མཐར་ཐུག་གསལ་བར་མཛད། །
གྲུབ་པའི་རིག་འཛིན་གནས་སུ་གཤེགས་གྱུར་པ། །སངས་རྒྱས་བསྐྱངས་ཀྱི་ཞབས་ལ་མགོས་ཕྱག་འཚལ། །

奉行至尊妙音教　開顯龍猛究竟意
證得悉地持明位　頭面敬禮佛護足

ཐུ་ལ་རྟོགས་དཀའ་དྲང་སྲོང་ཆེན་པོའི་ལམ། །ཀླུ་སྒྲུབ་ལུགས་ཀྱི་ཐུན་མོང་མིན་པའི་གནད། །
ཡོངས་སུ་རྫོགས་པར་སྟོན་མཛད་ཟླ་བའི་ཞབས། །ཞི་བ་ལྷ་དང་བཅས་པའི་ཞབས་ལ་འདུད། །

微細難測大仙道　龍猛不共諸關要
圓滿開顯月稱師　及靜天足我敬禮

ཀླུ་སྒྲུབ་འཕགས་པ་ལྷ་ཡི་གྲུབ་པའི་མཐའ། །ཤིང་རྟ་ཆེན་པོ་གསུམ་གྱིས་བཀྲལ་བ་ཉིད། །
ཐུན་མོང་མ་ཡིན་གནད་དོན་ཀུན་རྫོགས་པར། །དྲི་མེད་བློ་གྲོས་མིག་གིས་ལེགས་མཐོང་ཞིང་། །

龍猛提婆所成宗　三派大車廣解釋
我以無垢淨慧眼　不共要義皆善見

ཕྱོགས་འདིར་ལུགས་དེ་འཆད་འདོད་ཕལ་མོ་ཆེས། །བཤད་པའི་དྲི་མས་སྦགས་པ་བསལ་ཕྱིར་དང་། །
གཞན་གྱིས་བསྐུལ་ཕྱིར་ཡོངས་དག་བཤད་པ་ཡིས། །དབུ་མ་འཇུག་པའི་རྒྱ་ཆེར་བཤད་པ་བྱ། །

此間欲宣彼宗者　我爲除其惡說垢
因眾請故以淨語　當即廣釋入中論

卷一

འདིར་ཟབ་པ་དང་རྒྱ་ཆེ་བའི་དོན་གཉིས། ཕྱིན་ཅི་མ་ལོག་པར་གཏན་ལ་འབེབས་པའི་བསྟན་བཅོས་ཆེན་པོ་དབུ་མ་ལ་འཇུག་པ་རང་གི་འགྲེལ་བ་དང་མཐུན་པར་འཆད་པ་ལ་བཞི། མཚན་གྱི་དོན། འགྱུར་གྱི་ཕྱག །གཞུང་གི་དོན། མཇུག་གི་དོན་ནོ། །

今依月稱論師《入中論釋》解說無倒抉擇深廣二義大①《入中論》分四：

甲一、釋題義，甲二、釋禮敬，甲三、釋論義，甲四、釋末義②。

①上海佛學書局校正本（下簡稱「校正本」）無大字。
②青海民族出版社版本（下簡稱「民族本」）作「釋義」。民族本與上海佛學書局（下簡稱「上海本」）版本之科判表、及兩書中具體闡述甲四時，均爲「結義」。

摩陀耶摩迦阿波達囉拿摩。①

དང་པོ་ནི། རྒྱ་གར་ན་སྐད་རིགས་བཞི་ཡོད་པའི་ལེགས་པར་སྦྱར་བའི་སྐད་དུ་ན། བསྟན་བཅོས་འདིའི་མཚན་མ་ ་མ་ཀ་ཨ་བ་ཏཱ་ར་ནཱ་མ། །

今初，此論於印度四種語中，雅語爲「摩陀耶摩迦阿波達囉拿②摩」。

དེ་བོད་ཀྱི་སྐད་དུ་བསྒྱུར་ན། དབུ་མ་ལ་འཇུག་པ་ཞེས་བྱ་བའོ། །

藏語名「入中」。

འདིར་གང་ལ་འཇུག་པའི་དབུ་མ་ནི། དབུ་མའི་བསྟན་བཅོས་ལ་འཇུག་པར་བྱ་བའི་ཕྱིར། ཞེས་གསུངས་པས་དབུ་མའི་བསྟན་བཅོས་ཡིན་ལ། དེ་ཡང་འདིའི་འགྲེལ་བར་རྩ་ཤེས་ཁུངས་སུ་མཛད་པ་ན་དབུ་མ་ལས། ཞེས་མང་དུ་གསུངས་པ་ལྟར་རྩ་ཤེ་ལ་བྱའི། དབུ་མའི་གཞུང་གཞན་དང་། དབུ་མའི་དོན་གཞན་ལ་མི་བྱའོ།།

其所入之「中」，是《中觀論》。如云：「爲入中論故」。又釋論於引根本慧時，每曰「中觀云云」，故知是《根本慧論》也。

མ་དྷྱ་མ་ཀའི་སྐད་ཀྱི་བྱིངས་ལས་བརྩམས་ནས། དབུ་མའི་བསྟན་བཅོས་སམ་དབུ་མའི་གྲུབ་མཐའ་ལ་དབུ་མར་བྱས་པར་ཤེས་རབ་སྒྲོན་མར་ཡང་བཤད་པས། དབུ་མ་ཞེས་པ་ཙམ་ལས་མ་བྱུང་ཡང་། འདིར་དབུ་མའི་བསྟན་བཅོས་ལ་གོ་བར་བྱའོ། །

雖《般若燈論》依「摩陀耶摩迦」字根，謂《中觀論》與中觀宗皆名中觀。然此言「中觀」，當知唯是（龍樹）《中觀論》，勿作餘《中觀論》及中觀義解。

འོ་ན་རྩ་བ་ཤེས་རབ་ལ་བསྟན་བཅོས་འདིས་འཇུག་ཚུལ་དེ་ཇི་འདྲ་ཞིག་ཅེ་ན། འདི་ལ་ཁ་ཅིག་བསྟན་བཅོས་དེར་ཀུན་རྫོབ་དང་དོན་དམ་པའི་རང་བཞིན་རྒྱས་པར་མ་བརྗོད་ལ། འདིར་དེ་གཉིས་རྒྱས་པར་བསྟན་པས་དེ་ལ་འཇུག་གོ །ཞེས་ཟེར་རོ། །

由此論入根本慧者，有謂彼論未廣說世俗勝義自性，此論廣說，故能入彼。

དེ་ཁོ་ན་ཉིད་གཏན་ལ་འབེབས་པའི་རིགས་པའི་རྣམ་གྲངས་ནི། འཇུག་པ་ལས་རྩ་བ་ཤེས་རབ་ཤིན་ཏུ་རྒྱས་པས། བཤད་པ་དེ་ལེགས་པར་མ་མཐོང་ངོ་། །

然抉擇真實義之正理異門，根本慧中較《入中論》尤廣，故彼說未善。

①藏文未牒「入中論頌文」。
②「拿」，民族本作「拏」。

རང་གི་ལུགས་ནི་རྩ་བ་ཤེས་རབ་ལ་འཇུག་པའི་ཚུལ་གཉིས་ཡོད་དེ། ཟབ་པ་དང་རྒྱ་ཆེ་བའི་སྒོ་ནས་སོ།།

自宗謂由甚深廣大二門能入《根本慧論》。

དེའི་དང་པོ་ནི་རང་འགྲེལ་ལས། ལུགས་འདི་ནི་ཐུན་མོང་མ་ཡིན་པའོ། །ཞེས་མཁས་པ་རྣམས་ཀྱིས་ངེས་པར་བྱའོ། །ཞེས་པ་དང་།

初如自釋云：「智者當知此宗是不共法。」

དེ་ཉིད་མ་རྟོགས་པས་ཆོས་ཟབ་མོ་འདི་སྤངས་པས། དེའི་ཕྱིར་བསྟན་བཅོས་ཀྱིས་དེ་ཁོ་ན་ཉིད་ཕྱིན་ཅི་མ་ལོག་པར་བསྟན་པར་བྱ་བའི་ཕྱིར། དབུ་མའི་བསྟན་བཅོས་ལ་འཇུག་པ་སྦྱར་བ་ཡིན་ནོ། །

又云：「不通達真實義故，謗此深法，今欲無倒顯示論真義故，造此入論，入中觀論。」

ཞེས་རང་གིས་དབུ་མའི་དོན་གཏན་ལ་ཕབ་པ་དེ། དབུ་མ་པ་གཞན་དང་ཐུན་མོང་མ་ཡིན་པར་བསྟན་པ་དང་། བསྟན་བཅོས་ཀྱི་དོན་རྣམ་པར་རིག་པ་ཙམ་དང་མཐུན་པར་བཤད་དུ་མི་རུང་བ་ལ་ངེས་པ་བསྟན་པར་བྱ་བའི་ཕྱིར་དུ་དབུ་མ་ལ་འཇུག་པ་བརྩམས་པར་གསུངས་ཏེ། ཚིག་གསལ་ལས་བརྟེན་ནས་བཏགས་པའི་ཚུལ་དབུ་མ་ལ་འཇུག་པ་ལས་ཤེས་པར་བྱ་བར་གསུངས་ཤིང་། རྣམ་རིག་པའི་ལུགས་དགག་པ་རྩ་ཤེ་དང་། ཚིག་གསལ་དུ་མི་རྒྱས་པ་འདིར་རྒྱས་པའི་ཕྱིར་རོ། །

此說爲顯自宗所抉擇之中觀義，不共餘中觀師，及顯《中論》不可順唯識釋，故造《入中論》。《顯句論》說：「依緣假立之理，如入中論應知」，又《根本慧論》與《顯句論》，皆未廣破唯識宗，惟此中廣破。

དེའི་ཕྱིར་གཞུང་འདི་ལ་བརྟེན་ནས་དགོས་པ་དེ་གཉིས་ཀྱི་སྒོ་ནས་རྩ་ཤེའི་དོན་ལེགས་པར་ངེས་པ་ནི། གཞུང་འདིས་དབུ་མ་ལ་འཇུག་པའི་ཚུལ་གཅིག་གོ །

故依此論二種所爲，乃能善解《根本慧論》之義，是爲此論入中觀之第一理門。

རྒྱ་ཆེ་བའི་སྒོ་ནས་དབུ་མ་ལ་འཇུག་ཚུལ་ནི། འཕགས་པའི་ལུགས་འདིར་ཐེག་པ་གཉིས་ལ་གནས་པ་ལ། ཤིན་ཏུ་ཟབ་པའི་དེ་ཁོ་ན་ཉིད་རྟོགས་པའི་ཤེས་རབ་ཡོད་མེད་ཀྱིས་མི་འབྱེད་ཅིང་། རྩ་ཤེ་ལས་ཟབ་མོའི་ཕྱོགས་མ་གཏོགས་པ་རྒྱ་ཆེ་བའི་ཐེག་ཆེན་གྱི་ཁྱད་ཆོས་མ་བསྟན་ཀྱང་། གཞུང་འདི་ནི་ཐེག་པ་ཆེ་ཆུང་གཉིས་ཀྱི་ནང་ནས། ཐེག་ཆེན་པའི་དབང་དུ་མཛད་པ་ཡིན་ཏེ། རིགས་པའི་རྣམ་གྲངས་མཐའ་ཡས་པས་ཆོས་ཀྱི་བདག་མེད་རྒྱས་པར་བསྟན་པ་ནི། ཐེག་ཆེན་པའི་གདུལ་བྱ་ཁོ་ནའི་དབང་དུ་མཛད་པའི་ཕྱིར་དང་། རྩ་ཤེར་ཡང་དེ་བཞིན་དུ་བསྟན་པའི་ཕྱིར་རོ། །

二由廣大門入中觀者。聖者宗，不以有無通達甚深真實義慧而判大小乘。但《根本慧論》除甚深品外，未別說有廣大大乘法。此論說彼以無邊理門，廣說法無我義。故於大小兩乘中，唯爲大乘所化而造。

འདི་ཡང་རང་འགྲེལ་ལས། ཆོས་ཀྱི་བདག་མེད་པ་གསལ་བར་བྱ་བའི་ཕྱིར་ཐེག་པ་ཆེན་པོ་བསྟན་པ་ཡང་རིགས་པ་ཉིད་དེ། རྒྱས་པར་བསྟན་པ་བརྗོད་པར་འདོད་པའི་ཕྱིར་རོ། །ཉན་ཐོས་ཀྱི་ཐེག་པ་ལས་ནི་ཆོས་ཀྱི་བདག་མེད་པ་མདོར་མཚོན་པ་ཙམ་ཞིག་ཏུ་ཟད་དོ། །ཞེས་ཤིན་ཏུ་གསལ་བར་གསུངས་ཏེ་འོག་ཏུ་འཆད་དོ། །

如自釋云：「又爲光顯法無我故，宣說大乘亦應正理，欲廣說故。聲聞乘中，則唯略說。」此說最顯，後當廣釋。

དེ་ལྟར་ན་གཞུང་དེར་བསྟན་པའི་ལམ་ལ་ཐེག་པ་ཆེན་པོའི་རྒྱ་ཆེ་བའི་ལམ་གཞན་འཕགས་པའི་མན་ངག་གིས་ཁ་བསྐངས་ན་ཤིན་ཏུ་ལེགས་པས། དེ་སྐོང་བ་ལ་སོ་སྐྱེའི་སའི་ཆོས་གསུམ་དང་། འཕགས་པ་སློབ་པའི་ས་བཅུ་དང་། འབྲས་བུའི་ས་དང་། ས་ལྔ་པ་དང་དྲུག་པའི་གོ་རིམ་གྱིས་བསམ་གཏན་གྱི་ངོ་བོ་ཞི་གནས་ལ་བརྟེན་ནས། བདག་མེད་པ་གཉིས་ཀྱི་དེ་ཁོ་ན་ཉིད་ལ་སོ་སོར་རྟོག་པའི་ཤེས་རབ་ཀྱིས་དཔྱོད་པའི་ལྷག་མཐོང་སྒོམ་པ་རྣམས་གསུངས་སོ། །

是故若於彼論所說道中，別以聖者所說大乘廣大道而滿足之，極爲善哉。爲滿足彼故，宣說異生地三法，聖位有學十地及果地，又於五地六地次第，宣說依止靜慮自性修正奢摩他，以觀察二無我真實義之妙慧，修毗鉢舍那。

དེའི་ཕྱིར་རྩ་ཤེའི་དོན་ཡིད་ལ་བྱེད་པའི་ཚེ། འཇུག་པ་ལས་གསུངས་པ་འདི་རྣམས་དྲན་ནས་ཟབ་པ་དང་རྒྱ་ཆེ་བ་གཉིས་ཀ་ཚོགས་པའི་ལམ་གྱི་རིམ་པ་ཡིད་ལ་བྱེད་པ་མ་བྱུང་ན། གང་ཟག་དེ་ལ་དབུ་མ་ལ་འཇུག་པ་བརྩམས་པའི་དགོས་པ་གཉིས་སྟོར་བ་ཡིན་ནོ། །

故於思惟《根本慧論》義時，若不憶及此論所說諸法，而思惟甚深廣大和合之道次者，則知彼人失於造《入中論》之二種所爲。

དེའི་ཕྱིར་གཞུང་འདི་ལ་བརྟེན་ནས་རྩ་ཤེའི་ལམ་ལ་རྒྱ་ཆེ་བའི་སྒོ་ནས་འཇུག་པ་ནི། དབུ་མ་ལ་འཇུག་པའི་ཚུལ་གཉིས་པའོ། །

故依此論由廣大門入《根本慧論》之道，即是入中觀之第二理門。

གཉིས་པ་ནི།

甲二、釋禮敬

འཇམ་དཔལ་གཞོན་ནུར་གྱུར་པ་ལ་ཕྱག་འཚལ་ལོ། །

頂禮曼殊室利童子

ཚིག་གི་དོན་གོ་བར་སླ་ལ། འཇམ་དཔལ་ལ་ཕྱག་འཚལ་བ་ནི། གཞུང་འདི་དོན་དམ་པའི་ཆོས་མངོན་པ་རྣམ་པར་བཞག་པ་ཡིན་པས། ཤེས་རབ་ཀྱི་བསླབ་པ་གཙོ་བོར་གྱུར་པའི་ཕྱིར། སྔོན་གྱི་བཀས་བཅད་པ་དང་མཐུན་པར་མཛད་པའོ། །

頂禮妙吉祥者，是法先王之遺制，以此論爲勝義阿毗達磨，宣說慧學爲主故。

གསུམ་པ་ལ་བཞི། བསྟན་བཅོས་རྩོམ་པ་ལ་འཇུག་པའི་ཐབས་མཆོད་པར་བརྗོད་པ། བརྩམས་པའི་བསྟན་བཅོས་ཀྱི་ལུས་དངོས། བསྟན་བཅོས་ཇི་ལྟར་བརྩམས་པའི་ཚུལ། བསྟན་བཅོས་བརྩམས་པའི་དགེ་བ་བསྔོ་བའོ། །

甲三、釋論義分四：乙一、造論方便先伸禮供，乙二、正出所造論體，乙三、如何造論之法[①]，乙四、迴向造論善根[②]。

དང་པོ་ལ་གཉིས། སྙིང་རྗེ་ཆེན་པོ་ལ་སོ་སོར་མ་ཕྱེ་བར་བསྟོད་པ་དང་། སྙིང་རྗེ་ཆེན་པོ་ལ་སོ་སོར་ཕྱེ་སྟེ་ཕྱག་འཚལ་བའོ། །

初又分二：丙一、總讚大悲，丙二、別禮大悲。

དང་པོ་ནི། དགོས་པ་དབུ་མའི་བསྟན་བཅོས་ལ་འཇུག་པར་བྱ་བའི་ཕྱིར་དུ། གང་ཟག་དབུ་མ་ལ་འཇུག་པ་རྩོམ་པར་བཞེད་པ་ཟླ་བའི་ཞབས་ཀྱིས། གཞུང་གཞན་ལས་མཆོད་བརྗོད་ཀྱི་ཡུལ་དུ་མཛད་པའི་ཉན་རང་གཉིས། མཆོད་བརྗོད་ཀྱི་ཡུལ་དུ་མ་བཀོད་པར་མ་ཟད། སངས་རྒྱས་དང་བྱང་སེམས་རྣམས་ལས་ཀྱང་ཐོག་མར་སངས་རྒྱས་ཀྱི་རྒྱུ་ཕུན་སུམ་ཚོགས་པ་དང་པོ།

今初，爲令悟入《中觀論》故，月稱論師造《入中論》。非但不得以餘論所禮聲聞、獨覺爲禮供之境，即較之諸佛菩薩，亦應先讚諸佛最初勝因。

① 「法」，民族本作「理」。兩書科判表及書中內容均爲「理」。
② 「善根」，民族本作「之善」。兩書科判表及書中內容均爲「之善」。

སེམས་ཅན་འཁོར་བའི་བཙོན་རར་བསྡམས་པ་སྐྱབས་མེད་པ་མ་ལུས་པ་ཡོངས་སུ་སྐྱོབ་པའི་མཚན་ཉིད་ཅན། རྒྱུའི་གཙོ་བོ་ལ་འབྲས་བུའི་མིང་གིས་བཏགས་པའི་བཅོམ་ལྡན་འདས་མ། སྙིང་རྗེ་ཆེན་པོ་ལ་བསྟོད་པར་འོས་པར་བསྟན་པའི་ཕྱིར། ཉན་ཐོས་ཞེས་སོགས་ཚིགས་སུ་བཅད་པ་གཉིས་སྨོས་སོ། །

救護生死牢獄所繫一切無依有情爲相，因立果名號，稱佛母之大悲心。爲顯此故，頌曰：

ཉན་ཐོས་སངས་རྒྱས་འབྲིང་རྣམས་ཐུབ་དབང་སྐྱེས། །སངས་རྒྱས་བྱང་ཆུབ་སེམས་དཔའ་ལས་འབྱུངས་ཤིང་། །

སྙིང་རྗེའི་སེམས་དང་གཉིས་སུ་མེད་བློ་དང་། །བྱང་ཆུབ་སེམས་ནི་རྒྱལ་སྲས་རྣམས་ཀྱི་རྒྱུ། །

聲聞中佛能王生　諸佛復從菩薩生

大悲心與無二慧　菩提心是佛子因

གང་ཕྱིར་བརྩེ་ཉིད་རྒྱལ་བའི་ལོ་ཏོག་ཕུན་ཚོགས་འདི་ཡི། །ས་བོན་དང་ནི་སྤེལ་ལ་ཆུ་འདྲ་ཡུན་རིང་དུ། །

ལོངས་སྤྱོད་གནས་ལ་སྨིན་པ་ལྟ་བུར་འདོད་གྱུར་པ། །དེ་ཕྱིར་བདག་གིས་ཐོག་མར་སྙིང་རྗེ་བསྟོད་པར་བགྱི། །

悲性於佛廣大果　初猶種子長如水

常時受用若成熟　故我先讚大悲心

འདི་ལ་གཉིས། སྙིང་རྗེ་བྱང་སེམས་ཀྱི་གཙོ་བོའི་རྒྱུར་བསྟན་པ་དང་། བྱང་སེམས་ཀྱི་རྒྱུ་གཞན་གཉིས་ཀྱི་ཡང་རྩ་བར་བསྟན་པའོ། །

此中有二：丁一、明大悲心是菩薩之正因，丁二、明彼亦是菩薩餘二因之根本。

དང་པོ་ལ་གསུམ། ཉན་རང་གཉིས་ཐུབ་དབང་ལས་སྐྱེས་ཚུལ་དང་། སངས་རྒྱས་རྣམས་བྱང་སེམས་ལས་འབྱུངས་ཚུལ་དང་། བྱང་ཆུབ་སེམས་དཔའི་རྒྱུའི་གཙོ་བོ་གསུམ་བསྟན་པའོ། །

初又分三：戊一、明二乘從佛生①，戊二、明諸佛從菩薩生，戊三、明菩薩之三種正因。

①「從佛生」，民族本作「從諸佛生」。兩書科判表均有「諸」字。

དང་པོ་ནི། ཡང་དག་པའི་གདམས་ངག་གཞན་ལས་ཉན་ནས། བསྒོམས་པའི་འབྲས་བུ་ཉན་ཐོས་ཀྱི་བྱང་ཆུབ་ཐོབ་པ་ན། དོན་དེ་གཞན་ལ་ཐོས་པར་བྱེད་པས་ན་ཉན་ཐོས་ཏེ། ཐོས་པར་བྱེད་ཚུལ་ནི་འདི་ལྟར་བྱ་བ་བྱས་སོ། །འདི་ལས་སྲིད་པ་གཞན་མི་ཤེས་སོ། །ཞེས་བྱ་བ་ལ་སོགས་པ་གསུང་རབ་ལས་མང་དུ་འབྱུང་བ་ལྟར་རོ། །

今初，從他聞正教授，修行證得聲聞菩提果，能以此義令他聞，故名聲聞。令他聞者，如經說「所作已辦，不受後有」等。

སྒྲ་བཤད་འདི་གཟུགས་མེད་ཁམས་ཀྱི་ཉན་ཐོས་སོགས་འགའ་ཞིག་ལ་མེད་ཀྱང་། སྐྱོན་མེད་དེ་སྒྲ་དངོས་མིང་དུ་འཇུག་པ་ལ་སྒྲ་བཤད་པའི་རྒྱུ་མཚན་ཡོད་པས་མ་ཁྱབ་པ་ནི། དཔེར་ན། སྐམ་ལས་སྐྱེས་པའི་པད་མ་ལ་མཚོ་སྐྱེས་ཀྱི་སྒྲ་དངོས་མིང་དུ་འཇུག་པ་བཞིན་ནོ། །

無色界聲聞雖無此義，然不爲過，以有彼名者不必定有彼義，如陸生蓮華亦得有水生之名也。

ཡང་ན་ཉན་ཐོས་ཀྱི་སྐད་དོད་ཤྲ་བ་ཀ་ནི་ཐོས་སྒྲོགས་ལ་ཡང་འཇུག་པ་ལྟར་ན། འབྲས་བུའི་མཆོག་གམ་སངས་རྒྱས་སུ་བགྲོད་པའི་ལམ། སངས་རྒྱས་རྣམས་ལས་ཐོས་ནས་ཐེག་པ་ཆེན་པོའི་རིགས་ཅན་ལམ་དེ་དོན་དུ་གཉེར་བ་རྣམས་ལ་སྒྲོག་པར་བྱེད་པས་ན་ཉན་ཐོས་ཏེ།

又聲聞之梵語「薩囉波迦」，亦訓「聞說」。從諸佛聽聞成佛妙果之道，爲大乘種姓求彼道者說故，名曰聲聞。

དམ་ཆོས་པད་དཀར་ལས། མགོན་པོ་དེ་རིང་བདག་ཅག་ཉན་ཐོས་གྱུར། །བྱང་ཆུབ་དམ་པ་ཡང་དག་བསྒྲག་པར་བགྱི། །བྱང་ཆུབ་པ་ཡི་སྒྲ་ཡང་རབ་ཏུ་བརྗོད། །དེ་བས་བདག་ཅག་ཉན་ཐོས་མི་བཟད་འདྲ། །ཞེས་གསུངས་ཏེ་རྒྱུ་མཚན་འདི་གཉིས་བྱང་ཆུབ་སེམས་དཔའ་ལ་ནི་ཉན་ཐོས་དང་འདྲ་བའི་རྒྱུ་མཚན་ཡིན་ལ། ཉན་ཐོས་རྣམས་ལ་ནི་ཐོས་སྒྲོགས་ཀྱི་དོན་དངོས་སོ། །

如《法華經》云：「我等今者成聲聞，聞佛演說勝菩提，復爲他說菩提聲，是故我等同聲聞。」此二義雖菩薩與聲聞相同，然「聞說」之義正屬聲聞。

ཁ་ཅིག་རྐང་པ་གསུམ་པ་ལ་དམ་པའི་སྒྲ་མེད་པས་བྱང་ཆུབ་སྔ་མ་ནི་ཐེག་ཆེན་གྱི་དང་། ཕྱི་མ་ནི་ཉན་ཐོས་ཀྱི་བྱང་ཆུབ་བོ་ཞེས་ཟེར་མོད་ཀྱང་། དང་པོ་ནི་ཐེག་ཆེན་གྱི་བྱང་ཆུབ་དང་། གཉིས་པ་ནི་བྱང་ཆུབ་དེར་བགྲོད་པའི་ལམ་ལ་བྱེད་པ་འགྲེལ་བའི་དགོངས་པའོ། །

有說第三句中無「勝」字，故前句是大乘菩提，後是聲聞菩提。但疏意不然，前是大乘菩提，次是往菩提之道。

བྱང་སེམས་རྣམས་ཀྱང་སངས་རྒྱས་ཀྱི་ལམ་སངས་རྒྱས་ལས་ཐོས་ནས། གདུལ་བྱ་ལ་སྒྲོག་པས་ཉན་ཐོས་སུ་འགྱུར་རོ་སྙམ་ན། ཉེས་པ་མེད་དོ་ལམ་དེ་སྒྲོག་པ་བྱེད་པ་ཉིད་ཡིན་གྱི། རྗེས་སུ་མཐུན་པ་ཙམ་ཡང་རང་གིས་མི་སྒྲུབ་པ་ལ་བསམས་པ་ཡིན་པས་སོ། །

若謂何者？菩薩雖亦從佛聽聞佛道，為所化宣說，然經說聲聞，意取但說彼道，而自身全不修者。

སངས་རྒྱས་འབྲིང་ཞེས་པའི་སངས་རྒྱས་ནི། འགྲེལ་བར་སངས་རྒྱས་ཀྱི་དེ་ཉིད་གང་ཟག་གསུམ་ཆར་ལ་འཇུག་སྟེ། ཞེས་གསུངས་པའི་དོན་ནི། ཁ་ཅིག་ཏ་ཏྭ་བུད་དྷ་ཞེས་པའི་སྒྲ་གང་ཟག་གསུམ་ག་ལ་འཇུག་པར་འཆད་པ་ལྟར་ལེགས་ཏེ།

「中佛」之「佛」，釋說：「佛之真實於三類補特伽羅處轉。」有謂此說「達朵佛陀之聲於三類補特伽羅處轉」，此說甚善。

ཏ་ཏྭ་ནི་དེ་ཁོ་ན་ཉིད་དོ། །བུད་དྷ་ཁོང་དུ་ཆུད་པ་ལའོ། །ཞེས་འབྱུང་བ་ལྟར་དེ་ཉིད་རྟོགས་པ་བུད་དྷའི་སྒྲའི་དོན་དུ་བྱས་པའི་ཚེ། དོན་དེ་གང་ཟག་གསུམ་ག་ལ་ཡོད་པས། དེ་ཉིད་རྟོགས་པའི་སྒྲས་རང་སངས་རྒྱས་ཀྱང་བརྗོད་ཅེས་ཟེར་རྒྱུ་ཡིན་པ་ལ། སངས་རྒྱས་སུ་བསྒྱུར་རོ། །སྤྱིར་བུད་དྷའི་སྒྲ་སངས་རྒྱས་ལ་བསྒྱུར་དུ་ཡོད་ཀྱང་། སྐབས་འདིར་མི་འཚམ་མོ། །

如云：「達朵為真實，佛陀為覺悟。」以取覺悟真實為佛陀時，則三類補特伽羅皆有其義。「覺悟真實之聲，亦詮辟支佛。」但今誤譯為佛。佛陀之聲，雖可通譯為佛，但於此處則失當。

བུད་དྷའི་སྒྲ་ནི་པད་འདབ་རྒྱས་པ་དང་། གཉིད་སད་པ་ལ་ཡང་འཇུག་པར་བཤད་པས་སངས་རྒྱས་ཁོ་ན་ལ་བསྒྱུར་མི་དགོས་སོ། །

以佛陀聲亦詮「華開」及「夢覺」，非必須譯為佛也。

འབྲིང་གི་དོན་ནི། རང་རྒྱལ་རྣམས་ནི་བསྐལ་པ་བརྒྱར་བསོད་ནམས་དང་ཡེ་ཤེས་བསྙེན་པ་གོང་དུ་འཕེལ་བའི་ཁྱད་པར་གྱིས། ཉན་ཐོས་ལས་ཁྱད་པར་དུ་འཕགས་ཤིང་། བསོད་ནམས་དང་ཡེ་ཤེས་ཀྱི་ཚོགས་གཉིས་དང་། སེམས་ཅན་ཐམས་ཅད་ལ་དུས་ཐམས་ཅད་དུ་འཇུག་པའི་ཐུགས་རྗེ་ཆེན་པོ་དང་། རྣམ་པ་ཐམས་ཅད་མཁྱེན་པ་སོགས་མེད་པས་རྫོགས་པའི་སངས་རྒྱས་ལས་དམན་པས་འབྲིང་པོའོ། །

「中」者謂諸獨覺輩，由百劫中修集福智勝進，故勝出聲聞。然無福智二資糧，一切時遍一切有情之大悲及一切相智等，劣於正覺，故名曰中。

ཁ་ཅིག་ཉན་ཐོས་ལས་ཡེ་ཤེས་ལྷག་པའི་དོན། གཟུང་དོན་རྟོག་པ་སྤོང་ཕྱིར་དང་། ཞེས་གསུངས་པ་ལྟར་ཡིན་ཞེས་སྨྲ་བ་ནི་མི་རིགས་ཏེ། ལུགས་འདིར་ཆོས་ཐམས་ཅད་རང་བཞིན་མེད་པར་རྟོགས་པ་ཉན་རང་གཉིས་ཀ་ལ་ཡོད་པར་གསུངས་པའི་ཕྱིར་དང་། དེ་སྐད་སྨྲ་བ་དེས་ཀྱང་གྲུབ་མཐའ་དེ་འདོད་པར་འདུག་པའི་ཕྱིར་རོ། །

有謂此智慧勝聲聞之義，如云「離所取分別」，彼說非理。此宗說聲聞、獨覺亦能通達一切諸法無自性故。即彼說者，亦許彼義故。

དེས་ན་འགྲེལ་བར་ཡེ་ཤེས་གོང་དུ་འཕེལ་བ་ལྷག་པར་གསུངས་ལ། གོང་དུ་འཕེལ་བ་ནི། ལམ་གྱི་བགྲོད་པ་གོང་ནས་གོང་དུ་ཇེ་བཟང་དུ་འགྲོ་བའོ། །

故知釋論說「智勝進」爲勝出。言勝進者，謂所修道漸進漸妙。

དེ་ཡང་བསྐལ་པ་བརྒྱར་བསོད་ནམས་དང་ཡེ་ཤེས་ལ་གོམས་པ་ལྷུར་ལེན་པ་ཡིན་གྱི། ཉན་ཐོས་ལྟར་ལམ་ལ་གོམས་པ་སྲིད་མི་ནུས་པ་མིན་པའོ། །

此復於百劫中勤修福智，非若聲聞不耐久修。

བསོད་ནམས་དང་ཡེ་ཤེས་སྤྱི་ལ་ཚོགས་ཀྱི་སྒྲ་ཙམ་འཇུག་པ་ཡོད་ཀྱང་། ཚོགས་ཀྱི་སྒྲ་འཇུག་པའི་གཙོ་བོ་ནི། འགྲེལ་བ་དོན་གསལ་ལས། ཡང་དག་པར་འགྲུབ་པའི་ངོ་བོས་བྱང་ཆུབ་ཆེན་པོ་འཛིན་པར་བྱེད་པའི་ཕྱིར་ན། སྙིང་རྗེ་ཆེན་པོ་ལ་སོགས་པ་ནི་ཚོགས་ཡིན་པས། ཞེས་བླ་ན་མེད་པའི་བྱང་ཆུབ་ཕྱིན་ཅི་མ་ལོག་པར་སྒྲུབ་པའི་ཐབས་ཀྱིས། འབྲས་བུ་རང་འཛིན་པ་ལ་གསུངས་པ་ལྟར་གྱི་དོན་ཚང་བའི་བསོད་ནམས་དང་ཡེ་ཤེས་སོ། །དོན་དེ་མ་ཚང་བ་གཉིས་ནི་ཚོགས་ཕལ་པའོ། །

雖諸福智皆可名爲資糧，然資糧之正義，乃無倒修行無上菩提之方便，能攝受自果者。如《顯義論》說：「大悲心等正行，以能攝取大菩提故，乃名資糧。」故具此義之福智乃資糧正義。不具此義者，乃通常資糧。

འདི་ཡང་ཚོགས་ཀྱི་སྐད་དོད་སཾ་བྷ་ར་ལ་ངེས་ཚིག་གིས་བཤད་པའི་དོན་ནོ། །

且就資糧之梵語「三跋羅」之義訓而譯。

བསོད་ནམས་དང་ཡེ་ཤེས་ཀྱི་བགྲོད་པ་ཉན་ཐོས་ལས་ཆེས་ལྷག་པའི་ཕྱིར། འདོད་པ་ཁམས་སུ་ཡང་སྲིད་པ་ཐ་མ་པའི་ཚེ། སློབ་དཔོན་གཞན་གྱིས་བསྟན་པ་ལ་མི་ལྟོས་པར་དགྲ་བཅོམ་པའི་ཡེ་ཤེས་སྐྱེད་ནུས་ཤིང་། དེ་ཡང་རང་གཅིག་པུའི་ཕྱིར་སངས་རྒྱས་པ་སྟེ་དགྲ་བཅོམ་ཐོབ་པ་དང་ཐོབ་པར་བྱེད་པས་ན། རང་སངས་རྒྱས་ཞེས་བྱ་ལ་རང་བྱུང་ཞེས་ཀྱང་གསུངས་སོ། །

由福智之行勝出聲聞。故於欲界最後生時，不依他教，能自發阿羅漢智。復以唯爲自利而得覺悟成阿羅漢，故名獨覺，亦曰自覺。

ཐུབ་པའི་སྒྲ་ནི་ཉན་རང་དགྲ་བཅོམ་ལ་ཡང་འཇུག་མོད་ཀྱང་། ཐུབ་པའི་དབང་པོ་མིན་པས་སངས་རྒྱས་ཉིད་ལ་ཐུབ་པའི་དབང་པོ་ཞེས་བྱ་སྟེ། ཉན་རང་དང་བྱང་སེམས་རྣམས་ལས་ཀྱང་གོང་ན་མེད་པའི་ཆོས་ཀྱི་དབང་ཕྱུག་དམ་པ་བརྙེས་པ་དང་། གང་ཟག་གསུམ་པ་དེ་སངས་རྒྱས་ཀྱི་བཀས་ཆོས་ཀྱི་སྲིད་ལ་མངའ་སྒྱུར་བའི་ཕྱིར་རོ། །

「能王」者，二乘阿羅漢雖亦可名能，然非能王。唯諸佛乃稱能王，以得勝出聲聞、獨覺、菩薩之無上法王，彼三人亦依佛語而得法故。

ཐུབ་དབང་དེ་རྣམས་ལས་ཉན་རང་རྣམས་སྐྱེས་པ་ནི་དེ་དག་གིས་བསྐྱུན་པའོ། །ཐུབ་དབང་གིས་ཉན་རང་བསྐྱུན་ཚུལ་ཇི་ལྟར་ཡིན་ཞེ་ན། སངས་རྒྱས་འཇིག་རྟེན་དུ་བྱོན་པ་ན་རྟེན་འབྲེལ་ཟབ་མོ་ཕྱིན་ཅི་མ་ལོག་པར་སྟོན་པ་ལ་འཇུག་ལ། ཚུལ་དེ་ཉན་རང་གི་རིགས་ཅན་རྣམས་ཀྱིས་ཉན་པ་དང་། ཐོས་པའི་དོན་སེམས་པ་དང་། བསམས་པའི་དོན་སྒོམ་པར་འགྱུར་ལ། དེ་འདྲ་བའི་རིམ་པ་ལས་ཀྱང་རང་འབྲས་བུ་གང་ལ་མོས་པ་ཇི་ལྟ་བ་བཞིན་དུ་ཉན་རང་གཉིས་ཀྱི་འདོད་པ་རྫོགས་པར་འགྱུར་བའི་ཕྱིར། དེ་གཉིས་ཐུབ་དབང་གིས་བསྐྱུན་པའོ། །

「聲聞、獨覺從佛生」者，謂由佛力之所植生。以諸佛出世，必無倒宣說甚深緣起。二乘種姓於此聽聞思惟，精勤修行，即能隨其信樂滿足聲聞、獨覺所希願果。故說彼二由佛植生。

གལ་ཏེ་ཉན་ཐོས་ཀྱི་རིགས་ཅན་མང་པོས་སངས་རྒྱས་ལས་ཆོས་ཐོས་པའི་ཚེ་དེ་ཉིད་ལ་བྱང་ཆུབ་མངོན་དུ་བྱེད་ཀྱང་། རང་རྒྱལ་གྱི་རིགས་ཅན་རྣམས་ཀྱིས་ཚེ་དེ་ཉིད་ལ་རང་གི་བྱང་ཆུབ་མངོན་དུ་མི་བྱེད་པས། དེ་དག་གིས་ཐུབ་པས་གསུངས་པའི་དོན་ལ་ཐོས་བསམ་སྒོམ་གསུམ་བྱས་པས་རང་གི་འདོད་པ་རྫོགས་པ་མི་འཐད་དོ་སྙམ་ན།

若作是念：聲聞種姓雖有眾多① 從佛聞法即於現生而證菩提，然獨覺種姓必不於現生趣證。說彼等於佛所說義聞思修行，乃圓滿自果，似不應理。

སྐྱོན་མེད་དེ། གལ་ཏེ་རང་རྒྱལ་གྱི་རིགས་ཅན་ཁ་ཅིག །སྟོན་པས། རྟེན་འབྲེལ་གསུངས་པ་ཉན་པ་ཁོ་ན་ལས། དོན་དམ་པ་རྟོགས་པ་ལ་མཁས་པ་བྱུང་ཡང་། ཆོས་ཐོས་པའི་མཐོང་ཆོས་ཀྱི་སྐྱེ་བ་དེ་ཁོ་ན་ལ། རང་རྒྱལ་གྱི་མྱང་འདས་མི་འཐོབ་མོད་ཀྱང་། སངས་རྒྱས་ཀྱི་རྟེན་འབྲེལ་བསྟན་པའི་རང་རྒྱལ་གྱི་སྒྲུབ་པ་པོས། མྱོང་ངེས་ཀྱི་ལས་བསགས་པས་ལས་གསོག་པའི་ཚེ་དེ་ཉིད་ལ་འབྲས་བུ་མ་མྱོང་ཡང་། སྐྱེ་བ་གཞན་དུ་ངེས་པར་མྱོང་བ་ལྟར། ཚེ་འདིར་མྱང་འདས་མ་ཐོབ་ཀྱང་། ཚེ་རབས་གཞན་དུ་ངེས་པ་ཁོ་ནར་མྱང་འདས་འཐོབ་པའི་ཕྱིར་དང་། ཕྱིར་སངས་རྒྱས་ཀྱིས་ཆོས་བསྟན་པ་ལ་ཉན་བསམ་སྒོམ་གསུམ་བྱས་པས། འདོད་པ་རྫོགས་པར་བཤད་པ་ནི་ཚེ་དེ་ཁོ་ན་ལ་བསམས་ནས་བཤད་པ་མིན་པའི་ཕྱིར་རོ། །

① 「聲聞種姓雖有眾多」，校正本作「雖有眾多聲聞種姓」。

無失，設有一類獨覺種姓，聞佛所說甚深緣起，已善通達真實義諦，雖不即於現生證獨覺涅槃，然彼獨覺行者，由修佛所說緣起力故，於他生中定得涅槃。如造定業雖不於造業生中即受其報，然於他世則定受也。前說亦爾，由於佛所說法，聞思修行能滿所願，亦非依現生說也。

དེ་ལྟར་ཡང་བཞི་བརྒྱ་པ་ལས། དེ་ཉིད་ཤེས་པས་གལ་ཏེ་འདིར། །མྱ་ངན་འདས་པ་མ་ཐོབ་ཀྱང་། །སྐྱེ་བ་གཞན་དུ་འབད་མེད་པར། །ངེས་པར་ཐོབ་འགྱུར་ལས་བཞིན་ནོ། །ཞེས་དང་།

此如《四百論》云：「設已知真實，現未得涅槃，他生決定得，猶如已造業。」

དབུ་མ་ལས་ཀྱང་། རྫོགས་སངས་རྒྱས་རྣམས་མ་བྱུང་ཞིང་། །ཉན་ཐོས་རྣམས་ཀྱང་ཟད་པ་ན། །རང་སངས་རྒྱས་ཀྱི་ཡེ་ཤེས་ནི། །ཧྲན་པ་མེད་པར་རབ་ཏུ་འབྱུང་། །ཞེས་གསུངས་སོ། །

《中論》亦云：「若佛不出世，聲聞已滅盡，諸辟支佛智，無依而自生。」

འགྲེལ་བར་གལ་ཏེ་ཡང་ཁ་ཅིག་ཅེས་སོགས་ཀྱི་དོན་ལ། ཁ་ཅིག་རྟེན་འབྲེལ་བསྟན་ཡང་ཉན་ཐོས་ལ་སོགས་པའི་གོ་འཕང་མ་ཐོབ་པ་སྣང་བས། རྟེན་འབྲེལ་བསྟན་པས་ཉན་ཐོས་ལ་སོགས་པ་རྣམས་ཡོངས་སུ་རྫོགས་པར་མི་འགྱུར་རོ། །ཞེས་པའི་ལན་བསྟན་པར་འདོད་པ་དང་།

釋論「設有一類」等義，有謂此答「若說緣起而非即得聲聞等果，應說緣起不能滿足聲聞等希願」之難。

གཞན་དག་རྟེན་འབྲེལ་སྐྱེ་མེད་ཀྱི་དོན་ཉམས་སུ་བླངས་མ་ཐག་ཏུ་འབྲས་བུ་དེ་འབྱུང་རིགས་པ་ལས། དེ་མེད་པས་ན། ཕྱིས་ཀྱང་འབྲས་བུ་དེ་མི་སྐྱེད་དོ་ཞེས་པའི་ལན་སྟོན་པར་འཆད་པ་ནི། སྐབས་ཀྱི་དོན་མ་རྟོགས་པའི་ལྷག་པ་སྟེ། ཐུབ་དབང་གིས་རང་རྒྱལ་བསྐྱེད་ཚུལ་ལ་དོགས་པ་ཆེ་བས་དེ་ལ་དམིགས་ཀྱིས་བཀར་ནས། དོགས་པ་གཅོད་དགོས་པ་མ་བཅད་པར་འདུག་པའི་ཕྱིར་རོ། །

有謂此答「修緣起無生義，應無間能生彼果。然無此事，故後亦應不生彼果」之疑。彼二家俱未了達文義，以於諸佛植生獨覺最疑難處，理應別爲斷疑者，皆未能斷故。

གཉིས་པ་ནི།ཉན་རང་གཉིས་ཐུབ་དབང་ལས་སྐྱེས་པ་ཡིན་ན། ཐུབ་པའི་དབང་པོ་དེ་རྣམས་གང་ལས་བལྟམས་ཤེ་ན། རྫོགས་པའི་སངས་རྒྱས་རྣམས་ནི་བྱང་ཆུབ་སེམས་དཔའ་ལས་འཁྲུངས་པ་ཡིན་ནོ། །

戊二、明諸佛從菩薩生。若聲聞、獨覺從諸佛生，諸佛復從誰生？曰諸佛世尊從菩薩生。

གལ་ཏེ་བྱང་སེམས་རྣམས་ཀྱང་སངས་རྒྱས་ཀྱིས་ཉེ་བར་བསྟན་པ་ལས་སྐྱེས་པས། རྒྱལ་བའི་སྲས་ཞེས་བརྗོད་པ་མ་ཡིན་ནམ། རྒྱལ་བའི་སྲས་ཡིན་པ་དེའི་ཕྱིར། སངས་རྒྱས་རྣམས་བྱང་ཆུབ་སེམས་དཔའ་ལས་འབྱུང་བ་ཇི་ལྟར་རིགས་ཏེ། དཔེར་ན་བུའི་ཕ་ནི་བུ་དེ་ལས་སྐྱེས་པ་མི་རིགས་པ་བཞིན་ནོ་ཞེ་ན། བྱང་སེམས་རྣམས་རྒྱལ་བ་འགའ་ཞིག་གི་སྲས་ཡིན་པ་ནི་བདེན་མོད་ཀྱི། འོན་ཀྱང་རྒྱུ་མཚན་གཉིས་ཀྱིས་བྱང་སེམས་རྣམས་སངས་རྒྱས་རྣམས་ཀྱི་རྒྱུར་འགྱུར་རོ། །

若作是念：豈非菩薩從佛教而生名佛子乎？是佛子而又說諸佛從菩薩生，云何應理？如說彼子之父從彼子生。答：雖諸菩薩是佛子，然有二緣，菩薩亦得爲諸佛之因。

དེ་ལ་གནས་སྐབས་ཀྱི་ཁྱད་པར་ལས་བྱང་སེམས་རྣམས་སངས་རྒྱས་རྣམས་ཀྱི་རྒྱུར་འགྱུར་ཚུལ་ནི། དེ་བཞིན་གཤེགས་པའི་གནས་སྐབས་ནི་བྱང་ཆུབ་སེམས་དཔའི་གནས་སྐབས་ཀྱི་འབྲས་བུ་ཡིན་པའི་ཕྱིར་རོ། །

初依分位差別說。如釋說：「以如來是菩薩之果故。」此謂一切證佛位者，皆先由學地菩薩位來。

འདིས་ནི་སངས་རྒྱས་ཀྱི་གནས་སྐབས་ཐོབ་པ་གང་ཡིན་ཐམས་ཅད། སྔོན་སློབ་ལམ་དུ་བྱང་སེམས་ཀྱི་གནས་སྐབས་སུ་གྱུར་པ་པོ་ནས་ཐོབ་པ་ཡིན་ནོ། །ཞེས་སངས་རྒྱས་དང་རྒྱུད་གཅིག་པའི་བརྒྱུད་པའི་ཉེར་ལེན་གྱི་རྒྱུའི་སྒོ་ནས་བྱང་ཆུབ་སེམས་དཔའ་སངས་རྒྱས་ཀྱི་རྒྱུར་བསྟན་ནོ། །

約佛果之同類因，故說菩薩是諸佛因。

ཡང་དག་པར་འཛིན་དུ་འཇུག་པ་ལས་བྱང་སེམས་སངས་རྒྱས་ཀྱི་རྒྱུར་འགྱུར་ཚུལ་ནི། རྗེ་བཙུན་འཇམ་དཔལ་བྱང་ཆུབ་སེམས་དཔར་གྱུར་པ་ཉིད་ཀྱིས། བདག་ཅག་གི་སྟོན་པ་དང་། དེ་ལས་གཞན་པའི་སངས་རྒྱས་རྣམས་ཆེས་ཐོག་མ་ཁོ་ནར་བྱང་ཆུབ་ཀྱི་སེམས་འཛིན་དུ་བཅུག་པར་མདོ་སྡེ་ལས་འདོན་པ་ཡིན་ནོ། །

次依勸令發心者說。如契經說：文殊室利菩薩，勸吾等大師，及餘諸佛最初發心。

འདིས་ནི་བྱང་སེམས་གཞན་གྱིས་ཐོབ་བྱའི་སངས་རྒྱས་དང་། རྒྱུད་ཐ་དད་པའི་བྱང་སེམས་ཀྱིས་སངས་རྒྱས་དེའི་ལྷན་ཅིག་བྱེད་རྐྱེན་བྱས་པའི་སྒོ་ནས། སངས་རྒྱས་བྱང་སེམས་ལས་འབྱུང་བར་སྒྲུབ་པ་ཡིན་ནོ། །

此約菩薩，與餘菩薩所成之佛，作俱有因，成立諸佛從菩薩生。

འདིར་ཕྱོགས་སྔ་མ་སྨྲ་བས། བྱང་སེམས་རྣམས་རྒྱལ་བའི་སྲས་ཡིན་པས། བྱང་སེམས་རྒྱལ་བ་ལས་འབྱུངས་པ་རིགས་ཀྱི། དེ་ལས་བཟློག་ནས་སྨྲ་བ་མི་རིགས་ཞེས་བརྩད་པ་ལ། བྱང་སེམས་རྒྱལ་བའི་སྲས་ཡིན་པ་བདེན་མོད་ཀྱི། ཞེས་རང་ཡང་དེ་ལྟར་བཞེད་པར་བསྟན་པ་ན། དེ་ཁས་ལེན་ཀྱང་བྱང་སེམས་ལས་སངས་རྒྱས་འབྱུངས་པ་མི་འགལ་བའི་རྒྱུ་མཚན་བསྟན་དགོས་པ་མ་བསྟན་པར། བྱང་སེམས་ལས་སངས་རྒྱས་འབྱུངས་པར་སྒྲུབ་པ་མ་རིགས་ཏེ། དེ་ལྟར་བསྒྲུབས་པ་ལ་ཡང་དང་པོར་དོགས་པ་སྔ་མ་སྐྱེ་བས། དོགས་པ་དེ་མི་ཆོད་པའི་ཕྱིར་རོ་སྙམ་ན།

有難：「敵者與諸菩薩是佛子故，[1]應說菩薩從諸佛生，不應作相違說。諸菩薩是佛子，自即[2]許之，則應解說彼與諸佛從菩薩生互不相違之理。今置彼不說，而別成立諸佛從菩薩生，云何應理？以縱能成此事，而前疑猶在，不能斷故。」

སྐྱོན་འདི་མེད་དེ་བྱང་སེམས་ལས་སངས་རྒྱས་འབྱུངས་པར་རྩ་བར་བསྟན་པའི་དོན་ནི། རྒྱུ་མཚན་དང་པོའི་སྐབས་སུ་སློབ་ལམ་གྱི་བྱང་སེམས་ཀྱིས། ལམ་ཉམས་སུ་བླངས་པ་ལས་འབྲས་བུ་སངས་རྒྱས་ཐོབ་པ་ལ་བཤད་པ་ན། བྱང་སེམས་དེས་ཐོབ་པའི་སངས་རྒྱས་ཀྱི་སྲས་བྱང་སེམས་དེ་མིན་པར་ཤེས་པས། དེ་ལ་བདེན་མོད་ཀྱི་ཞེས་ཟེར་བ་ག་ལ་ཡིན།

此無失。釋論於解說佛從菩薩生之第一緣時，謂學位菩薩由修道而得佛果。是則彼菩薩非即彼菩薩所得佛果之子，蓋亦可知，豈說是彼佛子。

ཡང་བདག་ཅག་གི་སྟོན་པའི་གསུང་ལས་གསར་དུ་བྱང་སེམས་སུ་སྐྱེས་པ་དེ། སངས་རྒྱས་དེའི་སྲས་ཡིན་ཀྱང་བྱང་སེམས་དེ་ལས། སངས་རྒྱས་དེ་འབྱུངས་པ་མིན་པས་རྩོད་པ་དེ་ནི་ཚུལ་དེ་གཉིས་རྣམ་པར་མ་ཕྱེད་པའི་རྩོད་པར།

又如從吾等大師所生之菩薩，是此佛之子，非謂此佛亦從彼菩薩生。敵者未能辨此理而起疑。

འགྲེལ་བས་ལན་བཏབ་པ་ལ་བརྟེན་ནས། ཤེས་རབ་ཡོད་ན་ཅིའི་ཕྱིར་མི་རྟོགས། དེ་ལྟར་ནའང་འདི་ལ་ཡང་སྙིང་པོ་མེད་པའི་བཤད་པ་མང་དུ་བྱུང་སྣང་ངོ། །

釋論已爲解答，則有智者，於此疑難已涣然冰釋矣。然猶有多人妄於此義，而作無關之攻難，何哉！

---

①「有難：『敵者與諸菩薩是……』」，校正本作「有敵者難：諸菩薩是……」，民族本作「有難：『敵者謂諸諸菩薩……』」。

②「即」，民族本、校正本作「既」。

བྱང་སེམས་རྣམས་སངས་རྒྱས་ཀྱི་རྒྱུའི་གཙོ་བོ་ཡིན་པ་དེ་ཉིད་ཀྱི་ཕྱིར། སངས་རྒྱས་རྣམས་ཀྱིས་བྱང་སེམས་ལ་བསྔགས་པ་མཛད་པ་ཡིན་ནོ་ཞེས་སྨྲ་རོ། །

由菩薩是成佛之要因，故諸佛讚嘆菩薩。

བསྔགས་པ་མཛད་པའི་དགོས་པ་བཞི་ལས། དང་པོ་ནི། སངས་རྒྱས་ཀྱི་རྒྱུ་ཕུན་ཚོགས་ནི་ཆེས་བསྙིང་བ་སྟེ་ཤིན་ཏུ་གཅེས་པ་ཡིན་པའི་ཕྱིར་རོ། །

讚義有四：一、菩薩爲諸佛之圓滿主因，故極應尊重。

གཉིས་པ་ནི། རྒྱུ་བྱང་སེམས་ལ་མཆོད་པར་བརྗོད་པ་ལས་ཀྱང་། འབྲས་བུ་སངས་རྒྱས་ལ་མཆོད་པ་ཤུགས་ཀྱིས་འཕངས་པར་དགོངས་པའི་ཕྱིར་རོ། །

二、說因位菩薩是應供養，則果位諸佛之應供養，自可知故。

གསུམ་པ་ནི། སྨན་གྱི་ལྗོན་ཤིང་འདོད་པའི་འབྲས་བུ་དཔག་ཏུ་མེད་པ་སྟེར་བའི་ཤིང་གི་མྱུ་གུ་དང་སྡོང་བུ་ལ་སོགས་པ་མཐོང་ཞིང་། ཤིང་གི་ལོ་མ་གཞོན་པ་འཇམ་པོའི་གནས་སྐབས་སུ། ལྷག་པར་ཡང་གཅེས་སྤྲས་སུ་བྱས་ཏེ་སྐྱོང་བ་བཞིན་དུ། སངས་རྒྱས་ཀྱི་ལྗོན་ཤིང་སྐྱེ་དགུ་ཐམས་ཅད་ཀྱི་གསོས་སུ་གྱུར་པའི་མྱུ་གུ་བྱང་སེམས་ལས་དང་པོ་བ་ལ་ཡང་གཅེས་སྤྲས་སུ་བྱས་ཏེ། འབད་པ་ཆེན་པོས་བསྐྱང་བར་བྱ་བར་བསྟན་པའི་ཕྱིར་རོ། །

三、如藥樹能與無量樂①果，則於彼樹初生之嫩芽，應尤爲愛護，如是可知諸佛樹王能滿一切衆生所願，則於如佛嫩芽之初業菩薩，亦應勵力而愛護之。

བཞི་པ་ནི། བྱང་སེམས་ལ་བསྔགས་པ་གསུངས་པའི་དུས་དེར་འཁོར་དུ་ཉེ་བར་གྱུར་ཅིང་། ཐེག་པ་གསུམ་ལ་བགོད་པ་རྣམས་ཐེག་ཆེན་ཉིད་ལ་ངེས་པར་སྦྱར་བར་བྱ་བའི་ཕྱིར་རོ། །

四、契經稱讚菩薩，爲令會中三乘有情決定趣入大乘道。

དཀོན་མཆོག་བརྩེགས་པའི་མདོ་ལས་ཀྱང་། འོད་སྲུངས་འདི་ལྟ་སྟེ། དཔེར་ན་ཟླ་བ་ཚེས་པ་ལ་ཕྱག་འཚལ་བ་ལྟར་ཉ་བ་ལ་མ་ཡིན་ནོ། ། འོད་སྲུངས་དེ་བཞིན་དུ་གང་དག་ང་ལ་རབ་ཏུ་དད་པ་དེ་དག་གིས། བྱང་ཆུབ་སེམས་དཔའ་རྣམས་ལ་ཕྱག་བྱའི། དེ་བཞིན་གཤེགས་པ་རྣམས་ལ་ནི་དེ་ལྟར་མ་ཡིན་ནོ། །དེ་ཅིའི་ཕྱིར་ཞེ་ན། བྱང་ཆུབ་སེམས་དཔའ་ལས་ནི་དེ་བཞིན་གཤེགས་པ་རྣམས་འབྱུང་ངོ་། །དེ་བཞིན་གཤེགས་པ་རྣམས་ལས་ནི་ཉན་ཐོས་དང་རང་སངས་རྒྱས་ཐམས་ཅད་འབྱུང་ངོ་། །ཞེས་གསུངས་པ་ལྟ་བུའོ། །

如《寶積經》云：「迦葉！如初月爲人禮敬，過於滿月。如是若有信我語者，應禮敬菩薩過於如來。何以故？從諸菩薩生如來故。」

① 「樂」，民族本、校正本作「藥」。

འདིས་ནི་སངས་རྒྱས་བྱང་ཆུབ་སེམས་དཔའ་ལས་འབྱུང་བར་ལུང་གིས་བསྒྲུབས་ལ། རྒྱུ་མཚན་སྔ་མ་གཉིས་ཀྱིས་ནི་རིགས་པས་བསྒྲུབས་སོ།།

此是以教成立諸佛從菩薩生。前二因緣是以理成。

དེ་ལྟར་ན་གཞན་ལས་མཆོད་བརྗོད་ཀྱི་ཡུལ་དུ་གྲགས་པའི་ཉན་རང་གཉིས་དང་། སངས་རྒྱས་དང་བྱང་སེམས་ལ་འདིར་དངོས་སུ་མཆོད་བརྗོད་མ་མཛད་པ་ནི། དེ་རྣམས་ཀྱི་རྩ་བའི་རྒྱུ་ལ་མཆོད་བརྗོད་བྱེད་པ་ཡིན་ལ། དེ་བཞི་རིམ་པ་བཞིན་རྒྱུ་འབྲས་སུ། ཉན་ཐོས་ཞེས་པའི་རྐང་པ་གཉིས་ཀྱིས་བསྟན་པ་ནི། དེ་རྣམས་ཀྱི་མཐར་གཏུགས་པའི་རྩ་བའི་རྒྱུ་དོན་གཟུང་བའི་ཕྱིར་དུ་ཡིན་ནོ།།

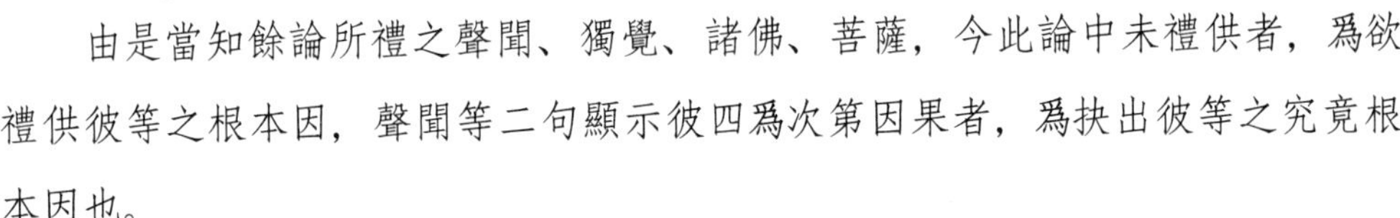

由是當知餘論所禮之聲聞、獨覺、諸佛、菩薩，今此論中未禮供者，爲欲禮供彼等之根本因，聲聞等二句顯示彼四爲次第因果者，爲抉出彼等之究竟根本因也。

དེ་ལྟ་ན་སངས་རྒྱས་ཀྱིས་ཉེ་བར་བསྟན་པ་ལས། བྱང་སེམས་སྐྱེ་བ་ཡིན་ཀྱང་། ཐུབ་དབང་སྐྱེས་ཞེས་པའི་སྐབས་སུ། དེ་ལ་ཉན་རང་ལྟར་བཤད་མི་དགོས་ཏེ། དེ་གཉིས་ཐུབ་དབང་ལས་སྐྱེས་པར་སྟོན་པ་ནི། དེ་གཉིས་ཀྱི་རྩ་བ་ཡང་མཐར་གཏུགས་ན། སྙིང་རྗེ་ལ་ཐུག་པར་བསྟན་པའི་ཕྱིར་ཡིན་ལ། བྱང་སེམས་ཀྱི་རྩ་བ་སྙིང་རྗེ་ལ་ཐུག་པ་ནི་ལོགས་སུ་སྟོན་པའི་ཕྱིར་རོ།།

菩薩雖亦從佛教而生，然不於說「能王生」時，如二乘釋者。以說彼二從「能王生」，爲顯彼二究竟根本亦是大悲。菩薩根本是大悲心，論後當別說故。

གསུམ་པ་ནི།གལ་ཏེ་ཉན་རང་གཉིས་ཐུབ་དབང་ལས་དང་། ཐུབ་དབང་རྣམས་བྱང་སེམས་ལས་འབྱུང་ན། བྱང་སེམས་དེ་དག་གི་རྒྱུ་གང་ཡིན་ཞེ་ན། འཆད་པར་འགྱུར་བའི་སྙིང་རྗེའི་སེམས་དང་། དངོས་པོ་དང་དངོས་པོ་མེད་པ་ལ་སོགས་པའི་མཐའ་གཉིས་སུ་མེད་པ་སྟེ་གཉིས་དང་བྲལ་བའི་དོན་རྟོགས་པའི་བློ་ཤེས་རབ་དང་བྱང་ཆུབ་ཀྱི་སེམས་གསུམ་ནི། རྒྱལ་སྲས་བྱང་སེམས་རྣམས་ཀྱི་གཙོ་བོའི་རྒྱུ་ཡིན་ནོ།།

戊三、明菩薩之三種正因。若聲聞、獨覺從諸佛生，諸佛復從菩薩生者，是諸菩薩之因復云何？謂大悲心，與通達遠離有事無事等二邊之慧，及菩提心，此三即是諸菩薩佛子之正因。

བྱང་ཆུབ་ཀྱི་སེམས་ནི་འདིར་འགྲེལ་བར་མདོ་དྲངས་པ་ལས་བསྟན་པ་བཞིན་ཡིན་ཞེས་གསུངས་ལ། མདོ་ལས་ནི། རང་གིས་ཆོས་ཀྱི་དེ་ཁོ་ན་ཉིད་རྟོགས་ནས། ཆོས་ཉིད་འདི་སེམས་ཅན་རྣམས་ཀྱིས་ཁོང་དུ་ཆུད་པར་བྱའོ་

སྙམ་ནས། སེམས་གང་སྐྱེས་པ་དེ་ནི་བྱང་ཆུབ་ཀྱི་སེམས་ཞེས་བྱའོ། །ཞེས་གསུངས་སོ། །འདི་ནི་སེམས་བསྐྱེད་ཀྱི་ཆེད་དུ་བྱ་བའི་ཕྱོགས་གཅིག་ཙམ་ལ་དམིགས་པ་ཡིན་པས་མཚན་ཉིད་མ་རྫོགས་ལ།

菩提心者，釋論引經云：「如自所達法性，願諸有情皆能了達，此所發心，名菩提心。」此僅緣菩提心所爲之一分。

ཡང་འགྲེལ་པར་བདག་གིས་འཇིག་རྟེན་འདི་མཐའ་དག་སྡུག་བསྔལ་ནས་བཏོན་ཏེ། སངས་རྒྱས་ཉིད་ལ་ངེས་པར་སྦྱར་བར་བྱའོ་སྙམ་དུ་ངེས་པར་སེམས་སྐྱེད་པར་བྱེད་དོ། །ཞེས་གསུངས་པ་ལ་ཡང་ཐོབ་བྱ་བྱང་ཆུབ་ལ་དམིགས་པ་མེད་པས་མཚན་ཉིད་ཕྱོགས་གཅིག་པའོ། །

釋論又云：「應發如此心，願我拔濟一切世間皆令出苦，決定成佛。」此未緣所得菩提，亦僅是相之一分。

དེས་ན་འགྲེལ་པར་སྙིང་རྗེ་ལ་བརྟེན་ནས་བྱང་ཆུབ་ཀྱི་སེམས་སྐྱེ་བར་སྟོན་པའི་སྐབས་སུ། དམ་པའི་ཆོས་ཀྱི་བདུད་རྩིའི་རོ་ཞིམ་དུ་བྱུང་བ་འབྱུང་བའི་རྒྱུ། ཕྱིན་ཅི་ལོག་གི་རྟོག་པ་མཐའ་དག་ལོག་པའི་མཚན་ཉིད། འགྲོ་བ་ཡོངས་ཀྱི་གཉེན་ཉིད་ཀྱི་རང་བཞིན་དུ་གྱུར་པ། སངས་རྒྱས་ཉིད་ཡང་དག་པར་ཐོབ་པར་འདོད་པ་ཡིན་ནོ། །ཞེས་ཐོབ་བྱའི་བྱང་ཆུབ་ལ་དམིགས་པ་གསལ་བར་བཤད་པས།

當如釋論於說依大悲心生菩提心處所說：「正法甘露妙味之因，永離一切顛倒分別爲相，一切衆生親友體性，正欲求得如是佛果。」此文顯說緣所得之菩提。

ཆེད་དུ་བྱ་བ་སེམས་ཅན་ཐམས་ཅད་ཀྱི་དོན་དུ་ཐོབ་བྱ་བླ་ན་མེད་པའི་བྱང་ཆུབ་ཐོབ་པར་འདོད་པ་སེམས་བསྐྱེད་ཀྱི་མཚན་ཉིད་རྫོགས་པར་འདོད་པར་བྱ་སྟེ། འགྲེལ་བཤད་ལས་ཀྱང་དེ་ལྟར་འབྱུང་བ་ལེགས་ཤིང་།

故應許爲利一切有情，欲得無上正等菩提，乃爲圓滿發心之相。本論疏亦作此說。

མངོན་རྟོགས་རྒྱན་ལས་གསུངས་པ་དང་ལུགས་འདི་ལ་མི་འདྲ་བ་མེད་དེ། །དེ་ལྟར་ཆོས་གསུམ་པོ་བྱང་སེམས་ཀྱི་རྒྱུར་འཇོག་པ་ནི། རིན་ཆེན་འཕྲེང་བ་ལས། བདག་ཉིད་དང་ནི་འཇིག་རྟེན་འདིས། །བླ་མེད་བྱང་ཆུབ་ཐོབ་འདོད་ན། །དེ་ཡི་རྩ་བ་བྱང་ཆུབ་སེམས། །རི་དབང་རྒྱལ་པོ་ལྟར་བརྟན་དང་། །ཕྱོགས་མཐའ་གཏུགས་པའི་སྙིང་རྗེ་དང་། །གཉིས་ལ་མི་བརྟེན་ཡེ་ཤེས་ལགས། །ཞེས་གསུངས་པའི་ལུགས་སོ། །

《現觀莊嚴論》所說亦同。安立此三爲菩薩正因，是《寶鬘論》意。彼云：「若自與世間，欲得大菩提，本謂菩提心，堅固如山王，大悲遍十方，不依二邊智。」

ལུང་དེས་བྱང་ཆུབ་ཀྱི་རྩ་བར་བཏན་གྱི་བྱང་སེམས་ཀྱི་རྩ་བར་དངོས་སུ་མ་བསྟན་ཀྱང་། རྩ་བ་ནི་དང་པོའི་དོན་དང་། དེའི་དུས་ཀྱི་གཙོ་བོའི་རྒྱུ་གསུམ་སྟོན་པའི་སྐབས་ཡིན་པས། བྱང་སེམས་ཀྱི་གཙོ་བོའི་རྒྱུ་ཡིན་པར་སྐབས་ལས་ཤེས་སོ། །

此但說爲菩提之根本，未直說爲菩薩之根本，然根本即最初義，以彼以三種正因爲最初，故知即是菩薩之正因。

ཆོས་གསུམ་བྱང་སེམས་ཀྱི་རྒྱུར་སྟོན་པ་འདི་ཉན་རང་སངས་རྒྱས་ལས་དང་། སངས་རྒྱས་བྱང་སེམས་ལས་འབྱུངས་ན། བྱང་སེམས་གང་ལས་འབྱུངས་ཞེས་དཔྱོད་པའི་སྐབས་ཡིན་པས། བྱང་སེམས་ཀྱི་རྣམ་འཇོག་གི་རྒྱུར་མི་རུང་བས་སྐྱེད་བྱེད་ཀྱི་རྒྱུའོ། །

又說三法爲菩薩因者，在觀察聲聞、獨覺既從佛生，諸佛從菩薩生，則菩薩復從何生，故知非是能建立因，乃明菩薩之能生也。

དེ་ལྟར་འདི་གསུམ་གང་གི་རྒྱུར་བཞག་པའི་བྱང་སེམས་དེའི་མ་མཐའ། ལམ་ཞུགས་ཀྱི་བྱང་སེམས་ཐོག་མ་པ་ལ་བྱེད་དམ་མི་བྱེད། བྱེད་ན་ཐེག་ཆེན་གྱི་སེམས་བསྐྱེད་དེའི་རྒྱུར་འཇོག་པ་མི་འཐད་དེ། དེ་ཐོབ་མ་ཐག་བྱང་སེམས་སུ་གཞག་དགོས་པའི་ཕྱིར་རོ།།

如是立此三法爲菩薩因，其最初得名菩薩者，是否指最初入道者而言？是則[1]不應安立大乘發心爲彼之因，以初發彼心者，即立彼爲菩薩數故。

མཐའ་གཉིས་ལ་མི་བརྟེན་པའི་ཡེ་ཤེས་བྱང་སེམས་ཀྱི་རྒྱུར་འཇོག་པ་ཡང་མི་འཐད་དེ། བྱང་སེམས་རྣམས་ནི་ཐོག་མར་ཀུན་རྫོབ་བྱང་ཆུབ་ཀྱི་སེམས་བསྐྱེད་ནས། དེའི་འོག་ཏུ་བྱང་སེམས་ཀྱི་སྤྱོད་པ་ཕྱིན་དྲུག་ལ་སློབ་པ་ཡིན་པས། དེ་ལྟ་བུའི་ཤེར་ཕྱིན་ལ་སློབ་པའི་སྐབས་ཉིད་ནས། མཐའ་གཉིས་ལ་མི་བརྟེན་པའི་ཡེ་ཤེས་ལ་སློབ་པ་ཡིན་པའི་ཕྱིར་རོ། །

亦不應安立不依二邊智爲彼之因，以諸菩薩要先發世俗菩提心，而後乃學菩薩六度行。要學般若波羅蜜時，乃學不依二邊之智故。

མི་བྱེད་ན་ནི་ཟླ་བ་ཚེས་པ་ལྟ་བུའི་བྱང་སེམས་སུ་བཤད་པ་དང་། སྨན་གྱི་ལྗོན་ཤིང་གི་མྱུ་གུ་ལྟ་བུའི་བྱང་སེམས་སུ་བཤད་པ་དང་འགལ་བར་འགྱུར་རོ་ཞེ་ན། ཇི་སྐད་བཤད་པའི་སྐྱོན་དུ་འགྱུར་བའི་ཕྱིར་ཕྱོགས་ གཉིས་པ་ནི་ཁས་མི་ལེན་པས་དང་པོ་ཁས་ལེན་ནོ། །

若謂否，則與所說如初月及如藥樹嫩芽之菩薩皆成相違。答：不許後說。

① 「是則」，校正本作「若謂是則」。

འོན་ཀྱང་སྔར་བཀོད་པའི་སྐྱོན་ནི་མེད་དེ། བྱང་སེམས་ཀྱི་སྔོན་དུ་འགྲོ་བའི་སེམས་བསྐྱེད་པ་ནི། སེམས་བསྐྱེད་སྒོམ་པའི་སྐབས་ལ་དགོངས་ཀྱི། བསྒོམས་པ་ལ་བརྟེན་ནས་སྐྱེས་པའི་སེམས་བསྐྱེད་དངོས་མིན་པའི་ཕྱིར་རོ། །

雖許初說，然無前二過。以菩薩前導之發菩提心，意在修學發心，非謂修成之真實發心。

དེ་ཡང་དཔེར་ན་བུར་ཤིང་གི་ཤུན་པའི་རོ་མྱོང་བ་དང་། ཤུན་པའི་ནང་གི་རོ་མྱོང་བ་དང་འདྲ་བར་སེམས་ཅན་ཐམས་ཅད་ཀྱི་དོན་དུ་སངས་རྒྱས་ཐོབ་པར་བྱའོ་སྙམ་པ་ཙམ་ནི། ཚིག་རྗེས་འབྲངས་པའི་གོ་བ་ཙམ་ཡིན་པས་བུར་ཤིང་གི་ཤུན་པའི་རོ་དང་འདྲ་སྟེ། དེ་ལ་སེམས་བསྐྱེད་པ་ཟེར་ཡང་སེམས་བསྐྱེད་དངོས་མིན་ནོ། །

此如嘗蔗皮及皮內之汁味。若但發宏誓，爲利一切有情故，願當成佛。此乃隨言作解。如嘗蔗皮之味。雖此亦名爲發心，然非真發心。

བྱང་ཆུབ་ཀྱི་སེམས་སྦྱོང་བའི་མན་ངག་བཞིན་དུ་སྦྱངས་པ་ལ་བརྟེན་ནས། ཡིད་ལེགས་པར་འབྱུལ་ཐུབ་པའི་མྱོང་བ་ཁྱད་པར་ཅན་སྐྱེས་པ་ནི། ཤུན་པའི་ནང་གི་བུར་ཤིང་དངོས་ཀྱི་རོ་དང་འདྲ་བས། སེམས་བསྐྱེད་མཚན་ཉིད་པ་ཡིན་ཏེ། དོན་འདི་ལ་དགོངས་ནས་ལྷག་བསམ་བསྐུལ་བ་ལས་ཀྱང་། ཇི་ལྟར་ཤུན་པ་དེ་བཞིན་སྨྲ་བ་སྟེ། །རོ་ལྟ་བུ་ནི་འདི་ལ་དོན་སེམས་ཡིན། །ཞེས་གསུངས་སོ། །

若依修菩提心之教授而修，發生超越常情之勝證，如嘗蔗漿之真味。即真發心。《勸發增上意樂會》即依此義密意說云：「愛樂言說如蔗皮，思惟實義若真味。」

བྱང་སེམས་ཀྱི་རིགས་ཅན་དབང་པོ་རྣོན་པོས་སྔོན་དུ་དེ་ཁོ་ན་ཉིད་ཀྱི་ལྟ་བ་བཙལ་ནས། དེ་ནས་སེམས་བསྐྱེད་པ་ཡིན་པས་སྐྱོན་གཉིས་པ་ཡང་མེད་པ་ནི་འཆད་པར་འགྱུར་རོ། །

利根菩薩種姓，先求真實正見，次乃發心。故亦無後過。

གཉིས་སུ་མེད་པའི་བློ་ནི་གཟུང་འཛིན་གཉིས་སུ་སྣང་བ་མེད་པ་མིན་གྱི། འགྲེལ་བར་མཐའ་གཉིས་དང་བྲལ་བའི་ཤེས་རབ་ལ་བཤད་ལ། དེ་ཡང་བྱང་སེམས་ཀྱི་སྔོན་དུ་འོང་བ་མི་འགལ་ལོ། །

所言無二慧，非無能取所取二，乃釋論所說之離二邊慧。此亦不妨於菩薩之前有之。

དོན་དམ་པའི་སེམས་བསྐྱེད་ལ་འཆད་པ་ནི་ཤིན་ཏུ་མ་འབྲེལ་ཏེ། གཉིས་སུ་མེད་བློ་ཞེས་པས་ཐོག་མར་ཞུགས་པའི་བྱང་སེམས་ཀྱི་རྒྱུའི་ཤེས་རབ་ཀྱང་སྟོན་དགོས་པས་སོ། །

有謂此是勝義菩提心，極爲不可。以所言無二慧，是初入道菩薩之因慧也。

གཉིས་པ་ནི། བྱང་ཆུབ་ཀྱི་སེམས་དང་གཉིས་སུ་མེད་པའི་ཡེ་ཤེས་གཉིས་ཀྱི་རྩ་བ་ཡང་སྙིང་རྗེ་ཡིན་པས་ན། དེ་གསུམ་གྱི་ནང་ནས་སྙིང་རྗེ་གཙོ་བོ་ཉིད་དུ་བསྟན་པར་བཞེད་ནས། གང་ཕྱིར་ཞེས་སོགས་གསུངས་སོ། །

丁二、明彼亦是菩薩餘二因之根本。三因中以大悲為主。由大悲心亦是菩提心與無二智之根本。為顯此故，說「悲性」等一頌。

གང་གི་ཕྱིར་སྙིང་བརྩེ་བ་ནི་རྒྱལ་བའི་ལོ་ཏོག་ཕུན་ཚོགས་འདིའི་ཐོག་མར་སྐྱེད་པ་ལ་གལ་ཆེ་བ་ས་བོན་དང་ནི་འདྲ་ལ། བར་དུ་གོང་ནས་གོང་དུ་སྤེལ་བ་ལ་ཆུ་དང་འདྲ་ཞིང་། ཐ་མར་གདུལ་བྱས་ཡུན་རིང་དུ་ལོངས་སྤྱོད་པའི་གནས་ལ། འབྲས་བུས་སྨིན་པ་ལྟ་བུར་འདོད་པར་གྱུར་པ་དེའི་ཕྱིར། ཟླ་བའི་ཞབས་བདག་གིས་ཉན་རང་དང་སངས་རྒྱས་དང་། བྱང་སེམས་དང་དེའི་རྒྱུ་གཞན་གཉིས་ལས་ཀྱང་ཐོག་མར་རམ། བསྟན་བཅོས་རྩོམ་པའི་ཐོག་མར་སྙིང་རྗེ་ཆེན་པོ་ལ་བསྟོད་པར་བགྱིའོ། །

大悲心於豐盛廣大之佛果，為初生要因，如種子。中間令增長，如水潤。後為眾生常時受用之處，如果成熟。故我月稱，於聲聞、獨覺、諸佛、菩薩及餘二因之先，或造論之首，先讚大悲心。

དེ་ཡང་ད་གཞོན་བསྟོད་པ་མིན་གྱི་དེ་མ་ཐག་ཏུ་རྒྱལ་བའི་ལོ་ཏོག་བསྐྲུན་པ་ལ། ཐོག་མཐའ་བར་གསུམ་དུ་གལ་ཆེ་བར་བསྟན་པ་དེ་ཉིད་དེ། །ཉིད་ཀྱི་སྒྲས་ནི་དཔེའི་སྐབས་སུ་ཕྱིའི་ལོ་ཏོག་ལ་ཐོག་མཐའ་བར་གསུམ་དུ་གལ་ཆེ་བ་གསུམ། སོ་སོ་བར་སོང་བ་ལྟ་བུ་མིན་པར། དོན་གྱི་སྐབས་སུ་རྒྱལ་བའི་ལོ་ཏོག་ལ་སྙིང་རྗེ་ཁོ་ན་ཐོག་མཐའ་བར་གསུམ་དུ་གལ་ཆེ་བར་བསྟན་ཏོ། །

此非入後文方讚，即此所說於生佛果初中後等即是讚嘆也。性者，顯佛果三位中之心要，唯一大悲。不如外谷，初中後三位之要因別有三事。

ཐོག་མར་གལ་ཆེ་བ་ལ་ས་བོན་ལྟ་བུ་ཡིན་ཚུལ་ནི། འདི་ལྟར་སྙིང་རྗེ་ཆེན་པོ་ཅན་ནི་སེམས་ཅན་གྱི་སྡུག་བསྔལ་གྱིས་སྡུག་བསྔལ་བས། སྡུག་བསྔལ་ཅན་གྱི་སེམས་ཅན་ཐམས་ཅད་བསྐྱབ་པའི་ཕྱིར་དུ། བདག་གིས་སེམས་ཅན་འདི་ཐམས་ཅད་འཁོར་བའི་སྡུག་བསྔལ་ནས་བཏོན་ཏེ། སངས་རྒྱས་ལ་ངེས་པར་སྦྱར་བར་བྱའོ་སྙམ་དུ་ཆེད་དུ་བྱ་བ་ལ་དམིགས་པའི་སེམས་བསྐྱེད་ལ། དེ་ཡང་རང་གིས་སངས་རྒྱས་ཐོབ་པ་ལ་རག་ལས་པར་མཐོང་ནས། བདག་གིས་འདི་རྣམས་ཀྱི་དོན་དུ་བླ་མེད་བྱང་ཆུབ་ཅི་ནས་ཀྱང་ཐོབ་པར་བྱའོ་སྙམ་དུ། བྱང་ཆུབ་ལ་དམིགས་པའི་སེམས་ངེས་པར་བསྐྱེད་དོ། །

為最初宗要如種子者。謂具大悲心者，見有情受諸苦惱，為欲救一切苦有情故，便緣所為事而發心曰：「我當度此一切有情出生死苦，令成佛道。」又見要自成佛道，乃能滿彼願。故復緣菩提而發心言：「我為利益諸有情故，願當證得無上菩提。」

དེ་འདྲ་བའི་དམ་བཅའ་བ་དེ་ཡང་གཉིས་སུ་མེད་པའི་ཡེ་ཤེས་ཀྱིས་མཚན་པའི་སྦྱིན་སོགས་ཀྱི་སྤྱོད་པ་དོར་ན་མི་འགྲུབ་པར་མཐོང་ནས། ཡེ་ཤེས་གཙོ་བོར་གྱུར་པའི་སྤྱོད་པ་ལ་ཡང་ངེས་པ་ཁོ་ནར་འཇུག་པས་ན། སངས་རྒྱས་ཀྱི་ཆོས་ཀུན་གྱི་ས་བོན་ནི་སྙིང་རྗེ་ཆེན་པོ་ཡིན་ནོ། །

又見不修無二慧所攝施等諸行，則彼誓願終不能成辦。乃進修智慧等行。是故大悲心爲一切佛法種子。

དོན་འདི་ལ་དགོངས་ནས་རིན་ཆེན་འཕྲེང་བ་ལས། ཐེག་པ་ཆེན་པོ་གང་ཞིག་ལས། །སྙིང་རྗེ་སྔོན་བཏང་སྤྱོད་ཀུན་དང་། །ཡེ་ཤེས་དྲི་མ་མེད་བཤད་པ། །སེམས་ཡོད་སུ་ཞིག་དེ་ལ་སྨོད། ཅེས་སྙིང་རྗེ་སྔོན་དུ་བཏང་གིས་དྲངས་པའི་སྤྱོད་པ་སྤྱི་དང་། ཁྱད་པར་དུ་མཐའ་གཉིས་ཀྱི་དམིགས་གཏད་ཀྱི་དྲི་མ་མེད་པའི་ཡེ་ཤེས་ཀྱི་སྤྱོད་པ་གསུམ་གྱིས་ཐེག་ཆེན་གྱི་དོན་ཀུན་བསྡུས་པར་གསུངས་སོ། །

《寶鬘論》依此義云：「若大乘經說，大悲爲前導，諸行無垢智，有智誰謗彼。」此說大悲爲前導，菩提心所引諸行，與離二邊無垢淨智，此三行攝一切大乘義盡。

བར་དུ་གལ་ཆེ་བ་ལ་ཆུ་དང་འདྲ་ཚུལ་ནི། སྙིང་རྗེའི་ས་བོན་གྱིས་བྱང་ཆུབ་ཀྱི་སེམས་ཀྱི་མྱུ་གུ་ཐོག་མར་བསྐྱེད་དུ་ཟིན་ཀྱང་། དུས་ཕྱིས་སྙིང་རྗེའི་ཆུས་ཡང་དང་ཡང་དུ་མ་བཅུས་ན། འབྲས་བུ་སངས་རྒྱས་ཀྱི་རྒྱུར་གྱུར་པའི་ཚོགས་གཉིས་ཡངས་པ་མ་བསགས་པ་འདི། ངེས་པར་ཉན་རང་གང་རུང་གི་མྱ་ངན་ལས་འདས་པ་མངོན་དུ་བྱེད་ལ། སྙིང་རྗེའི་ཆུས་ཡང་ཡང་བཅུས་ན་དེ་ལྟར་མི་འགྱུར་རོ། །

爲中間要因如水潤者，謂大悲種子發生菩提心芽已，若不時以大悲水灌溉之，則必[①]不能修習二種廣大成佛資糧，定當現證聲聞、獨覺涅槃。若以悲水時加灌溉，則必不爾。

ཐ་མར་གལ་ཆེ་བ་ལ་སྨིན་པ་དང་འདྲ་ཚུལ་ནི། །རྒྱལ་བའི་གོ་འཕང་ཐོབ་ཏུ་ཟིན་ཀྱང་སྙིང་རྗེའི་སྨིན་པ་དང་བྲལ་ན། འཁོར་བ་ཇི་སྲིད་ཀྱི་བར་དུ་སེམས་ཅན་རྣམས་ཀྱིས་ཉེ་བར་ལོངས་སྤྱོད་པའི་རྒྱུར་མི་འགྱུར་ཞིང་། ཉན་རང་དང་བྱང་སེམས་འཕགས་པའི་ཚོགས་གཅིག་ནས་གཅིག་ཏུ་བརྒྱུད་པ་བར་མ་ཆད་པ་འཕེལ་བར་ཡང་མི་འགྱུར་ལ། འབྲས་བུའི་སར་སྙིང་རྗེ་ཆེན་པོ་རྒྱུན་ལྡན་དུ་འཇུག་ན་དེ་ལས་བཟློག་སྟེ་འབྱུང་བའོ། །

爲末後重要如成熟者。謂成佛已，設離大悲心，則必不能盡未來際爲諸有

---

① 「則必」，民族本、網絡電子版（下簡稱「PDF」）及校正本都作「則」。

情作受用因，亦不能令聲聞、獨覺、菩薩聖眾輾轉增上。若於果位有大悲相續者，則一切皆成。

དེ་ལྟར་ན་གང་ཕྱིར་ཞེས་པ་བཞིའི་དོན་བཀྲལ་བས་ནི། ཐེག་ཆེན་པ་བྱེད་པར་འདོད་ན་ཐོག་མར་ཡིད་སྙིང་རྗེ་ཆེན་པོའི་གཞན་དབང་དུ་གྱུར་པ་ཞིག་དང་། དེ་ནས་དེ་ལ་བརྟེན་ནས་བྱང་ཆུབ་ཀྱི་སེམས་མཚན་ཉིད་ཚང་བ་ཅིག་སྙིང་ཐག་པ་ནས་བསྐྱེད་པ་དང་། སེམས་བསྐྱེད་པས་ནི་གདོན་མི་ཟ་བར་བྱང་སེམས་ཀྱི་སྤྱོད་པ་སྤྱི་དང་། ཁྱད་པར་དུ་ཟབ་མོའི་ལྟ་བ་ཕུ་ཐག་གཅོད་དགོས་པར་འདུག་སྙམ་ནས་དེ་དག་ལ་སློབ་པ་ཅིག་དགོས་པར་བསྟན་པ་ལ་ངེས་པ་བརྟན་པོ་རྙེད་དགོས་སོ། །

如是解釋悲性等四句之義。應知即是顯示，樂大乘者應先令心隨大悲轉。次依大悲，至誠引發眾相圓滿大菩提心，既發心已則學菩薩諸行，尤應徹了甚深正見。

གཉིས་པ་ལ་གཉིས། སེམས་ཅན་ལ་དམིགས་པའི་སྙིང་རྗེ་ལ་ཕྱག་འཚལ་བ་དང་། ཆོས་དང་དམིགས་པ་མེད་པ་ལ་དམིགས་པའི་སྙིང་རྗེ་ལ་ཕྱག་འཚལ་བའོ། །དང་པོ་ནི།

丙二、別禮大悲分二：丁一、敬禮緣有情之大悲，丁二、敬禮緣法與無緣之大悲。今初，頌曰：

卷一

དང་པོར་ང་ཞེས་བདག་ལ་ཞེན་གྱུར་ཞིང་། །བདག་གི་འདི་ཞེས་དངོས་ལ་ཆགས་སྐྱེད་པ། །
ཟོ་ཆུན་འཕྱན་ལྟར་རང་དབང་མེད་པ་ཡི། །འགྲོ་ལ་སྙིང་རྗེར་གྱུར་གང་དེ་ལ་འདུད། །

最初說我而執我，次言我所則著法，

如水車轉無自在，緣生興悲我敬禮。

ངར་འཛིན་གྱི་འཇིག་ལྟས་ང་ཡིར་འཛིན་པའི་འཇིག་ལྟ་སྐྱེད་པས། སེམས་ཅན་འདི་རྣམས་ནི་དང་པོར་ཏེ་བདག་གི་བར་མངོན་པར་ཞེན་པའི་འཇིག་ལྟའི་སྔ་རོལ་ཏུ། ངར་འཛིན་པའི་འཇིག་ལྟས་རང་བཞིན་གྱི་ཡོད་པ་མིན་པའི་བདག་རང་བཞིན་གྱིས་ཡོད་དོ་སྙམ་ནས། ང་ཞེས་པའི་དོན་འདི་ཉིད་ཏུ་སྟེ་ལ་བདེན་པར་མངོན་པར་ཞེན་པར་བྱེད་དོ། །

由我執薩迦耶見故，引生我所執薩迦耶見。故有情類於生我所執薩迦耶見之前，先起我執薩迦耶見，於無自性之我妄謂有性。乃於所說之我執爲實有。

དེའི་འོག་ཏུ་ང་ཡིར་འཛིན་པའི་འཇིག་ལྟས། ངར་འཛིན་གྱི་དམིགས་ཡུལ་ལས་གཞན་པ་སྟེ་དེ་མིན་པའི་གཟུགས་དང་མིག་ལ་སོགས་པའི་དངོས་པོ་ལ། འདི་ནི་བདག་གིའོ་ཞེས་བདག་གི་བ་ལ་བདེན་པར་ཆགས་པ་བསྐྱེད་པས། ཟོ་ཆུན་གྱི་འཁྲུལ་འཁོར་འཁྱུད་པ་སྟེ་འཁོར་བ་ལྟར། རང་དབང་མེད་པར་འཁོར་བ་ཡི་འགྲོ་བ་ལ་སྙིང་རྗེར་གྱུར་པ་གང་ཡིན་པ་དེ་ལ་འདུད་དོ་ཞེས་པ་ནི། སེམས་ཅན་ལ་དམིགས་པའི་སྙིང་རྗེ་ལ་ཕྱག་འཚལ་བའི་དོན་ནོ། །

次由我所執薩迦耶見，離於我執所緣境，緣餘眼色等法，謂是我所有。乃於我所著爲實有。由是流轉生死，如水車之旋轉不已，不得自在。緣此眾生而興大悲者，我今敬禮。此即敬禮緣有情之大悲。

འགྲོ་བ་རྣམས་ཟོ་ཆུན་གྱི་རྒྱུད་མོ་དང་འདྲ་ལུགས་ཇི་ལྟར་ཡིན་སྙམ་ན། དེ་ལ་སེམས་ཅན་དང་ཟོ་ཆུན་གྱི་རྒྱུད་གཉིས་ནི་འདྲ་བ་པོ་དང་འདྲ་ཡུལ་ཏེ་ཁྱད་པར་གྱི་གཞིའོ། །

諸眾生類如水車者，諸有情與水車輪，是能同所同之總體。

འདྲ་ཚུལ་ནི་དཔེ་ལ་ཐག་པས་བསྡམས་པ་ལ་སོགས་པའི་ཁྱད་པར་གྱི་ཆོས་དྲུག་ཡོད་པ་བཞིན་དུ། དོན་ལའང་དེ་ཡོད་པར་ཕྱོགས་གཅིག་ཏུ་བསྟན་ན།

其相同之理，釋論別說若喻若法各有六義，今且合說之：

ཁྱད་པར་དང་པོ་ནི་བཅུད་ཀྱི་འཇིག་རྟེན་འདི་ནི་ལས་དང་ཉོན་མོངས་པའི་ཐག་པས་ཆེས་དམ་དུ་བསྡམས་པའོ། །འདི་ནི་ཞེས་པ་ནི་འོག་མ་ལྔ་ལ་ཡང་སྦྱར་རོ། །

一、此有情世間，爲惑業繩索所繫。

གཉིས་པ་ནི། ཟོ་ཆུན་གྱི་འཁྲུལ་འཁོར་བསྐོར་མཁན་དང་འདྲ་བར། རྣམ་པར་ཤེས་པས་བསྐྱེད་པ་ལ་རག་ལས་པར་འཇུག་པའོ། །

二、由識推動之，如旋轉水車之人。

གསུམ་པ་ནི། འཁོར་བའི་ཁྲོན་པ་ཆེན་པོ་སྲིད་རྩེ་ནས། མནར་མེད་པ་ལ་ཐུག་པ་ཟབ་པར་བར་སྐབས་མེད་པར་འཁྱུད་པའོ། །

三、於上自有頂下至無間，深邃生死大井中無間旋轉。

བཞི་པ་ནི། ཐུར་དུ་ངན་འགྲོར་འབབ་རྩོལ་ལ་མི་ལྟོས་པར་རང་གི་ངང་གིས་འགྲོ་ཞིང་གྱེན་དུ་བདེ་འགྲོར་ནི་འབད་པ་ཆེན་པོས་དྲང་བར་བྱ་བའོ། །

四、墮惡趣時，不待功力任運而墜；升善趣時，要極大勤勇方得上升。

ལྔ་པ་ནི། མ་རིག་པ་དང་སྲེད་ལེན་གྱི་ཉོན་མོངས་པ་དང་། འདུ་བྱེད་དང་སྲིད་པའི་ལས་དང་། ལྷག་མ་བདུན་

ཀྱི་སྐྱེ་བའི་ཀུན་ནས་ཉོན་མོངས་པ་གསུམ་ཡོད་ཀྱང་། དེ་གསུམ་གྱི་སྔ་ཕྱིའི་རིམ་པ་མཐའ་གཅིག་ཏུ་ངེས་པར་མི་ནུས་པའོ། །

五、雖有無明愛取煩惱雜染[1]，及行有業雜染，餘七支生雜染，然前後次第則無一定。

དྲུག་པ་ནི། ཉི་མ་རེ་རེ་ཞིང་སྡུག་བསྔལ་གྱི་སྡུག་བསྔལ་དང་། འགྱུར་བའི་སྡུག་བསྔལ་དང་། ཁྱབ་པ་འདུ་བྱེད་ཀྱི་སྡུག་བསྔལ་གྱིས་གཙེས་པའི་ཕྱིར། འགྲོ་བ་འདི་ནི་ཟོ་ཆུན་གྱི་རྒྱུད་མོའི་གནས་སྐབས་ལས་མ་འདས་པ་ཞིག་གོ། །

六、恆爲苦苦、壞苦、行苦之所逼惱，故諸衆生迄[2]未有出輪轉之時。

འདིར་ཁྱད་པར་གྱི་ཆོས་དྲུག་གི་སྒོ་ནས་ཆོས་མཐུན་སྦྱར་བ་ནི། སེམས་ཅན་འཁོར་བར་འཁྱམས་ཚུལ་གྱི་གོ་བ་ཙམ་ཞིག་སྐྱེད་པའི་ཕྱིར་མིན་ནོ། །

此六門法喻合說，非僅令了知有情流轉之理而已。

འོ་ན་ཇི་ལྟར་ཡིན་སྙམ་ན། སྔར་ཐེག་ཆེན་ལ་འཇུག་འདོད་པས་ཐོག་མར་སྙིང་རྗེ་ཆེན་པོ་སྐྱེད་དགོས་པར་བསྟན་ཀྱང་། ཅི་འདྲ་བ་ཞིག་བསྒོམས་པས་སྙིང་རྗེ་སྐྱེད་ཚུལ་སྔར་མ་བསྟན་པས། འདིར་སེམས་ཅན་རྣམས་རང་དབང་མེད་པར་འཁོར་བར་འཁྱམས་ཚུལ་བསྟན་པ་ལྟར་བསྒོམས་པས། སྙིང་རྗེ་ཆེན་པོ་སྐྱེད་ཚུལ་སྟོན་པ་ཡིན་ནོ། །

前雖說樂大乘者應先發大悲，然未說如何修習，悲心乃發。今說有情無有自在，流轉生死。即顯由此修習乃能引發大悲心。

དེ་ཡང་བྱེད་པ་པོ་གང་གིས་འཁོར་དུ་བཅུག་ན། ཤིན་ཏུ་མ་ཞི་ཞིང་མ་དུལ་བའི་སེམས་འདི་ཉིད་ཀྱིས་སོ། །

此復應思由誰令其流轉，謂最不寂靜未善調伏之心。

གནས་གང་དུ་ཚུལ་ཇི་ལྟར་འཁོར་ན། སྲིད་རྩེ་ནས་མནར་མེད་ཀྱི་བར་གྱི་གནས་འདིར། མི་འཁོར་བའི་སྐབས་ཅུང་ཟད་ཀྱང་མེད་པར་རོ། །

於何處流轉，於上自有頂下至無間，流轉不息。

རྒྱུ་རྐྱེན་གང་གིས་འཁོར་ན་ལས་དང་ཉོན་མོངས་པའི་དབང་གིས་སོ། །

何因如是流轉，由惑業增上力故。

དེ་ཡང་བསོད་ནམས་མ་ཡིན་པའི་ལས་དང་། དེའི་ཉོན་མོངས་ཀྱི་དབང་གིས་ངན་འགྲོ་དང་། བསོད་ནམས་དང་མི་གཡོ་བའི་ལས་དང་། དེའི་ཉོན་མོངས་ཀྱི་དབང་གིས་བདེ་འགྲོར་འཁོར་ལ། དེའི་དང་པོ་ནི་དེར་སྐྱེ་བའི་དོན་དུ་འབད་ནི་དགོས་པར་ངང་གིས་འཇུག་པ་དང་། ཕྱི་མ་ནི་དེའི་རྒྱུ་རྣམས་འབད་པ་ཆེན་པོས་སྒྲུབ་དགོས་པས་དཀའ་བ་སྟེ།

① 「雜染」：福建廣化寺本（下簡稱廣化本）作「雜染時」。
② 「迄」，民族本作「迄今」。

謂由非福業及煩惱力則墮惡趣，由諸福業不動業及煩惱力則升善趣。墮惡趣者，不待功力而任運自墮，升善趣者，非極大勤勇修集彼因，難得上升。

ལུང་གཞི་ལས། བདེ་འགྲོ་དང་ངན་འགྲོ་ནས་འཕོས་ཏེ། ངན་འགྲོར་འགྲོ་བ་ནི་ས་ཆེན་པོའི་རྡུལ་དང་། དེ་གཉིས་ནས་འཕོས་ཏེ་བདེ་འགྲོར་འགྲོ་བ་ནི། སྡུག་སེན་གྱི་རྩ་མོས་བཞེས་པའི་རྡུལ་དང་འདྲ་བར་གསུངས་པ་ལྟར་རོ། །

如阿笈摩說：「從善趣惡趣死，墮惡趣者如大地土。從二趣死而生善趣者如爪上塵。」

རྟེན་འབྲེལ་ཚར་གཅིག་གི་ཉོན་མོངས་གསུམ་གང་རུང་ཞིག་གི་དུས་སུ་ཡང་ཚར་གཞན་གྱི་ཀུན་ནས་ཉོན་མོངས་གཞན་གཉིས་འདུག་པས་རྒྱུན་མི་འཆད་པ་དང་། ཉིན་རེ་ཞིང་སྡུག་བསྔལ་གསུམ་ཆུའི་གཉེར་མ་ལྟ་བུས་ལན་གཅིག་མ་ཡིན་པར་མནར་བ་རྣམས་སེམས་པའོ། །

又於某一緣起中，三種煩惱隨一生時，其他緣起之餘二雜染亦相續不斷，又時時爲三苦之所逼惱，如水浪之滾滾而來。

འདི་ཡང་སྔོན་དུ་རང་ཉིད་འཁོར་བར་འཁྱམས་ཚུལ་བསམས་པ་ན། ཡིད་ལ་འབྱུང་བ་ཅི་ཡང་མི་ཐོན་པ་ཅིག་གིས། སེམས་ཅན་གཞན་གྱི་སྟེང་དུ་བསམས་པ་ན། དེ་རྣམས་ཀྱི་སྡུག་བསྔལ་མི་བཟོད་པ་ལས་དང་པོ་པ་ལ་འོང་མེད་པས། བཞི་བརྒྱ་པའི་འགྲེལ་བར་གསུངས་པ་ལྟར་སྔོན་དུ་རང་སྟེང་དུ་བསམ་མོ། །དེ་ནས་སེམས་ཅན་གཞན་ལ་བསྒོམ་པར་བྱའོ། །

此復應知初發業者，若未思自我流轉生死而令心厭離，則於思惟他有情時，不忍其受苦之心，必不能生。故當如《四百論釋》所說，先於自身思惟已，次緣他有情而修。

འོ་ན་སེམས་ཅན་གཞན་ལ་འཁོར་བར་སྡུག་ཀུན་གྱིས་མནར་ཚུལ་བསྒོམས་པ་ཉིད་ཀྱིས་སྙིང་རྗེ་ཆེན་པོ་འདྲེན་ནམ། གྲོགས་གཞན་ཅིག་དགོས་སྙམ་ན།

修他有情於生死中受苦，爲即此能引生大悲心耶？抑須餘法助成之？

འདི་ན་དགྲ་ལ་སྡུག་བསྔལ་མཐོང་བ་ན་མི་བཟོད་པ་མེད་ཀྱི་སྟེང་དུ་དགའ་བ་དང་། ཕན་གནོད་གང་ཡང་མ་བྱས་པ་སྡུག་བསྔལ་བར་མཐོང་བ་ན། ཕལ་ཆེར་ཡལ་བར་འདོར་བ་ནི་རང་གི་ཡིད་དུ་འོང་བ་མེད་པས་ལན་ལ། གཉེན་གྱི་སྡུག་བསྔལ་མཐོང་ན་མི་བཟོད་པ་དང་། དེ་ཡང་ཡིད་དུ་འོང་ཚབས་ཇི་ལྟར་ཆེ་བ་ཙམ་གྱིས་དེའི་སྡུག་བསྔལ་མི་བཟོད་པ་ཤུགས་དྲག་པར་སྐྱང་བས། སེམས་ཅན་ཤིན་ཏུ་གཅེས་ཤིང་ཡིད་ལ་ཕངས་པའི་ཡིད་འོང་སྐྱེད་པ་ཞིག་དགོས་པ་ནི་གནད་ཆེན་པོའོ། །

曰：現見見怨家受苦者，非但無不忍心，且心生欣幸。見非親非怨者受苦，則多捨而不問，是於彼無悅意相之所致也。若見親屬受苦，則心多不忍，其悅意愈重，不忍受苦之心亦轉增。故欲引生大悲心者，於餘有情務須心生最可愛樂悅意之相。

ཡིད་འོང་ཐབས་གང་གིས་སྐྱེད་པ་ལ་མཁས་པའི་དབང་པོ་དག་གི་ལུགས་གཉིས་སྣང་བའི་དང་པོ་ནི། ཟླ་བའི་ཞབས་ཀྱིས་བཞི་བརྒྱ་པའི་འགྲེལ་བར་སེམས་ཅན་རྣམས་ཐོག་མ་མེད་པ་ནས། ཕ་མ་སོགས་ཀྱི་གཉེན་ཡིན་པ་བསམས་ན། དེ་རྣམས་བསྒྲལ་བའི་ཕྱིར་དུ་འཁོར་བར་མཆོང་བར་བཞེད་པ་ཡིན་པར་གསུངས་པ་ལྟར། བདག་ཉིད་ཆེན་པོ་ཙནྡྲ་གོ་མི་དང་། མཁས་པའི་དབང་པོ་ཀ་མ་ལ་ཤཱི་ལས་ཀྱང་གསུངས་སོ། །

此悅意相由何方便得引生？諸大論師略有二規：一、如月稱《四百論釋》說：「思惟一切有情從無始來，皆是父母等眷屬，爲度彼等故，能入生死。」大德月及蓮華戒論師亦如是說。

ཕྱོགས་གཉིས་པ་ནི་དཔལ་ལྡན་ཞི་བ་ལྷའི་ལུགས་ཏེ། དེ་ནི་གཞན་དུ་བཤད་ཟིན་པ་ལས་ཤེས་པར་བྱའོ། །

二、靜天論師之規，如餘廣說應知。

དེ་ལྟར་སེམས་ཅན་ཡིད་ལ་ཤིན་ཏུ་གཅེས་པ་དང་། འཁོར་བ་ན་མནར་བའི་ཚུལ་གཉིས་ཀྱི་སྒོ་ནས། སྙིང་རྗེ་ཆེན་པོ་སྒོམ་པ་ལ་འབད་པ་དེ་དག་གིས་ནི། ཟླ་བས་མཆོད་བརྗོད་ཐུན་མོང་མ་ཡིན་པ་མཛད་པ་དོན་ཡོད་པར་བྱས་ལ། དེ་ལྟར་མ་ཡིན་ན་དེའི་མཁས་པར་རློམ་པ་ནི། ནེ་ཙོའི་འདོན་པ་དང་འདྲ་སྟེ། སྐབས་གཞན་དུ་ཡང་དེ་བཞིན་དུ་ཤེས་པར་བྱའོ། །སེམས་ཅན་ལ་དམིགས་པའི་སྙིང་རྗེར་འགྲོ་ཚུལ་ནི་འཆད་པར་འགྱུར་རོ། །

若能於有情思惟最可悅意，及於生死受苦之理，而修大悲心，則月稱論師作此不共禮敬方爲有義。若不能者，雖自矜聰智，直與鸚鵡誦經等耳。此爲緣有情大悲心之理，至下當釋。

གཉིས་པ་ནི། ཆོས་ལ་དམིགས་པ་དང་དམིགས་པ་མེད་པ་ལ་དམིགས་པའི་སྙིང་རྗེ་ཡང་། དམིགས་པའི་སྒོ་ནས་གསལ་བར་བྱ་བའི་ཕྱིར་འགྲོ་བ་ཞེས་པ་གཉིས་སྨོས་སོ། །

丁二、敬禮緣法與無緣之大悲。緣法與無緣之大悲，亦由所緣而顯。頌曰：

འགྲོ་བ་གཡོ་བའི་ཆུ་ཡི་ནང་གི་ཟླ་བ་ལྟར། །གཡོ་དང་རང་བཞིན་ཉིད་ཀྱིས་སྟོང་པར་མཐོང་བ་ཡི། །

眾生猶如動水月，見其搖動與性空。

卷一

འགྲོ་བ་རླུང་གིས་གཡོ་བའི་ཆུ་ཡི་ནང་གི་ཟླ་བ་ལྟར་གཡོ་བ་སྐེ་སྐད་ཅིག་གིས་འཇིག་པར་མཐོང་ནས། དེ་ལ་སྙིང་རྗེར་གྱུར་པ་གང་ཡིན་པ་དེ་ལ་འདུད་དོ། །ཞེས་པ་དང་སྦྱར་བ་ནི་ཆོས་ལ་དམིགས་པའི་སྙིང་རྗེ་ལ་ཕྱག་འཚལ་བའོ། །

由見眾生如水中月影，為風所動，剎那動滅，緣彼而起大悲心者，我今敬禮。此即敬禮緣法之大悲。

དེ་བཞིན་དུ་འགྲོ་བ་ཆུའི་ནང་གི་ཟླ་གཟུགས་ལྟར། རང་བཞིན་ཉིད་ཀྱིས་གྲུབ་པར་སྣང་ཡང་དེས་སྟོང་པར་མཐོང་ནས། དེ་ལ་སྙིང་རྗེར་གྱུར་པ་ལ་འདུད་དོ་ཞེས་པ་དང་སྦྱར་བ་ནི། །དམིགས་པ་མེད་པའི་སྙིང་རྗེ་ལ་ཕྱག་འཚལ་བའོ། །

由見眾生如水中月影，似有自性而性實空。緣彼而起大悲心者，我今敬禮。此即敬禮無緣大悲。

འགྲེལ་བར་འགྲོ་བ་ཞེས་པ་བཞག་ནས་སྙིང་རྗེར་གྱུར་གང་དེ་ལ་འདུད་ཅེས་གསུངས་པ་ནི། དམིགས་པ་འོག་མ་གཉིས་ལ་འགྲོ་བ་ཞེས་པ་ཡོད་པ་ལ་དགོངས་སོ། །

釋論略「緣生」，而僅引上句「興悲我敬禮」者，意謂後二所緣中，已說有「眾生」矣。

འདི་ལྟར་ཆུ་ཤིན་ཏུ་དྭངས་པ་རླུང་ཤིན་ཏུ་དྲག་པོ་མིན་པས། ཆུའི་ཆ་ཤས་བརླབས་པས་ཁྱབ་པའི་ནང་དུ་ཟླ་བའི་གཟུགས་བརྙན། གཟུགས་བརྙན་ལས་སྔར་དམིགས་པའི་རྟེན་གྱི་ཡུལ་ཆུ་དང་ལྷན་ཅིག་ཏུ། ཉིན་རེ་རེ་འཇིག་པ་ཟླ་བ་རང་གི་དངོས་པོ་མངོན་སུམ་དུ་དམིགས་པ་ལྟ་བུར་ཤར་བ་ན། དམ་པ་སྐེ་སྐྱེ་བོ་ཚུལ་དེ་ལ་མཁས་པ་དག་གིས་སྐད་ཅིག་རེ་རེ་ལ་མི་རྟག་པ་དང་། གང་དུ་སྣང་བའི་ཟླ་བའི་རང་བཞིན་གྱིས་སྟོང་པར་མཐོང་ངོ། །

此謂如澄淨水，微風所吹故，波浪遍於水面。水中月影與彼所依之水，同時起滅，如有彼月自體顯現可得。然諸智者，則見彼月剎那無常，及所現月自性本空。

དཔེ་དེ་བཞིན་དུ་བྱང་སེམས་སྙིང་རྗེའི་དབང་དུ་གྱུར་པ་རྣམས་ཀྱིས་ཀྱང་། སེམས་ཅན་འཇིག་ལྟའི་མཚོར་དེ་རྒྱས་པའི་ཕྱིར་དུ་འབབ་པའི་མ་རིག་པའི་ཆུ་སྦོན་པོ་རྒྱ་ཆེ་བ་དང་ལྡན་པ། ཚུལ་མིན་ཡིད་བྱེད་ཀྱི་རྣམ་རྟོག་གི་རླུང་གིས་བསྐྱོད་པའི་ནང་ན་གནས་པ། ནམ་མཁའི་ཟླ་བ་ལྟ་བུའི་རང་གི་ལས་དཀར་ནག་གི་གཟུགས་བརྙན་ལྟ་བུར་མདུན་ན་གནས་པ་རྣམས། སྐད་ཅིག་རེ་རེ་ལ་འཇིག་པའི་འདུ་བྱེད་ཀྱི་སྡུག་བསྔལ་ཐོག་ཏུ་འབབ་པ་དང་། རང་བཞིན་གྱིས་གྲུབ་པས་སྟོང་པར་མཐོང་བ་ན། དེ་རྣམས་ལ་དམིགས་ནས་སྙིང་རྗེ་ཆེན་པོ་སྐྱེ་བར་འགྱུར་ཏེ། དེ་ཡང་སེམས་ཅན་ཡིད་དུ་འོང་བ་དང་། འཁོར་བར་འཁྱམས་པའི་ཚུལ་བསམས་པ་ལས་སྐྱེ་སྟེ་སྔར་བཤད་པ་བཞིན་ནོ། །

如是菩薩隨大悲心者，見諸有情，墮薩迦耶見大海。無明大水流注其中令極增廣。非理作意邪分別風鼓動不息。往世所造黑白眾業，如空中月。今世有情如彼月影，刹那生滅為諸行苦之所逼迫，而自性本空。緣此便有大悲心生。此亦由思有情悅意，及流轉生死，而後能生，已如前說。

འཇིག་ལྟ་མ་རིག་པ་ཡིན་ཀྱང་དེ་ལས་མ་རིག་པ་ལོགས་སུ་བཤད་པ་ནི། འཇིག་ལྟ་འདྲེན་བྱེད་ཆོས་ཀྱི་བདག་འཛིན་གྱི་མ་རིག་པ་ལ་དགོངས་སོ། །

此中薩迦耶見即是無明，而復別說無明者，意取能引薩迦耶見之法我執無明。

འདིར་འགྲེལ་བར་སྙིང་རྗེ་གསུམ་རྣམ་པས་མི་འབྱེད་པར་དམིགས་ཡུལ་གྱི་འབྱེད་པར་གསུངས་པས། གསུམ་གའི་རྣམ་པ་ནི་སེམས་ཅན་སྡུག་བསྔལ་དང་འབྲལ་བར་འདོད་པའི་རྣམ་པ་ཅན་ཡིན་པས། སེམས་ཅན་ལ་དམིགས་པ་ཡིན་པ་ཡང་འདྲ་སྟེ། སྙིང་རྗེ་དང་པོའི་སྐབས་སུ་འགྲོ་ལ་སྙིང་རྗེར་གྱུར་ཞེས་གསུངས་ལ། ཕྱི་མ་གཉིས་ཀྱི་སྐབས་སུ་ཡང་འགྲོ་བ་གཡོ་བཞིན་གསུངས་པས། སེམས་ཅན་དམིགས་པར་བསྟན་པའི་ཕྱིར་རོ། །

釋論不以行相，而以所緣境分別三種大悲。則知彼三，皆以欲令有情離苦為行相。雖亦同緣有情為境，而所緣不同。初大悲時，說「緣生興悲」，後二悲時亦說「眾生猶如」，此即顯示同緣有情。

དེས་ན་ཆོས་ལ་དམིགས་པའི་སྙིང་རྗེས་ནི། སེམས་ཅན་ཙམ་ཞིག་ལ་དམིགས་པ་མིན་གྱི། སྐད་ཅིག་གིས་འཇིག་པའི་སེམས་ཅན་ལ་དམིགས་པ་ཡིན་པས། སྐད་ཅིག་གི་མི་རྟག་པས་ཁྱད་པར་དུ་བྱས་པའི་སེམས་ཅན་དམིགས་པའོ། །

若爾何別？應知緣法大悲，非但緣總有情，乃緣刹那起滅之有情，即緣刹那無常所差別之有情也。

སེམས་ཅན་སྐད་ཅིག་གིས་འཇིག་པར་ངེས་པ་ན། རྟག་གཅིག་རང་དབང་ཅན་གྱི་སེམས་ཅན་ཡོད་པ་བློ་ངོ་དེར་ཁེགས་པས། ཕུང་པོ་ལས་ངོ་བོ་ཐ་དད་པའི་སེམས་ཅན་མེད་པ་ངེས་པར་ནུས་སོ། །

若能解有情刹那起滅，則必已遣除常一自在有情之想，故亦能解定無離蘊異體之有情。

དེའི་ཚེ་སེམས་ཅན་ནི་ཕུང་པོའི་ཚོགས་ཙམ་ལ་བཏགས་པར་ཤེས་དུ་རུང་པས། ཕུང་སོགས་ཀྱི་ཆོས་ཙམ་ལ་བཏགས་པའི་སེམས་ཅན་དམིགས་པར་འགྲོ་བས་ཆོས་ལ་དམིགས་པ་ཞེས་གསུངས་སོ། །

爾時便知有情唯是五蘊和合假立。即緣蘊等法上假立之有情。故名緣法。

མི་རྟག་པའི་སེམས་ཅན་ཞེས་པ་ནི་མཚོན་པ་ཙམ་སྟེ། རང་རྐྱ་ཐུབ་པའི་རྫས་སུ་མེད་པའི་སེམས་ཅན་དམིགས་པར་བྱེད་པ་ལྟ་བུ་ལ་ཡང་། ཆོས་ལ་དམིགས་པ་ཞེས་བྱའོ། །

此說無常有情僅是一例，即緣無實主宰之有情，亦是緣法所攝。

དེས་ན་ཆོས་ཙམ་ལ་བཏགས་པའི་སེམས་ཅན་ལ་དམིགས་པ་ལ་ཆོས་ལ་དམིགས་པ་ཞེས་པ་ནི། བར་གྱི་ཚིག་མི་མངོན་པར་བྱེད་པའོ། །

實緣法上假立之有情，而但云「緣法」者，是省略之稱也。

དམིགས་པ་མེད་པ་ལ་དམིགས་པའི་སྙིང་རྗེས་ཀྱང་སེམས་ཅན་ཙམ་ལ་དམིགས་པ་མིན་གྱི། དམིགས་པ་ཁྱད་པར་བ་རང་བཞིན་གྱིས་གྲུབ་པས་སྟོང་པའི་སེམས་ཅན་ལ་དམིགས་སོ། །

無緣大悲亦非但緣總有情，乃緣自性本空之有情。

དམིགས་པ་མེད་པ་ནི་མཚན་འཛིན་གྱིས་བཟུང་བ་ལྟར་གྱི་ཞེན་ཡུལ་མེད་པ་བདེན་མེད་དོ། །

所謂無緣者，謂無執實相心所著之境也。

བདེན་མེད་ཀྱིས་ཁྱད་པར་དུ་བྱས་པའི་སེམས་ཅན་ལ་དམིགས་པ་ལ། དམིགས་པ་མེད་པ་ལ་དམིགས་པ་ཞེས་སམ། དམིགས་པ་མེད་པའི་སྙིང་རྗེ་ཞེས་བར་གྱི་ཚིག་མི་མངོན་པར་བྱས་པའོ། །

實是緣非實有所差別之有情，而但云「無緣大悲」者，亦是簡略之稱。

བོད་ཀྱི་ཊཱི་ཀ་བྱེད་མང་པོས་སྙིང་རྗེ་གཉིས་པ་ཉིད་ཀྱིས་སྐད་ཅིག་གིས་འཇིག་པར་དམིགས་པ་དང་། སྙིང་རྗེ་གསུམ་པ་ཉིད་ཀྱིས་རང་བཞིན་མེད་པར་དམིགས་ཟེར་བ་ནི། འདི་དག་གི་དམིགས་རྣམ་ལེགས་པར་མ་རྟོགས་པའི་བཤད་པ་སྟེ། སྙིང་རྗེ་གཉིས་ནི་སེམས་ཅན་སྡུག་བསྔལ་དང་འབྲལ་འདོད་ཀྱི་རྣམ་པ་ཅན་དུ་ཁས་ལེན་དགོས་ལ། སྐད་ཅིག་མ་དང་རང་བཞིན་མེད་པ་གཉིས་རྣམ་པའི་ཡུལ་དུ་འདོད་ན། སྙིང་རྗེ་གཅིག་ལ་འཛིན་སྟངས་ཀྱི་རྣམ་པ་མི་མཐུན་པ་གཉིས་སུ་འགྱུར་བའི་ཕྱིར་རོ། །

藏人註疏，多謂：「第二大悲緣刹那生滅，第三大悲緣無自性。」蓋是未解悲心所緣行相之談。此二大悲亦以欲令有情離苦爲行相，若以刹那生滅與無自性爲行相，則於一大悲中，應有不同之二行相矣，以是安立彼二義所差別之有情爲大悲之所緣。

དེས་ན་ཁྱད་པར་གཉིས་ཀྱིས་ཁྱད་པར་དུ་བྱས་པའི་སེམས་ཅན་སྙིང་རྗེའི་དམིགས་པར་འཛོག་པ་ལ། སྙིང་རྗེ་གཉིས་རྒྱུད་ལྡན་གྱི་གང་ཟག་གིས་སེམས་ཅན་སྐད་ཅིག་མ་དང་། རང་བཞིན་མེད་པར་སྔོན་དུ་ངེས་ཟིན་པ་ལ་བརྟེན་ནས་ཁྱད་ཆོས་གཉིས་ཀྱི་རྣམ་པ་ཤར་བ་ཅིག་དགོས་ཀྱི། སྙིང་རྗེས་དེ་གཉིས་སུ་དམིགས་པ་མི་དགོས་སོ། །

成就此二大悲心者，由先知有情是刹那生滅及無自性，便能現起二差別相（刹那相與無自性相）。非大悲心直緣彼二也。

རྩ་འགྲེལ་གཉིས་ཀར་སྙིང་རྗེ་ཕྱི་མ་གཉིས་ལ་སྔར་བཤད་པའི་ཁྱད་པར་གྱིས་ཁྱད་པར་དུ་བྱས་པའི་སེམས་ཅན་དམིགས་པར་བཤད་ལ། སྙིང་རྗེ་དང་པོ་ལ་དེ་འདྲ་བའི་ཁྱད་པར་གྱིས་ཁྱད་པར་དུ་བྱས་པ་མིན་པར། སེམས་ཅན་ཅི་ཞིག་དམིགས་པར་གསུངས་པས། དེ་ལ་དགོངས་ནས་སེམས་ཅན་ལ་དམིགས་པའི་སྙིང་རྗེ་ཞེས་པ་ཡང་ཐ་སྙད་བདེ་བའི་ཕྱིར་ཉེར་བསྡུའི་མིང་ངོ།།

本論釋論皆說，後二大悲，緣上述差別相所別之有情。第一大悲則非緣彼所差別者，但緣總相有情，依此說名緣有情大悲。

དེས་ན་སྙིང་རྗེ་དང་པོ་འདིས་རྟག་གཅིག་རང་དབང་ཅན་གྱི་སེམས་ཅན་ལ་དམིགས་དགོས་པར་འདོད་པ་ནི། མི་རིགས་པར་སྨྲ་བ་སྟེ། བདག་མེད་པའི་ལྟ་བ་མ་རྙེད་པའི་རྒྱུད་ཀྱི་སྙིང་རྗེ་ལ་ཡང་སེམས་ཅན་ཙམ་ལ་དམིགས་ནས་སྐྱེ་བ་དུ་མ་ཡོད་པའི་ཕྱིར་དང་། གང་ཟག་གི་བདག་མེད་ཐུན་མོང་བ་དང་། དེ་ཁོ་ན་ཉིད་ཀྱི་ལྟ་བ་རྙེད་པའི་རྒྱུད་ལ་ཡང་། སྔར་བཤད་པའི་ཁྱད་པར་གཉིས་གང་གིས་ཀྱང་ཁྱད་པར་དུ་མ་བྱས་པའི་སེམས་ཅན་ལ་དམིགས་པའི་སྙིང་རྗེ་དུ་མ་ཡོད་པའི་ཕྱིར་རོ།།

以是應知或說第一大悲要緣常一自在之有情者，所說非理，以未得無我見者之大悲，多有僅緣有情總相者。即得共同人無我及真理見者之大悲，亦多有未緣差別相所別之有情。

དཔེར་ན་བུམ་པ་རྟག་པར་འཛིན་པའི་ཞེན་ཡུལ་སུན་ཕྱུང་ནས། མི་རྟག་པར་ཁོང་དུ་ཆུད་པས་ཀྱང་། བུམ་པ་དམིགས་པར་འཛིན་རིས་ཀྱིས་མི་རྟག་པས་ཁྱད་པར་དུ་བྱས་པའི་བུམ་པ་དམིགས་པར་མི་འཛིན་པ་དུ་མ་ཞིག་འོང་ལ། བུམ་པ་མི་རྟག་པར་ཁོང་དུ་ཆུད་པས་ཀྱང་། བུམ་པ་དམིགས་པར་འཛིན་རིས་ཀྱིས་རྟག་པས་ཁྱད་པར་དུ་བྱས་པའི་བུམ་པ་དམིགས་པར་མི་འཛིན་པ་བཞིན་ནོ།།

喻如能遣瓶上常執已達無常者，非凡緣瓶心皆緣無常所別之瓶。即未達瓶無常者，亦非皆緣常相所差別之瓶也。

འདིའི་སྙིང་རྗེ་གསུམ་ནི་དམིགས་པ་གསུམ་པོ་གང་ལ་དམིགས་ཀྱང་། སེམས་ཅན་ཐམས་ཅད་སྡུག་བསྔལ་མཐའ་དག་ལས་བསྐྱབ་པར་འདོད་པའི་རྣམ་པ་ཅན་ཡིན་པས། ཉན་རང་གི་སྙིང་རྗེ་དང་ཁྱད་པར་ཤིན་ཏུ་ཆེའོ།།

此三大悲隨緣某一所緣，皆以救拔一切有情出苦爲相。故與二乘之悲心有大差別。

དེ་འདྲ་བའི་སྙིང་རྗེ་རྣམས་བསྐྱེད་པ་ན། སེམས་ཅན་གྱི་དོན་དུ་བདག་གིས་སངས་རྒྱས་ཀྱི་གོ་འཕང་ཅི་ནས་ཀྱང་ཐོབ་པར་བྱའོ་སྙམ་པའི་བྱང་ཆུབ་ཀྱི་སེམས་བསྐྱེད་པར་འགྱུར་རོ། །

若已發起諸大悲心，便能引大菩提心，我爲利益一切有情，願當成佛。

མཆོད་བརྗོད་ཡུལ་དུ་གྱུར་པའི་སྙིང་རྗེ་ནི། ཐོག་མའི་སྙིང་རྗེ་གཙོ་བོ་ཡིན་ཀྱང་། བྱང་ཆུབ་སེམས་དཔའི་སྙིང་རྗེ་གཞན་རྣམས་ཀྱང་ཡིན་པས་ན། སྐབས་འདི་རྣམས་སུ་འགྲེལ་བས་སྙིང་རྗེ་སྐྱེད་པ་པོ་བྱང་ཆུབ་སེམས་དཔར་གསུངས་པ་རྣམས་ཀྱང་མི་འགལ་ལོ། །

禮供文中所讚之大悲，雖以最初大悲爲主。但菩薩身中餘大悲心，亦是所讚。故此處釋論中說發大悲心之菩薩，亦不相違。

འོ་ན་ལམ་དུ་ཐོག་མར་ཞུགས་པའི་བྱང་སེམས་ཀྱི་རྒྱུར་གྱུར་པའི་སྙིང་རྗེ་དེ་ལ་སྙིང་རྗེ་གསུམ་ག་ཡོད་དམ་མེད་ཅེ་ན།

若爾，最初入道菩薩正因之大悲中，爲有三種大悲否？曰不定。

འདི་ལ་གཉིས་ལས་ཐེག་ཆེན་གྱི་རིགས་ཅན་ཆོས་ཀྱི་རྗེས་འབྲང་ནི། ཡང་དག་པའི་དེ་ཁོ་ན་ཉིད་ཤེས་པ་ཚོལ་བ་སྔོན་དུ་བཏང་སྟེ། དོན་དམ་པ་ལེགས་པར་གཏན་ལ་ཕབ་པའི་འོག་ཏུ་སེམས་ཅན་ལ་སྙིང་རྗེ་ཆེན་པོ་བསྐྱེད་པ་ལ་བརྟེན་ནས། སེམས་ཅན་བསྐྱེད་ཅིང་ཐུབ་པའི་བརྟུལ་ཞུགས་བྱང་སེམས་ཀྱི་སྤྱོད་པ་ལ་སློབ་བོ། །

大乘種姓隨法行者則有。彼先抉擇勝義之正見，次乃緣有情發大悲心。依大悲故發菩提心學菩薩行能仁禁戒。

ཐེག་ཆེན་གྱི་རིགས་ཅན་དད་པའི་རྗེས་འབྲང་ནི། སྔོན་དུ་དེ་ཁོ་ན་ཉིད་རྟོགས་པར་མི་ནུས་པས་སེམས་བསྐྱེད་པའི་འོག་ཏུ་ཡང་དག་པའི་དོན་ཤེས་པ་ཚོལ་བ་ལ་སོགས་པའི་སྤྱོད་པ་ལ་སློབ་སྟེ།

若大乘種姓隨信行者則無。彼不能先達真理。待發心已，方能求真理正見及學菩薩行。

དབུ་མའི་རྒྱན་ལས། ཡང་དག་ཤེས་ཚོལ་སྔོན་བཏང་སྟེ། །དོན་དམ་རྣམ་པར་ངེས་གྱུར་ནས། །ལྟ་ངན་ཐིབས་གནས་འཇིག་རྟེན་ལ། །སྙིང་རྗེ་ཀུན་ཏུ་བསྐྱེད་ནས་སུ། །འགྲོ་དོན་བྱེད་པར་དཔའ་གྱུར་པ། །བྱང་ཆུབ་བློ་རྒྱས་མཁས་པ་ནི། །བློ་དང་སྙིང་རྗེས་བརྒྱན་པ་ཡི། །ཐུབ་པའི་བརྟུལ་ཞུགས་ཡང་དག་སྤྱོད། །ཡང་དག་དད་པས་རྗེས་འབྲང་བ། །རྫོགས་པའི་བྱང་ཆུབ་སེམས་བསྐྱེད་ནས། །ཐུབ་པའི་བརྟུལ་ཞུགས་བླངས་བྱས་ཏེ། །དེ་ནི་ཡང་དག་ཤེས་ཚོལ་བརྩོན། །ཞེས་གསུངས་པ་ལྟར་ཡིན་པས་སྙིང་རྗེ་གསུམ་ག་སྔོན་དུ་སྐྱེད་པ་ཡོད་དོ། །

如《中觀莊嚴論》云：「先求真理智，勝解勝義已，緣惡見世間，遍發大悲心，精勤利眾生，增長菩提心，受能仁禁戒，悲慧所莊嚴。諸隨信行者，發大菩提心，受能仁禁戒，次勤求真智。」以如是說故，三種悲心皆可在前生起。①

སྔོན་དུ་དེ་ཁོ་ན་ཉིད་ཀྱི་ལྟ་བ་རྙེད་ཀྱང་སྤྱོད་པ་ལ་སློབ་པའི་དུས་སུ་ཡང་། དེ་ཁོ་ན་ཉིད་ཀྱི་དོན་གཏན་ལ་ཕབ་ནས། དེ་ལ་སློབ་པ་ལ་འགལ་བ་མེད་པ་ཙམ་དུ་མ་ཟད་ཚུལ་དེ་ངེས་པར་བྱ་དགོས་པ་ཡིན་ནོ། །

雖已先獲得真實性之見，然學菩薩行時，重新再抉擇真實義而後學菩薩行亦不矛盾，非但不矛盾，一定要如此理解。

དེ་ལྟར་མཆོད་པར་བརྗོད་ནས་བརྩམ་པར་དམ་བཅའ་བ་དངོས་སུ་མ་མཛད་ཀྱང་སྐྱོན་མེད་དེ། དབུ་མ་རྩ་བ་དང་རིགས་པ་དྲུག་ཅུ་པ་བཞིན་ནོ། །

本論伸禮供已，雖未立誓願，然亦無失。如《中觀論》與《六十正理論》。

དེ་བཞིན་དུ་བརྩམ་པར་དམ་བཅའ་མཛད་ནས། མཆོད་བརྗོད་དངོས་སུ་མ་མཛད་པ་བཤེས་པའི་འཕྲིན་ཡིག་ལྟ་བུ་ཡང་ཡོད་དོ། །

亦有但立誓願無禮供者，如《親友書》。

འོན་ཀྱང་དབུ་མ་ལ་འཇུག་པ་རྩོམ་པར་འདོད་ནས་མཆོད་བརྗོད་མཛད་པ་ཡིན་པས། ཤུགས་ལ་ནི་བརྩམ་པར་དམ་བཅའ་བ་ཡོད་དོ། །

卷一

此《入中論》爲造論而伸禮供，應亦兼含立誓之義。

གཞན་འཇུག་པའི་ཡན་ལག་དགོས་འབྲེལ་ལ་བརྗོད་བྱ་ནི། ཟབ་པ་དང་རྒྱ་ཆེ་བ་གཉིས་ཡིན་ལ། ཐུན་མོང་མ་ཡིན་པའི་དགོས་པ་ནི་བཤད་ཟིན་ཏོ། །

使他趣入之因，謂「所爲」「係屬」等。本論「所詮」，即甚深廣大二義。其不共所爲如前已說。

ཉིང་དགོས་ལ་གནས་སྐབས་པ་ནི་བསྟན་བཅོས་ཀྱི་དོན་ཤེས་པ་ཉམས་སུ་ལེན་པ་ནས་བཟུང་སྟེ་ལམ་བཞི་བགྲོད་པའོ། །

所爲之心要，暫時者，謂由了解論義，如法修行，進趣四道。

---

①「以如是說故，三種悲心皆可在前生起。雖已先獲得真實性之見，然學菩薩行時，重新再抉擇真實義而後學菩薩行亦不矛盾，非但不矛盾，一定要如此理解」。此段諸漢文版本皆無，現據見悲青增格西譯文補入。

མཐར་ཐུག་པ་ནི་འབྲས་བུའི་སའོ། །ཉིང་དགོས་དགོས་པ་ལ་རག་ལས་པ་དང་། དགོས་པ་བསྟན་བཅོས་ལ་རག་ལས་པ་ནི་འབྲེལ་བའོ། །

究竟者，謂證果地。所爲心要，依於所爲，所爲依於論，即是係屬也。

གཉིས་པ་ལ་གཉིས། རྒྱུའི་ས་དང་། འབྲས་བུའི་སའོ། །

乙二、正出所造論體分二：丙一、因地，丙二、果地。

དང་པོ་ལ་གསུམ། ལུགས་འདིའི་ལམ་ཉམས་སུ་ལེན་ཚུལ་སྤྱིར་བསྟན་པ་དང་། བྱེ་བྲག་ཏུ་སོ་སྐྱེའི་སར་ཉམས་སུ་ལེན་ཚུལ་བཤད་པ་དང་། བྱང་སེམས་འཕགས་པའི་སའི་རྣམ་གཞག་བསྟན་པའོ། །

初又分三：丁一、總說此宗修道之理，丁二、別釋異生地，丁三、廣明菩薩聖地。

དང་པོ་ནི། གལ་ཏེ་བསྟན་བཅོས་འདིར་བྱང་སེམས་ཀྱི་ཟབ་པ་དང་རྒྱ་ཆེ་བའི་ལམ་ཀླུ་སྒྲུབ་ཀྱི་རྗེས་སུ་འབྲངས་ཏེ་གཏན་ལ་འབེབས་ན། རེ་ཞིག་མགོན་པོ་ཀླུ་སྒྲུབ་ཀྱི་ལུགས་ཀྱིས་སངས་རྒྱས་ཀྱི་སར་བགྲོད་པའི་ལམ་གྱི་རིམ་པ་ཅི་འདྲ་བ་ཞིག་བཞེད་ཅེ་ན། དེ་ལ་སངས་རྒྱས་གཉིས་པ་ཀླུ་སྒྲུབ་ཞབས་ལ་སོགས་པའི་ལུགས་ཐོས་བསམ་གྱིས་གཏན་ལ་འབེབས་པ་ནི། རང་གིས་ཡང་དག་པའི་ལམ་ཉམས་སུ་ལེན་ཚུལ་ལ་ངེས་པ་ཆེན་པོ་རྙེད་ནས། ལམ་ལྟར་སྣང་རྣམས་ཀྱིས་བཀྲི་བར་མི་ནུས་པའི་ཆེད་དུ་ཡིན་ནོ། །

今初，若謂此論隨順龍猛抉擇菩薩甚深廣大之道，未知龍猛宗於趣入佛地之道次第如何？曰：應先以聞思力抉擇龍猛菩薩等宗義。於修行之真實道獲大信解，不爲諸餘似道所引。

དེའི་ཕྱིར་ཤིང་རྟ་ཆེན་པོ་རྣམས་ཀྱི་ལུགས་ཀྱི་གཞུང་ལ་ཅི་ཙམ་སྦྱངས་ཀྱང་། རང་གི་ལམ་ཉམས་སུ་ལེན་པའི་ཚུལ་ལ་ངེས་པ་ཅི་ཡང་མི་རྙེད་པའི་ཐོས་བསམ་པ་ནི། ཐོས་བསམ་བྱེད་ཚུལ་གནད་དུ་མ་སོང་བའི་ཕྱིར། ཐེག་པ་ཆེན་པོ་ལ་ངལ་བར་བྱས་ཀྱང་སྙིང་པོ་ལེགས་པར་མི་ལོན་པས་ན། ལམ་བགྲོད་པའི་རིམ་པ་རྣམས་ཤེས་པ་ལ་འབད་པར་བྱའོ། །

若於諸大論師之論典專精研習，而於修道之理心無定解。則彼聞思未見扼要。雖於大乘多施劬勞，終難得真實之果。故於修道之次第，當勤求了知。

ཀླུའི་ཞབས་ཀྱིས་ལམ་གྱི་ཆ་ཕྱོགས་རེ་བཤད་པ་མང་ཡང་ཟབ་པ་དང་རྒྱ་ཆེ་བ་གཉིས་ཀ་ལས་བརྩམས་པའི་ལམ་གྱི་ལུས་སྟོན་པའི་གཞུང་གསུམ་ལས།

龍猛菩薩說道之一分者多，說道之全體謂依深廣二分者，現有三論。

རིན་ཆེན་འཕྲེང་བ་ལས་གསུངས་ཚུལ་ལ། དེ་ཡི་རྩ་བ་བྱང་ཆུབ་སེམས། །ཞེས་པ་དང་། སྙིང་རྗེ་སྔོན་བཏང་སྤྱོད་ཀུན་དང་། །ཞེས་སོགས་ནི་སྔར་དྲངས་ཟིན་ལ།

一、《寶鬘論》：「本謂菩提心」及「大悲爲前導」等，前已引訖。

ཡང་དེ་ཉིད་ལས། དེ་ལ་བྱང་ཆུབ་སེམས་དཔའ་ཡི། །ཡོན་ཏན་མདོར་བསྡུན་བྱ་བ་ནི། །སྦྱིན་དང་ཚུལ་ཁྲིམས་བཟོད་བརྩོན་འགྲུས། །བསམ་གཏན་ཤེས་རབ་སྙིང་རྗེ་སོགས། །སྦྱིན་པ་རང་དོན་ཡོངས་བཏང་བ། །ཚུལ་ཁྲིམས་གཞན་ཕན་བྱ་བའོ། །བཟོད་པ་ཁྲོ་བ་སྤངས་པ་སྟེ། །དཀར་པོའི་ཆོས་སྤེལ་བརྩོན་འགྲུས་སོ། །

論中又云：「菩薩諸功德，今當略宣說，謂施戒忍進，靜慮慧悲等，施謂捨自利，尸羅則利他，忍辱離瞋恚，精進長白法。

བསམ་གཏན་རྩེ་གཅིག་ཉོན་མོངས་མེད། །ཤེས་རབ་བདེན་དོན་གཏན་ལ་འབེབས། །སྙིང་བརྩེ་སེམས་ཅན་ཐམས་ཅད་ལ། །སྙིང་རྗེ་རོ་གཅིག་བློ་གྲོས་སོ། །སྦྱིན་པས་ལོངས་སྤྱོད་ཁྲིམས་ཀྱིས་བདེ། །བཟོད་པས་མདངས་ལྡན་བརྩོན་པས་བརྗིད། །བསམ་གཏན་གྱིས་ཞི་བློ་ཡིས་གྲོལ། །སྙིང་བརྩེ་བས་ནི་དོན་ཀུན་སྒྲུབ། །བདུན་པོ་འདི་དག་མ་ལུས་པར། །ཅིག་ཅར་ཕ་རོལ་ཕྱིན་པ་ཡིས། །ཡེ་ཤེས་བསམ་གྱིས་མི་ཁྱབ་ཡུལ། །འཇིག་རྟེན་མགོན་པོ་ཉིད་ཐོབ་འགྱུར། །ཞེས་ཕྱིན་དྲུག་གི་ངོས་འཛིན་དང་། །ཕན་ཡོན་དང་སྙིང་རྗེའི་གྲོགས་དང་བཅས་པ་ལ་བསླབ་པར་གསུངས་ཏེ།

靜慮專無染，慧抉擇實義，悲於諸眾生，一味大悲慧。施富戒安樂，忍悅進有威，禪靜慧解脫，悲修一切利。此七能盡攝，一切波羅蜜，得不思議智，世間依怙尊。」此即說六度與勝利，及大悲之助伴，皆應修學。

སྤྱོད་པའི་རྟེན་སེམས་བསྐྱེད་པ་སྔོན་དུ་བཏང་བ་དང་། སྤྱོད་པ་དེས་བྱང་སེམས་ཀྱི་ས་བཅུ་བགྲོད་པར་གསུངས་སོ། །

論中又說，諸行以菩提心爲前導，及由諸行進趣菩薩十地等。

ཆོས་དབྱིངས་བསྟོད་པ་ལས་ཀྱང་། སྐྱབས་སུ་སོང་ནས་སེམས་བསྐྱེད་པ་དང་། ཕར་ཕྱིན་བཅུས་ཁམས་རྒྱས་པར་བྱེད་པ་དང་། བྱང་སེམས་ཀྱི་ས་བཅུ་གསུངས་སོ། །ལམ་གྱི་ལུས་ཀྱི་སྡོམ་རགས་པ་ཅིག་མཛད་པ་དེ།

二、《法界讚》：說皈依，次發菩提心，修習十度增長界性，及十地等。此即道體之攝頌。

མདོ་ཀུན་ལས་བཏུས་ལས་རྒྱས་པར་བཤད་པ་ན། དལ་འབྱོར་དང་བསྟན་པ་ལ་དད་པ་རྙེད་དཀའ་བ་དང་། དེ་དག་ལས་ཀྱང་བྱང་ཆུབ་ཏུ་སེམས་བསྐྱེད་པ་རྙེད་དཀའ་བར་གསུངས་ལ། སེམས་ཅན་རྣམས་ལ་སྙིང་རྗེ་ཆེ་བ་ཡང་རྙེད་དཀའ་བ་དང་། སྔར་བཤད་པ་རྣམས་ལས་ཀྱང་། བྱང་སེམས་ལ་རྣ་འཕྲིན་པའི་ལས་སྒྲིབ་དང་། དེ་ལ་བརྙས

པའི་སེམས་དང་། བདུད་ཀྱི་ལས་དང་། དམ་ཆོས་སྤོང་བ་སོགས་སྤོང་བ་རྙེད་དཀའ་བ་སོགས་ཀྱི་བཤད་པ་མང་དུ་གསུངས་སོ། །

三、《集經論》：廣釋彼（道體之攝頌）時，復說暇滿難得，聖教難信，發菩提心尤爲難能。又謂普於一切有情發大悲心甚不易。其能斷除毀傷菩薩、輕蔑菩薩、諸魔事業、謗正法等障，則爲尤難。

འདི་སྔ་མ་གཉིས་ལ་ལྟོས་ན་གསལ་མོད་ཀྱང་། ད་དུང་ལམ་གྱི་རིམ་པ་རྣམས་རྟོགས་དཀའ་བ་ལ།

此論所說雖較前二論爲明顯，然修道之次第猶難了知。

སློབ་དཔོན་གྱི་ལུགས་འཛིན་ཆེན་པོ་ཞི་བ་ལྷས། སྤྱིར་བསླབ་སྤྱོད་གཉིས་ཀ་དང་ཁྱད་པར་དུ་མདོ་ཀུན་བཏུས་ཀྱི་དོན་གྱི་འགྲེལ་བ་བསླབ་བཏུས་ལས་ཤིན་ཏུ་གསལ་ཞིང་རྒྱས་པར་གསུངས་ཏེ། ཐོག་མར་དལ་འབྱོར་དོན་ཆེ་ཞིང་ཤིན་ཏུ་རྙེད་དཀའ་བ་བསམས་ནས། ཚེ་འདིར་སྙིང་པོ་ལེན་པའི་ཕན་པ་སེམས་པ་དང་།

受持此宗之靜天論師，造《集學》《入行》二論。尤以《集學論》所說，顯而且廣。彼謂先思暇滿難得，於現生中取堅攝義。

དེ་ནས་དད་པ་སྤྱི་དང་ཁྱད་པར་དུ་ཐེག་པ་ཆེན་པོའི་ཡོན་ཏན་བསམ་པའི་དད་པ་བརྟན་པོ་བསྐྱེད་དེ། སྨོན་པ་བྱང་ཆུབ་ཀྱི་སེམས་བསྐྱེད་པ་དང་། དེ་ནས་འཇུག་པའི་སྡོམ་པ་བཟུང་བ་དང་།

次修淨信，尤應思惟大乘功德生堅固信，發願[①]菩提心。次受行菩提心之律儀。

དེ་ནས་ལུས་དང་ལོངས་སྤྱོད་དགེ་རྩ་གསུམ་བཏང་བ་དང་། བསྲུང་བ་དང་། དག་པར་བྱེད་པ་དང་། སྤེལ་བའི་ཚུལ་རྣམས་གསལ་བར་གསུངས་པ་འདིས། མདོ་ཀུན་ལས་བཏུས་བཤད་པར་བྱའོ། །

次緣自身、資財、善根，總修惠施、守護、清淨、增長等。

བཞི་བརྒྱ་པར་ཡང་ཟབ་པ་དང་རྒྱ་ཆེ་བའི་ལམ་གྱི་ལུས་གསུངས་ལ། དབུ་མ་སྙིང་པོ་དང་། དབུ་མ་རྒྱན་དང་། དབུ་མའི་སྒོམ་རིམ་གསུམ་ལས་བསྡུས་ཏེ་གསུངས་པའི་ལུས་རྣམས་ཀྱང་འདྲ་བས། འཕགས་པའི་ལུགས་འཛིན་པའི་ཆེན་པོ་ཐམས་ཅད་ལམ་གྱི་ཁོག་ལ་འདྲའོ། །

又《四百論》亦說甚深廣大之道體。《中觀心論》《中觀莊嚴論》《中觀修次第》三論等，略說道體亦復相同。故住持龍猛宗之諸大論師，所說之道體皆相同也。

---

①「發願」，民族本作「發」。

入中論善顯密意疏

འདི་རྣམས་ལ་ངེས་པ་བདེ་བླག་ཏུ་སྐྱེར་བའི་ཐབས་ལས་དང་པོ་བས་འཇུག་པ་བདེ་བ་ནི་ཤིང་རྟ་ཆེན་པོའི་ལུགས་གཉིས་ལ་མཁས་པའི་དཔལ་མར་མེ་མཛད་ཀྱི་གདམས་ངག་བྱང་ཆུབ་ལམ་གྱི་རིམ་པར། ཤིན་ཏུ་གོ་སླ་བའི་འཁྲིད་ཚུལ་བསྟན་པ་ལས་ཤེས་པར་བྱའོ། །

初修業者於此等法易生定解之方便，然[1]燈智於《菩提道次第論》中，已顯了宣說，如彼應知。

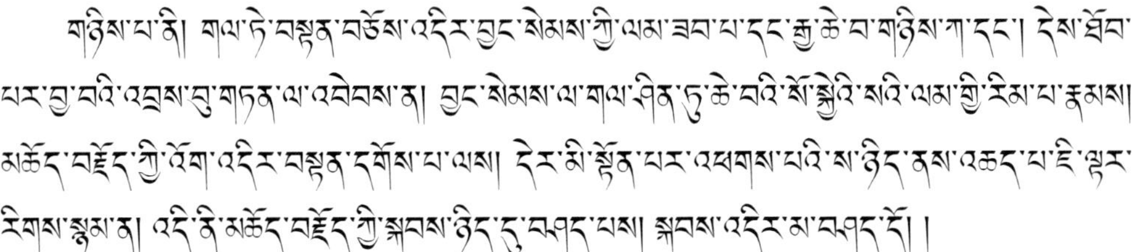

གཉིས་པ་ནི། གལ་ཏེ་བསྟན་བཅོས་འདིར་བྱང་སེམས་ཀྱི་ལམ་ཟབ་པ་དང་རྒྱ་ཆེ་བ་གཉིས་ཀ་དང་། དེས་ཐོབ་པར་བྱ་བའི་འབྲས་བུ་གཏན་ལ་འབེབས་ན། བྱང་སེམས་ལ་གལ་ཤིན་ཏུ་ཆེ་བའི་སོ་སྐྱེའི་སའི་ལམ་གྱི་རིམ་པ་རྣམས། མཆོད་བརྗོད་ཀྱི་འོག་འདིར་བསྟན་དགོས་པ་ལས། དེར་མི་སྟོན་པར་འཕགས་པའི་ས་ཉིད་ནས་འཆད་པ་ཇི་ལྟར་རིགས་སྙམ་ན། འདི་ནི་མཆོད་བརྗོད་ཀྱི་སྐབས་ཉིད་དུ་བཤད་པས། སྐབས་འདིར་མ་བཤད་དོ། །

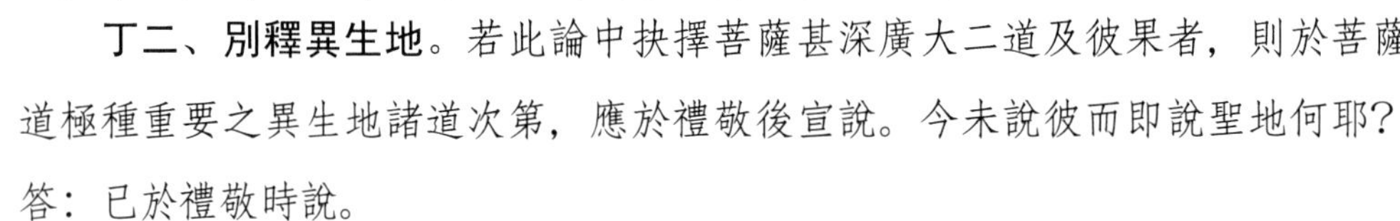

丁二、別釋異生地。若此論中抉擇菩薩甚深廣大二道及彼果者，則於菩薩道極種重要之異生地諸道次第，應於禮敬後宣說。今未說彼而即說聖地何耶？答：已於禮敬時說。

དེའི་དགོས་པ་ནི་གང་བསྒོམས་པ་ལ་བརྟེན་ནས་བྱང་སེམས་སུ་འགྱུར་བའི་རྒྱུའི་གཙོ་བོ་གསུམ་བསྟན་པས། ཐེག་ཆེན་དུ་འཇུག་པར་འདོད་པས་དེ་གསུམ་ཐོག་མར་ཉམས་སུ་བླང་དགོས་པར་བསྟན་པའི་ཕྱིར་རོ། །

卷一

前明修三種因乃成菩薩，即是顯示欲入大乘者須先修彼三法，故此處不復宣說。

དེ་གསུམ་ནི་སྔོན་དུ་ཉམས་སུ་ལེན་དགོས་པར་མ་ཟད། བྱང་སེམས་སུ་གྱུར་ནས་ཀྱང་ཉམས་སུ་བླང་དགོས་པ་ལ། གཉིས་ལ་མི་རྟེན་པའི་ཡེ་ཤེས་ནི་སྤྱོད་པའི་གཙོ་བོ་ཡིན་པས། དེས་མཚོན་ནས་སྦྱིན་སོགས་ཀྱི་སྤྱོད་པ་གཞན་ལ་སློབ་པ་ཡང་གོ་དགོས་སོ། །

又彼三法，非僅道前須修，即成菩薩亦應修習。其不依二邊之智尤爲諸行之上首。以彼爲例，則施等餘行亦皆須學。

དེ་ཡང་མདོ་ཀུན་ལས་བཏུས་པ་ལས། བྱང་ཆུབ་སེམས་དཔའ་ཐབས་ལ་མཁས་པ་དང་བྲལ་བར་ཆོས་ཉིད་ཟབ་མོ་ལ་སྦྱར་བར་མི་བྱ་སྟེ། འདི་ལྟར་ཐབས་དང་ཤེས་རབ་ཟུང་དུ་འབྲེལ་བ་ནི། བྱང་ཆུབ་སེམས་དཔའ་རྣམས་ཀྱི་སྦྱོར་བ་ཡང་དག་པའོ། ། ཞེས་གསུངས་པ་ལྟར་ཚོགས་གཉིས་ཟུང་དུ་འབྲེལ་བ་ལ་བསླབ་དགོས་ཀྱི། ཐབས་

[1]「然」，校正本作「燃」。

ཤེས་ཕྱོགས་རེ་བས་ཆོག་ཤེས་བྱེད་པ་དང་། ཐབས་ཤེས་ཁྱད་པར་ཅན་གང་ཡང་མེད་པའི་སེམས་རྩེ་གཅིག་པ་ཙམ་ལ་ཡིད་བརྟན་པར་མི་བྱའོ། །

如《集經論》云：「菩薩若無善巧方便，不應修學甚深法性。以方便智慧雙運，乃是菩薩之正行。」此說當學二種資糧雙運之道。僅有智慧或方便一分，不應知足。若全無殊勝方便智慧，僅修心一境性，尤不可恃。

དེ་ཁོ་ན་ཉིད་ལ་དཔྱོད་པའི་རིགས་པས་དགག་བྱ་འགོག་པའི་ས་མཚམས་མ་ཟིན་པར་ཐམས་ཅད་བཀག་པར་མཐོང་སྟེ། རྟོག་པ་གང་ཡིན་ཐམས་ཅད་བདེན་འཛིན་དུ་འཁྲུལ་བས། ཐ་སྙད་ཀྱི་རྣམ་གཞག་ཐམས་ཅད་གཞན་ངོ་ཁོ་ན་ལ་སྐྱེལ་བ་དང་། འབྲས་བུའི་སྐབས་སུ་ཡེ་ཤེས་ཀྱིས་སྟོང་པའི་དེ་བཞིན་ཉིད་ཙམ་ཞིག་གི་ཆོས་སྐུ་ལས་མེད་ཅིང་། གཟུགས་ཀྱི་སྐུ་གདུལ་བྱའི་ཤེས་རྒྱུད་ཀྱིས་བསྡུས་པར་འདོད་པ་རྣམས་ལ་ནི། ཉན་རང་གཉིས་ཐུབ་དབང་ལས་སྐྱེས་པ་དང་། སངས་རྒྱས་བྱང་སེམས་ལས་འབྱུངས་པར་ལུང་རིགས་ཀྱིས་བསྒྲུབས་པ་སོགས་ཐམས་ཅད་དབུ་མ་ལ་འཇུག་པའི་ལུགས་མིན་པར་འགྱུར་ཞིང་། ཆོས་གསུམ་བསྒོམ་པ་ཡང་བྱང་སེམས་དབུ་མ་པའི་ལུགས་མིན་པར་གཞན་ངོ་ཙམ་དུ་བཞག་པའོ། །

未知觀察真義正理所破之界限而妄破一切者，現世大有其人。誤以一切分別皆是實執，謂：「一切名言安立皆唯就他而立，佛果唯有智慧觀空之真如法身，佛色身是所化相續中攝。」若爾，則以教理成立聲聞、獨覺從諸佛生，諸佛從菩薩生等，一切皆非《入中論》之自宗。彼謂「修三法乃成菩薩，亦非中觀師自宗，唯就他而立。」

ཞེས་པས་རང་ངོས་ནས་ལམ་ཉམས་སུ་བླང་དགོས་པ་ཐམས་ཅད་ལ་སྐུར་བ་བཏབ་ཅིང་། རང་བཞིན་གྱིས་གྲུབ་པས་སྟོང་པའི་སེམས་ཅན་ཟོ་ཆུན་དང་ཆོས་མཐུན་དྲུག་གིས་འཁོར་བར་བཤད་པ་རྣམས་འགལ་འདུ་འབའ་ཞིག་ཏུ་འགྱུར་བས་འཇུག་པའི་མཆོད་བརྗོད་ནས་བཟུང་སྟེ། གཞུང་གི་དོན་ལོག་པར་འཆད་པ་ལ་ཞུགས་པར་ཤེས་པར་བྱའོ། །

總之凡自宗所應修之道，悉皆毀謗。與論說自性本空之有情，有六法如水車流轉生死等，悉成矛盾。應知彼等始從禮供乃至論終，皆是倒說也。

སྦྱིན་སོགས་ལ་སློབ་ཚུལ་འཕགས་པའི་སའི་སྐབས་སུ་བཤད་པ་རྣམས་ལའང་སོ་སྐྱེའི་ས་ནས་ཀྱང་། ཉམས་སུ་བླང་བྱའི་སྤྱོད་པ་མང་དུ་ཡོད་པ་རྣམས་ཤེས་པར་བྱས་ནས། དེ་ལྟ་ནས་ཀྱང་ཉམས་སུ་བླང་བ་ལ་འབད་པར་བྱའོ། །

聖地所說修學施等，多有爲異生地所應學者，故於現在即應精勤修學。

གསུམ་པ་ལ་གསུམ། ས་བཅུའི་ཐུན་མོང་གི་རྣམ་གཞག །ས་སོ་སོའི་རྣམ་གཞག །ས་བཅུའི་ཡོན་ཏན་བསྟན་པའོ། །

丁三、廣明菩薩聖地分三：戊一、十地總相建立，戊二、諸地各別建立，戊三、明十地功德。

དང་པོ་ནི། འདིར་རབ་དགའ་སོགས་ས་བཅུ་གཅིག་བཤད་པ་ནི། རིན་ཆེན་འཕྲེང་བ་ལས། ཇི་ལྟར་ཉན་ཐོས་ཐེག་པ་ལ། །ཉན་ཐོས་ས་ནི་བརྒྱད་བཤད་པ། །དེ་བཞིན་ཐེག་པ་ཆེན་པོ་ལ། །བྱང་ཆུབ་སེམས་དཔའི་ས་བཅུའོ། །ཞེས་ས་བཅུ་དང་།

今初，此中說極喜等十一地者，如《寶鬘論》云：「如聲聞乘中，說聲聞八地，如是大乘中，說菩薩十地。」

བཅུ་གཅིག་པའི་རྣམ་གཞག་རགས་པ་ཅིག་གསུངས་པ་ལ་གཞི་མཛད་ཅིང་། ས་བཅུ་པའི་མདོ་ལ་ཡང་བརྟེན་ནས་མཛད་དེ། དེ་ལ་རབ་དགའ་སོགས་ས་བཅུ་ལ་སེམས་བསྐྱེད་པ་བཅུར་བཤད་པ་ནི། དོན་དམ་པའི་སེམས་བསྐྱེད་ལ་དགོངས་སོ། །

今依彼論所說十地及佛地略說①爲根本，並依《十地經》。彼說極喜等十地爲十種發心者，意取勝義發心。

དོན་དམ་སེམས་བསྐྱེད་དུ་བཞག་པའི་ས་བཅུའི་ངོ་བོ་ནི། འགྲེལ་བ་ལས། བྱང་ཆུབ་སེམས་དཔའ་རྣམས་ཀྱི་ཟག་པ་མེད་པའི་ཡེ་ཤེས་སྙིང་རྗེ་ལ་སོགས་པས་ཟིན་པ་ཉིད་ཆར་རྣམ་པར་ཕྱེ་བ་ན། ས་ཞེས་བྱ་བའི་མིང་འཐོབ་སྟེ་ཡོན་ཏན་གྱི་གནས་སུ་འགྱུར་བའི་ཕྱིར་རོ། །ཞེས་ས་ཡི་ངོ་བོ་དང་གང་གིས་ཡོངས་སུ་ཟིན་པ་དང་། སའི་མིང་འཐོབ་ཚུལ་དང་། སྒྲའི་དོན་བཤད་པ་བཞིས་བསྟན་ནོ། །

建立爲勝義發心之十地，釋論以地之體性、何法攝持、得名及其名義四義而釋。如云：「菩薩無漏爲悲等所攝持，各別分位，名之爲地。是功德所依故。」

ཟག་པ་མེད་པའི་ཡེ་ཤེས་ཞེས་པའི་ངོ་བོ་ནི། ཁ་ཅིག་མཛོད་ནས་བཤད་པ་ལྟར་གྱི་ཟག་པ་རྒྱས་སུ་མི་རུང་བ་ལ་ཟག་མེད་དུ་འཆད་པ་ནི། ལུགས་འདིའི་ཟག་མེད་དུ་འཛོག་པའི་དོན་ཐུན་མོང་མ་ཡིན་པ་མ་རྟོགས་པར་སྣང་བས། རང་གི་ལུགས་ནི་བདེན་འཛིན་གྱི་མ་རིག་པ་དང་། དེའི་བག་ཆགས་གང་རུང་གིས་བསླད་པ་ནི་ཟག་བཅས་དང་། བསླད་པ་དེ་དང་བྲལ་བའི་ཡེ་ཤེས་ནི་ཟག་པ་མེད་པ་ཡིན་ཏེ།

① 「佛地略說」，校正本作「略說佛地」。

其體性之無漏智。有說如《俱舍》漏不隨增者，名爲無漏，是未解此宗安立無漏之義。自宗謂實執無明與彼習氣隨一所染，即爲有漏。離染之智乃是無漏。

ཚིག་གསལ་ལས། མ་རིག་པའི་རབ་རིབ་དང་བྲལ་བ་དག་གི་ཡེ་ཤེས་ཟག་པ་མེད་པའི་ཡུལ་གྱི་རང་བཞིན་ལ་ལྟོས་ནས་ནི་མ་ཡིན་ནོ། །ཞེས་གསུངས་པ་བཞིན་ནོ། །

如《顯句論》云：「離無明翳障諸智，非觀待無漏境性。」

དེ་ཡང་སངས་རྒྱས་ཀྱི་ས་མ་ཐོབ་ཙམ་ཆད་དུ་མ་རིག་པའི་བག་ཆགས་ཀྱིས་མ་བསྒོད་པའི་ཤེས་པ་ནི། འཕགས་པ་རྣམས་ཀྱི་མཉམ་གཞག་མི་རྟོག་པའི་ཡེ་ཤེས་མིན་པ་མེད་ལ། དེ་ཡང་རེས་འཇོག་པ་སྟེ་མཉམ་གཞག་ལས་ལངས་པ་ན་བག་ཆགས་ཀྱིས་བསྒོད་པ་ཅན་དུ་སྐྱེའོ། །

此復應知，未得佛地以來，其未爲無明習氣所染之智，唯聖根本無分別智。彼亦是暫時。從根本定起，仍生習氣，爲彼所染。

ས་བདུན་པའི་བར་དུ་ནི་མ་རིག་པས་སྒོད་པ་ཡོད་ལ། ས་བརྒྱད་པ་ནས་དང་དགྲ་བཅོམ་པ་གཉིས་ལ་ནི། སྒོད་བྱེད་ཀྱི་མ་རིག་པ་ཟད་པས། དེས་བསྒོད་པ་མེད་ཀྱི་མ་རིག་པའི་བག་ཆགས་ཀྱིས་བསྒོད་པ་ནི་ཡོད་དོ། །

乃至七地以來有無明染。八地以後與阿羅漢，斷盡能染之無明則無彼染。然仍爲無明習氣所染。

ཡང་འགྲེལ་བར་ས་དང་པོ་ལ་གཉིས་སུ་མེད་པའི་ཡེ་ཤེས་ཀྱི་མིང་ཅན་ཞེས་གསུངས་པ་ནི། ཡུལ་ཡུལ་ཅན་རྒྱངས་ཆད་དུ་གཉིས་སུ་སྣང་བ་མེད་པ་ལ་ཟེར་གྱི། མཐའ་གཉིས་སྤངས་པ་ཙམ་གྱི་ཡེ་ཤེས་ལ་མི་བྱའོ། །

又釋論說初地始名無二智者，是約無心境別異之二相而說，非謂遠離二邊之智。

སློབ་དཔོན་འདིའི་གཞུང་དུ་མ་རིག་པའི་རབ་རིབ་དང་བྲལ་བའི་ཤེས་རབ་དང་ཡེ་ཤེས། ཞེས་དུ་མ་ཞིག་གསུངས་པས་མ་རིག་པ་དང་། དེའི་བག་ཆགས་རིག་པའི་ཁྲབ་བྱེད་དུ་བྱས་ནས། དེ་གཉིས་ཟད་པ་ན་ཡེ་ཤེས་ཀྱང་ཟློག་པ་སློབ་དཔོན་འདིའི་ལུགས་སུ་སྨྲ་བ་ནི། མུ་སྟེགས་དཔྱོད་པ་བ་དྲི་མ་ཟད་ན་སེམས་ཀྱང་ཟད་པར་འདོད་པ་ལྟར་སྨྲ་བའི་སྐུར་འདེབས་ཆེན་པོ་ཡིན་ལ། འཕགས་པའི་མཉམ་གཞག་ན་ཡེ་ཤེས་མེད་ཟེར་བ་ཡང་དེ་དང་འདྲའོ། །

又此論師多說離無明翳之智慧。故有說無明及彼習氣盡時智慧亦滅，以爲論師宗者，如觀行派外道妄計垢盡心亦盡，是大斷見。有說聖根本定中無智者，亦與彼同。

རིན་ཆེན་ཕྲེང་བ་ལས་ཀྱང་། དེ་ཕྱིར་དེ་ལྟར་མཐོང་བ་གྲོལ། །གང་གིས་མཐོང་བར་འགྱུར་ཞེ་ན། །ཐ་སྙད་དུ་ནི

སེམས་ལ་བརྗོད། །ཅེས་ཡུལ་ཅན་གྱི་བྱེད་པ་ཅི་འདྲ་བ་ཞིག་གིས་དེ་ཁོ་ན་ཉིད་མངོན་སུམ་དུ་མཐོང་བ་དྲིས་པའི་ལན་དུ། ཐ་སྙད་དུ་སེམས་ཀྱིས་དེ་ཁོ་ན་ཉིད་མངོན་སུམ་དུ་མཐོང་བར་གསུངས་ཤིང་།

《寶鬘論》云：「見彼則解脫，爲由何法見？名言說爲心。」此問由何法能現見真理？答以於名言中由心現見。

ཆོས་དབྱིངས་བསྟོད་པ་ལས་ཀྱང་། ཇི་ལྟར་མེ་ཡིས་དག་པའི་གོས། །སྣ་ཚོགས་དྲི་མས་དྲི་མ་ཅན། །ཇི་ལྟར་མེ་ཡི་ནང་བཅུག་ན། །དྲི་མ་འཚིག་འགྱུར་གོས་མིན་ལྟར། །དེ་བཞིན་འོད་གསལ་བ་ཡི་སེམས། ། འདོད་ཆགས་ལས་སྐྱེས་དྲི་མ་ཅན། །ཡེ་ཤེས་མེ་ཡིས་དྲི་མ་སྲེག །དེ་ཉིད་འོད་གསལ་མ་ཡིན་ནོ། ཞེས་རྡོ་རྒྱུས་ཀྱི་གོས་དྲི་མ་ཅན་མེར་བཅུག་པ་ན། མེས་དྲི་མ་ཚིག་ཀྱང་གོས་མི་འཚིག་པ་ལྟར། སེམས་ཀྱི་དྲི་མ་ཡེ་ཤེས་ཀྱི་མེས་བསྲེགས་པ་ན། དྲི་མ་སྲེག་པ་ཡིན་གྱི་འོད་གསལ་བའི་སེམས་མེད་པར་མི་འགྱུར་བར་གསུངས་སོ། །

《法界讚》亦云：「猶如火浣衣，爲衆垢所污，投於猛火中，垢焚非衣損。如是光明心，爲貪等垢染，智火燒其垢，非彼光明性。」此說如石綿衣，若有垢染投入火中，火能燒垢而不損衣。如是心垢用智火燒，僅燒其垢，非光明心亦隨之而盡。

བྱང་སེམས་འཕགས་པའི་མཉམ་གཞག་ཡེ་ཤེས་དང་། ཉན་རང་འཕགས་པའི་མཉམ་གཞག་ཡེ་ཤེས་གཉིས། མ་རིག་པའི་བག་ཆགས་ཀྱིས་མ་བསྣད་པར་ཆོས་ཉིད་མངོན་སུམ་དུ་རྟོགས་པར་མཚུངས་ཀྱང་། བྱང་སེམས་འཕགས་པའི་སར་འཇོག་མི་འཇོག་གི་ཁྱད་པར་ནི། སྙིང་རྗེ་ཆེན་པོའི་གཞན་དབང་དུ་གྱུར་མ་གྱུར་དང་། ཡོན་ཏན་བརྒྱ་ཕྲག་བཅུ་གཉིས་སོགས་ཀྱི་ནུས་པ་ཡོད་མེད་ཀྱི་དབང་གིས་ཡིན་ནོ། །

卷一

菩薩聖根本智，雖與二乘聖根本智，俱無明習氣所染①，現證法性，然安立爲菩薩聖地者②，在是否隨大悲轉，有無十二類百種功德等增上。

གཞན་ཡང་སྔར་བཤད་པ་ལྟར་ཚོགས་སྦྱོར་གྱི་སྐབས་སུ། བདག་མེད་གཉིས་ཀྱི་དེ་ཁོ་ན་ཉིད་ཀྱི་དོན་ལ། རིགས་པའི་རྣམ་གྲངས་དཔག་ཏུ་མེད་པའི་སྒོ་ནས། ཟབ་དོན་ལ་བློ་ཀྱུས་པ་དང་མ་ཀྱུས་པ་ལས་དེ་ཁོ་ན་ཉིད་མངོན་སུམ་དུ་རྟོགས་མ་རྟོགས་ཀྱི་ཁྱད་པར་ཡང་ཤིན་ཏུ་ཆེའོ། །

又如上說，於資糧加行道中，是否以無量理門，觀察二無我之真義，即從彼智現證真理，亦與二乘有大差別。

---

①「俱無明習氣所染」，校正本作「俱無無明習氣所染」。
②「現證法性，然安立爲菩薩聖地者」，民族本作「然現證法性，安立爲菩薩聖地者」。

ཆར་ཕྱེ་བ་ན་ཞེས་པ་ནི་ཆ་ཅན་ཟག་མེད་ཀྱི་ཡེ་ཤེས་གཅིག་ཉིད་ཀྱི་ཆ་སོ་སོ་སོར་རིམ་གྱིས་ཕྱེ་བའི་སྔ་ཕྱིའི་ཆ་རྣམས་ས་སོ་སོར་འགྱུར་བ་སྟེ། ས་ཞེས་པ་ནི་ཡོན་ཏན་གྱི་གནས་སམ་རྟེན་བྱེད་པས། ས་དང་འདྲ་བས་དེ་ལྟར་བསྙད་པའོ། །

各別分位者，謂即一無漏智，就義別立，前後諸分位，即各別諸地。名爲地者，以是功德依處，猶如大地，故立是名。

དེ་དག་གིས་ནི་དོན་དམ་པའི་ས་བཅུ་ཀ་ཡང་མི་རྟོག་ཡེ་ཤེས་ཉིད་ལ་འཇོག་པར་བསྟན་ཏོ། །

此等是說勝義十地皆依無分別智安立。

དེ་མཚུངས་ཀྱང་རབ་དགའ་སོགས་ས་སོ་སོར་འཇོག་ཚུལ་ནི། བཞིའི་སྒོ་ནས་འཇོག་པའི་ཁྱད་པར་དང་པོ་ནི།ས་དང་པོ་ལ་ཡོན་ཏན་བརྒྱ་ཕྲག་བཅུ་གཉིས་དང་། གཉིས་པ་ལ་སྟོང་ཕྲག་བཅུ་གཉིས་སོགས་འཆད་པར་འགྱུར་བ་ལྟར་ཡོན་ཏན་གྱི་གྲངས་གོང་ནས་གོང་དུ་འཕེལ་བའོ། །

雖是一智，略以四門差別，各別立爲極喜地等：一、由功德數量輾轉增長之差別，謂初地中有十二類百功德，第二地中有十二類千功德等。

ཁྱད་པར་གཉིས་པ་ནི་མཐུ་ཕུལ་དུ་བྱུང་བ་གོང་ནས་གོང་དུ་འཕོབ་པའི་ཁྱད་པར་རོ། །དེ་ནི་ཞིང་བརྒྱ་གཡོ་བ་དང་སྟོང་གཡོ་བ་སོགས་ལ་འཆད་མོད་ཀྱང་། དེ་ཡོན་ཏན་གྱི་གྲངས་འཕེལ་བའི་ནང་དུ་སོང་ཟིན་པས། ས་སོ་སོའི་སྐབས་ཀྱི་དྲི་མ་སྦྱོང་བའི་སྟོབས་དང་། ལམ་བགྲོད་པའི་སྟོབས་གོང་ནས་གོང་དུ་འཕེལ་བ་ལ་བྱ་དགོས་པ་འདྲའོ། །

二、由殊勝神力輾轉增長之差別，有說此謂能動百佛土千佛土等。然彼已攝入功德數量增長之内。此中似說各地淨垢之力與進道之力輾轉增長。

གསུམ་པ་ནི། ས་དང་པོར་སྦྱིན་པའི་ཕར་ཕྱིན་ལྷག་པ་དང་། གཉིས་པར་ཚུལ་ཁྲིམས་ཀྱི་ཕར་ཕྱིན་ལྷག་པ་སོགས་ཕར་ཕྱིན་ལྷག་པའི་ཁྱད་པར་རོ། །

三、波羅蜜多各別增上之差別，謂初地布施波羅蜜多增上，二地持戒波羅蜜多增上等。

ཁྱད་པར་བཞི་པ་ནི། ས་དང་པོར་འཛམ་བུ་གླིང་ལ་དབང་བ་དང་། གཉིས་པར་གླིང་བཞི་ལ་དབང་བའི་རྒྱལ་པོར་སྐྱེ་བ་སོགས་རྣམ་སྨིན་གྱི་སྐྱེ་བ་གོང་ནས་གོང་དུ་འཕེལ་བའོ།

四、受異熟生輾轉增長之差別，謂初地作瞻部洲王，二地作四大洲王等。

དེས་ན་ས་སོ་སོའི་མི་རྟོག་ཡེ་ཤེས་ལ་ཡོན་ཏན་གྱི་གྲངས་ལ་སོགས་པའི་ནུས་པ་དམན་མཆོག་གི་ཁྱད་པར་ཆེན་པོ་ཡོད་པས་ས་རྣམས་སོ་སོར་འཇོག་ལ། ས་སོ་སོའི་སྐབས་ཀྱི་རྗེས་ཐོབ་ཀྱི་ཡོན་ཏན་རྣམས་ཀྱང་ས་དེ་དང་དེར་

བརྩི་དགོས་པས། མཉམ་གཞག་ཁོ་ན་ལ་མི་བྱའོ། །

以是當知各地無分別智，成就功德數量之功能，勝劣有大差別，故各別安立爲地。各地後得位之功德，亦各地所攝。故非唯說根本智德。

ས་སོ་སོར་འབྱེད་ཚུལ་དེ་ལྟར་བྱའི། དོན་དམ་པའི་ས་འདི་རྣམས་ལ་རང་གི་ངོ་བོའི་དམིགས་རྣམ་མི་འདྲ་བའི་ཁྱད་པར་གྱིས་བྱས་པའི་དབྱེ་བ་ནི་ཡོད་པ་མིན་ཏེ།

諸地差別雖如上說，然勝義地之所緣行相，則無不同。

ས་བཅུ་བའི་མདོ་ལས། ཇི་ལྟར་བར་སྣང་བྱ་རྗེས་མཁས་རྣམས་ཀྱིས། །བརྗོད་པར་ནུས་མ་ཡིན་ཞིང་མི་མཐོང་བ། །དེ་ལྟར་རྒྱལ་བའི་སྲས་ཀྱི་ས་ཀུན་ཡང་། །བརྗོད་མི་ནུས་ན་མཉན་པར་ག་ལ་ནུས། །ཞེས་བར་སྣང་གི་ནམ་མཁའ་ལ་བྱས་བགྲོད་ཀྱང་། བྱའི་རྗེས་འཇིག་རྟེན་གྱི་མཁས་པ་རྣམས་ཀྱིས་ངག་གིས་བརྗོད་པ་དང་། བློས་མཐོང་བ་མིན་པ་བཞིན་དུ་བྱ་ལྟ་བུའི་དོན་དམ་པའི་ས་རྣམས་ཀྱིས། །ནམ་མཁའ་ལྟ་བུའི་ཆོས་ཉིད་ལ་བགྲོད་ཀྱང་། དེའི་བགྲོད་ཚུལ་འཕགས་པས་ཉམས་སུ་མྱོང་བ་ཇི་བཞིན་པ་ནི། འཆད་པ་པོ་འཕགས་པས་ཀྱང་བརྗོད་པར་མི་ནུས་ན། ཉན་པ་པོ་རྣམས་ཀྱིས་གཟིགས་པ་ཇི་བཞིན་པ་མཉན་པར་མི་ནུས་པར་གསུངས་སོ། །

如《十地經》云：「如空中鳥跡，智者難思議，菩薩地亦爾，難說況能聞。」此說如鳥雖於空中飛翔。然彼鳥跡，世間智者語所不能議，心所不能思。如是如飛鳥之勝義地，雖於如虛空之法性中行。然彼行相，即彼聖者亦不能如自所證而說，聞者亦不能如彼所現見而聞。

卷　二

釋第一勝義菩提心之二

གཉིས་པ་ལ་གསུམ། རབ་དགའ་སོགས་ས་ལྔ་བཤད་པ་དང་། ས་དྲུག་པ་མངོན་དུ་གྱུར་པ་བཤད་པ་དང་། རིང་དུ་སོང་བ་སོགས་ས་བཞི་བཤད་པའོ། །

戊二、諸地各別建立分三：己一、釋極喜等五地，己二、釋第六現前地，己三、釋遠行等四地。

དང་པོ་ལ་ལྔ། ས་དང་པོ་རབ་ཏུ་དགའ་བ་དང་། ས་གཉིས་པ་དྲི་མ་མེད་པ་དང་། ས་གསུམ་པ་འོད་བྱེད་པ་དང་། ས་བཞི་བ་འོད་འཕྲོ་བ་དང་། ས་ལྔ་བ་སྦྱང་དཀའ་བ་བཤད་པའོ། །

初又分五：庚一、極喜地，庚二、離垢地，庚三、發光地，庚四、焰慧地，庚五、難行地。

དང་པོ་ལ་གསུམ། ཁྱད་གཞི་སའི་ངོ་བོ་མདོར་བསྟན། ཁྱད་ཆོས་སའི་ཡོན་ཏན་རྒྱས་པར་བཤད། སའི་ཡོན་ཏན་བརྗོད་པའི་སྒོ་ནས་མཇུག་བསྡུ་བའོ། །

初又分三：辛一、略說地體性，辛二、廣釋地功德，辛三、結說地功德。

རྒྱལ་བའི་སྲས་པོ་འདི་ཡི་སེམས་གང་འགྲོ་བ་རྣམས། །རྣམ་པར་གྲོལ་བར་བྱ་ཕྱིར་སྙིང་རྗེའི་དབང་གྱུར་ཞིང་། །

ཀུན་ཏུ་བཟང་པོའི་སྨོན་པས་རབ་བསྔོས་དགའ་བ་ལ། །རབ་ཏུ་གནས་པ་དེ་ནི་དང་པོ་ཞེས་བྱའོ། །

佛子此心於眾生，為度彼故隨悲轉，

由普賢願善迴向，安住極喜此名初。

དང་པོ་ནི། ས་དང་པོ་ལ་གནས་པའི་རྒྱལ་བའི་སྲས་པོ་སྔར་བཤད་པའི་ཚུལ་གྱིས། འགྲོ་བ་རང་བཞིན་མེད་པར་མཐོང་བའི་རང་བཞིན་མེད་པ་སྙིང་རྗེའི་དམིགས་ཡུལ་གྱི་ཁྱད་པར་དུ་བཟུང་བ་འདི་ཡི་སེམས་གང་འགྲོ་བ་རྣམས། རྣམ་པར་གྲོལ་བར་བྱ་བའི་ཕྱིར་དུ་སྙིང་རྗེ་ཆེན་པོའི་གཞན་དབང་དུ་གྱུར་ཅིང་། བྱང་སེམས་ཀུན་ཏུ་བཟང་པོའི་སྨོན་ལམ་གྱིས་དགེ་བ་རྣམས་རབ་ཏུ་བསྔོས་པ། རབ་ཏུ་དགའ་བ་ཞེས་པའི་མིང་ཅན་གཉིས་སུ་སྣང་བ་མེད་པའི་ཡེ་ཤེས། དེའི་འབྲས་བུ་ཡོན་ཏན་གྱི་གྲངས་ལ་སོགས་པས་ཉེ་བར་མཚོན་པ་ལ། རབ་ཏུ་གནས་པའི་བྱང་སེམས་ཀྱི་དོན་དམ་པའི་སེམས་དེ་ནི་འཇིག་རྟེན་ལས་འདས་པའི་སེམས་དང་པོ་ཞེས་བྱའོ། །

今初，安住初地之佛子。由見眾生皆無自性，以無自性爲悲心緣境之差別。此心爲度諸眾生故，隨大悲轉。由普賢菩薩之大願，迴向眾善。其無二相智，名曰極喜。證得功德數量等果。此地菩薩之勝義心，名最初出世間心。

དེ་ལ་ས་བཅུ་བའི་མདོ་ལས་གསུངས་པའི་སྨོན་ལམ་ཆེན་པོ་བཅུ་ལ་སོགས་པ། སྨོན་ལམ་འབུམ་ཕྲག་གྲངས་མེད་པ་བཅུ་ས་དང་པོ་བས་འདེབས་པ་ནི། ཀུན་ཏུ་བཟང་པོའི་སྨོན་ལམ་གྱི་ནང་དུ་འདུས་པས། སྨོན་ལམ་མ་ལུས་པ་བསྡུ་བའི་ཕྱིར་དུ་རྩ་བར་ཀུན་ཏུ་བཟང་པོའི་སྨོན་ལམ་བཀོད་དེ། བཟང་པོ་སྤྱོད་པའི་སྨོན་ལམ་མོ། །དེའི་ནང་ནས་ཀྱང་འཇམ་དཔལ་དཔའ་བོ་ཞེས་པའི་ཚིགས་བཅད་གཉིས་ནི། བསྔོ་བ་བླ་ན་མེད་པར་བསླབ་བཏུས་ལས་གསུངས་སོ། །

初地菩薩發無數億大願，如《十地經》之十大願等，皆可攝入普賢願中。故本論唯說普賢大願。於中「文殊室利勇猛智」等兩頌，《集學論》尊爲無上迴向。

འགྲེལ་བར་ཉན་ཐོས་སྦྱོར་ལམ་པ་འབྲས་བུ་དང་པོ་ལ་ཞུགས་པར་མི་འདོད་པ་བཞིན་དུ། ས་དང་པོར་དེ་མ་ཐག་ཏུ་འབྱུང་བར་འགྱུར་བའི་བྱང་སེམས་ཀྱི་མོས་པས་སྤྱོད་པ་ཆེན་པོའི་ཡང་ཆེན་པོ་ནི། བྱང་ཆུབ་ཀྱི་སེམས་མ་བསྐྱེད་པའི་སའོ། །ཞེས་གསུངས་པ་ནི་དོན་དམ་པའི་སེམས་མ་བསྐྱེད་པ་ཡིན་གྱི།

釋論說：「如聲聞加行道非初果向，如是無間將入初地之勝解行地上上品菩薩，亦是未發菩提心地。」此約未發勝義心說。

ཕྱིར་ན་དེ་ལས་དམའ་བ་ནས་ཀྱང་བླ་མེད་བྱང་ཆུབ་ཏུ་སེམས་བསྐྱེད་པ་དང་། བྱང་ཆུབ་སེམས་དཔའ་ཡོད་པར་ལུགས་འདིས་ཀྱང་བཞེད་པ་ནི། སྔར་བཤད་ཟིན་ལ།

於彼地前，早有菩薩，已發無上菩提心。爲此宗所許，如前已說。

བསླབ་བཏུས་ལས་ཀྱང་། སོ་སོ་སྐྱེ་བོ་ལ་བྱང་ཆུབ་ཀྱི་སེམས་བསྐྱེད་པ་ཡོད་པར་མདོ་མང་པོས་བསྒྲུབས་པས་བྱང་ཆུབ་སེམས་དཔའ་བཏགས་པ་བར་འདོད་པ་ནི་ལོག་པར་འཆད་པའོ། །

《集學論》也說，有許多經文可以證明異生凡夫有菩提心。因此，主張菩薩是假名的說法是錯誤的。①

ཉན་ཐོས་ཀྱི་སྦྱོར་ལམ་སྟན་གཅིག་པ་ནས་བཟུང་སྟེ། འབྲས་བུ་དང་པོ་མ་ཐོབ་པའི་བར་རྣམས་རྒྱུན་ཞུགས་ཞུགས་པར་མངོན་པ་ཀུན་ལས་བཏུས་ལས་བཤད་པས། དགེ་མ་གྲུབ་བོ་སྙམ་ན།

若作是念，《雜集論》說：「始從一座順抉擇分，乃至未得初果，是預流

①「《集學論》也說，有許多經文可以證明異生凡夫有菩提心。因此，主張菩薩是假名的說法是錯誤的。」此句爲漢文諸版本所無，現據見悲青增格西譯文補入。

卷二

向。」故譬喻不成。

རྒྱུན་ཞུགས་ཞུགས་པ་འཕགས་ལམ་ཐོབ་པ་ཉིད་ལ་འཇོག་པར་མངོན་པ་མཛོད་ལས་བཤད་ལ། ཀུན་ལས་བཏུས་ལས་སྔ་མ་ལྟར་ཡང་བཤད་པས། ལུགས་མི་མཐུན་པ་གཉིས་བྱུང་བ་ལ་སློབ་དཔོན་འདི་མངོན་པ་མཛོད་ལྟར་བཞེད་དོ། །

答：此兩派，《俱舍論》說要得聖道方立初果向，而《集論》則如上說。今此師所許同《俱舍論》。

འདི་ནི་མདོ་ཀུན་ལས་བཏུས་ལས། དད་པའི་རྗེས་སུ་འབྲང་བ་འཇིག་རྟེན་གྱི་ཁམས་ཐམས་ཅད་ཀྱི་རྡུལ་ཕྲ་རབ་ཀྱི་རྡུལ་སྙེད་ལ། བསྐལ་པ་གང་གའི་ཀླུང་གི་བྱེ་མ་སྙེད་དུ། ཉི་མ་རེ་རེ་ཞིང་ལྷའི་ཟས་རོ་བརྒྱ་བ་དང༌། ལྷའི་གོས་བྱིན་པ་བས། གཞན་ཞིག་གིས་ཆོས་ཀྱི་རྗེས་འབྲང་གཅིག་ལ། ཉིན་གཅིག་ཟན་གཅིག་བྱིན་ན་སྔ་མ་བས་བསོད་ནམས་ཆེས་གྲངས་མེད་པ་བསྐྱེད་པ་དང༌།

亦與《集經論》相順，彼說：「假使有人經恆河①沙數劫，於日日中以百味飲食天妙衣服，供養世界微塵數隨信行者。若復有人，於一日中以一餐食供養一隨法行者，其福過彼無量數倍。

ཡང་ཆོས་ཀྱི་རྗེས་འབྲང་སྔ་མ་ལྟ་བུའི་གྲངས་ལ། སྔ་མ་ལྟར་སྦྱིན་པ་བྱིན་པ་བས། བརྒྱད་པའི་གང་ཟག་གཅིག་ལ་ཉིན་གཅིག་ཟན་གཅིག་བྱིན་ན། སྔ་མ་བས་བསོད་ནམས་ཆེས་གྲངས་མེད་པ་བསྐྱེད་པར་གསུངས་པ་དང་མཐུན་པ་ཡིན་ཏེ། རྗེས་འབྲང་གཉིས་ནི་ཚོགས་སྦྱོར་གྱི་སྐབས་ཡིན་པར་གསལ་བའི་ཕྱིར་རོ། །

復次設有人如前供養爾許隨法行者，若有餘人於一日中以一餐食供養一八人地者，其福過彼無量數倍。」此中二隨行人，顯然是約資糧、加行位說。

གཉིས་པ་ལ་གསུམ། རང་གི་རྒྱུད་མཛེས་པར་བྱེད་པའི་ཡོན་ཏན། གཞན་གྱི་རྒྱུད་ཟིལ་གྱིས་གནོན་པའི་ཡོན་ཏན། ས་དང་པོར་ལྷག་པའི་ཡོན་ཏན་བསྟན་པའོ། །

辛二、廣釋地功德分三：壬一、莊嚴自身德，壬二、勝過他身德，壬三、初地增勝德。

དང་པོ་ལ་གཉིས། ཡོན་ཏན་སོ་སོར་ཕྱེ་སྟེ་བཤད་པ་དང༌། ཡོན་ཏན་མདོར་བསྡུས་ཏེ་བསྟན་པའོ། །

初中又二：癸一、別釋功德，癸二、總明功德。

---

①「恆河」，民族本作「殑伽河」。《大唐西域記．卷第一》曰：「殑伽河，舊曰恆河，又曰恆伽，訛也。」

དང་པོ་ལ་གསུམ། དོན་ལྡན་གྱི་མཚན་འཐོབ་པའི་ཡོན་ཏན། རིགས་སུ་སྐྱེ་བ་སོགས་བཞིའི་ཡོན་ཏན། ས་གོང་མ་གནོན་པ་སོགས་གསུམ་གྱི་ཡོན་ཏན་ནོ། །

初中又三：子一、得真義名初功德，子二、生佛家等四功德，子三、趣上地等三功德。

དེ་ནས་བཟུང་སྟེ་དེ་ནི་ཐོབ་པར་གྱུར་པ་ཡིས། །བྱང་ཆུབ་སེམས་དཔའ་ཞེས་བྱའི་སྒྲ་ཉིད་ཀྱིས་བསྙད་དོ། །

從此由得彼心故，唯以菩薩名稱說。

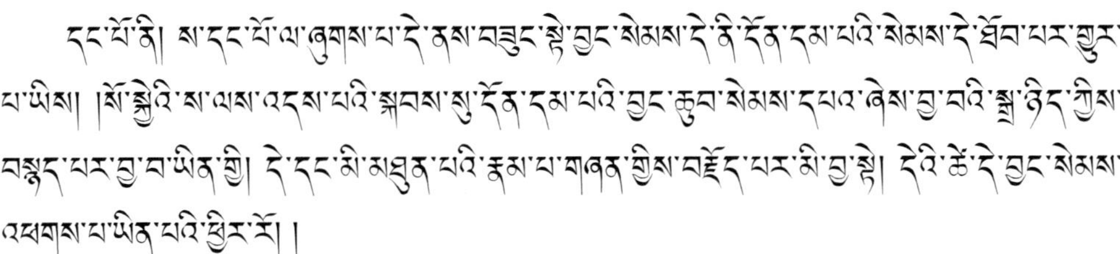

དང་པོ་ནི། ས་དང་པོ་ལ་ཞུགས་པ་དེ་ནས་བཟུང་སྟེ་བྱང་སེམས་དེ་ནི་དོན་དམ་པའི་སེམས་དེ་ཐོབ་པར་གྱུར་པ་ཡིས། །སོ་སྐྱེའི་ས་ལས་འདས་པའི་སྐབས་སུ་དོན་དམ་པའི་བྱང་ཆུབ་སེམས་དཔའ་ཞེས་བྱ་བའི་སྒྲ་ཉིད་ཀྱིས་བསྙད་པར་བྱ་བ་ཡིན་གྱི། དེ་དང་མི་མཐུན་པའི་རྣམ་པ་གཞན་གྱིས་བརྗོད་པར་མི་བྱ་སྟེ། དེའི་ཚེ་དེ་བྱང་སེམས་འཕགས་པ་ཡིན་པའི་ཕྱིར་རོ། །

今初，菩薩入初地以後，已得勝義心，已超異生地。爾時唯應以勝義菩薩之名稱之。不應稱以不稱之名，以彼已成聖者故。

འགྲེལ་བར་དཀོན་མཆོག་སྤྲིན་དྲངས་པ་ལས། སྦྱོར་ལམ་ཆོས་མཆོག་ཆེན་པོ་བ་ལ། དོན་དམ་པའི་བྱང་ཆུབ་སེམས་དཔའི་ས་ནི་མ་ཐོབ་པ་ཡིན་ནོ། །ཞེས་གསུངས་པས།བྱང་སེམས་ཁྱད་པར་བའི་མིང་གིས་བསྙད་པར་ཤེས་སོ། །

釋論引《寶云經》說：加行道上品世第一法，未得勝義菩薩地。故知特說勝義菩薩，非通名也。

ཤེར་ཕྱིན་ཉིས་སྟོང་ལྔ་བརྒྱ་པ་ལས། ཇི་ལྟར་ཤེས་ཤེ་ན། མ་བྱུང་བ་དང་ཡང་དག་པར་མ་བྱུང་བ་དང་། ལོག་པ་དང་། དེ་དག་ཇི་ལྟར་བྱིས་པ་སོ་སོའི་སྐྱེ་བོས་བཏགས་པ་མ་ཡིན་པ་དང་། ཇི་ལྟར་བྱིས་པ་སོ་སོ་སྐྱེ་བོས་རྙེད་པ་དེ་ལྟར་མ་ཡིན་པར་ཏེ། དེའི་ཕྱིར་བྱང་ཆུབ་སེམས་དཔའ་ཞེས་བྱའོ། །ཞེས་གསུངས་པའི་ལུགས་ཀྱིས་ཆོས་འདི་དག་གི་དེ་ཁོ་ན་ཉིད་འཕགས་པས་རྙེད་པ་ཇི་བཞིན་པ་དེ་ལྟར་རྙེད་པ་ཅིག །བྱང་ཆུབ་སེམས་དཔར་གསུངས་པ་ཡང་དོན་དམ་པའི་བྱང་སེམས་ལ་དགོངས་ཀྱི། སོ་སྐྱེ་ལ་བྱང་སེམས་མཚན་ཉིད་པ་མེད་པར་སྟོན་པ་མིན་ནོ། །

又《般若經》二千五百頌（即第十六會）說：「如實知無實、無生、亦無虛妄、非如異生所執所得，故名菩薩。」此說諸法實性，應如聖者所得而得。故彼所說之菩薩，亦是勝義菩薩，非異生菩薩也。

གཉིས་པ་ནི།

子二、生佛家等四功德

འདི་ནི་དེ་བཞིན་གཤེགས་པ་རྣམས་ཀྱི་རིགས་སུའང་སྐྱེས་པ་སྟེ། །

འདི་ནི་ཀུན་ཏུ་སྦྱོར་བ་གསུམ་པོ་ཐམས་ཅད་སྤངས་པ་ཡིན། །

བྱང་ཆུབ་སེམས་དཔའ་དེ་ནི་དགའ་བ་མཆོག་ཏུ་གྱུར་འཆང་ཞིང་། །

འཇིག་རྟེན་ཁམས་བརྒྱ་ཀུན་ནས་གཡོ་བར་ནུས་པར་གྱུར་པའང་ཡིན། །

生於如來家族中，斷除一切三種結，

此菩薩持勝歡喜，亦能震動百世界。

གཞན་ཡང་ས་དང་པོ་ལ་གནས་པ་འདི་ནི་སོ་སྐྱེ་དང་ཉན་རང་གི་ས་ཐམས་ཅད་ལས་འདས་པའི་ཕྱིར་དང་། སངས་རྒྱས་ཀྱི་སའི་རྗེས་སུ་འགྲོ་བར་ངེས་པའི་ལམ་རྒྱུད་ལ་སྐྱེས་པའི་ཕྱིར་དེ་བཞིན་གཤེགས་པ་རྣམས་ཀྱིས་རིགས་སུའང་སྐྱེས་པ་སྟེ། ལམ་གཞན་དུ་མི་འགྲོ་བར་རང་གི་ལམ་དུ་རིགས་ངེས་པ་ཡིན་ནོ། །

住初地之菩薩，過一切異生二乘地故，內身已生定趣佛地之道故，名生於如來家中。謂於自道種姓決定，不復更趣餘道也。

ས་དང་པོ་འདི་ནི་གང་ཟག་རང་གི་མཚན་ཉིད་ཀྱིས་གྲུབ་པ་མེད་པའི་གང་ཟག་གི་བདག་མེད་མངོན་སུམ་དུ་མཐོང་བས། འཇིག་ལྟ་དང་ཕྲ་རྒྱས་ཀྱི་ཐེ་ཚོམ་དང་། ཚུལ་ཁྲིམས་དང་བརྟུལ་ཞུགས་མཆོག་འཛིན་གྱི་ཀུན་ཏུ་སྦྱོར་བ་གསུམ་པོ་ཐམས་ཅད་སྤངས་པ་ཡིན་ཏེ། སླར་མི་སྐྱེ་བའི་ཕྱིར་རོ། །

又此菩薩已現見補特伽羅無我，故薩迦耶見及隨眠疑、戒禁取等三結，一切永斷不復生。

དེས་ནི་དེ་གསུམ་གྱི་ས་བོན་སྤངས་པར་བསྟན་ལ། འཇིག་ལྟ་ནི་མཐོང་སྤང་དུ་གྱུར་པ་ཀུན་བརྟགས་ཡིན་གྱི་ལྷན་སྐྱེས་མིན་ནོ། །

此說已斷三結種子。其薩迦耶見，是見所斷之分別起者，非俱生者。

འོ་ན་ཕྲ་རྒྱས་ཀྱི་མཐོང་སྤང་གཞན་ཡང་སྤངས་པ་ལ། གསུམ་པོ་འདི་ཙམ་སྨོས་པ་ཅི་ཡིན་སྙམ་ན། མདོ་སྡེ་ལས་འདི་ལྟར་གསུངས་པའི་དགོངས་པ་འཆད་པ་ལ་ལུགས་གཉིས་ཡོད་ཀྱང་། ལེགས་པ་ནི་མཛོད་ལས། འགྲོ་མི་འདོད་དང་ལམ་ནོར་དང་། །ལམ་ལ་ཐེ་ཚོམ་དེ་སྙེད་ཅིག །ཐར་པར་བགྲོད་ལ་གེགས་བྱེད་པ། །དེ་ཡི་ཕྱིར་ན་གསུམ་བསྟན

ནོ། །ཞེས་བཤད་པ་ལྟར་རོ། །

餘見所斷之隨眠，亦初地斷，何故唯說此三耶？雖有二釋，以《俱舍》所解爲善。彼云：「或不欲發趣，迷道及疑道，能障趣解脫，故唯說斷三。」

དཔེར་ན་ཡུལ་གཞན་དུ་འགྲོ་འདོད་པ་ལ་བར་ཆད་ཀྱི་གཙོ་བོ་གསུམ་སྟེ། འགྲོ་མི་འདོད་པ་དང་། ལམ་ནོར་བ་དང་། ལམ་ལ་ཐེ་ཚོམ་ཟ་བའོ། །

如趣向他處有三大障礙：謂不欲趣行及迷失正道、疑惑正道。

དེ་བཞིན་དུ་ཐར་བར་བགྲོད་པ་ལ་ཡང་བར་ཆད་ཀྱི་གཙོ་བོ་གསུམ་སྟེ། དང་པོས་ནི་ཐར་པ་ལ་སྐྲག་པས་དེར་འགྲོ་མི་འདོད་པ་དང་། གཉིས་པས་ནི་ལམ་གཞན་ལ་བརྟེན་པས་ལམ་ནོར་བ་དང་། གསུམ་པས་ནི་ལམ་ལ་ཐེ་ཚོམ་ཟ་བས་གསུམ་བསྟན་ནོ། །

如是趣向解脫，亦有三障。由第一結怖解脫而不願趣行，由第三結依止餘道而失正道，由第二結於道疑惑。故偏說斷此三結。

བྱང་ཆུབ་སེམས་དཔའ་ས་དང་པོ་བ་དེ་ནི་སྔར་བཤད་པ་ལྟར་རིགས་ངེས་པ་ལ་ཞུགས་པས། དེའི་འབྲས་བུའི་ཡོན་ཏན་ཐོབ་པ་དང་། སའི་སྐྱོན་བྲལ་བས་ཐུན་མོང་མ་ཡིན་པའི་དགའ་བ་སྐྱེས་པས། རབ་ཏུ་དགའ་བ་མང་བའི་ཕྱིར། རྒྱལ་སྲས་དེ་དགའ་བ་མཆོག་ཏུ་གྱུར་པ་འཆང་བ་ཡང་ཡིན་ནོ། །

又此初地菩薩，入種姓決定，由得彼果功德，遠離彼地過失，故生不共之歡喜。由喜多故，說彼菩薩爲持最勝歡喜者。

རབ་དགའ་ཁྱད་པར་དུ་འཕགས་པ་ཡོད་པའི་ཕྱིར་ས་འདི་ལ་རབ་ཏུ་དགའ་བ་ཞེས་ཀྱང་བྱའོ། །

由喜勝故，說此名極喜地。

འཇིག་རྟེན་གྱི་ཁམས་མི་གཅིག་པ་བརྒྱ་ཀུན་ནས་གཡོ་བར་ནུས་པར་གྱུར་པའང་ཡིན་ནོ། །

又此菩薩能周遍震動一百世界。

གསུམ་པ་ནི།

子三、趣上地等三功德

ས་ནས་སར་གནོན་བྱེད་ཅིང་གོང་མར་རབ་ཏུ་འགྲོ་བར་འགྱུར། །
དེ་ཚེ་འདི་ཡི་ངན་འགྲོའི་ལམ་རྣམས་མཐའ་དག་འགག་པར་འགྱུར། །

དེ་ཚེ་འདི་ཡི་སོ་སོ་སྐྱེ་བོའི་ས་རྣམས་ཐམས་ཅད་ཟད།།

從地登地善上進，滅彼一切惡趣道，此異生地悉永盡。

ས་དང་པོ་ནས་ས་གཉིས་པར་གནོན་པར་བྱེད་པ་ལ་སྤྲོ་བ་ཤིན་ཏུ་ཆེ་ཞིང་། ས་གོང་མར་རབ་ཏུ་འགྲོ་བར་འགྱུར་རོ།།

初地菩薩爲欲進趣第二地故，起大勇猛，善進上地。

ས་དང་པོ་ཐོབ་པ་དེའི་ཚེ་བྱང་སེམས་འདི་ཡི་ངན་འགྲོར་འགྲོ་བའི་ལམ་རྣམས་མཐའ་དག་འགག་པ་སྟེ་ཟད་པར་འགྱུར་རོ།།

又於得證初地時，此菩薩之一切惡趣皆悉永盡。

འོ་ན་སྦྱོར་ལམ་བཟོད་པ་ཐོབ་ནས་ངན་སོང་དུ་ལས་དབང་གིས་འགྲོ་མི་སྲིད་པ་མ་ཡིན་ནམ། ངན་འགྲོའི་ལམ་ཟད་པ་ས་འདི་ཐོབ་པ་ལ་ལྟོས་ཅི་དགོས་སྙམ་ན། བཟོད་པ་ཐོབ་ནས་ངན་འགྲོར་འགྲོ་མི་སྲིད་པ་ནི། དེར་འཕྲིད་པའི་ས་བོན་གཉེན་པོས་བཅོམ་པ་མིན་གྱི། རྐྱེན་མ་ཚང་བས་ཡིན་ཅིང།

豈不從得加行道忍位，便能不因業力而往惡趣，已盡惡趣道耶？得忍位已，不墮惡趣，非以對治壞彼惡趣之種子，特緣不具耳。

འདིར་ནི་ས་བོན་གཉེན་པོས་བཅོམ་པ་ཡིན་ལ། ཀུན་ལས་བཏུས་ལས་ཀྱང་ངན་འགྲོའི་ཕུང་ཁམས་སོགས་མཐོང་སྤང་དུ་བཤད་དོ།།

此以真對治壞彼種子名滅惡趣。《集論》亦說「惡趣之蘊界處等是所斷」也。

ས་དང་པོ་ཐོབ་པ་དེའི་ཚེ་བྱང་སེམས་འདི་ཡི་སོ་སོ་སྐྱེ་བོའི་ས་སྟེ་གནས་སྐབས་ཐམས་ཅད་ཟད་དོ།།

又得初地時，此菩薩之異生地，一切永盡。

གཉིས་པ་ནི།

癸二、總明功德

འདི་ནི་འཕགས་པ་བརྒྱད་པ་ཇི་ལྟ་དེ་ལྟར་ཏེ་བར་བསྟན།།

如地①八聖此亦爾。

མདོར་ན་ཇི་ལྟར་འབྲས་གནས་བཞི་དང་འབྲས་བུ་ལ་ཞུགས་པ་བཞིའི་དགྲ་བཅོམ་ནས་ཡས་བགྲངས་ན།

①「地」，民族本、PDF皆作「第」。《入中論頌》：「如第八勝（應爲聖）此亦爾。」

གྲངས་བརྒྱད་པ་ཡིན་པས་འཕགས་པ་བརྒྱད་པ་རྒྱུན་ཞུགས་ཞུགས་པ་ལ། འཕགས་པའི་ཆོས་ཐོབ་པ་ལས་རང་དང་རྗེས་སུ་མཐུན་པའི་སྤངས་པ་དང་། རྟོགས་པའི་ཡོན་ཏན་འབྱུང་བར་འགྱུར་བ་བཞིན་དུ། བྱང་སེམས་འདི་ཡང་ས་དང་པོ་ཐོབ་པ་ལས་སྐྱོན་ཟད་པ་དང་། ཡོན་ཏན་འབྱུང་བ་བརྒྱད་པ་ཇི་ལྟ་བ་དེ་ལྟར་ཉེ་བར་བསྟན་ཏོ། །

四果四向中，從阿羅漢下數至第八，即預流向名第八聖者（即八人地），如彼創獲聖法，生隨順斷智功德。此菩薩亦爾，由得初地故，能斷過失，發生功德。

གཉིས་པ་ལ་གསུམ་ས་འདིར་ཉན་རང་རྣམས་རིགས་ཀྱི་སྒོ་ནས་ཟིལ་གྱིས་གནོན་པ་དང་། ས་བདུན་པར་ཉན་རང་གཉིས་བློའི་སྒོ་ནས་ཟིལ་གྱིས་གནོན་པ་དང་། དེ་ལྟར་གསུངས་པས་གྲུབ་པའི་དོན་བཤད་པའོ། །

壬二、勝過他身德分三：癸一、此地由種姓勝二乘，癸二、七地由智慧勝二乘，癸三、釋成上說。

རྫོགས་པའི་བྱང་ཆུབ་སེམས་ལྟ་དང་པོ་ལ་གནས་ཀྱང་། །

ཐུབ་དབང་གསུང་སྐྱེས་དང་བཅས་རང་སངས་རྒྱས་རྣམས་ནི། །

བསོད་ནམས་དག་གི་དབང་གིས་ཕམ་བྱས་རྣམ་པར་འཕེལ། །

即住最初菩提心，較佛語生及獨覺，由福力勝極增長。

དང་པོ་ནི། རྫོགས་པའི་བྱང་ཆུབ་ཀྱི་སེམས་ལྟ་གཉིས་པ་སོགས་སུ་མ་ཟད་སེམས་དང་པོ་རབ་ཏུ་དགའ་བ་ལ་གནས་པས་ཀྱང་། ཐུབ་པའི་དབང་པོའི་གསུང་ལས་སྐྱེས་པ་ཉན་ཐོས་དང་བཅས་པའི་རང་སངས་རྒྱས་རྣམས་ནི། ཀུན་རྫོབ་བྱང་ཆུབ་ཀྱི་སེམས་དང་སྙིང་རྗེའི་བསོད་ནམས་དག་གི་དབང་གིས་ཕམ་པར་བྱས་པ་སྟེ་ཟིལ་གྱིས་གནོན་ནས། དེ་དག་ལས་བསོད་ནམས་རྣམ་པར་འཕེལ་བར་འགྱུར་ཏེ། སྔར་བཤད་པའི་ཡོན་ཏན་གྱི་ཁྱད་པར་རྣམས་ལས། ཡོན་ཏན་གྱི་ཁྱད་པར་གཞན་པ་ཅིག་ཡིན་ནོ། །

今初，菩薩之菩提心。不特二地以上，即住初心之極歡喜地，已由世俗菩提心及大悲心福德之力，能勝於從佛語生之聲聞及辟支佛。較彼二乘之福德極為增長。

འདི་ཡང་བྱམས་པའི་རྣམ་པར་ཐར་པ་ལས། རིགས་ཀྱི་བུ་འདི་ལྟ་སྟེ་དཔེར་ན་རྒྱལ་པོའི་བུ་སྐྱེས་ནས་རིང་པོ་

མ་ལོན་པ། རྒྱལ་པོའི་མཚན་དང་ལྡན་པ་ནི་བློན་པོའི་ཚོགས་རྣན་པོ་གཙོ་བོར་གྱུར་པ་ཐམས་ཅད་ཀྱང་། རིགས་ཀྱི་བདག་ཉིད་ཆེ་བའི་དབང་གིས་ཟིལ་གྱིས་གནོན་ཏོ། །

此如《彌勒解脫經》云：「善男子！如王子初生未久，具足王相，由彼種姓尊貴之力，能勝一切耆舊大臣。

དེ་བཞིན་དུ་བྱང་ཆུབ་སེམས་དཔའ་ལས་དང་པོ་བ་བྱང་ཆུབ་ཏུ་སེམས་བསྐྱེད་ནས་རིང་པོ་མ་ལོན་པ། དེ་བཞིན་གཤེགས་པ་ཆོས་ཀྱི་རྒྱལ་པོའི་རིགས་སུ་སྐྱེས་པས་ཀྱང་། བྱང་ཆུབ་ཀྱི་སེམས་དང་སྙིང་རྗེའི་དབང་གིས་ཉན་ཐོས་དང་། རང་སངས་རྒྱས་ཡུན་རིང་དུ་ཚངས་པར་སྤྱོད་པ་རྣམས་ཟིལ་གྱིས་གནོན་ཏོ། །

如是初發業菩薩，發菩提心雖未久，然由生如來法王家中，以菩提心及大悲力，已能勝於一切久修梵行之聲聞、獨覺。

རིགས་ཀྱི་བུ་འདི་ལྟ་སྟེ། དཔེར་ན་ནམ་མཁའ་ལྡིང་གི་དབང་པོ་ཆེན་པོའི་ཕྲུག་གུ་སྐྱེས་ནས་རིང་པོ་མ་ལོན་པའི་གཤོག་པའི་རླུང་གི་ཤུགས་དང་། མིག་ཡོངས་སུ་དག་པའི་ཡོན་ཏན་གང་ཡིན་པ་དེ་ནི། དེ་ལས་གཞན་པའི་བྱའི་ཚོགས་མ་ལུས་པ་རྣམས་པར་གྱུར་པ་ཐམས་ཅད་ལ་ཡོད་པ་མ་ཡིན་ནོ། །

善男子！如妙翅鳥王之子，初生未久，翅羽風力及清淨眼目之功德，爲餘一切大鳥所不能及。

དེ་བཞིན་དུ་བྱང་ཆུབ་སེམས་དཔའ་བྱང་ཆུབ་ཏུ་སེམས་དང་པོ་བསྐྱེད་པ། དེ་བཞིན་གཤེགས་པ་ནམ་མཁའ་ལྡིང་གི་དབང་པོ་ཆེན་པོའི་རིགས་ཀྱི་རྒྱུད་དུ་ཡང་དག་པར་བྱུང་བ། ནམ་མཁའ་ལྡིང་གི་དབང་པོའི་ཕྲུག་གུ་ཐམས་ཅད་མཁྱེན་པ་ཉིད་དུ་སེམས་བསྐྱེད་པའི་གཤོག་པའི་སྟོབས་ཀྱིས་ཕ་རོལ་གནོན་པ་དང་། ལྷག་པའི་བསམ་པ་ཡོངས་སུ་དག་པའི་མིག་གི་ཡོན་ཏན་གང་ཡིན་པ་དེ་ནི། བསྐལ་པ་བརྒྱ་སྟོང་དུ་ངེས་པར་བྱུང་བའི་ཉན་ཐོས་དང་། རང་སངས་རྒྱས་ཐམས་ཅད་ལ་ཡོད་པ་མ་ཡིན་ནོ་ཞེས་བྱ་བ་ལ་སོགས་པ་གསུངས་པ་བཞིན་ནོ། །

如是菩薩初發菩提心，生如來妙翅鳥王之家，此妙翅鳥王子，以發一切智心之翅力，及增上意樂清淨眼目之功德，彼聲聞、獨覺雖百千劫修出離行，亦不能及。」

འགྲེལ་བཤད་ལས་ལུང་དེ་གཉིས་ཀྱི་དོན་བརྗ་ལས་བྱུང་བའི་སེམས་བསྐྱེད་ལ་འཆད་མོད་ཀྱང་། ལས་དང་པོ་བ་དང་། སེམས་བསྐྱེད་ནས་རིང་དུ་མ་ལོན་པ་ཞེས་གསུངས་པ་ནི། དོན་དམ་པའི་སེམས་བསྐྱེད་ལ་བལྟོས་ནས་ཡིན་ལ། སྔར་དེ་བཞིན་གཤེགས་པའི་རིགས་སུ་སྐྱེས་པ་ས་དང་པོ་ནས་ཡིན་པར་གསུངས་པ་དང་། ལུང་སྔ་ཕྱི་གཉིས་ཀ་ནི་དཔེ་སོ་སོ་བ་ཙམ་མ་གཏོགས་པ་དོན་གཅིག་ཡིན་པའི་ཕྱིར་དང་། རྩ་བའི་ཚིག་རྐང་གསུམ་གྱི་དོན་ཡང་མདོ་དེའི་

དོན་བསྡུས་པར་སྣང་བའི་ཕྱིར་དང་། ལྷག་པའི་བསམ་པ་དག་པའི་སེམས་བསྐྱེད་ནི་ས་དང་པོའི་སེམས་བསྐྱེད་ལ་མདོ་སྡེ་རྒྱན་ལ་སོགས་པ་མང་པོ་ལས་གསུངས་པའི་ཕྱིར་རོ། །

《疏抄》謂此明世俗菩提心，非也。此約勝義心說。經說初發業者及發心未久，與前說初地始生如來家中，其義相同。蓋本頌即攝彼經之義也。又《莊嚴大乘經論》①等亦多說清淨增上意樂發心，即初地之發心。

འོ་ན་བྱང་སེམས་སོ་སྐྱེའི་ཀུན་རྫོབ་སེམས་བསྐྱེད་ཀྱིས། ཉན་རང་ཟིལ་གྱིས་གནོན་པར་མི་འདོད་དམ་སྙམ་ན། དེ་ནི་མ་ཡིན་ཏེ་མདོ་དེ་ཉིད་ལས། རིགས་ཀྱི་བུ་འདི་ལྟ་སྟེ་དཔེར་ན་རྡོ་རྗེ་རིན་པོ་ཆེ་ནི་ཆག་ཀྱང་གསེར་གྱི་རྒྱན་ཁྱད་པར་དུ་འཕགས་པ་ཐམས་ཅད་ཟིལ་གྱིས་གནོན་ཅིང་། རྡོ་རྗེ་རིན་པོ་ཆེའི་མིང་ཡང་མི་འདོར་ལ། དབུལ་བ་ཐམས་ཅད་ཀྱང་རྣམ་པར་ཟློག་གོ །

然則不許異生菩薩之世俗菩提心亦能勝過二乘耶？不爾，即前經云：「善男子，如金剛寶雖已破碎，猶能勝過一切金莊嚴具，猶不失金剛之名，能除一切貧乏之苦。

རིགས་ཀྱི་བུ་དེ་བཞིན་དུ་ཐམས་ཅད་མཁྱེན་པར་སེམས་བསྐྱེད་པའི་རྡོ་རྗེ་རིན་པོ་ཆེ་ནན་ཏན་དང་བྲལ་ཡང་། ཉན་ཐོས་དང་རང་སངས་རྒྱས་ཀྱི་ཡོན་ཏན་གྱི་གསེར་གྱི་རྒྱན་ཐམས་ཅད་ཟིལ་གྱིས་གནོན་ཅིང་། བྱང་ཆུབ་སེམས་དཔའི་མིང་ཡང་མི་འདོར་ལ་འཁོར་བའི་དབུལ་བ་ཐམས་ཅད་ཀྱང་རྣམ་པར་ཟློག་གོ །

卷二

善男子，如是一切智心金剛寶，雖離修證，亦能勝過一切聲聞、獨覺功德金莊嚴具。亦不失菩薩之名，能除一切生死眾苦。」

ཞེས་གསུངས་ལ་མདོ་འདི་བསླབ་བཏུས་ལས། བྱང་ཆུབ་ཀྱི་སེམས་སྤྱོད་པ་དང་བྲལ་བ་ལ་ཡང་བརྙས་པར་མི་བྱ་བའི་ཤེས་བྱེད་དུ་དྲངས་པའི་ཕྱིར་དང་། ས་ཐོབ་པ་ལ་སེམས་བསྐྱེད་སྤྱོད་པ་དང་བྲལ་བ་ནི་དོན་སྤྱོད་སྲིད་པའི་ཕྱིར་རོ། །

所以知此是說世俗菩提心者。以《集學論》引證此經，謂大菩提心，雖離諸行亦不可輕毀。若是已得大地之菩提心，決無離諸行者。

---

①「《莊嚴大乘經論》」，民族本作「《大乘莊嚴經論》」。《成唯識論述記・卷第四》：「應言莊嚴大乘經論，能莊嚴大乘經故。先云大乘莊嚴經論者，非也，無有大乘莊嚴經故」。《大唐西域記・卷第五》：「無著菩薩夜升天宮，於慈氏菩薩所受《瑜伽師地論》《莊嚴大乘經論》《中邊分別論》等，晝爲大眾講宣妙理。」

གཉིས་པ་ནི།

癸二、七地由智慧勝二乘

དེ་ཉི་རིང་དུ་སོང་བར་བློ་ཡང་ལྷག་པར་འགྱུར། །

彼至遠行慧亦勝。

བྱང་སེམས་ས་དང་པོ་བ་དེ་ནི། ས་རིང་དུ་སོང་བར་སོན་པ་ན། ཀུན་རྫོབ་བྱང་ཆུབ་ཀྱི་སེམས་ཀྱིས་ཟིལ་གྱིས་གནོན་པར་མ་ཟད། དོན་དམ་པའི་སེམས་བསྐྱེད་ཀྱི་བློ་ཡི་སྟོབས་ཀྱིས་ཀྱང་། ཉན་རང་རྣམས་ལྷག་པར་ཏེ་ཟིལ་གྱིས་གནོན་པར་འགྱུར་ཏེ།

彼初地菩薩至遠行地時，非但以世俗菩提心勝二乘，即勝義菩提心智慧之力，亦能勝彼二乘。

འདི་ནི་ས་བཅུ་བའི་མདོ་ལས། ཀྱེ་རྒྱལ་བའི་སྲས་དག་འདི་ལྟ་སྟེ། དཔེར་ན་རྒྱལ་པོའི་རིགས་སུ་སྐྱེས་པའི་རྒྱལ་པོའི་བུ་རྒྱལ་པོའི་མཚན་དང་ལྡན་པ་ནི། སྐྱེས་པ་ཙམ་གྱིས་རྒྱལ་པོའི་བྱིན་གྱིས་བློན་པོའི་ཚོགས་ཐམས་ཅད་ཟིལ་གྱིས་གནོན་གྱི། རང་གི་བློའི་སྟོབས་ཀྱིས་རྣམ་པར་དཔྱད་པས་ནི་མ་ཡིན་ནོ། །

如《十地經》云：「諸佛子，譬如王子，生在王家具足王相。生已即勝一切臣眾。但以王力，非是自力。

ནམ་དེ་ནར་སོན་པར་གྱུར་པ་དེའི་ཚེ་རང་གི་བློའི་སྟོབས་བསྐྱེད་པས། བློན་པོའི་བྱ་བ་ཐམས་ཅད་ལས་ནི་ཤིན་ཏུ་འདས་པ་ཡིན་ནོ། །

若身長大，藝業悉成，乃以自力超過一切。

ཀྱེ་རྒྱལ་བའི་སྲས་དག་དེ་བཞིན་དུ་བྱང་ཆུབ་སེམས་དཔའ་ཡང་། སེམས་བསྐྱེད་མ་ཐག་ཏུ་ལྷག་པའི་བསམ་པའི་ཆེ་བ་ཉིད་ཀྱིས། ཉན་ཐོས་དང་རང་སངས་རྒྱས་ཐམས་ཅད་ཟིལ་གྱིས་གནོན་གྱི། རང་གི་བློའི་སྟོབས་ཀྱིས་རྣམ་པར་དཔྱད་པ་ནི་མ་ཡིན་ནོ། །

諸佛子菩薩摩訶薩亦復如是。初發心時，以志求大法故，勝出一切聲聞、獨覺。非以自智觀察之力。

བྱང་ཆུབ་སེམས་དཔའི་ས་བདུན་པ་འདི་ལ་གནས་པའི་བྱང་ཆུབ་སེམས་དཔའ་ནི། རང་གི་ཡུལ་ཤེས་པའི་ཆེ་བ་ལ་གནས་པས། ཉན་ཐོས་དང་རང་སངས་རྒྱས་ཀྱི་བྱ་བ་ཐམས་ཅད་ལས་ཤིན་ཏུ་འདས་པ་ཡིན་ནོ། །ཞེས་གསུངས་པ་བཞིན་ནོ། །

菩薩今住第七地，以自所行智慧力故，勝過一切聲聞、獨覺所作。」

སེམས་བསྐྱེད་མ་ཐག་ཏུ་ཞེས་པ་ནི་ས་དང་པོའི་སྐབས་ཡིན་པས། ལྷག་པའི་བསམ་པ་དག་པའི་སེམས་བསྐྱེད་པའོ། །

「初發心」者，謂初地才發清淨增上意樂心。

དེ་ལྟར་ན་ས་རིང་དུ་སོང་བ་ཁོ་ན་ནས་བཟུང་ནས། བྱང་སེམས་ཀྱིས་རང་གི་བློའི་སྟོབས་བསྐྱེད་པས་ཀྱང་། ཉན་རང་རྣམས་ཟིལ་གྱིས་གནོན་གྱི། ས་དྲུག་པ་མན་ཆད་དུ་ནི་བློའི་སྟོབས་ཀྱིས་ཟིལ་གྱིས་གནོན་པ་མ་ཡིན་ནོ། །

是則應知唯遠行地菩薩，乃能以自慧力勝過二乘，非六地以下。

ཉན་རང་གི་བྱ་བ་ཐམས་ཅད་ལས་འདས་པའི་དོན་ནི། དེ་གཉིས་བློས་ཟིལ་གྱིས་གནོན་པའི་དོན་ཡིན་པར་འགྲེལ་བའི་དོན་བསྡུས་ལས་ཤེས་སོ། །

「勝過一切聲聞、獨覺所作」者，即以智力過勝二乘之義。

བློའི་སྟོབས་འཆད་པ་ན་རང་གི་ཡུལ་ཤེས་པའི་ཆེ་བ་ལ་གནས་པས། ཞེས་པ་ནི་བྱང་སེམས་རང་གི་ཡུལ་འགོག་པ་ཡང་དག་པའི་མཐའ་ཤེས་པའི་ཆེ་བའོ། །

「以自所行智慧力」者，謂了知菩薩實際滅定之殊勝。

དོན་འདི་ལ་ཁ་ཅིག་དྲུག་པ་མན་ཆད་དང་། བདུན་པའི་ཡེ་ཤེས་ཀྱི་ངོ་བོ་ལ་ཁྱད་མེད་ཀྱང་། ཡེ་ཤེས་དང་པོ་རྣམས་ལ་ཤེས་སྒྲིབ་སྤོང་བའི་ནུས་པ་མེད་ལ། བདུན་པའི་ཡེ་ཤེས་ལ་ཤེས་སྒྲིབ་སྤོང་བའི་ནུས་པ་ཡོད་པས། བློའི་སྒོ་ནས་ཟིལ་གྱིས་གནོན་མི་གནོན་ཡོད་དོ། །ཞེས་པ་དང་།

此中「智力超勝」者，有謂六地以下與七地智慧體性無別。然前者之智力無斷所知障之功能，第七地智則有能斷之力，故有智慧勝劣之別。

ཡང་བདུན་པ་ནས་ཏིང་ངེ་འཛིན་ལ་ཐོད་རྒལ་དུ་འཇུག་ནུས་པས་ཞེས་པ་དང་། བདུན་པའི་ཡེ་ཤེས་དེ་ཕྱིར་མི་ལྡོག་པའི་ས་བརྒྱད་པ་ལ་མངོན་དུ་ཕྱོགས་པའི་ཡེ་ཤེས་སུ་འདུག་པས། བློས་ཟིལ་གྱིས་གནོན་ནོ་ཞེས་ཟེར་རོ། །

有說七地以後乃能超越入三摩地，有說第七地智是趣向第八不退地智，故說智慧超勝。

དེའི་དང་པོ་ནི་མི་རིགས་ཏེ་ལུགས་འདིས་ནི། གང་ཟག་བདེན་འཛིན་ཐམས་ཅད་ཉོན་མོངས་ཅན་གྱི་མ་རིག་པར་བཞེད་ལ། དེ་སླར་མི་སྐྱེ་བའི་ཚུལ་གྱིས་སྤོང་བ་ལ། དེ་དག་གི་ས་བོན་ཟད་དགོས་ཤིང་། སྤངས་པ་དེ་ཡང་དགྲ་བཅོམ་པ་གཉིས་དང་ཐུན་མོང་བ་ཡིན་པས། བདེན་འཛིན་གྱི་ས་བོན་སྤོང་བ་ནི་ཤེས་སྒྲིབ་སྤོང་བ་མིན་ནོ། །

初且非理，此宗許一切補特迦①羅實執，皆是染污無明。要永斷彼令不復

① 「迦」，依校正本作「伽」。

生，須斷盡其種子。即此斷德亦共二乘諸阿羅漢。故斷實執種子，非斷所知障。

ས་བོན་དེ་ལས་གཞན་པའི་བག་ཆགས་ཀྱི་སྒྲིབ་པ་ཤེས་སྒྲིབ་ཏུ་འཇོག་པ་ནི། ས་བརྒྱད་པ་མ་ཐོབ་བར་དུ་སྤོང་བ་མིན་པའི་ཕྱིར་རོ། །

若除種子，別立餘習氣爲所知障，則未至八地皆不能斷。

དེས་ན་ལུགས་འདི་ལ་བདེན་འཛིན་ཤེས་སྒྲིབ་ཏུ་འཇོག་པའི་ལུགས་ཀྱིས། དེ་ལ་ཤེས་སྒྲིབ་ཆུང་འབྲིང་ཆེན་པོ་དགུར་བྱས་ནས། ས་གཉིས་པ་སོགས་སྒོམ་ལམ་དགུས་སྤོང་བའི་རྣམ་གཞག་ཁས་མི་ལེན་ཏེ། ད་དུང་འཆད་པར་འགྱུར་རོ།

故安立實執爲所知障之宗派，分所知障爲軟中上九品，由二地等九品修道而斷。非此宗所許，下當廣說。

གཉིས་པ་ཡང་མི་རིགས་ཏེ་ཐོད་རྒལ་ཞེས་པ་ལ་ནི། བར་རྙིང་བ་ལས་སྙོལ་ཞི་ཞེས་ཀྱང་འབྱུང་བས། རིམ་པ་འཆོལ་བ་ལ་ཟེར་ཞིང་། འདིར་དེའི་སྒོ་ནས་ཏིང་ངེ་འཛིན་ལ་འཇུག་པ་དྲུག་པ་མན་ཆད་ལ་མེད་ཅིང་བདུན་པ་ནས་ཡོད་པ་ལ་ཤེས་བྱེད་མེད་པའི་ཕྱིར་རོ། །

次說亦非理。「超越」，古譯次第錯亂，由此門入三摩地，非六地以下所能，七地方有云云，無經可證。

གསུམ་པ་ཡང་མི་རིགས་ཏེ། དེ་ལ་ནི་དྲུག་པ་མན་ཆད་དང་བདུན་པ་ལ་རྟོགས་པས་ཟིལ་གྱིས་གནོན་མི་གནོན་གྱི་རྒྱུ་མཚན་ལ། ད་དུང་དོགས་པ་མ་ཆོད་པས་རྟོད་གཞི་རྟགས་སུ་བཀོད་པ་དང་འདྲ་བའི་ཕྱིར་རོ། །

第三說亦不然。解六地以下與第七地，能否以智力超勝之理，猶不能斷疑，如以宗爲因也。

འགྲེལ་བཤད་ལ་ས་བདུན་པར་ཁོ་བོ་ལམ་ལ་འཇུག་པར་བྱའོ་སྙམ་པའི་རྣམ་རྟོག་ཡོད་པས་རྩོལ་བ་དང་བཅས་ལ། མདོ་ལ་སོགས་པའི་ཆོས་ཀྱི་མཚན་མ་མངོན་དུ་མི་བྱེད་པས། མཚན་མ་མེད་པའི་ལམ་ཐོབ་ཅིང་། དྲུག་པ་མན་ཆད་དང་ཉན་རང་རྣམས་ལ་མཚན་མེད་དེ་མེད་པས། བློས་ཟིལ་གྱིས་གནོན་པར་གསུངས་ཀྱང་། འདི་ལ་དེ་ཁོ་ན་ཉིད་ཀྱི་རྟོགས་པའི་སྟེང་ནས་ཁྱད་པར་གཞག་དགོས་པར་སྣང་ངོ། །

《疏抄》說：「七地菩薩，有分別念，謂我當修道，故猶有功用，然不作意經等法相[①]，故得無相道。六地以下及聲聞、獨覺，無無相道，故由智慧能超勝之。」

དེ་ཡང་ཡང་དག་པའི་མཐའི་དེ་ཁོ་ན་ཉིད་ལ་འཇུག་ལྡང་གི་སྒོ་ནས་ཡིན་ཏེ། ས་བདུན་པའི་སྐབས་སུ་འཆད་

①「法相」，民族本作「相法」。

པ་ལྟར་སེམས་ཀྱི་སྐད་ཅིག་རེ་རེ་ལ་འགོག་པ་ཡང་དག་མཐའ་ལ་འཇུག་ལྡང་བྱེད་པ་ས་འདི་ནས་ནུས་ལ། ས་འོག་མར་མི་ནུས་པར་གསུངས་པ་ཡིན་ནོ། །ཞེས་བདག་གི་བླ་མ་དམ་པ་གསུང་བ་ལྟར་ལེགས་ཏེ།

吾師解云：此應於通達真實之智慧，辨其差別。謂由緣實際真理之入定、出定而分。經說第七地時，謂一刹那心能緣實際滅定而入定、出定，要七地方有，非以下諸地所能。此說極善。

མོས་སྤྱོད་དུ་སེམས་དང་དེ་ཁོ་ན་ཉིད་གཉིས་རོ་གཅིག་ཏུ་མ་སོང་བའི་སྟོང་ཉིད་ཀྱི་ཏིང་ངེ་འཛིན་ལ་དུས་ཐུང་ངུར་འཇུག་ལྡང་བྱེད་པ་མི་དཀའ་ཡང་། སེམས་དང་དེ་ཁོ་ན་ཉིད་གཉིས་ཆུ་ལ་ཆུ་བཞག་པ་བཞིན་དུ་སོང་བའི་འཕགས་པའི་སྐབས་སུ། འཇུག་ལྡང་གི་ཚུལ་དེ་ཤིན་ཏུ་དཀའ་བའི་ཕྱིར་རོ། །

以勝解行地，心與真理尚未融合一味，故於出入空三摩地，猶不甚難。但至聖位，心與真理融合一味，如水注水，出入彼定，轉極難也。

གལ་ཏེ་ས་དང་པོའི་ཡོན་ཏན་གྱི་སྐབས་སུ། ས་བདུན་པར་ཉན་རང་བློས་ཟིལ་གྱིས་གནོན་པར་འཆད་པ་འདི་སྐབས་ལ་མ་བབ་པོ་སྙམ་ན། སྐབས་འཆོལ་བའི་སྐྱོན་མེད་དེ།

說初地功德，而敘七地以智慧力勝二乘，得無有紊亂之失耶？無失。

འདིར་ས་དང་པོ་སོགས་ཀྱི་བཤད་པ་ནི། མདོ་སྡེ་ས་བཅུ་བ་ལ་བརྟེན་ནས་འཆད་ལ། མདོ་དེར་ས་དང་པོ་ལ་གནས་པས་ཉན་རང་རྣམས་ཀུན་རྫོབ་སེམས་བསྐྱེད་ཀྱིས་ཟིལ་གྱིས་གནོན་པ་དང་། དོན་དམ་སེམས་བསྐྱེད་ཀྱི་སྒོ་ནས་ཟིལ་གྱིས་མི་གནོན་པའི་ཁྱད་པར་ལེགས་པར་ཕྱེ་ནས་གསུངས་ལ།

本論釋初地等，依《十地經》。彼經分別解說，初地菩薩能以世俗菩提心勝過二乘，非以勝義菩提心勝。

དེའི་ཚེ་ས་གང་ནས་རྟོགས་པས་ཟིལ་གྱིས་གནོན་སྙམ་པའི་དོགས་པ་སྐྱེ་བ་བསལ་བའི་ཕྱིར་དུ། ས་བདུན་པ་ནས་རྟོགས་པས་ཟིལ་གྱིས་གནོན་པར་གསུངས་པ་དེ་ཉིད། གཞུང་འདིར་ཡང་བཀོད་པ་ཡིན་པས་ཤིན་ཏུ་ཡང་སྐབས་ལ་བབ་པར་ཤེས་པར་བྱའོ། །

爾時應有作是念者，要至何地智慧方勝，經說至第七地智慧方勝。爲除彼疑，故本論於此中安立其義，極爲適當。

གསུམ་པ་ལ་གསུམ། ས་བཅུ་བའི་མངོན་ཉན་རང་ལ་ཆོས་རང་བཞིན་མེད་པར་རྟོགས་པ་ཡོད་པར་བསྟན་པ་དང་། དེ་སྒྲུབ་པའི་ཁུངས་བསྟན་པ་དང་། དེ་ལྟར་བསྟན་པ་ལ་རྩོད་པ་སྤང་བའོ། །

癸三、釋成上說分三：子一、明十地經說二乘通達法無自性，子二、引教證成，子三、釋妨難。

དང་པོ་ལ་གཉིས། འགྲེལ་བ་མཛད་པའི་དགོངས་པ་གསལ་བར་བཤད་པ་དང་། དེ་ཉིད་སྤྱོད་འཇུག་གི་ལུགས་སུའང་བསྟན་པའོ། །

初又分二：丑一、解釋釋論之意趣，丑二、明彼亦是入行論宗。

དང་པོ་ནི། ས་བཅུ་བ་ལས་ས་དྲུག་པ་མན་ཆད་དུ་རྟོགས་པའི་བློ་ནས། ཉན་རང་རྣམས་ཟིལ་གྱིས་གནོན་མི་ནུས་པར་གསུངས་པའི་ལུང་འདི་ལས་ནི། ཉན་རང་རྣམས་ལ་ཡང་ཆོས་རང་བཞིན་མེད་པར་ཤེས་པ་ཡོད་དོ། །ཞེས་གསལ་བར་ངེས་ཏེ།

今初，《十地經》說：六地以下不能以智德勝二乘。由此可知，二乘亦知法無自性。

དེ་གཉིས་ལ་ཤེས་རབ་དེ་མེད་ན་འཇིག་རྟེན་པའི་ལམ་ཞི་རགས་ཀྱི་རྣམ་པ་ཅན་གྱིས་སྲིད་རྩེ་མ་གཏོགས་པའི་ས་ལ་འདོད་ཆགས་དང་བྲལ་བའི་དྲང་སྲོང་རྣམས་བཞིན་དུ། ཉན་རང་དགྲ་བཅོམ་པ་དེ་དག་ཀྱང་དོན་དམ་པའི་སེམས་དང་པོ་བསྐྱེད་པས་ཀྱང་། རྟོགས་པའི་བློ་ནས་ཟིལ་གྱིས་གནོན་པར་འགྱུར་ཏེ། དངོས་པོ་རང་བཞིན་མེད་པར་ཤེས་པ་དང་བྲལ་བའི་ཕྱིར་རོ། །

若二乘人無彼智者，則初發勝義心菩薩之智德，亦應勝彼。以彼不知法無自性故，如以粗靜相世間道而得離欲之仙人。

ཕྱི་རོལ་མུ་སྟེགས་བྱེད་བཞིན་དུ་ཉན་རང་གིས་ཁམས་གསུམ་ན་སྤྱོད་པའི་ཉོན་མོངས་པ་ཐམས་ཅད་ས་བོན་དང་བཅས་པ་སྤངས་པར་ཡང་མི་འགྱུར་བར་གསུངས་པ་ནི། སྟོང་ཉིད་ལེགས་པར་རྟོགས་ནས་གོམས་པ་མེད་ན། ཉོན་མོངས་ཀྱི་ས་བོན་ཟད་པར་བྱེད་མི་ནུས་པ། འཇིག་རྟེན་པའི་ལམ་ཞི་རགས་ཀྱི་རྣམ་པ་ཅན་དང་འདྲ་བར་བསྟན་ཏོ། །

釋論謂：「猶如外道，聲聞、獨覺亦應不能永斷三界煩惱及種子。」意顯若不通達空性修習，則如粗靜相世間道不能盡煩惱種子。

དེ་ཁོ་ན་ཉིད་རྟོགས་པ་དང་བྲལ་ན། གཟུགས་ལ་སོགས་པའི་ཕུང་པོ་ལ་བདེན་པར་དམིགས་པས། བློ་ཕྱིན་ཅི་ལོག་ཏུ་གྱུར་པའི་ཕྱིར། གང་ཟག་གི་བདག་མེད་མཚན་ཉིད་རྫོགས་པ་རྟོགས་པ་མེད་པར་འགྱུར་ཏེ། བདག་དང་གང་ཟག་ཏུ་འདོགས་པའི་གཞི། ཕུང་པོ་ལ་བདེན་པར་དམིགས་པའི་ཡུལ་སུན་ཕྱུང་བ་མེད་པས་ཕྱིར་རོ། །

又說：「不若①通達真實義，則應緣色等五蘊而執實有。由此心顛倒故，則應不能圓滿了解補特伽羅無我。以於施設人我所依之諸蘊執為實有之境，未

①「不若」，民族本、PDF作「若不」。

能破故。」

འདིས་ནི་གདགས་གཞི་ཕུང་པོ་ལ་བདེན་པར་ཞེན་པའི་ཞེན་ཡུལ་སུན་མ་ཕྱིན་ན། བཏགས་ཆོས་གང་ཟག་ལ་བདེན་པར་འཛིན་པའི་ཞེན་ཡུལ་ཡང་སུན་མི་ཕྱིན་པས། གང་ཟག་བདེན་མེད་དུ་མ་རྟོགས་པའི་ཕྱིར། གང་ཟག་གི་བདག་མེད་མཚན་ཉིད་རྫོགས་པ་མ་རྟོགས་པར་བསྟན་ཏོ། །

此明若於施設所依之諸蘊，未能破執實之境。則於安立之補特伽羅，亦不能破執實之境。由未通達補特伽羅無實，則亦不能圓滿了解補特伽羅無我也。

དེ་ལྟར་སྔར་བཤད་པ་དེ་དག་གི་དོན་ཤིན་ཏུ་རྟོགས་དཀའ་ལ། ལུགས་འདི་དང་ཞི་བ་ལྷའི་གཞུང་ལ་བརྟེན་པ་རྣམས་ཀྱིས་ཀྱང་ལེགས་པར་མ་ཤོད་སྣང་བས། འདིའི་མཐའ་བཅད་པ་ལ་དོགས་པ་སྐྱེ་ཚུལ་དང་། དེ་སེལ་ཚུལ་གཏན་ལ་ཕབ་ན། གལ་ཏེ་གང་ཟག་རང་རྐྱ་ཐུབ་པའི་རྫས་ཡོད་ཕུང་པོ་དང་ངོ་བོ་གཅིག་ཏུ་མེད་པ་དང་། དེ་ལས་ཐ་དད་པས་སྟོང་པའི་སྟོང་བདག་མེད་དང་། མི་རྟག་པ་ལ་སོགས་པ་བཅུ་དྲུག་ཏུ་ཚད་མས་གཏན་ལ་ཕེབས་པ་ནི་ངེས་པར་འོང་ལ། དེ་ཁྱུང་བ་ན་དེའི་གདུལ་བྱའི་གཙོ་བོ་རྣམས་ཀྱིས། དེ་ལ་ཤིན་ཏུ་གོམས་པར་བྱེད་པ་ཡང་འོང་ངོ་། །

此義極難通達，諸依本宗及靜天論師者，多未能善說。故更爲抉擇之。或有作是念：若以正理抉擇補特伽羅實我，與諸蘊性，一異俱遣，則能定解空無我相及無常等十六行相。即①能解彼，則彼正所化機亦必緣彼極善修習。

དེ་བྱས་ན་གང་ཟག་གི་བདག་མེད་དེ་མངོན་སུམ་དུ་རྟོགས་པ་འོང་བ་ནི། རྣལ་འབྱོར་མངོན་སུམ་སྒྲུབ་པའི་རིགས་པ་རྣམས་ཀྱིས་འགྲུབ་བོ། །

由修習力，定能現證補特伽羅無我。此是成立瑜伽現量諸理之所成立。

དེ་ལྟར་ན་དེ་རྟོགས་པའི་མཐོང་ལམ་གྱིས་ཉོན་མོངས་ཀུན་བཏགས་རྣམས་སྤོང་བ་འགྲུབ་བོ། །

由是因緣，現證彼義之見道，能斷分別煩惱亦得成立。

དེ་གྲུབ་ན་གང་ཟག་གི་བདག་མེད་མངོན་སུམ་དུ་མཐོང་ཟིན་གོམས་པར་བྱེད་པའི་སྒོམ་ལམ་ཡང་འགྲུབ་པས། ལྷན་སྐྱེས་ཀྱི་ཉོན་མོངས་ཀྱང་སྤོང་ནུས་པས། ཉོན་མོངས་པའི་ཟག་པ་ཐམས་ཅད་ཟད་པ་འགྲུབ་པས་སྟོང་ཉིད་མ་རྟོགས་ཀྱང་། ཁམས་གསུམ་གྱི་ཕྲ་རྒྱས་ཐམས་ཅད་ས་བོན་དང་བཅས་པ་སྤོང་བར་ནུས་ཏེ། ཇི་སྐད་བཤད་པའི་ཚུལ་དུ་མཐོང་སྒོམ་གཉིས་ཀྱིས་སྤངས་པ་ནི། འཇིག་རྟེན་ལས་འདས་པའི་ལམ་གྱི་སྤོང་ཚུལ་ཡིན་པའི་ཕྱིར་རོ། །

若彼已成，則現見補特伽羅我已，更數數熏②修之修道亦得成立。亦能成

①「即」，民族本作「既」。
②「熏」，校正本作「薰」。

立斷除俱生煩惱，乃至漏盡。雖未通空性，亦能斷三界一切煩惱及種子。以所述見修斷惑之理，即出世間道斷惑之理也。

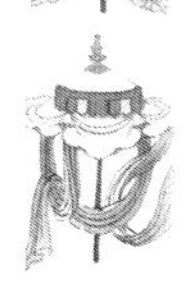

དེས་ན་མི་རྟག་སོར་བཅུ་དྲུག་སྒོམ་པའི་ལམ་གྱིས་ཀྱང་ཉོན་མོངས་ཐམས་ཅད་ཟད་པར་ནུས་སོ་ཞེ་ན།

故修無常等十六行相之道，亦能斷一切煩惱盡。

འདི་ལ་བཤད་པར་བྱ་སྟེ། དེ་ཁོ་ན་ཉིད་ཀྱི་ལྟ་བ་མ་རྙེད་ཀྱང་མི་རྟག་སོགས་བཅུ་དྲུག་ཚད་མས་གཏན་ལ་ཕེབས་པ་དང་། དེའི་གདུལ་བྱ་རྣམས་ཀྱིས་དོན་དེ་བརྩོན་པ་ཆེན་པོས་སྒོམ་པ་དང་། བསྒོམས་པ་ལས་གང་ཟག་གི་བདག་མེད་རགས་པ་མངོན་སུམ་དུ་མཐོང་བ་དང་། མཐོང་ཟིན་གོམས་པར་བྱེད་པ་ནི་མི་འོང་ཞེས་ཁོ་བོ་ཅག་མི་སྨྲོ། །

當釋彼疑，吾等非說：未得真實義見，則以正理抉擇無常等十六行相，及彼所化勤修彼義①，現見粗分補特伽羅無我，並見後熏修，皆不可能。

འོ་ན་ཅི་ཞེ་ན། དེ་འདྲ་བའི་ལམ་དེ་གང་ཟག་གི་བདག་མེད་མཚན་ཉིད་རྫོགས་པར་རྟོགས་པ་མིན་པས། ལམ་དེ་མཐོང་ལམ་དང་འཇིག་རྟེན་ལས་འདས་པའི་སྒོམ་ལམ་དུ་མི་འདོད་དོ། །

乃說彼道不能圓滿通達補特伽羅無我，非是真見道及出世修道，

དེའི་ཕྱིར་མཐོང་སྤང་དང་། སྒོམ་སྤང་གང་གི་ཡང་ས་བོན་སྤོང་མི་ནུས་པས། ལམ་དེ་མཐོང་ལམ་དང་སྒོམ་ལམ་དུ་བཤད་པ་དང་། སྤང་བྱ་གཉིས་ས་བོན་དང་བཅས་པ་སྤོང་བར་བཤད་པ་དང་། ལམ་དེ་གཉིས་ཀྱི་མཐར་དགྲ་བཅོམ་པ་འཐོབ་པར་བཤད་པ་ནི། དྲང་བའི་དོན་དུ་འགྲེལ་བའི་ལུགས་ཡིན་ཏེ།

全不能斷見修所斷之種子，故說彼道爲見道修道，能斷二種所斷惑及種子，彼二道究竟能得阿羅漢果者，此皆判爲不了義。

དཔེར་ན་སེམས་ཙམ་པས་རྡུལ་ཆ་མེད་དང་། དེ་བསགས་པའི་ཕྱི་དོན་དང་། དེ་ལས་རྫས་ཐ་དད་པའི་འཛིན་པ་གཉིས་བཀག་པ་ཡང་ཚད་མས་འགྲུབ་ཅིང་། དེས་འདུལ་བའི་གདུལ་བྱས་རིང་དུ་གོམས་པར་བྱས་ན། དོན་དེ་མངོན་སུམ་དུ་མཐོང་བ་དང་། མཐོང་ཟིན་གོམས་པར་བྱེད་པ་འགྲུབ་ཏུ་ཆུག་ཀྱང་། དེའི་སྟེང་ནས་ས་བཅུ་དང་། ལམ་ཕྱི་མ་གསུམ་བགྲོད་པ་དབུ་མ་པས་དྲང་དོན་དུ་འགྲེལ་བ་བཞིན་ནོ། །

如唯識宗彼②無方分極微與極微所集之外境，並與彼異體之能取，雖可以量成立。彼所化機久修彼義，則能現見。見後熏修雖亦得成。然若說彼道能登十地而趣後三道，則中觀宗釋彼爲不了義也。

---

①「及彼所化勤修彼義」，民族本作「及彼所不勤修彼義」。
②「彼」，校正本作「破」。

མི་རྟག་སོགས་བཅུ་དྲུག་སྒོམ་པ་ཡིན་ཀྱང་། སྔར་བཤད་པའི་གང་ཟག་གི་བདག་མེད་རྟོགས་པ་ཉིད་ཉོན་མོངས་ལས་གྲོལ་བར་བྱེད་པའི་ལམ་དུ་འདོད་པ་ཡིན་ཏེ།

況修無常等十六行相雖同，然許唯證如上所說之補特伽羅無我智，乃是解脫煩惱之道。

ཀུན་ལས་བཏུས་ལས། བདག་མེད་པའི་ཡིད་བྱེད་ཀྱིས་ཉོན་མོངས་སྤོང་ལ། རྣམ་པ་ལྷག་མ་རྣམས་དེ་ཡོངས་སུ་སྦྱོང་བའི་ཐབས་སུ་གསུངས་པ་དང་། རྣམ་འགྲེལ་ལས་ཀྱང་། སྟོང་ཉིད་ལྟ་བས་གྲོལ་འགྱུར་གྱི། །སྒོམ་པ་ལྷག་མ་དེ་དོན་ཡིན། །ཞེས་སྔ་མ་དང་མཐུན་པར་གསུངས་པས་སོ། །

如《集論》說：「無我作意能斷煩惱，所餘諸相是修彼之方便。」釋論[①]亦云：「空見能解脫，修餘爲證彼。」

སྟོང་ཉིད་ལྟ་བ་ཞེས་པའི་ཚིག་ཙམ་ལ་འཁྲུལ་ནས། རྒྱ་གར་བ་འགའ་ཞིག་གིས་ཀྱང་དེ་ཁོ་ན་ཉིད་རྟོགས་པའི་ལྟ་བ་ལ་འདོད་པ་ནི་དོན་མིན་པས། གང་ཟག་རང་རྐྱ་ཐུབ་པའི་རྫས་ཡོད་ཀྱིས་སྟོང་པའི་ལྟ་བ་ཡིན་ནོ། །

印度論師有誤解此中「空見」爲通達真實義之見者，深乖論義。論說空彼補特伽羅實我之空見耳。

ལམ་དེས་ཉོན་མོངས་ཀྱི་ས་བོན་སྤོང་མི་ནུས་ཀྱང་། ཉོན་མོངས་མངོན་གྱུར་བ་ནི་རེ་ཞིག་འགོག་ནུས་ཏེ། ཕྱི་རོལ་པ་དང་ཐུན་མོང་བའི་ཞི་རགས་ཀྱི་རྣམ་པ་ཅན་གྱིས། ཅི་ཡང་མེད་པ་མན་ཆད་ཀྱི་ཉོན་མོངས་མངོན་གྱུར་སྤོང་བར་མངོན་པ་ལས་གསུངས་པ་ལྟར་འདོད་དགོས་ན། སྔར་གྱི་ལམ་གྱིས་མངོན་གྱུར་རེ་ཞིག་སྤོང་ནུས་པ་ལྟ་ཅི་སྨོས་པའི་ཕྱིར་རོ། །

此道雖不能永斷煩惱種子，然能暫斷煩惱現行。彼共外道之粗靜相道，尚能暫斷無所有地以下煩惱現行，而況前道之暫斷現行乎。

ཉོན་མོངས་མངོན་གྱུར་སྤོང་ཞེས་པའི་ཉོན་མོངས་ཀྱང་། མངོན་པ་གཉིས་ནས་གསུངས་པ་ལྟར་གྱི་དམིགས་རྣམ་ཅན་གྱི་ཉོན་མོངས་ཡིན་གྱི། ལུགས་འདིས་བདེན་འཛིན་ཉོན་མོངས་ཅན་གྱི་མ་རིག་པར་བཤད་པ་དང་། དེའི་དབང་དུ་བྱས་པའི་ལྟ་བ་དང་ལྟ་མིན་གྱི་ཉོན་མོངས་མངོན་པ་ལས་བཤད་ཚུལ་ལས་གཞན་རྣམས་ནི་མངོན་གྱུར་ཡང་སྤོང་བར་མི་ནུས་སོ། །

然所言暫斷煩惱現行之煩惱，亦是《集論》《俱舍》所說之所緣行相煩惱。若本宗所說染污無明之實執，及由彼所起之利鈍煩惱，凡異於對法所說者，則雖現行亦不能斷。

① 「釋論」，校正本作「釋（量）論」。

མངོན་པ་ནས་བཤད་པའི་སྲིད་རྩེའི་སས་བསྡུས་པའི་ཉོན་མོངས་མངོན་གྱུར། ཞི་རགས་ཀྱི་རྣམ་པ་ཅན་གྱིས་སྤོང་མི་ནུས་ཀྱང་། སྔར་བཤད་པའི་གང་ཟག་གི་བདག་མེད་རགས་པ་རྟོགས་པའི་ལམ་ལ་གོམས་པར་བྱས་པས་སྤོང་ནུས་སོ། །

又對法說有頂地攝之煩惱現行，粗靜相道雖不能斷，然修前說通達粗分補特伽羅無我之道，則亦能伏斷也。

དེ་དག་གིས་ནི་འགྲེལ་བར་དེ་ཁོ་ན་ཉིད་རྟོགས་པ་དང་བྲལ་བའི་ཉོན་མོངས་ཀྱི་སྤོང་གཉེན་དུ་བཤད་པའི་ལམ་རྣམས། ཞི་རགས་ཀྱི་རྣམ་པ་ཅན་གྱི་ལམ་དང་འདྲ་བ་དང་། ཕྱི་རོལ་པ་བཞིན་དུ་ཉོན་མོངས་ཐམས་ཅད་སྤོང་མི་ནུས་པར་གསུངས་པ་རྣམས་གསལ་བར་བསྟན་ཏོ། །

此等即是解說釋論：「凡未通達真實義而說爲對治煩惱之道者，皆於[①]粗靜相道同，及如外道不能斷除一切煩惱」之意。

གཉིས་པ་ནི། འདི་ནི་རྒྱལ་སྲས་ཆེན་པོ་ཞི་བ་ལྷ་ཡང་བཞེད་དེ། སྤྱོད་འཇུག་ལས། བདེན་པ་མཐོང་བས་གྲོལ་འགྱུར་གྱི། །སྟོང་ཉིད་མཐོང་བས་ཅི་ཞིག་བྱ། །ཞེས་བདེན་བཞི་མི་རྟག་སོགས་བཅུ་དྲུག་མཐོང་བའི་ལམ་གྱིས། ཉོན་མོངས་ལས་གྲོལ་བར་འགྱུར་བས། ཉོན་མོངས་ཟད་པའི་དོན་དུ་རང་བཞིན་མེད་པའི་སྟོང་ཉིད་མཐོང་བ་མི་དགོས་སོ། །

丑二、明彼亦是入行論宗。靜天菩薩亦許此義，《入行論》云：「由見諦解脫，何用見空性。」外人意謂由見無常等十六行相之道，已能解脫煩惱。故爲盡斷煩惱，不須見無自性之空性也。

ཞེས་པའི་ལན་དུ། གང་ཕྱིར་ལུང་ལས་ལམ་འདི་ནི། །མེད་པར་བྱང་ཆུབ་མེད་པར་གསུངས། །ཞེས་རང་བཞིན་གྱིས་གྲུབ་པས་སྟོང་པར་མཐོང་བའི་ལམ་འདི་མེད་པར། བྱང་ཆུབ་གསུམ་གང་ཡང་ཐོབ་པ་མེད་པར་གསུངས་ཏེ།

答曰：「經說無此道，不能證菩提。」意謂：若無見自性空之道，則不能得三乘菩提。

གསུངས་ཚུལ་ནི་སྤྱོད་འཇུག་འགྲེལ་ཆེན་ལས། ཡུམ་གྱི་མདོ་ལས་དངོས་པོའི་འདུ་ཤེས་ཅན་ལ་ཐར་བ་མེད་པ་དང་། དུས་གསུམ་གའི་རྒྱུན་ཞུགས་ནས་རང་རྒྱལ་གྱི་བར་རྣམས་ཤེར་ཕྱིན་འདི་ཉིད་ལ་བརྟེན་ནས་ཐོབ་པར་གསུངས་པ་དྲངས་པ་ལྟར་ཡིན་གྱི། བླ་ན་མེད་པའི་བྱང་ཆུབ་ཁོང་པ་ལ་བྱེད་པ་དོན་མིན་ནོ། །

此如《入行論大疏》引《般若經》說：「有法想者則無解脫。」及「預流乃至獨覺，皆依般若波羅蜜多而得道果。」有但釋爲無上菩提者，非也。

---

①「於」，民族本作「與」。

དེ་ནས་བསྟན་རྩ་དགེ་སློང་ཉིད་ཡིན་ན། ཞེས་པའི་རྐང་པ་བཞིས་སེམས་བདེན་འཛིན་གྱི་དམིགས་པ་དང་བཅས་པའི་ལམ་གྱིས་མྱང་འདས་མི་འཐོབ་པར་ཡང་བསྟན་ནོ། །

次說：「比丘是教本」等四句，亦明心有實執所緣之道，不能得於涅槃。

དེ་ནས་ཉོན་མོངས་སྤངས་པས་གྲོལ་ན་དེའི། དེ་མ་ཐག་ཏུ་དེ་འགྱུར་རོ། །ཞེས་གསུངས་པའི་ཉོན་མོངས་སྤངས་པས་གྲོལ་ན་ཞེས་པ་ནི། ཕྱོགས་སྔ་མའི་ལུགས་བརྗོད་པ་ཡིན་ལ། དེའི་དོན་ནི། བདེན་པ་མཐོང་བས་གྲོལ་འགྱུར་གྱི། ཞེས་བཤད་པ་བཞིན་དུ་མི་རྟག་སོགས་བཅུ་དྲུག་གི་ལམ་བསྒོམས་པས། ཉོན་མོངས་སྤངས་ཏེ་གྲོལ་བ་འཐོབ་ན་ཞེས་བཤད་རྒྱུ་ཡིན་ཏེ། སྐབས་འདིར་མི་རྟག་སོགས་བཅུ་དྲུག་གི་ལམ་ཙམ་གྱིས་ཉོན་མོངས་ལས་གྲོལ་བ་འཐོབ་མི་འཐོབ་ལ་རྩོད་པའི་ཕྱིར་དང་། བདེན་པ་མཐོང་བས་ཞེས་སོགས་ཀྱི་རྩོད་པ་ལས་ཤིན་ཏུ་གསལ་བའི་ཕྱིར་རོ། །

次云：「若斷惑解脫，彼無間應爾。」若斷惑解脫，是牒敵者之宗。此與前說「由見諦解脫」義同。意謂：若如汝說，由修無常等十六行相之道，便斷煩惱而得解脫。此中所諍在唯修無常等十六行相之道，能否解脫煩惱。此即從「由見諦解脫」等諍論演繹而來，極為明顯。

དེས་ན་མི་རྟག་སོགས་བཅུ་དྲུག་གི་ལམ་ཙམ་གྱིས་ཉོན་མོངས་ཟད་པར་ནུས་པ་ཁས་བླངས་ནས། དེས་སྡུག་བསྔལ་ཐམས་ཅད་ལས་གྲོལ་བ་མིན་ནོ་ཞེས་འཆད་པ་ནི་འདིའི་དོན་གཏན་མིན་ནོ། །

以是有人許唯修無常等十六行相之道，能斷盡煩惱。又說由彼不能解脫一切苦果，全非論義。

卷二

དེའི་ཕྱིར་ལམ་དེས་ཉན་ཐོས་སྡེ་པ་གཉིས་དང་ཐུན་མོང་བའི་ཉོན་མོངས་སུ་བཞག་པ་རྣམས། རྫར་བཤད་པ་ལྟར་གྱི་ལམ་རྒྱུད་ལ་བསྐྱེད་པས། རེ་ཞིག་མངོན་གྱུར་དུ་རྒྱུ་བ་མེད་པའི་ཚེ། ཉོན་མོངས་ཟད་པའི་གྲོལ་པ་ཐོབ་པར་འཛོག་ན། ཉོན་མོངས་མངོན་གྱུར་ཙམ་རེ་ཞིག་སྤངས་པ་དེའི་དེ་མ་ཐག་ཏུ་ཟག་པ་ཐམས་ཅད་ཟད་པའི་གྲོལ་བ་ཐོབ་པར་འགྱུར་རོ། །ཞེས་འགོག་པ་དགོངས་པ་ཡིན་ནོ། །

此中破他意云：若由身心生起十六行相之道，其共聲聞兩宗所立煩惱暫不現行，便立彼為煩惱已盡而得解脫者，則應暫斷煩惱現行之際，無間當得諸漏永盡之解脫。

དེ་འདོད་པར་མི་ནུས་པ་ནི། ཉོན་མོངས་མེད་ཀྱང་དེ་དག་ལ། །ལས་ཀྱི་ནུས་པ་མཐོང་བ་ཡིན། །ཞེས་ཉོན་མོངས་མངོན་གྱུར་རེ་ཞིག་མེད་ཀྱང་། ལས་ཀྱི་དབང་གིས་ཡང་སྲིད་ཕྱི་མ་འཕེན་པའི་ནུས་པ་མཐོང་བས་སོ། །ཞེས་པས་སྟོན་ནོ། །

然「彼等雖無惑，猶見業功能。」雖暫無煩惱現行，猶見業力能引後有。

故不應許爾。

གཞུང་དེ་རྣམས་ནི་དེ་ལྟར་བཤད་དགོས་ཀྱི། འགྲེལ་བ་འགའ་ཞིག་དང་བོད་རྣམས། ཉོན་མོངས་མེད་ཀྱང་མཽ་གལ་གྱི་བུ་དང་། འཕགས་པ་སོར་ཕྲེང་ཅན་ལ་སོགས་པ་ལ་སྔོན་སོ་སྐྱེའི་དུས་སུ་བསགས་པའི་ལས་ཀྱི་འབྲས་བུས་སྡུག་བསྔལ་འབྱིན་པ་མཐོང་བས། དེ་མ་ཐག་ཏུ་གྲོལ་བ་མ་ཡིན་ནོ། །ཞེས་པ་ལྟར་མི་བྱ་སྟེ།

有釋論及藏人釋此論意，如目犍連及指鬘等，雖無煩惱，由昔異生位所造之業，猶受苦果，非無間而得解脫。不應如此釋。

འདི་ནི་ཚེ་འདིའི་སྡུག་བསྔལ་སྐྱེད་པའི་ནུས་པ་མིན་གྱི། ལས་ཀྱིས་ཡང་སྲིད་ཕྱི་མ་འཕེན་པའི་ནུས་པ་མི་ལྡོག་པས་གྲོལ་བ་མེད་དོ། །ཞེས་སྟོན་དགོས་པའི་ཕྱིར་ཏེ།

此中非說引生現法苦果之功能，乃說惑未永滅，由業功能引生後有，故不得解脫。

སྟོང་པ་ཉིད་དང་བྲལ་བའི་སེམས། །འགགས་པ་སླར་ཡང་སྐྱེ་འགྱུར་ཏེ། །འདུ་ཤེས་མེད་པའི་སྙོམས་འཇུག་བཞིན། །ཞེས་གསུངས་ཏེ་དེའི་དོན་སྟོང་པ་ཉིད་ཀྱི་རྟོགས་པ་དང་བྲལ་ན། ལམ་གཞན་བསྒོམས་པས་ཉོན་མོངས་དང་བཅས་པའི་སེམས་རེ་ཞིག་འགགས་ཀྱང་། གཏན་ནས་ལོག་པ་མིན་པས་སླར་ཡང་ཉོན་མོངས་མངོན་གྱུར་དུ་སྐྱེ་བས། ལས་ཀྱི་དབང་གིས་འཁོར་བར་འཁོར་བ་མི་ཆད་ཅེས་པའི་དོན་ཡིན་པའི་ཕྱིར་རོ། །

如云：「由遠離空性，心滅當復生，如無想等至。」此說若離通達空性之智，雖修餘道亦能暫滅煩惱心現行。然非畢竟滅，當復生起煩惱現行。由業增上流轉生死永無止息也。

ཉོན་མོངས་དང་བཅས་པའི་སེམས་རེ་ཞིག་འགགས་པ་ཡོང་བར་བསྟན་པ་ནི། སྔར་བཤད་པ་ལྟར་ཉོན་མོངས་མངོན་གྱུར་སྤངས་པ་རེ་ཞིག་ཡོང་བའི་དོན་ནོ། །ལས་ཀྱི་ནུས་པ་མཐོང་བ་ཡིན། ཞེས་པའི་ལན་དུ། རེ་ཞིག་ཉེར་ལེན་སྲིད་པ་ནི། །མེད་ཅེས་ངེས་པ་ཉིད་ཅེ་ན། །ཞེས་ཡང་སྲིད་ལེན་པའི་སྲེད་པ་ལམ་དེས་ཟད་པར་བྱེད་པས། ལས་ཀྱི་དབང་གིས་ཡང་སྲིད་ཕྱི་མ་མི་ལེན་པར་ངེས་པ་ཉིད་དོ། །

敵者於「猶見業功能」，作如此難：「且謂無愛取，而云決定者。」謂由彼道斷盡受後有之愛，故決定不由業力更受後有。

ཞེས་པའི་ལན་དུ། སྲེད་འདི་ཉོན་མོངས་ཅན་མིན་ཡང་། །ཀུན་རྨོངས་བཞིན་དུ་ཅི་སྟེ་མེད། །ཅེས་ཕ་རོལ་པོས་ཀུན་རྨོངས་མི་ཤེས་པ་ལ། མངོན་པ་ནས་བཤད་པ་ལྟར་གྱི་ཉོན་མོངས་ཡིན་པ་ཞིག་དང་། དེ་མིན་པ་གཉིས་འདོད་པ་བཞིན་དུ། སྲེད་པ་ཡང་མངོན་པ་ནས་བཤད་པ་ལྟར་གྱི་ཉོན་མོངས་ཅན་ཡིན་པ་ཅིག་དང་མིན་པ་ཅིག་ཀྱང་ཅིའི་ཕྱིར་མི་འདོད། ཅེས་གསུངས་སོ། །

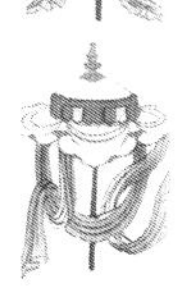

答曰：「此非染污愛，如遇云何無？」此謂敵者既許愚癡無知，有染污不染污之二，何不許此愛，亦如對法所說，有染污不染污之二耶?

དེ་ནི་སྡེ་པ་གཉིས་དང་ཐེག་ཆེན་པ་ལ་ཐུན་མོང་དུ་གྲགས་པ་ལྟར་གྱི་ཉོན་མོངས་ཅན་མ་ཡིན་པའི་སྲེད་པ་ཡོད་པར་སྟོན་གྱི་རང་ལུགས་ཀྱིས་སྲེད་པ་དེ། ཉོན་མོངས་ཅན་དུ་མི་འདོད་པ་མིན་ནོ། །

然此乃說應有大小乘共許之非染污愛，非謂自宗許彼愛爲不染污也。

དེས་ན་གང་ཟག་རང་རྐྱ་ཐུབ་པའི་རྫས་ཡོད་དུ་འཛིན་པའི་བདག་འཛིན་གྱིས་དྲངས་པའི་སྲེད་པ་མངོན་གྱུར་བ་རེ་ཞིག་སྤངས་ཀྱང་། གང་ཟག་ངོ་བོ་ཉིད་ཀྱིས་གྲུབ་པར་འཛིན་པའི་འཇིག་ལྟས་དྲངས་པའི་སྲེད་པ་ཅི་སྙེ་མེད་ཅེས་པ་ཡིན་པས། སྔར་བཤད་པའི་མངོན་གྱུར་སྤངས་པ་ལ་ནི། བཤད་མ་ཐག་པའི་འཇིག་ལྟ་དང་སྲེད་པ་མངོན་གྱུར་བ་ཡང་མི་ལྡོག་གོ །

故此是說，其有實我補特伽羅我執所引諸愛現行雖暫斷除，然執補特伽羅由自性成薩迦耶見所引諸愛猶不能滅。

གལ་ཏེ་ལུགས་དེ་གཉིས་ཀའི་ཉོན་མོངས་མངོན་གྱུར་བ་སྤངས་ན། གཉིས་ཀའི་ས་བོན་མ་སྤངས་པར་ནི་འདྲ་ལ། མངོན་གྱུར་ཡོད་མེད་ལ་ཁྱད་མ་བྱུང་ན། སྲེད་པ་ལ་ཁྱད་པར་ཕྱེ་བ་དོན་མེད་དོ། །

若作是思，若俱斷彼二宗所說之煩惱現行，不斷種子，現行之有無既同，何事分判愛之差別也!

ཚོར་བའི་རྐྱེན་གྱིས་སྲེད་པ་ཡིན། །ཚོར་བ་དེ་དག་ལ་ཡང་ཡོད། །ཅེས་གསུངས་པས་ནི་ལམ་གཞན་གྱིས་ཉོན་མོངས་མངོན་གྱུར་བ་གཞན་སྤངས་པ་ལ། སྲེད་པ་མི་ལྡོག་པའི་རྒྱུ་མཚན་སྟོན་ཏེ། དེ་ཁོ་ན་ཉིད་རྟོགས་པའི་ལྟ་བ་དང་བྲལ་ན། ཚོར་བ་ལ་བདེན་འཛིན་གྱི་མ་རིག་པ་ཅུང་ཟད་ཀྱང་མི་སྤོང་ལ། དེ་ལྟ་ན་ཚོར་བ་བདེ་བ་སྐྱེས་པ་ན་མི་འབྲལ་བར་སྲེད་པ་དང་། ཚོར་བ་སྡུག་བསྔལ་སྐྱེས་པ་ན་འབྲལ་འདོད་ཀྱི་སྲེད་པ་ཅིའི་ཕྱིར་མི་སྐྱེ་སྟེ། མཐུན་རྐྱེན་ཚང་ཞིང་འགལ་རྐྱེན་མེད་པའི་རྒྱུ་ལས་འབྲས་བུ་སྐྱེ་བར་ངེས་པའི་ཕྱིར་རོ། །

卷二

論曰：「由受緣生愛，彼等受仍有。」此即顯示餘道（十六行道）能斷餘煩惱現行，而不能斷愛之理。謂離真實義見，則不能斷緣受之實執無明，由是生樂受則起不離愛，生苦受則起速離愛，依於順緣具足障緣遠離之受因，定生愛果也。

རང་ལུགས་ཀྱི་ཚོར་བ་ལ་སྲེད་པ་ལྡོག་ལུགས་ནི། གང་ཚེ་ཚོར་པོ་འགའ་མེད་ཅིང་། །ཚོར་བའང་ཡོད་པ་མ་ཡིན་པ། །དེ་ཚེ་གནས་སྐབས་འདི་མཐོང་ནས། །སྲེད་པ་ཅི་ཕྱིར་ལྡོག་མི་འགྱུར། །ཞེས་སྤྱོད་འཇུག་ལས་གསུངས་པ་ལྟར་ཡིན་ཏེ། ཚོར་བ་པོ་དང་ཚོར་བ་འགའ་ཡང་རང་བཞིན་གྱིས་གྲུབ་པ་མེད་པར་མཐོང་བ་གོམས་ན། སྲེད་པ་ལྡོག

པར་བསྟན་པས། དེ་འདྲ་བའི་ལམ་མེད་ན་སྲེད་པ་ཐམས་ཅད་ཅིའི་ཕྱིར་ལྡོག་ཅེས་པར་ཡང་སྟོན་ནོ། །

自宗於受斷愛之理，如《入行論》云：「若時無受者，受亦不可得，爾時見彼義，何故愛不滅？」謂見受者及受都無自性，如是修習，方能斷愛。故亦是說，若無此道則一切愛即不能滅。

འདི་ནི་རིགས་པ་དྲུག་ཅུ་པ་ལས། གནས་དང་བཅས་པའི་སེམས་ལྡན་ལ། །ཉོན་མོངས་དུག་ཆེན་ཅིས་མི་འབྱུང་། །ཞེས་གསུངས་པའི་དོན་ནོ། །

此亦即《六十正理論》義，如云：「若心有所依，惑毒寧不生。」

ཚོར་བ་ཡོད་པའི་རྒྱུ་མཚན་གྱིས་སྲེད་པ་ཡོད་པར་གསུངས་པ་ལ། རྒྱུ་ཡོད་པས་འབྲས་བུ་ཡོད་པར་སྒྲུབ་མི་ནུས་པས་ལེགས་པ་མིན་ཞེས་ཆད་པ་དང་། རྟགས་དབང་ཕྱུག་སེང་གེས་སྤྱོད་འཇུག་འགོག་པ་ནི། ཉན་ཐོས་ལ་ཆོས་ཀྱི་བདག་མེད་རྟོགས་པ་ཡོད་མེད་གཉིས་བོད་ན་ཕྱི་མ་གྲགས་ཆེ་ཞིང་། ལུགས་དེ་ལ་གོམས་པ་ཤས་ཆེ་བ་དང་། ཕྱོགས་དང་པོའི་ལུང་རིགས་རྣམས་ལ་མཐའ་ཆོད་པར་མ་སྦྱངས་པས། རིགས་པ་བཀྲིང་པོའི་དོན་ཞིབ་ཏུ་མ་རྙེད་པར་མཁས་པ་ཆེན་པོ་ལ་གྱ་ཚོམ་དུ་སྐྱོན་བཟུང་བའི་ནོར་པ་ཆེན་པོའོ། །

此以有受之因而證有愛。西藏法獅子與自在獅子輩破《入行論》云：「有因不能成立有果，故非善說。」此因習聞藏地諸師多說聲聞不證法無我義。又因未能精識論師之教理，乃於智者妄生毀斥。

དེ་བཞིན་དུ་ཟླ་བའི་ཞབས་ལ་བོད་རྣམས་ཀྱིས་སྐྱོན་བཟུང་བ་འགའ་ཞིག་སྣང་བ་ཡང་། ཕྱོགས་སྔ་མ་ཞིབ་ཏུ་ཡི་མ་གོ་བར་སྐྱོན་ལྟར་སྣང་བརྗོད་པས། རང་གི་དེ་ཉིད་སྟོན་པ་མཁས་པས་མཐོང་ན་ཤིན་ཏུ་ངོ་ཚ་བའི་གནས་ཁོ་ནར་སྣང་ངོ། །

如是藏人有於月稱論師見其過失者，亦由未解論師之義，乃以似過妄相攻難。

དེ་ལྟར་ན་འགྲེལ་བཤད་ལས་མི་རྟག་སོགས་བཅུ་དྲུག་གི་ལམ་གྱིས་ཉོན་མོངས་ཀུན་བཏགས་སྤོང་ནུས་ལ། ལྷན་སྐྱེས་སྤོང་མི་ནུས་སོ་ཞེས་ཁྱད་པར་འབྱེད་པ་ཡང་རིགས་པ་མ་ཡིན་ཏེ། ཐེག་པ་ཐུན་མོང་བ་ལ་གྲགས་པའི་ཉོན་མོངས་མངོན་གྱུར་ཙམ་རེ་ཞིག་སྤོང་བ་ལ་ནི། ཀུན་བཏགས་དང་ལྷན་སྐྱེས་གཉིས་འདྲ་ལ། ས་བོན་སྤོང་མི་ནུས་པ་ཡང་གཉིས་ཀ་ལ་འདྲ་བའི་ཕྱིར་རོ། །འདིར་ཟླ་བ་དང་ཞི་བ་ལྷ་གཉིས་དགོངས་པ་གཅིག་ཏུ་འཆད་མ་ཤེས་འདུག་གོ །

又如《疏抄》中所說：「無常等十六行相道，能斷分別煩惱，不能斷俱生。」亦不應理。以若約暫斷諸宗共許之煩惱現行而言，則分別俱生俱可斷。

若約不斷種子而言，則俱不能斷。此月稱、靜天意趣相同之失也。

ཕུང་པོ་བདེན་མེད་དུ་མ་རྟོགས་ན། གང་ཟག་བདེན་མེད་དུ་མི་རྟོགས་ལ། དེ་ལྟ་ན་གང་ཟག་གི་བདག་མེད་མི་རྟོགས་པ་ནི། དཔེར་ན་ཕུང་སོགས་ཀྱི་ཆོས་བདེན་པས་སྟོང་པ་ཆོས་ཀྱི་བདག་མེད་དུ་འཇོག་པ་ལྟར། གང་ཟག་བདེན་མེད་ཀྱང་གང་ཟག་གི་བདག་མེད་དུ་གཞག་དགོས་ཏེ། རྒྱུ་མཚན་ཀུན་ནས་མཚུངས་པའི་ཕྱིར་རོ། །

是故若未了知五蘊無實，則不知補特伽羅無實，亦即不能通達補特伽羅無我。如於五蘊等法空無實有立法無我，則補特伽羅空無實有，亦應立爲人無我，以其義相同故。

དེ་ལྟ་ན་གང་ཟག་བདེན་པར་འཛིན་པ་གང་ཟག་གི་བདག་འཛིན་དུ་གཞག་དགོས་པས། དེ་མ་ཟད་བར་དུ་ཉོན་མོངས་ཐམས་ཅད་ཟད་པ་མི་འོང་བ་དང་། གང་ཟག་དང་ཆོས་ལ་བདེན་འཛིན་ཉོན་མོངས་སུ་འཇོག་དགོས་པ་ཡིན་ཏེ། ཞི་བ་ལྷའི་ལུགས་ལའང་འདི་ཉིད་རྣམ་པར་བཞག་དགོས་སོ། །

以是執補特伽羅實有，必應立爲補特伽羅我執。乃至彼執未盡，一切煩惱亦不能盡。執補特伽羅及法實有，應皆煩惱障攝。靜天論師宗必應作如是建立也。

གཉིས་པ་ལ་གཉིས། ཐེག་ཆེན་གྱི་མདོའི་ཤེས་བྱེད་དགོད་པ་དང་། བསྟན་བཅོས་དང་ཐེག་དམན་གྱི་མདོའི་ཤེས་བྱེད་དགོད་པའོ། །

子二、引教證分二：丑一、引大乘經證，丑二、引論及小乘經證。

དང་པོ་ནི། ལྷག་པའི་བསམ་པ་བསྟན་པས་ཞུས་པ་ཚིག་གསལ་དུ་དྲངས་པ་ལས། དཔེར་ན་མི་ལ་ལ་ཞིག་གིས་སྒྱུ་མ་མཁན་གྱི་རོལ་མོ་བྱུང་བའི་ཚེ། སྒྱུ་མ་མཁན་གྱིས་སྤྲུལ་པའི་བུད་མེད་མཐོང་ནས། འདོད་ཆགས་ཀྱི་སེམས་བསྐྱེད་དེ། དེ་འདོད་ཆགས་ཀྱིས་སེམས་བཀྲིས་ནས་འཁོར་གྱིས་འཇིགས་ཤིང་བག་ཚ་སྟེ། སྟན་ལས་ལངས་ནས་སོང་སྟེ་དེ་སོང་ནས་ཀྱང་བུད་མེད་དེ་ཉིད་ལ་མི་སྡུག་པར་ཡིད་ལ་བྱེད་ཅིང་། མི་རྟག་པ་དང་སྡུག་བསྔལ་བ་དང་། སྟོང་པ་དང་བདག་མེད་པར་ཡིད་ལ་བྱེད་ན། རིགས་ཀྱི་བུ་དེ་ཇི་སྙམ་དུ་སེམས། མི་དེ་ཡང་དག་པར་ཞུགས་པ་ཡིན་ནམ་འོན་ཏེ་ལོག་པར་ཞུགས་པ་ཡིན། གསོལ་པ། བཅོམ་ལྡན་འདས་གང་བུད་མེད་མ་མཆིས་པ་ལ་མི་སྡུག་པར་ཡིད་ལ་བྱེད་ཅིང་། མི་རྟག་པ་དང་སྡུག་བསྔལ་བ་དང་སྟོང་པ་དང་། བདག་མེད་པར་ཡིད་ལ་བགྱིད་པའི་མི་དེའི་མངོན་པར་བརྩོན་པ་དེ་ནི་ལོག་པ་ལགས་སོ། །

今初，《顯句論》引《增上意樂請問經》云：「如有人聞幻師奏樂，由見幻師所幻之女，起貪心而爲貪所縛。惟恐眾知，深生羞恥，從座起去。到靜處已，即緣彼女作意不淨，作意無常苦空無我。善男子，於意云何？當言是人爲

卷二

正行耶？爲邪行耶？白言：世尊！女尚非有，況緣彼女作意不淨，作意無常苦空無我。當言彼人是爲邪行。

བཅོམ་ལྡན་འདས་ཀྱིས་བཀའ་སྩལ་པ། རིགས་ཀྱི་བུ་འདི་ན་དགེ་སློང་དང་དགེ་སློང་མ་དང་། དགེ་བསྙེན་དང་དགེ་བསྙེན་མ་ཁ་ཅིག་མ་སྐྱེས་ཤིང་མ་བྱུང་བའི་ཆོས་རྣམས་ལ་མི་སྡུག་པར་ཡིད་ལ་བྱེད་ཅིང་། མི་རྟག་པ་དང་སྡུག་བསྔལ་བ་དང་སྟོང་པ་དང་བདག་མེད་པར་ཡིད་ལ་བྱེད་པ་གང་ཡིན་པ་དེ་དག་ཀྱང་དེ་དང་འདྲ་བར་བལྟ་བར་བྱའོ། །

世尊告曰：善男子，若有比丘、比丘尼、鄔波索迦、鄔波斯迦，緣於不生不起諸法，作意不淨，作意無常苦空無我，當知與彼無異。

ང་ནི་མི་བླུན་པོ་དེ་དག་ལ་ལམ་སྒོམ་པ་ཡིན་ནོ་ཞེས་མི་སྨྲ་སྟེ་དེ་དག་ནི་ལོག་པར་ཞུགས་པ་ཞེས་བྱའོ། །ཞེས་ཤིན་ཏུ་གསལ་བར་གསུངས་སོ། །

我終不說彼愚癡人是修正道，當說彼等是行邪行。」

སྒྱུ་མའི་བུད་མེད་ལ་བུད་མེད་དངོས་སུ་བཟུང་ནས། དེ་ལ་མི་རྟག་སོགས་སུ་ཡིད་ལ་བྱེད་པ་དང་། ཕུང་པོ་བདེན་པར་བཟུང་ནས་ཕུང་པོ་ལ་མི་རྟག་པ་ལ་སོགས་པ་སྟར་ཡིད་ལ་བྱེད་པ་གཉིས་དཔེ་དོན་དུ་སྦྱར་བ་ལ།

此謂若緣幻女以爲實女，即緣彼女作意無常等五相，與執五蘊實有即緣五蘊作意無常等五相相同。

བདེན་པའི་ཕུང་པོ་དམིགས་པར་བྱས་ནས་མི་རྟག་སོགས་སུ་ཡིད་ལ་བྱེད་པ་ཅིག་ཀྱང་ཡོད་ལ། དེ་ནི་ཞེན་ཡུལ་ལ་འཁྲུལ་བའི་ལོག་ཤེས་རྒྱུད་པ་ཡིན་པས། ཚད་མས་གྲུབ་པ་མིན་ཀྱང་བདེན་འཛིན་གྱི་ཡུལ་སུན་ཕྱུང་བའི་ལྟ་བ་མ་རྙེད་པའི་རྒྱུད་ལ། བདེན་བརྫུན་གང་གིས་ཀྱང་ཁྱད་པར་དུ་མ་བྱས་པའི་ཕུང་པོ་ལ་དམིགས་ནས། དེ་གཉིས་གང་གིས་ཀྱང་ཁྱད་པར་དུ་མ་བྱས་པའི་མི་རྟག་པ་སོགས་སུ་ཐ་སྙད་པའི་ཚད་མས་གྲུབ་པ་དུ་མ་ཞིག་འོང་ལ། སྒོམ་པའི་ཚེ་ཡང་དོན་དེ་བསྒོམས་པས་སྟར་བཤད་པ་བཞིན་གྱི་ལམ་རྒྱུད་ལ་སྐྱེའོ། །

其執五蘊實有修無常等，乃於所著境錯誤之邪執，非量所能成。若未破實執境未得正見者，不分別爲實爲妄，但總緣五蘊修無常等，其所修義由名言量可容成立，修習此義亦能生起如上所說之道。

ཡང་འཕགས་པ་བསམ་གཏན་པའི་དཔེ་མཁྱུད་ཀྱི་མདོ་ཚིག་གསལ་དུ་དྲངས་པ་ལས་ཀྱང་། འཇམ་དཔལ་འཕགས་པའི་བདེན་པ་རྣམས་ཡང་དག་པ་ཇི་ལྟ་བ་བཞིན་དུ་མ་མཐོང་བས། སེམས་ཅན་ཕྱིན་ཅི་ལོག་བཞིས་སེམས་ཕྱིན་ཅི་ལོག་ཏུ་གྱུར་པ་རྣམས་འཁོར་བ་ཡང་དག་པ་མ་ཡིན་པ་འདི་ལས་འདའ་བར་མི་འགྱུར་རོ། །ཞེས་གསུངས་པ་ལ་འཇམ་དཔལ་གྱིས།

又《顯句論》引《靜慮慳悋經》說：「曼殊室利，諸有情類由不如實見諸聖諦，以四顛倒顛倒其心，不能出離虛妄生死。」曼殊室利問佛云：

བཅོམ་ལྡན་འདས་གང་ལ་ཉེ་བར་དམིགས་པས་སེམས་ཅན་རྣམས་འཁོར་བ་ལས་འདའ་བར་མི་འགྱུར་བ་བསྟན་དུ་གསོལ།

「世尊！惟願爲說諸有情類由緣何事不出生死。」

ཞེས་སྟོན་པས་བདེན་བཞི་ཡང་དག་པ་ཇི་ལྟ་བ་བཞིན་དུ་མ་ཤེས་པས། འཁོར་བ་ལས་མི་གྲོལ་བར་གསུངས་པ་ལ།

佛說：「由不如實了知四諦，故不能解脫生死。」

རྗེ་བཙུན་གྱིས་ཡུལ་གང་ལ་ཇི་འདྲ་བ་ཞིག་ཏུ་དམིགས་པས། འཁོར་བ་ལས་མི་ཐར་བ་བཤད་པ་ཞུས་པའི་ལན་དུ།

曼殊室利又問：「於何境，如何執，故不能解脫生死。」

བདག་ནི་འཁོར་བ་ལས་འདའ་བ་དང་། མྱང་འདས་འཐོབ་པར་འགྱུར་རོ་སྙམ་དུ་བདེན་པར་ཞེན་པའི་ཚུལ་གྱིས་རྟོག་པར་བྱེད་པས། མི་རྟག་པ་ལ་སོགས་པ་བསྒོམས་པ་ན། བདག་གིས་སྡུག་བསྔལ་ཤེས་སོ། །ཀུན་འབྱུང་སྤངས་སོ། །འགོག་པ་མངོན་དུ་བྱས་སོ། །ལམ་བསྒོམས་སོ་སྙམ་ནས་བདག་ནི་དགྲ་བཅོམ་པར་གྱུར་ཏོ་སྙམ་པ་འབྱུང་བར་གསུངས་ཏེ།

佛答：「若作是念：我當出離生死，我當得般涅槃。以實執心修無常等，謂我已知苦、斷集、證滅、修道，我已獲得阿羅漢果。

སྔར་བཤད་པ་ལྟར་གྱི་ཉོན་མོངས་མངོན་གྱུར་རེ་ཞིག་སྤངས་པ་ན། ཟག་པ་ཐམས་ཅད་ཟད་དོ་སྙམ་པ་སྐྱེས་པའོ། །

由暫離煩惱現行，即自謂諸漏永盡。

དེ་འཆི་བའི་དུས་ཀྱི་ཚེ་རང་སྐྱེ་བ་ལེན་པར་མཐོང་བ་ན། སངས་རྒྱས་ལ་ཐེ་ཚོམ་ཟོས་པའི་ཉེས་པས། དམྱལ་བ་ཆེན་པོར་ལྟུང་བར་གསུངས་སོ། །

臨命終時見生相現，遂於佛所而生疑謗。由此罪業墮大地獄。」

དེ་ནི་ལམ་དེ་ལྟ་བུ་ལ་གནས་པ་འགའ་ཞིག་ལ་ཡིན་གྱི། ཐམས་ཅད་ལ་ནི་མ་ཡིན་ནོ། །

此約一類住此道者，有如是過。非一切皆爾。

དེ་ནས་འཇམ་དཔལ་གྱིས་འཕགས་པའི་བདེན་པ་བཞི་པོ་ཇི་ལྟར་རྟོགས་པར་བགྱི་ཞུས་པ་ནི། སྔར་འཁོར་བ་ལས་གྲོལ་བ་ལ་བདེན་བཞི་ཡང་དག་པ་ཇི་ལྟ་བ་བཞིན་ཤེས་དགོས་པར་གསུངས་པ་དེ་འདིར་དྲིས་པའོ། །

前說要如實了知四諦方能解脫生死，故曼殊室利復問云：「如何乃能通達四聖諦。」

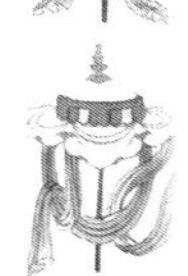

དེའི་ལན་དུ། འཇམ་དཔལ་གང་གིས་འདུ་བྱེད་ཐམས་ཅད་མ་སྐྱེས་པར་མཐོང་བ་དེས་ནི། སྡུག་བསྔལ་ཡོངས་སུ་ཤེས་པ་ཡིན་ནོ། །

答曰：「曼殊室利，若見一切諸行無生，彼即知苦。

གང་གིས་ཆོས་ཐམས་ཅད་འབྱུང་བ་མེད་པར་མཐོང་བ་དེས་ནི་ཀུན་འབྱུང་བ་སྤངས་པ་ཡིན་ནོ། །

若見一切諸行無起，彼即斷集。

གང་ཞིག་ཆོས་ཐམས་ཅད་གཏན་མྱ་ངན་ལས་འདས་པར་མཐོང་བ་དེས་ནི་འགོག་པ་མངོན་དུ་བྱས་པ་ཡིན་ནོ། །

若見一切諸法畢竟涅槃，彼即證滅。

གང་གིས་ཆོས་ཐམས་ཅད་ཤིན་ཏུ་མ་སྐྱེས་པར་མཐོང་བ་དེས་ནི་ལམ་བསྒོམས་པ་ཡིན་ནོ། །

若見一切諸法究竟不生，彼即修道。」

ཞེས་གསུངས་ནས་ལམ་དེས་ལེན་པ་མེད་པར་མྱ་ངན་ལས་འདའ་བར་གསུངས་ཏེ། འདིས་ནི་བདེན་བཞི་རང་བཞིན་གྱིས་གྲུབ་པ་མེད་པར་མཐོང་བ་དེས། འཁོར་བ་ལས་གྲོལ་བར་བྱེད་ལ། བདེན་འཛིན་དང་མ་བྲལ་བའི་ལམ་གྱིས་འཁོར་བ་ལས་མི་འདའ་བ་ཤིན་ཏུ་གསལ་བར་གསུངས་པས། བདེན་བཞི་མི་རྟག་སོགས་བཅུ་དྲུག་ཙམ་གྱི་ལམ་གྱིས་ཉོན་མོངས་ཀྱི་ས་བོན་སྤོང་མི་ནུས་པ་དང་། དེ་སྤོང་བ་ལ་ཡིན་ལུགས་ཀྱི་དོན་རྟོགས་ནས་སྒོམ་པ་དགོས་པར་བསྟན་ནོ། །

又說：「彼道能無所取而般涅槃。」此說要見四諦皆無自性，乃能解脫生死。則未離實執之道，決定不能出離生死，亦極明顯。故亦是說唯修四諦無常等十六行相之道，不能斷煩惱種子。斷彼種子，必須通達真實義而修習。

འདི་རྣམས་ལེགས་པར་མ་ཕྱེད་ན་ཉན་ཐོས་ལ་ཉོན་མོངས་སྤོང་བའི་ལམ་མི་རྟག་སོགས་བཅུ་དྲུག་ཏུ་སྒོམ་པ་ཙམ་ལས་མེད་པར་བཟུང་ནས། ཉན་ཐོས་འཕགས་པ་དང་ཉན་ཐོས་དགྲ་བཅོམ་པས་འཕགས་པ་དང་དགྲ་བཅོམ་གྱི་གོ་མི་ཆོད་དོ། །ཞེས་འཕགས་པ་ལ་སྐུར་འདེབས་ཀྱི་སྡིག་ཆེན་པོ་གསོག་ལ།

有未善了別此等義者，妄謂聲聞唯修無常等十六行相，更無餘斷煩惱之道，乃說聲聞聖者非真聖者，聲聞阿羅漢非真阿羅漢。造毀謗聖人之重罪。

དེ་ལྟར་སྨྲ་བ་ལ་བྱང་སེམས་ཀྱི་སྡོམ་པ་ཡོད་ན། རྩ་ལྟུང་ཡང་སྐྱེད་པ་ཡིན་ཏེ། བསླབ་བཏུས་ལས། སློབ་པའི་ཐེག་པས་ཆགས་ལ་སོགས། །སྤོང་བར་འགྱུར་བ་མིན་ཞེས་འཛིན། །ཕ་རོལ་དག་ཀྱང་འཛིན་འཇུག་དང་། ། ཞེས་རྩ་ལྟུང་དུ་གསུངས་པའི་ཕྱིར་རོ། །

作如是說者，若有菩薩戒即犯根本罪，以《集學論》說：「若執有學乘，不能斷貪等，亦令他受持。」即犯根本罪故。

དོན་འདི་རྡོ་རྗེ་གཅོད་པ་ལས་ཀྱང་གསལ་བར་གསུངས་ཏེ། རབ་འབྱོར་འདི་ཇི་སྙམ་དུ་སེམས། རྒྱུན་དུ་ཞུགས་པ་འདི་སྙམ་དུ་བདག་གིས་རྒྱུན་དུ་ཞུགས་པའི་འབྲས་བུ་ཐོབ་བོ་སྙམ་དུ་སེམས་སམ། རབ་འབྱོར་གྱིས་གསོལ་པ། བཅོམ་ལྡན་འདས་དེ་ནི་མ་ལགས་སོ། །

《能斷金剛經》亦顯此義，如云：「善現！於汝意云何？諸預流者頗作是念，我能證得預流果不？善現答言：不也！世尊。

དེ་ཅིའི་སླད་དུ་ཞེ་ན། བཅོམ་ལྡན་འདས་དེ་ནི་གང་ལ་ཡང་ཞུགས་པ་མ་མཆིས་པའི་སླད་དུ་སྟེ། དེས་ན་རྒྱུན་དུ་ཞུགས་པ་ཞེས་བགྱིའོ། །ཞེས་དང་།

何以故？世尊，諸預流者，無少所預，故名預流。」

བཅོམ་ལྡན་འདས་གལ་ཏེ་རྒྱུན་དུ་ཞུགས་པ་དེ་འདི་སྙམ་དུ་བདག་གིས་རྒྱུན་དུ་ཞུགས་པའི་འབྲས་བུ་ཐོབ་བོ་སྙམ་དུ་སེམས་པར་གྱུར་ན། དེ་ཉིད་དེའི་བདག་ཏུ་འཛིན་པར་འགྱུར་བ་ལགས་སོ། །སེམས་ཅན་དུ་འཛིན་པ་དང་། སྲོག་ཏུ་འཛིན་པ་དང་། གང་ཟག་ཏུ་འཛིན་པར་འགྱུར་ལགས་སོ། །ཞེས་གསུངས་ཤིང་། འབྲས་གནས་ཕྱི་མ་གསུམ་ལ་ཡང་དེ་བཞིན་དུ་གསུངས་སོ། །

又云：「世尊！若預流者而作是念，我能證得預流果者，即執我、有情、命者、補特伽羅。」於後三果亦如是說。

རྒྱུན་ཞུགས་ཀྱི་ས་ཐོབ་མཁན་དང་། ཐོབ་བྱའི་འབྲས་བུ་ལ་བདེན་པར་བཟུང་ནས། བདག་གིས་རྒྱུན་ཞུགས་ཐོབ་བོ་སྙམ་དུ་སེམས་ན། དེ་ཉིད་དེའི་བདག་ཏུ་འཛིན་པར་འགྱུར་རོ། །ཞེས་པས་ནི་གང་ཟག་དང་འབྲས་བུ་བདེན་འཛིན་གཉིས་བདག་འཛིན་དུ་གསུངས་པའི་དང་པོ་ནི། གང་ཟག་གི་བདག་འཛིན་དང་། གཉིས་པ་ནི་ཆོས་ཀྱི་བདག་འཛིན་ནོ། །

此謂若預流者，於能得人及所得果執爲實有而作是念，我能證得預流之果，即爲執我。蓋執補特伽羅實有，即補特伽羅我執，執果實有，即法我執。

རྒྱུན་ཞུགས་ཀྱིས་བདེན་པར་བཟུང་ནས་བདག་གིས་འབྲས་བུ་ཐོབ་བོ་སྙམ་དུ་མི་འཛིན་པ་ནི། བདེན་འཛིན་གྱི་ཡུལ་སྔུན་མ་ཕྱུང་བའི་དབང་དུ་མཛད་པ་ཡིན་གྱི། ལྷན་སྐྱེས་ཀྱི་འཛིན་པ་ཡང་མེད་པར་སྟོན་པ་མིན་ནོ། །དེས་ནི་ཕྱི་མ་རྣམས་ཀྱང་ཤེས་པར་བྱའོ། །

所言諸預流者，不執實有能證果者，約彼無有實執所著之境，非說彼身全無俱生我執也。於後三果亦應如是知。

ལུང་འདི་དབུ་མ་རང་རྒྱུད་པ་ཁ་ཅིག་གཞན་དུ་འཆད་ཀྱང་། ཤེར་འབྱུང་བློ་གྲོས་ཀྱིས་ཉན་རང་གི་བྱང་ཆུབ་ཏུ་བགྲོད་པ་ལ། སྟོང་ཉིད་རྟོགས་དགོས་པའི་ཤེས་བྱེད་དུ་དྲངས་པ་ལྟར་ལེགས་སོ། །

自續中觀師雖於此文有異解，然慧生論師引此文以證，證二乘菩提亦須通達空性，極爲善哉。

དེ་ལྟར་ན་ལུང་དེ་དག་གིས་ནི་དེ་ཁོ་ན་ཉིད་ཀྱི་ལྟ་བ་དང་བྲལ་ན། འཁོར་བ་ལས་མི་གྲོལ་བ་དང་། འཁོར་བ་ལས་གྲོལ་བ་ལ་ལྟ་བ་དེ་དགོས་པར་གསལ་བར་བསྟན་ལ། ཉན་རང་དགྲ་བཅོམ་པ་འཁོར་བའི་འཆིང་བ་ལས་མ་གྲོལ་བ་ནི། མཁས་པ་སུ་ཡང་མི་འདོད་ཅིང་མི་འཐད་པས། ཉན་རང་ལ་ཆོས་རང་བཞིན་གྱིས་གྲུབ་པ་མེད་པ་རྟོགས་པ་ཡོད་པར་གསལ་བར་བསྟན་ནོ། །

如是諸教皆顯示，若離真實義見，則不能解脫生死。要脫生死則必須彼見。若說二乘阿羅漢未能解脫生死繫縛，非諸智者所許，亦不應理。故是明說二乘亦證法無自性。

གཞན་ཡང་ཡུམ་ཆེན་མོ་སོགས་ཁུངས་མང་མོད་ཀྱང་། ཚིག་མངས་སུ་དོགས་ནས་མ་བྲིས་སོ། །

《般若經》等可引證者尚多，恐繁不述。

གཉིས་པ་ནི། རིན་ཆེན་འཕྲེང་བ་ལས། ཇི་སྲིད་ཕུང་པོར་འཛིན་ཡོད་པ། །དེ་སྲིད་དེ་ལ་ངར་འཛིན་ཉིད། །ངར་འཛིན་ཡོད་ན་ཡང་ལས་ཏེ། །དེ་ལས་ཡང་ནི་སྐྱེ་བ་ཡིན། །ལམ་གསུམ་ཐོག་མཐའ་དབུས་མེད་པ། འཁོར་བའི་དཀྱིལ་འཁོར་མགལ་མེ་ཡི། །དཀྱིལ་འཁོར་ལྟ་བུ་ཕན་ཚུན་གྱི། །རྒྱུ་ཅན་འདི་ནི་འཁོར་བར་འགྱུར། །དེ་ནི་རང་གཞན་གཉིས་ཀ་དང་། །དུས་གསུམ་ཉིད་དུའང་མ་ཐོབ་ཕྱིར། །ངར་འཛིན་པ་ནི་ཟད་པར་འགྱུར། །དེ་ལས་ལས་དང་སྐྱེ་བ་ཡང་། །ཞེས་གསུངས་སོ། །

丑二、引論及小乘經證。《寶鬘論》云：「乃至有蘊執，從彼起我執，有我執造業，從業復受生。三道無初後，猶如旋火輪，更互爲因果，流轉生死輪。彼於自他共，三世無得故，我執當永盡，業及生亦爾。」初二句顯示若時於蘊有實執，即從彼執而起我執薩迦耶見。

དེའི་རྐང་པ་དང་པོ་གཉིས་ཀྱིས་ནི་ཕུང་པོ་ལ་བདེན་པར་འཛིན་པ་ཇི་སྲིད་ཡོད་པ་དེ་སྲིད་དུ། དེ་ལས་ངར་འཛིན་པའི་འཇིག་ལྟ་འབྱུང་བར་བསྟན་པས། འཇིག་ལྟ་མ་ལུས་པར་ཟད་པ་ལ་ཕུང་པོ་བདེན་འཛིན་ཟད་དགོས་པར་བསྟན་ཏོ།

故斷盡薩迦耶見者，必須於蘊斷盡實執。

དེའི་ཚེ་ཉན་རང་དགྲ་བཅོམ་པས་ཀྱང་ཕུང་པོ་བདེན་འཛིན་ཟད་པར་སྤངས་པར་ཤེས་སོ། །

由此可知二乘阿羅漢，亦於蘊斷盡實執。

དེ་ལྟར་ན་བདེན་འཛིན་གྱི་ཞེན་ཡུལ་སུན་མ་ཕྱུང་བར་དུ། འཇིག་ལྟའི་ཞེན་ཡུལ་སུན་མི་ཕྱིན་པས།

是則未破實執所著之境，即不能破薩迦耶見所著之境。

ཐེག་པ་ཆེ་ཆུང་གི་གྲུབ་མཐའ་སྨྲ་བ་ལ་ཐུན་མོང་དུ་གྲགས་པའི་གང་ཟག་གི་བདག་མེད་ནི། རགས་པའི་གང་ཟག་གི་བདག་ཙམ་བཀག་པ་ཡིན་གྱི། ཕྲ་བའི་གང་ཟག་གི་བདག་མེད་མིན་པར་ཤེས་སོ། །

故知大小學派共許之補特伽羅無我，但破粗分補特伽羅我，非是微細補特伽羅無我。

དེའི་ཕྱིར་སློབ་དཔོན་འདིའི་ལུགས་ཀྱིས་ཉན་རང་གིས་གང་ཟག་གི་བདག་མེད་རྟོགས་ཚུལ། གྲུབ་མཐའ་སྨྲ་བ་གཞན་དང་འདྲ་བ་བཟུང་ནས།

是故有人見此論師或說二乘通達補特伽羅無我，與他宗相同。

ཆོས་ཀྱི་བདག་མེད་རྟོགས་པ་ཡོད་མེད་ལ་མི་མཐུན་པར་སྨྲ་བས་ནི། འདིའི་ལུགས་ལེགས་པར་མ་རྟོགས་པ་ཡིན་ཏེ། དེ་ཁོ་ན་ཉིད་ཀྱི་ལྟ་བ་དང་བྲལ་བ་ལ་གང་ཟག་གི་བདག་མེད་པ་རྟོགས་པར་ཡང་མི་འགྱུར་བར་འགྲེལ་བ་ལས་གསུངས་པའི་ཕྱིར་རོ། །

須說與他宗不同，唯在是否通達法無我理。實係未解此宗正義。以釋論說若離真實義見，亦不能通達微細補特伽羅無我也。

དེ་ནས་རྐང་པ་གཉིས་ཀྱིས་འཇིག་ལྟ་ཡོད་པས་དེའི་དབང་གིས་འཁོར་བར་འཆིང་བའི་ལས་གསོག་པ་དང་། དེ་ལས་ལས་དབང་གིས་འཁོར་བར་སྐྱེ་བར་གསུངས་ཏེ། དེ་ཡང་ཞེན་པོ་ལ་བདེན་འཛིན་གྱི་ཞེན་ཡུལ་སུན་མ་ཕྱིན་པའི་དབང་དུ་མཛད་ཀྱི། སྤྱིར་འཇིག་ལྟ་ཡོད་ཙམ་ལ་མིན་ཏེ། ས་བདུན་པའི་བར་དུ་འཇིག་ལྟ་ཡོད་ཀྱང་། ས་དང་པོ་ནས་ལས་དབང་གིས་སྐྱེ་བ་མི་ལེན་པའི་ཕྱིར་རོ། །

次二句說以有薩迦耶見增上力，便造繫縛生死之業，以此業力復受生死。此亦約未破實執所著之境者說，非謂凡有薩迦耶見者皆爾。以至七地猶有薩迦耶見，而初地以上即不由業力受生。

གཞུང་དེ་དག་གིས་ནི་དེ་ཁོ་ན་ཉིད་ཀྱི་ལྟ་བ་སྒོམ་པ་དང་བྲལ་ན། འཇིག་ལྟ་ཟད་པར་བྱེད་མི་ནུས་པར་བསྟན་པས། མི་རྟག་སོགས་བཅུ་དྲུག་གི་ལམ་ཙམ་ལས་མེད་ན་ཉོན་མོངས་ཟད་པར་སྤོང་བ་མེད་པར་བསྟན་ནོ། །

此諸教證，並明若不修真實義見，則不能斷盡薩迦耶見。故亦即是說：但無常等十六行相之道，不能斷盡煩惱也。

དེ་ལྟར་ཐུན་མོང་མ་ཡིན་པའི་གང་ཟག་གི་བདག་མེད་ཀྱི་འཇོག་ཚུལ་མཛད་ཕྱིན་ཆད། གང་ཟག་གི་བདག་མེད་ཐུན་མོང་བ་ཙམ་གྱི་དབང་དུ་མཛད་ནས། འཇིག་ལྟ་ལ་སོགས་པའི་ངོས་འཛིན་མཛད་པའི་ཉོན་མོངས་ཀྱི་རྣམ་

གཞག་རྣམས་སོར་བཞག་ཏུ་མཛད་ན། ཐུན་མོང་མ་ཡིན་པའི་གྲུབ་མཐའ། མཐའ་མ་ཆོད་པའི་ནོར་པ་ཆེན་པོར་འགྱུར་བས། དེ་ལ་མཁས་པའི་དབང་པོ་འདི་འཁྲུལ་བ་ག་ལ་སྲིད།

故凡許此不共補特伽羅無我之理，而猶依於共許之補特伽羅無我，而明薩迦耶見，許彼煩惱建立。是未了不共宗義。成大矛盾。豈此大論師而有此失。

དེས་ན་ཉན་རང་ལ་ཆོས་ཀྱི་བདག་མེད་རྟོགས་པ་ཡོད་པར་བཤད་པའི་གཞུང་འཛུགས་པར་མ་གོ་ཞིང་། ཉོན་མོངས་ཀྱི་རྣམ་གཞག་ལ་ཐུན་མོང་མ་ཡིན་པའི་འཇོག་ཚུལ་ཡོད་དམ་མེད་སྙམ་པ་ཙམ་ཡང་མི་སྐྱེ་བའི་འདིའི་རྗེས་འབྲང་རྣམས་ནི། ལུགས་འདི་ལ་དད་པ་ཙམ་དུ་ཟད་དོ། །

故知本宗學者，若許二乘證法無我，然於煩惱建立，全不思惟不共之理是僅有信仰本宗之名而已。

འདིས་མཚོན་ནས་གཞན་ཡང་མང་དུ་སྣང་བ་རྣམས་ལེགས་པར་རྟུད་གཅད་པར་བྱའོ། །

以此事例，餘亦多顯，應當善巧觀察。①

ལམ་གསུམ་ནི་ཉོན་མོངས་དང་ལས་དང་སྐྱེ་བའི་ཀུན་ཉོན་གསུམ་མོ། །

言「三道」者，謂煩惱、業、生三雜染。

དེ་གསུམ་ལ་ཐོག་མཐའ་དང་དབུས་མེད་པ་ནི་ཉོན་མོངས་ལས་ལས་དང་། དེ་ལས་སྡུག་བསྔལ་སྐྱེ་ཞིང་སྡུག་བསྔལ་ལས་ཀྱང་དེའི་རིགས་འདྲ་དང་། ཉོན་མོངས་སོགས་སྐྱེ་བའི་ཕྱིར་ཕན་སྐྱེ་ཚུར་སྐྱེ་བྱེད་པས། སྔ་ཕྱིའི་རིམ་པ་ངེས་པ་མེད་པ་སྟེ། ཕན་ཚུན་གྱི་རྒྱུ་ཅན་གྱི་དོན་ནོ། །

無初後者，謂由煩惱造業，從業感苦，復從於苦生同類果及煩惱等。由彼此更互相生，故前後次第無定，即「更互爲因果」之義。

རྟེན་འབྲེལ་དེ་ནི་རང་དང་གཞན་དང་གཉིས་ཀ་ལས་སྐྱེ་བ་མེད་ལ། དེ་ཡང་དུས་གསུམ་གང་ཡང་རང་བཞིན་གྱིས་སྐྱེ་བ་མ་ཐོབ་པ་སྟེ་མེད་པ་མཐོང་བའམ། མ་མཐོང་བའི་ཕྱིར་ཏེ། རྒྱུ་མཚན་གྱིས་ངར་འཛིན་པའི་འཇིག་ལྟ་ཟད་པས་འཁོར་བར་འཁོར་བ་ལྡོག་གོ །

又彼緣起，不從自生、他生、共生，其自性生於三世中俱不可得。見無彼故，或不可見故，即能斷盡我執薩迦耶見，故亦能滅生死流轉。

དེའི་འོག་ཏུ་ཕུང་ཁམས་སོགས་རང་བཞིན་མེད་པར་གཏན་ལ་ཕབ་པའི་མཐར། དེ་ལྟར་ཡང་དག་ཇི་བཞིན་དུ། །འགྲོ་བ་དོན་མེད་ཤེས་ནས་ནི། །རྒྱུ་མེད་པ་ཡི་མེ་བཞིན་དུ། །གནས་མེད་ལེན་མེད་མྱ་ངན་འདའ། །ཞེས་དེ་ཁོ་ན་

①此句諸本皆無，今就藏文原文補譯。

ཉིད་ཀྱི་དོན་མཐོང་ནས་མྱ་ངན་ལས་འདའ་བར་གསུངས་སོ། །

抉擇蘊等皆無自性已，又云：「如是如實知，無實眾生義，猶如火無薪，無住取涅槃。」此說由見真實義故而般涅槃。

ཅི་སྟེ་དེ་ལྟར་མཐོང་བ་དེ་བྱང་སེམས་ཁོ་ནའི་དབང་དུ་མཛད་ནས་གསུངས་སོ་ཞེ་ན། དེ་ལྟར་གསུངས་པ་དེ་ཉན་རང་གི་དབང་དུ་མཛད་ནས་གསུངས་པ་ཡིན་ཏེ། མྱ་ངན་འདའ་ཞེས་པའི་མཇུག་ཐོགས་ཉིད་དུ། དེ་ལྟར་བྱང་ཆུབ་སེམས་དཔས་ཀྱང་། །མཐོང་ནས་བྱང་ཆུབ་ངེས་པར་འདོད། །འོན་ཀྱང་དེ་ནི་སྙིང་རྗེ་ཡིས། །བྱང་ཆུབ་བར་དུ་སྲིད་མཚམས་སྦྱོར། །ཞེས་བྱ་བ་ལ་སོགས་པ་གསུངས་པའི་ཕྱིར་རོ། །འགྲེལ་བར་དྲངས་པའི་རིན་ཆེན་འཕྲེང་བའི་གཞུང་རྣམས་ནི་སྔ་འགྱུར་མི་ལེགས་པར་འདུག་གོ །

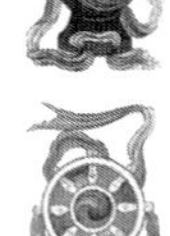

此非但依菩薩說如是見，乃依二乘說。以①彼「涅槃」文後，復說「菩薩亦見彼，決定求菩提，然由大悲故，受生至菩提」故。釋論所引《寶鬘論》，係舊譯本，譯文欠善。

ཉན་ཐོས་ལ་བསྟན་པའི་མདོ་ལས་ཀྱང་། ཉན་ཐོས་རྣམས་ཀྱི་ཉོན་མོངས་པའི་སྒྲིབ་པ་སྤང་བར་བྱ་བའི་ཕྱིར། གཟུགས་ནི་དབུ་བ་བརྡོས་པ་འདྲ། །ཚོར་བ་ཆུ་ཡི་ཆུ་བུར་འདྲ། །འདུ་ཤེས་སྨིག་རྒྱུ་ལྟ་བུ་སྟེ། །འདུ་བྱེད་རྣམས་ནི་ཆུ་ཤིང་བཞིན། །རྣམ་པར་ཤེས་པ་སྒྱུ་མ་ལྟར། །ཉི་མའི་གཉེན་གྱིས་བཀའ་སྩལ་ཏོ། །ཞེས་དཔེ་ལྔས་འདུས་བྱས་རྣམས་རང་བཞིན་མེད་པར་དཔྱད་པ་ཡིན་ནོ། །

卷二

聲聞乘經亦有此說，諸聲聞爲斷煩惱障故，「諸色如聚沫②，諸受類浮泡，諸想同陽焰，諸行喻芭蕉，諸識猶幻事，日親之所說。」以五喻觀察諸有爲法皆無自性。

བྱང་ཆུབ་སེམས་འགྲེལ་ལས། སྟོན་པས་ཉན་ཐོས་རྣམས་ལ་ཕུང་པོ་ལྔ་དང་། བྱང་སེམས་རྣམས་ལ་གཟུགས་དབུ་བ་སོགས་ལྔ་དང་འདྲ་བར་བཤད་ཅེས་ཁྱད་པར་ཕྱེ་བ་ནི། རེ་ཞིག་དེ་ཁོ་ན་ཉིད་རྟོགས་མི་ནུས་པའི་ཉན་ཐོས་ལ་དགོངས་ཀྱི་ཉན་ཐོས་ཐམས་ཅད་ལ་མིན་ཏེ།

雖《釋菩提心論》云：「佛於聲聞宣說五蘊，於菩薩眾說色如聚沫③等喻。」然彼論意，且約暫時不能了達真實義之聲聞而言，非指一切聲聞。

དེ་ཉིད་ལས། གང་དག་སྟོང་ཉིད་མི་ཤེས་པ། །དེ་དག་ཐར་པ་རྟེན་མ་ཡིན། །འགྲོ་དྲུག་སྲིད་པའི་བཙོན་རར་ནི། །རྨོངས་པ་དེ་དག་འཁོར་བར་འགྱུར། །ཞེས་གསུངས་པའི་ཕྱིར་རོ། །

---

①「以」，校正本作「又」。
②③「沫」，民族本作「昆」。

以彼論亦云：「若不知空性，即非解脫依，彼愚者流轉，六道三有獄。」

ཐེག་དམན་གྱི་སྡེ་སྣོད་དུ་ཆོས་རང་བཞིན་མེད་པའི་དོན་འདི་ཉིད་སྟོན་པར་མཛད་པ་ན། རིན་ཆེན་འཕྲེང་བ་ལས། ཐེག་པ་ཆེ་ལས་སྐྱེ་མེད་བསྟན། །གཞན་གྱི་ཟད་པ་སྟོང་པ་ཉིད། །ཟད་དང་མི་སྐྱེ་དོན་དུ་ནི། །གཅིག་པ་དེ་ཕྱིར་བཟོད་པར་གྱིས། །ཞེས་ཐེག་ཆེན་གྱི་མདོ་སྡེ་ལས་རང་བཞིན་གྱིས་སྐྱེ་བ་མེད་པ་སྟོང་ཉིད་དུ་བསྟན་པ་དང་།

又聲聞藏中亦說諸法無自性義。如《寶鬘論》云：「大乘說無生，餘說盡空性，盡無生義同，是故應忍許。」此謂大乘經中，說無自性生爲空性，

གཞན་ཏེ་ཐེག་དམན་གྱི་མདོ་ལས་ནི་སྟོང་པ་ཉིད་སྟོན་པ་ན། འདུས་བྱས་ཟད་པར་བསྟན་པས་སྟོང་པ་ཉིད་སྟོན་པ་གཉིས་དོན་གཅིག་པས། ཐེག་ཆེན་ལས་སྟོང་ཉིད་བསྟན་པ་ལ་མི་བཟོད་པར་མ་བྱེད་ཅེས་གསུངས་སོ། །

餘小乘經中則說有爲盡爲空性。以二種空性義同，故於大乘空性，應信可勿疑。

འདི་གཉིས་དོན་གཅིག་ལུགས་ལ་ཁ་ཅིག་ན་རེ། ཉན་ཐོས་པ་རྣམས་དངོས་པོ་ལ་ཟད་པ་ཁས་ལེན་ན། རང་བཞིན་ཡོད་ན་ཟད་པ་མི་རིགས་པས། དེ་ཁས་ལེན་ན་དང་པོ་ནས་རང་བཞིན་མེད་པ་ཁས་ལེན་དགོས་པས་དེ་གཉིས་དོན་གཅིག་གོ་ཞེས་འཆད་པ་ནི། ཤིན་ཏུ་མི་འཐད་དེ།

此二空性義同之理。有說：諸聲聞乘許有爲滅盡，若有自性①則滅盡不成，既許滅盡，則應先許無自性，故說彼義同。此不應理。

དེ་ལྟ་ཡིན་ན་དབུ་མ་པས་ཡོད་པར་འདོད་པའི་མྱུ་གུ་ལ་སོགས་པའི་ཆོས་གང་ཁས་ལེན་པ་ལ་ཡང་། རྒྱུ་མཚན་དེ་ཡོད་པས་མྱུ་གུ་ལ་སོགས་པ་ཐམས་ཅད་དང་། སྟོང་པ་ཉིད་གཉིས་དོན་གཅིག་ཏུ་ཧ་ཅང་ཐལ་བར་འགྱུར་བའི་ཕྱིར་རོ། །

若如彼說，則凡中觀師所許苗芽等法，皆有此義。則應許苗芽等一切法皆與空性義同。

རིན་ཆེན་འཕྲེང་བའི་འགྲེལ་པར་སྐྱེ་བ་མེད་པ་དང་། སྐད་ཅིག་མ་ལ་དོན་གྱི་ཁྱད་པར་འགའ་ཡང་མེད་དོ། །ཞེས་པ་ཡང་གཞུང་དོན་མ་གོ་བའི་བཤད་པའོ། །

《寶鬘論疏》謂：「無生與剎那義無別。」亦是未解論義。

རིགས་པ་དྲུག་ཅུ་པའི་འགྲེལ་པར་དྲངས་པའི་ཐེག་དམན་གྱི་མདོ་ལས། གང་སྡུག་བསྔལ་འདི་མ་ལུས་པར་སྤངས་པ། ངེས་པར་སྤངས་པ། བྱང་བར་གྱུར་པ། ཟད་པ་འདོད་ཆགས་དང་བྲལ་བ། འགོག་པ། ཉེ་བར་ཞི་བ། ནུབ་པ། སྡུག་བསྔལ་གཞན་གྱི་མཚམས་མི་སྦྱོར་ཞིང་། མི་འབྱུང་མི་སྐྱེ་བ་འདི་ནི་ཞི་བ། འདི་ནི་གྱ་ནོམ་པ་སྟེ། འདི་ལྟ་སྟེ་ཕུང་པོ་ཐམས་ཅད་ངེས་པར་སྤངས་པ། སྲིད་པ་ཟད་པ། འདོད་ཆགས་དང་བྲལ་བ། འགོག་པ། མྱ་ངན་ལས་འདས་པའོ། །ཞེས་གསུངས་པ་ལ།

此當如《六十正理論疏》說：先引小乘經云：「若於此苦，無餘斷、決定

斷、清淨、永盡、離欲、滅、靜、永沒。不生餘苦、不生、不起、此最寂靜、此最微妙，謂決定斷一切諸蘊、盡諸有、離貪欲、息滅、涅槃。」

དེའི་དོན་འགྲེལ་བ་ན་སྡུག་བསྔལ་འདི་ཞེས་པའི་ཉེ་བའི་ཚིག་གིས་གསུངས་པའི་ཕྱིར། ད་ལྟར་གྱི་རང་རྒྱུད་ཀྱི་སྡུག་བསྔལ་ལམ་ཕུང་པོ་ཁོ་ནའི་དབང་དུ་མཛད་ནས། མ་ལུས་པར་སྤངས་པ་ནས་ནུབ་པའི་བར་དང་། མ་འོངས་པའི་སྡུག་བསྔལ་གྱི་དབང་དུ་མཛད་ནས། སྡུག་བསྔལ་གཞན་མཚམས་མི་སྦྱོར་བ་ནས། མྱ་ངན་ལས་འདས་པའོ་ཞེས་པའི་བར་དུ་གསུངས་སོ།།

此①解此義云：「言此苦者，唯依現在身中苦蘊，說無餘斷，乃至永沒。依未來苦，說不生餘苦，乃至涅槃。」

སྡུག་བསྔལ་ལམ་ཕུང་པོ་འདི་ཞེས་པ་དེ་གཉིས་ཀྱི་བྱེ་བྲག་ཉོན་མོངས་ལ་འཇུག་པའི་སྤྱི་སྒྲ་བྱེ་བྲག་ལ་འཇུག་པའོ་སྙམ་ན། དེ་ཡང་མི་རུང་སྟེ་སྤྱི་སྒྲ་ནི་སྤྱིའི་དོན་ལ་བཤད་དུ་མི་རུང་ན། བྱེ་བྲག་ལ་བཤད་དགོས་མོད་ཀྱང་། འདིར་ནི་སྤྱི་སྒྲའི་སྟེང་ནས་བཤད་དུ་ཡོད་པའི་ཕྱིར་རོ།།

若謂「此苦」正詮煩惱，是總名詮別也。此不應理，若時總名，不可作總義解者，乃可作別義解。此中可就①總名解故，不應作此說。

དེ་ལྟར་བྱས་ན་དངོས་པོར་སྨྲ་བ་རྣམས་ལྟར་ན། རྒྱུད་བླ་མ་ལས་ཉོན་མོངས་གདོད་ནས་ཟད་ཕྱིར་རོ། །ཞེས་གསུངས་པ་ལྟར་ཕུང་པོ་གདོད་མ་ནས་རང་བཞིན་གྱིས་སྐྱེ་བ་མེད་པས། གདོད་མ་ནས་ཟད་པ་ལ་བཤད་དུ་མི་རུང་བའི་ཕྱིར། ལམ་གྱིས་མ་ལུས་པར་སྤངས་པ་ལ་བཤད་དགོས་ན། དེའི་ཚེ་མངོན་དུ་བྱ་རྒྱུའི་མྱང་འདས་ཡོད་པ་ན་མངོན་དུ་བྱེད་མཁན་མེད་པ་དང་། བྱེད་མཁན་ཡོད་པ་ན་ཕུང་པོ་མ་ཟད་པས་མངོན་དུ་བྱ་རྒྱུའི་མྱང་འདས་མེད་པར་འགྱུར་བས། མདོ་འདི་བཤད་མི་ནུས་པར་འགྱུར་རོ།།

若必如彼實事師說，則《寶性論》之「煩惱本盡故」，不應釋爲諸蘊本來無自性生，名爲本盡。若必釋爲由修道力無餘斷者，則有所證涅槃時，已無能證之人。有能證人時，蘊未永盡，則無所證之涅槃，故彼不能解說經義。

ཁོ་བོ་ཅག་ལྟར་ན། འདིའི་ཟད་པ་ནི། ཟད་པ་གཉེན་པོས་ཟད་པ་མ་ཡིན་ཏེ། དེ་ནི་གདོད་ནས་ཟད་པས་ཟད་ཅེས་བྱ། ཞེས་གསུངས་པ་ལྟར་བཤད་པས་ཚིག་པས་མདོའི་དོན་ལེགས་པར་བཤད་པར་ནུས་སོ།།

若如吾等所許，此言②永盡非由對治而盡，乃本來盡故名盡，則於經義善

①「就」，民族本作「作」。
②「言」，民族本作「謂」。

能解釋。

དེས་ན་མདོ་ལས་འདི་འདྲ་བའི་ཟད་པ་བསྟན་ནས། སྡུག་བསྔལ་འགགས་པའི་འགོག་པ་མྱ་ངན་ལས་འདས་པ་བསྟན་པ་དེ་དང་། རང་བཞིན་གྱིས་སྐྱེ་བ་མེད་པའི་འགོག་པ་བསྟན་པ་གཉིས་དོན་གཅིག་ཏུ་འཕགས་པས་གསུངས་པ་འདི་མ་རྟོགས་པར་སྣང་བས་ཞིབ་ཏུ་བཤད་དོ། །

龍猛菩薩謂經中所說之永盡，即苦蘊寂滅之滅諦涅槃，與無自性生之滅諦義同。釋者多未能通達，故今詳說之。

རྩ་ཤེས་ལས་ཀྱང་། བཅོམ་ལྡན་དངོས་དང་དངོས་མེད་པ། །མཁྱེན་པས་ཀ་ཏྱཱ་ཡ་ན་ཡི། །གདམས་ངག་ལས་ནི་ཡོད་པ་དང་། །མེད་པ་གཉིས་ཀའང་དགག་པ་མཛད། །ཅེས་གསུངས་པ་འདིས་ཀྱང་ཐེག་དམན་གྱི་མདོ་ལས་མཐའ་གཉིས་བཀག་པ་གསུངས་པར་སྟོན་ཏེ། མདོ་འདི་ནི་ལུང་ཕྲན་ཚེགས་ན་སྣང་ངོ་། །

《中觀論》云：「世尊由證知，有事無事法，迦旃延那經，雙破於有無。」此亦顯示小乘經中雙破二邊者。此經出《雜阿芨[1]摩》。

དེ་དག་ཀྱང་མཚོན་པ་ཙམ་ཡིན་གྱི། རིན་ཆེན་ཕྲེང་བ་ན་འདིར་མ་དྲངས་པ་དུ་མ་ཞིག་དང་། རིགས་པ་དྲུག་ཅུ་པ་དང་། བསྟོད་པའི་ཚོགས་ལས་ཀྱང་དུ་མ་ཞིག་གསུངས་སོ། །

上來僅略舉少分，餘《寶鬘論》《六十正理論》，各種讚文中，猶多可引者。

གསུམ་པ་ལ་གཉིས། འགྲེལ་བ་ནས་བཤད་པའི་རྩོད་པ་སྤོང་བ་དང་། དེར་མ་བཤད་པའི་རྩོད་པ་སྤོང་བའོ། །

子三、釋妨難分二：丑一、釋釋論已說之難，丑二、釋釋論未說之難。

དང་པོ་ནི། འགྲེལ་བ་ལས། གང་ཞིག་གལ་ཏེ་ཉན་ཐོས་ཀྱི་ཐེག་པ་ལས་ཀྱང་ཆོས་ལ་བདག་མེད་པ་བསྟན་ན། དེའི་ཚེ་ཐེག་པ་ཆེན་པོ་བསྟན་པ་དོན་མེད་པར་འགྱུར་རོ་སྙམ་དུ་སེམས་པ་དེའི་ལུགས་དེ་ཡང་འདི་ལྟར་རིགས་པ་དང་ལུང་དང་འགལ་བར་རྟོགས་སོ། །ཞེས་པའི་ཕྱོགས་སྔ་མ་སྨྲ་བ་ནི་སློབ་དཔོན་ལེགས་ལྡན་ཡིན་ཏེ།

今初，釋論云：「設作是念，若聲聞乘中亦說法無我，則說大乘經應成無用。」此所出敵者，是清辨論師。

སངས་རྒྱས་བསྐྱངས་ཀྱིས་རབ་བྱེད་བདུན་པའི་འགྲེལ་པར་ཐེག་དམན་གྱི་མདོར་ཆོས་ཐམས་ཅད་བདག་མེད་པར་གསུངས་པའི་དོན། ཆོས་རྣམས་ངོ་བོ་ཉིད་ཀྱིས་གྲུབ་པ་མེད་པའི་དོན་དུ་བཤད་པ་ལ། ཤེས་རབ་སྒྲོན་མེར་དེ་ལྟ་ཡིན་ན། ཐེག་ཆེན་བསྟན་པ་དོན་མེད་དུ་འགྱུར་རོ་ཞེས་དགག་པ་མཛད་དོ། །

---

[1]「芨」，民族本、校正本作「笈」。藏經中不用「芨」。

以佛護論師第七品疏中解釋：「小乘經說一切法無我之義，即諸法無自性義。」《般若燈論》破云：「若如是者，則大乘經便爲無用。」

དེ་ལ་སྒྲིར་ཐེག་ཆེན་བསྟན་པ་དོན་མེད་དུ་འགྱུར་ཞེར་རམ། ཐེག་ཆེན་དུ་ཆོས་ཀྱི་བདག་མེད་བསྟན་པ་དོན་མེད་དུ་འགྱུར་ཞེར།

今反破云：爲總說大乘經無用耶？爲別說大乘經說法無我爲無用耶？

དང་པོ་ལྟར་ན་ནི། ཐལ་བ་དེ་ལ་ཁྱབ་པ་ཡོད་ན་ནི། ཐེག་ཆེན་བསྟན་པ་ཆོས་ལ་བདག་མེད་པ་ཙམ་འབའ་ཞིག་སྟོན་པར་འགྱུར་ན། དེ་ནི་མ་ཡིན་ཏེ་ཐེག་ཆེན་ལས་ནི། བྱང་སེམས་ཀྱི་ས་རྣམས་དང་། སྦྱིན་པ་ལ་སོགས་པའི་ཕར་ཕྱིན་གྱི་སྤྱོད་པ་དང་། སྨོན་ལམ་དང་བསྔོ་བ་རླབས་པོ་ཆེ་རྣམས་དང་། སྙིང་རྗེ་ཆེན་པོ་སོགས་དང་། ཚོགས་གཉིས་རླབས་པོ་ཆེ་དང་། བྱང་སེམས་ཀྱི་མཐུ་རྨད་དུ་བྱུང་བ་སོ་སྐྱེ་དང་། ཉན་རང་གིས་བསམ་གྱིས་མི་ཁྱབ་པའི་ཆོས་ཉིད་ཀྱང་སྟོན་པའི་ཕྱིར་ཏེ།

若如初難作決定說者（不犯不定過①），則大乘經應唯說法無我，而實不爾。以大乘經中更說菩薩諸地布施等波羅蜜多行，大願、迴向、大慈悲等二種廣大資糧，菩薩神力及異生二乘不可思議之法性故。

རིན་ཆེན་འཕྲེང་བ་ལས། ཉན་ཐོས་ཐེག་པ་དེ་ལས་ནི། །བྱང་ཆུབ་སེམས་དཔའི་སྨོན་ལམ་དང་། །སྤྱོད་པ་ཡོངས་བསྔོ་མ་བཤད་དེས། །བྱང་ཆུབ་སེམས་དཔར་ག་ལ་འགྱུར། །བྱང་ཆུབ་སྤྱོད་ལ་གནས་པའི་དོན། །མདོ་སྡེ་ལས་ནི་བཀའ་མ་སྩལ། །ཐེག་པ་ཆེ་ལས་བཀའ་སྩལ་པ། །དེ་ཕྱིར་མཁས་པ་རྣམས་ཀྱིས་གཟུང་། །ཞེས་གསུངས་པའི་ཕྱིར་རོ། །

如《寶鬘論》云：「彼小乘經中，未說菩薩願，諸行及迴向，豈能成菩薩，安住菩提行，彼經未曾說，惟大乘乃說，智者應受持。」

འདི་ནི་ཐེག་དམན་གྱི་སྡེ་སྣོད་ནས་བཤད་པའི་ལམ་ཉིད་ཀྱིས། སངས་རྒྱས་སུ་བགྲོད་ནུས་པས། ཐེག་ཆེན་གཞན་མི་དགོས་སོ་སྙམ་པའི་ལོག་རྟོག་སེལ་བ་ལ་གསུངས་ལ། ཁྱེད་ལྟར་ན་ཐེག་ཆེན་ལས་ཆོས་ཀྱི་བདག་མེད་གསུངས་པས་ཐེག་དམན་གྱི་གཞུང་ནས་བཤད་པས་མི་ཆོག་ཅེས་གསུང་དགོས་པ་ལ། དེ་མ་གསུངས་པར་རྒྱ་ཆེ་བའི་ཕྱོགས་གཞན་གསུངས་སོ་ཞེས་པའོ། །

此破唯以小乘經所說之道便能成佛，不須別說大乘經之邪執。若如汝所解，應云：「唯小乘經所說之道猶不具足，故大乘經中別說法無我。」然不作彼說，而說「別說廣大行品」，故所難非也。

གལ་ཏེ་ཕྱོགས་གཉིས་པ་ལྟར་ན་ནི་དེ་ལ་ཡང་ཁྱབ་པ་མེད་དེ། ཉན་ཐོས་ཀྱི་སྡེ་སྣོད་ལས་ནི་ཆོས་ཀྱི་བདག་མེད་པ་

①「不犯不定過」，校正本作「犯不定過」。

མདོར་བསྡུས་པ་ཙམ་ལས་མི་སྟོན་ལ། ཐེག་ཆེན་ལས་ནི་ཆོས་ཀྱི་བདག་མེད་སྒོ་དུ་མ་ནས་ཤིན་ཏུ་རྒྱས་པར་སྟོན་པའི་ཕྱིར་རོ། །

若作第二義，犯不定過。聲聞藏中僅略說法無我，大乘經中則以無量門廣說之。

དེ་ཡང་འཕགས་པའི་བཞེད་པ་ཡིན་ཏེ། འཇིག་རྟེན་ལས་འདས་པར་བསྟོད་པ་ལས། མཚན་མ་མེད་པ་མ་རྟོགས་པར། །ཁྱོད་ཀྱི་ཐར་པ་མེད་པར་གསུངས། །དེ་ཕྱིར་ཁྱོད་ཀྱིས་ཐེག་ཆེན་ལས། །དེ་ནི་ཚང་བར་བསྟན་པ་ལགས། །ཞེས་གསུངས་པའི་ཕྱིར་རོ། །

此亦龍猛菩薩所許，如《出世讚》云：「若不達無相，佛說無解脫，故佛於大乘，圓滿說彼義。」

དེའི་རྐང་པ་དང་པོ་གཉིས་ཀྱིས་མཚན་མེད་ཀྱི་དེ་ཁོ་ན་ཉིད་མ་རྟོགས་པར་ཉོན་མོངས་ཟད་པ་མེད་པས་ཐར་པ་ཐོབ་པ་མེད་པར་བསྟན་ཏོ། །

初二句顯示，若不通達無相真實義，則不能滅盡煩惱，故不能證得解脫。

ཁྱོད་ཀྱི་ཞེས་སོགས་ཀྱིས་ཐེག་ཆེན་ལས་མཚན་མེད་ཆོས་ཀྱི་བདག་མེད་ཚང་བར་ཏེ་རྫོགས་པར་བསྟན། ཞེས་པས་ཐེག་དམན་དུ་ནི་ཆོས་ཀྱི་བདག་མེད་རྫོགས་པར་མ་བསྟན་པར་ཤེས་སོ། །

後二句，謂大乘經中乃圓滿宣說無相法無我義，故亦當知小乘經中是未圓滿宣說諸法無我。

འོ་ན་དེ་ཕྱིར་ཞེས་པ་རྫོགས་པར་བསྟན་པའི་རྒྱུ་མཚན་དུ་འགྲོ་ཚུལ་ཇི་ལྟར་ཡིན་སྙམ་ན། མཚན་མེད་མ་རྟོགས་པར་ཉོན་མོངས་ཟད་པའི་ཐར་པ་མི་འཐོབ་པས་ན། ཉན་ཐོས་ཀྱི་ཐེག་པར་ཡང་ཆོས་ཀྱི་བདག་མེད་བསྟན་དགོས་ལ། དེ་ལ་ཐེག་པ་ཆེ་ཆུང་གི་ཁྱད་པར་ཡང་དགོས་པ་དེའི་ཕྱིར་ཞེས་སྦྱར་དགོས་སོ། །

如何以一「故」字能作圓滿宣說之理由耶？當作是說：「若不通達無相，即不能滅盡煩惱證得解脫。聲聞乘中雖亦必說法無我，然大乘小乘應有差別。

དེ་དག་གིས་ནི་སུན་འབྱིན་པའི་ཐལ་བ་དང་། དེས་བསྒྲུབ་པ་འཕངས་པ་གཉིས་ལ་ཁྱབ་བྱེད་མ་ངེས་པའི་སུན་འབྱིན་ལྟར་སྣང་དུ་བསྟན་པ་ནི། རིགས་པ་དང་འགལ་བའོ། །ལུང་དང་འགལ་བ་ནི་སྔར་མང་དུ་བཤད་ཟིན་ཏོ། །

故於大乘作圓滿說。」故知彼所設難及所成立，皆不決定，是似能破，即是違理之失。其違教失，前已廣說。

འོ་ན་ཐེག་པ་ཆེ་ཆུང་གི་སྡེ་སྣོད་དུ་ཆོས་ཀྱི་བདག་མེད་རྫོགས་པར་སྟོན་མི་སྟོན་དང་། དེ་གཉིས་ཀྱི་ལམ་དུའང་ཆོས་ཀྱི་བདག་མེད་རྫོགས་པར་སྒོམ་མི་སྒོམ་སློབ་དཔོན་འདིས་བཤད་པའི་དོན་གང་ཡིན་སྙམ་ན། དེ་ནི་ཐེག་ཆེན་པ

ལ་ཤེས་བྱ་ཐམས་ཅད་རང་བཞིན་གྱིས་གྲུབ་པ་མེད་པར་རྟོགས་པ་ཡོད་ལ། ཉན་རང་ལ་དེ་མེད་པར་ཤེས་བྱའི་ཕྱོགས་གཅིག་པ་འགའ་རང་བཞིན་གྱིས་གྲུབ་པ་མེད་པར་རྟོགས་པ་ཡོད་ཅེས་པ་ནི།

若爾此論師說，大小乘經說法無我有圓滿不圓滿，大小乘道修法無我亦有圓滿不圓滿，其義云何？有說：「大乘人能通達一切所知皆無自性，二乘人僅能通達一分所知無自性。」

གཏན་མིན་ཏེ་གཞི་གྲུབ་པ་ཅིག་གི་སྟེང་དུ། ཆོས་ཀྱི་བདག་མེད་ཚད་མས་གྲུབ་པ་ཅིག་བྱུང་ན། དེ་ནས་གཞི་གཞན་ལ་བདེན་པར་ཡོད་མེད་ཀྱི་དཔྱོད་པ་ཞུགས་ན། རིགས་པ་སྔ་མ་ལ་བརྟེན་ནས་བདེན་མེད་དུ་རྟོགས་པར་ནུས་པའི་ཕྱིར་རོ། །

決非如是。若以正量於一法上能成立爲法無我，次觀餘法有無實性，即依前理便能通達無實性故。

དབུ་མ་པར་འདོད་པ་ཁ་ཅིག་གིས་དངོས་པོ་བདེན་གྲུབ་ཁེགས་པའི་ལུགས་སུ་བྱས་ནས། བདེན་སྟོང་བདེན་གྲུབ་ཏུ་འདོད་པ་དང་། ཁ་ཅིག་གིས་ཆོས་ཉིད་སྒྲུབ་པ་རང་དབང་བ་བདེན་གྲུབ་ཏུ་འདོད་པའི་སྔ་མ་ནི། བདེན་ཚད་ལེགས་པོར་མ་ཟིན་པར་རགས་པ་ཅིག་ལས་མ་ཁེགས་པར་འདུག་པའི་སྐྱོན་དུ་སྣང་ལ། ཕྱི་མ་ནི་དངོས་པོ་བདེན་པ་བཀག་པར་རློམ་ཡང་། ཚད་མས་ཁེགས་པར་མི་སྣང་གི་དངོས་པོ་ལ་སྐུར་འདེབས་ཀྱི་ལྟ་བར་འདུག་པས། དེ་དག་གིས་མ་ངེས་པ་མེད་དོ། །

豈不中觀學者，亦有破除有事實有，而許真空實有；或許法性是自在成就真實有者乎？初說是未善知實有之量，僅破粗分；後說則雖自以爲能破有事實有，然彼不以正量而破，僅是毀謗有事之惡見。故不以彼等所說而成不定。

དེས་ན་ཐེག་ཆེན་པས་ནི་རྩ་ཤེ་ལས་གསུངས་པ་བཞིན་དུ། གཞི་གཅིག་བདེན་མེད་དུ་སྒྲུབ་པ་ལ་ཡང་། སྒྲུབ་བྱེད་ཀྱི་རིགས་པ་མི་འདྲ་བ་མཐའ་ཡས་པས་བསྒྲུབས་པས། དེ་ཁོ་ན་ཉིད་ལ་བློ་ཤིན་ཏུ་རྒྱས་པར་འགྱུར་ལ། ཐེག་དམན་ལ་ནི་རིགས་པ་མདོར་བསྡུས་པ་ཞིག་གིས་དེ་ཁོ་ན་ཉིད་ཚད་མས་གྲུབ་ན། སྔ་མ་ལྟར་མི་བྱེད་པས་དེ་ཁོ་ན་ཉིད་ལ་བློ་རྒྱས་པ་མེད་པས་རྒྱས་བསྡུས་དང་། བདག་མེད་སྒོམ་པ་རྫོགས་མ་རྫོགས་སུ་གསུངས་སོ། །

由是當知諸大乘人，隨成立一切①無實，亦如《中觀論》所說，有無量品類能立之理，故於真實義慧極爲廣大。諸小乘人僅以略理成立真實義，故於真實義慧略而不廣。故說彼二慧有廣略，修有圓滿不圓滿之殊。

དེ་ལྟར་འོང་བ་ཡང་ཉན་རང་རྣམས་ནི། ཉོན་མོངས་ཙམ་སྤོང་བའི་ཕྱིར་བརྩོན་པ་ཡིན་ལ། དེ་ལ་ནི་དེ་ཁོ་ན

① 「一切」，民族本及校正本作「一法」。

ཉིད་ཀྱི་དོན་མདོར་བསྡུས་པ་དེ་ཙམ་ཞིག་རྟོགས་པས་ཆོག་གོ །

致此差別者，亦由諸二乘人唯爲斷除煩惱障故，精勤修行，以略理通達真實義，便能滿其所願。

ཐེག་ཆེན་པ་ཤེས་སྒྲིབ་སྤོང་བ་ལྷུར་ལེན་པས། དེ་ལ་དེ་ཁོ་ན་ཉིད་ལ་ཤེས་རབ་མཆེད་ནས་བློ་ཤིན་ཏུ་རྒྱས་པ་ཞིག་དགོས་པ་ཡིན་ནོ། །

而諸大乘人爲斷所知障故，精勤修行，故於真實義，須以廣大慧而善通達也。

གཉིས་པ་ནི། འོ་ན་མངོན་རྟོགས་རྒྱན་ལས། གཟུང་དོན་རྟོག་པ་སྤོང་ཕྱིར་དང་། །འཛིན་པ་མི་སྤོང་ཕྱིར་དང་ནི། །རྟེན་གྱི་བསེ་རུ་ལྟ་བུའི་ལམ། །ཡང་དག་བསྡུས་པར་ཤེས་པར་བྱ། །ཞེས་རང་རྒྱལ་གྱི་ལམ་གྱིས་གཟུང་བ་ལ་བདེན་ཞེན་གྱི་རྟོག་པ་སྤོང་ནུས་ཀྱང་། འཛིན་པ་ལ་བདེན་ཞེན་སྤོང་མི་ནུས་པར་གསུངས་པ་དང་།

丑二、釋釋論未說之難。《現觀莊嚴論》云：「遠所取分別，未離能取故，當知由所依，攝爲麟喻道。」此說獨覺道雖能斷執所取實有之分別，猶未能斷執能取實有之分別。

ཡང་། ཉོན་མོངས་ཤེས་བྱ་ལམ་གསུམ་གྱི། །ཉམས་ཕྱིར་སློབ་མ་བསེ་རུ་དང་། །རྒྱལ་སྲས་རྣམས་ཀྱི་དག་པ་སྟེ། །ཞེས་གཟུང་བ་ལ་བདེན་ཞེན་ཤེས་སྒྲིབ་ཏུ་གསུངས་པ་ཇི་ལྟར་དྲང་ཞེ་ན། དེ་ལ་གཟུང་བ་ཕྱི་རོལ་ལ་ཞེན་པ་སྤོང་བའི་དོན་ནི། ཕྱི་རོལ་གྱི་དོན་ཚད་མས་གྲུབ་ཀྱང་། ཕྱི་རོལ་བདེན་གྲུབ་རིགས་པས་ཁེགས་པ་དབུ་མ་པ་ལྟར་གཏན་ལ་ཕབ་པའི་དོན་བསྒོམས་ནས་བདེན་ཞེན་སྤོང་བ་དང་།

又云：「惑所知三道，斷故爲弟子，麟喻佛子淨。」此說執所取實有爲所知障。此當如何會釋。答：此中斷執所取外境實有之義不出二宗：或如中觀師所許，外境雖是量所成立，然正理能破外境實有。由修此所抉擇義即斷實執。

ཡང་ན་སེམས་ཙམ་པ་ལྟར་ཕྱི་རོལ་གྱི་དོན་རིགས་པས་བཀག་པའི་དོན་བསྒོམས་པ་ལ་བརྟེན་ནས། ཕྱི་རོལ་ཡོད་པར་འཛིན་པ་སྤོང་བ་གང་རུང་གཅིག་ལས་མི་འདའ་འོ། །

或如唯識師說，先以正理破外境，由修彼義，便斷有外境執。

དེ་ལ་དང་པོ་ལྟར་ན་ནི་མི་རིགས་ཏེ། ཕྱི་དོན་སྤྱིར་ཡོད་པར་འདོག་ཐུབ་པ་ལ། བདེན་ཡོད་དེ་ཁོ་ན་ཉིད་ལ་དཔྱོད་པའི་རིགས་པས་ཁེགས་པ་ཞིག་ཡིན་ན་ནི། དེ་ནས་འཛིན་པ་ལ་བདེན་པ་ཡོད་མེད་ཀྱི་དཔྱོད་པ་ཞུགས་པ་ན། རིགས་པ་སྔ་མའི་མཐུ་ལ་བརྟེན་ནས་བདེན་མེད་དུ་རྟོགས་པར་ནུས་ཏེ།

若如初說，且不應理，若能安立外境爲有，以觀察真實義之正理能破實有者，則於能取，依前理之力，便能通達其非有實性。

འཕགས་པ་ལྷས། གང་གིས་དངོས་གཅིག་དེ་བཞིན་ཉིད་མཐོང་བ། །དེ་ཡིས་དངོས་ཀུན་དེ་བཞིན་ཉིད་དུ་མཐོང་། །ཞེས་གསུངས་པའི་ཕྱིར་རོ། །

如提婆菩薩云：「若見一法真如性，即見一切法真如。」

གཉིས་པ་ལྟར་འདོད་པ་ནི་སློབ་དཔོན་སེང་གེ་བཟང་པོ་ལ་སོགས་པའི་འགྲེལ་བའི་ལུགས་ཡིན་པས། དེའི་ལྟར་ན་ཕྱི་རོལ་མེད་པར་ཚད་མས་གྲུབ་པ་ཡིན་ནོ། །

若如第二說，即獅子賢等之規，是則無外境乃量所成立。

ཕྱི་རོལ་མེད་པར་གྲུབ་ན་དེ་འཛིན་པའི་ཤེས་པ། གཟུང་བ་ལས་རྫས་ཐ་དད་པ་མེད་པར་ནི། སྤྱི་དབང་པོ་རྟུལ་ཡང་འགྲུབ་པས།

若能成立無有外境，則能取心非離所取別有實體，雖最鈍根亦能成立。

འཛིན་པ་ལ་བདེན་ཞེན་མི་སྤོང་བ་ནི། ཕྱིར་ཤེས་པ་བདེན་གྲུབ་ཏུ་ཁས་ལེན་པ་ལ་བྱེད་ཀྱི། གཟུང་འཛིན་རྫས་ཐ་དད་ཀྱི་ཕྱེད་ཁེགས་ཤིང་ཕྱེད་བདེན་པར་འཛིན་པ་གཏན་མིན་པས། འཛིན་པ་བདེན་པར་སྨྲ་བའི་རང་རྒྱལ་དང་། གཟུང་འཛིན་གཉིས་མེད་ཀྱི་ཤེས་པ་དོན་དམ་དུ་གྲུབ་པར་སྨྲ་བའི་རྣམ་རིག་པ་གཉིས་གྲུབ་མཐའ་མཚུངས་པ་མཚར་ཞེས་པ་ནི། གསལ་བྱེད་པའི་བཤད་གད་དོ། །

故不斷能取分別，是依總許心爲實有而言。非謂緣異體之能取所取，破其一分而執一分爲實有，故譏「『執能取實有之獨覺』與『執離二取心爲勝義有之唯識宗』相同」殊爲希有者，乃自未解耳。

卷二

འདིར་རང་རྒྱལ་གྱི་ལམ་ཐེག་པ་འབྲིང་དུ་སྟོན་པ་ལ། གཟུང་བ་དང་འཛིན་པ་ལ་བདེན་ཞེན་སྤོང་མི་སྤོང་གི་ཁྱད་པར་གསུངས་ཏེ། དེ་གཉིས་ཀྱིས་ཉན་ཐོས་ལས་ལྷག་པ་དང་། ཐེག་ཆེན་ལས་དམན་པའི་ཕྱིར་འབྲིང་པོའོ། །འདི་ནི་ཐེག་པ་ཆེ་འབྲིང་ཆུང་གསུམ་གྱི་གང་ཟག་གསུམ། དབང་པོ་ནོ་འབྲིང་རྟུལ་བ་ཡིན་པས། བདག་མེད་ལ་ལྟོས་ཏེ་དབང་པོའི་རིམ་པ་བཞག་པ་སྟེ། ཐེག་ཆེན་ལ་ལྟ་བ་རབ་དགུ་མའི་ལྟ་བ་དང་། ཐེག་འབྲིང་ལ་ལྟ་བ་འབྲིང་སེམས་ཙམ་གྱི་ལྟ་བ་དང་། ཐེག་ཆུང་ལ་ལྟ་བ་ཐ་མ་གང་ཟག་གི་བདག་མེད་ཐུན་མོང་བའི་ལྟ་བ་བཞག་པ་ཡིན་ཀྱང་། དེར་མ་ངེས་སོ། །

此中顯示獨覺道爲中乘，即說於所取能取有斷不斷實執之差別。由彼二義，較聲聞爲勝，較菩薩爲劣，故說名中。

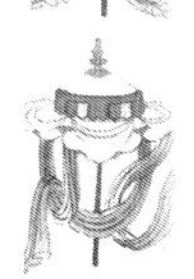

དེ་ཁོ་ན་ཉིད་ཀྱི་ལྟ་བ་གསུམ་ག་ལ་ཡོད་པ་ལྟར་ན་འང་། དེ་ཁོ་ན་ཉིད་མྱུར་དུ་གཏིང་དཔོགས་མི་དཔོགས་སོགས་ཀྱི་སྒོ་ནས་དབང་པོའི་རིམ་པ་གསུམ་མི་འགལ་ལོ། །

此大中小三乘之三類補特伽羅，依根性之利中鈍而分。復是依於無我建立根之次第，謂大乘上見是中觀見，中乘中見是唯識見，小乘下見是共許補特伽羅無我見。然此義不定，若許三乘人皆有真實義見者，則依能否速疾了解真實義等而建立三根，亦不相違。

འཛིན་པ་ཞེན་པ་ལ་བདེན་ཞེན་སྤོང་མི་ནུས་པ་དམན་ཁྱད་དུ་བསྟན་པའི་ཕྱིར། མངོན་རྟོགས་རྒྱན་ནས་བཤད་པའི་བདག་མེད་ཀྱི་ལྟ་བ་ནི་མདོ་རྒྱན་དང་། འབྱེད་རྣམ་པ་གཉིས་ལྟར་སེམས་ཙམ་ལ་བཤད་དུ་མི་རུང་ངོ་། །

又以不斷能取內心之實執，判爲劣根，則《現觀莊嚴論》所說之無我見，不可說即是《莊嚴經論》《辨中邊論》《辨法法性論》之唯識見。

མངོན་རྟོགས་རྒྱན་ལའང་དབུ་སེམས་སུ་འགྲེལ་ཚུལ་རྒྱ་གར་བ་རྣམས་ལའང་ཡོད་པས། དེ་དག་གི་རྒྱུ་མཚན་མང་དུ་བཤད་དགོས་ཀྱང་། ཚིག་མངས་སུ་དོགས་ནས་རེ་ཞིག་མ་བྲིས་སོ། །

但印度諸師亦有以《現觀莊嚴論》作唯識中觀見而解釋者，恐繁[①]不述。

ཡང་། ཆོས་ཀྱི་དབྱིངས་ལ་དབྱེར་མེད་ཕྱིར། །རིགས་ནི་ཐ་དད་རུང་མ་ཡིན། །བརྟེན་པའི་ཆོས་ཀྱི་བྱེ་བྲག་གིས། །དེ་ཡི་དབྱེ་བ་ཡོངས་སུ་བརྗོད། །ཅེས་གསུངས་པ་འདིས་ནི་ཉན་རང་རྣམས་ལའང་ཆོས་ཉིད་རྟོགས་པ་ཡོད་པར་བསྟན་ཏོ། །

又彼論云：「法界無差別，種性[②]不應異，由能依法異，故說彼差別。」此說聲聞、獨覺亦通達法性。

དེ་ལ་ཆོས་ཀྱི་དབྱིངས་ཞེས་པ་ནི་ཉི་ཁྲི་སྣང་བ་ལས། དེ་ལ་རྟོག་པ་དང་རྣམ་པར་རྟོག་པ་ནི་དངོས་པོ་དང་དེའི་མཚན་མ་ལ་མངོན་པར་ཞེན་པ་སྟེ། དེ་མེད་པའི་ཕྱིར་ཆགས་པ་མེད་པ་ཉིད་དུ་རིག་པར་བྱའོ། །ཡོད་པར་མ་གྱུར་པ་ཉིད་ནི་ཆོས་ཐམས་ཅད་ཀྱི་དེ་བཞིན་ཉིད་དོ། །

言法界者，如《二萬明論》云：「此中分別觀察，謂於有事及有事相而起執著，由彼無故當知無貪。此非有性，即一切法之真如性。

དེས་ན་འདིས་ནི་ཆོས་ཀྱི་དབྱིངས་ཉིད་འཕགས་པའི་ཆོས་རྣམས་ཀྱི་རྒྱུ་ཡིན་པའི་ཕྱིར། །རང་བཞིན་དུ་གནས་

---

①「繁」，上海本、民族本、校正本及PDF均作「煩」。
②「性」，校正本作「姓」。

པའི་རིགས་སྒྲུབ་པའི་རྟེན་ཡིན་ནོ་ཞེས་སྟོན་པར་བྱེད་དོ། །ཞེས་དངོས་པོ་དང་དེའི་མཚན་མ་ལ་བདེན་པར་ཞེན་པའི་ཆགས་པས་བཟུང་བ་ལྟར་ཡོད་པ་མིན་པའི་བདེན་སྟོང་ལ་བཤད་དོ། །

法界性即諸聖法之因，故本性住種姓，即修行之所依也。」此說於有事及彼相之執著爲貪，如彼所執非實有，即說此實空爲法界。

དེ་ལ་ཆོས་དབྱིངས་རིགས་ཡིན་ན། སེམས་ཅན་ཐམས་ཅད་རིགས་ལ་གནས་པར་འགྱུར་ཏེ། ཆོས་དབྱིངས་ནི་ཐམས་ཅད་ལ་སྤྱིར་གནས་པའི་ཕྱིར་རོ། །ཞེས་པའི་རྩོད་པ་བཀོད་དེ། རིགས་ལ་གནས་པ་ནི་ལམ་གྱི་སྐབས་ཀྱི་རིགས་ལ་བསམས་པའོ། །

次設難云：「若法界即種姓，應一切有情皆住種姓，以法界遍一切故。」所言住種姓，意取入道位之種姓。

དེའི་ལན་དུ། ཇི་ལྟར་དམིགས་པ་ན་འཕགས་པའི་ཆོས་རྣམས་ཀྱི་རྒྱུར་འགྱུར་བ་དེ་ལྟར་རིགས་ཡིན་པར་བརྗོད་པ་དེས་ན། འདིར་ཧ་ཅང་ཐལ་བ་མེད་པར་གསུངས་ཏེ། ཆོས་ཉིད་ཡོད་པ་ཙམ་གྱིས་ལམ་གྱི་སྐབས་ཀྱི་རིགས་ལ་གནས་པ་མིན་གྱི། ཆོས་ཉིད་ལ་ལམ་གྱིས་དམིགས་ནས་བསྒོམས་པ་ན། འཕགས་ཆོས་ཀྱི་རྒྱུ་ཁྱད་པར་ཅན་དུ་གྱུར་པའི་ཚེ། རིགས་ཁྱད་པར་ཅན་དུ་འཇོག་པའི་དོན་ནོ། །

答彼難云：「若緣某法而能轉成聖法之因，即說彼法爲種姓，故無彼失。」此謂但有法性，非安住道位之種姓，要由道緣法性而修，至轉成聖法之殊勝因時，乃立爲殊勝種姓也。

དེ་ལྟ་ནའང་ཆོས་དབྱིངས་ལ་དབྱེ་བ་མེད་པས་ཐེག་པ་གསུམ་གྱི་རིགས་ནི་ཐ་དད་མི་རུང་ངོ་ཞེས་པའི་ལན་དུ། བརྟེན་པའི་ཆོས་དམིགས་བྱེད་ཀྱི་ལམ་གྱི་དབྱེ་བས་རིགས་ཐ་དད་དུ་བརྗོད་དོ། །ཞེས་སྟོན་ནོ། །

如是答彼「法界無差別，種姓不應異」之難曰：「由能依法能緣道之差別，故說種姓有異。」

རྟེན་ནི་འདིར་དམིགས་པ་དང་། བརྟེན་པ་ནི་དམིགས་བྱེད་ཡིན་ལ། དམིགས་བྱེད་ལ་ཉན་རང་གི་ཐེག་པ་གཉིས་ཀྱང་ཡོད་ཅིང་། ཆོས་ཉིད་ལ་དམིགས་པ་ལ་དེ་བློ་ངོར་འགྲུབ་དགོས་ལ། བདེན་གྲུབ་བློ་ངོར་མ་བཅད་པར། །བདེན་སྟོང་བློ་ངོར་མི་འགྲུབ་ཅིང་། དེ་མ་གྲུབ་ན་ཆོས་ཉིད་བློ་ངོར་མི་འགྲུབ་བོ། །

所依謂所緣，能依即能緣。其能緣中亦有聲聞、獨覺之二乘。緣法性者，必須於覺慧成立。若於覺慧前未破實有，則彼覺慧不能成立實空，亦於彼覺慧不能成立法性。

དེ་ཡང་དང་པོར་གཞི་ཆོས་ཅན་གཅིག་གི་སྟེང་དུ་ངེས་དགོས་པས། ཉན་རང་ལ་ཡང་ཕྱི་ནང་གི་ཆོས་ཅན་ལ་དམིགས་ནས། དེའི་ཆོས་ཉིད་བདེན་པར་མེད་པར་དམིགས་པ་ཡོད་པར་བསྟན་ཏོ། །

此復須先於一法得決定見，故聲聞、獨覺亦緣內外有法，而見彼無實也。

དེ་ལྟར་བྱས་ན་རང་རྒྱལ་ལ་དེ་ཁོ་ན་ཉིད་ཀྱི་དོན་རྟོགས་པ་ཞིག་ཀྱང་ཡོད་པས། རང་རྒྱལ་ལ་ངེས་པ་ལ་བདེན་ཞེན་སྤོང་མི་ནུས་པས་མ་ཁྱབ་བོ། །

由是獨覺亦有通達真實義者，非獨覺定不能斷內心上之實執。

ཉན་ཐོས་ལ་ཡང་དེ་ཁོ་ན་ཉིད་རྟོགས་པ་དང་མ་རྟོགས་པ་གཉིས་སུ་དབྱེ་དགོས་པའི་ཕྱིར། མངོན་རྟོགས་རྒྱན་དུ་ཡང་ཐེག་དམན་ལ་ཚུལ་གཉིས་གསུངས་པས། གཟུང་འཛིན་རྫས་ཐ་དད་དུ་བདེན་པར་འཛིན་པ་ལ། ཤེས་སྒྲིབ་ཏུ་འཇོག་མི་འཇོག་གཉིས་ངེས་པར་བྱ་དགོས་སོ། །

即聲聞乘亦須分通達不通達真實義之二。《現觀莊嚴論》亦說小乘爲二類，故執二取異體之實執，是否安立爲所知障，亦應分①二類也。

གལ་ཏེ་ཐེག་པ་གསུམ་གྱི་རིགས་ཐ་དད་པ་མི་རུང་ངོ་ཞེས་མི་རྩོད་ཀྱི། རིགས་བཅུ་གསུམ་གྱི་དབྱེ་བ་མི་རུང་བར་རྩོད་པ་ཡིན་སྙམ་ན་འང་མི་འཐད་དེ།

若作是念：「彼非難三乘種姓有異，是難十三種姓差別不應道理。」此亦非理。

ཉི་ཁྲི་སྣང་བར་ཇི་སྐད་དུ་འཇམ་དཔལ་གལ་ཏེ་ཆོས་ཀྱི་དབྱིངས་གཅིག་དང་། དེ་བཞིན་ཉིད་གཅིག་དང་། ཡང་དག་པའི་མཐའ་གཅིག་ཡིན་ན། དེ་ལ་ཇི་ལྟར་སྣོད་དང་སྣོད་མ་ཡིན་པར་གདགས་སོ།།ཞེས་གསུངས་པ་བཞིན་ནོ་ཞེ་ན། ཞེས་མདོ་གཞན་ལས་ཆོས་དབྱིངས་ལ་དབྱེ་བ་མེད་པས། ཐེག་ཆེན་གྱི་སྣོད་དང་སྣོད་མ་ཡིན་པར་ཇི་ལྟར་བརྟག་ཅེས་གསུངས་པ་དང་འདི་འདྲ་བས། ཐེག་པ་ཆེ་ཆུང་གི་རིགས་ཐ་དད་པ་མི་རུང་བ་ལ་རྩོད་རྒྱུ་ཡིན་གྱི། རིགས་བཅུ་གསུམ་ལ་བྱས་ན་སྣོད་དང་སྣོད་མ་ཡིན་པར་རྩོད་པ་མི་རུང་བའི་ཕྱིར་རོ། །

如《二萬明論》云：「如云：曼殊室利，若法界是一，真如是一，實際是一，云何觀察器非器耶？」此引餘經所說證此與彼「由法界性無差別，云何觀察是否大乘法器」義同，故是難大小乘種姓不應有異。若作十三種姓解，則彼難是器非器應不符理矣。

སློབ་དཔོན་ཆེན་པོ་སེང་གེ་བཟང་པོ་ཡང་འཕགས་པ་གྲོལ་སྡེ་དང་མཐུན་པར་བཞེད་དོ། །དེ་བཞིན་དུ་རྒྱུད་བླ་

① 「分」，校正本作「分爲」。

མ་རྒྱ་འགྲེལ་ལས་ཀྱང་། ཉན་རང་ལ་ཆོས་ཉིད་རྟོགས་པ་དང་མ་རྟོགས་པ་གཉིས་ཀ་གསུངས་པ་ཡོད་དེ་མངས་པས་འཇིགས་ནས་རེ་ཞིག་མ་བྲིས་སོ། །

獅子賢論師[①]所許與解脫軍論師同。餘《寶性論》本釋等，亦說二乘有通達不通達法性之兩類，恐繁不錄。

དེ་ལྟར་གཉིས་འོང་བ་ནི་མངོན་རྟོགས་རྒྱན་དུ་ཉན་རང་གི་ལམ་ཤེས་པའི་ལམ་ཤེས་སྟོན་པ་ནི། ཉན་རང་གི་རིགས་ཅན་རྣམས་རྗེས་སུ་འཛིན་པའི་ཕྱིར་དུ་ཡིན་པས། རྗེས་སུ་གཟུང་རྒྱུའི་ཐེག་དམན་ལ་ཡང་ཟབ་མོའི་སྣོད་དུ་གྱུར་མ་གྱུར་གཉིས་ཡོད་ཅིང་། དེ་གཉིས་ལའང་ཕྱི་མ་ཆེས་མང་བས་ཕལ་ཆེར་དེའི་ལམ་མང་དུ་གསུངས་སོ། །

《現觀莊嚴論》宣說了知二乘道之道相智，爲攝受二乘種姓之機。所攝受之小乘機中，亦有是否甚深法器二類。於二類中，非器者多，故多說彼機之道。

ཐེག་ཆེན་ལ་ཐོག་མར་སེམས་ཙམ་ལ་མ་ཁྲིད་པར་དབུ་མའི་ལྟ་བ་མི་རྙེད་པ་སྣང་བ་བཞིན་དུ། རང་རྒྱལ་ལ་ཡང་ཡོད་ལ་དེ་ནི་ཉན་ཐོས་ལའང་ཡོད་པར་མངོན་ནོ། །

如大乘人，若先不學唯識見，則難得中觀正見。獨覺聲聞，亦應如是也。

གཞན་ཡང་ཉི་ཁྲི་སྣང་བ་དང་། བརྒྱད་སྟོང་འགྲེལ་ཆེན་གཉིས་ཀར་ཆོས་དབྱིངས་ཐེག་པ་གསུམ་གྱི་རིགས་སུ་འཇོག་པའི་ཤེས་བྱེད་དུ། འཕགས་པའི་གང་ཟག་ཐམས་ཅད་ནི། འདུས་མ་བྱས་ཀྱིས་རབ་ཏུ་ཕྱེ་བར་གསུངས་པ་དྲངས་ལ། དེ་ནི་རྡོ་རྗེ་གཅོད་པ་ལས་སངས་རྒྱས་པའི་ཆོས་དང་། དེས་བསྟན་པའི་ཆོས་ཐམས་ཅད་མ་མཆིས་སོ། །ཞེས་པའི་སྐབས་བྱེད་དུ་འཕགས་པའི་གང་ཟག་རྣམས་ནི་འདུས་མ་བྱས་ཀྱིས་རབ་ཏུ་ཕྱེ་བའི་སླད་དུའོ། །ཞེས་གསུངས་པའི་དོན་ནི་ཐེག་པ་ཆེ་ཆུང་གི་འཕགས་པའི་གང་ཟག་ཐམས་ཅད་ནི་ཆོས་རྣམས་དེ་ཁོ་ནར་མ་གྲུབ་པའི་དོན་དམ་འདུས་མ་བྱས་མངོན་དུ་བྱས་པས་བཞག་པའི་ཕྱིར་ཞེས་པའོ། །དེའི་ཕྱིར་ལུགས་འདི་དང་མངོན་རྟོགས་རྒྱན་གཉིས་འགལ་བ་མ་ཡིན་ནོ། །

又《二萬明論》與《八千頌大疏》，爲證安立法界爲三乘種姓，皆引《能斷金剛經》云：「一切聖者，皆以無爲法之所顯現。」意謂大小乘一切聖者，皆由現證諸法無實勝義無之所安立。故此宗與《現觀莊嚴論》，全不相違。

དེས་ན་རྒྱན་གྱི་འགྲེལ་མཛད་དེ་དག་གི་ལུགས་ལ་ཡང་ཚུལ་གཉིས་ཤེས་པར་བྱའོ་སྙམ་པས་ཆོག་གོ །

以是當知解釋《現觀莊嚴論》者之宗，亦有二理也。

---

① 「論師」，PDF作「論（師）」。

卷　三

釋第一勝義菩提心之三

གསུམ་པ་ལ་བཞི། ས་དང་པོ་ལ་གནས་པའི་སྦྱིན་པ་བཤད་པ། ཉེན་དམན་པ་རྣམས་ཀྱི་སྦྱིན་པ་བཤད་པ། བྱང་ཆུབ་སེམས་དཔའ་རྣམས་ཀྱི་སྦྱིན་པ་བཤད་པ། སྦྱིན་པའི་ཕར་ཕྱིན་གྱི་དབྱེ་བ་བསྟན་པའོ།

壬三、初地增勝德分四：癸一、釋初地之布施，癸二、釋下乘之布施，癸三、釋菩薩之布施，癸四、明施度之差別。

དང་པོ་ནི། ས་རབ་ཏུ་དགའ་བ་ཐོབ་པ་དེའི་ཚེ་བྱང་སེམས་དེ་ལ་ཕར་ཕྱིན་བཅུའི་ནང་ནས་སྦྱིན་པའི་ཕ་རོལ་ཏུ་ཕྱིན་པ་ཉིད་དེ་ཁོ་ན། ཆེས་ལྷག་པར་ཡོད་པར་འགྱུར་ཏེ། དེ་ལ་ཕར་ཕྱིན་གཞན་རྣམས་མེད་པ་ནི་མིན་ནོ། །

今初，證得極喜地時，菩薩所修十度行，以布施波羅蜜多爲最增勝，然非無餘波羅蜜多。

དེ་ཆེ་དེ་ལ་རྫོགས་སངས་བྱང་ཆུབ་རྒྱུ། །དང་པོ་སྦྱིན་པ་ཉིད་ནི་ལྷག་པར་འགྱུར། །

རང་ཤ་སྟེར་ལའང་གུས་པར་བྱས་པ་ཡིས། །སྣང་དུ་མི་རུང་དཔོག་པའི་རྒྱུར་ཡང་འགྱུར། །

爾時施性增最勝，爲彼菩提第一因，

雖施身肉猶①般重，此因能比不現見。

འཇིག་རྟེན་ལས་འདས་པའི་སྦྱིན་པའི་ཕར་ཕྱིན་དེ་ཡང་རྫོགས་པའི་བྱང་ཆུབ་ཀྱི་རྒྱུ་དང་པོ་སྟེ། དེ་ཡང་འཇིག་རྟེན་ལས་འདས་པའི་དབང་དུ་བྱས་པའོ། །

其出世布施波羅蜜多，即大菩提之第一因。

ཕྱིར་ཕར་ཕྱིན་ཕྱི་མ་རྣམས་ལས་ཕྱི་མ་རྣམས་ལྷག་པ་ཡིན་ཀྱང་། ས་འདིར་སྦྱིན་པ་ལྷག་པར་གསུངས་པ་ནི། ས་འདིར་སྦྱིན་པ་ཉམས་སུ་ལེན་པ་ལ་མཐུ་ཤུགས་དུ་བྱུང་བ་དེའི་ཚོད་ཙམ་ཚུལ་ཁྲིམས་ལ་སོགས་པ་ཉམས་སུ་ལེན་པ་ལ་མེད་པའི་དོན་ཏེ།

於十度中，雖後後勝於前前。然說此地布施勝者，謂此地修行布施有殊勝力，於所修戒等則無此勝能。

①「猶」，頌作「仍」。

ས་དང་པོར་བདག་གི་ལུས་དང་། ཕྱིའི་ཡོ་བྱད་གཏོང་བ་ལ་སྦྱིན་པའི་ཕར་ཕྱིན་དང་འགལ་བའི་ཀུན་འཛིན་གྱི་ཆགས་པ་ཅུང་ཟད་ཀྱང་མ་འབྱུང་བར་གསུངས་པ་ལྟར་སྤྱོད་ནུས་ཀྱང་། ས་གཉིས་པར་རྨི་ལམ་ན་ཡང་ཚུལ་ཁྲིམས་ཀྱི་མི་མཐུན་ཕྱོགས་འཆལ་ཁྲིམས་ལ་གཏན་མི་སྤྱོད་པ་ལྟར་མི་ནུས་པའོ། །

如經說：「初地中隨施內身外物，不起少分違逆施度之慳貪能①。」然不如第二地竟至夢中不起少分違逆戒度之犯戒。

ཡང་ས་དེར་སྣང་དུ་མི་རུང་བའི་རྟོགས་པ་སྦྱིན་པས་དཔོག་པ་ནི། ཕྱིའི་ཡོ་བྱད་སྟེར་བ་ལ་གུས་བར་མ་ཟད། སློང་བ་ལ་རང་གི་ཤ་སྟེར་བ་ལའང་ཆེས་གུས་པར་བྱས་པ་ཡིས། གང་ཟག་གཞན་ཕལ་ཆེ་བ་ལ་སྣང་དུ་མི་རུང་བའི་ནང་གི་ས་ཐོབ་པ་སོགས་དཔོག་པའི་རྒྱུར་དེ་གཏན་ཚིགས་སུ་འགྱུར་ཏེ། དུ་བ་སོགས་ཀྱིས་མེ་ལ་སོགས་པ་དཔོག་པ་བཞིན་ནོ། །

又此地所有不可現見之智德，即由布施而能比知。謂彼非但殷重布施外物。即割身肉施人，亦極殷重。彼所具他人不能見之登地等德，由此施爲因能比度而知，如見煙比知有火。

འདིས་ནི་ལུས་སྲོག་དང་ལོངས་སྤྱོད་གཏོང་བ་ལ་ཀུན་འཛིན་གྱི་དྲི་མ་མེད་པར་བསྟན་ཏེ། དེ་ལྟར་བཏང་ཡང་རྒྱུད་རྣམ་པ་གཞན་དུ་མི་འགྱུར་བར་བརྟན་པར་གནས་པའི་ཕྱིར་རོ། །

此即顯示布施身命財寶，全無慳惜，雖如是布施，而身猶安詳不變異也。

གཉིས་པ་ལ་གཉིས། སྦྱིན་པས་འཁོར་བའི་བདེ་བ་འཐོབ་པ་དང་། སྦྱིན་པས་མྱང་འདས་ཀྱི་བདེ་བ་འཐོབ་པར་བསྟན་པའོ། །

癸二、釋下乘之布施分二：子一、由施能得生死樂，子二、由施能得涅槃樂。

སྐྱེ་བོ་འདི་ཀུན་བདེ་བ་མངོན་འདོད་ཅིང་། །མི་རྣམས་བདེ་བའང་ལོངས་སྤྱོད་མེད་མིན་ལ། །
ལོངས་སྤྱོད་ཀྱང་ནི་སྦྱིན་ལས་འབྱུང་མཁྱེན་ནས། །ཐུབ་པས་དང་པོར་སྦྱིན་པའི་གཏམ་མཛད་དོ། །

彼諸眾生皆求樂，若無資具樂非有，

知受用具從施出，故佛先說布施論。

---

①「慳貪能」，民族本、校正本作「慳貪」。

སྙིང་རྗེ་དམན་ཞིང་ཤིན་ཏུ་རྩུབ་སེམས་ཅན། །རང་དོན་ལྷུར་ལེན་ཉིད་དུ་འགྱུར་བ་གང་། །
དེ་དག་གི་ཡང་འདོད་པའི་ལོངས་སྤྱོད་རྣམས། །སྡུག་བསྔལ་ཉེར་ཞིའི་རྒྱུར་གྱུར་སྦྱིན་ལས་འབྱུང་། །

悲心下劣心粗獷，專求自利爲勝者，
彼等所求諸受用，滅苦之因皆施生。

དང་པོ་ནི། སྐྱེ་བོ་འདི་རྣམས་ཀུན་ནི། བཀྲེས་སྐོམ་དང་ནད་དང་ཚ་གྲང་སོགས་ཀྱི་སྡུག་བསྔལ་ཕྱིར་བཅོས་པའི་བདེ་བ་ཐོབ་པར་མངོན་པར་འདོད་ཅིང་། མི་ལ་སོགས་པ་རྣམས་ཀྱི་བདེ་བ་དེའང་འདོད་པའི་ཡུལ་གྱི་ལོངས་སྤྱོད་བཟའ་བཏུང་དང་། ནད་གསོ་བའི་ཆས་དང་གོས་དང་གནས་ཁང་སོགས་ལ། སྤྱད་པ་མེད་པར་སྐྱེ་བ་མིན་ལ།

今初，彼諸眾生，皆欲解除飢渴疾病寒熱飢等苦，而求其樂。若無飲食醫藥衣服房舍等諸受用具，則人類所求之樂，必不得生。

ལོངས་སྤྱོད་དེ་རྣམས་ཀྱང་ནི་སྔོན་སྦྱིན་པ་ལས་བྱུང་བའི་བསོད་ནམས་བསགས་པ་ལས་འབྱུང་བར་མཁྱེན་ནས། འགྲོ་བ་ཐམས་ཅད་ཀྱི་བསམ་པ་མཁྱེན་པའི་ཐུབ་པས། ཆེས་དང་པོར་སྦྱིན་པའི་གཏམ་ཉིད་མཛད་དེ། ཐབས་དེ་ལ་འཇུག་པར་ཡང་སླ་བའི་ཕྱིར་རོ། །

解一切眾生意樂之釋尊，因見此等受用資具，皆從往昔布施之福德生，故於最初即說布施之論，又此方便最易行故。

གལ་ཏེ་སྦྱིན་པ་བཏང་བ་ལས་ལོངས་སྤྱོད་ཕུན་སུམ་ཚོགས་པ་ཐོབ་པ་དེ་ལ། གཏོང་བ་པོ་ཚུལ་དང་མཐུན་པ་དགོས་སམ་སྙམ་ན། དེ་ནི་མི་དགོས་ཏེ་འདི་ལྟར། ཚོང་པ་བཞིན་དུ་ནོར་ཆེས་ཆུང་དུ་བཏང་བ་ལས། འབྲས་བུ་ནོར་གྱི་ཕུང་པོ་ཆེས་ཡངས་པ་འདོད་པས་ལོངས་སྤྱོད་འདོད་པའི་སློང་མོ་བ་ལས་ཀྱང་ལོངས་སྤྱོད་རྒྱ་ཆེ་བ་འདོད་པས་སྦྱིན་པ་བྱེད་པ་ལ་གུས་ཀྱི།

由行布施能得圓滿受用者，亦不定須如法，如商人之捨極少財以求廣大之財聚，較諸乞丐所求尤多，故於布施極應殷重。

བྱང་སེམས་རྣམས་ལྟར་སྙིང་རྗེའི་གཞན་གྱི་དབང་གིས་སྦྱིན་པའི་འབྲས་བུ་དོན་དུ་མི་གཉེར་བ་ཁོ་ནར། སྦྱིན་པར་འདོད་པའི་དགའ་སྟོན་མངོན་པར་འཕེལ་བར་མི་བྱེད་པའི་གཏོང་བ་པོ་སྙིང་རྗེ་དམན་ཞིང་།

其行施者，非如菩薩隨大悲轉，不求施報，專爲滿足求者之快樂而施，故悲心下劣。

དེར་མ་ཟད་སེམས་ཅན་ལ་སེམས་ཤིན་ཏུ་རྩུབ་པའི་སེམས་དང་ལྡན་པ། རང་གི་དོན་མངོན་མཐོའི་བདེ་བ་ཙམ་ལྷུར་ལེན་པ་ཉིད་དུ་འགྱུར་བ་སྟེ། གཙོ་བོར་བྱེད་པ་གང་ཡིན་པ་དེ་དག་གི་སྟེ་ལ་ཡང་། ལོངས་སྤྱོད་མི་གཏོང་བར

འཛིན་པའི་སྐྱོན་ལ་རྒྱབ་ཀྱིས་ཕྱོགས་པ་རྣམ་སྨིན་ལ་རེ་བའི་ཡོན་ཏན་ཙམ་འཛིན་པ་ལ་གཡེར་བག་ཐོབ་པའི་སྦྱིན་པ་ལས། ལོངས་སྤྱོད་ཕུལ་དུ་བྱུང་བ་ཕུན་ཚོགས་འབྱུང་བའི་སྒོ་ནས། བཀྲེས་སྐོམ་སོགས་ཀྱི་སྡུག་བསྔལ་ཉེ་བར་ཞི་བའི་རྒྱུར་འགྱུར་རོ། །

且於諸有情，具粗獷心，偏重於專求得生善趣自利之樂。彼等由厭離不捨財物之慳貪，與希望能感異熟之功德。即下劣布施。故能出生勝妙圓滿受用，成滅除飢渴等眾苦之因。

གཉིས་པ་ནི།

子二、由施能得涅槃樂

འདི་ཡང་སྦྱིན་པའི་སྐབས་ཀྱིས་ནམ་ཞིག་ཚེ། །འཕགས་པའི་སྐྱེ་བོ་དང་འཕྲད་མྱུར་དུ་འཐོབ། །

དེ་ནས་སྲིད་རྒྱུན་ཡང་དག་བཅད་བྱས་ཏེ། །དེ་ཡི་རྒྱུ་ཅན་ཞི་བར་འགྲོ་བར་འགྱུར། །

此復由行布施時，速得值遇真聖者，

於是永斷三有流，當趣證於寂滅果。

卷三

གང་ཞིག་སྙིང་རྗེ་དང་བྲལ་བས་རང་གི་སྡུག་བསྔལ་ཕྱིར་བཅོས་པའི་བདེ་བ་ཙམ་ལ་ལྟོས་པ་ཉིད་ཀྱིས། སྦྱིན་པ་གཏོང་བ་ལ་གུས་པ་འདི་ཡང་། སྦྱིན་བདག་གཏོང་བ་པོའི་ཐད་དུ་དམ་པ་དག་གིས་བགྲོད་པ་ཡིན་ནོ། །ཞེས་གསུངས་པའི་ཕྱིར། སྦྱིན་པ་གཏོང་བའི་སྐབས་ཀྱིས་ནམ་ཞིག་གི་ཚེ་འཕགས་པའི་སྐྱེ་བོ་དང་ཕྲད་པ་མྱུར་དུ་འཐོབ་པོ། །

彼無悲愍心，唯求自身除苦得樂而殷重行施者，於行施時，「善士常往施主家」故，得值遇聖者。

དེ་ནས་དམ་པ་དེས་ཆོས་བསྟན་པ་ལས། འཁོར་བ་ལ་ཡོན་ཏན་མེད་པར་རིག་ཅིང་། འཕགས་ལམ་ཟག་པ་མེད་པ་མངོན་དུ་བྱས་པས་མ་རིག་པ་སྤངས་ནས། སྲིད་པ་འཁོར་བའི་རྒྱུན་ཐོག་མེད་ནས་སྐྱེ་འཆི་གཅིག་ནས་གཅིག་ཏུ་བརྒྱུད་པ་ཡང་དག་པར་བཅད་པར་བྱས་ཏེ། དམ་པ་དང་ཕྲད་པ་དེ་ཡི་རྒྱུ་ཅན་ཉན་ཐོས་སམ་རང་རྒྱལ་གྱི་ཞི་བ་མྱང་འདས་སུ་འགྲོ་བར་འགྱུར་རོ། །

由彼聖者宣說妙法，便能了知生死過失，證無漏道，永破無明，斷無始來生死有流。其值遇聖人之果，即趣證聲聞、獨覺之寂滅涅槃。

གསུམ་པ་ལ་བཞི། བྱང་སེམས་ཀྱི་སྦྱིན་པའི་ཕན་ཡོན་ཐུན་མོང་མ་ཡིན་པ་བསྟན་པ། རྟེན་གཉིས་ཀ་ལ་སྦྱིན་པའི་གཏམ་གཙོ་བོར་བསྟན་པ། བྱང་སེམས་ཀྱིས་སྦྱིན་པའི་ཚེ་དགའ་བ་ཅི་འདྲ་བ་འཐོབ་པ་བསྟན་པ། བྱང་སེམས་ཀྱིས་ལུས་སྦྱིན་པ་ལ་སྡུག་བསྔལ་ཡོད་མེད་བསྟན་པའོ། །

癸三、釋菩薩之布施分四：子一、明菩薩布施之不共勝利，子二、明二種人皆以布施爲主，子三、明菩薩行施時如何得喜，子四、明菩薩施身時有無痛苦。

འགྲོ་ལ་ཕན་པར་དམ་བཅས་ཡིད་ཅན་རྣམས། །སྦྱིན་པས་རིང་པོར་མི་ཐོགས་དགའ་བ་འཐོབ། །

發誓利益眾生者，由施不久得歡喜。

དང་པོ་ནི། བྱང་སེམས་མ་ཡིན་པ་རྣམས་ནི་སྦྱིན་པས་སློང་བ་པོ་ཚིམ་པར་བྱས་པ་དང་། དུས་མཉམ་པ་སྟེ་དེའི་མཇུག་ཐོགས་ཉིད་དུ་སྦྱིན་པའི་འབྲས་བུའི་བདེ་བ་ལ་ངེས་པར་ལོངས་སྤྱོད་པ་མིན་ནོ། །

今初，諸非菩薩者，於行布施滿足求者之願望時，不能布施無間便得其樂果。

དེས་ན་དེ་རྣམས་ནི་སྦྱིན་པའི་འབྲས་བུ་མངོན་སུམ་དུ་མི་མཐོང་བའི་ཕྱིར་སྦྱིན་པ་ལ་མི་འཇུག་པ་ཡང་སྲིད་ན། འགྲོ་བ་ཐམས་ཅད་ལ་ཕུགས་སུ་ཕན་པ་དང་། འཕྲལ་དུ་བདེ་བ་སྒྲུབ་པར་དམ་བཅས་པའི་ཡིད་ཅན་གྱི་བྱང་སེམས་རྣམས། སྦྱིན་པས་རིང་པོར་མི་ཐོགས་པར་སློང་བ་པོ་ཚིམ་པར་བྱས་པ་མཐོང་བའི་མཇུག་ཐོགས་ཉིད་དུ། སྦྱིན་པའི་འབྲས་བུ་དགའ་བ་མཆོག་ཏུ་གྱུར་བ་འཐོབ་ཅིང་སྦྱིན་འབྲས་ལ་ལོངས་སྤྱོད་པས། དུས་ཐམས་ཅད་ཀྱི་ཚེ་སྦྱིན་པ་བྱེད་པ་ལ་དགའ་བར་འགྱུར་རོ། །

由彼不能現見布施之樂果，故於布施容不修行。但發大誓願欲現前究竟利益安樂一切眾生之菩薩。施後不久，即於滿足求者之願望時，得受用布施之果最大歡喜，故能一切時中歡喜行施。

གཉིས་པ་ནི།

子二、明二種人皆以布施爲主

གང་ཕྱིར་བརྩེ་བདག་བརྩེ་བདག་མ་ཡིན་པ། །དེ་ཕྱིར་སྦྱིན་པའི་གཏམ་ཉིད་གཙོ་བོ་ཡིན། །

由前悲性非悲性，故唯布施爲要行。

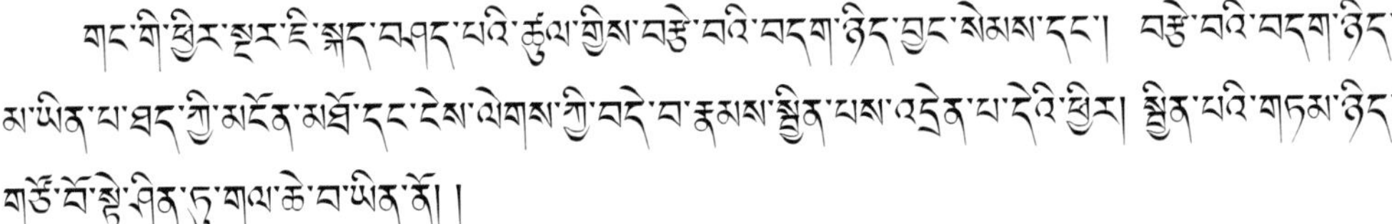

གང་གི་ཕྱིར་སྔར་ཇི་སྐད་བཤད་པའི་ཚུལ་གྱིས་བརྩེ་བའི་བདག་ཉིད་བྱང་སེམས་དང་། བརྩེ་བའི་བདག་ཉིད་མ་ཡིན་པ་ཐད་ཀྱི་མངོན་མཐོ་དང་ངེས་ལེགས་ཀྱི་བདེ་བ་རྣམས་སྦྱིན་པས་འདྲེན་པ་དེའི་ཕྱིར། སྦྱིན་པའི་གཏམ་ཉིད་གཙོ་བོ་སྟེ་ཤིན་ཏུ་གལ་ཆེ་བ་ཡིན་ནོ། །

由前所說大悲爲性之菩薩，及非大悲爲性者，其所求之一切增上生樂與決定勝樂，皆由布施生，故唯布施爲最要之行。

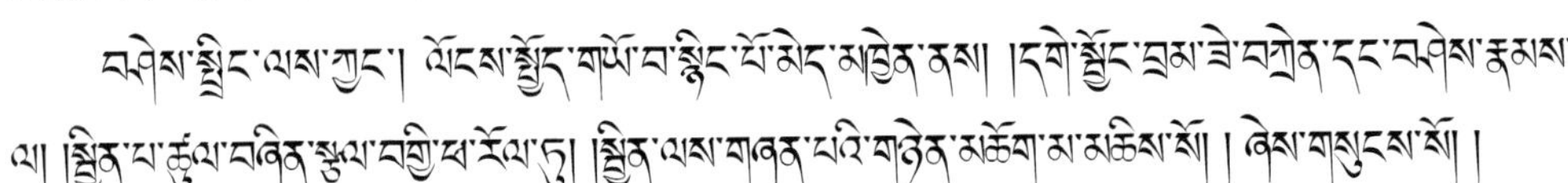

བཤེས་སྤྲིང་ལས་ཀྱང་། ལོངས་སྤྱོད་གཡོ་བ་སྙིང་པོ་མེད་མཁྱེན་ནས། །དགེ་སློང་བྲམ་ཟེ་བཀྲེན་དང་བཤེས་རྣམས་ལ། །སྦྱིན་པ་ཚུལ་བཞིན་སྩལ་བགྱི་ཕ་རོལ་ཏུ། །སྦྱིན་ལས་གཞན་པའི་གཉེན་མཆོག་མ་མཆིས་སོ། །ཞེས་གསུངས་སོ། །

《親友書》亦云：「了知財物動無實，當施沙門婆羅門，貪乏[①]親友以後世，更無至親過於施。」

卷三

གསུམ་པ་ནི།

子三、明菩薩行施時如何得喜

རྒྱུ་གང་ལས་བྱང་སེམས་རྣམས་སྦྱིན་པ་ལ་གུས་པར་འགྱུར་བ། །སློང་བ་རྣམས་ལོངས་སྤྱོད་ཀྱིས་ཚིམ་པར་བྱས་པ་ན། བྱང་སེམས་ལ་དགའ་བའི་ཁྱད་པར་སྐྱེ་བ་ཀོ་ཅི་འདྲ་ཞིག་ཅི་ན།

前說菩薩殷重行施，以財物滿足求者之願望時，即能引生殊妙歡喜，其喜相如何？頌曰：

ཇི་ལྟར་བྱིན་ཞིག་ཅེས་སྒྲ་ཐོས་བསམས་ལས། །རྒྱལ་སྲས་བདེ་འབྱུང་དེ་ལྟར་ཐུབ་རྣམས་ལ། །

ཞི་བར་ཞུགས་པས་བདེ་བ་བྱེད་མིན་ན། །ཐམས་ཅད་བཏང་བས་ལྟ་ཞིག་སྨོས་ཅི་དགོས། །

① 「貪乏」，民族本、校正本作「貧乏」。

且如佛子聞求施，思惟彼聲所生樂，

聖者入滅無彼樂，何況菩薩施一切。

ཇི་ལྟར་སློང་བ་པོས་བྱིན་ཅིག་ཅེས་ཟེར་བའི་སྒྲ་ཐོས་པའི་དོན་བསམས་པ་ན། འདི་དག་ནི་བདག་ལ་སློང་བ་ཞིག་གོ་སྙམ་པ་ལས། རྒྱལ་སྲས་ལ་ཡིད་ལ་བདེ་བ་ཡང་ནས་ཡང་དུ་འབྱུང་བ་དེ་ལྟར་ནི། ཐུབ་པ་དགྲ་བཅོམ་པ་རྣམས་ལ་ཞི་བ་མྱང་འདས་ཀྱི་དབྱིངས་སུ་ཞུགས་པས། བདེ་བ་སྐྱེད་པར་བྱེད་པ་མིན་ན། ཕྱི་ནང་གི་དངོས་པོ་ཐམས་ཅད་བཏང་བས་སློང་བ་པོ་ཚིམ་པར་བྱེད་པས། ཞི་བ་དེ་ལས་ལྷག་པའི་བདེ་བ་སྐྱེད་པ་ལྟ་ཅི་ཞིག་སྨོས་དགོས་ཏེ་མི་དགོས་སོ། །

如佛子聞求者乞施之聲，思惟彼聲，便念彼等乃來向我求者，心中數數引生歡喜。雖諸阿羅漢入寂滅涅槃之樂，尚不能與之相比，則諸菩薩盡施一切內外財物，滿足求者所生之妙樂，勝寂滅涅槃樂，更不待說。

ཞི་བ་དེས་སེམས་ཁྲིགས་པ་ན་གཞན་དོན་ལ་གཡེལ་བར་འགྱུར་ལ། བྱང་སེམས་ཀྱི་བདེ་བ་སྔར་བཤད་པ་དེས་སེམས་ཁྲིགས་པ་ཉིད་ཀྱིས། གཞན་དོན་ལ་ལྷག་པར་ཡང་བརྩོན་པར་འགྱུར་བས་མི་འདྲའོ། །

若以寂滅涅槃妙樂引攝其心，則必失利他之行，若以上說菩薩妙樂引攝之，則於利他倍復精勤，故不相同也。

བཞི་པ་ནི།

子四、明菩薩施身時有無痛苦

ཡང་སྦྱིན་པ་བཏང་བ་གང་ལས་བདེ་བ་ཕུལ་བྱུང་སྐྱེ་བར་བརྗོད་པ་ཕྱི་ནང་གི་དངོས་པོ་གཏོང་བའི་བྱང་སེམས་ལ། ལུས་ཀྱི་སྡུག་བསྔལ་ཡང་མི་འབྱུང་ངམ་ཞེ་ན།

菩薩由行布施引生妙樂，能捨內外一切財物。其捨身時，能無苦耶？

བདག་ཉིད་ཆེན་པོས་ཐོབ་པའི་དབང་དུ་བྱས་ནས་འདྲི་ན་ནི། སེམས་མེད་པ་རྣམས་ལ་བཅད་པ་ལྟར་ལུས་ཀྱི་སྡུག་བསྔལ་མེད་དེ།

曰：已得大地之菩薩，彼身無苦，如割無情物。

འཕགས་པ་ནམ་མཁའ་མཛོད་ཀྱི་ཏིང་ངེ་འཛིན་ལས། འདི་ལྟ་སྟེ། དཔེར་ན་ཤིང་སྡུ་ལ་ཆེན་པོའི་ཚལ་ཞིག་ཡོད་ལ། དེར་འགའ་ཞིག་འོངས་ནས་སྡུ་ལ་གཅིག་བཅད་པ་ན། དེར་ཤིང་སྡུ་ལ་ལྷག་མ་དེ་རྣམས་འདི་སྙམ་དུ་འདི་ནི་བཅད་པའོ། །བདག་ཅག་ནི་མ་བཅད་པའོ་སྙམ་དུ་སེམས་ཤིང་། དེ་དག་ལ་རྗེས་སུ་ཆགས་པ་དང་ཁོང་ཁྲོ་བ་མེད་དོ། །རྟོག་

པ་དང་རྣམ་པར་རྟོག་པ་མེད་དོ། །བྱང་ཆུབ་སེམས་དཔའི་བཟོད་པ་དེ་ལྟ་བུ་གང་ཡིན་པ་འདི་ནི། བཟོད་པ་ཡོངས་སུ་དག་པ་མཆོག་ནམ་མཁའ་དང་མཉམ་པ་ཡིན་ནོ། །ཞེས་ཇི་སྐད་གསུངས་པ་ལྟ་བུའོ། །

《虛空藏三摩地經》云：「如大娑羅樹林，若有人來伐其一株。餘樹不作是念，彼伐此樹，未伐我等。於彼伐者不起貪瞋，亦無分別。菩薩之忍亦復如是。此是最清淨忍，量等虛空。」

རིན་ཆེན་འཕྲེང་བ་ལས་ཀྱང་། དེ་ལ་ལུས་ཀྱི་སྡུག་བསྔལ་མེད། །ཡིད་ཀྱི་སྡུག་བསྔལ་ག་ལ་ཡོད། །དེ་ནི་སྙིང་རྗེས་འཇིག་རྟེན་སྡུག །དེ་ཉིད་ཀྱིས་ནི་ཡུན་རིང་གནས། །ཞེས་གསུངས་པ་འདི་ཡང་ས་ཐོབ་པ་ལ་དགོངས་སོ། །

《寶鬘論》亦云：「彼既無身苦，更何有意苦，悲心救世苦，故久住世間。」此等並依得地者而說。

ཡང་ལུས་དང་ལོངས་སྤྱོད་ལ་ཀུན་འཛིན་གྱི་ཆགས་པ་མེད་པའི་ས་རབ་ཏུ་དགའ་བ་མ་ཐོབ་པའི་དབང་དུ་བྱས་ནས་འདི་ན་ནི་ལུས་གནས་པ་དང་འགལ་བའི་རྐྱེན་རང་གི་ལུས་ལ་བབས་པས། ལུས་ཀྱི་སྡུག་བསྔལ་གདོན་མི་ཟ་བར་འབྱུང་མོད་ཀྱང་། དེའི་ཚེ་ཡང་སྡུག་བསྔལ་དེ་ལ་བརྟེན་ནས་སེམས་ཅན་གྱི་དོན་ལ་ལྷག་པར་འདུག་པའི་རྒྱུ་ཉིད་དུ་གནས་ཏེ།

若未得極喜地，於身及財物未能離貪著者，彼於受害身之障緣時，其身決定發生痛苦。然於爾時，於饒益有情事，即依彼苦成倍復精進之因。頌曰：

卷三

ལུས་བཅད་སྦྱེར་ཞིང་བདག་གི་སྡུག་བསྔལ་གྱིས། །གཞན་དག་རྣམས་ཀྱི་དམྱལ་བ་ལ་སོགས་པའི། །
སྡུག་བསྔལ་རང་རིག་ཉིད་དུ་མཐོང་ནས་ནི། །དེ་བཅད་བྱ་ཕྱིར་སྒྲུར་དུ་བརྩོན་འགྲུས་རྩོམ། །

由割自身布施苦，觀他地獄等重苦，
了知自苦極輕微，爲斷他苦勤精進。

འདི་ལྟར་བྱང་སེམས་རྣམས་ནི། དམྱལ་བ་དང་། དུད་འགྲོ་དང་། ཡི་དྭགས་ལ་སོགས་པའི་འགྲོ་བ་མི་བཟད་པར་ཆུད་པ། བར་མཚམས་མེད་པར་སྡུག་བསྔལ་ཆེན་པོ་དྲག་པོས་ལུས་འཛེམས་པ། རང་གི་ལུས་གཅོད་པའི་སྡུག་བསྔལ་ལས་སྟོང་འགྱུར་ལས་ཀྱང་ཆེས་ལྷག་པའི་སྡུག་བསྔལ་བསྲན་དུ་མེད་པ་དང་ལྡན་པ་དག་ལ་བལྟས་པ་ན། སློང་བ་པོ་ལ་རང་ལུས་བཅད་ནས་སྦྱེར་བའི་བདག་གི་སྡུག་བསྔལ་གྱིས་ཏེ་སྡུག་བསྔལ་ལ་རྩིས་མེད་པར་བྱས་ནས། རང་གིས་སྡུག་བསྔལ་ཉམས་སུ་མྱོང་བ་དེ་ཉིད་ཀྱི་རྒྱུ་མཚན་ལས། སེམས་ཅན་གཞན་དག་རྣམས་ཀྱི་དམྱལ་བ་ལ་སོགས་པའི་སྡུག་བསྔལ་དེ་གཅད་པའི་ཕྱིར་དུ་ཆེས་སྒྲུར་དུ་བརྩོན་འགྲུས་རྩོམ་མོ། །

菩薩觀察地獄等趣，其身恆爲粗猛難忍無量重苦所逼，較自割身之苦，何止千倍。乃於自己割身布施之苦，不覺其苦，反之①自身所受之苦爲因，爲斷他有情地獄等苦起大精進。

འདི་ནི་ནག་ཚོའི་འགྱུར་ལས། ལུས་ནི་བཅད་ནས་བྱིན་པའི་སྡུག་བསྔལ་དེས། །དམྱལ་བ་ལ་སོགས་སྡུག་བསྔལ་གཞན་དག་ལ། །བལྟས་ནས་རང་གི་ཉམས་སུ་མྱོང་དེ་ལས། །གཅོད་པའི་དོན་དུ་དེ་ནི་བརྩོན་པར་བྱེད། །ཅེས་འགྱུར་བ་དང་འགྱུར་གཉིས་ཀ་ལ་བརྟེན་པའི་བཤད་པའོ། །

拏錯譯此頌曰：「由彼割身布施苦，觀他地獄等重苦，彼由自身所親受，爲斷他苦勤精進。」要有如是大意樂力乃可施身。

དེ་འདྲ་བའི་བསམ་པའི་སྟོབས་ཡོད་ན་ལུས་གཏོང་བ་ཡིན་ལ་བསམ་པ་དེ་ཡང་ས་མ་ཐོབ་པ་ལ་འོང་བ་མི་འགལ་བས། ས་མ་ཐོབ་པས་ཀྱང་ལུས་གཏོང་བ་གསུངས་སོ། །

未入地前可有彼意樂，故說未得地者，亦可捨身。

བཞི་པ་ནི།

癸四、明施度之差別

སྦྱིན་པ་སྦྱིན་བྱ་ལེན་པོ་གཏོང་པོས་སྟོང་། །འཇིག་རྟེན་འདས་པའི་ཕ་རོལ་ཕྱིན་ཞེས་བྱ། །
གསུམ་པོ་དག་ལ་ཆགས་སྐྱེས་གྱུར་པས་དེ། །འཇིག་རྟེན་པ་ཡི་ཕ་རོལ་ཕྱིན་ཅེས་བསྟན། །
施者受者施物空，施名出世波羅蜜，
由於三輪生執著，名世間波羅蜜多。

གཏོང་བའི་སེམས་པའི་སྦྱིན་པ་འདི་ཡང་སྦྱིན་པར་བྱ་བ་དང་། ལེན་པ་པོ་དང་། གཏོང་བ་པོར་བདེན་པར་དམིགས་པས་སྟོང་པའི་ཤེས་རབ་ཟག་པ་མེད་པས་ཟིན་པ་ནི། འཇིག་རྟེན་ལས་འདས་པའི་ཕ་རོལ་ཏུ་ཕྱིན་པ་ཞེས་བྱའོ། །ཞེས་ཤེས་རབ་ཀྱི་ཕ་རོལ་ཏུ་ཕྱིན་པ་ཆེན་མོ་ལས་གསུངས་ཏེ།

捨思爲體之施，若由了達施者受者施物空無實體之無漏慧所攝持。《大般若經》說：「名曰出世波羅蜜多（到彼岸）。」

① 「反之」，民族本、校正本作「反以」。

མི་དམིགས་པའི་འཕགས་པའི་མཉམ་གཞག་ནི་འཇིག་རྟེན་ལས་འདས་པ་ཡིན་པས་དེས་ཟིན་པའི་སྦྱིན་པ་ཡང་འཇིག་རྟེན་ལས་འདས་པའི་ཕ་རོལ་ཏུ་ཕྱིན་པར་བཞག་ལ། མི་དམིགས་པ་དེས་མ་ཟིན་པའི་སྦྱིན་པ་ནི་འཇིག་རྟེན་པའོ། །

無得聖根本智，是出世智，由此所攝持之布施，亦得立爲出世波羅蜜多。其未由無得聖智所攝持之布施，即世間施。

དེ་གཉིས་ཀྱི་རྣམ་པར་དབྱེ་བ་ནི་དོན་དམ་པའི་བྱང་སེམས་མ་ཐོབ་པ་དག་གིས་མངོན་སུམ་དུ་ངེས་པར་མི་ནུས་སོ། །

此二之差別亦在[1]未得勝義菩提心者，不能現量決定也。

དེ་ལ་ཕ་རོལ་ནི་འཁོར་བའི་རྒྱ་མཚོའི་ཕར་འགྲམ་དང་། ངོགས་ཏེ་སྒྲིབ་གཉིས་མ་ལུས་པ་སྤངས་པའི་སངས་རྒྱས་སོ། །ཕ་རོལ་ཏུ་སོན་པ་ནི་ཕ་རོལ་ཏུ་ཕྱིན་པའོ། །

彼岸，謂生死大海之彼岸，即斷盡二障之佛果。到達彼岸，名到彼岸。

འདིར་འགྲེལ་བར་ཚིག་ཕྱི་མ་ཡོད་ན་མི་མངོན་པར་མི་བྱའོ། །ཞེས་བྱ་བའི་མཚན་ཉིད་འདིས་ལས་ཀྱི་རྣམ་པར་དབྱེ་བ་མི་མངོན་པར་མ་བྱས་པས་གཟུགས་སུ་གྱུར་པའམ། ཕྲི་ཧོ་ད་ར་ལ་སོགས་པ་ཡིན་པའི་ཕྱིར་མའི་མཐའ་ཅན་ཉིད་དུ་བཞག་གོ །

釋論釋此云：「若有後句，不應滅去。」由此未滅業聲，故成彼形。或是枳顆答羅等，故留摩字邊。

ཞེས་གསུངས་པའི་དོན་བཙྟི་ཏ་ཛ་ཡ་ཨཱནནྡ་འདི་ལྟར་འཆད་དེ། རྒྱ་གར་གྱི་སྐད་ལ་ཕ་རོལ་ལ་པཱ་ར་དང་། ཕྱིན་པ་ལ་ཨི་ཏཱ་ཞེས་པ་ཡོད་ལ། ཚིག་གཉིས་སྦྱོར་བར་བྱེད་པའི་དུས་སུ་པཱ་ར་ལ་རྣམ་དབྱེ་གཉིས་པའི་གཅིག་ཚིག་ཨམ་བྱིན། ཨི་ཏཱའི་རྗེས་སུ་རྣམ་དབྱེ་དང་པོའི་ཚིག་སུ་བྱིན་ཏེ། པཱ་ར་མ་ཨི་ཏཱ་པ་ར་མི་ཏཱ་ཞེས་ཚིག་བསྡུ་བར་བྱས་ན། ཨམ་དང་སུ་མི་མངོན་པར་འགྲོ་བ་ཡིན་ནའང་།

勝喜論師解此云：「梵語彼岸爲『波羅』，到爲『伊多』。二語合時，於『波羅』後加第二轉[2]一聲『阿摩』字，於『伊多』後加初囀『蘇』字。波羅摩伊多，合爲波羅蜜多時，阿摩及蘇，雖可滅去。

འདིར་ཚིག་ཕྱི་མ་ཡོད་ན་མི་མངོན་པར་མི་བྱའོ། །ཞེས་པའི་སྒྲའི་རྩ་བའི་ཚིག་གིས་སུ་མི་མངོན་པར་བྱེད་ཀྱང་ཨམ་མི་མངོན་པར་མ་བྱས་པའོ། །

今依聲明根本文：『若有後句[3]，不應滅去』。故雖滅『蘇』字而留『阿摩』。

---

[1]「亦在」，校正本作「在」。
[2]「轉」，民族本作「囀」。後文：「謂未滅第二囀一聲『阿摩』字」。藏經中多用轉字。
[3]「若有後句」，民族本、PDF及校正本作「有後句」。

མཚན་ཉིད་འདིས་ལས་ཀྱི་རྣམ་པར་དབྱེ་བ་ཞེས་པ་ནི། རྣམ་དབྱེ་གཉིས་པའི་གཅིག་ཚིག་ཨམྣ་མོ། །

由此未滅業聲者，謂未滅第二囀一聲『阿摩』字。

དེ་མི་མངོན་པར་མ་བྱས་པས་པཱ་ར་མི་ཏཱ་ཞེས་པའི་སྒྲའི་རང་བཞིན་དུ་གྱུར་པའོ། །

由未滅故，成『波羅蜜多』聲。

ཀྲི་ཊི་ད་ར་ལ་སོགས་པའི་ནང་ན་པཱ་ར་མཱ་ཞེས་པའི་ཚིག་མའི་མཐའ་ཅན་ཏེ། པཱ་རམ་ཞེས་བརྗོད་པ་ཡིན་པས་མི་མངོན་པར་མི་བྱའོ་ཞེས་བཤད་དེ། ཨམྣ་ཡི་ཨ་ཕྱིས་མ་བཞག་པ་ལ་ཨི་བྱིན་པས་མི་ཏཱར་སོང་ཞེས་པའོ། །

或是枳顆答羅等中之『波羅摩』，本是『摩』字邊。今說『波羅摩』，故不應減去。」此謂減去「阿摩」之「阿」，而留「摩」字，於彼上加「伊」字，故成波羅蜜多。

དང་པོའི་ཚིག་སུ་ནི་མ་དག་པ་འདྲ་བས་སི་ཡིན་ནམ་དཔྱད་དོ། །

所言初囀「蘇」字，似是「悉」字之誤，更當研究。

བོད་ཁ་ཅིག་ཕ་རོལ་ཏུ་ཕྱིན་པའི་རྒྱ་སྐད་ལ་པཱ་རཾ་ཨི་ཏཱ་ཞེས་པ་ཡོད་པའི་རའི་ཀླད་ཀོར་གྲལ་དུ་བཞག་པས་པཱ་རམ་ཨི་ཏཱར་འགྱུར་བ་ལ། མཚམས་སྦྱོར་བའི་ཚེ་ཨི་ཡིག་གི་གི་གུ་ཨམྣ་ལ་བྱིན། ཨ་ཕྱིས་པས་མི་ཏཱར་སོང་ཟེར་བ་སོགས་ཀྱི་སྨུན་སྦྱལ་གྱི་བཤད་པ་མང་དུ་སྣང་ན་ཡང་། པཎྜི་ཏའི་བཤད་པ་སྤྱར་བཀོད་པ་ཉིད་ལེགས་སོ། །

藏人有謂：「到彼岸之梵語，爲『波壤伊多』，將『壤』字之圈平列，即成『波羅摩伊多』。結合時，加『伊』字於『摩』字上，減去『阿』字，故成『波羅蜜多』。」此類臆說雖多，要以勝喜論師所解爲善。

སྦྱིན་པ་སྦྱིན་བྱ་ཞེས་པའི་རྐང་པ་གཉིས་ཀྱིས་འཁོར་གསུམ་མི་དམིགས་པར་རྟོགས་པའི་ཤེས་རབ་བཟུང་ནས། དེས་ཟིན་པའི་སྦྱིན་པའི་ཕར་ཕྱིན་བྱེ་བྲག་ཏུ་བཤད་པ་ཡིན་ཏེ། དེས་མ་ཟིན་པའི་སྦྱིན་པ་ལ་སོགས་པ་རྣམས་ནི། ཤེས་རབ་ཀྱིས་ཟིན་པའི་ཕར་ཕྱིན་དང་འདྲ་བས་ཕར་ཕྱིན་ཞེས་བྱའོ། །

施者等二句，別釋[①]了達三輪不可得慧所攝持之布施波羅蜜多。未爲此慧所攝持之施等，與慧所攝持之波羅蜜多相同，故亦名波羅蜜多。

དེ་ཡང་ཤེས་རབ་ཀྱིས་མ་ཟིན་ཀྱང་བྱང་ཆུབ་ཆེན་པོར་བསྔོས་པས་ཟིན་པས་ཕ་རོལ་ཏུ་འགྲོ་བར་ངེས་པ་ལ་བཞག་པའི་ཕྱིར། སྦྱིན་པའི་ཕར་ཕྱིན་གྱི་མིང་རྙེད་པར་འགྱུར་རོ། །

又彼等雖未爲慧所攝持，然由迴向大菩提之迴向所持，亦定能到彼岸，故

① 「別釋」，民族本作「列釋」。

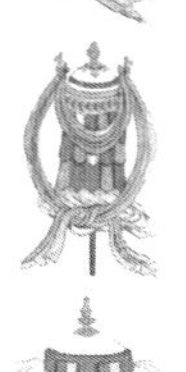

亦得波羅蜜多之名。

དེས་ན་ཕ་རོལ་ཏུ་ཕྱིན་པའི་དོན་ལ་ཕ་རོལ་འདིར་ཕྱིན་པ་ཞེས་ལས་ལ་སྦྱར་ན། སངས་རྒྱས་ཀྱི་སར་ཕྱིན་པ་ཡིན་ལ། འདིས་ཕ་རོལ་ཏུ་ཕྱིན་པར་བྱེད་པ་ཞེས་བྱེད་པ་ལ་སྦྱར་ན། སློབ་ལམ་ན་ཡང་ཕར་ཕྱིན་ཡོད་དོ། །

是故當知波羅蜜多之義，若加業聲則到於彼岸，即是已到佛地，若加具聲則此能到彼岸，即有學位亦有波羅蜜多。

སྦྱིན་པ་ལ་བཤད་པ་དེས་ཚུལ་ཁྲིམས་ལ་སོགས་པ་ལ་ཡང་སེམས་བསྐྱེད་དང་། བསྔོ་བ་དང་། ཤེས་རབ་ཀྱིས་ཟིན་པ་སོ་སོ་བ་དང་གཉིས་ཀ་རིག་པར་བྱའོ། །

如釋布施，其持戒等由菩提心迴向攝持及般若攝持，或別或總，應知亦爾。

སྦྱིན་པའི་འཁོར་གསུམ་པོ་དག་ལ་ཆགས་པ་སྟེ་བདེན་ཞེན་སྐྱེས་པར་གྱུར་པས་བཅིངས་ན་ནི། སྦྱིན་པ་དེ་ལ་འཇིག་རྟེན་པའི་ཕ་རོལ་ཏུ་ཕྱིན་པ་ཞེས་མདོ་ལས་བསྟན་ཏོ། །

若於布施三輪猶爲實執所縛者，經說：「名世間波羅蜜多。」

དེ་ལྟར་བཤད་པ་རྣམས་ལ་ད་ལྟ་ནས་ཉམས་སུ་ལེན་ཚུལ་ནི། ལུས་གཞན་ལ་སྟེར་བ་དང་། དགའ་བ་སྐྱེད་ཚུལ་ཁྱད་པར་ཅན་རྣམས་ནི་མོས་ཡུལ་དུ་བྱས་ནས་སྦྱོང་ལ། ཟང་ཟིང་གི་སྦྱིན་པ་གཞན་རྣམས་ནི་ཡར་མར་གྱི་ཞིང་ལ་བརྟེན་ནས། ཆུ་ཡན་ཆད་གཏོང་བའི་སྒོ་ནས་རྒྱུན་ལྡན་དུ་གསོག་པ་དང་། དེའི་ཚེ་འཁོར་གསུམ་མི་དམིགས་པར་རྟོགས་པའི་ཤེས་རབ་ཀྱིས་ཟིན་པར་བྱའོ། །

修習布施之理，謂於菩薩施身及引生殊妙①歡喜等事應先修信解。諸餘財施，於最上最下之福田，下至供水等，應相續修積。復應以了達三輪不可得之空慧攝持②而修。

དེ་ཡང་རང་གི་ལུས་དང་ལོངས་སྤྱོད་དང་དགེ་རྩ་གསུམ་སེམས་ཅན་གྱི་དོན་དུ་བསམ་པས་ཡང་ཡང་གཏོང་བ་དང་། མ་བཏང་ཡང་དེ་རྣམས་འཇིག་པས་འདོར་དགོས་ལ། གཏོང་ཚོད་འདྲ་བ་ལ་སྔོན་དུ་རང་གི་བསམ་པས་གཏོང་བ་མཆོག་ཡིན་པ་རྣམས་བསམ་སྟེ།

又應緣自身財物及三世善根，數數思惟爲利有情應修布施。更應思惟縱不願施，彼等亦必自然壞滅。失壞既同，則何如自心先施。

སྤྱོད་འཇུག་ལས། ལུས་དང་དེ་བཞིན་ལོངས་སྤྱོད་དང་། །དུས་གསུམ་དགེ་བ་ཐམས་ཅད་ཀྱང་། །སེམས་ཅན

① 「殊妙」，民族本作「殊勝」，PDF作「殊」，上海本作「殊妙」。
② 「空慧攝持」，民族本作「空慧相攝持」，PDF、校正本作「空慧攝相持」。

ཀུན་གྱི་དོན་བསྒྲུབ་ཕྱིར། །ཕངས་པ་མེད་པར་གཏང་བར་བྱ། །ཞེས་དང་།

如《入行論》云：「身及諸受用，三世一切善，當爲利有情，無所惜而施。」

ཐམས་ཅད་བཏང་བས་མྱ་ངན་འདའ། །བདག་བློ་མྱ་ངན་འདས་པ་སྒྲུབ། །ཐམས་ཅད་གཏོང་བར་ཆབས་ཅིག་ལ། །སེམས་ཅན་རྣམས་ལ་བཏང་བ་མཆོག །ཅེས་གསུངས་པ་ལྟར་བྱའོ། །

又云：「捨一切涅槃，我心修滅度，等是一起[①]捨，施有情爲勝。」

གསུམ་པ་ནི། དེ་ནི་སྔར་ཇི་སྐད་བརྗོད་པའི་ས་རབ་དགའ་ཞེས་པ་ཟག་མེད་ཀྱི་ཤེས་པའི་ཁྱད་པར་གྱིས།

辛三、結說地功德。今以無漏慧差別，略說此極喜地之功德。頌曰：

དེ་ལྟར་རྒྱལ་བའི་སྲས་ཀྱི་ཡིད་ལ་རབ་གནས་ཤིང་། །དམ་པའི་རྟེན་ལ་འོད་ཆགས་མཛེས་པ་རྙེད་གྱུར་པའི། །
དགའ་བ་འདི་ནི་ཆུ་ཤེལ་ཟླ་བཞིན་དུ། །མུན་པ་སྟུག་པོ་ཐམས་ཅད་རྣམ་པར་བསལ་ནས་རྒྱལ། །

極喜猶如水晶月，安住佛子意空中，
所依光明獲端嚴，破諸重暗得尊勝。

ས་དེའི་ཡོན་ཏན་མདོར་བསྡུས་ཏེ་བརྗོད་པའི་སྒོ་ནས་བསྟན་པ་ནི། ས་རབ་ཏུ་དགའ་བ་འདི་ནི་ནོར་བུ་ཆུ་ཤེལ་ཟླ་བའི་དཀྱིལ་འཁོར་བཞིན་དུ་གནས་སོ། །

此極喜地，如水晶珠之月輪。

འདི་ལ་ཟླ་བ་དང་ཆོས་མཐུན་གསུམ་ལས། དང་པོ་གནས་མཐོན་པོར་གནས་པ་ནི། སྔར་བཤད་པ་དེ་ལྟ་བུར་སའི་ཡོན་ཏན་ཐོབ་པའི་རྒྱལ་བའི་སྲས་ས་དང་པོ་བའི་ཡིད་ལ་རབ་ཏུ་གནས་པའི་ཕྱིར། ལམ་མཐོན་པོར་གནས་པས་ཟླ་བ་ནམ་མཁའི་གནས་མཐོན་པོར་གནས་པ་དང་འདྲའོ། །

此有三義：一、住高勝處，如上所說初地功德，住於已得彼德初地菩薩之意。住彼高勝道中，如月住虛空。

ས་དང་པོ་ནི་བྱང་སེམས་དེའི་ཡིད་ཀྱི་ཆ་ཤས་ཤིག་ཡིན་པས་དེ་ལ་གནས་ཞེས་བྱ་སྟེ། དཔེར་ན་མགོ་ལ་མིག་གནས་པ་བཞིན་ནོ། །

---

① 「一起」，民族本、PDF及校正本作「一切」。

以初地爲彼菩薩意之一分，故說住彼意中，如眼住於首。

ས་དང་པོའི་དོན་དམ་པའི་སེམས་དེ་རང་གང་ལ་གནས་པའི་དམ་པ་སྟེ་མཆོག་གི་རྟེན་དེའི་ཡིད་དེ། ཡེ་ཤེས་ཀྱི་འོད་ཆགས་པས་མཛེས་པ་ཉེད་པར་གྱུར་པའི་ཕྱིར། ཟླ་བས་རང་གི་རྟེན་གྱི་ནམ་མཁའ་འོད་དཀར་པོས་མཛེས་པར་བྱེད་པ་དང་འདྲའོ། །

二、令所依端嚴，初地之勝義心，能使最勝所依之意，具足智慧光明而得端嚴，如月輪能使所依虛空皎潔莊嚴。

ཡང་ས་དང་པོ་ནི་རང་གི་མི་མཐུན་ཕྱོགས་མཐོང་སྤང་རྣམས་ལས་རྒྱལ་ཏེ་གནས་པའི་ཕྱིར། ཟླ་བས་མུན་པ་སྟུག་པོ་སྟེ་འཐུག་པོ་ཐམས་ཅད་རྣམ་པར་བསལ་ནས་གནས་པ་དང་འདྲའོ། །

三、能勝逆品，初地能勝出自所治品之見所斷障，如月輪能破一切重暗。

དབུ་མ་ལ་འཇུག་པའི་རྒྱ་ཆེར་བཤད་པ་དགོངས་པ་རབ་ཏུ་གསལ་བ་ལས། དོན་དམ་པའི་སེམས་བསྐྱེད་པ་དང་པོའི་རྣམ་པར་བཤད་པའོ།། །།

釋第二勝義菩提心

གཉིས་པས་གཉིས་པ་དྲི་མ་མེད་པ་བཤད་པ་ལ་ལྔ། ས་འདིར་ཚུལ་ཁྲིམས་ཡོངས་སུ་དག་པར་བསྟན་པ་དང་། ཚུལ་ཁྲིམས་ཀྱི་བསྔགས་པ་བསྟན་པ་དང་། ཚུལ་ཁྲིམས་ཀྱི་མི་མཐུན་ཕྱོགས་དང་མ་འདྲེས་པའི་དཔེ་བསྟན་པ་དང་། ཚུལ་ཁྲིམས་ཀྱི་ཕར་ཕྱིན་གྱི་དབྱེ་བ་བསྟན་པ་དང་། སའི་ཡོན་ཏན་བརྗོད་པའི་སྒོ་ནས་མཇུག་བསྡུ་བའོ།།

庚二、離垢地分五：辛一、明此地戒清淨，辛二、明戒之功德，辛三、明不與破戒雜住，辛四、明戒度之差別，辛五、結明此地功德。

དང་པོ་ལ་བཞི། ས་འདིར་ཚུལ་ཁྲིམས་ཕུན་སུམ་ཚོགས་པར་བསྟན་པ། དེ་ལ་བརྟེན་ནས་ཡོན་ཏན་ཡོངས་སུ་དག་པར་བསྟན་པ། ས་དང་པོ་ལས་ཚུལ་ཁྲིམས་ལྷག་པར་བསྟན་པ། ཚུལ་ཁྲིམས་ཡོངས་སུ་དག་པའི་རྒྱུ་གཞན་བསྟན་པའོ། །

初中分四：壬一、明此地戒圓滿，壬二、明依此故功德清淨，壬三、明戒比初地增勝，壬四、明戒清淨之餘因。

དེ་ཚུལ་ཕུན་ཚོགས་ཡོན་ཏན་དག་ལྡན་ཕྱིར། །རྨི་ལམ་དུ་ཡང་འཆལ་ཁྲིམས་དྲི་མ་སྤངས། །

彼戒圓滿德淨故，夢中亦離犯戒垢。

དང་པོ་ནི། ས་གཉིས་པ་ལ་གནས་པ་དེ་ནི། ཚུལ་ཁྲིམས་རབ་ཏུ་གྱུར་པའི་ཕུན་སུམ་ཚོགས་པ་དང་། ཡོན་ཏན་རྣམས་དག་པ་དང་ལྡན་པའི་ཕྱིར། སད་པར་མ་ཟད་རྨི་ལམ་དུ་ཡང་འཆལ་བའི་ཚུལ་ཁྲིམས་ཀྱི་དྲི་མ་སྤངས་པ་སྟེ་དེས་མ་གོས་པའོ། །

今初，彼二地菩薩，由戒最圓滿及功德最清淨故。非但覺時，即於夢中亦不為犯戒之垢所染。

འདི་ནི་རྩ་ལྟུང་དང་རང་བཞིན་གྱི་ཁ་ན་མ་ཐོ་བ་ཙམ་གྱི་འཆལ་ཁྲིམས་མིན་གྱི། བཅས་པ་དང་འགལ་བ་ཐམས་ཅད་ཀྱི་འཆལ་ཁྲིམས་ཀྱི་དྲི་མ་སྤངས་པའོ། །

此又非但不犯根本罪及性罪，即一切違越佛制之輕罪，亦皆遠離也。

དེ་ལ་འཆལ་ཁྲིམས་ཀུན་ནས་སློང་བའི་ཉོན་མོངས་དང་དུ་མ་ལེན་པ་དང་། བཅས་པ་དང་འགལ་བའི་སྡིག་པའི་ལས་མི་འབྱུང་བའི་ཕྱིར་ན། བཅས་འགལ་གྱི་ལྟུང་བ་བྱུང་བ་ལ་འགྱོད་པའི་མེ་ཞི་བས་བསིལ་བ་ཐོབ་པའི་ཕྱིར་ཚུལ་ཁྲིམས་ཏེ། དེའི་སྐད་དོད་ཤཱི་ལ་ལ་ཤཱི་ཏ་བསིལ་བ་དང་། ལ་ཏི་ཐོབ་པ་ལ་འཇུག་པའི་ཕྱིར་རོ། །

由不起能令犯戒之煩惱，不造一切違越佛制罪業①，永息追悔犯戒之火，常得清涼，故名尸羅。（「尸多②」是清涼義，「羅底」是得義）。

ཡང་ན་བདེ་བའི་རྒྱུ་ཉིད་ཀྱིས་དམ་པས་བསྟེན་བྱ་ཡིན་པའི་ཕྱིར་ཚུལ་ཁྲིམས་ཏེ། འདི་ཡང་ངེས་ཚིག་གི་བཤད་པའོ། །

又以此是安樂之因善士所行，故名尸羅。此是就文訓釋。

དེ་ནི་ངོ་བོའི་དབང་དུ་བྱས་ན་ལུས་ངག་གི་འཆལ་ཚུལ་བདུན་སྤོང་བའི་སྤོང་བདུན་གྱི་མཚན་ཉིད་ཅན་ཡིན་ལ། མ་ཆགས་པ་བརྣབ་སེམས་མེད་པ་དང་། གནོད་སེམས་ཀྱི་ཞེ་སྡང་མེད་པ་དང་། ལོག་ལྟ་དང་བྲལ་བའི་ཡང་དག་པའི་ལྟ་བ་ནི། སྤོང་བདུན་ཀུན་ནས་སྤོང་བར་བྱེད་པས་ན་ཀུན་ནས་སློང་བྱེད་དང་བཅས་པའི་དབང་དུ་བྱས་ན། ནག་པོའི་ལས་ལམ་བཅུ་སྤོང་བའི་དཀར་པོའི་ལས་ལམ་གྱི་སྤོང་བ་བཅུའོ། །

若就體相言，則以能斷身語七支犯戒之能斷思為相。又無貪無瞋正見三支，是七支能斷思之發起。若並發起而言，則以能斷十黑業道之十白業道為體。

གཉིས་པ་ནི། ཡང་བྱང་སེམས་དེ་ཚུལ་ཁྲིམས་ཇི་ལྟར་ཕུན་སུམ་ཚོགས་པས།

壬二、明依此故功德清淨。云何由尸羅圓滿，一切功德得清淨③耶？頌曰：

---

①「佛制罪業」，民族本作「佛制之罪業」。
②「尸多」，民族本、PDF及校正本作「多尸」。
③「一切功德得清淨」，民族本作「一切功德皆得清靜」。

ལུས་ངག་ཡིད་ཀྱི་རྒྱུ་བ་དག་གྱུར་པས། །དམ་པའི་ལས་ལམ་བཅུ་ཆར་སོག་པར་བྱེད། །

身語意行咸清淨，十善業道皆能集。

ཡོན་ཏན་རྣམས་དག་པར་འགྱུར་ཞེ་ན། ལུས་དང་ངག་དང་ཡིད་ཀྱི་རྒྱུ་བ་སྟེ་ཀུན་སྤྱོད་གསུམ། སད་པ་དང་རྨི་ལམ་གྱི་སྐབས་ཀུན་ཏུ་ལྷུང་བ་ཕྲ་མོས་ཀྱང་དག་པར་གྱུར་པས། དམ་པ་སྟེ་མཆོག་གི་ལས་ལམ་བཅུ་ཆར་མ་ཚང་བ་མེད་པར་གསོག་པར་བྱེད་དེ། དགེ་བའི་ལས་ལམ་དང་པོ་སྲོག་གཅོད་སྤོང་བ་སོགས་གསུམ་ནི་ལུས་ཀྱིས་དང་། བར་གྱི་བཞི་ནི་ངག་གིས་དང་། ཐ་མ་གསུམ་ཡིད་ཀྱིས་རྫོགས་པར་བྱེད་པ་ནི་གསོག་པར་བྱེད་པའི་དོན་ནོ། །

由彼菩薩身語意行，於醒寐一切時中，無微細罪犯所染，最極清淨，故能修集十善業道圓滿無缺①。由身修集不殺生等前三善業道，由語修集不妄語等中四善業道，由意修集不貪欲等後三善業道。

དེ་ཡང་དགག་བཅས་ཀྱི་མཚམས་ལས་ལྡོག་པར་མ་ཟད། ཚུལ་ཁྲིམས་ལས་བཅས་པའི་སྒྲུབ་བཅས་ཀྱི་ཕྱོགས་ཀུན་རྫོགས་པར་བྱེད་པའོ། །

此復非唯不犯應遮之事，於尸羅中所應行者，皆能②圓滿也。

卷三

གསུམ་པ་ནི། ཡང་ཅི་ལས་ཀྱི་ལམ་འདི་རྣམས་ས་དང་པོའི་བྱང་སེམས་ཀྱིས་ཀྱང་བཅུ་ཆར་ཚང་བར་གསོག་པར་མི་བྱེད་དམ་ཞེ་ན། །

壬三、明戒比初地增勝。初地菩薩豈不圓滿修集此十善業道耶？頌曰：

དགེ་བའི་ལམ་འདི་ལྟ་ཞིག་བཅུ་ཆར་ཡང་། །དེ་ལ་ལྷགས་ཏེ་ཤིན་ཏུ་དག་པར་འགྱུར། །

སྟོན་ཀའི་ཟླ་ལྟར་རྟག་ཏུ་རྣམ་དག་དེ། །ཞི་འོད་ཆགས་པར་དེ་དག་གིས་རྣམ་མཛེས། །

如是十種善業道，此地增勝最清淨，

彼如秋月恆清潔③，寂靜光飾極端嚴。

དེས་ཀྱང་གསོག་མོད་ཀྱི་འོན་ཀྱང་དགེ་བའི་ལས་ཀྱི་ལམ་འདི་ལྟ་ཞིག་བཅུ་ཆར་ཡང་། ས་གཉིས་པ་བ་དེ་ལ་

①「無缺」，民族本、校正本作「無乏」。
②「皆能」，校正本作「亦皆能」。
③「清潔」，頌作「清淨」。

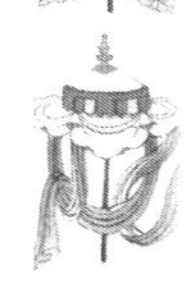

གྲགས་པ་སྟེ་ཤིན་ཏུ་ཕུལ་དུ་བྱུང་བར་དག་པར་འགྱུར་བ་དེ་ལྟར་ས་དང་པོ་བ་ནི་མ་ཡིན་ནོ། །

彼雖亦實能修集，然不能如二地菩薩所修最勝清淨之十善業道。

འདི་ལ་ས་དང་པོར་སྦྱིན་པ་ལྷག་པར་གསུངས་པ་ནི་ཡར་ལྡན་དུ་ཡོད་པས། སྦྱིན་པ་ལས་གཞན་པའི་ཕར་ཕྱིན་ལྷག་མ་དགུའི་ནང་ནས། ཚུལ་ཁྲིམས་ལས་བརྩམས་པའི་ཉམས་ལེན་ཕུལ་དུ་བྱུང་བའི་ཚད་ཙམ་བཟོད་པ་སོགས་ལ་མེད་པའི་ཕྱིར། ཚུལ་ཁྲིམས་ལྷག་པར་གསུངས་ཀྱི། ཕར་ཕྱིན་ལྷག་མ་རྣམས་མེད་པ་ནི་མིན་ནོ། །

初地之增勝布施，此地亦能具足，於布施外，餘九波羅蜜多中，如持戒增勝之量，其忍辱等則未能爾。故說此地持戒增勝，非說無餘波羅蜜多。

དགེ་བཅུ་སྨོས་པ་ནི་དེ་ལས་བརྩམས་པའི་ཚུལ་ཁྲིམས་ཀྱི་བཅས་པའི་མཚོན་བྱེད་ཡིན་པས། ཚུལ་ཁྲིམས་ཀྱི་བཅས་མཚམས་ཐམས་ཅད་གཟུང་ངོ། །

此言十善，且以依十善所制之戒爲例。當知即是總說一切戒律。

དེ་འདྲ་བའི་ཚུལ་ཁྲིམས་དག་པ་ཅན་དེ་ནི། སྟོན་ཀའི་ཟླ་བ་ལ་ཚ་གདུང་ཞི་བར་བྱེད་པ་དང་། དཀར་བའི་འོད་ཀྱིས་ལམ་མེར་གནས་པ་གཉིས་ཡོད་པ་ལྟར། རྟག་ཏུ་ཚུལ་ཁྲིམས་རྣམ་པར་དག་པར་གནས་པ་དེ། དབང་པོའི་སྒོ་བསྡམས་པའི་ཞི་བ་དང་། ལམ་མེར་གསལ་བའི་ལུས་ཅན་གྱི་འོད་ཆགས་པར་དེ་དག་གིས་རྣམ་པར་མཛེས་སོ། །

如秋月有二勝法，謂能息熱惱，銀光皎潔。如是住清淨尸羅之菩薩，亦有二法極爲端嚴，謂守護根門威儀寂靜，及容色光嚴。

བཞི་པ་ནི།

壬四、明戒清淨之餘因

གལ་ཏེ་དེ་ནི་ཁྲིམས་དག་རང་བཞིན་ལྟ། །དེ་ཕྱིར་དེ་ནི་ཚུལ་ཁྲིམས་དག་མི་འགྱུར། །
དེ་ཕྱིར་དེ་ནི་རྟག་ཏུ་གསུམ་ཆར་ལའང་། །གཉིས་བློའི་རྒྱུ་བ་ཡང་དག་བྲལ་བར་འགྱུར། །

若彼淨戒執有我，則彼尸羅不清淨，
故彼恆於三輪中，二邊心行皆遠離。

གང་གི་ཕྱིར་དགེ་སློང་ཁ་ཅིག་སོ་ཐར་ལས་བརྩམས་ཏེ། ཚུལ་ཁྲིམས་ཆེས་ཡོངས་སུ་དག་པ་ཡིན་ཀྱང་། གལ་ཏེ་དེ་ནི་ཆོས་རྣམས་ལ་རང་བཞིན་གྱིས་གྲུབ་པར་ལྟ་བ་མི་སྤོང་ན། དེའི་ཕྱིར་རྒྱ་མཚན་དེས་དགེ་སློང་དེ་

ཚུལ་ཁྲིམས་དག་པར་མི་འགྱུར་ཏེ། ཚུལ་ཁྲིམས་འཆལ་བ་ཚུལ་ཁྲིམས་དང་ལྡན་པ་ལྟར་བཅོས་པ་སྟེ།

若比丘於別解脫戒最極清淨，而不能除諸法有自性見。①則彼尸羅終不能清淨，名爲破戒似善持戒。

དཀོན་མཆོག་བརྩེགས་པ་ལས། འོད་སྲུངས་འདི་ལ་དགེ་སློང་ཁ་ཅིག་ཚུལ་ཁྲིམས་དང་ལྡན་པ་ཡིན་ཏེ། སོ་སོར་ཐར་པའི་སྡོམ་པས་བསྡམས་ཤིང་གནས། ཆོ་ག་དང་སྤྱོད་ཡུལ་ཕུན་སུམ་ཚོགས་པ། ཁ་ན་མ་ཐོ་བ་ཕྲ་རབ་རྣམས་ལའང་འཇིགས་པར་ལྟ་བ། ཡང་དག་པར་བླངས་ཏེ་བསླབ་པའི་གཞི་རྣམས་ལ་སློབ་ཅིང་ལུས་དང་ངག་དང་། ཡིད་ཀྱི་ལས་ཡོངས་སུ་དག་པ་དང་ལྡན་པར་གྱུར་པས། འཚོ་བ་ཡོངས་སུ་དག་ཀྱང་དེ་བདག་ཏུ་སྨྲ་བ་ཡིན་ཏེ།

如《寶積經》云：「迦葉！若有比丘具足淨戒，以別解脫防護而住，軌則威儀皆悉圓滿，於諸小罪生大怖畏，善學所受一切學處，身語意業清淨圓滿，正命清淨。而彼比丘說有我論。

འོད་སྲུངས་དེ་ནི་ཚུལ་ཁྲིམས་འཆལ་བ་ཚུལ་ཁྲིམས་དང་ལྡན་པ་ལྟར་བཅོས་པ་དང་པོའོ་ཞེས་བྱ་བ་ནས། འོད་སྲུངས་གཞན་ཡང་འདི་ལ་དགེ་སློང་ཁ་ཅིག་སྦྱངས་པའི་ཡོན་ཏན་བཅུ་གཉིས་ཡང་དག་པར་བླངས་ཀྱང་། དམིགས་པར་ལྟ་བ་ཡིན་ཏེ་ངར་འཛིན་པ་དང་ང་ཡིར་འཛིན་པ་ལ་གནས་པ་དེ་ནི། འོད་སྲུངས་ཚུལ་ཁྲིམས་འཆལ་བ་ཚུལ་ཁྲིམས་དང་ལྡན་པ་ལྟར་བཅོས་པ་བཞི་པ་སྟེ། ཞེས་གསུངས་སོ། །བདག་ཏུ་སྨྲ་བ་ནི་དམིགས་པར་ལྟ་བའོ། །

迦葉！是名第一破戒似善持戒。乃至迦葉！若有比丘具足修行十二杜多功德，而彼比丘見有所得，住我我所執。迦葉，是名第四破戒似善持戒。」說有我論即是見有所得。

དེ་ཡང་ང་དང་ང་ཡིར་འཛིན་པ་ལ་གནས་པས་བསྟན་ཏེ། དེའི་དོན་ནི་ཐུན་མོང་བའི་འཇིག་ལྟ་ལ་མི་བྱའི། ང་དང་ང་ཡི་བ་རང་གི་མཚན་ཉིད་ཀྱིས་གྲུབ་པར་འཛིན་པ་མི་སྤོང་བ་ལ་བྱའོ། །

而復說住我我所執者，莫以共許之薩迦耶見解之。當知此說不斷執我我所有自性也。

དེ་ནི་ཞེས་པ་བཤད་མ་ཐག་པ་ལ་ལྟོག་ཏུ་མི་རུང་བས། གལ་ཏེ་རང་བཞིན་ཚུལ་ཁྲིམས་རྣམ་དག་པར། །མཐོང་ན་དེས་དེ་ཚུལ་ཁྲིམས་འཆལ་བ་ཡིན། །ཞེས་ནག་ཚོས་དེས་དེ་ཞེས་བསྒྱུར་བ་ལེགས་སོ། །

初句之彼字，非指前頌所說之一切菩薩。拏錯譯云：「若戒清淨見自性，由此彼是破尸羅。」譯爲「由此彼」較善。

① 「自性見。」，民族本作「自性見，」。

དམིགས་པ་ཅན་གྱི་ལྟ་བ་མི་སྤོང་ན་ཚུལ་ཁྲིམས་མི་དག་པ་དེའི་ཕྱིར། ས་གཉིས་པ་བ་དེ་ནི། རྟག་ཏུ་སེམས་ཅན་གང་ལ་ཚུལ་འཆལ་སྤོང་བ་དང་། སྤོང་གཉེན་གང་ཞིག་བྱེད་པ་དང་། གང་གིས་སྤོང་བ་གསུམ་ཆར་ལའང་དངོས་པོ་དང་དངོས་མེད་ལ་སོགས་པའི་གཉིས་ཀྱི་ཆོས་ལ་རང་བཞིན་གྱིས་གྲུབ་པར་ལྟ་བའི་གཉིས་སུ་འཛིན་པའི་བློའི་རྒྱུ་བ་ཡང་དག་པར་བྲལ་བར་ཏེ་སྤོང་བར་བྱེད་པར་འགྱུར་རོ། །

由不斷除有所得見，尸羅終不清淨。故二地菩薩，離破戒時，於誰有情，修何對治，由誰能離之三輪，皆能遠離有事無事等二邊心行執有自性也。

གཉིས་པ་ལ་ལྔ། སྦྱིན་འབྲས་བདེ་འགྲོར་སྤྱོད་པ་ཚུལ་ཁྲིམས་ལ་རག་ལས་པ། སྦྱིན་འབྲས་ལ་སྐྱེ་བ་བརྒྱུད་མར་སྤྱོད་པ་ཚུལ་ཁྲིམས་ལ་རག་ལས་པ། ཚུལ་ཁྲིམས་དང་བྲལ་ན་ངན་འགྲོ་ལས་ཐར་བ་ཤིན་ཏུ་དཀའ་བར་བསྟན་པ། སྦྱིན་པའི་གཏམ་གྱི་རྗེས་སུ་ཚུལ་ཁྲིམས་ཀྱི་གཏམ་མཛད་པའི་རྒྱུ་མཚན། མངོན་མཐོ་དང་ངེས་ལེགས་གཉིས་ཀའི་རྒྱུར་ཚུལ་ཁྲིམས་བསྔགས་པའོ། །

辛二、明戒之功德分五：壬一、明於善趣受用施果必依尸羅，壬二、明生生輾轉受用施果必依尸羅，壬三、明無尸羅難出惡趣，壬四、明施後說戒之理，壬五、讚尸羅爲增上生決定勝之因。

དང་པོ་ནི། དེ་ལྟར་བྱང་སེམས་ཀྱི་ཚུལ་ཁྲིམས་ཕུན་སུམ་ཚོགས་པ་དང་ལྡན་པར་བརྗོད་ནས། དེའི་འོག་ཏུ་སྤྱིར་དེ་ལས་གཞན་པའི་ཚུལ་ཁྲིམས་ཕུན་སུམ་ཚོགས་ཀྱང་། སྦྱིན་སོགས་ལས་ཡོན་ཏན་ཤིན་ཏུ་ཆེ་བ་དང་། ཡོན་ཏན་ཕུན་ཚོགས་ཐམས་ཅད་ཀྱི་རྟེན་དུ་གྱུར་པར་སྟོན་པ་ནི།

今初，已別說菩薩圓滿淨戒，今當通說淨戒功德較布施等爲大，是一切功德所依。頌曰：

སྦྱིན་པས་ལོངས་སྤྱོད་དག་ནི་འགྲོ་ངན་ནའང་། །སྐྱེ་བོ་ཚུལ་ཁྲིམས་རྐང་པ་ཉམས་ལ་འབྱུང་། །

失壞戒足諸衆生，於惡趣受布施果。

སྦྱིན་པ་པོ་ཚུལ་ཁྲིམས་དང་ལྡན་པས་སྦྱིན་པ་བཏང་བ་ལས། ལྷ་མིའི་ནང་དུ་ཁྱད་པར་དུ་འཕགས་པའི་ལོངས་སྤྱོད་ཕུན་སུམ་ཚོགས་པ་དག་འབྱུང་རྒྱུ་དེ་ནི། འགྲོ་བ་ངན་པ་ངན་འགྲོར་ལྷུང་བའི་ཉི་ཚེ་བའི་དམྱལ་བ་དང་། བ་ལང་དང་རྟ་དང་གླང་པོ་ཆེ་དང་སྤྲེའུ་དང་། ཀླུ་ལ་སོགས་པ་དང་ཡི་དྭགས་རྫུ་འཕྲུལ་ཆེན་པོ་ལ་སོགས་པར་སྐྱེས་པ་ལ། ལོངས་

སྤྱོད་ཕུན་སུམ་ཚོགས་པ་སྣ་ཚོགས་པ་འབྱུང་བ་ནི། སྐྱེ་བོ་ཚུལ་ཁྲིམས་ཀྱི་རྐང་པ་ཉམས་པ་སྟེ་བྲལ་བ་ལས་འབྱུང་ངོ།།

彼修施者，若能具足淨戒，當於人天中感最圓滿之財位。然有墮惡趣中而受圓滿大財位者，如獨一地獄，龍象等畜類，及大力鬼類。由彼眾生修施而失壞戒足之所感也。

དེ་ནི་ཚུལ་ཁྲིམས་དང་བྲལ་ན་དེས་སྦྱིན་པ་བཏང་བའི་འབྲས་བུ་ལོངས་སྤྱོད་རྣམས། བདེ་འགྲོའི་རྟེན་ལ་མི་སྨིན་པར་ངན་འགྲོའི་རྟེན་ལ་སྨིན་པར་འགྱུར་བར་བསྟན་པས། སྦྱིན་འབྲས་བདེ་འགྲོའི་རྟེན་ལ་སྨིན་པ་ཞིག་དགོས་པས་དེ་འདོད་ན། སྔར་བཤད་པའི་སྦྱིན་པ་གཏོང་བ་པོས་ཚུལ་ཁྲིམས་བསྲུང་བར་བྱའོ།།

故若無淨戒，則布施之大財位果，不於善趣成熟，而成熟於惡趣。諸有欲於善趣身成熟施果者，則須善持淨戒也。

གཉིས་པ་ནི།

壬二、明生生輾轉受用施果必依尸羅

བསྐྱེད་བཅས་དངོས་འདུ་ཡོངས་སུ་ཟད་པས་ན། །ཕྱིན་ཆད་དེ་ལ་ལོངས་སྤྱོད་འབྱུང་མི་འགྱུར།།

生物總根受用盡，其後資財不得生。

卷三

ཚུལ་ཁྲིམས་དང་བྲལ་ན་སྦྱིན་འབྲས་ངན་འགྲོའི་རྟེན་ལ་སྨིན་པ་དང་། རྟེན་དེ་ལ་སྔར་གྱི་སྦྱིན་པའི་འབྲས་བུ་ལོངས་སྤྱོད་པ་ཙམ་ཡིན་གྱི། ཤིན་ཏུ་གླེན་པས་གསར་དུ་སྦྱིན་སོགས་སྒྲུབ་པ་མེད་པའི་ཕྱིར། སྐྱེད་དང་བཅས་པའི་དངོས་པོ་འདུ་བ་སྟེ་རྩ་བ་ལ་སྤྱད་པས་ཡོངས་སུ་ཟད་པས་ན། སྔོན་གྱི་སྦྱིན་འབྲས་མ་ལུས་པ་ལོངས་སྤྱོད་པ་ཕྱིན་ཆད་ནས་གང་ཟག་དེ་ལ་ལོངས་སྤྱོད་འབྱུང་བར་མི་འགྱུར་རོ།།

若無淨戒，則於惡趣身中成熟施果。彼唯能受用往世布施之果，最極愚蒙，不知新修布施等。若將前生布施之果用盡，則生物總根亦盡，彼補特伽羅，此後更難得感生資財也。

དེ་ནི་དཔེར་ན་ས་བོན་ཅུང་དུ་བཏབ་པ་ལས། འབྲས་བུ་རྒྱ་ཆེན་པོ་རྙེད་པའི་མི་དེ་སླར་ཡང་འབྲས་བུའི་ཆེད་དུ། དེ་བས་ཀྱང་ཆེས་མང་བའི་ས་བོན་འདེབས་པ་ནི། འབྲས་བུའི་ཚོགས་ཆེན་པོ་འཕེལ་བས་མ་ཆད་པ་ཡོད་ཀྱི། གང་ཞིག་གླེན་པོ་ཉིད་ཀྱིས་ས་བོན་ཙམ་ཡང་མི་འདེབས་པར་ལོངས་སྤྱོད་པ་ལ་ནི། འབྲས་བུ་མ་ཆད་པར་འཕེལ་བ་མེད་པ་དང་འདྲའོ།།

如有人見下種①，可得大果，爲得後果故，更下多種，則其果聚增長不絕。若癡人，不知下種，以種爲食，則必不能令果增長不息也。

གསུམ་པ་ནི། ཚུལ་ཁྲིམས་ཀྱི་རྐང་པ་ཆག་པས་ལོངས་སྤྱོད་རྒྱུན་པར་འཕེལ་བ་ཉིད་དཀའ་བ་འབའ་ཞིག་ཏུ་མ་ཟད་ཀྱི། ངན་འགྲོར་སོང་བས་ངན་འགྲོ་ནས་ཐོན་པ་ཡང་ཤིན་ཏུ་ཉིད་དཀའོ། །ཞེས་སྟོན་པ་ནི།

壬三、明無尸羅難出惡趣。失壞戒足墮惡趣者，非但難得財位相續增長，即再出惡趣亦屬不易。頌曰：

གང་ཚེ་རང་དབང་འདུག་ཅིང་མཐུན་གནས་པ། །གལ་ཏེ་འདི་བདག་འཛིན་པར་མི་བྱེད་ན། །
གཡང་སར་ལྷུང་བས་གཞན་དབང་འདུག་འགྱུར་བ། །དེ་ལས་ཕྱི་ནས་གང་གིས་སློང་བར་འགྱུར། །

若時自在住順處，設此不能自攝持，
墮落險處隨他轉，後以何因從彼出。

གང་གི་ཚེ་དཔའ་བོ་མཐུན་པའི་ཡུལ་ན་གནས་པ། འཆིང་བ་ལས་གྲོལ་བ་ལྟར། གཞན་ལ་རག་མ་ལུས་པར་རང་གི་འདོད་པས་རང་དབང་དུ་འདུག་ཅིང། མཐུན་པའི་ཡུལ་ལྷ་མིའི་འགྲོ་བ་ན་གནས་པ་ན། གལ་ཏེ་གང་ཟག་འདི་བདག་ཉིད་ངན་འགྲོར་ལྷུང་བ་ལས་འཛིན་པར་མི་བྱེད་ན། དཔའ་བོ་བཅིངས་ནས་རི་སུལ་ཆེན་པོར་བསྐྱུར་བ་ལྟར། ངན་འགྲོའི་གཡང་སར་ལྷུང་བས་རང་ལ་དབང་མེད་པར་གཞན་དབང་གིས་འདུག་པའི་ཚེ། ངན་འགྲོར་སོང་བ་དེ་ལས་ཕྱི་ནས་ཏེ་དེ་གཞོད་གང་གིས་སློང་བར་བྱེད་དེ་དེ་ལྟར་བྱེད་པ་མེད་དོ། །

若時隨自欲樂自在不依賴他，住人天趣隨順之處，如勇士住於順處，脫離繫縛。設此補特伽羅，不能善自攝持不②墮惡趣，則如勇士被他所縛投山澗中。若墮惡趣險處後，全無自在隨他力轉，彼更以何因能出彼惡趣耶?

ངན་འགྲོའི་རྟེན་ལ་ནི་དགེ་བ་སྒྲུབ་པ་ཤིན་ཏུ་དཀོན་ལ། སྡིག་པ་སོགས་པ་ལ་ཤིན་ཏུ་ཐུ་བས་ན། ངན་འགྲོ་ཁོ་ནར་བརྒྱུད་དགོས་སོ། །

以惡趣身，修善少而造惡力強，故唯當流轉惡趣。

---

①「下種」，民族本及校正本作「下少種」。與後文「更下多種」句相對應。
②「不」，校正本作「而」。

དེ་ཉིད་ཀྱི་ཕྱིར་མདོ་སྡེ་ལས་ཀྱང་། བརྒྱ་ལ་གལ་ཏེ་མི་རྣམས་ཀྱི་ནང་དུ་སྐྱེས་ན་ཡང་། རྣམ་པར་སྨིན་པ་གཉིས་སྒྲུབ་སྟེ། ཞེས་མིར་སྐྱེ་བ་དཀའ་བར་གསུངས་སོ། །

如《十地經》云：「假使後生人中，亦當感二種果報。」此說難得再生人中。

དེས་ན་ད་ལྟ་ནས་རང་ཉིད་ངན་འགྲོར་མི་ལྟུང་བར་གཟུང་དགོས་ལ། དེ་ཡང་ཚུལ་ཁྲིམས་ལ་འབད་པ་བྱེད་པ་ཡིན་པར་ཤེས་པར་གྱིས་ཤིག །

故知當於現在善自攝持莫墮惡趣，復當竭力嚴持淨戒也。

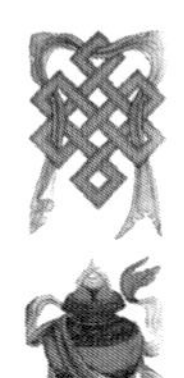

བཞི་པ་ནི།

壬四、明施後說戒之理

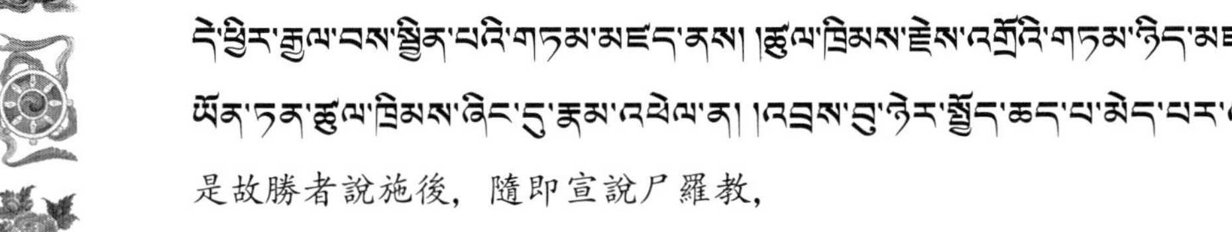

དེ་ཕྱིར་རྒྱལ་བས་སྦྱིན་པའི་གཏམ་མཛད་ནས། །ཚུལ་ཁྲིམས་རྗེས་འགྲོའི་གཏམ་ཉིད་མཛད་པ་ཡིན། །
ཡོན་ཏན་ཚུལ་ཁྲིམས་ཞིང་དུ་རྣམ་འཕེལ་ན། །འབྲས་བུ་ཉེར་སྤྱོད་ཆད་པ་མེད་པར་འགྱུར། །

是故勝者說施後，隨即宣說尸羅教，
尸羅田中長功德，受用果利永無竭。

གང་གི་ཕྱིར་ཚུལ་ཁྲིམས་འཆལ་བ་ནི་ངན་འགྲོར་འཁྲིད་པ་སོགས་ཉེས་པ་དུ་མའི་གནས་སུ་གྱུར་པ་དེའི་ཕྱིར། སྡིག་པ་མཐའ་དག་ཕམ་པར་མཛད་པའི་རྒྱལ་བས། སྦྱིན་པ་ལ་སོགས་པའི་ཡོན་ཏན་ཆུད་མི་ཟ་བར་བྱ་བའི་ཕྱིར་སྦྱིན་པའི་གཏམ་མཛད་ནས། དེའི་མཇུག་ཐོགས་སུ་ཚུལ་ཁྲིམས་སྦྱིན་པའི་རྗེས་སུ་འགྲོ་བ་སྟེ་སྒྲུབ་པའི་གཏམ་ཉིད་མཛད་པ་ཡིན་ནོ། །དེའི་རྒྱུ་མཚན་ནི་ཡོན་ཏན་ཐམས་ཅད་ཀྱི་རྟེན་དུ་གྱུར་པའི་ཕྱིར་ཚུལ་ཁྲིམས་ཉིད་ཞིང་ངོ་། །

由破戒是感惡趣等衆患之本，故戰勝一切罪惡者，爲令布施等功德不失壞故，於說布施後，即說持戒之教。戒如良田爲一切功德之所依。

ཞིང་དེར་སྦྱིན་སོགས་ཀྱི་ཡོན་ཏན་རྣམས་རྣམ་པར་འཕེལ་ན། རྒྱུ་སྦྱིན་སོགས་དང་འབྲས་བུ་ལུས་དང་ལོངས་སྤྱོད་བཟང་པོ་ལ་ཉེ་བར་སྤྱོད་པའི་བརྒྱུད་པ་གོང་ནས་གོང་དུ་རྣམ་པར་ཆད་པ་མེད་པའི་སྒོ་ནས། འབྲས་བུའི་ཚོགས་འཕེལ་ཞིང་དུས་རིང་པོར་ལོངས་སྤྱོད་པར་ནུས་ཀྱི། དེ་ལས་གཞན་དུ་ན་དེ་ལྟར་མི་ནུས་པའི་ཕྱིར་རོ།།

若於尸羅田中長養施等功德，使施等因與身財等果，輾轉增長永無間竭，乃能長時受用多果。

དེས་ནི་སྦྱིན་པ་གཏོང་བ་རྣམས་ཀྱིས་སྦྱིན་འབྲས་ཀྱི་ལོངས་སྤྱོད་ཕུན་ཚོགས་འབྱུང་བ་ཁོ་ནའི་ཕྱིར་མི་གཏང་བར། ལོངས་སྤྱོད་དེ་ལ་གང་གིས་སྤྱོད་པའི་ལུས་རྟེན་ཕུན་ཚོགས་ཀྱི་ཕྱིར་དང་། ལོངས་སྤྱོད་དེ་སྐྱེ་བ་དུ་མར་འོང་བའི་ཕྱིར་ཀྱང་གཏང་དགོས་ལ། དེའི་ཐབས་ཀྱང་ཚུལ་ཁྲིམས་སྲུང་བ་ཞིག་ཏུ་གལ་ཆེ་བར་ཤེས་དགོས་ཞེས་པའི་དོན་ནོ། །

此說凡修布施者，不應專以能感圓滿資財為念，要當籌量，以何等身受用彼果，如何乃能使彼資財多生相續，則知持戒為勝方便也。

བྱང་སེམས་ལས་དང་པོ་བས་ཀྱང་སྔར་བཤད་པ་ལྟར་སྦྱིན་པ་གཏོང་བ་ལ་བརྩོན་དགོས་ལ། དེ་ཡང་ཆེད་དུ་བྱ་བ་སེམས་ཅན་ཐམས་ཅད་ཀྱི་དོན་དུ། སངས་རྒྱས་ཐོབ་པའི་དོན་དུ་དམིགས་ཏེ་བྱེད་དགོས་མོད་ཀྱང་། གནས་སྐབས་སུ་བདེ་འགྲོའི་རྟེན་ལ་སྦྱིན་འབྲས་སྨིན་པ་དགོས་པ་དང་། དེ་ཡང་སྐྱེ་བ་དུ་མར་འབྱུང་དགོས་ལ། དེ་ནི་ཚུལ་ཁྲིམས་ལ་རག་ལས་པ་རྣམས་འདྲ་སྟེ། དེ་མེད་ན་བྱང་སེམས་ཀྱི་སྤྱོད་པ་ལ་སློབ་པའི་མཐུན་རྐྱེན་མི་ཚང་བའི་ཕྱིར་རོ། །

初發業菩薩，雖以利一切有情為得佛道之心，須勤修布施，然亦須於善趣身成熟布施之果，復須多生相續受用，故亦以持戒為因。以無此善趣身，則不具修菩薩行之順緣也。

ལྔ་པ་ནི།

壬五、讚尸羅為增上生決定勝之因

སོ་སོའི་སྐྱེ་བོ་རྣམས་དང་གསུང་སྐྱེས་དང་། །རང་བྱང་ཆུབ་ལ་བདག་ཉིད་ངེས་རྣམས་དང་། །
རྒྱལ་སྲས་རྣམས་ཀྱི་ངེས་པར་ལེགས་པ་དང་། །མངོན་མཐོའི་རྒྱུ་ནི་ཚུལ་ཁྲིམས་ལས་གཞན་མེད། །
若諸異生及語生①，自證菩提與佛子，
增上生及決定勝，其因除戒定無餘。

བདེ་འགྲོའི་ལུས་དང་རྟེན་དེ་ལ་སྦྱིན་འབྲས་ཡུན་རིང་དུ་སྤྱོད་པ་གཉིས་ཀ་ཚུལ་ཁྲིམས་ལ་རག་ལས་ཤིང་། དེ་ཉིད་ངེས་ལེགས་འཐོབ་པ་ལ་ཡང་མེད་མི་རུང་ཡིན་པའི་ཕྱིར་ན། ཚུལ་འདིས་སོ་སོ་སྐྱེ་བོ་ལམ་མ་ཞུགས་རྣམས་ཀྱི་མངོན་མཐོའི་རྒྱུ་དང་། ཐུབ་པའི་གསུང་ལས་སྐྱེས་པ་ཉན་ཐོས་རྣམས་དང་། རང་རྒྱལ་གྱི་བྱང་ཆུབ་ཀྱི་ལམ་དུ་བདག་ཉིད་ངེས་པ་རྣམས་དང་། རྒྱལ་སྲས་བྱང་སེམས་རྣམས་ཀྱི་ངེས་པར་ལེགས་པ་བྱང་ཆུབ་ཀྱི་རྒྱུ་ནི། ཚུལ་ཁྲིམས་

①「若諸異生及語生」，頌文作「諸異生及佛語生」。

ལས་གཞན་མེད་དོ། །

得善趣身，及於彼身長時受用布施之果，固有賴於戒，即得決定勝果亦以戒爲必要。故諸異生未入聖道者，其能得善趣增上生之因，及從佛語生之聲聞，自證菩提之獨覺，並諸佛子菩薩，其能得菩提決定勝之因，淨戒以外定無餘事也。

དེའི་དོན་ནི་ཚུལ་ཁྲིམས་ཁོ་ན་རྒྱུ་ཡིན་ཞེས་རྒྱུ་གཞན་གཅོད་པ་ནི་མིན་ཏེ། ཚུལ་ཁྲིམས་མིན་པའི་རྒྱུ་གཞན་དུ་མ་ཡོད་པའི་ཕྱིར་རོ། །

然此非說唯戒是因，餘皆非因，以尚有多因非戒所攝者。

དེས་ན་མངོན་མཐོ་ཁྱད་པར་ཅན་དང་ངེས་ལེགས་འགྲུབ་པ་ལ་ཚུལ་ཁྲིམས་དང་ངེས་པར་འབྲེལ་བ་དགོས་ཀྱི། དེ་དོར་ན་གཏན་མི་འགྲུབ་པའི་དོན་ནོ། །

是說得增上生及決定勝，必不離於戒，離淨戒必不能得也。

འདི་ཡང་ས་བཅུ་བའི་མདོ་ལས། སྲོག་གཅོད་སོགས་ཀྱི་མི་དགེ་བ་བཅུ་པོ་རེ་རེ་ལ་ཆེན་པོ་དང་འབྲིང་དང་། ཆུང་ངུར་ཕྱེ་བའི་རེ་རེས་རིམ་པ་བཞིན་དུ་དམྱལ་བ་དང་། དུད་འགྲོ་དང་ཡི་དྭགས་སུ་འཁྲིད་པ་དང་། མཐར་གལ་ཏེ་མིའི་ནང་དུ་སྐྱེས་ན་སྲོག་གཅོད་ཀྱིས་ཚེ་ཐུང་བ་དང་ནད་མང་བ་གཉིས་དང་། ལྷག་མ་དགུའི་རེ་རེས་ཀྱང་མི་འདོད་པ་གཉིས་གཉིས་སྐྱུབ་པ་དང་། དགེ་བཅུས་ནི་འདོད་པའི་ལྷ་དང་མིར་སྐྱེ་བ་ནས་སྲིད་རྩེའི་བར་དུ་སྐྱེ་བ་དང་།

《十地經》說：「殺生等十不善業道，各分上中下三品，如次能感地獄畜生餓鬼。後設生人中，殺生者得短命多病二種果報。餘九不善亦各得二種不可愛樂果報。十善業道，則能感生欲界人天乃至有頂。

དེའི་གོང་མར་དགེ་བཅུ་འདི་དག་རང་གཅིག་པུའི་དོན་ལ་དམིགས་པའི་ཉི་ཚེ་བའི་སེམས་དང་། འཁོར་བ་ལ་སྐྲག་པའི་ཡིད་འབྱུང་བ་དང་བཅས་ཤིང་། སྙིང་རྗེ་ཆེན་པོ་མེད་པ་དང་གཞན་གྱི་སྒྲའི་རྗེས་སུ་འབྲང་བའི་བདག་མེད་རྟོགས་པའི་ཤེས་རབ་ཀྱི་རྣམ་པས་སྦྱངས་ན། ཉན་ཐོས་ཀྱི་ཐེག་པས་ངེས་པར་འབྱུང་བར་བྱེད་དོ། །

其上若有心意狹劣，唯求自利，怖生死苦，闕大悲心，從他聲聞，了達無我，以此智慧修十善業，成聲聞乘。

དེའི་གོང་མར་སྤྱོད་པ་ཐ་མ་བའི་ཚེ་གཞན་གྱི་དྲིང་མི་འཛོག་པ་དང་། རང་སངས་རྒྱས་ཀྱི་བྱང་ཆུབ་ལ་དམིགས་པ་དང་། སྙིང་རྗེ་ཆེན་པོ་དང་། ཐབས་ལ་མཁས་པ་མེད་པ་དང་། རྟེན་འབྲེལ་ཟབ་མོའི་དེ་ཁོ་ན་ཉིད་ཁོང་དུ་ཆུད་པས་སྦྱངས་ན། རང་རྒྱལ་གྱི་ཐེག་པས་ངེས་པར་འབྱུང་བར་བྱེད་དོ། །

其上若有於最後生，不從他教，志求獨覺菩提，不具大悲方便，解悟甚深緣起，修治清淨十善業道，成獨覺乘。

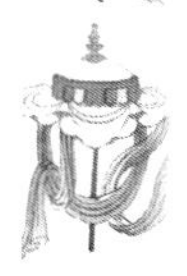

དེའི་གོང་མ་ཤིན་ཏུ་རྒྱ་ཆེ་ཞིང་ཤིན་ཏུ་ཚད་མེད་པའི་སྙིང་བརྩེ་བ་དང་། སྙིང་རྗེ་དང་ལྡན་པ་དང་། ཐབས་ལ་མཁས་པས་བསྡུས་པ་དང་། སྨོན་ལམ་རླབས་ཆེན་པོ་བཏབ་པ་དང་། སེམས་ཅན་ཐམས་ཅད་མི་གཏོང་བ་དང་། སངས་རྒྱས་ཀྱི་ཡེ་ཤེས་ཤིན་ཏུ་རྒྱས་པ་ལ་དམིགས་པས་སྦྱངས་ན། བྱང་སེམས་ཀྱིས་ཡོངས་སུ་དག་པ་དང་། ཕར་ཕྱིན་དག་པའི་སྤྱོད་པ་རྒྱ་ཆེན་པོ་འགྲུབ་པར་བྱེད་པར་གསུངས་པའི་དོན་བསྡུས་པའོ། །

其上若有心廣無量，具悲愍方便，立大誓願，不捨衆生，求諸佛廣大智慧，修治清淨十善業道，能淨治菩薩諸地，修一切諸度，成就菩薩極廣大行。」本頌即攝彼經義。

བཤེས་སྤྲིང་ལས་ཀྱང་། ཁྱོད་ཀྱིས་ཚུལ་ཁྲིམས་མ་ཉམས་སྨོད་མི་དམའ། །མ་འདྲེས་མ་སྦགས་པ་དག་བསྟེན་པར་མཛོད། །ཁྲིམས་ནི་རྒྱུ་དང་མི་རྒྱུའི་ས་བཞིན་དུ། ཡོན་ཏན་ཀུན་གྱི་གཞི་རྟེན་ལེགས་པར་གསུངས། ། ཞེས་ཚུལ་ཁྲིམས་ལ་སློབ་པ་གལ་ཆེ་བར་གསུངས་སོ། །

《親友書》亦云：「仁者於戒勿破羸，莫雜莫染當淨修，佛說戒為衆德本，如情非情依止地。」此說學戒最為重要，

དེས་ན་སྐབས་ས་གཉིས་པའི་སྐབས་སུ་གསུངས་ཀྱང་། བྱེད་པ་བྱང་སེམས་ལས་དང་པོ་བས་ཀྱང་བྱ་དགོས་པ་སྟེ། མི་དགེ་བ་བཅུ་ལ་ཀུན་སློང་ནས་ཀྱང་མི་རྒྱུ་བར་སྡོམ་སེམས་བསྐྱེད་པའི་སྡོམ་པའི་ཚུལ་ཁྲིམས་ནི་ཤིན་ཏུ་གལ་ཆེ་བར། སྔོན་པས་ཡོངས་སྤྱོད་དག་ནི། ཞེས་པ་ནས། ཚུལ་ཁྲིམས་ལས་གཞན་མེད། ཅེས་པའི་བར་གྱིས་བསྟན་པ་ལྟར་སེམས་པ་དང་། ཚུལ་ཁྲིམས་ལ་སློབ་རེས་ཀྱིས་མི་དམིགས་པར་རྟོགས་པའི་ཤེས་རབ་ཀྱིས་ཟིན་པ་ལ་སྦྱང་དགོས་ལ། དེ་ཡང་གོ་བ་ཙམ་དང་ལན་འགའ་ཟུང་ཙམ་གོམས་པས་ནི་གར་ཡང་མི་ཕྱིན་པས། རྒྱུན་ལྡན་དུ་དོན་དེ་རྣམས་སེམས་དགོས་སོ། །

以是淨戒雖在二地時說，然初發業菩薩皆當修學。防止十不善業，乃至莫令起犯戒心。修此律儀戒，極為重要，當如上來所說而正思惟。每學戒時，當以無所得慧攝持而修。若僅了其義或略修數次，則無大益，故必須相續思惟也。

རྒྱུན་ལྡན་དུ་གོམས་ན་བྱང་སེམས་ཀྱི་སྤྱོད་པ་ལ་སློབ་ཚུལ་དང་པོ་ཐོས་པ་ནའང་ཡིད་ལ་གདུང་བ་སྐྱེད་པ་དང་། སྟོན་པས་ཀྱང་ཡུན་རིང་པོའི་བར་དུ་སྐུ་ཉམས་སུ་བཞེས་པར་མི་ནུས་པ་རྣམས་ལ་ཡང་། བློ་རང་གི་དང་གིས

འཇུག་པ་ཅིག་འོང་ངོ་།།

若能相續修者，則於所學菩薩大行，即使初聞生於憂怖，念昔諸佛亦久未能修者，自心亦能任運而修也。

དེ་ལྟར་ཡང་ཡོན་ཏན་མཐའ་ཡས་པར་བསྟོད་པ་ལས། གང་ཞིག་ཐོས་པར་གྱུར་ནའང་འཇིག་རྟེན་འདི་ལ་གནད་པ་སྐྱེ་འགྱུར་དང་། །གང་ཡང་ཁྱོད་ཉིད་ཀྱིས་ཀྱང་ཡུན་རིང་སྐུ་ཉམས་བཞེས་པར་མི་སྤྱོད་པའི། །སྤྱོད་པ་དེ་དག་ཁྱོད་ལ་གོམས་པས་དུས་སུ་རང་གི་ངང་ཉིད་འགྱུར། །དེ་སླད་ཡོན་ཏན་དག་ནི་ཡོངས་གོམས་མ་བགྱིས་སྤེལ་བར་དཀའ་བ་ལགས། །ཞེས་སོ། །

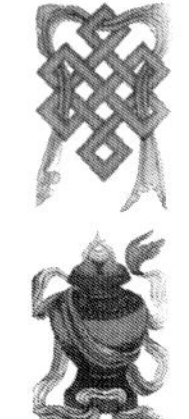

如《無邊功德讚》云：「世聞何法生怖畏，佛亦久遠未能行，然佛修習得任運，功德不修難增長。」

གསུམ་པ་ནི།

辛三、明不與破戒雜住

ཇི་ལྟར་རྒྱ་མཚོ་རོ་དང་ལྷན་ཅིག་དང་། །བཀྲ་ཤིས་རྣ་ནག་མ་དང་ལྷན་ཅིག་བཞིན། །
དེ་ལྟར་ཚུལ་ཁྲིམས་དབང་གྱུར་བདག་ཉིད་ཆེ། །དེ་འཆལ་བ་དང་ལྷན་ཅིག་གནས་མི་འདོད། །
猶如大海與死屍，亦如吉祥與黑耳，
如是持戒諸大士，不樂與犯戒雜居。

卷三

ཇི་ལྟར་ཏེ་དཔེར་ན་རྒྱ་མཚོ་ཆེན་པོ་ནི་ཀླུ་གཙང་སྦྲུ་ཅན་རྣམས་གནས་པའི་མཐུས། རོ་གང་ཡིན་རླབས་ཀྱིས་ཕྱི་རོལ་ཏུ་འཕེན་པས། རོ་དང་ལྷན་ཅིག་ཏུ་མི་འགྲོགས་པ་དང་། བཀྲ་ཤིས་པའི་ཕུན་ཚོགས་དང་། རྣ་ནག་མ་སྟེ་བཀྲ་མི་ཤིས་པ་གཉིས་ལྷན་ཅིག་ཏུ་མི་འགྲོགས་པ་དེ་ལྟར་ཏེ་དེ་བཞིན་དུ། ཚུལ་ཁྲིམས་ཡོངས་སུ་དག་པས་དབང་དུ་གྱུར་པའི་བདག་ཉིད་ཆེན་པོ་ས་གཉིས་པ་བ་དེ། ཚུལ་ཁྲིམས་འཆལ་བ་དང་ལྷན་ཅིག་ཏུ་གནས་པར་མི་འདོད་དོ། །

譬如大海由諸清淨龍神居止之力，凡有死屍即以波浪漂出，不與死屍共住。又諸吉祥圓滿，不與黑耳不吉祥共住。如是持戒清淨之二地大士，亦不樂與犯戒者共住也。

བཞི་བརྒྱ་པའི་འགྲེལ་བ་ལས། བཀྲ་ཤིས་མ་གང་དུ་ཞུགས་པའི་ཁྱིམ་དུ་རྣ་ནག་མ་ཡང་གདོན་མི་ཟ་བར་ཡོད་

རོ། །ཞེས་གསུངས་པ་དང་འདིར་བཤད་པ་གཉིས་མི་འགལ་ཏེ།དེར་ནི་མིང་དེ་དང་ལྡན་པའི་གང་ཟག་གཉིས་ལ་དགོངས་ལ། འདིར་ནི་རྣ་ནག་མ་ཞེས་པ་བཀྲ་མི་ཤིས་པའི་མིང་ཡིན་པའི་ཕྱིར་རོ། །

《四百論釋》說：「吉祥女所在之家，亦必有黑耳在內。」彼與本論無違，以彼意取有彼名之二人，本論則說黑耳是不吉祥之異名也。

བཞི་པ་ནི།

辛四、明戒度之差別

གང་གིས་གང་ཞིག་གང་ལ་སྤོང་བྱེད་པ། །གསུམ་དུ་དམིགས་པ་ཡོད་ན་ཚུལ་ཁྲིམས་དེ། །
འཇིག་རྟེན་པ་ཡི་ཕ་རོལ་ཕྱིན་ཞེས་བཤད། །གསུམ་ལ་ཆགས་པས་སྟོང་དེ་འཇིག་རྟེན་འདས། །
由誰於誰斷何事，若彼三輪有可得，
名世間波羅蜜多，三著皆空乃出世。

གང་ཟག་གང་གིས་སྤོང་བ་དང་། སྤང་བྱ་གང་ཞིག་སྤོང་བ་དང་། སེམས་ཅན་གང་ལ་སྤོང་བར་བྱེད་པའི་འཁོར་གསུམ་དུ་བདེན་པར་དམིགས་པའི་ས་བོན་འགོག་མི་ནུས་པ་ཡོད་ན། དེ་འདྲ་བའི་ཚུལ་ཁྲིམས་འཇིག་རྟེན་པའི་ཕ་རོལ་ཏུ་ཕྱིན་པ་ཞེས་བཤད་ལ། ཚུལ་ཁྲིམས་དེ་ཉིད་སྔར་བཤད་པའི་འཁོར་གསུམ་དུ་བདེན་པར་དམིགས་པའི་ཆགས་པས་སྟོང་པ་སྟེ་མི་དམིགས་པར་རྟོགས་པའི་ཟག་མེད་ཀྱི་ཤེས་རབ་ཀྱིས་ཟིན་ན། འཇིག་རྟེན་ལས་འདས་པའི་ཕ་རོལ་ཏུ་ཕྱིན་པ་ཡིན་པས་ཚུལ་ཁྲིམས་ལ་གཉིས་ཀྱི་དབྱེ་བ་ཡོད་དོ། །

由誰能斷，於誰有情所斷，及斷何所斷事，若於彼三輪不能滅除見爲實有可得之種子，則說如是之尸羅，名爲世間波羅蜜多。即彼尸羅若於上說三輪實執空不可得，由了達不可得之無漏慧所攝持者，是名出世波羅蜜多。故尸羅中有此二種差別。

ལྔ་པ་ནི།

辛五、結明此地功德

རྒྱལ་སྲས་ཟླ་བ་ལས་བྱུང་སྲིད་མིན་སྲིད་པ་ཡི། །དཔལ་གྱུར་དྲི་མ་དང་བྲལ་དྲི་མ་མེད་འདི་ཡང་། །
སྟོན་ཁའི་དུས་ཀྱི་ཟླ་བའི་འོད་ཟེར་ཇི་བཞིན་དུ། །འགྲོ་བའི་ཡིད་ཀྱི་གདུང་བ་སེལ་བར་བྱེད་པ་ཡིན། །

佛子月放離垢光，非諸有攝有中祥，
猶如秋季月光明，能除眾生意熱惱。

ཇི་ལྟར་སྟོན་ཀའི་དུས་ཀྱི་ཟླ་འོད་དྲི་མ་དང་བྲལ་བས། སྐྱེ་བོའི་གདུང་བ་སེལ་བ་ཇི་བཞིན་དུ། རྒྱལ་བའི་སྲས་ས་གཉིས་པ་བའི་ཟླ་བ་ལས་བྱུང་བའི་འཆལ་ཁྲིམས་ཀྱི་དྲི་མ་དང་བྲལ་བའི་ཚུལ་ཁྲིམས་ཀྱི་འོད་དང་ལྡན་པས། ས་གཉིས་པ་དྲི་མ་མེད་པ་ཞེས་པའི་མཚན་དོན་དང་ལྡན་པ་འདི་ཡང་། འཆལ་བའི་ཚུལ་ཁྲིམས་ཀྱིས་བསྐྱེད་པའི་འགྲོ་བའི་ཡིད་ཀྱི་གདུང་བ་སེལ་བར་བྱེད་པ་ཡིན་ནོ། །

如秋月光明離諸垢障，能除眾生意中熱惱。如是二地佛子月輪所放之尸羅光明，離破戒垢。故第二地名離垢，名實相符。亦能除遣眾生意中由破戒所生之熱惱也。

ས་གཉིས་པ་བ་འདི་ནི་འཁོར་བར་འཁོར་བའི་ཁོངས་སུ་མི་གཏོགས་པས་སྲིད་པ་འཁོར་བ་མིན་ཡང་། སྲིད་པ་ཡི་དཔལ་ཡིན་ཏེ། ཡོན་ཏན་ཕུན་སུམ་ཚོགས་པ་ཐམས་ཅད་བྱང་སེམས་དེའི་རྗེས་སུ་འགྲོ་བའི་ཕྱིར་དང་། སེམས་ཅན་གྱི་དོན་དུ་སྨོན་ལམ་གྱི་དབང་གིས་གླིང་བཞི་ལ་དབང་བའི་འཁོར་སྒྱུར་གྱི་རྒྱལ་སྲིད་དུ་བྱུང་བ་ཐོབ་པའི་ཕྱིར་རོ། །

又此二地菩薩，不屬生死流轉，故非三有生死所攝。然是三有中之吉祥，以一切圓滿功德，皆隨此菩薩而轉。為利眾生，以大願力得為王四大洲之轉輪王也。

དབུ་མ་ལ་འཇུག་པའི་རྒྱ་ཆེར་བཤད་པ་དགོངས་པ་རབ་ཏུ་གསལ་བ་ལས། དོན་དམ་པའི་སེམས་བསྐྱེད་པ་གཉིས་པའི་བཤད་པའོ། ། ༔ ། །

釋第三勝義菩提心之一

གསུམ་པ། ས་གསུམ་པ་འོད་བྱེད་པ་བཤད་པ་ལ་བཞི། ཁྱད་པར་གྱི་གཞི་སའི་ངེས་ཚིག ཁྱད་པར་གྱི་ཆོས་སའི་ཡོན་ཏན། ཕར་ཕྱིན་དང་པོ་གསུམ་གྱི་ཁྱད་པར་གྱི་ཆོས། སའི་ཡོན་ཏན་བརྗོད་པའི་སྒོ་ནས་མཇུག་བསྡུ་བའོ། །

庚三、發光地分四：辛一、釋地名義，辛二、釋地功德，辛三、明初三度之別，辛四、結明此地功德。

ཤེས་བྱའི་བུད་ཤིང་མ་ལུས་སྲེག་པའི་མེའི། །འོད་འབྱུང་ཕྱིར་ན་ས་ནི་གསུམ་པ་འདི། །
འོད་བྱེད་པ་སྟེ་བདེ་གཤེགས་སྲས་པོ་ལ། །དེ་ཚེ་ཉི་ལྟར་ཟངས་འདྲའི་སྣང་བ་འབྱུང་། །

火光盡焚所知薪，故此三地名發光，
入此地時善逝子，放赤金光如日出。

དང་པོ་ནི། བྱང་སེམས་ཀྱི་ས་ནི་གསུམ་པ་འདི་ལ་ནི། འོད་བྱེད་པ་ཞེས་བྱའོ། །

今初，此菩薩第三地，名發光[①]。

ཅིའི་ཕྱིར་འོད་བྱེད་པ་ཞེས་བྱ་ཞེ་ན། དེ་ནི་མཚན་དོན་དང་མཐུན་པ་ཡིན་ཏེ། ས་གསུམ་པ་ཐོབ་པ་དེའི་ཚེ་ཤེས་བྱའི་བུད་ཤིང་མ་ལུས་པ་སྲེག་པའི་ཡེ་ཤེས་ཀྱི་མེ་གཉིས་སྣང་གི་སྤྲོས་པ་ཀུན། མཉམ་གཞག་ཏུ་ཞི་བར་བྱེད་ནུས་པའི་བདག་ཉིད་ཅན་གྱི་འོད་འབྱུང་བའི་ཕྱིར་རོ། །

以得第三地時，發智慧光盡焚一切所知之薪。此是於根本定位，放寂靜光明，能滅一切二取戲論也。

དེ་ཡང་། སེམས་གསུམ་པ་བསྐྱེད་པའི་བདེ་བར་གཤེགས་པའི་སྲས་པོ་དེ་ལ་ས་གསུམ་པ་དེའི་ཚེ། ཉི་མ་འཆར་ལ་ཁད་པའི་དུས་སུ། ཟངས་འདྲ་བའི་སྣང་བ་འབྱུང་བ་ལྟར་བྱང་སེམས་འདི་ལ་ཡང་ཡེ་ཤེས་ཀྱི་སྣང་བ་འབྱུང་ངོ་།།

又善逝子，得第三地時，生智慧光明，如日將出，先現赤金色光明。

འདི་ནི་ས་དེར་རྗེས་ཐོབ་ཏུ་འོད་དམར་པོ་འམ་དམར་སེར་གྱིས་ཀུན་ཏུ་ཁྱབ་པའི་སྣང་བ་འབྱུང་བའོ། །

此是第三地後得位見赤色或黃色光遍一切處。

རིན་ཆེན་འཕྲེང་བ་ལས་ཀྱང་། ས་གསུམ་པ་ནི་འོད་བྱེད་པའོ། །ཡེ་ཤེས་ཞི་བའི་འོད་འབྱུང་ཕྱིར། །བསམ་

① 「名發光」，校正本作「何以名發光，名實相符故」。

གདན་མངོན་ཤེས་སྐྱེས་པ་དང་། །འདོད་ཆགས་ཞེ་སྡང་ཡོངས་ཟད་ཕྱིར། །དེ་ཡི་རྣམ་པར་སྨིན་པས་ན། །བཟོད་དང་བརྩོན་འགྲུས་ལྷག་པར་སྤྱོད། །ལྷ་ཡི་དབང་ཆེན་མཁས་པ་སྟེ། །འདོད་པའི་འདོད་ཆགས་ཟློག་པ་ཡིན། །ཞེས་གསུངས་སོ། །

《寶鬘論》亦云：「三地名發光，發靜智光故，起靜慮神通，永盡貪瞋故，由此地異熟，常作天中王，增上行忍進，能遣諸欲貪。」

གཉིས་པ་ལ་བཞི། ས་འདིར་བཟོད་པ་ལྷག་པར་བསྟན་པ། བཟོད་པ་གཞན་ཇི་ལྟར་བསྟེན་པའི་ཚུལ། བཟོད་པའི་ཕར་ཕྱིན་གྱི་དབྱེ་བ། ས་འདིར་འབྱུང་བའི་དག་པའི་ཡོན་ཏན་གཞན་བསྟན་པའོ། །

辛二、釋地功德分四：壬一、明此地忍增勝，壬二、明餘修忍方便，壬三、明忍度之差別，壬四、明此地餘淨德。

དང་པོ་ནི།ཡེ་ཤེས་ཀྱི་སྣང་བ་དེ་ལྟ་བུ་རྙེད་པའི་བྱང་སེམས་དེ་ལ། བཟོད་པའི་ཕར་ཕྱིན་ལྷག་པར་བསྟན་པའི་ཕྱིར། གལ་ཏེ་ཞེས་སོགས་སྨོས་སོ། །

今初，爲顯得如是智慧光明之菩薩，忍波羅蜜多最爲增勝。頌曰：

གལ་ཏེ་གནས་མིན་འཁྲུག་པ་འགའ་ཡིས་དེའི། །ལུས་ལས་ཤ་ནི་རུས་བཅས་ཕྱུན་རིང་དུ། །
སྲང་རེ་རེ་ནས་བཅད་པར་གྱུར་ཀྱང་དེའི།།བཟོད་པ་གཅོད་པར་བྱེད་ལ་ལྷག་པར་སྐྱེ། །
བདག་མེད་མཐོང་བའི་བྱང་ཆུབ་སེམས་དཔའ་ལ། །གང་ཞིག་གང་གིས་གང་ཚེ་ཇི་ལྟར་གཅོད། །
གང་ཕྱིར་ཆོས་ཀུན་དེ་ཡིས་གཟུགས་བརྙན་ལྟར། །མཐོང་བ་དེས་ཀྱང་དེ་ཡིས་བཟོད་པར་འགྱུར། །

設有非處起瞋恚，將此身肉並骨節，

分分割截經久時，於彼割者忍更增，

已見無我諸菩薩，能所何時何相割，

彼見諸法如影像，由此亦能善安忍。

སྔར་བཤད་པའི་སྦྱིན་པ་དང་ཚུལ་ཁྲིམས་ལྷག་པ་ནི་འདི་ལ་ཡར་ལྡན་དུ་ཡོད་པས། འདིར་ནི་ཕར་ཕྱིན་ལྷག་མ་བརྒྱད་ཀྱི་ནང་ནས་བཟོད་པ་ལྷག་པའོ། །

卷三

前說之布施持戒增勝，此地亦具足。故此是①於餘八波羅蜜多中忍遍增勝。

ལྷག་ལུགས་ནི་བཟོད་པའི་ཕར་ཕྱིན་གྱི་ཉམས་ལེན་ཕུལ་དུ་བྱུང་བ་ཙམ། ལྷག་མ་བདུན་ལ་འདིར་མི་འབྱུང་བའོ། །

增勝者，謂修忍度已最超勝，修餘七度猶未能爾。

དེ་ཡང་བྱང་སེམས་ས་གསུམ་པ་བ་ནི་གཞན་གྱི་སེམས་བསྲུང་བའི་ཕྱིར་དང་། ཤེས་བྱའི་བུད་ཤིང་ཞེས་པར་བཤད་པ་དེ་ལྟ་བུའི་ཡེ་ཤེས་ཞི་བ་ཡོད་པའི་ཕྱིར། གཞན་དག་གི་ཀུན་ནས་མནར་སེམས་ཀྱི་གཞི། འདིས་བདག་དང་བདག་གི་གཉེན་ལ་གནོད་པ་སྔར་བྱས་སོ། །དེ་ལྟ་བྱེད་དོ། །མ་འོངས་པ་ན་བྱེད་པར་འགྱུར་རོ་ཞེས་པའི་དོགས་པ་ཅན་དུ་འགྱུར་བ། དེ་ལྟ་བུའི་སྒོ་གསུམ་གྱི་འཇུག་པ་མངོན་དུ་བྱེད་པ་མིན་པའི་ཕྱིར། ཁོང་ཁྲོ་བའི་གནས་མིན་པ་ཞེས་ཁྱད་པར་དུ་བྱས་སོ། །

又此三地菩薩，已得焚所知薪之寂靜智火，故能善護他心。設有人焉於實非可瞋之處，即②於我及我親，已損、今損、當損，如斯三業皆不行者，而竟瞋恚菩薩，割截其身。

དེ་ལྟར་ཡིན་ཀྱང་གལ་ཏེ་དེ་འདྲ་བ་ལ་ཁོང་འཁྲུགས་པ་འགའ་ཡིས་བྱང་སེམས་དེའི་ལུས་ལས་ཤ་ནི་ཀྲང་པ་མིན་པར་རུས་པ་དང་བཅས་པ་དང་། ཤིན་ཏུ་ཆེ་བ་མི་གཅོད་པར་སྲང་རེ་རེ་ནས། རྒྱུན་གཅིག་ལ་མི་གཅོད་པར་སྟོད་ཅིང་སྟོད་ཅིང་དུས་ཐུང་བ་ལ་གཅོད་པ་ཟིན་པར་མི་བྱེད་པར། ཡུན་རིང་མོ་ཞིག་ཏུ་གཅོད་པར་གྱུར་ཀྱང་།

非僅割肉，並割其骨節。非大塊而分分割，非一次而數數割。非短時而久時割。

གཅོད་པ་པོ་དེ་ལ་སེམས་འཁྲུག་པ་མི་འབྱུང་བ་ཙམ་དུ་མ་ཟད་ཀྱི། སྡིག་པ་དེའི་རྐྱེན་གྱིས་དམྱལ་བ་ལ་སོགས་པའི་སྡུག་བསྔལ། རིགས་མཐུན་གཞན་ལས་ལྷག་པར་མྱོང་བར་དམིགས་པའི་བྱང་སེམས་ལ། གཅོད་བྱེད་དེ་ལ་དམིགས་ནས་ཆེས་ལྷག་པར་བཟོད་པ་སྐྱེ་བར་འགྱུར་བའོ། །

菩薩於彼割者，非但心不恚惱，且知依彼罪業因緣，當墮地獄等處，受極重苦，故於割者更生極大之安忍。

འདི་ནི་བཟོད་པ་ལྷག་པའི་ལྷག་ཚུལ་ཡིན་པས། རབ་དགའ་སོགས་ས་གཉིས་སུ་ལུས་བཅད་པ་ལ་རྒྱུད་མི་འཁྲུག་པ་ཡོད་ཀྱང་། བཟོད་པ་ལྷག་པར་སྐྱེ་བ་མེད་པར་གསལ་བས། བཟོད་པ་ལྷག་པ་ནི་ས་འདི་ནས་བཟུང་སྟེ་འབྱུང་བར་ཤེས་པར་བྱའོ། །

---

①「此是」，民族本作「此地」。
②「即」，校正本作「即疑」。

由此可知極喜等二地，於割身者雖亦心不恚怒，然無更增上之安忍。安忍增勝實從此地始（此是由悲而忍，下是由慧而忍）。

དམྱལ་བ་ལ་སོགས་པའི་སྡུག་བསྔལ་ལྷག་པ་ལ་དམིགས་ནས། བཟོད་པ་ལྷག་པར་འགྱུར་བ་འབའ་ཞིག་ཏུ་མ་ཟད་ཀྱི། གང་གི་ཕྱིར་བདག་མེད་མཐོང་བའི་བྱང་ཆུབ་སེམས་དཔའ་ཡི་ལུས་ལ། གང་གིས་གཅོད་པ་དང་། གང་ཞིག་གཅད་པར་བྱ་བ་དང་། དུས་གང་གི་ཚེ་ཚུལ་ཇི་ལྟར་གཅོད་པའི་འཁོར་གསུམ་གྱི་ཆོས་རྣམས། ས་གསུམ་པ་བ་དེ་ཡིས་གཟུགས་བརྙན་ལྟ་བུར་མངོན་སུམ་དུ་མཐོང་བ་དང་། བདག་དང་བདག་གི་བའི་ཀུན་བརྟགས་ཀྱི་འདུ་ཤེས་དང་བྲལ་བ་དེས་ཀྱང་། བྱང་སེམས་དེ་ཡིས་བཟོད་པར་འགྱུར་རོ། །

又此三地菩薩，非但由見地獄等重苦而起增上安忍，由觀己之身，誰是能割，何爲所割，於何時割，以何相割，現見三輪諸法皆如影像，及離妄計我我所想。故彼亦能善修安忍。

འགྲེལ་བར་ཀྱང་གི་སྒྲ་ནི་བཟོད་པའི་རྒྱུ་བསྡུ་བར་བྱ་བའི་ཕྱིར་རོ། །ཞེས་མི་འཁྲུག་པའི་རྒྱུ་སྔ་མར་མ་ཟད། བཤད་མ་ཐག་པ་འདིས་ཀྱང་བཟོད་ཅེས་པ་ཡིན་པའི་ཕྱིར་དང་། འདིའི་ཕྱིར་ཡང་ཞེས་གསུངས་པས། མཐོང་བ་དེས་ཀྱང་ཞེས་བསྒྱུར་རྒྱུ་ཡིན་ནོ། །

釋論謂：「亦字爲攝安忍之因。」意爲[①]非但前因能不恚惱，即由此第二因亦能安忍也。

གཉིས་པ་ལ་གཉིས། ཁོང་ཁྲོ་བྱ་བར་མི་རིགས་པ་དང་། བཟོད་པ་བསྟེན་པར་རིགས་པའོ། །

壬二、明餘修忍方便分二：癸一、明不應瞋恚，癸二、明理應修忍。

དང་པོ་ལ་བཞི། དགོས་པ་མེད་ཅིང་ཉེས་དམིགས་ཆེ་བས་ཁོང་ཁྲོ་བར་མི་རིགས་པ། ཕྱིས་ཀྱི་སྡུག་བསྔལ་མི་འདོད་པ་དང་གནོད་ལན་བྱེད་པ་གཉིས་འགལ་བར་བསྟན་པ། སྔར་ཡུན་རིང་བསགས་པའི་དགེ་བ་འཇོམས་པས་ཁོང་ཁྲོ་བར་མི་རིགས་པ། མི་བཟོད་པའི་སྐྱོན་མང་པོ་བསམས་ནས་ཁོང་ཁྲོ་དགག་པའོ། །

初又分四：子一、明無益有損故不應瞋，子二、明不欲後苦則不應報怨，子三、明能壞久修善根故不應瞋，子四、明當思不忍多失而遮瞋恚。

དང་པོ་ནི། བཟོད་པ་འདི་བྱང་སེམས་སར་གནས་པ་རྣམས་ཀྱི་ཐུགས་དང་འཚམས་པའི་ཆོས་ཡིན་པ་འབའ་

① 「爲」，民族本作「謂」。

ཞིག་ཏུ་མ་ཟད་ཀྱི། སར་གནས་ལས་གཞན་པ་རྣམས་ཀྱི་ཡོན་ཏན་མཐའ་དག་མི་འཛད་པར་སྲུང་བའི་རྒྱུ་ཡང་ཡིན་པས། མི་བཟོད་པ་དང་ལྡན་པ་རྣམས་ཁྲོ་བ་ལས་ལྡོག་རིགས་པར་འཆད་པ་ནི། གནོད་པ་ཞེས་པ་ནས་སྨྲར་བསྟན་བྱ་ཞེས་པའི་བར་རོ། །

今初，又此安忍，非僅地上菩薩相應之行。亦是地前餘人保護一切功德令不壞滅之因。故諸未能安忍者，皆應遮止瞋恚也。頌曰：

གནོད་པ་བྱས་པས་གལ་ཏེ་དེར་བཀོན་ན། །དེ་ལ་བཀོན་པས་བྱས་ཟིན་ལྡོག་གམ་ཅི། །
དེ་ཕྱིར་དེར་བཀོན་ངེས་པར་འདིར་དོན་མེད། །འཇིག་རྟེན་ཕ་རོལ་དང་ཡི་འགལ་བར་འགྱུར། །
若已作害而瞋他，瞋他已作豈能除，
是故瞋他定無益，且與後世義相違。

གལ་ཏེ་གནོད་པ་བྱས་པ་ལས་དེར་ཏེ་གནོད་བྱེད་ལ་བཀོན་པ་སྐྱེ་ཁྲོ་ན། དེའི་ཚེ་གནོད་པ་བྱས་ཟིན་པ་ལྡོག་ཏུ་མེད་པའི་ཕྱིར། དེ་ལ་བཀོན་པ་སྐྱེ་དེ་ལ་དམིགས་པའི་ཞེ་འཁམ་པ་བྱས་པས། གནོད་པ་བྱས་ཟིན་པ་ལྡོག་གམ་ཅི་སྟེ་མི་ལྡོག་གོ །དེའི་ཕྱིར་དེ་ལ་བཀོན་པ་འདིར་ངེས་པར་དོན་མེད་དོ། །ཞེ་འཁམ་པ་ནི་ཞེ་ལ་རྒྱབ་པའི་སེམས་ཀར་ཀར་བ་སྟེ་ཁྲོ་བ་དང་དོན་གཅིག་གོ།

若他已作損害，緣此瞋他能作害者，其所作之損害已不能除。豈緣彼人起內心之憤恚，其已作之損害能得除乎？內心憤恚，即粗暴心，於①瞋義同。

དེ་ལྟར་དགོས་པ་མེད་པར་མ་ཟད་འཇིག་རྟེན་ཕ་རོལ་གྱི་དོན་དང་ཡང་ནི་འགལ་བར་འགྱུར་ཏེ། ཁོང་ཁྲོ་ལ་སྐབས་བྱིན་པས་ཤི་བའི་འོག་ཏུ་རྣམ་སྨིན་ཡིད་དུ་མི་འོང་བ་འཕེན་པའི་ཕྱིར་རོ། །

又此瞋恚非但無益，且與後世之義利相乖，若容許瞋恚，身壞命終，必將引發非愛異熟也。

གཉིས་པ་ནི། གང་ཞིག་རང་གིས་སྔོན་ཉེས་སྤྱོད་བྱས་པའི་འབྲས་བུ་སྡུག་བསྔལ་ལ་ལོངས་སྤྱོད་བཞིན་དུ། དེ་ལ་གཏི་མུག་པས་གཞན་གྱིས་བདག་ལ་གནོད་པ་བྱས་སོ་སྙམ་དུ་རྟོག་པ་དེ་ལ་ནི། གནོད་བྱེད་ལ་ཁྲོ་བ་སྐྱེ་ལ། གནོད་ལན་བྱས་པས་ཕྱིས་དེའི་གནོད་པའི་སྡུག་བསྔལ་མི་འབྱུང་བར་འདོད་པ་དེ་ཡང་བཟློག་པར་བྱ་བའི་ཕྱིར་བཤད་པ་ནི།

①「於」，民族本作「與」。

子二、明不欲後苦則不應報怨。頗有癡人，現受往昔自作惡行所感苦果，妄謂他人損害於我，遂於能害者發瞋恚心而行報復，却願後世不更受彼損害，爲遮此執故，頌曰：

སྔོན་བྱས་པ་ཡི་མི་དགེའི་ལས་ཀྱི་འབྲས་བུ་གང་། །ཟད་པར་བྱེད་པར་བརྗོད་པར་འདོད་པ་དེ་ཉིད་ཀོ། །
གཞན་ལ་གནོད་པ་དང་ནི་ཁྲོ་བས་སྡུག་བསྔལ་ཕྱིར། །ས་བོན་ཉིད་དུ་ཇི་ལྟ་བུར་ན་འཕེལ་བར་བྱེད། །

即許彼苦能永盡，往昔所作惡業果，①
云何瞋恚而害他，更引當來苦種子。

རང་གི་ལུས་ལ་གནོད་པའི་སྡུག་བསྔལ་ཆེན་པོ་དགྲ་དག་གིས་བསྐྱབས་པ་དེ་ནི། སྔོན་བྱས་པ་ཡི་སྲོག་གཅོད་ཀྱི་མི་དགེ་བའི་ལས་ཀྱི་འབྲས་བུ། ངན་སོང་གསུམ་དུ་རྣམ་སྨིན་དྲག་པོ་སྨྱོང་ཞིང་། རྒྱུ་མཐུན་གྱི་འབྲས་བུ་ལྷག་མར་ལུས་པ་ཅན་རྣམས་ཀྱི། རྒྱུ་མཐུན་གྱི་འབྲས་བུ་ཡིད་དུ་མི་འོང་བ་མ་ལུས་པ་ཟློག་པའི་རྒྱུ་གང་ཡིན་པ། ལས་ཀྱི་ལྷག་མ་ཟད་པར་བྱེད་པར་བརྗོད་པར་འདོད་པ་དེ་ཉིད་ཀོ་སྟེ་ནི། གཞན་ལ་གནོད་པའི་ལན་བྱེད་པ་དང་། རྒྱུད་ཁོང་ནས་འཁྲུག་པའི་ཁྲོ་བས་སྡུག་བསྔལ་འདིར་སྨྱོང་བ་ལས་ཆེས་ལྷག་པའི་སྡུག་བསྔལ། ཕྱིར་ཏེ་སླར་ཡང་སྡུག་བསྔལ་དེའི་ས་བོན་ཏེ་རྒྱུ་ཉིད་དུ། ཇི་ལྟ་བུར་ན་འཕེལ་བར་བྱེད་པ་རིགས་ཏེ་མི་རིགས་སོ། །

怨敵現於自身所作大苦，是由往昔造殺生等諸不善業，於三惡趣受苦異熟，今乃所餘等流殘果。由此因緣能使一切苦等流果皆悉消滅，即②許彼苦能令餘業皆悉永盡。云何復起瞋恚心而思報害於他，更引當來遠勝現苦之大苦種子。

དེས་ན་སྨན་པས་ནད་གསོ་བའི་ཐབས་སུ་བྲུར་པ་གཙགས་བུ་རྣོན་པོས་གཏར་བའི་སྡུག་བསྔལ་ལ་བཟོད་པར་བྱ་བ་ལྟར། ཕུགས་ཀྱི་སྡུག་བསྔལ་མཐའ་ཡས་པ་ཟློག་པའི་དོན་དུ། འཕྲལ་གྱི་སྡུག་བསྔལ་ཆུང་ངུ་ལ་ཆེས་ཤིན་ཏུ་བཟོད་པར་རིགས་སོ། །

如醫師爲治重病，作刀割等苦，理應忍受。如是爲治未來無邊大苦，忍現前小苦，極爲應理。

---

①「即許彼苦能永盡，往昔所作惡業果」，藏文頌文作「往昔所作惡業果，既許彼苦能永盡」。此句中「即」，民族本、校正本作「既」。
②「即」，民族本、校正本作「既」。

གསུམ་པ་ལ་གཉིས། དངོས་ཀྱི་དོན་དང་། ཞར་བྱུང་གི་དོན་བཤད་པའོ། །

子三、明能壞久修善根故不應瞋分二：丑一、正義，丑二、旁義。

དང་པོ་ནི། མི་བཟོད་པ་ནི་རྣམ་སྨིན་ཡིད་དུ་མི་འོང་བ་ཡངས་པ་འཕེན་པའི་རྒྱུ་ཡིན་པ་འབའ་ཞིག་ཏུ་མ་ཟད་ཀྱི། ཡུན་རིང་དུ་བསགས་པའི་བསོད་ནམས་ཀྱི་ཚོགས་ཟད་པའི་རྒྱུ་ཡང་ཡིན་ནོ། །ཞེས་སྟོན་པ་ནི།

今初，又此不忍，非但是能引不可愛異熟之因，亦是能壞多劫所修福德資糧之因。頌曰：

གང་ཕྱིར་རྒྱལ་སྲས་རྣམས་ལ་ཁྲོས་པ་ཡིས། །སྦྱིན་དང་ཁྲིམས་བྱུང་དགེ་བ་བསྐལ་པ་བརྒྱར། །
བསགས་པ་སྐད་ཅིག་གིས་འཇོམས་དེ་ཡི་ཕྱིར། །མི་བཟོད་ལས་གཞན་སྡིག་པ་ཡོད་མ་ཡིན། །

若有瞋恚諸佛子，百劫所修施戒福，
一剎那頃能頓壞，故無他罪勝不忍。

གང་གི་ཕྱིར་བྱང་སེམས་བདག་ཉིད་ཆེན་པོ་དེས། ཡུལ་དེ་བྱང་སེམས་ཡིན་པར་མ་ངེས་པས་སམ། ཡང་ན་བྱང་སེམས་སུ་ངེས་ཀྱང་ཉོན་མོངས་ཀྱི་གོམས་པ་ཤས་ཆེས་པས། རྒྱལ་སྲས་བྱང་ཆུབ་ཏུ་སེམས་བསྐྱེད་པ་རྣམས་ལ། བདེན་པ་དང་མི་བདེན་པའི་ཉེས་པ་ལྷག་པར་སྒྲོ་བཏགས་ནས། ཁོང་ཁྲོ་བའི་བསམ་པ་སྐད་ཅིག་ཙམ་ཞི་བསྐྱེད་ན་ཡང་། དེ་ཙམ་གྱིས་ཀྱང་བསྐལ་བ་བརྒྱར་བསགས་པའི་བསོད་ནམས་ཀྱི་ཚོགས། སྔར་བཤད་པའི་སྦྱིན་པ་དང་། ཚུལ་ཁྲིམས་ཀྱི་ཕར་ཕྱིན་གོམས་པ་ལས་བྱུང་བའི་དགེ་བ་རྣམས་འཇོམས་པར་འགྱུར་ན་བྱང་སེམས་མ་ཡིན་པས། བྱང་སེམས་ལ་ཁོང་ཁྲོ་བ་བསྐྱེད་ན་ལྟ་ཅི་སྨོས་ཏེ། དེའི་ཕྱིར་རྒྱ་མཚོ་ཆེན་པོའི་ཆུའི་ཚད་སྲང་གི་གྲངས་ཀྱི་ངེས་མི་ནུས་པ་ལྟར། བྱང་སེམས་ལ་ཁྲོས་པའི་རྣམ་པར་སྨིན་པའི་མཚམས་ངེས་པར་མི་ནུས་སོ། །

若菩薩大士，於已發菩提心之佛子，或不知彼是菩薩，或雖知之，然由上品煩惱串習，增益其過失隨實不實，發瞋恚心，一剎那頃。尚能摧壞百劫所修福德資糧。如前所說由修施戒波羅蜜多，所生善根。況非菩薩而瞋菩薩。如大海水不可以稱，瞋恚菩薩之異熟量，亦不可知。

དེ་ཡི་ཕྱིར་དེ་ལྟར་ན་འབྲས་བུ་ཡིད་དུ་མི་འོང་བ་འཕེན་པ་དང་། དགེ་བ་ལ་གནོད་པ་བྱེད་པའི་སྡིག་པ་ནི། མི་བཟོད་པ་ཁོང་ཁྲོ་ལས་གཞན་པའི་མཆོག་ཏུ་གྱུར་པ་ཡོད་པ་མ་ཡིན་ནོ། །

故能引不可愛果及能壞善根之罪惡，更無大於瞋恚不忍之心者也。

བདེན་པའི་ཉེས་པ་ལྷག་པར་སྒྲོ་བཏགས་པ་ནི། ཆུང་ངུ་ལ་ཆེན་པོར་སྒྲོ་བཏགས་པའོ། །ཞེས་འགྲེལ་བཤད་ལས་བཤད་དོ། །

增益真實過失者，疏謂於微小過增益爲大過。

དགེ་རྩ་འཇོམས་པར་བཤད་པ་དེ་ཡང་འཇམ་དཔལ་རྣམ་པར་རོལ་པའི་མདོ་ལས། འཇམ་དཔལ་ཁོང་ཁྲོ་བ་ཁོང་ཁྲོ་བ་ཞེས་བྱ་བ་ནི། བསྐལ་པ་བརྒྱར་བསགས་པའི་དགེ་བ་ཉེ་བར་འཇོམས་པར་བྱེད་པ་དེའི་ཕྱིར། ཁོང་ཁྲོ་བ་ཞེས་བྱའོ། །ཞེས་གསུངས་པའོ། །

其摧壞善根之相，如《曼殊室利游戲經》云：「曼殊室利，以能壞百劫所修善根，故名瞋恚。」

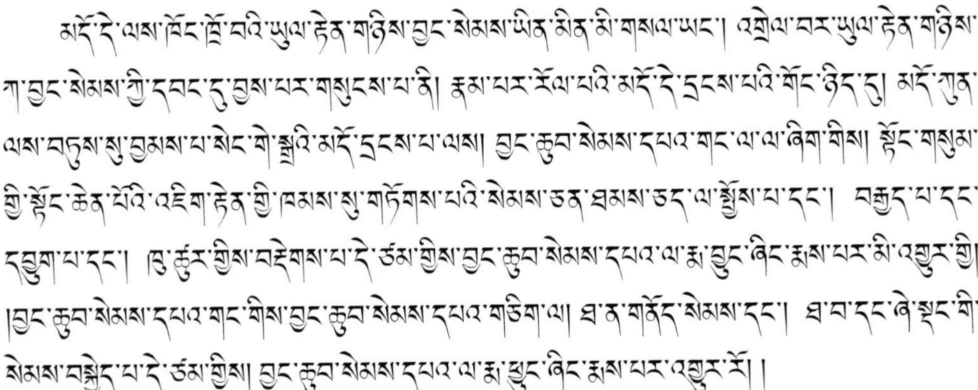

མདོ་དེ་ལས་ཁོང་ཁྲོ་བའི་ཡུལ་རྟེན་གཉིས་བྱང་སེམས་ཡིན་མིན་མི་གསལ་ཡང་། འགྲེལ་བར་ཡུལ་རྟེན་གཉིས་ཀ་བྱང་སེམས་ཀྱི་དབང་དུ་བྱས་པར་གསུངས་པ་ནི། རྣམ་པར་རོལ་པའི་མདོ་དེ་དྲངས་པའི་གོང་ཉིད་དུ། མདོ་ཀུན་ལས་བཏུས་སུ་བྱམས་པ་སེང་གེ་སྒྲའི་མདོ་དྲངས་པ་ལས། བྱང་ཆུབ་སེམས་དཔའ་གང་ལ་ལ་ཞིག་གིས། སྟོང་གསུམ་གྱི་སྟོང་ཆེན་པོའི་འཇིག་རྟེན་གྱི་ཁམས་སུ་གཏོགས་པའི་སེམས་ཅན་ཐམས་ཅད་ལ་གཤེས་པ་དང་། བརྡེད་པ་དང་དབྱུག་པ་དང་། ཁྲོ་ཚུར་གྱིས་བརྡེགས་པ་དེ་ཙམ་གྱིས་བྱང་ཆུབ་སེམས་དཔའ་ལ་རྨ་བྱུང་ཞིང་རྨས་པར་མི་འགྱུར་གྱི། །བྱང་ཆུབ་སེམས་དཔའ་གང་གིས་བྱང་ཆུབ་སེམས་དཔའ་གཅིག་ལ། ཐ་ན་གནོད་སེམས་དང་། ཐ་བ་དང་ཞེ་སྡང་གི་སེམས་བསྐྱེད་པ་དེ་ཙམ་གྱིས། བྱང་ཆུབ་སེམས་དཔའ་ལ་རྨ་བྱུང་ཞིང་རྨས་པར་འགྱུར་རོ། །

卷三

此經於能瞋所瞋之是否菩薩，雖未說明。而釋論於能瞋所瞋則俱說是菩薩。如《集經論》於引彼《游戲經》之前，先引《彌勒獅子吼經》云：「若有菩薩，於三千大千世界一切眾生打罵割截，菩薩非由此故便生瘡疱。若有於餘菩薩，下至起損害心，起株杌心，起瞋恚心。菩薩由此因緣即生瘡疱。

དེ་ཅིའི་ཕྱིར་ཞེ་ན། གལ་ཏེ་དེས་ཐམས་ཅད་མཁྱེན་པ་ཡོངས་སུ་མ་བཏང་ན། བྱང་ཆུབ་སེམས་དཔའ་བྱང་ཆུབ་སེམས་དཔའ་ཅིག་ཤོས་ལ་གནོད་སེམས་དང་། ཐ་བ་དང་སྡང་བའི་སེམས་ཇི་སྙེད་དུ་བསྐྱེད་པ་དེ་སྙེད་ཀྱི་བསྐལ་པར་གོ་ཆ་གཟོད་ཡང་བགོ་དགོས་སོ། །ཞེས་གསུངས་པས་ཡུལ་རྟེན་གཉིས་ཀ་བྱང་སེམས་ལ་གསུངས་པ་དེ་ལ་བརྟེན་ནས་མཛད་པར་མངོན་ནོ། །

何以故？若彼菩薩未捨一切智者，由此菩薩於彼菩薩，起損害心，起株杌心，起瞋恚心。隨起心數，當於爾許劫中重披誓甲。」此論說能瞋所瞋俱是菩薩，即依此經而說也。

འོ་ན་སློབ་དཔོན་དཔའ་བོ་དང་། ཞི་བ་ལྷས། བསྐལ་པ་སྟོང་དུ་བསགས་པ་ཡི། །སྦྱིན་དང་བདེ་གཤེགས་མཆོད་ལ་སོགས། །ལེགས་སྤྱད་གང་ཡིན་དེ་ཀུན་ཀྱང་། །ཁོང་ཁྲོ་གཅིག་གིས་འཇོམས་པར་བྱེད། ཅེས་བསྐལ་པ་སྟོང་དུ་བསགས་པའི་དགེ་བ་འཇོམས་པར་བྱེད་པར་གསུངས་པ་ཇི་ལྟར་ཡིན་ཞེ་ན།

若爾，馬鳴及靜天云：「千劫所修集，布施供佛等，一切諸善行，一瞋悉能壞。」皆說能壞一千劫中所修善根，復云何通？

སྤྱོད་འཇུག་གི་འགྲེལ་བ་ཁ་ཅིག་ལས། བསྐལ་པ་སྟོང་ཕྲག་དུ་མར་བསགས་པའི་དགེ་བ། སེམས་ཅན་ལ་སྡང་བས་འཇོམས་ཞེས་ཟེར་མོད་ཀྱང་ཡིད་ཆེས་པར་དཀའོ། །

答：《入行論疏》有說：「多千劫中所修善根，由瞋眾生即便摧壞。」實難信受。

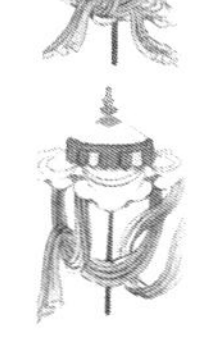

སློབ་དཔོན་དེ་གཉིས་ཀྱིས་ཡུལ་རྟེན་ལ་གསལ་ཁ་མ་མཛད་ཀྱང་། །བསྐལ་པ་བརྒྱའམ་སྟོང་དུ་བསགས་པའི་དགེ་རྩ་འཇོམས་པའི་ཁོང་ཁྲོའི་ཡུལ་ལ་ནི། བྱང་སེམས་དགོས་སོ། །

彼二論師於能瞋所瞋雖未明說，然能壞百劫或千劫所修善根之瞋恚。其所瞋境，必要菩薩。

ཁྲོ་བའི་རྟེན་ནི་བྱང་སེམས་བདག་ཉིད་ཆེན་པོ་ཞེས་གསུངས་པ་ལ་དཔགས་ན། ཡུལ་གྱི་བྱང་སེམས་ལས་བྱང་སེམས་སྟོབས་ཆེ་བ་ཅིག་འདྲའོ། །

其能瞋者，觀釋論說「菩薩大士」一語，則能瞋之菩薩，似較所瞋菩薩力大。

དེ་ལ་ཁྲོ་བའི་རྟེན་ནི་བྱང་སེམས་སོ་སྐྱེར་ངེས་ལ། ཡུལ་ལ་ནི་ས་ཐོབ་མ་ཐོབ་གཉིས་སུ་ཡོད་དེ། དེ་ལྟར་ན་བྱང་སེམས་སྟོབས་ཆེ་བས་ཆུང་བ་ལ་དང་། ཆུང་བས་ཆེ་བ་ལ་དང་། ཡུལ་དང་རྟེན་སྟོབས་མཉམ་པས་མཉམ་པ་ལ་ཁྲོས་པ་གསུམ་མོ། །

其能瞋菩薩定是異生，所瞋之境，則有登地未登地之二類。如是便有大力菩薩瞋力弱者，力弱菩薩瞋強力者，能瞋所瞋力相等者，共成三種。

དེའི་དང་པོ་ལ་ནི་བསྐལ་པ་བརྒྱ་ཡིན་ལ། བྱང་སེམས་མ་ཡིན་པས་བྱང་སེམས་ལ་ཁྲོས་ན་ནི་བསྐལ་བ་སྟོང་དུ་མངོན་ཏེ། གཉིས་པ་དང་གསུམ་པ་དང་། གཉིས་པའི་ཡུལ་གྱི་མཆོག་དམན་གྱི་ཁྱད་པར་ལ་བརྟེན་ནས་དགེ་རྩ་འཇོམས་པ་ཡང་ལུང་ལ་བརྟེན་ནས་དཔྱད་པར་བྱའོ། །

其中初者壞百劫善根。若非菩薩而瞋菩薩，則壞千劫善根，極爲明顯。至於第二第三兩種，由所瞋境之勝劣差別，摧壞善根之量，亦當依據聖教，更爲觀察。

སྟོང་གསུམ་གྱི་ཞེས་པ་ནས་སྐྲུས་པར་མི་འགྱུར་བའི་བར་གྱིས་ནི། བྱང་སེམས་ཀྱིས་བྱང་སེམས་མིན་པ་ལ་ཡིད་ཀྱིས་ཁྲོས་ནས། ངག་གིས་གཤེ་བ་དང་ལུས་ཀྱིས་བརྡེག་པ་བསྟན་པ། དེ་ཡང་བྱང་སེམས་ལ་རྨ་ཕྱུང་བ་དང་། བྱང་སེམས་རྨས་པ་དང་མི་འདྲ་བར་བསྟན་པས། དེ་འདྲ་བ་ལ་ནི་གཞི་ནས་གོ་ཆ་བགོ་བ་མི་དགོས་པར་ཤེས་སོ། །

從「於三千」至「非由此故便生瘡疱」，是明菩薩於非菩薩，心生瞋恚。口出惡言，身行捶打。既與損傷菩薩不同，亦知不須重披誓甲。

བྱང་སེམས་ཀྱིས་བྱང་སེམས་གཅིག་ལ་ཡང་ལུས་ངག་ཏུ་མ་ཐོན་པར་ཡིད་ཀྱིས་སྡང་བ་ཙམ་བསྐྱེད་ན་ནི། སེམས་དེ་བསྐྱེད་གྲངས་ཇི་ཙམ་པ་དེ་ཙམ་གྱི་བསྐལ་པར་གཞི་ནས་གོ་ཆ་བགོ་དགོས་པར་བསྟན་ནོ། །

若此菩薩於他菩薩，即使身語未動，唯發瞋恚，亦須隨彼興心之數，經爾許劫重披誓甲。

དེ་ལྟ་བུའི་ཡུལ་ནི་ལུང་བསྟན་ཐོབ་པའི་སེམས་དཔའ་དང་། རྟེན་ནི་ལུང་བསྟན་མ་ཐོབ་པར་མངོན་ཏེ། སྡུད་པ་ལས། ལུང་བསྟན་མ་ཐོབ་བྱང་ཆུབ་སེམས་དཔའ་གང་ཞིག་གིས། །ལུང་བསྟན་ཐོབ་ལ་སེམས་ཁྲོས་རྩོད་པ་རྩོམ་བྱེད་ན། །ཐ་བ་སྐྱོན་ལྡན་སེམས་ཀྱི་སྐད་ཅིག་ཇི་སྙེད་པ། །དེ་སྙེད་བསྐལ་པར་གཞི་ནས་གོ་ཆ་བགོ །དགོས་སོ། །ཞེས་གསུངས་པའི་ཕྱིར་རོ། །

此所瞋境，是已得授記之菩薩，其能瞋者，則是未得授記者。如般若頌云：「若有菩薩未得記，瞋恚鬥諍得記者，隨彼惡心刹那數，重經爾劫披誓甲。」

卷三

གཞི་ནས་གོ་ཆ་བགོ་དགོས་པ་ནི། དཔེར་ན་བྱང་སེམས་ཀྱི་ཚོགས་ལམ་ཆེན་པོ་ནས། མྱུར་བོར་སྦྱོར་ལམ་དུ་འཕོ་ཐུབ་པ་ཞིག་གིས། ལུང་བསྟན་ཐོབ་པ་ལ་ཁྲོས་ན། ཁྲོ་སེམས་ཀྱི་གྲངས་དེ་སྙེད་ཀྱི་བསྐལ་པར་སྦྱོར་ལམ་དུ་འཕོ་མི་ནུས་པར། གཞི་ནས་ལམ་ལ་སློབ་དགོས་པ་ལྟ་བུའོ། །

重披誓甲者，如上品資糧道菩薩，本能疾入加行道。若瞋已得授記者，則隨瞋恚心數，於爾許劫中不能入加行道，更當修行也。

འདི་ལ་སྤྱོད་འཇུག་ལས། གང་ཞིག་དེ་འདྲའི་རྒྱལ་སྲས་སྦྱིན་བདག་ལ། །གལ་ཏེ་ངན་སེམས་སྐྱེད་པར་བྱེད་པ་དེ། །ངན་སེམས་བསྐྱེད་པའི་གྲངས་བཞིན་བསྐལ་པར་ནི། །དམྱལ་བར་གནས་པར་འགྱུར་ཞེས་ཐུབ་པས་གསུངས། །ཞེས་བྱང་སེམས་ལ་ཁོང་ཁྲོ་བའི་སེམས་བསྐྱེད་གྲངས་ཇི་སྙེད་པ་དེ་སྙེད་ཀྱི་བསྐལ་པར་དམྱལ་བར་གནས་པར་གསུངས་ལ། བསྐལ་པ་མང་པོར་བསགས་པའི་དགེ་རྩ་འཇོམས་པའི་ཉེས་དམིགས་ཀྱང་ཡོད་ལ།

又《入行論》云：「若於佛子施主所，設有發生罪惡心，佛說應隨惡心數，墮地獄中經爾劫。」此說隨瞋菩薩之心數，經爾許劫恆處地獄，亦有摧壞多劫所修善根之過患也。

ལུང་བསྟན་ཐོབ་པ་ལ་མ་ཐོབ་པས་ཁྲོས་ན་ནི་དམྱལ་བར་གནས་པ་ཇི་སྙེད་མ་ཐག་པ་དང་འདྲ་ལ། དེ་སྙེད་ཀྱི་བསྐལ་པར་གཞི་ནས་གོ་ཆ་བགོ་བ་དགོས་པ་དང་གཉིས་ཡོད་དེ། །

若未得授記者瞋已得授記者，有二過患，謂如上說恆墮地獄，及經爾許劫重披誓甲。

རྣམ་པར་འཐག་པ་བསྡུས་པ་ལས་གསུངས་པའི་ཆོས་སྤོང་བྱུང་བས་ལོ་བདུན་གྱི་བར་དུ་ཉིན་གཅིག་ཅིང་དུས་གསུམ་དུ་ཉེས་པ་བཤགས་ན་རྣམ་སྨིན་དག་ཀྱང་། བཟོད་པ་འཐོབ་པ་ལ་མྱུར་ནའང་བསྐལ་པ་བཅུ་དགོས་པར་གསུངས་པ་ལྟར། སྒོ་དུ་མ་ནས་བཤགས་བསྡམ་བྱས་ན། ལམ་བུལ་དུ་སོང་བ་སོར་མ་ཆུད་ཀྱང་། རྣམ་སྨིན་མྱོང་བ་འདག་པར་འགྱུར་བས་འབད་པར་བྱའོ། །

若作精研經所說謗法之業，於七年中每日三時勤修懺法，其異熟果雖可清淨。然得忍位，最快亦須再經十劫。若能多門勤修懺悔，雖進道遲緩不可補救。然異熟果猶可清淨，故當策勵而行也。

གཉིས་པ་ནི།

丑二、旁義

ཡུལ་རྟེན་གཉིས་ཀ་བྱང་སེམས་མིན་ཀྱང་། ཁོང་ཁྲོ་སྐྱེས་ན་དགེ་རྩ་འཇོམས་པ་ཡོད་དེ། ཐམས་ཅད་ཡོད་སྨྲའི་གཞུང་བསླབ་བཏུས་སུ་དྲངས་པ་ལས། དགེ་སློང་དག་དགེ་སློང་གིས་འདི་ལྟར་སྐྲ་དང་སེན་མོའི་མཆོད་རྟེན་ལ་ཡན་ལག་ཐམས་ཅད་ཀྱིས་ཕྱག་འཚལ་ཏེ། སེམས་དང་བར་བྱེད་པ་ལ་ལྟོས། བཙུན་པ་དེ་ལྟ་ལགས་སོ། །

又能瞋所瞋俱非菩薩，若發瞋恚亦有壞善根者。如《集學論》引說一切有部之經云：「諸比丘，見此比丘發淨信心，以一切支[①]頂禮如來髮爪塔否？白言大德已見。

དགེ་སློང་དག་དགེ་སློང་འདིས་ཇི་ཙམ་ཞིག་ནོན་པའི་འོག་དཔག་ཚད་བརྒྱད་ཁྲི་བཞི་སྟོང་ན་གསེར་གྱི་འཁོར་ལོ་ལ་ཐུག་པའི་བར་ན། བྱེ་མ་ཇི་སྙེད་ཡོད་པ་དེ་སྙེད་དུ་དགེ་སློང་འདིས་འཁོར་ལོ་སྒྱུར་བའི་རྒྱལ་སྲིད་སྟོང་འགྱུར་དུ་ལོངས་སྤྱོད་པར་འགྱུར་རོ། །ཞེས་བྱ་བ་ནས།

① 「支」，校正本作「肢」。

諸比丘，如此比丘隨身所覆下至金輪八萬四千逾①繕那量，盡其中間諸塵沙數，今此比丘，當得千倍轉輪王位。」乃至：

དེ་ནས་ཚེ་དང་ལྡན་པ་ཉེ་བར་འཁོར་གྱིས། བཅོམ་ལྡན་འདས་ག་ལ་བ་དེ་ལོགས་སུ་ཐལ་མོ་སྦྱར་བ་བཏུད་དེ། བཅོམ་ལྡན་འདས་ལ་འདི་སྐད་ཅེས་གསོལ་ཏོ། །བཅོམ་ལྡན་འདས་ཀྱིས་དགེ་སློང་གི་དགེ་བའི་རྩ་བ་དེ་ལྟ་བུར་ཆེ་བར་གསུངས་ན།

「具壽鄔波離，頂禮世尊恭敬合掌而白佛言，世尊說此比丘，修集如是廣大善根。

བཅོམ་ལྡན་འདས་དགེ་བའི་རྩ་བ་དེ་དག་གང་དུ་བསྲབས་པ་དང་། ཡོངས་སུ་བྲིད་བ་དང་། ཡོངས་སུ་ཟད་པར་འགྱུར། ཉེ་བར་འཁོར་ཇི་ལྟར་ཚངས་པ་མཚུངས་པར་སྤྱོད་པ་ལ་རྨ་ཕྱུང་བ་དང་། རྨས་པར་བྱས་པ་དེ་ལྟ་བུ་ནི་ངས་མ་མཐོང་སྟེ། ཉེ་བར་འཁོར་དེས་དགེ་བའི་རྩ་བ་ཆེན་པོ་འདི་དག་བསྲབས་པ་དང་། ཡོངས་སུ་བྲིད་བ་དང་། ཡོངས་སུ་ཟད་པར་འགྱུར་རོ། །

世尊，如是善根，由何令其微薄，損減，乃至永盡。鄔波離，若於同梵行所，互生瘡疱，我不見彼更有福德。鄔波離，由此能使如是廣大善根微薄損減乃至永盡。

ཉེ་བར་འཁོར་དེ་ལྟ་བས་ན་ཅི་ནས་འགལ་བ་ལ་ཡང་། སེམས་ཀྱིས་གནོད་པར་མི་བྱ་ན། རྣམ་པར་ཤེས་པ་དང་བཅས་པའི་ལུས་ལ་ལྟ་སྨོས་ཀྱང་ཅི་དགོས་ཞེས་གསུངས་པ་ལྟར་རོ། །

鄔波離，由是當知於諸枯木尚不應起損惱之心，況於有情之身。」

དེ་ལ་བསྲབས་པ་ནི་དགེ་རྩ་ཕུན་ཚོགས་ཆེས་ཆེ་བ་སྐྱེད་པ་ཆུང་དུ་བཏང་བ་དང་། རྒྱུན་རིང་སྐྱེད་པ་ཐུང་དུ་བཏང་བ་ལྟ་བུ་སྟེ། འབྲས་བུ་ཐམས་ཅད་མ་བཅོམ་པ་ཟད་པ་ཆུང་དུའོ།།བྲིད་བ་ནི་ཟད་པ་འབྲིང་པོའོ། །གཏུགས་པ་ནི་ཟད་པ་ཆེན་པོར་མངོན་ནོ། །

言微薄者，如彼善根原能引生極圓滿果，今令微小，能長時引生妙果，今令短少。非壞一切果是下品盡，言損減者是中品盡，言永盡者是上品盡。

ཟླ་བ་སྒྲོན་མའི་མདོ་མདོ་བཏུས་སུ་དྲངས་པ་ལས་ཀྱང་། ཕན་ཚུན་གནོད་པའི་སེམས་སུ་གང་བྱེད་པ། །དེ་ལ་ཚུལ་ཁྲིམས་ཐོས་པས་སྐྱོབ་མི་བྱེད། །བསམ་གཏན་དང་ནི་དགོན་གནས་མི་སྐྱོབ་སྟེ། །སྦྱིན་དང་སངས་རྒྱས་མཆོད་པའང་སྐྱོབ་མི་བྱེད། ཅེས་གསུངས་ཏེ་ཕན་ཚུན་ནི་གྲོགས་ཚངས་པ་མཚུངས་པར་སྤྱོད་པའོ། །

①「逾」，民族本、校正本作「踰」。藏經中用「逾」字僅佔百分之一。

《集學論》引《月燈三昧經》云：「若有互起損害心，持戒多聞不能救，或修靜慮住練若，布施供佛亦難救。」言互起者，謂同梵行者。

ཚུལ་ཁྲིམས་སོགས་དྲུག་གིས་མི་སྐྱོབ་པ་ནི། ཁོང་ཁྲོས་དགེ་རྩ་འཇོམས་པ་འགོག་མི་ནུས་པའོ། །

持戒等六不能救者，謂不能遮止瞋心壞諸善根。

གཞོམ་བྱའི་དགེ་རྩ་ནི་སྔར་གྱི་མདོ་ལས་གསལ་བར་མ་བཤད་ལ། སྤྱོད་འཇུག་ལས། སྦྱིན་དང་བདེ་གཤེགས་མཆོད་པ་སོགས་དང་། འཇུག་པར་སྦྱིན་པ་དང་ཚུལ་ཁྲིམས་ལས་བྱུང་བ་ལ་བཤད་དོ།

所壞善根，彼經未明說。《入行論》說是布施及供佛等，《入中論》則說是布施及持戒所生。

འགྲེལ་བར་བསོད་ནམས་ཀྱི་ཚོགས་ཞེས་གསུངས་པས་བདག་མེད་ལེགས་པར་རྟོགས་པའི་དགེ་རྩ་ལ་མི་ཁྱེད་པ་འདྲ་སྙེ་དཔྱད་དེ། །

釋論中說是福德資糧，似非通達無我之善根也。

འོ་ན་བློ་གྲོས་མི་ཟད་པས་བསྟན་པའི་ལུང་མདོ་བཏུས་སུ་དྲངས་པ་ལས། རྒྱ་མཚོ་ཆེན་པོར་ཆུ་ཐིགས་ལྷུང་བ་ནི། བསྐལ་པ་ཆེན་པོ་མ་བྱུང་གི་བར་དུ་མི་ཟད་པ་དཔེར་མཛད་ནས། བྱང་ཆུབ་ཏུ་བསྔོས་པའི་དགེ་རྩ་ཡང་བྱང་ཆུབ་མ་ཐོབ་ཀྱི་བར་དུ་མི་ཟད་པར་གསུངས་པ་དང་།

若爾，《集經論》引《無盡慧經》說：「如滴水落大海中，乃至大劫未壞以來，終不窮盡，如是善根迴向菩提，乃至未證菩提以來，亦不窮盡。」

སྡོང་པོ་བཀོད་པ་ལས་ཀྱང་། དངུལ་ཆུའི་རིགས་གསེར་དུ་སྣང་བ་ཞེས་པ་སྲང་གཅིག་གིས། ལྕགས་སྲང་སྟོང་གསེར་དུ་བསྒྱུར་ཡང་། ལྕགས་དེས་དེ་ཟད་པར་བྱ་མི་ནུས་པ་དཔེར་མཛད་ནས། བྱང་ཆུབ་ཏུ་སེམས་བསྐྱེད་པའི་དངུལ་ཆུའི་ཁམས་ནི། ལས་དང་ཉོན་མོངས་པའི་ལྕགས་ཐམས་ཅད་ཀྱིས་ཟད་པར་མི་ནུས་པར་གསུངས་པས། སེམས་བསྐྱེད་དང་དེས་ཟིན་པའི་དགེ་བ་དང་། བྱང་ཆུབ་ཏུ་བསྔོས་པའི་དགེ་བ་རྣམས་ཁོང་ཁྲོས་འཇོམས་མི་ནུས་སམ་སྙམ་ན། དེ་ནི་མིན་ཏེ་བྱང་སེམས་བདག་ཉིད་ཆེན་པོའི་དགེ་རྩ་རྣམས་འཇོམས་པར་གསུངས་པའི་ཕྱིར་རོ། །

《華嚴經》亦說：「如有藥汁名訶宅迦，以一兩藥變千兩銅皆成真金，非千兩銅能變此藥。如是一切業煩惱銅亦不能變菩提心藥。」故菩提心及彼攝持之善根，並迴向菩提之善根等，應非瞋恚心所能壞。答：非爾，釋說能壞菩薩大士之善根故。

དེས་ན་ལུང་སྔ་མའི་དོན་ནི། འབྲས་བུ་ཕྱུང་བས་མི་ཟད་པ་ཡིན་གྱི། །ཁོང་ཁྲོས་མི་འཛད་པ་མིན་ལ། གཉིས་པའི་དོན་ཀྱང་སེམས་བསྐྱེད་ལ་བརྟེན་ནས། ལས་ཉོན་གཏན་ཟད་ནུས་པ་ལྟར་ལས་ཉོན་གྱིས་ཚུར་མི་ནུས་པའོ། །

當知前經之義，是說生果無盡，非說瞋恚不能使盡。第二經義，是說依止菩提心能斷盡惑業，惑業則不能斷盡菩提心也。

དགེ་རྩ་བཅོམ་པའི་དོན་ལ་ཁ་ཅིག་ན་རེ་སྔར་གྱི་དགེ་བ་རྣམས་ཀྱི་འབྲས་བུ་མྱུར་དུ་སྐྱེད་པའི་ནུས་པ་བཅོམ་ནས་འབྲས་བུ་འབྱིན་པ་རྒྱང་བསྒྲིངས་ཏེ། སྔོན་ལ་ཞེ་སྡང་ལྟ་བུ་དེའི་འབྲས་བུ་འབྱིན་པ་ཡིན་གྱི། ད་གདོད་རྐྱེན་དང་ཕྲད་ན་རང་རང་གི་འབྲས་བུ་མི་འབྱིན་པ་མིན་ཏེ། འཇིག་རྟེན་པའི་ལམ་གང་གིས་ཀྱང་སྤང་བྱའི་ས་བོན་སྤོང་མི་ནུས་ན་ ཉོན་མོངས་པས།ས་བོན་སྤོང་བ་མི་སྲིད་པའི་ཕྱིར་རོ་ཞེས་ཟེར་རོ། །

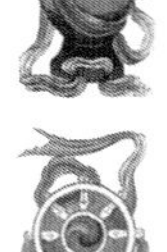

又摧壞善根之義，有說是壞眾善速能感果之功能，令其遲緩，先生瞋恚之果，非謂後遇緣時亦不能生自果。彼世間道尚不能斷所治種子，則諸煩惱定不能壞善種子也。

རྒྱུ་མཚན་དེ་ནི་མ་ངེས་ཏེ། སོ་སོ་སྐྱེ་བོས་གཉེན་པོ་སྟོབས་བཞིས་མི་དགེ་བ་སྦྱངས་པའི་མི་དགེ་བ་ཡང་ས་བོན་སྤངས་པ་མིན་ཀྱང་། ད་གཟོད་རྐྱེན་དང་ཕྲད་ཀྱང་རྣམ་སྨིན་འབྱིན་པ་མི་སྲིད་པའི་ཕྱིར་དང་། སྦྱོར་ལམ་རྩེ་མོ་དང་བཟོད་པ་ཐོབ་པའི་ཚེ་ལོག་ལྟ་དང་། ངན་འགྲོའི་རྒྱུར་གྱུར་པའི་མི་དགེ་བའི་ས་བོན་མ་སྤངས་ཀྱང་། རྐྱེན་དང་ཕྲད་ནའང་ལོག་ལྟ་དང་ངན་འགྲོར་སྐྱེ་བ་མི་སྲིད་པའི་ཕྱིར་རོ། །

破彼因不定，異生以四力對治懺不善業，雖非斷不善種子，然後縱遇緣亦定不感異熟果。證加行道頂忍位時，雖非永斷邪見種子及惡趣因不善種子，然後遇緣亦定不起邪見及墮惡趣。

གཞན་ཡང་། ལས་ཀྱིས་འཁོར་བར་ལྕི་གང་དང་། །ཉེ་བ་གང་དང་གོམས་པ་གང་། །སྔོན་བྱས་གང་ཡིན་དེ་དག་ལས། །སྔ་མ་སྔ་མ་རྣམས་སྨིན་འགྱུར། ཞེས་མཛོད་འགྲེལ་དུ་མདོ་དྲངས་པ་ལྟར། དགེ་མི་དགེའི་ལས་གང་སྔོན་ལ་སྨིན་པ་དེས། རེ་ཞིག་ལ་ལས་གཞན་དེ་སྨིན་པའི་གོ་བཀག་ཀྱང་། དེ་ཙམ་གྱིས་དགེ་བའམ་མི་དགེ་བ་འཛོམས་པར་གཞག་མི་ནུས་ཤིང་མ་གསུངས་པའི་ཕྱིར་རོ། །

又如《俱舍論》引經云：「諸業於生死，隨重近串習，隨先作其中，即前前成熟。」任何善不善業，凡是先成熟者，則必遮止他業暫不成熟。故僅由此義，不能安立爲壞善根或斷不善，經論亦未有作如是說者。

གཞན་དུ་ན་མི་དགེ་བའི་ལས་སྟོབས་ལྡན་ཐམས་ཅད་དགེ་རྩ་འཛོམས་བྱེད་དུ་གསུང་དགོས་པར་འགྱུར་རོ། །

不①則凡是強力不善業，皆應說爲能壞善根者矣。

དེས་ན་འདི་ལ་དབུ་མ་སྙིང་པོའི་འགྲེལ་བར། མི་དགེ་བ་སྟོབས་བཞིས་སྦྱངས་པ་དང་། ལོག་ལྟ་དང་གནོད་སེམས་ཀྱིས་དགེ་རྩ་བཅོམ་པ་གཉིས་ཀ། ས་བོན་ཉམས་པ་རྐྱེན་དང་ཕྲད་ཀྱང་མྱུ་གུ་མི་འབྱུང་བ་ལྟར། ད་གདོད་རྐྱེན་དང་ཕྲད་ཀྱང་འབྲས་བུ་འབྱིན་མི་ནུས་པར་གསུངས་སོ། །

故當如《中觀心論釋》說：「以四力淨治不善，以邪見及瞋心壞諸善根，後縱遇緣亦不能生果，如壞種子，遇緣亦終不生芽。」

དགེ་བ་འཇོམས་པ་ཡང་ཁོང་ཁྲོ་སྐྱེས་མ་ཐག་རྒྱུད་ལ་དགེ་བ་མེད་པར་འགྲོ་བ་མིན་གྱི། འབྲས་བུ་འབྱིན་པའི་ནུས་པ་ལ་གནོད་པ་བྱེད་པའོ། །

又壞善根，非是起瞋無間即令善根消失，乃壞彼感果之力。

དེ་ཡང་ཟད་པ་ཆུང་འབྲིང་ཆེ་གསུམ་བཤད་པའི་གང་གནོད་པ་བྱས་ཚོད་དེ་སླར་སྨིན་མི་ནུས་པའོ། །

此復如上有上中下三品盡相，隨所壞之限，彼即不復成熟也。

དེ་ལྟར་ན་གནོད་པ་སྐྱེལ་ཚུལ་ལ་ལམ་གསར་པ་མྱུར་པོར་སྐྱེ་བའི་ནུས་པ་བཅོམ་པ་དང་། བདེ་འགྲོ་སོགས་ཀྱི་འབྲས་བུ་སྐྱེ་བ་ལ་གནོད་པ་བྱས་པ་གཉིས་སོ། །

如是破壞之相有二：謂壞速生新道之功力，及壞感生善果之功力。

བྱང་སེམས་ལ་ཁྲོས་པ་དང་བརྙས་པ་དང་། ཀུན་སློང་ངན་པས་སྨད་པ་ལ་ཉེས་པ་མུ་མེད་པ་མདོ་བཏུས་ལས་གསུངས་ཤིང་།

又《集學論》說：「於菩薩所，瞋恚、輕毀、惡心誹謗，過失無邊。」

དེ་ལ་བྱང་སེམས་སུ་ངེས་མ་ངེས་དང་། ཁྲོ་བའི་རྒྱུ་མཚན་བདེན་མི་བདེན་གཉིས་འདྲ་བར་གསུངས་པས། ཁོང་ཁྲོ་སྤྱི་དང་ཁྱད་པར་དུ་ཚངས་པ་མཚུངས་པར་སྤྱོད་པ་དང་། བྱང་སེམས་ལ་དམིགས་པའི་ཁོང་ཁྲོ་འགོག་པ་ལ་ནུས་པ་ཅི་ཡོད་ཀྱིས་འབད་པར་བྱའོ། །

釋說：「隨知不知彼是菩薩，所瞋因相隨實不實，過患相同。故總於一切瞋恚，別如緣同梵行者及諸菩薩所起瞋恚，應當盡力滅除也。」

ནམ་སྙིང་གི་མདོར་རྩ་ལྟུང་རྣམས་ཀྱིས་སྔོན་བསྐྱེད་པའི་དགེ་རྩ་འཇོམས་པ་དང་།

《虛空藏經》說諸根本罪，能壞往昔所修善根。

བསླབ་བཏུས་ལས། རྙེད་བཀུར་ལ་ལྷག་པར་ཞེན་པས་ཁྲིམ་ལ་ལྟ་བ་དང་། མངོན་པའི་ང་རྒྱལ་གྱིས་ཁེངས་

① 「不」，民族本、校正本作「否」。

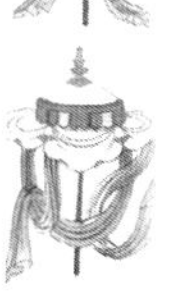

པ་དང་ཆོས་སྤོང་བས་ཀྱང་སྔོན་བསྐྱེད་པའི་དགེ་བ་ཟད་པར་བྱེད་ཅིང༌། དགེ་བའི་ཆོས་ཀྱིས་རྒྱས་པར་མི་འགྱུར་བར་གསུངས་པས། དགེ་རྩ་འཛོམས་པའི་རྐྱེན་དེ་ཤེས་པར་བྱས་ནས། ལྷག་པར་ཡང་སྤོང་དགོས་སོ། །

《集學論》說：「由增上貪著利養恭敬，若顧戀家庭，若起增上慢，若謗正法，亦能壞盡往昔所修善根，令諸善法不更增廣。故應了知摧壞善根之緣，盡力斷除。

འདིར་ནི་མདོ་ཙམ་སྟེ་མདོ་བཏུས་དང་བསླབ་བཏུས་ངེས་པར་བལྟ་བར་བྱའོ། །

此但略舉少分，當閱《集經論》與《集學論》。」

བཞི་པ་ནི། གཞན་ཡང་མི་བཟོད་པ་ནུས་པ་མེད་པས་ནི། རང་ཉིད་ཁོ་ན་འཇོམས་ལ། ནུས་པ་ཅན་སྙིང་རྗེ་མེད་པས་ནི་རང་གཞན་གཉིས་ཀ་འཇོམས་པ་འདི་ནི།

子四、明當思不忍多失而遮瞋恚。復次，無力者不忍，徒爲自害。若有勢力無悲愍者，則俱害自他。頌曰：

མི་སྡུག་གཟུགས་སུ་བྱེད་ཅིང་དམ་པ་མིན་པར་བཀྲི། །
ཚུལ་དང་ཚུལ་མིན་ཤེས་པའི་རྣམ་དཔྱོད་འཕྲོག་བྱེད་ཅིང༌། །
མི་བཟོད་པ་ཡིས་མྱུར་དུ་ངན་འགྲོར་སྐྱུར་བར་བྱེད། །

使色不美引非善，辨理非理慧被奪。不忍令速墮惡趣。

卷三

སྐྱེས་པ་ཉིད་ཀྱིས་བཞིན་མི་སྡུག་པའི་གཟུགས་སུ་བྱེད་ཅིང༌། དམ་པ་མིན་པར་བཀྲི་བར་བྱེད་པ་དང༌། འདི་ནི་བྱ་བའི་ཚུལ་དང༌། འདི་ནི་བྱ་བའི་ཚུལ་མིན་པའོ་སྙམ་པའི་རྣམ་དཔྱོད་འཕྲོག་པར་བྱེད་ཅིང༌། མི་བཟོད་པ་ཁོང་ཁྲོ་ཡིས། ཤི་བའི་འོག་ཏུ་མྱུར་དུ་ངན་འགྲོར་སྐྱུར་བར་བྱེད་པའི་ཉེས་དམིགས་རྣམས་བསམས་ལ། ཅི་ནས་ཀྱང་ཁོང་ཁྲོ་བ་ལ་སྐབས་མི་སྦྱིན་སྙམ་པས་ཁོང་ཁྲོ་དགག་པར་བྱའོ། །

才生不忍時，便使顏色不可愛樂，引成非善，劫奪智慧不能辨別是理非理。又由不忍瞋恚之力，令命終後速墮惡趣。應思惟此諸過患，滅除瞋恚，不使瞋恚生起也。

卷　四

釋第三勝義菩提心之二

གཉིས་པ་ལ་གཉིས། བཟོད་པའི་ཡོན་ཏན་མང་པོ་བསམ་པ་དང་། དོན་བསྡུས་ཏེ་བཟོད་པ་བསྟེན་པར་གདམས་པའོ། །

癸二、明理應修忍分二：子一、多思安忍勝利，子二、總勸修習安忍。

དང་པོ་ནི། གལ་ཏེ་མི་བཟོད་པའི་སྐྱོན་དེ་དག་ཡིན་ན། དེ་དང་འགལ་བ་བཟོད་པའི་ཡོན་ཏན་གང་ཡིན་ཞེ་ན།

今初，不忍之失，即①如上說，違彼而忍功德云何？頌曰：

བཟོད་པས་བཤད་ཟིན་དང་འགལ་ཡོན་ཏན་རྣམས་བྱེད་དོ། །བཟོད་པས་མཛེས་ཤིང་སྐྱེ་བོ་དམ་པ་ལ། །
ཕངས་དང་ལུགས་དང་ལུགས་མིན་ཤེས་པ་ལ། །མཁས་པར་འགྱུར་ཞིང་དེ་ཡི་འོག་ཏུ་ནི། །
ལྷ་མིའི་སྐྱེ་དང་སྡིག་པ་ཟད་པར་འགྱུར། །

忍招違前諸功德，忍感妙色善士喜，
善巧是理非理事，歿後轉生人天中，
所造眾罪皆當盡。

བཟོད་པ་བསྒོམས་པས་ནི་སྔར་བཤད་ཟིན་པའི་ཁོང་ཁྲོའི་སྐྱོན་དང་འགལ་བའི་ཡོན་ཏན་རྣམས་བྱེད་དོ། །

由修忍故，能招感違前所說瞋恚諸失所有功德。

དེ་ཡང་བཟོད་པ་བསྒོམས་པས་གཟུགས་མཛེས་པ་ཐོབ་ཅིང་། སྐྱེ་བོ་དམ་པ་རྣམས་ལ་ཕངས་ཤིང་གཅེས་པ་དང་། ལུགས་ཏེ་རིགས་པ་དང་ལུགས་མིན་པ་མི་རིགས་པ་ཤེས་པ་ལ་མཁས་པར་འགྱུར་ཞིང་། ཤི་བ་དེ་ཡི་འོག་ཏུ་ནི་ལྷ་དང་མིའི་སྐྱེ་བ་ལེན་པ་དང་། ཁོང་ཁྲོ་བ་སོགས་ཀྱིས་བསགས་པའི་སྡིག་པ་ཟད་པར་འགྱུར་བ་རྣམས་བསམས་ལ་བཟོད་པའི་སྟོབས་བསྐྱེད་དོ། །

又修忍故當感妙色，令諸善士見便歡喜，是理非理悉能善巧分別，歿後當於人天受生，由瞋恚心所造眾罪皆當滅盡，由思彼等引安忍力。

① 「即」，民族本、校正本作「既」。

གཉིས་པ་ནི།

子二、總勸修習安忍

སོ་སོའི་སྐྱེ་བོ་དང་ནི་རྒྱལ་སྲས་ཀྱིས། །ཁྲོ་དང་བཟོད་པའི་སྐྱོན་ཡོན་རིག་བྱས་ཏེ། །
མི་བཟོད་སྤངས་ནས་འཕགས་པའི་སྐྱེ་བོ་ཡིས། །བསྔགས་པའི་བཟོད་པ་རྟག་ཏུ་སྒྲུར་བསྟེན་བྱ། །

了知異生與佛子，瞋恚過失忍功德，

永斷不忍常修習，聖者所讚諸安忍。

སྔར་བཤད་པ་དེ་ལྟར་སོ་སོ་སྐྱེ་བོས་ཁྲོས་པའི་སྐྱོན་ཉེས་དམིགས་དང་། རྒྱལ་སྲས་རྣམས་ཀྱིས་བཟོད་པའི་ཕན་ཡོན་རིག་པར་བྱས་ཏེ། མི་བཟོད་པ་སྤངས་ནས། འཕགས་པའི་སྐྱེ་བོ་ཡིས་བསྔགས་པའི་བཟོད་པ་རྟག་ཏུ་སྟེ་དུས་ཐམས་ཅད་དུ་བསྟེན་པར་བྱའོ། །

了知前說異生瞋恚之過失，及諸佛子安忍之功德。即當永斷不忍，一切時中常修聖者所讚之安忍。

གསུམ་པ་ནི།

壬三、明忍度之差別

卷四

རྫོགས་སངས་རྒྱས་ཀྱི་བྱང་ཆུབ་ཕྱིར་བསྔོས་ཀྱང་། །གསུམ་དམིགས་ཡོད་ན་དེ་ནི་འཇིག་རྟེན་པའོ། །དམིགས་པ་མེད་ན་དེ་ཉིད་སངས་རྒྱས་ཀྱིས། །འཇིག་རྟེན་འདས་པའི་ཕ་རོལ་ཕྱིན་ཞེས་བསྟན། །

縱迴等覺大菩提，可得三輪仍世間，

佛說若彼無所得，即是出世波羅蜜。

བཟོད་པའི་ཕར་ཕྱིན་ལ་འཇིག་རྟེན་ལས་མ་འདས་པ་དང་། འདས་པ་གཉིས་སུ་འབྱེད་པ་ནི། རྫོགས་སངས་རྒྱས་ཀྱི་ཞེས་པའི་རྐང་པ་བཞིས་སྟོན་ཏེ། སྔར་བཤད་པ་ལས་ཤེས་པར་ནུས་སོ། །

此說安忍波羅蜜多，亦分世出、世間二類。如前應知。

བཞི་པ་ནི།

壬四、明此地餘淨德

ས་དེར་རྒྱལ་སྲས་བསམ་གཏན་མངོན་ཤེས་དང་། །འདོད་ཆགས་ཞེ་སྡང་ཡོངས་སུ་ཟད་པར་འགྱུར། །
དེས་ཀྱང་རྟག་ཏུ་འཇིག་རྟེན་པ་ཡི་ནི། །འདོད་པའི་འདོད་ཆགས་འཇོམས་པར་ནུས་པར་འགྱུར། །

此地佛子得禪通，及能遍盡諸貪瞋，

彼亦常時能摧壞，世人所有諸貪欲。

ས་གསུམ་པ་དེར་རྒྱལ་སྲས་དེ་ལ་བཟོད་པའི་ཕར་ཕྱིན་དག་པ་དེ་བཞིན་དུ། བསམ་གཏན་དང་པོ་ལ་སོགས་པ་བཞི་དང་། དེས་མཚོན་ནས་ནམ་མཁའ་མཐའ་ཡས་དང་། རྣམ་ཤེས་མཐའ་ཡས་དང་། ཅི་ཡང་མེད་པའི་སྐྱེ་མཆེད་དང་། སྲིད་རྩེ་སྟེ་གཟུགས་མེད་པའི་སྙོམས་འཇུག་བཞི་དང་། བྱམས་པ་དང་སྙིང་རྗེ་དང་དགའ་བ་དང་བཏང་སྙོམས་ཏེ་ཚད་མེད་པ་བཞི་དང་། རྫུ་འཕྲུལ་དང་། ལྷའི་རྣ་བ་དང་། གཞན་གྱི་སེམས་ཤེས་པ་དང་། སྔོན་གྱི་གནས་དྲན་པ་དང་། ལྷའི་མིག་གི་མངོན་པར་ཤེས་པ་ལྔ་དག་པ་འཐོབ་པར་འགྱུར་རོ། །

此佛子住第三地，得安忍波羅蜜多最極清淨。如是亦得初靜慮等四禪，及空無邊處、識無邊處、無所有處及有頂等四無色等至，慈悲喜捨四無量心，神變、天耳、他心、宿命、天眼等五種神通。

བསམ་གཏན་དང་གཟུགས་མེད་པ་འདི་དག་ལ་འཇུག་ལྡང་བྱེད་ཀྱང་། བྱང་ཆུབ་ཀྱི་ཆ་ཡོངས་སུ་རྫོགས་པར་འགྱུར་བ་མཐོང་བ་དེར་ཆེད་དུ་བསམས་ཏེ། སྨོན་ལམ་གྱི་དབང་གིས་སྐྱེ་ཡི། འཇིག་རྟེན་པའི་བསམ་གཏན་དང་གཟུགས་མེད་པ་དེ་དག་གི་དབང་གིས་མི་སྐྱེའོ། །

雖於靜慮無色能出能入，然除彼見能滿大菩提分，由大願力故思於彼中生，不復由其世間靜慮等至增上而生。

འདི་ནི་ས་དང་པོ་ནས་ཀྱང་འཐོབ་མོད་ཀྱང་། ས་འདིར་ལྷག་པའི་ཏིང་ངེ་འཛིན་གྱི་བསླབ་པ་སྔ་མ་རྣམས་ལས་ཆེས་མཆོག་ཏུ་གྱུར་པ་འཐོབ་པས། དེའི་དབང་གིས་སྐྱེའམ་སྙམ་པའི་དོགས་པ་ཆེ་བས་སྨོས་སོ། །

雖初地中已證是德，然以此地定學增上較前尤勝。或疑此地隨定受生，故特說之。

ས་འདིར་འདོད་ཆགས་དང་ཞེ་སྡང་ཟད་པར་འགྱུར་བ་འཐོབ་བོ། །ངང་གི་སྒྲ་ནི་ཀྱང་གི་དོན་ཏེ་མ་སྨོས་པ་

གདི་མུག་ཟད་པ་ཡང་བསྡུ་བའི་ཕྱིར་རོ། །

又此地中能盡貪瞋。「及」是亦義，亦攝能盡未說之癡。

ཟད་པའི་དོན་ནི་གཏན་ཟད་པ་མིན་ཏེ། མདོ་ཉིད་ལས། འདོད་པ་དང་གཟུགས་དང་། སྲིད་པ་དང་མ་རིག་པའི་འཆིང་བ་བཞི་ཐམས་ཅད་བསྲབས་པར་གསུངས་པས་སོ། །

此中盡義非畢竟盡，經說：「一切欲縛、色縛、有縛、無明縛，皆轉微薄」故。

དེ་དག་གི་དོན་ནི་བྱང་སའི་དགོངས་པ་ལྟར་ན། འཇིག་རྟེན་པའི་བསམ་གཏན་དང་གཟུགས་མེད་ཀྱི་ཏིང་ངེ་འཛིན་གྱི་མཐུས། འདོད་པ་དང་གཟུགས་དང་གཟུགས་མེད་ལ་ཆགས་པ་དང་བྲལ་བ་ཡིན་ཏེ། སྔར་བཤད་པའི་མངོན་གྱུར་སྤངས་པའོ། །

此等文義，若依《菩薩地》意趣，謂由靜慮無色世間定力，於欲、色、無色皆悉離欲，即斷如前所說之現行。

དེས་ན་བསྲབས་པ་ཞེས་གསུངས་པར་མངོན་ནོ། །འཆིང་བ་ཡང་མངོན་པ་ནས་བཤད་པར་མངོན་ནོ། །

由是當知是說微薄。「縛」亦同對法所說。

འདིར་མདོ་ལས། དེའི་ལྟ་བར་གྱུར་པའི་འཆིང་བ་རྣམས་ནི་སྔ་ནས་སྤངས་པ་ཡིན་ནོ། །ཞེས་གསུངས་པའི་དོན་ཁ་ཅིག་ལྟ་བ་ཐ་མ་གསུམ་མཐོང་ལམ་དུ་སྤངས་པ་ལ་འཆད་མོད་ཀྱང་། །ལྟ་བ་ཀུན་བཏགས་ལྔ་ས་དང་པོར་སྤངས་པ་ལ་བྱའོ། །

此中經又說：「見縛先滅。」有釋此謂後三見見道已滅。當知是說分別五見初地已滅。

བྱང་ས་ལས་ནི་དེ་ནི་ཐོག་མ་མོས་པས་སྤྱོད་པའི་ས་ཉིད་ནས་ཆོས་ཉིད་ཀྱི་དེ་བཞིན་ཉིད་ལ་མོས་པའི་ཕྱིར། ལྟ་བར་གྱུར་པའི་འཆིང་བ་རྣམས་སྤངས་པ་ཡིན་ནོ། །ཞེས་བཤད་དོ། །

然《菩薩地》則說：「初於勝解行地，由勝解諸法真如故，即已斷諸見縛。」

དེའི་འོག་ཏུ་མདོ་ལས། ལོག་པའི་འདོད་ཆགས་དང་ཞེ་སྡང་དང་གཏི་མུག་བསྐལ་པ་ཁྲག་ཁྲིག་འབུམ་ཕྲག་ཏུ་མར་འཁྲིབ་པར་བྱ་བ་མ་ཡིན་པ། ས་འདིར་སྤོང་བར་གསུངས་པ་ནི་ས་བོན་སྤོང་བ་ལ་དགོངས་ལ། དེ་ཡང་སྒོམ་སྤང་གི་ཉོན་མོངས་ལྷན་སྐྱེས་ཆེ་འབྲིང་དྲུག་ས་གཉིས་པ་ནས། བདུན་པའི་བར་གྱིས་སྤོང་བའི་ས་འདིའི་སྤང་བྱ་ལ་དགོངས་སོ། །

彼經又說：「邪貪邪瞋及以邪癡，於無量百千億那由他劫所不能減①，於此地中悉得除斷。」此約斷種。謂修所斷俱生煩惱，分中上爲六品，從第二地至第七地依次而斷，今說此地所斷者。

①「減」，校正本作「滅」。

འགྲེལ་བ་མཛད་པས་ཉོན་མོངས་ཀུན་བཏགས་ས་དང་པོ་ནས་དང༌། ལྷན་སྐྱེས་ས་གཉིས་པ་ནས་སྤོང་བ་གསལ་བར་མ་གསུངས་ཀྱང༌། ས་བརྒྱད་པ་མ་ཐོབ་ཀྱི་བར་དུ་ཉོན་མོངས་ཐམས་ཅད་ཀྱི་ས་བོན་ཟད་པ་མེད་པ་དང༌། བདེན་འཛིན་ཉོན་མོངས་སུ་འཛོག་པ་དང༌། བདེན་འཛིན་མ་ཟད་བར་དུ་འཇིག་ལྟ་མི་འཛད་པ་དང༌། ས་དང་པོར་ཀུན་སྦྱོར་གསུམ་སྤངས་པ་རིན་ཆེན་འཕྲེང་བ་ལས་ཀྱང་བཤད་པས། སྤྱིར་ཉོན་མོངས་ལ་གཉིས་སུ་འབྱེད་པ་དང༌། ཁྱད་པར་དུ་འཇིག་ལྟ་ལ་གཉིས་སུ་དབྱེ་དགོས་པར་ཤིན་ཏུ་གསལ་ལོ།།

釋論雖未明說，分別煩惱在初地斷，俱生煩惱從第二地斷，然說未得第八地時，一切煩惱種子皆不能盡；又安立實執爲煩惱障攝，乃至未盡實執，亦不能盡薩迦耶見，然於初地已斷三結，《寶鬘論》亦如是說。故煩惱總分二類，薩迦耶見尤當分二類，極爲明顯。

བདེན་འཛིན་ཉོན་མོངས་སུ་འཛོག་པའི་ལུགས་འདི་ལ། ཉོན་མོངས་ཟག་མེད་ཀྱི་ལམ་གྱིས་སྤོང་བ་ན། བདེན་འཛིན་རེའི་ས་བོན་སྤོང་དགོས་པས་ས་བོན་དེ་ལས་གཞན་པའི་གཉིས་སྣང་འཁྲུལ་པའི་བག་ཆགས་ཤེས་སྒྲིབ་ཏུ་བཞག་པའི་ཕྱོགས་རེ་ཡང་གཏན་ཟད་མི་ནུས་པས། ཉོན་མོངས་ཐམས་ཅད་མ་ཟད་བར་དུ་ཤེས་སྒྲིབ་མི་སྤོང་བའི་ཕྱིར། ཤེས་སྒྲིབ་ནི་དག་པ་ས་གསུམ་གྱི་སྐབས་སུ་སྤོང་ངོ༌།།

又此安立實執爲煩惱之宗中，凡以無漏道斷除煩惱，則必斷一分實執種子。除此種子外，其餘現似二取之習氣，立爲所知障者，雖少分亦不能斷。乃至未盡一切煩惱，必不能斷所知障，諸所知障，至三清淨地乃能斷除。

ས་གསུམ་པ་དེ་ལ་གནས་པ་ནི། ཕལ་ཆེར་ལྷའི་དབང་པོ་བརྒྱ་བྱིན་དུ་འགྱུར་ཏེ། རྟག་ཏུ་འཇིག་རྟེན་པ་སེམས་ཅན་རྣམས་ཀྱི་ནི། འདོད་པ་ལ་ཆགས་པའི་འདོད་ཆགས་འཛོམས་པར་ནུས་པ་ལ་མཁས་པར་འགྱུར་ཞིང༌། གཙོ་བོར་གྱུར་བས་སེམས་ཅན་རྣམས་འདོད་པའི་འདམ་ནས་འདོན་པ་ལ་མཁས་པ་ཡིན་ནོ།།

又住第三地時，多作帝釋天主①，常能善巧令諸世間有情捨離貪欲，爲衆中首，善度有情令出五欲淤泥。

ཀྱང་གི་སྒྲ་ནི་ནག་ཚོའི་འགྱུར་ལས། འདོད་པའི་འདོད་ཆགས་ཀྱང་རྟག་ཏུ་སྤོང་ཞེས་འབྱུང་བ་ལྟར་བདེའོ།།

拏錯譯此爲:「亦令常時離貪欲」，較②易知。

གསུམ་པ་ནི། དེ་ནི་ཕར་ཕྱིན་དང་པོ་གསུམ་གྱི་རྟེན་གྱི་ཁྱད་པར་དང༌། ཚོགས་ཀྱི་རང་བཞིན་དང༌། འབྲས་བུ

① 「帝釋天主」，民族本作「帝釋大主」，PDF作「帝釋（天）主」。
② 「較」，上海本作「校」，校正本作「較爲」。

གང་འགྲུབ་པའི་རྣམ་གཞག་གསལ་བར་སྟོན་པ་ནི།

辛三、明初三度之別。今爲顯示前三波羅蜜多所依差別、資糧體性，並所感果，故頌曰：

སྦྱིན་སོགས་ཆོས་གསུམ་དེ་དག་ཕལ་མོ་ཆེར། །བདེ་བར་གཤེགས་པས་ཁྱིམ་པ་རྣམས་ལ་བསྔགས། །
བསོད་ནམས་ཞེས་བྱའི་ཚོགས་ཀྱང་དེ་དག་ཉིད། །སངས་རྒྱས་གཟུགས་ཀྱི་བདག་ཉིད་སྐུ་ཡི་རྒྱུ། །

如是施等三種法，善逝多爲在家說，
彼等亦即福資糧，復是諸佛色身因。

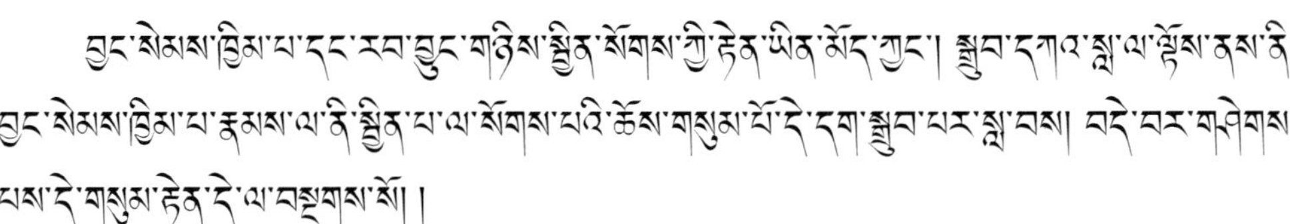
བྱང་སེམས་ཁྱིམ་པ་དང་རབ་བྱུང་གཉིས་སྦྱིན་སོགས་ཀྱི་རྟེན་ཡིན་མོད་ཀྱང་། སྒྲུབ་དཀའ་སླ་ལ་ལྟོས་ནས་ནི། བྱང་སེམས་ཁྱིམ་པ་རྣམས་ལ་ནི་སྦྱིན་པ་ལ་སོགས་པའི་ཆོས་གསུམ་པོ་དེ་དག་སྒྲུབ་པར་སླ་བས། བདེ་བར་གཤེགས་པས་དེ་གསུམ་རྟེན་དེ་ལ་བསྔགས་སོ། །

雖諸菩薩在家出家，皆是施等所依。若約修行難易，則在家菩薩較易行施等三法，故善逝爲彼多說此三。

ཚོགས་གཉིས་ཀྱི་ནང་ནས་བསོད་ནམས་ཞེས་བྱ་བའི་ཚོགས་ཀྱང་གསུམ་པ་དེ་དག་ཉིད་དོ། །ཚོགས་དེ་ནི་སངས་རྒྱས་ཀྱི་གཟུགས་ཀྱི་བདག་ཉིད་ཀྱི་སྐུ་ཡི་རྒྱུ་སྟེ་གཙོ་བོའི་དབང་དུ་བྱས་པའོ། །

二資糧中福德資糧，亦即此三法。此福資糧是正感諸佛色身之因。

རིན་ཆེན་འཕྲེང་བ་ལས་ཀྱང་། དེར་ནི་སྦྱིན་དང་ཚུལ་ཁྲིམས་དང་། །བཟོད་པའི་ཆོས་ནི་ཁྱད་པར་དུ། །ཁྱིམ་པ་ལ་བཤད་སྙིང་རྗེ་ཡི། །སྙིང་པོ་ཅན་དེ་བརྟན་གོམས་མཛོད། །ཅེས་སོ། །

《寶鬘論》亦云：「此中施與戒，並及安忍法，別爲在家說，善修悲心要。」

བྱང་སེམས་ཁྱིམ་པ་ལ་ཆོས་གསུམ་བསྒྲུབ་སླ་བའི་སྦྱིན་པ་ནི། ཟང་ཟིང་དང་མི་འཇིགས་པ་དང་། ཚུལ་ཁྲིམས་ནི་ཁྱིམ་པའི་ཕྱོགས་ཀྱི་དང་། བཟོད་པ་ནི་ཆོས་ལ་ངེས་སེམས་གཙོ་ཆེའོ། །

在家菩薩所修之布施，謂財與無畏施，尸羅謂在家分戒，安忍謂諦察法忍。

བྱང་སེམས་རབ་བྱུང་རྣམས་ལ་ནི་བརྩོན་འགྲུས་དང་བསམ་གཏན་དང་ཤེས་རབ་བསྒྲུབ་སླ་སྟེ། དེ་གཉིས་ལ་

卷四

ལྷག་མ་གཞན་མེད་པ་ནི་མིན་ནོ། །

出家菩薩則易修精進、靜慮、智慧。然非彼二全無餘德。

ཡེ་ཤེས་ཀྱི་ཚོགས་ནི་བསམ་གཏན་དང་ཤེས་རབ་ཡིན་ལ། དེ་གཉིས་གཙོ་བོར་ཆོས་སྐུའི་རྒྱུ་དང་། བརྩོན་འགྲུས་ནི་ཚོགས་གཉིས་ཀའི་རྒྱུའོ། །

智慧資糧，謂靜慮與般若，此二正是法身之因。精進是二資糧之共因。

བཞི་པ་ནི།

辛四、結明此地功德

རྒྱལ་བའི་སྲས་པོ་ཉི་མ་ལ་གནས་འོད་བྱེད་འདི། །རང་གཉོགས་མུན་རྣམས་དང་པོ་ཡང་དག་བསལ་བྱས་ནས། །འགྲོ་བའི་མུན་པ་རྣམ་པར་འཛོམས་པར་མངོན་པར་འདོད། །ས་འདིར་ཤིན་ཏུ་རྣོ་བར་གྱུར་ཀྱང་ཁྲོ་མི་འགྱུར། །

發光佛子安住日，先除自身諸冥暗，

復欲摧滅眾生暗，此地極利而不瞋。

ས་འོད་བྱེད་པ་ཞེས་བྱ་བ་རྒྱལ་བའི་སྲས་པོ་ཉི་མ་ལ་གནས་པ་འདི་ནི། རང་གི་རྒྱུད་དུ་གནོགས་པའི་མི་ཤེས་པའི་མུན་པ། དོན་དམ་པའི་ས་འདི་འབྱུང་བའི་གེགས་སུ་གྱུར་པ་རྣམས། ས་དེ་དང་པོ་སྐྱེ་བཞིན་པའི་སྐབས་སུ་ཡང་དག་པར་གསལ་བར་བྱས་ནས། རྣམ་པ་དེ་ལྟ་བུ་གཞན་ལ་ཉེ་བར་བསྟན་པ་ལས་འགྲོ་བ་གཞན་རྣམས་ཀྱི། ས་གསུམ་པའི་གེགས་བྱེད་པའི་མུན་པ་རྣམ་པར་འཛོམས་པར་མངོན་པར་འདོད་དོ། །

發光地佛子如住日輪，自身所有無知冥暗，凡能障礙生此勝義地者，此地初正生時，即先除滅。復將此行相爲他宣說，欲使他眾生亦能摧滅障第三地之暗也。

བྱང་སེམས་དེ་ནི་ས་གསུམ་པ་འདིར་ཉེས་པའི་མུན་པ་ཡོན་ཏན་འཛོམས་པར་བྱེད་པ་བཅོམ་པས། ཉི་མ་ལྟར་ཤིན་ཏུ་རྣོ་བར་གྱུར་ཀྱང་སྐྱོན་ལྡན་གྱི་སྐྱེ་བོ་ལ་ཁྲོ་བར་མི་འགྱུར་ཏེ། བཟོད་པ་ལ་ཆེས་ལྷག་པར་གོམས་པའི་ཕྱིར་དང་། སྙིང་རྗེས་རྒྱུད་སྟུམ་པར་བྱས་པའི་ཕྱིར་རོ། །

又彼菩薩由滅障第三地功德之過失暗，故如日輪光極明利。然於犯過眾生不生瞋恚，以於安忍善修習故，已由大悲潤相續故。

དབུ་མ་ལ་འཇུག་པའི་རྒྱ་ཆེར་བཤད་པ་དགོངས་པ་རབ་ཏུ་གསལ་བ་ལས། དོན་དམ་པའི་སེམས་བསྐྱེད་པ་གསུམ་པའི་རྣམ་པར་བཤད་པའོ།། ༈ །།

釋第四勝義菩提心

བཞི་པ། ས་བཞི་པ་འོད་འཕྲོ་བ་བཤད་པ་ལ་གསུམ། ས་འདིར་བརྩོན་འགྲུས་ལྷག་པར་བསྟན་པ། སའི་ངེས་པའི་ཚིག་བསྟན་པ། སྤངས་པའི་ཁྱད་པར་བསྟན་པའོ།།

庚四、焰慧地分三：辛一、明此地精進增勝，辛二、明此地訓釋，辛三、明斷德差別。

དང་པོ་ནི། དེ་ནི་ས་འདིར་ཕར་ཕྱིན་དང་པོ་གསུམ་ལས། བརྩོན་འགྲུས་ལྷག་ཅིང་ལྷག་མ་དྲུག་ལས་དམན་པར་བསྟན་པ་ནི།

今初，今明此地精進波羅蜜多較前三波羅蜜多增勝，較餘六波羅蜜多下劣。頌曰：

ཡོན་ཏན་མ་ལུས་བརྩོན་འགྲུས་རྗེས་འགྲོ་ཞིང་། །བསོད་ནམས་བློ་གྲོས་ཚོགས་ནི་གཉིས་ཀྱི་རྒྱུ། །
བརྩོན་འགྲུས་གང་དུ་འབར་བར་གྱུར་པ་ཡི། །ས་དེ་བཞི་པ་འོད་ནི་འཕྲོ་བའོ། །

功德皆隨精進行，福慧二種資糧因，
何地精進最熾盛，彼即第四焰慧地。

དགེ་བ་ལ་མི་སྤྲོ་བ་ལ་ནི་སྦྱིན་སོགས་ལ་རྣམ་པ་ཐམས་ཅད་དུ་འཇུག་པ་མེད་པས། ཡོན་ཏན་གང་ཡང་འབྱུང་བ་མེད་ལ། སྔར་བཤད་པའི་སྦྱིན་སོགས་ཀྱི་ཡོན་ཏན་བསགས་པའམ། གསོག་པ་ལ་སྤྲོ་བ་དང་ལྡན་པ་ལ་ནི། ཐོབ་པའི་ཡོན་ཏན་འཕེལ་བ་དང་། མ་ཐོབ་པ་ཐོབ་པར་འགྱུར་བས། ཡོན་ཏན་མ་ལུས་པ་ནི་བརྩོན་འགྲུས་ཀྱི་རྗེས་སུ་འགྲོ་ཞིང་། བསོད་ནམས་དང་བློ་གྲོས་ཏེ་ཡེ་ཤེས་ཀྱི་ཚོགས་ནི་གཉིས་ཀྱི་རྒྱུའོ།།

若於善業心不勇悍，必不能修施等諸行，一切功德全不得生。若於前說施等功德，或已修集或當修集具足勇悍，則已得功德倍復增長，未得功德皆能獲得，故說一切功德皆隨精進而行。此精進即福德智慧二種資糧之因。

དེ་འདྲ་བའི་བརྩོན་འགྲུས་ས་གང་དུ་ལྷག་པར་འབར་བ་འཆང་བར་གྱུར་པ་དེ་ནི། ས་བཞི་པ་འོད་འཕྲོ་བ་ཞེས་བྱའོ། །

若於何地成就如是熾盛精進者，則彼地名第四焰慧地。

ས་གསུམ་པར་ལྷག་པའི་ཏིང་ངེ་འཛིན་གྱི་བསླབ་པ་ས་དང་པོ་གཉིས་ལས། ཆེས་ཕུལ་དུ་བྱུང་བ་ཐོབ་པས་དེ་ལས་སྐྱེས་པའི་ཤིན་ཏུ་སྦྱངས་པ། ལེ་ལོ་གཏན་ནས་སེལ་བར་བྱེད་པ་ཁྱད་པར་ཅན་ས་འདིར་ཐོབ་པའི་ཕྱིར་ན། བརྩོན་འགྲུས་ཀྱི་ཕར་ཕྱིན་ལྷག་པའོ། །

第三地中由得增上定學勝前二地，所生殊妙輕安，畢竟斷除一切懈怠，此地乃證，故此地中精進波羅蜜多最爲增勝。

གཉིས་པ་ནི། ཡང་ཅིའི་ཕྱིར་ས་འདི་ལ་འོད་འཕྲོ་བ་ཞེས་བརྗོད་ཅེ་ན།

辛二、明此地訓釋。何故此地名曰焰慧？頌曰：

དེར་ནི་བདེར་གཤེགས་སྲས་ལ་རྫོགས་པ་ཡི། །བྱང་ཆུབ་ཕྱོགས་ལྷག་བསྒོམས་པ་ལས་སྐྱེས་པའི། །
སྣང་བ་ཟངས་ཀྱི་འོད་པས་ལྷག་འབྱུང་ཞིང་། །

此地佛子由勤修，菩提分法發慧焰，較前赤光尤①超勝。

ས་བཞི་བ་དེར་ནི་བདེ་བར་གཤེགས་པའི་སྲས་པོ་ལ། རྫོགས་པ་ཡི་བྱང་ཆུབ་ཀྱི་ཕྱོགས་ཀྱི་ཆོས་སོ་བདུན། སྔར་ལས་ལྷག་པར་བསྒོམས་པ་ལས་སྐྱེས་པའི་ཡེ་ཤེས་ཀྱི་སྣང་བ། ས་གསུམ་པར་བཤད་པའི་ཟངས་ཀྱི་འོད་དང་འདྲ་བ་ལས་ལྷག་པ་འབྱུང་སྟེ། དེའི་ཕྱིར་ཡང་དག་པའི་ཡེ་ཤེས་ཀྱི་མེའི་འོད་ལྷག་པ་འབྱུང་བས། བྱང་སེམས་ཀྱི་ས་དེ་ལ་འོད་འཕྲོ་བ་ཞེས་བྱ་སྟེ།

此第四地佛子，由修三十七品菩提分法較前增上，從此所發智慧光焰，較第三地所說如赤金光尤爲超勝。以發增上正智火焰，故此地名曰焰慧。

རིན་ཆེན་འཕྲེང་བ་ལས། བཞི་པ་འོད་འཕྲོ་ཅན་ཞེས་བྱ། །ཡང་དག་ཡེ་ཤེས་འོད་འབྱུང་ཕྱིར། །བྱང་ཆུབ་ཕྱོགས་མཐུན་མ་ལུས་པ། །ཁྱད་པར་དུ་ནི་བསྒོམས་པའི་ཕྱིར། །དེ་ཡི་རྣམ་པར་སྨིན་པས་ན། །རབ་འཐབ་བྲལ་གནས་ལྷ་རྒྱལ་འགྱུར། །འཇིག་ཚོགས་ལྟ་བ་རབ་འབྱུང་བ། །ཀུན་ནས་འཛོམས་བྱེད་མཁས་པ་ཡིན། ཞེས་གསུངས་པ་བཞིན་འདུག་པར་ཡང་བགོད་པའོ། །

如《寶鬘論》云：「第四名焰慧，發正智焰故，一切菩提分，增上修習

① 「尤」，頌作「猶」。

故。彼招異熟果，作夜摩天王，善能破一切，薩迦耶見等。」

བྱང་ཕྱོགས་སོ་བདུན་ནི་དྲན་པ་ཉེར་གཞག་ལ་སོགས་པ་ལམ་སྡེ་ཚན་བདུན་ནོ། །

三十七菩提分法，謂四念住等七聚。

དྲན་པ་ཉེར་གཞག་བཞི་ནི། ལུས་དང་ཚོར་བ་དང་སེམས་དང་ཆོས་དྲན་པ་ཉེར་གཞག་གོ །

四念住，謂身、受、心、法念住。

ཡང་དག་པར་སྤོང་བ་བཞི་ནི་དགེ་བའི་ཆོས་མ་སྐྱེས་པ་སྐྱེད་པ་དང་། སྐྱེས་པ་རྣམས་སྤེལ་བ་དང་། མི་དགེ་བ་མ་སྐྱེས་པ་མི་སྐྱེད་པ་དང་། སྐྱེས་པ་ཡང་དག་པར་སྤོང་བའོ། །

四正斷，謂諸善法未生令生、已生令長、諸不善法未生令不生、已生正斷。

རྫུ་འཕྲུལ་གྱི་རྐང་པ་བཞི་ནི། འདུན་པ་དང་། བརྩོན་འགྲུས་དང་། སེམས་དང་དཔྱོད་པའི་ཏིང་ངེ་འཛིན་གྱི་རྫུ་འཕྲུལ་གྱི་རྐང་པའོ། །

四神足，謂欲、勤、心、觀三摩地神足。

དབང་པོ་ལྔ་ནི། དད་པ་དང་བརྩོན་འགྲུས་དང་། དྲན་པ་དང་ཏིང་ངེ་འཛིན་དང་། ཤེས་རབ་ཀྱི་དབང་པོའོ། །སྟོབས་ལྔ་ནི། དད་པ་ལ་སོགས་པའི་སྟོབས་སོ། །

五根，謂信、進、念、定、慧根。五力，謂信等力。

བྱང་ཆུབ་ཀྱི་ཡན་ལག་བདུན་ནི། དྲན་པ་དང་ཆོས་རབ་ཏུ་རྣམ་པར་འབྱེད་པ་དང་། བརྩོན་འགྲུས་དང་དགའ་བ་དང་། ཤིན་ཏུ་སྦྱངས་པ་དང་ཏིང་ངེ་འཛིན་དང་། བཏང་སྙོམས་ཡང་དག་བྱང་ཆུབ་ཀྱི་ཡན་ལག་སྟེ་ཡང་དག་མན་ཆད་སྔ་མ་དྲུག་གི་མཐར་ཡང་སྦྱར་རོ། །

七菩提分，謂念、釋法、進、喜、輕安、定、捨正菩提分。「正」等亦通前六支。

འཕགས་ལམ་ཡན་ལག་བརྒྱད་ནི། ཡང་དག་པའི་ལྟ་བ་དང་རྟོག་པ་དང་། ངག་དང་ལས་ཀྱི་མཐའ་དང་། འཚོ་བ་དང་རྩོལ་བ་དང་། དྲན་པ་དང་ཏིང་ངེ་འཛིན་ཡང་དག་འཕགས་པའི་ལམ་ཡན་ལག་གོ །

八聖道分，謂正見、思維①、語、業、命、精進、念、定聖道分。

ཡང་དག་པའི་ཞེས་པ་རྟོག་པ་མན་ཆད་ལ་སྦྱར་ཞིང་། ཡང་དག་པའི་འཕགས་པའི་ལམ་ཡན་ལག་ཅེས་པ་སྔ་མ་བདུན་གྱི་མཐར་ཡང་སྦྱར་རོ། །

「正」字通思維①以下，聖道分亦通前七。

---

①「思維」，民族本、校正本作「思惟」。藏經多用「惟」字。

དེ་ལ་ས་དང་པོ་ནི་བསླབ་པའི་རྟེན་དང་། བསླབ་པའི་ངོ་བོ་ལ་གཉིས་པར་ལྷག་པའི་ཚུལ་ཁྲིམས་དང་། གསུམ་པར་ལྷག་པའི་སེམས་ཀྱི་བསླབ་པ་དང་། བཞི་བ་ནས་དྲུག་པའི་བར་གསུམ་ལ་ལྷག་པའི་ཤེས་རབ་ཀྱི་བསླབ་པ་གསུམ་འཇོག་པ་ལ། ས་འདིར་བྱང་ཕྱོགས་སོ་བདུན་རགས་པ་དང་ཕྲ་བ་ལ་ཆེས་མཁས་པའི་ཤེས་རབ་ཀྱི་བསླབ་པ་ཅན་དུ་འགྱུར་རོ། །

其第一聚爲學所依。學體性中第二聚爲增上戒學，第三聚爲增上心學，第四聚至第六聚爲增上慧學，立爲三學。故此地菩薩成就最勝慧學，於三十七菩提分法若粗若細皆悉善巧。

གསུམ་པ་ནི།

辛三、明斷德差別

རང་དུ་ལྟ་བ་དང་འབྲེལ་ཡོངས་སུ་ཟད། །

自見所屬皆遍盡。

རང་སྟེ་ཕྲ་བའི་འཇིག་ལྟའི་བདག་ཏུ་ལྟ་བ་དང་འབྲེལ་བ་སྟེ་དེ་སྔོན་དུ་འགྲོ་བའི་བདག་དང་། སེམས་ཅན་སོགས་རང་རྐྱ་བའི་རྫས་ཡོད་དུ་འཛིན་པ་རགས་པའི་གང་ཟག་གི་བདག་དང་བདག་གི་བར་འཛིན་པ་དང་། ཕུང་ཁམས་སྐྱེ་མཆེད་ལ་བདེན་པར་ཞེན་པའི་ཆོས་ཀྱི་བདག་འཛིན་རྣམས་ཡོངས་སུ་ཟད་པར་འགྱུར་རོ། །

「自見」謂微細薩迦耶見之我見。「所屬」謂此見爲首，執著我人等主宰實有之粗分補特伽羅我、我所執，及執著蘊處界實有之法我執，皆遍滅盡。

ཟད་པའི་དོན་ཡང་ས་དེའི་སྤང་བྱར་གྱུར་པའི་བདག་འཛིན་གཉིས་ཀྱི་ས་བོན་སྤངས་པ་ཡིན་གྱི། ཐམས་ཅད་ཟད་པ་མིན་ནོ། །མདོར་ཀྱང་འཇིག་ལྟ་ལྷན་སྐྱེས་ཡོད་པར་བསྟན་ནོ། །

「盡」謂永斷此地所應斷二種我執之種子，非一切皆盡。經說：「猶有俱生薩迦耶見故。」

དབུ་མ་ལ་འཇུག་པའི་རྒྱ་ཆེར་བཤད་པ་དགོངས་པ་རབ་ཏུ་གསལ་བ་ལས། དོན་དམ་པའི་སེམས་བསྐྱེད་པ་བཞི་བའི་རྣམ་པར་བཤད་པའོ། ། ༈ ། །

① 「思維」，民族本、校正本作「思惟」。

釋第五勝義菩提心

ལྔ་པ་ས་ལྔ་པ། སྦྱང་དཀའ་བ་བཤད་པ་ལ་གཉིས། ས་ལྔ་པའི་ངེས་པའི་ཚིག་བཤད་པ། བསམ་གཏན་ལྷག་ཅིང་བདེན་པ་ལ་མཁས་པར་བསྟན་པའོ། །

庚五、難勝地分二：辛一、明此地訓釋，辛二、明靜慮增勝善巧諸諦。

བདག་ཉིད་ཆེ་དེ་བདུད་རྣམས་ཀུན་གྱིས་ཀྱང་། །སྦྱང་དཀའི་ས་ལ་ཕམ་པར་ནུས་མ་ཡིན། །

大士住於難勝地，一切諸魔莫能勝。

དང་པོ་ནི། བདག་ཉིད་ཆེན་པོ་ས་ལྔ་པ་སྦྱང་དཀའ་བ་ལ་གནས་པ་དེ་ནི། འཇིག་རྟེན་གྱི་ཁམས་ཐམས་ཅད་ན་གནས་པའི་ལྷའི་བུའི་བདུད་རྣམས་ཀུན་གྱིས་ཀྱང་ཕམ་པར་བྱ་བར་ནུས་པ་མ་ཡིན་ན། དེ་དག་ལས་གཞན་པའི་བདུད་ཀྱི་བཀའ་ཉན་པ་བྲན་ལ་སོགས་པ་རྣམས་ཀྱིས་ལྟ་ཅི་སྨོས། དེའི་ཕྱིར་ས་འདིའི་མིང་སྦྱང་དཀའ་བ་ཞེས་བྱའོ། །

今初，大士住於第五難勝地時，一切世界諸天魔王尚不能勝，何況其餘諸魔眷屬。是故此地名曰難勝。

རིན་ཆེན་འཕྲེང་བ་ལས་ཀྱང་། ལྔ་བ་ཤིན་ཏུ་སྦྱང་དཀའ་བདུད། །ཀུན་གྱིས་ཤིན་ཏུ་ཐུབ་དཀའི་ཕྱིར། །འཕགས་པའི་བདེན་སོགས་ཕྲ་མོའི་དོན། །ཤེས་ལ་མཁས་པ་འབྱུང་བའི་ཕྱིར། །དེ་ཡི་རྣམ་པར་སྨིན་པས་ནི། །དགའ་ལྡན་གནས་ཀྱི་ལྷ་རྒྱལ་འགྱུར། །མུ་སྟེགས་བྱེད་པ་ཐམས་ཅད་ཀྱི། །ཉོན་མོངས་ལྟ་གནས་ཟློག་བྱེད་པ། །ཞེས་གསུངས་སོ། །

《寶鬘論》亦云：「第五極難勝，諸魔難勝故，善知聖諦等，微妙深義故。此所感異熟，作覩史天王，能破諸外道，煩惱惡見處。」

卷四

གཉིས་པ་ནི།

辛二、明靜慮增勝善巧諸諦

བསམ་གཏན་ལྷག་ཅིང་བློ་བཟང་བདེན་རང་བཞིན། །ཞིབ་མོ་རྟོགས་ལའང་ཤིན་ཏུ་མཁས་པ་འཐོབ། །

靜慮增勝極善知，善慧諸諦微妙性。

ས་ལྔ་པ་འདིར་ཕར་ཕྱིན་བཅུའི་ནང་ནས་བསམ་གཏན་གྱི་ཕར་ཕྱིན་ཉིད་ཆེས་ལྷག་པར་འགྱུར་རོ། །

第五地於十波羅蜜多中靜慮波羅蜜多最爲增勝。

དེ་ལྟར་བསྟན་པ་ན་སྦྱིན་པ་ནས་བརྩོན་འགྲུས་ཀྱི་ཕར་ཕྱིན་བཞི་ལྷག་པར་འགྱུར་བ། སྔོན་ཉིད་ནས་ཐོབ་ཟིན་པར་ཤེས་པས། ལྷག་མ་དྲུག་གི་ནང་ནས་ཞེས་ཤེས་པར་འགྱུར་རོ། །

布施至精進四波羅蜜多增勝，先已得訖。故知此約餘六波羅蜜多說。

དེ་ཡང་བསམ་གཏན་གྱི་ཕར་ཕྱིན་གྱི་མི་མཐུན་ཕྱོགས་རྣམ་གཡེང་སོགས་ཀྱི་ཉེས་པས་གཏན་མི་བརྫི་བ་འདིར་ཐོབ་པ་འདྲ་བ། ཤེས་རབ་ཀྱི་ཕར་ཕྱིན་སོགས་ལ་འདིར་མེད་པའོ། །

如此地已得靜慮波羅蜜多，永不復爲散亂等障品所伏，但於般若波羅蜜多等則猶未能爾。

བསམ་གཏན་ལྷག་པར་མ་ཟད་བློ་བཟང་སྟེ་འཕགས་པའི་བདེན་པའི་རང་བཞིན་ཏེ་རང་གི་ངོ་བོ་ཤེས་པ་ཞིབ་མོས་ཁོང་དུ་ཆུད་དགོས་པ་ཕྲ་མོ་རྟོགས་པ་ལ་འང་ཤིན་ཏུ་མཁས་པ་འཐོབ་པས། འདིར་བདེན་པ་རགས་པ་དང་ཕྲ་བ་ལ་མཁས་པའི་ལྷག་པའི་ཤེས་རབ་ཅན་དུ་འགྱུར་རོ། །

又此地非但靜慮增勝，即於善慧聖諦深微體性亦極善通達，故於粗細聖諦皆有善巧增上慧學。

འདིར་ས་བཅུ་པ་ལས་ས་ལྔ་པ་བ་དེས་སྡུག་ཀུན་དང་། འགོག་ལམ་གྱི་བདེན་པ་བཞི་ལ་མཁས་པ་དང་། དེ་ནས་ཀུན་རྫོབ་དང་དོན་དམ་པའི་བདེན་པ་ལ་མཁས་པ་གཉིས་སོ་སོར་གསུངས་པ་ལ།

問：《十地經》說，第五地菩薩善巧苦集滅道四諦，次復別說善巧世俗勝義二諦。

ཡབ་སྲས་མཇལ་བ་དང་། དབུ་མ་ལས་ཀུན་རྫོབ་དང་དོན་དམ་པའི་བདེན་པ་གཉིས་སུ་ངེས་པར་གསུངས་པས། བདེན་གཉིས་ལས་ཐ་དད་པར་བདེན་བཞི་ག་ལ་ཡོད། ཅེས་པའི་ལན་དུ།

《父子相見會》及《中論》復說世俗勝義二諦決定。豈離二諦別有四諦耶?

བདེན་པ་གཉིས་སུ་མ་འདུས་པའི་བདེན་པ་མེད་མོད་ཀྱང་། སྤང་བྱ་ཀུན་ཉོན་གྱི་ཕྱོགས་ལ་ཀུན་འབྱུང་རྒྱུ་དང་། སྡུག་བསྔལ་འབྲས་བུ་དང་། བླང་བྱ་རྣམ་བྱང་གི་ཕྱོགས་ལ་ལམ་བདེན་རྒྱུ་དང་། འགོག་བདེན་འབྲས་བུར་བསྟན་པའི་ཕྱིར་བདེན་བཞི་ཕྱེད་པ་དང་།

答：雖無二諦所不攝之諦，然爲顯示所治雜染品中集諦爲因，苦諦爲果。與能治清淨品中道諦是因，滅諦是果，故說四諦。

དེ་ལ་ཡང་སྡུག་ཀུན་དང་ལམ་བདེན་ཀུན་རྫོབ་ཀྱི་བདེན་པ་དང་། འགོག་བདེན་དོན་དམ་བདེན་པར་འགྲེལ་བ་ལས་བཤད་དོ། །

釋論說彼苦集道諦是世俗諦，滅諦是勝義諦。

རིགས་པ་དྲུག་ཅུ་བའི་འགྲེལ་བ་ལས་ཀྱང་། མྱང་འདས་དོན་དམ་བདེན་པ་དང་། བདེན་པ་གཞན་གསུམ་ཀུན་རྫོབ་བདེན་པར་གསུངས་ཏེ་མྱང་འདས་ནི་འགོག་བདེན་ནོ། །

《六十正理論釋》亦云：「涅槃是勝義諦，餘三諦是世俗諦。」所言涅槃即是滅諦。

གཞན་ཡང་རིགས་པ་དྲུག་ཅུ་པའི་འགྲེལ་པར་འགོག་བདེན་མངོན་སུམ་དུ་ཤེས་པ་སྟོན་པས་ཞལ་གྱིས་བཞེས་ལ། དངོས་པོར་སྨྲ་བ་མངོན་སུམ་ཚད་མ་དངོས་པོ་རང་མཚན་གྱི་ཡུལ་ཅན་དུ་འདོད་པ་ལ་དེ་མི་རུང་བ་དང་།

《六十正理論釋》又說：「大師親說現證滅諦。若如實事師所許，現量但緣自相事，則不能爾。」

རང་ལུགས་ལ་འགོག་པ་མངོན་སུམ་དུ་ཤེས་པ་མཉམ་གཞག་ཟག་མེད་ཀྱི་ཡེ་ཤེས་ཀྱིས། །དེ་ཁོ་ན་ཉིད་ཀྱི་དོན་རྟོགས་པའི་སྒོ་ནས་བསྒྲུབས་པས། འགོག་བདེན་ཀུན་རྫོབ་ཀྱི་བདེན་པ་ཡིན་ན་རྣམ་བཞག་དེ་དག་གཏན་མི་རུང་ཞིང་མྱང་འདས་མངོན་དུ་བྱས་པའི་ཚེ་ཡང་དེ་ཁོ་ན་ཉིད་ཀྱི་དོན་མངོན་སུམ་དུ་རྟོགས་དགོས་པར་འབད་པ་དུ་མས་བསྒྲུབས་པས་ན། འགོག་བདེན་ཀུན་རྫོབ་བདེན་པར་སྨྲ་བ་ནི། མཐའ་མ་ཆོད་པའོ། །

又自宗以無漏根本智親證真實義，成立滅諦可以現證。若說滅諦是世俗諦，則此建立亦不應理。又多勵力成立證涅槃時必須現證真實義，故說滅諦是世俗諦，猶未得正解也。

卷四

གཞི་འགའ་ཞིག་གི་སྟེང་དུ་དགག་བྱ་བདེན་པ་བཅད་པ་ལ་དོན་དམ་བདེན་པར་བྱེད་ཀྱང་། དོན་དམ་བདེན་པ་ཡིན་ཚད་ཐམས་ཅད་ཀྱི་དགག་བྱ་ཤེས་བྱ་ལ་མི་སྲིད་པས་མ་ཁྱབ་སྟེ།

又於有法上遣除所破實性，即勝義諦，然勝義諦之所遣除者非於所知決定非有。

ཆོས་དབྱིངས་བསྟོད་པ་ལས། གང་ཞིག་ཀུན་ཏུ་མ་ཤེས་ན། །སྲིད་པ་གསུམ་དུ་རྣམ་འཁོར་ལ། །སེམས་ཅན་ཀུན་ལ་ངེས་གནས་པའི། །ཆོས་ཀྱི་དབྱིངས་ལ་ཕྱག་འཚལ་འདུད། །གང་ཞིག་འཁོར་བའི་རྒྱུར་གྱུར་པ། །དེ་ཉིད་སྦྱང་པ་བྱས་པ་ལས། །དག་པ་དེ་ཉིད་མྱང་དན་འདས། །ཆོས་ཀྱི་སྐུ་ཡང་དེ་ཉིད་དོ། །ཞེས་ཆོས་ཉིད་དྲི་མ་དང་བཅས་པའི་དྲི་མ་སྦྱངས་པ་ན། མྱང་འདས་དང་ཆོས་ཀྱི་སྐུར་གསུངས་པ་ལྟར།

如《法界讚》云：「由不知何法，流轉於三有，敬禮彼法界，遍住諸有情。原爲生死因，若已善淨治，清淨即涅槃，亦即是法身。」此說有垢之法性，若淨治離垢即是涅槃及法身。

དག་པའི་ཆོས་ཉིད་ཀྱི་དགག་བྱ་དྲི་མར་གསུངས་པ་དུ་མ་ཞིག་ཡོད་པའི་ཕྱིར་དང་། ཆོས་ཉིད་དྲི་བྲལ་དུ་སོང་པ་མི་སྲིད་ན། ངལ་བ་འབྲས་མེད་དུ་འགྱུར་བའི་ཕྱིར་དང་། སྲིད་ན་དེའི་དགག་བྱ་ཤེས་བྱ་ལ་ཡོད་པའི་ཕྱིར་རོ། །

處處說清淨法性所遣即諸垢染。若謂法性不可離垢，則徒勞無果。若謂可離，則彼所遣是所知中有。

དཔེར་ན་རི་བོང་གི་རྭ་མེད་པའི་དགག་བྱ་རི་བོང་གི་རྭ་ཤེས་བྱ་ལ་མི་སྲིད་ཀྱང་། དགག་བྱ་ཤེས་བྱ་ལ་ཡོད་པའི་བུམ་པ་བཀག་པའི་བུམ་མེད་རི་བོང་གི་རྭ་མེད་དུ་འཇོག་ནུས་པ་བཞིན་ནོ། །

如「無兔角」所遣之兔角，雖於所知非有，然遣除所知中可有之瓶，立爲無瓶，亦可安立爲無兔角。

དག་མ་དག་གི་ཆོས་ཅན་སྤྱི་ལ་ཁྱབ་པའི་ཆོས་ཉིད་ཀྱི་དབང་དུ་བྱས་ན་ནི། བདག་གཉིས་བཀག་པ་ལྟ་བུ་དགག་བྱ་ཤེས་བྱ་ལ་མི་སྲིད་པ་ཙམ་བཀག་པ་ལ་བྱེད་ཀྱང་། ཆོས་ཅན་རིམ་གྱིས་དྲི་མས་ཇི་དག་ཏུ་སོང་བ་ན་དེའི་ཆོས་ཉིད་ཀྱང་དྲི་མས་ཇི་དག་ཏུ་འགྲོ་བས། ཆོས་ཅན་ཁྱད་པར་ཅན་ལ་ནི་ཆོས་ཉིད་ཀྱང་དག་པ་ཕྱོགས་གཅིག་པ་ཙམ་གྱིས་མི་ཆོག་གི །རང་རང་གི་སྐབས་ཀྱི་བློ་བུར་གྱི་དྲི་མས་ཀྱང་དག་པ་རེ་དགོས་ལ་དེ་ཉིད་ལ་འགོག་བདེན་ཞེར་བ་ཡིན་ནོ། །

若依總遍一切染淨諸法之法性而言，雖所遣二我於所知非有，然由諸法垢染漸淨，則彼法性亦必隨之垢染漸淨。故於殊勝有法位，其法性僅有一分清淨（自性清淨）猶爲不足，必須隨各位離垢清淨，即說此淨名爲滅諦。

ས་བཅུ་བ་ལས་ས་འདིར་མཚན་ཉིད་ཀྱི་བདེན་པ་ལ་མཁས་པ་སོགས་ཀྱི་བདེན་པའི་མིང་འདོགས་མང་དུ་བྱུང་ཡང་། དེ་དག་ཀྱང་བདེན་པ་གཉིས་སུ་མི་འདུ་བ་མིན་ནོ། །

《十地經》中，於此地復說善知相諦等，雖立多種諦名，當知彼等亦非二諦所不攝也。

དབུ་མ་ལ་འཇུག་པའི་རྒྱ་ཆེར་བཤད་པ་དགོངས་པ་རབ་ཏུ་གསལ་བ་ལས། དོན་དམ་པའི་སེམས་བསྐྱེད་པ་ལྔ་བའི་རྣམ་པར་བཤད་པའོ།། །།

釋第六勝義菩提心之一

གཉིས་པ། ས་དྲུག་པ་མངོན་དུ་གྱུར་པ་བཤད་པ་ལ་བཞི། སའི་ངེས་ཚིག་དང་ཤེར་ཕྱིན་ལྷག་པར་བསྟན་པ། ཤེས་རབ་ཀྱི་ཕར་ཕྱིན་གྱི་བསྔགས་པ། ཟབ་མོ་རྟེན་འབྱུང་གཟིགས་པའི་དེ་ཁོ་ན་ཉིད་བཤད་པ། སའི་ཡོན་ཏན་བརྗོད་པའི་སྒོ་ནས་མཇུག་བསྡུ་བའོ། །

己二、釋第六現前地分四：庚一、明此地訓釋與慧度增勝，庚二、讚慧度功德，庚三、觀甚深緣起真實，庚四、結述此地功德。

མངོན་དུ་ཕྱོགས་པར་མཉམ་བཞག་སེམས་གནས་ཏེ། །རྫོགས་པའི་སངས་རྒྱས་ཆོས་ལ་མངོན་ཕྱོགས་ཤིང་། །

འདི་རྟེན་འབྱུང་བའི་དེ་ཉིད་མཐོང་བ་དེ། །ཤེས་རབ་གནས་པས་འགོག་པ་ཐོབ་པར་འགྱུར། །

現前住於正定心，正等覺法皆現前，

現見緣起真實性，由住般若得滅定。

དང་པོ་ནི། ས་ལྔ་པར་བསམ་གཏན་གྱི་ཕར་ཕྱིན་ཡོངས་སུ་དག་པ་ཐོབ་པས། ས་དྲུག་པ་མངོན་དུ་ཕྱོགས་པ་སྔར་གྱུར་པར་མཉམ་པར་བཞག་པའི་སེམས་ཁྱད་དུ་བྱུང་བ་ལ་གནས་ཏེ།

今初，由第五地已得清淨靜慮波羅蜜多，故第六現前地得住最勝定心。

དེ་ལ་བརྟེན་ནས་རྟེན་ཅིང་འབྲེལ་བར་འབྱུང་བ་རྐྱེན་ཉིད་འདི་པ་ཙམ་གྱི་ཟབ་མོའི་དེ་ཁོ་ན་ཉིད་མཐོང་བའི་བྱང་སེམས་ས་དྲུག་པ་ལ་གནས་པས་ནི། ཤེས་རབ་ཀྱི་ཕ་རོལ་ཏུ་ཕྱིན་པ་ཁྱད་དུ་བྱུང་བ་ལ་གནས་པས་འགོག་པ་ཐོབ་པར་འགྱུར་གྱི། དེའི་སྔ་རོལ་ས་ལྔ་པ་སོགས་སུ་ནི་འགོག་པ་ཐོབ་པ་མིན་ཏེ། ཤེར་ཕྱིན་ཁྱད་དུ་བྱུང་བའི་ལྷག་པ་མེད་པའི་ཕྱིར་ཏེ། སྦྱིན་སོགས་ཀྱི་ཕར་ཕྱིན་ལྔ་ཁྱད་དུ་བྱུང་བ་ཙམ་གྱིས་ནི་འགོག་པ་ཐོབ་པར་མི་ནུས་སོ། །

以此爲依現見甚深緣起實性。即此菩薩住第六地，由得最勝般若波羅蜜多故得住滅定。前五地中，以未得增勝般若波羅蜜多故，唯由施等五波羅蜜多增勝，不能得滅定也。

དེ་ལྟར་ཤེས་རབ་ལྷག་པའི་སྒོ་ནས་གཟུགས་བརྙན་དང་འདྲ་བའི་ཆོས་ཉིད་མངོན་དུ་གྱུར་པའི་ཕྱིར་དང་། ས་ལྔ་བར་ལམ་གྱི་བདེན་པ་ལ་དམིགས་པའི་ཕྱིར་དང་། རྫོགས་པའི་སངས་རྒྱས་ཀྱི་ཆོས་འཐོབ་པ་ལ་མངོན་དུ་ཕྱོགས་པའི་ཕྱིར། ས་འདི་ལ་མངོན་དུ་གྱུར་པ་ཞེས་བྱའོ། །

又由般若增上，現證法性如影像故，第五地中見道諦故，正等覺法現前得故，此地名現前地。

རྒྱ་མཚན་གཉིས་པའི་དོན་ནི་འགྲེལ་བཤད་ལས། ཤེས་པ་དང་ཤེས་བྱ་མི་དམིགས་པའི་ལམ་མངོན་དུ་གྱུར་པ་ལ་འཆད་མོད་ཀྱང་། ས་ལྡེ་བར་ལམ་བདེན་ལ་དམིགས་པ་ནི་བདེན་བཞིའི་ཐ་མ་སྨོས་པས་ན། དེར་བདེན་བཞི་རགས་པ་དང་ཕྲ་བ་ལ་མཁས་པ་འཐོབ་པས། ས་དྲུག་པར་བདེན་པ་བཞི་ལ་མཁས་པའི་ཤེས་རབ་རྫོགས་པའི་དོན་ཡིན་ལ།

疏中釋第二理由，謂能知所知不可得道已現證故。然釋論說見道諦者，是舉四諦中最後諦，義謂彼地於粗細四諦得善巧，故第六地已得圓滿善巧四諦慧。

རྒྱ་མཚན་དང་པོས་ནི་རྟེན་འབྲེལ་ལུགས་འབྱུང་དང་ལུགས་ལྡོག་ལ་མཁས་པའི་ཤེས་རབ་ཀྱི་བསླབ་པ་རྫོགས་པར་སྟོན་པས། ཤེས་རབ་ཀྱི་བསླབ་པ་དེ་གཉིས་རྫོགས་པའི་སྒོ་ནས། བདེན་པ་དང་རྟེན་འབྲེལ་མངོན་དུ་གྱུར་པའི་དོན་ནོ། །

第一理由，顯示圓滿善巧順逆緣起之慧學。由已圓滿此二慧學，故四諦緣起皆得現前。

དེ་ལྟར་ན་ས་འདིར་ཤེས་རབ་ཀྱི་བསླབ་པ་གསུམ་རྫོགས་པ་དང་། ཞི་གནས་ཇི་ཙམ་ཁྱད་ཞུགས་པ་ཙམ་གྱིས་ལྷག་མཐོང་དེ་ཙམ་དུ་ཁྱད་ཞུགས་པར་འགྱུར་ལ། ས་ལྔ་བར་བསམ་གཏན་གྱི་ཕར་ཕྱིན་ཁྱུལ་དུ་བྱུང་བ་ཐོབ་པས། དེ་ལ་བརྟེན་ནས་འདིར་ཤེར་ཕྱིན་ཁྱུལ་དུ་བྱུང་བ་ཡིན་ནོ། །

如是當知此地圓滿三種慧學。又奢摩他若何增勝，則毗鉢舍那亦隨增勝。第五地既得最勝靜慮波羅蜜多，則此地自亦能得最勝般若波羅蜜多。

དེའི་ཕྱིར་འགོག་པ་ལ་སྙོམས་པར་འཇུག་པ་ཐུན་མོང་མ་ཡིན་པ་འདི་ནས་འཐོབ་པ་ཡིན་ནོ། །

故從此地後乃得入不共滅定也。

རིན་ཆེན་འཕྲེང་བ་ལས་ཀྱང་དྲུག་པ་མངོན་ཕྱོགས་ཞེས་བྱ་སྟེ། །སངས་རྒྱས་ཆོས་ལ་མངོན་ཕྱོགས་ཕྱིར། ། ཞི་གནས་ལྷག་མཐོང་གོམས་པ་ཡིས། །འགོག་པ་ཐོབ་པས་རྒྱས་པའི་ཕྱིར། །དེ་ཡི་རྣམ་པར་སྨིན་པས་ན། །ལྷ་ཡི་རྒྱལ་པོ་རབ་འཕྲུལ་འགྱུར། །ཉན་ཐོས་རྣམས་ཀྱིས་མི་འཕྲོགས་པས། །ལྷག་པའི་ང་རྒྱལ་ཅན་ཞི་བྱེད། ཅེས་གསུངས་ཏེ་རབ་འཕྲུལ་ནི་འཕྲུལ་དགའ་འོ། །

《寶鬘論》云：「第六名現前，現證佛法故，由修止觀道，得滅定增廣，此地異熟果，作善化天王，聲聞無能奪，能滅諸我慢。」善化即化樂天。

གཉིས་པ་ནི། ཤེར་ཕྱིན་ལས་གཞན་པའི་སྦྱིན་སོགས་ཀྱི་ཚོགས་རྣམས། འབྲས་བུའི་སར་བགྲོད་པ་ཤེར་ཕྱིན་ལ་རག་ལས་པར་བསྟན་པའི་ཕྱིར་བཤད་པ།

庚二、讚慧度功德。此顯諸餘施等資糧，要依般若波羅蜜多，方能趣果。頌曰：

ཇི་ལྟར་ལོང་བའི་ཚོགས་ཀུན་བདེ་བླག་ཏུ། །མིག་ལྡན་སྐྱེས་བུ་གཅིག་གིས་འདོད་པ་ཡི། །
ཡུལ་དུ་འཁྲིད་པ་དེ་བཞིན་འདིར་ཡང་བློས། །མིག་ཉམས་ཡོན་ཏན་བླངས་ཏེ་རྒྱལ་ཉིད་འགྲོ། །

如有目者能引導，無量盲人到止境，

如是智慧能攝取，無眼功德趣勝①果。

ཇི་ལྟར་ཏེ་དཔེར་ན་སྐྱེས་བུ་མིག་དང་ལྡན་པ་གཅིག་གིས། ལོང་བའི་ཚོགས་ཀུན་ཏེ་མཐའ་དག །འགྲོ་བར་འདོད་པ་ཡི་ཡུལ་དུ་བདེ་བླག་ཏུ་འཁྲིད་པར་བྱེད་པ་དེ་བཞིན་དུ། ལམ་གྱི་སྐབས་འདིར་ཡང་བློ་སྟེ་ཤེར་ཕྱིན་གྱིས་ཀྱང་། དེ་ཉིད་ལྟ་བའི་མིག་ཉམས་པའི་སྦྱིན་སོགས་ཀྱི་ཡོན་ཏན་རྣམས་བླངས་པ་སྟེ་ཡོངས་སུ་བཟུང་སྟེ། རྒྱལ་བ་འབྲས་བུ་ཉིད་ཀྱི་གོ་འཕང་དུ་འགྲོ་སྟེ། ཤེར་ཕྱིན་ནི་ལམ་ཡང་དག་པ་དང་དེ་མིན་པ་གཉིས་ཕྱིན་ཅི་མ་ལོག་པར་མཐོང་བ་ཡིན་པའི་ཕྱིར་རོ། །

卷四

如一有目士夫，能引一切盲人到達欲往之處。如是於修道時，亦由般若波羅蜜多，能不顛倒明見正道非正道故，便能攝取如無眼之布施等功德，趣向聖位佛果。

འཕགས་པ་སྡུད་པ་ལས་ཀྱང་། དམུས་ལོང་དམིགས་བུ་མེད་པ་བྱེ་བ་ཁྲག་ཁྲིག་རྣམས། །ལམ་ཡང་མི་ཤེས་གྲོང་ཁྱེར་འཇུག་པར་ག་ལ་འགྱུར། །ཤེས་རབ་མེད་ན་མིག་མེད་ཕ་རོལ་ཕྱིན་ལྔ་འདི། །དམིགས་བུ་མེད་པས་བྱང་ཆུབ་རེག་པར་ནུས་མ་ཡིན། །ཞེས་དང་།

《般若攝頌》云：「無量盲人無引導，不能見道入城廓，闕慧五度無眼導，無力能證菩提果。」

རྡོ་རྗེ་གཅོད་པ་ལས་ཀྱང་། དཔེར་ན་མིག་དང་ལྡན་པའི་མི་ཞིག་མུན་པར་ཞུགས་ནས། ཅི་ཡང་མི་མཐོང་བ་བཞིན་དུ་གང་དངོས་པོར་ལྷུང་བས་སྦྱིན་པ་ཡོངས་སུ་གཏོང་བའི་བྱང་ཆུབ་སེམས་དཔར་བལྟ་བར་བྱའོ། །

---

①「勝」，頌作「聖」。

《能斷金剛經》云：「善現，如士夫入於暗室都無所見，當知菩薩若墮於事而行布施亦復如是。

རབ་འབྱོར་འདི་ལྟ་སྟེ་དཔེར་ན་ནམ་ལངས་ཏེ་ཉི་མ་ཤར་ནས་མིག་དང་ལྡན་པའི་མིས་གཟུགས་རྣམ་པ་སྣ་ཚོགས་དག་མཐོང་བ་དེ་བཞིན་དུ་གང་དངོས་པོར་མ་ལྷུང་བས་སྦྱིན་པ་ཡོངས་སུ་གཏོང་བའི་བྱང་ཆུབ་སེམས་དཔར་བལྟ་བར་བྱའོ། །ཞེས་གསུངས་ཏེ་ཚུལ་ཁྲིམས་ལ་སོགས་པ་ལ་ཡང་དེ་དང་འདྲའོ། །

善現，如明眼士夫，過夜曉已日光出時見種種色，當知菩薩不墮於事而行布施亦復如是。」於持戒等當知亦爾。

གསུམ་པ་ལ་ལྔ། ཟབ་མོའི་དོན་བཤད་པར་དམ་བཅའ་བ། ཟབ་མོའི་དོན་བཤད་པའི་སྣོད་ངོས་བཟུང་བ། དེ་ལ་བཤད་ན་ཡོན་ཏན་འབྱུང་ཚུལ། སྣོད་ལྡན་གྱི་གང་ཟག་ལ་ཉན་པར་བསྐུལ་བ། རྟེན་འབྱུང་གི་དེ་ཉིད་ཇི་ལྟར་བཤད་པའི་ཚུལ་ལོ། །

庚三、觀甚深緣起真實分五：辛一、立志宣說甚深義，辛二、可說深義法器，辛三、說後引發功德，辛四、勸法器人聽聞，辛五、宣說緣起真實。

དང་པོ་ནི། སྔར་ས་དྲུག་པ་བས་རྟེན་འབྱུང་མཐོང་བ་ན། འདི་ལ་བརྟེན་ནས་འདི་འབྱུང་བའི་དེ་ཁོ་ན་ཉིད་མཐོང་བར་ཇི་ལྟར་འགྱུར་ཞེ་ན། འདིའི་ལན་དུ་འགྲེལ་བར་དེའི་རང་གི་ངོ་བོ་ནི་མ་རིག་པའི་ལིང་ཏོག་འཐུག་པོས་བློའི་མིག་མ་ལུས་པར་གཡོགས་པའི་བདག་ཅག་གི་ཡུལ་དུ་མི་འགྲོ་ཡི། དྲུག་པ་ལ་སོགས་པ་ས་གོང་མ་ལ་གནས་པའི་ཡུལ་དུ་འགྱུར་བས། ཁོ་བོ་ཅག་ལ་དྲི་བར་བྱ་བ་མིན་གྱི། གང་དག་སྟོང་ཉིད་ལེགས་པར་མཐོང་བའི་མིག་སྨན་མ་རིག་པའི་ལིང་ཏོག་འཇོམས་པས་བསྐྱུས་པའི་བློའི་སྤྱན། མ་རིག་པའི་རབ་རིབ་ཀྱི་ལིང་ཏོག་དང་བྲལ་བའི་སངས་རྒྱས་དང་། བྱང་སེམས་དེ་དག་ཉིད་ལ་སྨྲ་བར་བྱའོ། །

今初，云何現見緣起之真實性？釋論答云：「彼緣起實性，非吾輩無明厚翳障蔽慧眼者之境界，唯是第六地以上之境，故此不應問吾等，應問已塗善見空性安善①那藥，除無明翳，成就慧眼之諸佛菩薩。」

འདིས་ནི་དེ་ཁོ་ན་ཉིད་ཀྱི་དོན་མངོན་དུ་གྱུར་པ་ལ་འདྲི་ན། དེ་རྣམས་ལ་དྲིས་ཤིག་ཅེས་སྟོན་པས། མིག་སྨན་བསྐྱུས་པས་མིག་གསལ་དུ་འགྲོ་ཡི། མིག་འདོན་པ་མིན་པ་བཞིན་དུ་སྟོང་ཉིད་མཐོང་བའི་མིག་སྨན་བསྐྱུས་པས། བློའི་

① 「善」，民族本作「膳」，上海本、PDF作「善」。藏經多用「膳」。

མིག་གསལ་དུ་འགྲོ་བ་ཡིན་གྱི། ཡེ་ཤེས་ཀྱི་མིག་འདོན་པ་མིན་པར་ཤེས་ན། འཕགས་པའི་མཉམ་གཞག་ཏུ་ཡེ་ཤེས་མེད་ཅེས་པའི་སྐྱུར་འདེབས་ཀྱི་ལྟ་བ་ངན་པས་མི་གོས་སོ། །

由此當知如塗安善[1]那藥令眼明瞭，非剜其眼。如是由塗善見空性安善[2]那藥，令慧眼明瞭，非剜慧眼。故此宗無誹謗聖根本定全無智慧之惡見也。

གལ་ཏེ་ཡུམ་གྱི་མདོ་དང་ས་བཅུ་པ་སོགས་ཀྱི་མདོ་རྣམས་ལས། ཤེར་ཕྱིན་ལ་སྤྱོད་པའི་བྱང་སེམས་ཀྱིས་རྟེན་འབྱུང་གི་དེ་ཉིད་མཐོང་བར་གསུངས་པ་མ་ཡིན་ནམ། དེའི་ཕྱིར་ལུང་གི་རྗེས་སུ་འབྲངས་ནས་ཤོད་ཅིག་ཅེ་ན། ལུང་གི་དགོངས་པ་ངེས་པ་ཡང་དཀའ་བའི་ཕྱིར་བདག་ཅག་འདྲ་བས་ལུང་ལས་ཀྱང་དེ་ཁོ་ན་ཉིད་བསྟན་པར་མི་ནུས་སོ། །

問：《般若經》與《十地經》等，豈不明說修行般若波羅蜜多菩薩見緣起性乎？故但當隨彼聖教而說。答：「聖教密意亦難解，吾輩雖依聖教亦不能說也。」

རང་དབང་དུ་འཆད་པའི་དབང་དུ་བྱས་ནས་དེ་སྐད་དུ་བརྗོད་ཀྱི། དེ་ཁོ་ན་ཉིད་སྟོན་པའི་བསྟན་པའི་བསྟན་བཅོས་ཚད་མར་གྱུར་པའི་སྐྱེས་བུས་བྱས་ཤིང། དེས་ལུང་ཕྱིན་ཅི་མ་ལོག་པར་འཆད་པ་མཐོང་བ་ལས། ལུང་གི་དགོངས་པ་ངེས་ནུས་པར་སྟོན་པ་ནི།

此依自力解說而言。然堪爲定量大士所造宣說真實義諸論，則能無倒解釋經義，要依彼論乃能了解聖教密意。頌曰：

ཇི་ལྟར་དེ་ཡིས་ཆེས་ཟབ་ཆོས་རྟོགས་པ། །ལུང་དང་གཞན་ཡང་རིགས་པས་ཡིན་པས་ན། །
དེ་ལྟར་འཕགས་པ་ཀླུ་སྒྲུབ་གཞུང་ལུགས་ལས། །ཇི་ལྟར་གནས་པའི་ལུགས་བཞིན་བརྗོད་པར་བྱ། །

如彼通達甚深法，依於經教及正理，

如是龍猛諸論中，隨所安立今當說。

ས་དྲུག་པ་བ་དེ་ཡིས་ཆེས་ཤིན་ཏུ་ཟབ་པའི་ཆོས་ཟབ་མོ་ཇི་ལྟར་རྟོགས་པ་དེ་ལྟར། འཕགས་པ་ཀླུ་སྒྲུབ་ཀྱིས་ལུང་ཕྱིན་ཅི་མ་ལོག་པར་མཁྱེན་ནས། དབུ་མའི་བསྟན་བཅོས་ལས་མདོ་སྡེའི་ལུང་དང་། དེར་མ་ཟད་ལུང་ལས་གཞན་ཡང་རིགས་པ་དག་གིས་ཆོས་རྣམས་ཀྱི་དེ་ཁོ་ན་ཉིད་ཆོས་གསལ་བར་བསྟན་པ་ཡིན་པས་ན། དེའི་ཕྱིར་

---

①「善」，民族本、上海本作「膳」，PDF作「善」。
②「善」，民族本作「膳」，上海本、PDF作「善」。

འཕགས་པ་ཀླུ་སྒྲུབ་ཀྱི་གཞུང་ལུགས་ལས། དེ་ཁོ་ན་ཉིད་ཇི་ལྟར་བསྟན་པ་དེ་ཁོ་ན་ལྟར། ཟླ་བའི་ཞབས་ཀྱིས་ཀླུ་སྒྲུབ་དེས་ཉེ་བར་བསྟན་པའི་ལུགས་ཇི་ལྟར་གནས་པ་དེ་བཞིན་དུ་བརྗོད་པར་བྱའོ། །

如彼六地菩薩通達最甚深法，如是龍猛菩薩無倒了解諸經義，已於《中論》中，依諸經藏及餘正理，顯示諸法真實義，極爲明瞭。故月稱論師唯依龍猛菩薩論中所說真實義，今當如彼教規而說。

ཅི་སྟེ་འཕགས་པ་ཀླུ་ལ་ངེས་དོན་གྱི་ལུང་གི་དོན་ཕྱིན་ཅི་མ་ལོག་པར་ངེས་པ་ཇི་ལྟར་ཡོད་ཅེ་ན། ལུང་ལས་ཤེས་ཏེ་ལང་ཀར་གཤེགས་པ་ལས། ལྷོ་ཕྱོགས་བེ་ཏའི་ཡུལ་དུ་ནི། །དགེ་སློང་དཔལ་ལྡན་ཆེར་གྲགས་པ། །དེ་མིང་ཀླུ་ཞེས་བོད་པ་སྟེ། ཡོད་དང་མེད་པའི་ཕྱོགས་འཇིག་པ། །ང་ཡི་ཐེག་པ་འཇིག་རྟེན་དུ། །བླ་མེད་ཐེག་ཆེན་རབ་བཤད་ནས། །རབ་ཏུ་དགའ་བའི་ས་བསྒྲུབས་ཏེ། །བདེ་བ་ཅན་དུ་དེར་འགྲོའོ། །ཞེས་ངེས་དོན་གྱི་ཐེག་པ་ཡོད་མེད་ཀྱི་མཐའ་གཉིས་དང་བྲལ་བ་ཀླུ་སྒྲུབ་ཀྱིས་འགྲེལ་བར་གསུངས་སོ། །

云何得知龍猛菩薩無倒解釋了義經義耶？答：由教證知，如《楞伽經》云：「南方碑達國，有吉祥比丘，其名呼曰龍，能破有無邊，於世宏我教，善說無上乘，證得歡喜地，往生極樂國。」此說龍猛菩薩能離有無二邊，解釋了義大乘。

འདི་ནི་གསེར་འོད་དམ་པ་ནས་བཤད་པ། སྟོན་པ་ཞལ་བཞུགས་དུས་ཀྱི་ལི་ཙ་བྱི་གཞོན་ནུ་འཇིག་རྟེན་ཐམས་ཅད་ཀྱིས་མཐོང་ན་དགའ་བ་ཞེས་བྱ་བ་དེ་ཉིད་སྐྱེ་བ་བཞེས་པ་ཡིན་ཏེ།

《金光明經》說此菩薩，是佛世離車子一切世間樂見童子後身。

སྤྲིན་ཆེན་ལས། གཞོན་ནུ་འདི་མྱ་ངན་ལས་འདས་ནས་ལོ་བཞི་བརྒྱ་ལོན་པ་ན། ཀླུ་ཞེས་བྱ་བའི་དགེ་སློང་དུ་གྱུར་ནས་ངའི་བསྟན་པ་རྒྱས་པར་བྱས་ཏེ། མཐར་རབ་ཏུ་དང་བའི་འོད་ཅེས་བྱ་བའི་ཞིང་དུ། ཡེ་ཤེས་འབྱུང་གནས་འོད་ཅེས་བྱ་བའི་རྒྱལ་བར་འགྱུར་རོ། །ཞེས་གསུངས་སོ། །

《大雲經》云：「我滅度後，滿四百年，此童子轉身爲比丘，其名曰龍，廣宏我教法。後於極淨光世界成佛，號智生光。」

དེའི་ཕྱིར་འདི་ལ་ངེས་དོན་གྱི་ལུང་ཕྱིན་ཅི་མ་ལོག་པར་ངེས་པ་ཡོད་པར་གྲུབ་བོ། །

故此菩薩，定能無倒解釋經義。

འཇམ་དཔལ་གྱི་རྩ་བའི་རྟོག་པ་ལས་ཀྱང་། འབྱུང་བའི་དུས་དང་མཚན་དེ་དང་འདྲ་ལ། ལོ་དྲུག་བརྒྱ་བཞུགས་པར་བཤད་དོ། །

《曼殊室利根本教》說誕生年代與名號同，說住世六百歲。

ཟ་བོ་ཆེའི་མདོ་ལས་ལི་ཙ་བྱི་གཞོན་ནུ་འཇིག་རྟེན་ཐམས་ཅད་ཀྱིས་མཐོང་ན་དགའ་བ་འདི། སྟོན་པ་འདས་ནས་ལོ་བརྒྱད་ཅུ་བ་ལ་བསྟན་པ་ཉམས་པའི་ཚེ། སྟོན་པའི་མཚན་འཆང་བའི་དགེ་སློང་དུ་གྱུར་ནས་བསྟན་པ་རྒྱས་པར་བྱས་ཏེ། ལོ་བརྒྱ་ལོན་པའི་འོག་ཏུ་འདས་ནས་བདེ་བ་ཅན་དུ་སྐྱེ་བར་གསུངས་སོ།།

《大法鼓經》說：「一切世間樂見離車子童子，於大師滅度後，人壽八十歲，教法衰微時，轉身爲名含大師德號之比丘，廣宏聖教，滿百歲後往生極樂世界。」

འདི་ཡང་སློབ་དཔོན་འདིའི་ལུང་བསྟན་དུ་གནས་བརྟན་བྱང་བཟང་དང་། ཇོ་བོ་ཆེན་པོ་བཞེད་དེ་ལི་ཙ་བྱི་མཐོང་ན་དགའ་བ་ཀླུ་སྒྲུབ་དང་རྒྱུད་གཅིག་ཏུ་བཤད་པ་ལ་བརྟེན་པའོ།།

覺賢上座與阿底峽尊者說此亦是授記龍猛菩薩，蓋以樂見離車子與龍猛菩薩是一體故。

ཟ་བོ་ཆེ་ལས་དགེ་སློང་དེ་ས་བདུན་པ་བར་བཤད་དོ། །དེ་ལྟར་བཤད་པ་དང་སྔ་མ་རྣམས་འགལ་བར་སྒྲུབ་མི་ནུས་ཏེ། རྒྱལ་ཆེན་འགའ་ཞིག་ལུང་ཁ་ཅིག་ལས་རྒྱུན་ཞུགས་སུ་བཤད་པ་དང་། ལུང་གཞན་དུ་སངས་རྒྱས་སུ་བཤད་པ་ལྟ་བུ་གསུང་རབ་ལ་དུ་མ་ཞིག་སྣང་བའི་ཕྱིར་རོ།།

《大法鼓經》說彼比丘位登七地，然不能成與前眾經決定相違。如有經說，四大天王證預流果，亦有經中說已成佛。如是等類，經中非一。

གཉིས་པ་ནི། ངེས་པའི་དོན་གྱི་བསྟན་བཅོས་དེ་ཡང་སྔར་གོམས་པར་རྒྱུད་ལ། སྟོང་ཉིད་རྟོགས་པའི་ས་བོན་བཞག་པ་རྣམས་ཉིད་ལ་བསྟན་པར་བྱའི། གཞན་དག་ལ་ནི་མ་ཡིན་ཏེ། དེ་དག་གིས་སྟོང་ཉིད་སྟོན་པའི་གཞུང་ཉན་དུ་ཟིན་ཀྱང་། སྟོང་ཉིད་ལ་ལོག་པར་ཞུགས་པའི་བསམ་པ་དང་ལྡན་པས། དོན་མ་ཡིན་པ་ཆེན་པོ་དང་ལྡན་པར་འགྱུར་བའི་ཕྱིར་རོ།།

辛二、可說深義法器。了義諸論，唯應爲夙植通達空性種子者說，不可爲餘人說。以彼聞空性諸論，轉於空性起邪執心，當獲重大非義也。

དོན་མ་ཡིན་པ་ཆེན་པོར་འགྱུར་ཚུལ་ནི། རེས་འགའ་ནི་མི་མཁས་པས་སྟོང་ཉིད་སྤངས་ནས། ངན་འགྲོར་འགྲོའོ།།

獲重大非義者，或有因不善巧故，謗毀空性而墮惡趣。

རེས་འགའ་ནི་རང་བཞིན་གྱིས་མ་གྲུབ་པའི་སྟོང་པའི་དོན་ནི། ཆོས་འདི་རྣམས་མེད་པ་ཉིད་དང་། ཡོད་པ་མ་ཡིན་ནོ་སྙམ་དུ་ཕྱིན་ཅི་ལོག་ཏུ་ངེས་པར་བཟུང་སྟེ། རྒྱུ་འབྲས་ཀྱི་དངོས་པོ་ཐམས་ཅད་ལ་སྐུར་པ་འདེབས་པའི་ལོག་

ལྟ་དང་པོར་བསྐྱེད་ནས། དེ་ནས་དེ་མི་གཏོང་བར་གོང་ནས་གོང་དུ་འཕེལ་བར་བྱེད་དོ། །

或有誤解空性深義，顛倒妄執諸法全無、一墮於惡趣或全非有。初生邪見，謗一切因果等法。次著不捨，輾轉增長。

སྟོང་པ་ཉིད་ལ་བལྟ་ཉེས་ན། །ཤེས་རབ་ཆུང་རྣམས་ཕུང་བར་འགྱུར། །ཇི་ལྟར་སྦྲུལ་ལ་བཟུང་ཉེས་དང་། །རིག་སྔགས་ཉེས་པར་བསྒྲུབས་པ་བཞིན། །ཞེས་པའི་འགྲེལ་བ་ཚིག་གསལ་ལས་ཀྱང་། ཀུན་རྫོབ་པ་ལ་སྐུར་འདེབས་ཀྱི་མཐར་མི་ལྟུང་བ་ལ། གཟུགས་བརྙན་དང་འདྲ་བའི་ལས་འབྲས་ལ་གནོད་པ་མ་བྱས་པ་དགོས་པ་དང་། དོན་དམ་པར་སྒྲོ་འདོགས་པའི་མཐར་མི་ལྟུང་བ་ལ། དངོས་པོ་རང་བཞིན་མེད་པ་ཁོ་ན་ལ་ལས་འབྲས་མཐོང་བ་དགོས་པར་གསུངས་ཤིང་།

如云：「不能正觀空，鈍根則自害，如不善咒術，不善捉毒蛇。」《顯句論》釋此云：「要不墮於損減世俗邊，不違害如影像之業果。要不墮於增益勝義邊，知唯無自性，乃能有業果。」

དེ་གཉིས་ལས་བཟློག་པ་ནི་རྟག་ཆད་ཀྱི་མཐར་ལྟུང་བར་བཤད་ལ། འདུ་བྱེད་རྣམས་ཡོད་པ་མ་ཡིན་པར་རྟོག་ན་ལོག་པར་ལྟ་བར་གསུངས་པས། མེད་པ་དང་། ཡོད་པ་མ་ཡིན་པ་ལ་ཚིག་གི་ཁྱད་པར་ཡོད་ཀྱང་། མེད་པའི་རྣམ་པ་འཆར་བ་ལ་ཡིད་ཞིབ་པར་གཏད་ཀྱང་ཁྱད་པར་ཅི་ཡང་མེད་དོ། །

若與此相違，說爲墮常斷二邊。又說妄計諸行非有是爲邪見，故無與非有，言雖異而無之行相則無差別。

བཞི་བརྒྱ་པའི། གཅིག་ནི་ངན་འགྲོ་ཉིད་འགྲོ་ལ། །ཐ་མལ་མ་ཡིན་ཞི་ཉིད་དུའོ། །ཞེས་པའི་འགྲེལ་པར་དམ་པ་མ་ཡིན་པ་གང་ཞིག་བདག་མེད་པའི་ཆོས་ཉན་པ་དེ་ནི། སྤངས་པ་དང་ཕྱིན་ཅི་ལོག་ཏུ་རྟོགས་པས་ངན་འགྲོ་ཁོ་ནར་འགྲོ་ལ། ཞེས་གཉིས་ཀ་ངན་འགྲོར་འགྲོ་བར་བཤད་དེ། ཕྱིན་ཅི་ལོག་ཏུ་རྟོགས་པ་ནི་སྟོང་པའི་དོན་ཡོད་པ་མ་ཡིན་པའི་དོན་དུ་བཟུང་བའོ། །

《四百論》云：「一墮於惡趣，正見證寂滅。」釋云：「不善士夫聞無我法，由生謗毀反①起邪執，應墮惡趣。」說彼二種俱墮惡趣。起邪執者，謂執空性爲非有義。

དེས་ན་ཤིན་ཏུ་ཟབ་པའི་དོན་འབྱེད་པའི་བློའི་མཐུ་མེད་བཞིན་དུ། ཡོད་པར་མངོན་པའི་ང་རྒྱལ་ཅན་གྱིས། རང་གི་དབང་པོ་དང་མི་འཚམས་པའི་ཟབ་དོན་གྱི་ཚིག་ཙམ་ལ་མོས་པ་ལྟར་སྣང་ཤུགས་དྲག་པར་བྱེད་པ་ནི། དོན་མ་ཡིན་པ་ཆེན་པོ་འདྲེན་པར་བྱེད་པས་གནས་འདི་དག་ལ་གཟབ་པར་བྱའོ། །

① 「反」，校正本作「及」。

由是若無簡釋最微細義之慧力，妄矜爲有，於不適自機之甚深義文，強作勝解，必當引生重大非義。故於此處應極慎之。

ཡང་ཇི་ལྟར་འདི་ལ་སྟོང་པ་ཉིད་བསྟན་པར་འོས་སོ། །གང་ཟག་འདི་ལ་སྟོང་པ་ཉིད་བསྟན་པར་མི་བྱའོ་ཞེས་ངེས་པར་དཀའ་བ་འདི་ཇི་ལྟར་ངེས་པར་ནུས་ཤེ་ན། དེ་ནི་ཕྱི་རོལ་གྱི་མཚན་མ་རྣམས་ཀྱིས་ངེས་ནུས་པར་སྟོན་པ་ནི།

問：「何種機可說空性，何種人不應說空性，此既難決定，爲以何方便能了知耶？」答：「由外相狀即能了知。」頌曰：

སོ་སོ་སྐྱེ་བོའི་དུས་ནའང་སྟོང་པ་ཉིད་ཐོས་ནས། །ནང་དུ་རབ་ཏུ་དགའ་བ་ཡང་དང་ཡང་དུ་འབྱུང་། །
རབ་ཏུ་དགའ་བ་ལས་བྱུང་མཆི་མས་མིག་བརླན་ཞིང་། །ལུས་ཀྱི་བ་སྤུ་ལྡང་བར་འགྱུར་བ་གང་ཡིན་པ། །
དེ་ལ་རྫོགས་པའི་སངས་རྒྱས་བློ་ཡིས་ས་བོན་ཡོད། །དེ་ཉིད་ཉེ་བར་བསྟན་པའི་སྣོད་ནི་དེ་ཡིན་ཏེ། །
དེ་ལ་དམ་པའི་དོན་གྱི་བདེན་པ་བསྟན་པར་བྱ། །

若異生位聞空性，內心數數發歡喜，
由喜引生淚流注，周身毛孔自動豎，
彼身已有佛慧種，是可宣說真性器，
當爲彼說勝義諦，其勝義相如下說。

སོ་སོ་སྐྱེ་བོ་ལས་དང་པོ་བའི་དུས་ནའང་སྟོང་པ་ཉིད་ཀྱི་གཏམ་ཕྱིན་ཅི་མ་ལོག་པ་ཐོས་པ་ན། དེ་ཐོས་པ་ནས་ནང་དུ་གཏམ་དེ་ལ་རབ་ཏུ་དགའ་བ་ཡང་དང་ཡང་དུ་འབྱུང་བ་དང་། རབ་ཏུ་དགའ་བ་དེ་ལས་བྱུང་བའི་མཆི་མས་མིག་བརླན་པ་དང་། ལུས་ཀྱི་བ་སྤུ་ལྡང་བ་སྐྱེ་བར་འགྱུར་བ་གང་ཡིན་པ་དེ་ལ། རྫོགས་པའི་སངས་རྒྱས་ཀྱི་བློ་རྣམ་པར་མི་རྟོག་པ་ཡི་ཡེ་ཤེས་ཀྱི་ས་བོན་སྟོང་ཉིད་རྟོགས་པའི་ས་བོན་ཞེས་པ་ཡོད་ལ།

諸異生初發業時，無倒聽聞空性言教。若彼聞已於此言教，內心數數引發歡喜，由此歡喜流淚、毛豎，則知此人有正覺慧無分別智種，即通達空性之種子。

དེ་ཁོ་ན་ཉིད་སློབ་དཔོན་མཁས་པས་ཉེ་བར་བསྟན་པའི་སྣོད་ནི་གང་ཟག་དེ་ཡིན་ཏེ། གང་ཟག་དེ་ལ་འཆད་པར་འགྱུར་བའི་མཚན་ཉིད་ཅན་གྱི་དམ་པའི་དོན་གྱི་བདེན་པ་བསྟན་པར་བྱའོ། །

此人即是阿遮利耶，可爲宣說真實義之法器，當爲此人宣說真勝義諦。勝義諦行相下當廣說。

འདི་ནི་སྟོང་ཉིད་ཀྱི་གདམས་ཁྲིད་ཅི་མ་ལོག་པ་ཐོས་པ་དང་། དེ་མི་གོ་བ་མིན་པ་གཉིས་ཚོགས་ནས་ལུས་ཀྱི་མཚན་མ་དེ་རྣམས་སྐྱེ་བར་སྣང་ན། རྟགས་མི་འཁྲུལ་བ་ཡིན་གྱི། དོན་མི་གོ་བ་དང་། གོ་ཡང་མཚན་མ་དེ་རྣམས་མི་སྐྱེ་ན་རེ་ཞིག་ཟབ་མོའི་སྣོད་དུ་ངེས་མི་ནུས་ཀྱང་། བླ་མ་དམ་པའི་བསྒོ་བ་ལས་མི་འདའ་ན། སྟོང་ཉིད་རྟོགས་པའི་རིགས་ནུས་མང་པོ་གསར་དུ་འཛོག་པའི་སྣོད་དུ་རུང་ངོ་།།

此等相狀要由無倒聽聞空性言教及聽已了解之所引生。若聞而未解，或了解而無彼相狀，雖暫不知是否甚深法器，然若能不違善知識之教誡，亦是堪新植通達空性功能之法器也。

གསུམ་པ་ནི། སྔར་བཤད་པའི་ཉན་པ་པོ་དེ་ལ་ནི་སྟོང་ཉིད་བསྟན་པ་འབྲས་བུ་མེད་པར་མི་འགྱུར་ཏེ། དེ་ཅིའི་ཕྱིར་ཞེ་ན།

辛三、說後引發功德。為堪聞者宣說空性，非空無果。頌曰：

དེ་ལ་དེ་ཡི་རྗེས་སུ་འགྲོ་བའི་ཡོན་ཏན་འབྱུང་། །རྟག་ཏུ་ཚུལ་ཁྲིམས་ཡང་དག་བླངས་ནས་གནས་པར་འགྱུར། །
སྦྱིན་པ་གཏོང་བར་འགྱུར་ཞིང་སྙིང་རྗེ་བསྟེན་པར་བྱེད། །བཟོད་པ་སྒོམ་བྱེད་དེ་ཡི་དགེ་བ་བྱང་ཆུབ་ཏུ། །
འགྲོ་བ་དགྲོལ་བར་བྱ་ཕྱིར་ཡོངས་སུ་བསྔོ་བྱེད་ཅིང་། །རྫོགས་པའི་བྱང་ཆུབ་སེམས་དཔའ་རྣམས་ལ་གུས་པར་བྱེད། །

彼器隨生諸功德，常能正受住淨戒，
勤行布施修悲心，並修安忍爲度生，
善根迴向大菩提，復能恭敬諸菩薩。

འདི་ལྟར་ཉན་པ་པོ་དེ་ལ་སྟོང་པ་ཉིད་དུ་འཛིན་པ་ཕྱིན་ཅི་ལོག་གིས་བསྐྱེད་པའི་དོན་མ་ཡིན་པ་དང་ལྡན་པར་མི་འགྱུར་བ་འབའ་ཞིག་ཏུ་མ་ཟད་ཀྱི། སྟོང་ཉིད་ཀྱི་ལྟ་བ་ཉན་པ་དེའི་རྗེས་སུ་འགྲོ་བ་སྟེ་འབྲས་བུའི་ཡོན་ཏན་རྣམས་ཀྱང་འབྱུང་ངོ་། །འབྱུང་ཚུལ་ཇི་ལྟར་ཞེ་ན། སྣོད་ལྡན་དེ་སྟོང་ཉིད་ཀྱི་ལྟ་བ་ཉན་པ་ལ་གཏེར་རྙེད་པ་དང་འདྲ་བར་སེམས་ཤིང་། ལྟ་བ་དེ་སྐྱེ་བ་གཞན་དུ་ཡང་མི་ཉམས་པར་བྱ་བའི་ཕྱིར། རྟག་ཏུ་ཚུལ་ཁྲིམས་ཡང་དག་པར་བླངས་ནས་གནས་པར་འགྱུར་ཏེ།

彼聞空性見，非但不於空性起顛倒執，引生無義，且能隨行所聞，引生功德。謂彼法器，聞空性見，如獲寶藏，爲令空見於餘生中不退失故，常能正受安住淨戒。

དེ་ཡང་བདག་ཚུལ་ཁྲིམས་འཆལ་བའི་རྐྱེན་གྱིས་ངན་འགྲོར་ལྟུང་ན། སྟོང་ཉིད་ཀྱི་ལྟ་བ་རྒྱུན་ཆད་པ་རང་འགྱུར་རོ་སྙམ་ནས་ཚུལ་ཁྲིམས་བླངས་ཏེ་མི་ཉམས་པར་སྲུང་བ་ཡིན་ནོ། །

彼作是念，我若犯戒，必以此而墮惡趣，致空見爲之間斷，故能受戒守護不犯。

ཚུལ་ཁྲིམས་འཆལ་བ་ལ་ནི་སྔོན་དུ་ཚུལ་ཁྲིམས་བླངས་པ་མི་དགོས་ཀྱི། ཚུལ་ཁྲིམས་ཀྱི་མི་མཐུན་ཕྱོགས་རང་བཞིན་གྱི་ཁ་ན་མ་ཐོ་བ་ཡང་ཚུལ་འཆལ་ལོ། །

此言犯戒，不限先受，淨戒違品諸自性罪，皆是犯戒也。

བདག་ཚུལ་ཁྲིམས་བསྲུངས་པས་བདེ་འགྲོར་སྐྱེས་ཀྱང་། དབུལ་པོར་གྱུར་ནས་བཟའ་བཏུང་དང་སྨན་དང་གོས་ལ་སོགས་པའི་འཚོ་བའི་ཡོ་བྱད་ཀྱིས་ཕོངས་ན། དེ་འཚོལ་བ་ལྷུར་ལེན་ནས་སྟོང་ཉིད་ཀྱི་ལྟ་བ་ཉན་པ་དང་། དེའི་དོན་སྒོམ་པ་སོགས་རྒྱུན་ཆད་པར་འགྱུར་རོ་སྙམ་ནས། སྔར་བཤད་པ་ལྟར་ཡར་མར་གྱི་ཞིང་ལ་སྦྱིན་པ་གཏོང་བར་འགྱུར་རོ། །

又作是念，我縱能嚴持淨戒生諸善趣，倘生貧家，缺乏飲食、衣服、醫藥、資生之具，恆須追求，則聽聞空見及修習空義皆將間斷，遂於前說上下福田盡力供施。

སྟོང་ཉིད་ཀྱི་ལྟ་བ་སྔར་བཤད་པའི་སྙིང་རྗེ་ཆེན་པོས་ཟིན་པ་ནི་སངས་རྒྱས་ཉིད་འདྲེན་པར་བྱེད་ཀྱི། གཞན་དུ་ནི་མ་ཡིན་ནོ་སྙམ་ནས་རྩ་བ་སྙིང་རྗེ་ཆེན་པོ་ལ་གོམས་པ་བསྟེན་པར་བྱེད་དོ། །

復作是念，此空性見要以如上所說大悲攝持，方能引生佛果，故恆修大悲心而爲根本。

ཁོ་བས་ནི་ངན་སོང་དུ་འགྲོ་བ་དང་དགེ་བ་འཇོམས་ལ། མདོག་ཤིན་ཏུ་མི་སྡུག་པ་འཐོབ་པར་བྱེད་པས་དེའི་རྐྱེན་གྱིས་འཕགས་པ་རྣམས་མཉེས་པར་མི་འགྱུར་རོ་སྙམ་ནས་བཟོད་པ་སྒོམ་པར་བྱེད་དོ། །

復作是念，由瞋恚力能墮惡趣，能壞善根，能令顏色極不可愛，緣此令諸聖者不生歡喜，故當修安忍。

ཐམས་ཅད་མཁྱེན་པར་ཡང་ཡང་མ་བསྔོས་པའི་ཚུལ་ཁྲིམས་ལ་སོགས་པ་ནི། སངས་རྒྱས་ཐོབ་པའི་རྒྱུ་དང་། ལུས་དང་ལོངས་སྤྱོད་ལ་སོགས་པའི་འབྲས་བུ་དཔག་ཏུ་མེད་པ་རྒྱུན་མ་ཆད་པར་འབྱུང་བར་མི་འགྱུར་བས། ཚུལ་ཁྲིམས་ལ་སོགས་པ་དེ་ཡི་དགེ་བ་ཡང་འགྲོ་བ་འཁོར་བ་ལས་སྒྲོལ་བར་བྱ་བའི་ཕྱིར་དུ་བྱང་ཆུབ་ཏུ་ཡོངས་སུ་སྔོ་བར་བྱེད་དོ། །

又見持戒等善根，若不數數迴向一切種智，則非成佛之因，亦不能恆感身及資財無量妙果，故持所有戒等善根，爲度眾生出生死故，迴向菩提。

བྱང་སེམས་མ་གཏོགས་པ་ཉན་རང་ལ་སོགས་པ་གཞན་དག་གིས་རྟེན་འབྲེལ་ཟབ་མོ་བྱང་སེམས་བཞིན་དུ་སྟོན་མི་ནུས་པར་མཐོང་ནས། རྟོགས་པའི་བྱང་ཆུབ་སེམས་དཔའ་རྣམས་ལ་ཤིན་ཏུ་གུས་པར་བྱེད་དོ། །

又見二乘等不能如諸菩薩宣說甚深緣起，故於諸菩薩所起極敬重心。

སྟོང་ཉིད་ཀྱི་ལྟ་བའི་གོ་བ་གནད་དུ་སོང་བའི་ཐེག་ཆེན་པ་ལ་ནི། སྔར་བཤད་པ་དེ་ལྟ་བུའི་གོ་བ་རྣམ་དག་རྣམས་སྐྱེས་ནས་རྒྱ་ཆེ་བའི་ཕྱོགས་རྣམས་སྒྲུབ་པ་ལ་ཤིན་ཏུ་གུས་པར་འགྱུར་ལ། དེ་ནི་ཤིན་ཏུ་བསྔགས་པའི་གནས་ཡིན་ཏེ།

得空見諸大乘人，由生清淨正見，於修廣大行品起極敬重，此是最應稱讚之處。

བྱང་ཆུབ་སེམས་འགྲེལ་ལས། ཆོས་རྣམས་སྟོང་པ་འདི་ཤེས་ནས། །ལས་དང་འབྲས་བུ་བསྟེན་པ་གང་། །ངོ་མཚར་བས་ཀྱང་འདི་ངོ་མཚར། །རྨད་བྱུང་བས་ཀྱང་འདི་རྨད་བྱུང་། །ཞེས་གསུངས་ཏེ།

《菩提心釋》云：「由知諸法空，復能說業果，此爲最甚奇，此乃極希有。」

སྣོད་མི་རུང་གཉིས་པོ་མི་མོས་ནས་སྤོང་བ་དང་། །མོས་པ་ལྟར་སྣང་ཡོད་ཀྱང་རིགས་པས་རྒྱུ་འབྲས་ཐམས་ཅད་བཀག་པར་གོ་བའི་སྐྱོན་གཉིས་སྤངས་ལ། རང་བཞིན་མེད་པའི་སྟོང་ཉིད་ཀྱི་ལྟ་བ་ཉིད་ལ་བརྟེན་ནས་བྱ་བྱེད་ཐམས་ཅད་ཆེས་འཐད་པར་རྟོགས་པ་ཞིག་ལ་འོང་བ་ཡིན་ནོ། །

是故必須永離二種非器，或不信解而生毀謗，或似信解而以正理破除一切因果等法。即依無自性之空見，了達一切能作所作諸法極爲應理也。

དེ་ལྟ་མ་ཡིན་ན་ལྟ་བ་རྙེད་པའི་ལུགས་སུ་བྱས་པ་ན། ཚུལ་ཁྲིམས་ལ་སོགས་པའི་ལས་འབྲས་ཀྱི་རྣམ་གཞག་ཐམས་ཅད། རི་བོང་གི་རྭའི་གཉེར་མ་བགྲང་པ་བཞིན་དུ་སོང་ནས། དེ་འདྲ་བ་ནི་ངེས་དོན་མ་གོ་བ་རྣམས་ཀྱི་ཕྱིར་ཡིན་གྱི། ངེས་དོན་གོ་བ་ལ་མི་དགོས་ཏེ། དེ་དག་ཐམས་ཅད་རྟོག་པས་བྱེད་ལ་རྟོག་པ་ཐམས་ཅད་བདེན་ཞེན་གྱི་མཚན་འཛིན་ཡིན་པའི་ཕྱིར་རོ་སྙམ་དུ་འཛིན་ཞིང་།

若非如是，自謂已得正見，而於持戒等一切業果建立，見如兔角之花紋，謂彼等行是對未知了義者說，已知了義即不須彼。此乃妄執，一切皆是分別所作，一切分別皆是著實之相執故。

རྒྱ་ནག་གི་ཧྭ་ཤང་ལྟར་དགེ་བ་ཐམས་འཛོམས་ལ། ཁ་ཅིག་འཕྲུལ་ངོར་རེ་ཞིག་ལ་བླང་དོར་བྱེད་ཟེར་ཡང་། རྟོག་པ་ལ་བདེན་འཛིན་ཡིན་མིན་གཉིས་བྱེད་ན་ནི། རང་བཞིན་གྱིས་གྲུབ་པ་འགོག་པའི་རིགས་པས་ཡུལ་ཐམས་ཅད་འགོག་པ་ཅལ་ཅོལ་ཡིན་ལ།

便同支那堪布，摧毀一切善根也。或有妄說，就亂識前暫許取捨。若於分別仍分是否實執二類，則說破自性之正理能破一切境，便成誑語。

གཉིས་སུ་མི་ཕྱེད་ན་ནི་ལྟ་བ་དང་སྤྱོད་ཕྱོགས་ཀྱི་རྟོག་པ་གཉིས་གཅིག་གིས་གཅིག་ལ་གནོད་པ་སྐྱེལ་བ་ཆུ་གྲང་ལྟར་འགྱུར་བའི་ཕྱིར་དང་། གཞག་སའི་འཁྲུལ་ངོ་དང་། འཇོག་མཁན་དང་དེར་འཇོག་རྒྱུ་རྣམས་ཀུང་འཇོག་ས་མེད་པ་ལ་དེ་སྐད་སྨྲ་བ་ནི་མུན་སྨྲལ་ཡིན་པས། སྔར་གྱི་གཞུང་དེ་རྣམས་ཀྱི་ཕྱོགས་སྔ་མ་ཉིད་འཛིན་པའོ། །

若不分二類，則見行二種分別，應互相違害勢同水火。其安立取捨處之亂識，與能安立者，並所安立法，皆應無處安立。縱作此等臆說，適成前引諸論之敵者也。

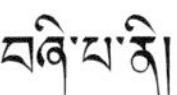
བཞི་པ་ནི།

辛四、勸法器人聽聞

ཟབ་ཅིང་རྒྱ་ཆེའི་ཚུལ་ལ་མཁས་པའི་སྐྱེ་བོས་ནི། །རིམ་གྱིས་རབ་ཏུ་དགའ་བའི་ས་ནི་འཐོབ་འགྱུར་བས། །
དེ་ནི་དོན་དུ་གཉེར་བས་ལམ་འདི་མཉན་པར་གྱིས། །

善巧深廣諸士夫，漸次當得極喜地，求彼者應聞此道。

དེ་ལྟར་གོང་དུ་བཤད་པ་ལྟར་གྱི་ཟབ་པ་དང་། རྒྱ་ཆེ་བའི་ཚུལ་ལ་མཁས་པའི་སྐྱེ་བོས་ནི། ཡུན་རིང་པོར་བར་མེད་པར་ཟབ་པ་དང་རྒྱ་ཆེ་བའི་ཕྱོགས་ཀྱི་དགེ་བའི་ཚོགས་རྣམས་སོ་སྐྱེའི་སར། ངེས་པར་བསགས་ནས་རིམ་གྱིས་རབ་ཏུ་དགའ་བའི་ས་ནི་ཐོབ་པར་འགྱུར་བས། ས་རབ་དགའ་དེ་ནི་དོན་དུ་གཉེར་བས་འཆད་པར་འགྱུར་བའི་ཟབ་མོའི་ལམ་འདི་མཉན་པར་གྱིས་ཤིག་ཅེས་ཉན་པར་བསྐུལ་བའོ། །

如上所說甚深廣大之理，若有士夫能善巧者，則於異生位中，不久即能修集甚深廣大福智資糧，漸次當得極喜地。故凡欲求極喜地者，應聽聞此甚深道也。此即勸令聽聞。

དེ་ཡང་བཞི་བརྒྱ་པའི་འགྲེལ་པ་ལས། རང་བཞིན་སྟོང་པ་ཉིད་ཀྱི་གཏམ་ལ་གུས་པར་འགྱུར་ན་དེ་དེ་དང་མཐུན་པའི་རྐྱེན་ཉེ་བར་བསྒྲུབས་པའི་སྒོ་ནས། ཇི་ལྟར་སྟོང་པ་ཉིད་ལ་དང་བ་འཕེལ་བར་འགྱུར་བ་དེ་ལྟར་བྱ་ཞིང་།

如《四百論釋》云：「若極愛重自性空論，當修彼順緣門，即凡能於空性

卷四

增長淨信者，當如是行。

སྙིང་རྗེ་ཆེ་བ་དང་། བཅོམ་ལྡན་འདས་དེ་བཞིན་གཤེགས་པ་ལ་བྱས་པ་གཟོ་ཞིང་། བདག་ཉིད་ཀྱི་དམ་པའི་ཆོས་ཀྱི་བར་ཆད་ཀྱི་རྒྱུ་མཚན་གཡང་ས་ཆེན་པོའི་རྒྱུ་ཡོངས་སུ་སྤང་བར་འདོད་པས། ཡ་ང་བ་ལ་བརྟེན་པ་དང་སྦྱིན་པར་དཀའ་བ་ཡང་སྦྱིན་པ་དང་། བསྡུ་བའི་དངོས་པོ་བཞིས་ཀྱང་བསྡུ་བ་བྱ་སྟེ། དམ་པའི་ཆོས་འདི་འབད་པ་ཐམས་ཅད་ཀྱིས་སྐྱེ་བོ་དམ་པའི་ཆོས་ཀྱི་སྣོད་དུ་གྱུར་པ་ལ་ཉེ་བར་བསྟན་པར་བྱའོ། །ཞེས་གསུངས་པ་ལྟར་ཆོས་འདི་འབད་པ་ཆེན་པོས་བསྟན་དགོས་པར་གསུངས་ཏེ། སྣོད་མིན་གྱི་སྐྱོན་གཉིས་དང་བྲལ་བ་ལའོ། །

又由悲心故，欲報佛恩故，欲令自身正法離諸險難因緣故，當行諸難行，施諸難施，以四攝事攝眾生，於正法器盡力宣說此正法教。」此謂於遠離非器二過失者，當勵力宏揚此法。

མོས་པ་ཡོད་པའི་ཊཱི་ལྟ་བ་བཞིན་མི་གོ་བ་ལ་ཡང་། རྟེན་འབྲེལ་གྱི་རིགས་པ་ལ་མི་གནོད་པའི་ཐབས་བྱས་ནས་བཤད་པར་བྱའོ། །

若未如實了知其勝解者，應先以不違緣起之法而為宣說。

འཆད་པ་པོ་ལེགས་པར་ཤེས་པས་ཉན་པ་པོ་སྣོད་རུང་ཐ་མ་ཡན་ཆད་ལ་འཆད་པ་ནི་བསོད་ནམས་ཤིན་ཏུ་ཆེ་སྟེ།

若諸說者善知聞者成就法器，為之如理講說，其福極大。

མདོ་ཀུན་ལས་བཏུས་པ་ལས། ཆོས་ཟབ་མོ་ལ་མོས་པས་བསོད་ནམས་ཐམས་ཅད་སྡུད་པ་ཡིན་ཏེ། སངས་རྒྱས་སུ་མ་གྲུབ་ཀྱི་བར་དུ་འཇིག་རྟེན་པ་དང་འཇིག་རྟེན་ལས་འདས་པའི་ཕུན་སུམ་ཚོགས་པ་ཐམས་ཅད་འགྲུབ་པར་འགྱུར་ཏེ།

《集經論》云：「若信解甚深法，便能攝集一切福德，乃至未成佛以來，世出世間一切勝事皆能成辦。」

ཁྱེའུ་རིན་པོ་ཆེས་བྱིན་པའི་མདོ་ལས་བྱུང་བ། འཇམ་དཔལ་བྱང་ཆུབ་སེམས་དཔའ་ཐབས་ལ་མཁས་པ་དང་བྲལ་བས། བསྐལ་པ་བརྒྱ་སྟོང་དུ་ཕ་རོལ་ཏུ་ཕྱིན་པ་དྲུག་ལ་སྤྱད་པ་བས། གང་གིས་ཆོས་ཀྱི་རྣམ་གྲངས་འདི་ཐེ་ཚོམ་དང་བཅས་པས་ཉན་པ་འདི། བསོད་ནམས་དེ་བས་ཆེས་མང་དུ་སྐྱེད་ན་གང་ཐེ་ཚོམ་མེད་པར་ཉན་པ་ལྟ་ཅི་སྨོས། གང་ཡི་གེར་བྲིས་ནས་ལུང་འབོགས་པ་དང་འཆང་བ་དང་། གཞན་དག་ལ་ཡང་རྒྱ་ཆེར་རབ་ཏུ་སྟོན་པ་ལྟ་ཅི་སྨོས། ཞེས་གསུངས་སོ། །

如《寶施童子經》云：「曼殊室利，若諸菩薩無善巧方便，經百千劫修行

入中論善顯密意疏

六波羅蜜多。若復有人聞此正法，生疑心者，所得福德尚多於彼。何況無疑而正聽聞及以書寫、受持、講説、爲他開示。」

རྡོ་རྗེ་གཅོད་པ་ལས་ཀྱང་། བཅོམ་ལྡན་འདས་ཀྱིས་བཀའ་སྩལ་ཏེ། རབ་འབྱོར་འདི་ཇི་སྙམ་དུ་སེམས། གངྒཱའི་ཀླུང་གི་བྱེ་མ་སྙེད་གང་ཇི་སྙེད་པ་གངྒཱའི་ཀླུང་ཡང་དེ་སྙེད་དུ་གྱུར་ན། གང་དེ་དག་གི་བྱེ་མར་གྱུར་པ་དེ་མང་བ་ཡིན་ནམ། རབ་འབྱོར་གྱིས་གསོལ་པ། བཅོམ་ལྡན་འདས་གངྒཱའི་བྱེ་མ་སྙེད་དུ་གྱུར་པ་དེ་དག་ཉིད་ཀྱང་མང་བ་ལགས་ན། དེ་དག་གི་བྱེ་མར་གྱུར་པ་ལྟ་སྨོས་ཀྱང་ཅི་འཚལ།

《能斷金剛經》云：「佛告善現：於汝意云何，恆[①]河之中[②]所有沙數，設有如是沙等恆河，是諸恆河沙寧爲多不？善現答言：甚多世尊，諸恆河尚多無數何況其沙。

བཅོམ་ལྡན་འདས་ཀྱིས་བཀའ་སྩལ་པ། རབ་འབྱོར་ཁྱོད་ལ་བསྒོའོ། །ཁྱོད་ཀྱིས་ཁོང་དུ་ཆུད་པར་བྱའོ། །གང་གའི་ཀླུང་དེ་དག་གི་བྱེ་མ་ཇི་སྙེད་པ་དེ་སྙེད་ཀྱི་འཇིག་རྟེན་གྱི་ཁམས། སྐྱེས་པའམ་བུད་མེད་ལ་ལས་རིན་པོ་ཆེ་སྣ་བདུན་གྱིས་རབ་ཏུ་བཀང་སྟེ། དེ་བཞིན་གཤེགས་པ་ལ་སྦྱིན་པ་བྱིན་ན། སྐྱེས་པའམ་བུད་མེད་དེ་གཞི་དེ་ལས་བསོད་ནམས་མང་དུ་སྐྱེད་དམ། རབ་འབྱོར་གྱིས་གསོལ་པ། བཅོམ་ལྡན་འདས་མང་ལགས་སོ། །བདེ་བར་གཤེགས་པ་མང་ལགས་སོ། །

佛言善現，吾今告汝，若善男子善女人，以妙七寶，盛滿爾恆河沙數等世界，奉施如來，是善男子善女人，由此因緣所生福聚寧爲多不？善現答言：甚多世尊，甚多善逝。

卷四

བཅོམ་ལྡན་འདས་ཀྱིས་བཀའ་སྩལ་པ། གང་ཞིག་ཆོས་ཀྱི་རྣམ་གྲངས་འདི་ལས་ཐ་ན་ཚིག་བཞིའི་ཚིགས་སུ་བཅད་པ་ཙམ་བཟུང་སྟེ། གཞན་དག་ལ་ཡང་བསྟན་ན་དེ་བས་བསོད་ནམས་ཆེས་མང་དུ་སྐྱེད་དོ། །ཞེས་གསུངས་སོ་ཞེས་དང་།

世尊告曰：若復有人，於此法門，乃至四句伽陀，受持讀誦廣爲他說，所生福聚甚多於前。」

དེ་བཞིན་གཤེགས་པའི་མཛོད་ཀྱི་མདོ་ལས་མི་དགེ་བཅུ་ཆེན་པོ་རྣམས་བགྲངས་ནས། དེ་དག་དང་ལྡན་པས་བདག་མེད་པའི་ཆོས་ལ་འཇུག་ཅིང་། ཆོས་ཐམས་ཅད་གདོད་མ་ནས་དག་པར་དད་པ་དང་མོས་པའི་སེམས་ཅན་དེ་ངན་སོང་དུ་མི་འགྲོའོ་ཞེས་གསུངས་པ་དང་།

---

① 「恆」，民族本及校正本作「殑伽」。下同。

② 「之中」，民族本作「中」。

《如來藏經》於說上品十不善法後云：「假使眾生具足彼等，若能悟入諸法無我，信解諸法本來清淨，則彼眾生必不墮惡趣。」

བདུད་འདུལ་བའི་ལེའུ་ལས། དགེ་སློང་གང་གིས་ཆོས་ཐམས་ཅད་ཤིན་ཏུ་དུལ་བར་ཤེས་ཤིང་། ཉེས་པ་རྣམས་ཀྱི་ཐོག་མའི་མཐའ་ཡང་རང་བཞིན་གྱིས་དབེན་པར་ཤེས་ཏེ། ཉེས་པ་བྱུང་བའི་འགྱོད་པ་སེལ་ཞིང་བརྟན་པོར་མི་བྱེད་པས་མཚམས་མེད་པ་ཡང་གནོན་ན། ཚེ་ག་དང་ཚུལ་ཁྲིམས་ལ་ལོག་པར་ཞུགས་པ་ཕྲན་ཚེགས་ལྟ་ཅི་སྨོས། ཞེས་གསུངས་པ་དང་།

《降魔品》亦云：「若有比丘了知一切諸法最極調伏，了知眾罪前際性空，則能滅除犯戒憂悔，令不堅固。於無間罪尚能超勝，況犯軌則尸羅微細邪行。」

མ་སྐྱེས་དགྲའི་མདོ་ལས། མཚམས་མེད་བྱེད་པས་དམ་པའི་ཆོས་འདི་ཐོས་ནས་འཇུག་ཅིང་མོས་ན། དེའི་ལས་དེ་ལས་ཀྱི་སྒྲིབ་པ་ཡིན་ཞེས་ང་མི་སྨྲའོ། །ཞེས་གསུངས་པ་ལྟར་ཏེ་འཆད་ཉན་བྱེད་པ་དང་། དེ་མིན་པའི་སྐབས་སུ་ཡང་དོན་ཟབ་མོ་ལ་མོས་པ་དང་སེམས་པའི་ཕན་ཡོན་ནོ། །

《未生怨王經》云：「諸造無間罪者，若能聞此正法信解修行，我不說彼業是真業障。」此等是說：若講說聽聞及餘時中，信解思惟甚深法義之勝利。

བཤད་པའི་ཕན་ཡོན་ལེགས་པར་འཐོབ་པ་ལ་གཉིས་དགོས་ཏེ། རྙེད་བཀུར་དང་གྲགས་པ་སོགས་ལ་མི་ལྟ་བའི་ཀུན་སློང་དག་པ་ཞིག་དང་། བཤད་བྱའི་ཆོས་དེའི་དོན་ལོག་པར་མ་བཟུང་བར་ཕྱིན་ཅི་མ་ལོག་པར་བཤད་པ་ཅིག་དགོས་ཏེ། སྐྱོན་གཉིས་ཀའམ་གང་རུང་རེ་དང་ལྡན་པས་བཤད་ན། བསོད་ནམས་མང་པོའི་བར་ཆད་བྱེད་པར་གསུངས་པའི་ཕྱིར་ཏེ།

要具二緣方能獲得所說勝利：一發清淨心，謂不顧戀名利恭敬等；二不倒說，謂不倒執所說法義。若具二過，或隨一過，皆能障礙無量功德。

སློབ་དཔོན་དབྱིག་གཉེན་གྱིས། དེའི་ཕྱིར་གང་དག་ཆོས་ལོག་པར་འཆད་པར་བྱེད་པ་དང་། སེམས་ཉོན་མོངས་པ་ཅན་རྙེད་པ་དང་བཀུར་སྟི་དང་གྲགས་པ་འདོད་པས་འཆད་པ་དེ་དག་ནི། བདག་ཉིད་ཀྱི་བསོད་ནམས་ཆེན་པོ་ཉམས་པར་བྱེད་པ་ཡིན་ནོ། །ཞེས་གསུངས་པ་ནི་འདིར་ཡང་འདྲའོ། །

世親論師云：「故若顛倒說法，及心雜染，希求利養恭敬名聞而說法者，失壞自身大福德聚。」

ཉན་པ་པོ་ལ་ཡང་ཉན་པའི་ཀུན་སློང་དག་པ་དང་། དོན་ལོག་པར་མ་བཟུང་བ་གལ་ཆེ་བས། གཉིས་ཀས་ཀྱང་འཆད་ཉན་གྱི་དུས་སུ་མཚན་ཉིད་མ་མཐའ་རེ་དང་ལྡན་པར་བྱའོ། །

其聞法者，發清淨心，與不倒解法義，亦極重要。

ལྔ་བ་ལ་གསུམ། ཡང་དག་པའི་དོན་ལུང་གིས་བསྟན་པའི་ཚུལ། ལུང་གི་དོན་དེ་རིགས་པས་སྒྲུབ་པ། དེས་གྲུབ་པའི་སྟོང་ཉིད་ཀྱི་རབ་དབྱེ་བཤད་པའོ། །

辛五、宣說緣起真實分三：壬一、聖教宣說真義之理，壬二、以理成立聖教真義。壬三、說彼所成空性之差別。

དང་པོ་ལ་གཉིས། ལུང་ལས་གསུངས་པའི་ཚུལ་དགོད་པ་དང་། དེ་ཁོ་ན་ཉིད་ཤེས་པའི་མི་མཐུན་ཕྱོགས་ངོས་གཟུང་བའོ། །

初中又二：癸一、引聖教，癸二、明瞭知真實之障。

དང་པོ་ནི། ས་བཅུ་པ་ལས། ས་ལྔ་པ་བ་དེ་ས་དྲུག་པ་ལ་འཇུག་པ་ན། ཆོས་མཉམ་པ་ཉིད་བཅུས་འཇུག་གོ །

今初，《十地經》說：「第五地菩薩，欲入第六地者，當觀諸法十平等性。

བཅུ་གང་ཞེ་ན། འདི་ལྟ་སྟེ་ཆོས་ཐམས་ཅད་མཚན་མ་མེད་པར་མཉམ་པ་ཉིད་དང་། ཆོས་ཐམས་ཅད་མཚན་ཉིད་མེད་པར་མཉམ་པ་ཉིད་དང་། དེ་བཞིན་དུ་སྐྱེ་བ་མེད་པ་དང་། མ་སྐྱེས་པ་དང་། དབེན་པ་དང་། གདོད་མ་ནས་རྣམ་པར་དག་པ་དང་། སྤྲོས་པ་མེད་པ་དང་། བླང་བ་མེད་པ་དང་དོར་བ་མེད་པར་མཉམ་པ་ཉིད་དང་།

何等爲十？謂一切法無相故平等性，一切法無體故平等性，無生故、無起故、遠離故、本來清淨故、無戲論故，無取無捨故平等性。

ཆོས་ཐམས་ཅད་སྒྱུ་མ་དང་། རྨི་ལམ་དང་། མིག་ཡོར་དང་། བྲག་ཅ་དང་། ཆུ་ཟླ་དང་། གཟུགས་བརྙན་དང་། སྤྲུལ་པ་ལྟ་བུར་མཉམ་པ་ཉིད་དང་། ཆོས་ཐམས་ཅད་དངོས་པོ་དང་དངོས་པོ་མེད་པ་གཉིས་སུ་མེད་པར་མཉམ་པ་ཉིད་དེ།

一切法如幻、如夢、如影、如響、如水中月、如鏡中像、如化事故平等性，一切法有無不二故平等性。

དེ་ཆོས་ཐམས་ཅད་ཀྱི་རང་བཞིན་དེ་ལྟར་རབ་ཏུ་རྟོགས་པ་ན། རྣོ་ཞིང་རྗེས་སུ་མཐུན་པའི་བཟོད་པས་བྱང་ཆུབ་སེམས་དཔའི་ས་དྲུག་པ་མངོན་དུ་གྱུར་པ་རྗེས་སུ་ཐོབ་སྟེ། ཞེས་གསུངས་ཏེ། དེ་བཞིན་དུ་ཞེས་པ་ནི་ཆོས་ཐམས་ཅད་ཅེས་པ་བླང་དོར་མེད་པའི་བར་ལ་སྦྱོར་བའོ། །

菩薩如是善通達一切法自性，得明利隨順忍，得入菩薩第六現前地。」此中無取無捨。

དེ་གཉིས་མཉམ་ཉིད་གཅིག་དང་། སྒྱུ་མ་སོགས་བདུན་ལྟར་མཉམ་པ་རྣམས་མཉམ་པ་ཉིད་གཅིག་ཏུ་བྱ་ཞིང་། ཐ་མ་གཉིས་ཀྱང་གཅིག་ཏུ་བྱའོ། །

二者合爲一平等性，如幻等七喻，合爲一平等性。末二亦合爲一平等性。

མཉམ་པ་ཉིད་བཅུའི་ངོས་འཛིན་ནི་ས་བཅུ་པའི་མདོ་འགྲེལ་དང་། བྱང་ས་གཉིས་ཀྱང་མི་མཐུན་པར་སྣང་ལ། དེ་གཉིས་དང་ལུགས་འདི་སྟོང་པ་ཉིད་འགྲེལ་ཚུལ་མི་མཐུན་པས་འདིར་གཞན་དུ་བཤད་དོ། །

明十種平等性，《十地經》釋與《菩薩地》有所不同，彼二與此宗解釋空性亦不相同，故此中更當別釋。

དེ་ལ་དང་པོ་ནི་མཚན་མ་མི་འདྲ་བར་སྣང་བ་རྣམས་འཕགས་པའི་མཉམ་བཞག་གི་ངོར་མེད་པར་ཆོས་ཀུན་འདྲ་བའོ། །

其中初平等性，謂於聖根本智前，諸法異相皆不顯現。

གཉིས་པ་ནི། ཆོས་ཀུན་རང་གི་མཚན་ཉིད་ཀྱིས་གྲུབ་པ་མེད་པར་མཉམ་པ་སྟེ། དེ་གཉིས་ནི་སྤྱིར་བསྟན་པའོ། །གཞན་བརྒྱད་ནི་སྤྱིར་བསྟན་པའི་དོན་དེ་ཉིད་ཁྱད་པར་དུ་ཕྱེ་ནས་སྟོན་པ་སྟེ།

第二謂一切法皆無自體故平等。此二是總標，餘八性是別釋。

སྐྱེ་བ་མེད་པ་ནི་མ་འོངས་པ་དང་། མ་སྐྱེས་པ་ནི་དུས་གཞན་གྱི་དབང་དུ་བྱས་པ་སྟེ། དེ་ཡང་ཆོས་ཀུན་ལ་མཉམ་པའམ་འདྲ་བ་ནི་གཞན་རྣམས་ལའང་ཤེས་པར་བྱའོ། །

第三無生依未來世說。第四無起依餘時言，此亦通一切法皆悉平等。以下諸性，當知亦爾。

དབེན་པ་ནི་སྐྱེ་འགྱུར་དང་སྐྱེས་པས་སྟོང་བ་སྟེ། དེ་ཡང་མཉམ་ཉིད་གཉིས་པའི་སྐབས་ཀྱི་རང་གི་མཚན་ཉིད་ཀྱིས་ཁྱད་པར་དུ་བྱས་པས་དབེན་པའོ། །

第五遠離，謂當生已生空，此即由第二自體平等性相所顯之遠離。

དེ་ལྟ་བུ་དེ་ཡང་འཕྲལ་དུ་ལུང་རིགས་ཀྱིས་བྱས་པ་མིན་གྱི། གདོད་མ་ནས་རྣམ་པར་དག་པ་དེ་ལྟར་དུ་གནས་པ་ནི་དྲུག་པའོ། །

此復非是現以教理令其遠離，乃是本來即如是清淨，是第六性。

བདུན་པ་ལ་གཉིས་སྣང་གི་སྤྲོས་པ་མེད་པ་ནི་དང་པོ་དང་སྦྱར་ལ། སྒྲ་དང་རྣམ་རྟོག་གིས་སྤྲོ་བར་མི་ནུས་པ་ལ་ནི་གཉིས་པའི་སྐབས་ཀྱི་ཁྱད་པར་སྦྱར་རོ། །བརྒྱད་པ་ལ་ཡང་ཁྱད་པར་དེ་ལྟར་སྦྱར་རོ། །

第七性謂無二取戲論，即與第一性義合。若作名言分別所不能論解，即是第二性之差別。第八性之差別，亦如是。

དགུ་པ་ནི་སྔར་བཤད་པའི་དོན་དེ་རྣམས་ངེས་པར་བྱེད་པའི་དཔེའི་རྣམ་གྲངས་མང་པོའོ། །

第九性謂能證成前義諸譬喻門。

བཅུ་པ་ནི་ཆོས་གང་ལ་ཡང་དངོས་པོ་དང་དངོས་པོར་མེད་པ་རང་བཞིན་གྱིས་གྲུབ་པ་མེད་པར་འདྲ་བའོ། །ཇོ་

བ་ནི་ཤེས་རབ་མྱུར་བའོ། །

第十性謂一切法，若有事無事皆無自性。「明利」謂速慧。

རྗེས་སུ་མཐུན་པ་ནི་ས་བརྒྱད་པའི་མི་སྐྱེ་བའི་ཆོས་ལ་བཟོད་པ་དང་རྗེས་སུ་མཐུན་པ་སྟེ། རྗེས་སུ་མཐུན་པའི་བཟོད་པ་འདི་ལ་སྐབས་སྐོར་བས་ཀྱིས་མི་འདྲ་བ་མང་དུ་སྣང་ངོ་།།

「隨順」謂與第八地無生法忍相隨順。此隨順忍，以隨位不同，有多種異釋。

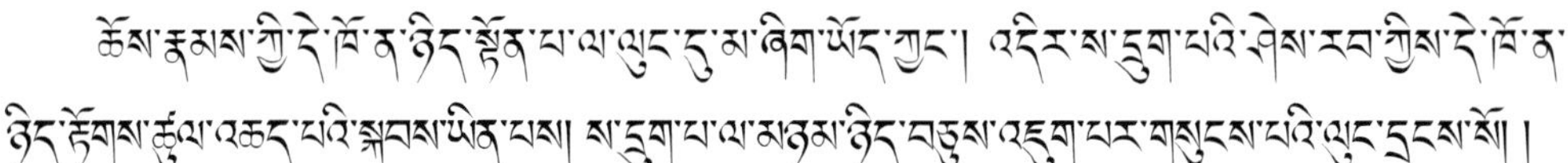

ཆོས་རྣམས་ཀྱི་དེ་ཁོ་ན་ཉིད་སྟོན་པ་ལ་ལུང་དུ་མ་ཞིག་ཡོད་ཀྱང་། འདིར་ས་དྲུག་པའི་ཤེས་རབ་ཀྱིས་དེ་ཁོ་ན་ཉིད་རྟོགས་ཚུལ་འཆད་པའི་སྐབས་ཡིན་པས། ས་དྲུག་པ་ལ་མཉམ་ཉིད་བཅུས་འཇུག་པར་གསུངས་པའི་ལུང་དྲངས་སོ། །

宣說諸法真實義之教文雖多，今是解釋第六地慧通達真實，故但引以十種平等性證第六地之教也。

གཉིས་པ་ནི། ཆོས་རྣམས་བདེན་མེད་དུ་གཏན་ལ་འབེབས་པ་འདི་ལ། བདེན་པར་གྲུབ་ཚུལ་དེ་ཇི་འདྲ་ཞིག་ཡིན་པ་དང་། བདེན་པར་འཛིན་ཚུལ་ལེགས་པར་མ་ཤེས་ན། དེ་ཁོ་ན་ཉིད་ཀྱི་ལྟ་བ་ངེས་པར་འཕྱུག་སྟེ།

癸二、明瞭知真實之障。於抉擇諸法無實中，若不善解何爲實有及如何執實有，則於真實義見，定有錯失。

卷四

སྤྱོད་འཇུག་ལས། བརྟགས་པའི་དངོས་ལ་མ་རེག་པར། །དེ་ཡི་དངོས་མེད་འཛིན་མ་ཡིན། །ཞེས་བརྟགས་པའི་དངོས་པོ་སྟེ་དགག་བྱའི་སྤྱི་ལེགས་པར་བློ་ལ་མ་ཤར་ན། དགག་བྱ་དེ་མེད་པ་ལེགས་པར་འཛིན་མི་ནུས་པར་གསུངས་པས།

《入行論》云：「未知所觀事，必不取彼無。」此說心中若未善現起所破事之總相，則必不善緣取彼所破事之無。

མེད་རྒྱུའི་བདེན་གྲུབ་དང་། གང་གིས་སྟོང་པའི་དགག་བྱའི་རྣམ་པ་བློ་ཡུལ་དུ་ཇི་ལྟ་བ་བཞིན་མ་ཤར་ན། བདེན་མེད་དང་སྟོང་པའི་ངོ་བོ་ལེགས་པར་ངེས་པ་མི་སྲིད་དོ། །

以是心中若未如實現起所無之實有行相，及由何事空之所破行相，則必不能定解無實與空性也。

དེ་ཡང་གྲུབ་མཐའ་སྨྲ་བས་འཕྲལ་དུ་ཀུན་བཏགས་པའི་བདེན་གྲུབ་དང་། བདེན་འཛིན་ངོས་ཟིན་པ་ཙམ་གྱིས་མི་ཆོག་པའི་ཕྱིར། ཐོག་མ་མེད་པ་ནས་རྗེས་སུ་ཞུགས་པ། གྲུབ་མཐས་བློ་བསྒྱུར་མ་བསྒྱུར་གཉིས་ག་ལ་ཡོད་

པའི་ལྷན་སྐྱེས་ཀྱི་བདེན་འཛིན་དང་། ངེས་བཟུང་བའི་བདེན་གྲུབ་ལེགས་པར་ངོས་ཟིན་པ་ནི་གནད་ཤིན་ཏུ་ཆེ་སྟེ། དེ་ངོས་མ་ཟིན་པར་རིགས་པས་དགག་བྱ་བཀག་ཀྱང་། ཐོག་མ་མེད་པ་ནས་ཞུགས་པའི་བདེན་ཞེན་ལ་ཅི་ཡང་མི་གནོད་པས་སྐབས་དོན་སྟོར་བར་འགྱུར་བའི་ཕྱིར་རོ། །

又此所破，唯由宗派遍計之實有及略知實執，猶爲未足，必須了解無始隨逐傳來爲宗派變未變心者共有之俱生實執，及彼所執之實有。若未能解此，則雖以正理破其所破，然於無始隨逐傳來之實執全無所損。

དེ་ཡང་ཐོག་མར་རང་གི་རྒྱུད་ཀྱི་བདེན་འཛིན་ངོས་ཟིན་ནས། དེའི་ཡུལ་སུན་འབྱིན་པ་ལ་རིགས་པ་རྣམས་དངོས་དང་བརྒྱུད་པས་འགྲོ་ལུགས་ཤེས་དགོས་ཀྱི། ཁ་ཕྱིར་ལྟ་འབའ་ཞིག་གི་དགག་སྒྲུབ་ནི་ཕན་ཤིན་ཏུ་ཆུང་བའི་ཕྱིར་རོ། །

又應先解自身之實執，次當善知以諸正理直接間接破除彼境之理。以若唯作向外轉之破立，則利益甚微也。

འདི་ལ་དབུ་མ་ཐལ་རང་གཉིས་ཀའི་ལུགས་ཀྱི་ངོས་འཛིན་ཤེས་ན་ཁྱད་པར་ལེགས་པར་ཕྱེད་པར་འགྱུར་བས། དེ་འཆད་པ་ལ་གཉིས།

此中若能善知自續應成中觀兩派所明，乃能善辨所破差別。釋此分二：

དབུ་མ་རང་རྒྱུད་པའི་ལུགས་ཀྱི་བདེན་འཛིན་ངོས་གཟུང་བ་དང་། དབུ་མ་ཐལ་འགྱུར་བའི་ལུགས་ཀྱི་བདེན་འཛིན་ངོས་གཟུང་བའོ། །

子一、明自續中觀派之實執，子二、明應成中觀派之實執。

དང་པོ་ལ་གསུམ། བདེན་གྲུབ་དང་བདེན་འཛིན་ངོས་གཟུང་བ། འཇིག་རྟེན་པ་ལ་ལྟོས་པའི་བདེན་རྫུན་སྒྱུ་མའི་དཔེས་བསྟན་པ། དཔེ་དེ་དོན་ལ་སྦྱར་ནས་བཤད་པའོ། །

初又分三：丑一、明實有與實執。丑二、以幻事喻明觀待世間之實妄。丑三、法喻合釋。

དང་པོ་ནི། རང་རྒྱུད་པའི་གཞུང་ཁུངས་ཐུབ་གཞན་ལས་དགག་བྱ་ངོས་འཛིན་གསལ་བར་མི་འབྱུང་ལ། དབུ་མ་སྣང་བ་ལས་ཀུན་རྫོབ་ཏུ་ཡོད་ཚུལ་བཤད་པའི་བཟློག་ཕྱོགས་ཀྱི་ཡོད་པ་ནི་དོན་དམ་པར་རམ་བདེན་ཡོད་དུ་ཤེས་པས་དེ་ལྟར་བཤད་ན།

今初，自續派之論典，於所破多未明說。惟《中觀明論》釋世俗有，可就其違品之有，知其何爲勝義有或真實有。

དེ་ཉིད་ལས། དངོས་པོ་ཡང་དག་པར་ངོ་བོ་ཉིད་མེད་པ་དག་ལ་ཡང་དེ་ལས་ལོག་པའི་རྣམ་པར་སྒྲོ་འདོགས་པའི་འཁྲུལ་པའི་བློ་གང་ཡིན་པ་དེ་ནི་ཀུན་རྫོབ་ཅེས་བྱ་སྟེ། འདི་འམ་འདིས་དེ་ཁོ་ན་ཉིད་སྒྲིབ་པ་ལྟ་བུར་བྱེད། འགེབས་པ་ལྟ་བུར་བྱེད་པའི་ཕྱིར་རོ། །

如彼論云：「於無真實性事，增益違上行相之亂覺，名為世俗，此能障真或由此能蔽真實故。

དེ་སྐད་དུ་མདོ་ལས་ཀྱང་། དངོས་རྣམས་སྐྱེ་བ་ཀུན་རྫོབ་ཏུ། །དམ་པའི་དོན་དུ་རང་བཞིན་མེད། །རང་བཞིན་མེད་ལ་འཁྲུལ་པ་གང་། །དེ་ནི་ཡང་དག་ཀུན་རྫོབ་འདོད། །ཅེས་གསུངས་སོ། །

如經云：法生唯世俗，勝義無自性，於無性錯亂，說明真世俗。

དེ་ཡང་ཐོག་མ་མེད་པའི་འཁྲུལ་པའི་བག་ཆགས་ཡོངས་སུ་སྨིན་པའི་དབང་གིས་བྱུང་ལ། དེས་ཀྱང་སྲོག་ཆགས་ཐམས་ཅད་ལ་ཡང་དག་པར་དངོས་པོའི་བདག་ཉིད་ལྟ་བུར་ཉེ་བར་བསྟན་པ་མཐོང་བར་འགྱུར་ཏེ། དེའི་ཕྱིར་དེ་དག་གི་བསམ་པའི་དབང་གིས་དངོས་པོ་བརྫུན་པའི་ངོ་བོ་ཐམས་ཅད་ནི། ཀུན་རྫོབ་ཏུ་ཡོད་པ་ཁོ་ནའོ་ཞེས་བྱའོ། །ཞེས་གསུངས་སོ། དེ་ནི་ཞེས་པ་ཡན་ནི་དོན་དམ་པར་རང་བཞིན་མེད་པ་ལ་དོན་དམ་པར་ཡོད་པར་འཁྲུལ་པའི་དོན་ནོ། །

此復由無始錯亂習氣成熟增上而生，由此能於一切含識，示現似有真實事性令見為有。故由彼等意樂增上，安立一切虛偽性事，名唯世俗有。」亂覺以上，明於勝義無自性錯亂為有之義。

ཀུན་རྫོབ་ནས།ཕྱིར་རོའི་བར་ནི་ཡང་དག་ཀུན་རྫོབ་ཅེས་པའི་དོན་ཏེ། ཀུན་རྫོབ་སྒྲིབ་བྱེད་ལ་བྱས་ནས་ཡང་དག་པ་ལ་སྒྲིབ་པར་བྱེད་པའོ། །

從「名為世俗」至「蔽真實故」，明真世俗之義。世俗是能障義，謂能障蔽真實也。

བདེན་འཛིན་དེ་ལས་བྱུང་བའི་ཕྱིར་བདེན་འཛིན་དེས་བདེན་པར་ཡོད་པ་ལྟར་ཉེ་བར་བསྟན་པ་མཐོང་བ་ནི་རྟོག་པ་ཡིན་གྱི་དབང་ཤེས་མིན་ཏེ། བདེན་གཉིས་ཀྱི་འགྲེལ་པར་དགག་བྱ་བདེན་པ་དབང་ཤེས་ལ་མི་སྣང་བར་བཤད་པ་འདིར་ཡང་འདྲ་བའི་ཕྱིར་རོ། །

從彼實執所出生故，由彼實執現似實有。能見彼者是分別心，非是根識，與《二諦論釋》之所破實有非根識所見義同。

དེ་ཡང་ནས་བྱུང་བའི་བར་གྱིས་ནི་བདེན་འཛིན་དེ་ལྷན་སྐྱེས་སུ་སྟོན་ཏོ། །དེས་ན་སྲོག་ཆགས་ཐམས་ཅད་ལ་ཞེས་སྨོས་སོ། །

卷四

從「此復」至「而生」，明彼實執是俱生執，故云「於一切含識」。

སྲོག་ཆགས་དེ་དག་གི་བསམ་པ་ནི་རྟོག་པ་ཁོ་ན་མིན་གྱི། རྟོག་མེད་ཀྱི་ཤེས་པ་ལ་ཡང་བྱ་སྟེ། དེ་གཉིས་ཀྱི་དབང་གིས་ཡོད་པར་བཞག་པའི་དོན་དམ་པར་ཡོད་པ་མིན་པའི་དངོས་པོ་བརྫུན་པ་རྣམས་ཀུན་རྫོབ་ཁོ་ནར་ཡོད་པ་ནི། དངོས་རྣམས་སྐྱེ་བ་ཀུན་རྫོབ་ཏུ། ཞེས་པའི་དོན་ཏེ། དེ་ཡང་བདེན་འཛིན་གྱི་ཀུན་རྫོབ་ཏུ་ཡོད་པའི་དོན་མིན་ནོ། །

彼等含識之意樂，非唯分別心，亦有無分別心。由彼二種心增上安立爲有非勝義有之諸虛僞事，名「唯世俗有」者，即「法生唯世俗」之義。非謂於實執世俗中有也。

དེ་ལྟར་བྱས་ན་བློ་ལ་སྣང་བའམ་བློའི་དབང་གིས་བཞག་པ་མིན་པར་དོན་གྱི་སྡོད་ལུགས་སུ་ཡོད་པ་ནི། བདེན་པ་དང་དོན་དམ་དང་ཡང་དག་པར་ཡོད་པ་དང་དེར་འཛིན་པ་ནི་བདེན་འཛིན་ལྷན་སྐྱེས་སོ། །

由是當知，若謂非由於心顯或由心增上之所安立，而是彼義自體中有，即是實有、勝義有。若執彼有，即是俱生實執。

འོ་ན་སྣང་བ་ལས། དོན་དམ་པར་སྐྱེ་བ་མེད་དོ་ཞེས་བྱ་བ་ནི། འདི་དག་ཡང་དག་པའི་ཤེས་པས་སྐྱེ་བ་མ་གྲུབ་པོ་ཞེས་བཤད་པར་འགྱུར་རོ། །ཞེས་གསུངས་པའི་ཤུགས་ཀྱིས་དོན་དམ་པར་ཡོད་པ་དང་། སྐྱེ་བ་ནི་དེ་ཁོ་ན་ཉིད་ལ་འཇུག་པའི་རིགས་ཤེས་ཀྱིས་སྐྱེ་བར་དང་ཡོད་པར་གྲུབ་པ་ལ་བཤད་པ་ཇི་ལྟར་ཡིན་ཞེ་ན།

《中觀明論》云：「言勝義無生者，謂由真智不能成立諸法生也。」準此可顯，若觀真實義智而能成立爲生及有者，即勝義之生有。此與前說，復云何通？

བདེན་ཏེ་དགག་བྱ་ལ་དོན་དམ་གྱི་ཁྱད་པར་སྦྱར་བའི་དོན་དམ་ལ་གཉིས་ཤེས་དགོས་ཏེ། ཐོས་བསམ་སྒོམ་གསུམ་གྱི་རིགས་ཤེས་ལ་དོན་དམ་དུ་བྱས་ནས། དེས་སྔར་བཤད་པ་ལྟར་མ་གྲུབ་པ་གཅིག་དང་། བློའི་དབང་གིས་བཞག་པ་མིན་པར་དོན་གྱི་སྡོད་ལུགས་སུ་ཡོད་པ་ལ། དོན་དམ་དུ་ཡོད་པར་བཞག་པ་གཉིས་ཀྱི་དང་པོའི་དོན་དམ་དང་། དེའི་ངོར་གྲུབ་པ་ཡང་ཡོད་ལ། ཕྱི་མའི་དོན་དམ་དང་དེར་ཡོད་པ་གཉིས་ཀ་ཡང་མི་སྲིད་དོ། །

答：誠如所問，當知於所破所加之勝義簡別，有二勝義：一、以聞思修三種理智爲勝義，如上所說，即由彼不成者。二、以非由心增上安立，而是彼義自體中有，爲勝義有。凡前種勝義及彼所成就，皆可是有。後種勝義及彼中有，皆定非有。

དེས་ན་ཕྱི་མའི་དོན་དམ་དུ་ཡོད་པ་ལ་སྔ་མའི་དོན་དམ་དུ་ཡོད་པས་ཁྱབ་ཀྱང་། སྔ་མའི་ཡོད་འཛིན་ནི་ལྷན་སྐྱེས་ཀྱི་བདེན་འཛིན་མིན་ལ། དེའི་བདེན་འཛིན་ལ་ནི་ཕྱི་མའི་ཡོད་འཛིན་དགོས་སོ། །

以是，若後勝義中有，則前勝義中亦決定有。然執有前者，非俱生實執。其俱生實執，必須執後者爲實有也。

འདི་མ་ཕྱེད་པར་དགག་བྱའི་ཚད་འཛིན་རིགས་པས་དཔྱད་བཟོད་དང་། དཔྱད་བཟོད་ཀྱི་དངོས་པོ་ལ་འཛིན་པ་མང་དུ་བྱུང་ཞིང་། དེ་ལ་བརྟེན་ནས་དོན་དམ་བདེན་པ་གཞི་མ་གྲུབ་དང་། བདེན་གྲུབ་ཏུ་འདོད་པའི་ནོར་བ་མང་དུ་བྱུང་སྣང་ངོ་།།

頗有未能辨別此二之差別，於明所破時，便謂堪忍正理觀察，或堪觀之事，爲所破量齊。由此，或說勝義非有，或說是實有，異說競起。

འདི་ལེགས་པར་ཤེས་ན་གཤིས་ལུགས་ལ་དང་། དོན་དམ་དུ་མེད་ཟེར་བ་དང་། ཡང་ཆོས་ཉིད་ཡོད་པར་འདོད་ཅིང་དེ་ཉིད་གཤིས་ལུགས་དང་དོན་དམ་ཡིན་པར་སྨྲ་བ་མི་འགལ་བའི་གནད་རྣམས་ཤེས་པར་འགྱུར་རོ།།

若能善辨前義，則知說實性中無，勝義中無，與說法性是有，法性即實性，即勝義，都不相違也。

གཉིས་པ་ནི། བློའི་དབང་གིས་བཞག་པ་དང་མ་བཞག་པའི་ཡོད་པ་ཇི་ལྟར་ཡིན་ཤེས་པ་ལ། སྒྱུ་མའི་དཔེའི་སྟེང་ནས་ཤེས་པར་བྱེད་པ་བརྟགས་པས་དེ་བཤད་ན། སྒྱུ་མ་མཁན་གྱིས་རྡེ་ཤིང་སོགས་རྟ་གླང་དུ་སྤྲུལ་པ་ན། སྒྱུ་མ་མཁན་དང་མིག་བསླད་པའི་ལྟད་མོ་བ་དང་། མིག་མ་བསླད་པ་གསུམ་གྱི་དང་པོ་ལ།

丑二、以幻事喻明觀待世間之實妄。欲知何爲以心增上安立或不安立爲有，由彼幻喻即易於了知。如幻師變木石等爲象馬，即彼幻師與眼識迷惑之觀者及眼識未迷者之三人中，

རྟ་གླང་དུ་སྣང་བ་ཙམ་ཡོད་ཀྱི་དེར་ཞེན་པ་མེད་ལ། གཉིས་པ་ལ། དེར་སྣང་དང་དེར་ཞེན་གཉིས་ཀ་ཡོད། གསུམ་པ་ལ། རྟ་གླང་གི་སྣང་ཞེན་གཉིས་ཀ་མེད་དོ།།

初唯見爲象馬而不執爲象馬。第二類人，既見且執。第三類人，象馬之執見俱無。

སྤྲུལ་གཞི་རྟ་གླང་དུ་སྣང་བ་ན། དཔེར་ན་ཐག་པ་ལ་སྦྲུལ་དུ་འཁྲུལ་པའི་ཚེ་ཤེས་པ་དེའི་ངོར་ཐག་པ་སྦྲུལ་ཡིན་གྱི། སྦྱིར་སྦྲུལ་མིན་ཞེས་ཟེར་བ་བཞིན་དུ། ཤེས་པ་འཁྲུལ་ངོ་ཙམ་དུ་རྟ་གླང་དུ་སྣང་བ་ཡིན་གྱི། སྤྱིར་སྤྲུལ་གཞི་རྟ་གླང་དུ་མི་སྣང་ཞེས་བྱར་མི་རུང་གི །ཁྱད་པར་དེ་ལྟར་མ་སྨྲར་ཡང་སྤྲུལ་གཞི་རྟ་གླང་དུ་སྣང་བར་ཁས་བླང་དགོས་ཏེ། ད་ལྟ་མ་ཡིན་ན་སྣང་བ་ལ་འཁྲུལ་བ་མི་སྲིད་པར་འགྱུར་བའི་ཕྱིར་རོ།།

又彼幻物現爲象馬者，不可妄謂：「如誤繩爲蛇，於彼識前繩現爲蛇而繩實非蛇，如是唯於亂識前現爲象馬，然彼幻物不現爲象馬。」此即不加簡別，必須許幻物現爲象馬。若不爾者，應於所見都無迷亂。

དེས་ན་སྒྱུ་གཞི་རྟ་གླང་དུ་སྣང་བར་འཇོག་ནུས་པ་དེ། །སྒྱུ་མ་མཁན་ལྟར་ན་བློ་འཁྲུལ་པ་ལ་དེ་ལྟར་སྣང་བའི་དབང་གིས་འཇོག་གི །དེ་ལྟར་མིན་པར་སྒྱུ་གཞི་རང་གི་སྡོད་ལུགས་ཀྱི་དབང་གིས་འཇོག་པ་མིན་ནོ། །

若約此義安立幻物現爲象馬，則約幻師言，唯由亂心如是顯現增上而立，非由幻物本體增上而立也。

ལྟད་མོ་བ་ལ་ནི་རྟ་གླང་དུ་སྣང་བ་དེ་ནང་གི་བློའི་དབང་གིས་བཞག་པར་མི་འཆར་གྱི། གཞི་གང་དུ་སྣང་བ་དེར་རྟ་གླང་མཚན་ཉིད་པ་གཅིག་ཡུལ་གྱི་གོ་ས་མནན་ནས་བསྡད་པར་འཛིན་ནོ། །

約觀者言，則不自覺所見象馬由心增上而立，反執彼幻處確有真實之象馬存在。

དེ་ནི་དཔེའི་སྟེང་ནས་བློའི་དབང་གིས་བཞག་པ་དང་མ་བཞག་པར་འཛིན་པའི་ཚུལ་ཏེ། གཞི་དེར་སྣང་བ་དེ་ཤར་བ་ན་སྣང་བ་ལྟར་གྱི་སྡོད་ལུགས་སུ་འགྲོ་བ་དང་མི་འགྲོ་བ་གཉིས་ཡོད་དོ། །

此即就喻說明由心增上安立與不安立之理。故於彼物現爲彼像，是否所現之實體有其二類。

དེ་ལེགས་པར་གོ་ན་ཚད་མའི་དབང་གིས་གཞལ་བྱ་འཇོག་པ་ལ། ཚད་མ་ཡང་བློ་ཡིན་པས་དེས་གཞལ་བྱ་འཇོག་པ་ཡང་བློའི་དབང་གིས་བཞག་པར་འགྱུར་བས། དངོས་པོར་སྨྲ་བ་རྣམས་ཀྱི་ལུགས་ཀྱིས་ཀྱང་བདེན་གྲུབ་ཁེགས་པར་འགྱུར་རོ་སྙམ་དུ།

若善解此義，則餘妄計：「諸實事宗，亦由能量增上安立所量，能量即心，由彼安立所量，亦即由心增上安立，則彼亦應破除實有。」

ཕྱོགས་དེ་གཉིས་འདྲེས་པ་ཕྱེད་པར་འགྱུར་ཏེ། ཚད་མའི་དབང་གིས་གཞལ་བྱ་འཇོག་པ་ནི་གཞལ་བྱ་གཉིས་ཀྱི་སྡོད་ལུགས་ཚད་མས་རྟོགས་པའི་དོན་ཡིན་པས། དེ་དང་སྔ་མ་གཉིས་གཏན་མི་འདྲ་བའི་ཕྱིར་རོ། །

於此等二宗紊亂之點皆能分別。由能量安立所量，是由能量通達二種所量之實性。彼與前說實極不相同。

དེ་ལྟར་སྒྱུ་མའི་སྣང་བ་ནི་རྣལ་འབྱོར་སྤྱོད་པའི་དབུ་མ་བ་ལྟར་ན་རང་རིག་མངོན་སུམ་དང་། ཕྱི་རོལ་ཁས་ལེན་པའི་རང་རྒྱུད་པ་ལྟར་ན་ས་ཕྱོགས་སམ་བར་སྣང་ལྟ་བུའི་གཞི་འཛིན་པའི་དབང་པོའི་མངོན་སུམ་གྱིས་འགྲུབ་ལ།

成立如是幻相者，若順瑜伽行之中觀師，謂由自證現量成立。若許有外境之自續師，則謂由緣地方及虛空等之根識現量成立。

སྣང་བ་ལྟར་དུ་མེད་པ་ནི་དེ་ལྟར་དུ་ཡོད་ན་མིག་མ་བསླད་པས་མཐོང་བར་འགྱུར་བ་ལས། དེས་མ་མཐོང་བའི་ཕྱིར་ཞེས་སོགས་ཀྱི་རྟགས་ཀྱིས་ཁེགས་པ་ན་དེར་སྣང་དང་དེས་སྟོང་གཉིས་ཚོགས་པ་གྲུབ་པ་ན། གྲུབ་མཐར་མ་ཞུགས་པའི་ཐ་སྙད་པའི་བློ་རང་དགའ་བ་ལ་ལྟོས་པའི་བརྫུན་པར་འགྲུབ་པས། དེ་དང་གཟུགས་བརྙན་གང་དུ་སྣང་བས་སྟོང་པ་གྲུབ་པའི་བློ་ནི་རིགས་ཤེས་ཕྲ་རགས་གང་དུ་ཡང་མི་འོང་ངོ་།།

如現非有者，謂若如是有者，則於眼未迷者應亦能見，然彼無所見。是故現似象馬與象馬本空，二義俱存。此依未學教者通常名言識成立爲妄。與成立鏡中影像爲空之心，俱非粗細任何理智。

ཐ་སྙད་པའི་བློ་རང་དགའ་བའི་དབང་དུ་བྱས་པའི་བདེན་གྲུབ་ཡིན་ན་ཡང་། དེར་སྣང་བྱུང་ན་དེས་སྟོང་མི་འོང་ལ། དེས་སྟོང་བྱུང་ནའང་དེར་སྣང་མི་འོང་བས། །དེ་གཉིས་ཚོགས་པ་བྱུང་ན་བློ་རང་དགའ་བའི་དབང་དུ་བྱས་པའི་བརྫུན་པ་ཁོ་ནའོ། །

若依通常名言識增上果是實有者，則應凡[①]所見事彼事非空，若彼事爲空則應不可見。此二既俱存，則知依通常名言識增上者唯是虛妄也。

གསུམ་པ་ནི། སྒྱུ་མའི་ལྟད་མོ་བ་མིག་བསླད་པ་བཞིན་དུ་སེམས་ཅན་རྣམས་ཀྱིས་ཕྱི་ནང་གི་ཆོས་འདི་རྣམས་བདེན་པར་ཡོད་པར་སྣང་བ་ན། བློ་ལ་སྣང་བའི་དབང་གིས་བཞག་པ་མིན་པར་ཆོས་དེ་རྣམས་ཀྱི་སྡོད་ལུགས་ཞིག་ཡོད་པར་འཛིན་པ་ནི། ཐོག་མ་མེད་པ་ནས་ཞུགས་པའི་ལྷན་སྐྱེས་ཀྱི་བདེན་འཛིན་ནོ། །

丑三、法喻合釋。如眼識迷惑之觀者，認幻事爲實有。如是諸有情類，見內外諸法似真實有，不知唯由自心顯現增上安立，執爲諸法自體實爾。是爲無始傳來俱生實執。

རང་རྒྱུད་པས་འདི་ལྟར་བཞག་པ་ནི། ཐལ་འགྱུར་བའི་དགག་བྱ་འཛིན་པའི་བློ་ལ་ལྟོས་ན་ཤིན་ཏུ་རགས་པས། ཕྲ་བའི་བདེན་འཛིན་ལྷན་སྐྱེས་ནི་མིན་ནོ། །

此自續派所安立者，若以應成派觀之，則彼執所破之心，猶覺太粗，仍非最細之俱生實執。

① 「凡」，上海本作「幾」。

གནམ་ཞིག་བདེན་འཛིན་དེས་བཟུང་བའི་བདེན་གྲུབ་རིགས་པས་ཁེགས་པ་ན་སྒྱུ་མ་མཁན་བཞིན་དུ་ཕྱི་ནང་གི་ཆོས་རྣམས་ལ། ནང་གི་བློའི་དབང་གིས་མ་བཞག་པའི་སྡོད་ལུགས་ཡོད་པར་མི་འཛིན་པར། བློའི་དབང་གིས་བཞག་པའི་ཡོད་པ་ཙམ་དུ་ཤེས་པར་འགྱུར་རོ། །

若時能以正理，破彼實執所計之實有，則猶如幻師，了知唯由內心增上安立爲有，不復妄執內外諸法實體本爾。

དེ་ཡང་ཚད་མས་མི་གནོད་པའི་བློའི་དབང་གིས་བཞག་པ་རྣམས་ཐ་སྙད་དུ་ཡོད་པར་འདོད་ཀྱི། བློའི་དབང་གིས་གང་བཞག་ཐམས་ཅད་ཐ་སྙད་དུ་ཡོད་པར་མི་འདོད་དོ། །

此復是許，由無正量違害之心增上安立者，乃名言有。非許凡由心增上安立者一切皆是名言中有。

ས་བོན་ལས་མྱུ་གུ་སྐྱེ་བ་བློའི་དབང་གིས་བཞག་ཀྱང་། མྱུ་གུ་རང་གི་ངོས་ནས་ས་བོན་ལས་སྐྱེ་བ་ཡང་མི་འགལ་བ་ནི། སྤྲུལ་གཞིའི་ངོས་ནས་ཀྱང་རྟ་གླང་དུ་སྣང་བ་དང་འདྲ་སྟེ། དེས་ཐ་སྙད་དུ་ཡོད་པ་ཐམས་ཅད་ཤེས་པར་བྱའོ། །

從種生芽，雖由心增上安立，然說芽體從種子生，亦不相違，如幻物自體亦變爲象馬。一切名言有法，皆當如是知。

ཆོས་ཉིད་ཀྱང་རང་གང་ལ་སྣང་བའི་བློའི་དབང་གིས་ཡོད་པར་འཇོག་པས། དེ་ཐ་སྙད་དུ་ཡོད་པར་འཇོག་པ་ལ་མ་ཁྱབ་པ་མེད་དོ། །

即諸法性，亦由能見自體之心增上安立爲有，故名言中，有無不遍一切之失。

དེས་ན་སྒྱུ་མ་རྟ་གླང་དུ་སྣང་ཡང་དེས་སྟོང་པ་བཞིན་དུ། བུམ་སོགས་ཐམས་ཅད་བུམ་སོགས་སུ་སྣང་ཡང་བུམ་སོགས་ཀྱིས་སྟོང་པ་ནི། སྒྱུ་མ་དང་ཆོས་གཞན་རྣམས་དཔེ་དོན་དུ་སྦྱོར་བའི་དོན་གཏན་མིན་ཏེ། །དེ་ལྟ་ན་ཆོས་དེ་ཡིན་པ་མི་སྲིད་པར་འགྱུར་ཞིང་། དཔེ་དོན་སྦྱར་བ་ཡང་དེར་སྣང་བ་ཡིན་གྱི་དེ་དངོས་མིན་པར་འགྱུར་བའི་ཕྱིར་རོ། །

以是有說，如幻事現爲象馬，而象馬實空，如是瓶等一切法，雖現爲瓶等，然瓶等亦本空，當知全非幻喻喻法合釋之義。若如彼說，則應全無是彼法者。即法喻合釋，亦應唯現爲彼相，非是彼事。

ནམ་ཞིག་མཉམ་གཞག་རྣམ་པར་མི་རྟོག་པའི་ཡེ་ཤེས་སྐྱེས་པ་ན། དེའི་ངོར་གཉིས་སྣང་ཐམས་ཅད་ཉེ་བར་ཞི་བ་ནི་མིག་མ་བསླད་པ་ལ་སྒྱུ་མའི་སྣང་ཞེན་གཉིས་ཀ་མེད་པ་དང་འདྲའོ། །

若時生起根本無分別智，一切二取相於彼皆滅，此如眼識未迷者之於諸幻相，見執俱無。

འོག་ནས་རང་རྒྱུད་པས་རིགས་པས་འགོག་ཚུལ་ཐུན་མོང་མ་ཡིན་པ་རྣམས་མི་སྟོན་པས། འདིར་དེའི་ལུགས་ཀྱིས་ཆོས་ཐམས་ཅད་སྒྱུ་མ་བཞིན་དུ་འཆར་ཚུལ་མདོར་བསྡུས་གོ་སླ་བར་བརྗོད་ན། ཤེས་བྱ་ལ་དངོས་པོར་ཡོད་མེད་གཉིས་སུ་ཁ་ཚོན་ཆོད་པའི་དང་པོར་དངོས་པོ་ལ་བཤད་ན།

自續派以正理破執之不共義，下不復說，故於此中，當略說之。彼謂所知中，有有事、無事二類。先說有事。

དངོས་པོ་ལ་གཟུགས་ཅན་ཡིན་མིན་གཉིས་སུ་ཁ་ཚོན་ཆོད་ཅིང་། གཟུགས་ཅན་ལ་ཤར་ལ་སོགས་པའི་ཕྱོགས་ཀྱི་ཆ་མེད་དང་། ཤེས་པ་ལ་དུས་སྔ་ཕྱིའི་ཆ་མེད་དགག་པ་གཞན་ནས་བཤད་པ་ལྟར་བྱ་ལ།

於有事中，有色、非色二類。若是色法，破其無東西等方分，若是心法，破其無前後等時分，如餘處說。

དངོས་པོ་ལ་ཆ་བཅས་ཀྱིས་ཁྱབ་པར་བསྒྲུབ། དེ་ནས་ཆ་དང་ཆ་ཅན་གཉིས་ཀ་ངོ་བོ་ཐ་དད་ན་འབྲེལ་མེད་དུ་འགྱུར་བས་དགག་ལ་ངོ་བོ་གཅིག་ཏུ་བསྟན། དེའི་ཚེ་དེ་ལ་ཡིད་ཇི་ལྟར་གཏད་པ་ན། ཡིན་ཚུལ་ངོ་བོ་གཅིག་ཡིན་ཀྱང་སྣང་ཚུལ་ལ་ངོ་བོ་ཐ་དད་དུ་སྣང་བ་སྣོན་དུ་མེད་པས།

由此成立凡是有事，定屬有分。次破分與有分，若異性者，應全無關係。若一性者，爾時於彼，應審諦觀察，其體雖是一，然現相似異，乃無可否認之事實。

སྒྱུ་མ་བཞིན་དུ་དེར་སྣང་བ་དང་དེས་སྟོང་པ་གཉིས་ཚོགས་པར་གཏན་ལ་དབབ། དེ་ནས་དེ་འདྲ་དེ་བློ་ལ་སྣང་བའི་དབང་གིས་བཞག་པའི་བརྫུན་པའི་སྡོད་ལུགས་ལ་འགལ་བ་མེད་ཀྱང་། གཞི་དེ་བློ་ལ་སྣང་བའི་དབང་གིས་བཞག་པ་མིན་པའི་སྡོད་ལུགས་ཡིན་ན་གཏན་མི་རིགས་ཏེ།

故能抉擇，雖現彼事，即由彼爲空，猶如幻事。次觀彼事，若是由心顯現增上安立之妄體，可不相違。若彼非由心顯現增上所立而實體如是者，則定不應理。

སྔར་བཤད་པའི་བདེན་གྲུབ་ལ་གནས་ཚུལ་དང་སྣང་ཚུལ་མི་མཐུན་པ་མི་སྲིད་པའི་ཕྱིར་ཏེ། བདེན་པར་གྲུབ་ན་རྣམ་པ་ཐམས་ཅད་དུ་བརྫུན་པ་སྤངས་ཏེ་གནས་དགོས་པའི་ཕྱིར་དང་། ངོ་བོ་ཐ་དད་དུ་སྣང་བའི་བློ་དེ་མ་འཁྲུལ་བར་འགྱུར་དགོས་པས་ངོ་བོ་གཅིག་པ་ལ་གནོད་པའི་ཕྱིར་རོ། །

以如前說實有法上，體性、現相不相隨順不容有故。若是實有，必一切種離虛妄故。見爲異性之心應非錯謬，則違一性。

དེ་གྲུབ་ན་ནི་དངོས་པོར་མེད་པ་རྣམས་བདེན་པར་གྲུབ་པ་ཡང་རིགས་པ་དེ་ལ་བརྟེན་ནས་འགོག་ནུས་ཏེ། འདུས་མ་བྱས་ཀྱི་ནམ་མཁའ་ལ་ཡང་གཟུགས་ཅན་འགའ་ཞིག་ལ་ཁྱབ་པ་ཁས་བླང་དགོས་ལ། དེ་ལ་ཡང་ཤར་ལ་ཁྱབ་པའི་ཆ་དང་ཕྱོགས་གཞན་ལ་ཁྱབ་པའི་ཆ་ཁས་བླང་དགོས་སོ།།

此若已成，則於無事法，亦依此理而破實有。如虛空無爲，應許遍諸色法，則亦應許彼有遍東分與遍餘方之分。

དེ་བཞིན་དུ་ཆོས་ཉིད་ལ་ཡང་ཁྱབ་པའི་ཆ་དུ་མ་དང་། བློ་སྔ་ཕྱི་ཐ་དད་ཀྱིས་རྟོགས་པའི་ཆ་ཐ་དད་པ་དུ་མ་ཡོད་ལ། འདུས་མ་བྱས་གཞན་ཡང་དེ་དང་འདྲ་བས།

如是法性亦有所遍諸分，及有前後覺慧通達諸分。餘無爲法亦如是。

ཆ་དུ་མ་དང་ཆ་ཅན་གཉིས་ངོ་བོ་ཐ་དད་མི་རུང་བས་ངོ་བོ་གཅིག་པ་དང་། དེ་བརྫུན་པ་ལ་རུང་གི་བདེན་གྲུབ་ལ་མི་རུང་བས། སྔར་བཞིན་བཀག་པས་ཤེས་བྱ་ཐམས་ཅད་བདེན་མེད་དུ་འགྲུབ་བོ།།

此分與有分亦非異性而應是一性，若此性是妄可不相違，若實有則不應理，廣如前破。如是觀察便能成立一切所知皆非實有。

དེ་ལྟར་བྱེད་པ་ཞི་བ་འཚོ་ཡབ་སྲས་ཀྱི་བཞེད་པ་ཡིན་པས། ཆ་དང་ཆ་ཅན་དངོས་པོ་ཁོ་ན་ལ་རྩི་བ་ནི་བློ་གྲོས་ཆུངས་པའི་སྐྱོན་ནོ།།

是靜命師徒所許，有說分與有分唯觀有事，非也。

གྲུབ་མཐས་བློ་མ་བསྒྱུར་བ་ལ་གྲགས་པའི་བརྫུན་པ་ནི་དབུ་མ་པ་འདོད་པའི་བརྫུན་པ་དང་དོན་མི་གཅིག་པས་བློས་བཞག་ཀྱང་དེ་དག་ལ་གྲགས་པ་ལྟར་ཡིན་གྱི། རང་ལུགས་ལ་དེ་ཙམ་ལ་བློས་བཞག་ཏུ་མི་འདོད་དོ།།

未學宗派者共許之虛妄，與中觀師所許之虛妄不同。由心安立雖亦爲彼等共許，然僅彼義自宗不許爲由心安立。

དེ་ལྟར་ན་བློ་ལ་སྣང་བའི་དབང་གིས་བཞག་པ་མིན་པའི་སྡོད་ལུགས་མེད་ཀྱང་། དེའི་དབང་གིས་བཞག་པའི་སྡོད་ལུགས་མིང་དུ་བཏགས་པ་ཙམ་མིན་པ་ཅིག་ཡོད་པ་ལུགས་འདི་ལ་མི་འགལ་བས། དབུ་མ་པ་གཉིས་ཀྱི་དགག་བྱ་ལ་བློའི་ངོར་མི་འདྲ་བ་ཆེན་པོ་འོང་ངོ་།།

由是當知，此派中雖無非由內心顯現增上安立之體性，然許有非唯假名由彼增上安立之體性，亦不相違。故兩派中觀之所破，於內心安立上有極大之不同。

དེ་ལྟར་གྱི་གང་ཟག་ལ་ལུགས་འདིའི་བདེན་པ་དང་བདེན་འཛིན་གྱི་ངོས་འཛིན་དང་། དེ་འགོག་པའི་རིགས་པ་མདོར་བསྡུས་ལ་ལེགས་པར་ཕྱེད་ནས། དེའི་འོག་ཏུ་ཐལ་འགྱུར་བའི་ལུགས་བསྟན་ན་ལྟ་བ་དམིགས་ལེགས་པར

བྱེད་པར་མཐོང་ནས་འདིར་བཤད་པ་ཡིན་ནོ། །

若將此派之實有、實執、與破實執之正理，先善爲引導。次乃示以應成正宗。則善能分辨正見之差別。故於此中略爲宣說。

གཉིས་པ་ནི། ལུགས་འདི་ལ་ཆོས་རྣམས་རྟོག་པའི་དབང་གིས་བཞག་པ་ཙམ་གྱི་འཇོག་ཚུལ་ཤེས་ན། དེ་ལས་བཟློག་སྟེ་འཛིན་པའི་བདེན་འཛིན་བདེ་བླག་ཏུ་ཤེས་པར་འགྱུར་བས། འདི་ལ་གཉིས། ཆོས་རྣམས་རྟོག་པའི་དབང་གིས་འཇོག་ཚུལ་དང་། དེ་ལས་བཟློག་སྟེ་འཛིན་པའི་བདེན་འཛིན་བསྟན་པའོ། །

子二、明應成中觀派之實執分二：丑一、明由分別增上安立之理，丑二、明執彼違品之實執。

དང་པོ་ནི། ཉེ་བར་འཁོར་གྱིས་ཞུས་པ་ལས། སྣ་ཚོགས་ཡིད་དགའ་མེ་ཏོག་ཁ་བྱེ་ཞིང་། །གསེར་གྱི་ཁང་མཆོག་འབར་བ་ཡིད་འོང་བ། །འདི་ན་དེ་ཡའང་བྱེད་པ་འགའ་མེད་དེ། །དེ་དག་རྟོག་པའི་དབང་གིས་བཞག་པ་ཡིན། །རྟོག་པའི་དབང་གིས་འཇིག་རྟེན་རྣམ་བརྟགས་ཏེ། ཞེས་ཆོས་རྣམས་རྟོག་པའི་དབང་གིས་བཞག་པར་གསུངས་ཏེ། ཆོས་ཐམས་ཅད་རྟོག་པས་བཏགས་པ་ཙམ་དང་རྟོག་པའི་དབང་གིས་བཞག་པར་གསུངས་པ་གཞན་ཡང་མང་ངོ་། །

今初，《鄔波離問經》云：「種種可愛妙花敷，悅意金宮相輝映，此亦未曾有作者，皆從分別增上生，分別假立諸世間。」此說諸法皆由分別增上安立。說一切法唯由分別假立，及由分別增上安立者，餘證亦多。

རིགས་པ་དྲུག་ཅུ་པ་ལས་ཀྱང་། འཇིག་རྟེན་མ་རིག་རྐྱེན་ཅན་དུ། །གང་ཕྱིར་རྫོགས་པའི་སངས་རྒྱས་གསུངས། །དེ་ཡི་ཕྱིར་ན་འཇིག་རྟེན་འདི། །རྣམ་རྟོག་ཡིན་ཞེས་ཅིས་མི་འཐད། །ཅེས་གསུངས་པའི་དོན་འགྲེལ་བར་འཇིག་རྟེན་རྣམས་རང་གི་ངོ་བོས་མ་གྲུབ་པ་རྟོག་པས་བཏགས་པ་ཙམ་དུ་བཤད་ཅིང་།

《六十正理論》云：「正等覺宣說，無明緣世間，說世是分別，云何不應理。」釋論釋此義謂：「一切世間非自性有，唯由分別之所假立。」

བརྒྱ་བ་ལས་ཀྱང་། རྟོག་པ་མེད་པར་འདོད་ཆགས་ལ། །སོགས་ལ་ཡོད་ཉིད་ཡོད་མིན་ན། །ཡང་དག་དོན་དང་རྟོག་པ་ཞེས། །བློ་དང་ལྡན་པ་སུ་ཞིག་འཛིན། །ཞེས་གསུངས་ཤིང་དེའི་འགྲེལ་བ་ལས་ཀྱང་། རྟོག་པ་ཡོད་པ་ཁོ་ནས་ཡོད་པ་ཉིད་དང་། རྟོག་པ་མེད་པར་ཡོད་པ་ཉིད་མེད་པ་དེ་དག་ནི། གོར་མ་ཆག་པར་ཐག་པ་བསྒྲིགས་པ་ལ་བཏགས་པའི་སྦྲུལ་ལྟར་རང་གི་ངོ་བོས་མ་གྲུབ་པར་ངེས་སོ། །ཞེས་གསུངས་ཏེ་ཡང་དག་དོན་ནི་རང་གི་ངོ་བོས་གྲུབ་པའོ། །རྟོག་པ་ནི་དེ་ལ་བལྟོས་ཏེ་སྐྱེ་བའོ། །

卷四

《百論》亦云：「若無有分別，貪等亦非有，故智者誰執，真義及分別。」釋論云：「有分別，方有彼貪等，若無分別，彼等亦無。決定當知，如於繩上假立爲蛇，定無自性。」「真義」謂有自性，「分別」謂依彼而生。

འགྲེལ་བ་དེར་ཆགས་སོགས་རྣམས་ཐག་པ་ལ་སྦྲུལ་དུ་བཏགས་པ་ལྟར་གསུངས་པ་ནི་མཚོན་པ་ཙམ་སྟེ། ཆོས་གཞན་ཐམས་ཅད་ཀྱང་ཐག་པ་ལ་སྦྲུལ་དུ་བཏགས་པ་ལྟར་རྟོག་པས་བཞག་པར་འཆད་པའོ། །

彼貪等如於繩上假立爲蛇者，乃舉一例。餘一切法皆是分別假立，如於繩上假立爲蛇。

དེ་ལ་ཁྲ་བོའི་མདོག་དང་འཁྱིལ་ལུགས་སྦྲུལ་དང་འདྲ་ཞིང་། ཡུལ་མི་གསལ་བར་སྣང་བ་ན་ཐག་པ་ལ་འདི་སྦྲུལ་ལོ་སྙམ་པ་འབྱུང་ངོ༌། །

由彼之雜色盤伏與蛇相似，若於境不明，便起彼繩爲蛇之亂覺。

དེའི་ཚེ་ཐག་པ་ལ་ཐག་པའི་ཚོགས་པ་དང་ཆ་ཤས་སྦྲུལ་གྱི་མཚན་གཞིར་འཛོག་རྒྱུ་ཅུང་ཟད་ཀྱང་མེད་པས། དེའི་སྦྲུལ་ནི་རྟོག་པས་བཏགས་པ་ཙམ་མོ། །

爾時若繩總體，若繩一分，都無少分可安立爲蛇者。故知彼蛇唯是分別假立。

དེ་བཞིན་དུ་ཕུང་པོ་ལ་བརྟེན་ནས་ངའོ་སྙམ་པ་འབྱུང་བ་ན། ཕུང་པོའི་སྟེང་ནས་སྔ་ཕྱིའི་རྒྱུན་གྱི་ཚོགས་པ་དང༌། དུས་གཅིག་པའི་ཚོགས་པ་དང་དེའི་ཆ་ཤས་དེའི་མཚན་གཞིར་འཛོག་རྒྱུ་ཅུང་ཟད་ཀྱང་མེད་དེ་རྒྱུས་པར་འོག་ནས་འཆད་དེ། །དེའི་ཕྱིར་དང་ཕུང་པོའི་ཆ་དང་ཆ་ཅན་ལས་ངོ་བོ་ཐ་དད་པའི་དེའི་གཞིར་འཛིན་རྒྱུ་ཡང་ཅུང་ཟད་ཀྱང་མེད་པས། ང་དེ་ནི་རྟོག་པས་ཕུང་པོ་ལ་བརྟེན་ནས་བཞག་པ་ཙམ་ཡིན་གྱི། རང་གི་ངོ་བོས་གྲུབ་པ་མེད་དོ། །

如是依於諸蘊便起我想，然彼諸蘊，若前後相續，若同時，總體或一分，全無少分可安立爲我者。離蘊分及有分之外，亦無少分異體可安立爲我者。故彼我唯是依蘊分別假立，都無自性。

འདི་ནི་རིན་ཆེན་འཕྲེང་བ་ལས་ཀྱང་གསུངས་ཏེ། སྐྱེས་བུ་ས་མིན་ཆུ་མ་ཡིན། །མེ་མིན་རླུང་མིན་ནམ་མཁའ་མིན། །རྣམ་ཤེས་མ་ཡིན་ཀུན་མིན་ན། །དེ་ལས་གཞན་ན་སྐྱེས་བུ་གང༌། །ཞེས་སོ། །

《寶鬘論》云：「士夫非地水，非火風非空，非識非一切，異此無士夫。」

དེ་ལ་སྐྱེས་བུ་ནི་གང་ཟག་དང་སེམས་ཅན་དང་ང་དང་བདག་གོ །

此中「士夫」，即補特伽羅、有情、自、我。

ས་མིན་ནས་རྣམ་ཤེས་མ་ཡིན་པའི་བར་གྱིས་སེམས་ཅན་གྱི་ཁམས་དྲུག་གི་ཆ་ཤས་དང་། ཀུན་མིན་གྱིས་ཁམས་ཀྱི་ཚོགས་པ་གང་ཡང་གང་ཟག་ཏུ་འཛིན་པ་བཀག་གོ །

「非地」乃至「非識」，破有情六界之一分為我。「非一切」，破六界之合集為我。

ཚིག་ཐ་མས་ཁམས་ལས་ངོ་བོ་ཐ་དད་པ་གང་ཟག་ཏུ་འཛིན་པ་བཀག་གོ །

末句破離六界外異體之我。

དེ་ལྟ་ནའང་གང་ཟག་ཁས་མི་ལེན་པ་ནི་མིན་ལ། ཀུན་གཞི་རྣམ་ཤེས་སོགས་གང་ཟག་ཏུ་བཞེད་པ་ཡང་མིན་པས། འགྲེལ་བ་མཛད་པས་བཀྲལ་བ་ལྟར་འཕགས་པ་ཡང་བཞེད་དོ། །

然非不許補特伽羅，亦非別許阿賴耶識等為補特伽羅，故如釋論所解，正是菩薩所許也。

གང་ཟག་རྟོག་པས་བཞག་ལུགས་དེ་ལྟར་ཤེས་ན། ཆོས་གཞན་ཐམས་ཅད་ཀྱང་རྟོག་པས་བཞག་ལུགས་དེ་དང་འདྲ་སྟེ།

若了知由分別心安立補特伽羅之理，由分別心安立餘一切法，與彼義同。

ཏིང་ངེ་འཛིན་གྱི་རྒྱལ་པོ་ལས། ཇི་ལྟར་ཁྱོད་ཀྱིས་བདག་གི་འདུ་ཤེས་ནི། །ཤེས་པ་དེ་བཞིན་ཀུན་ལ་བློས་སྦྱར་བྱ། །ཞེས་དང་།

如《三摩地王經》云：「如汝知我想，如是觀一切。」

འཕགས་པ་སྡུད་པ་ལས་ཀྱང་། བདག་ཇི་འདྲ་དེ་དེ་འདྲར་སེམས་ཅན་ཐམས་ཅད་ཤེས། །སེམས་ཅན་ཐམས་ཅད་ཇི་འདྲ་དེ་འདྲར་ཆོས་ཀུན་ཤེས། ཞེས་གསུངས་ཤིང་།

《般若攝頌》云：「知自及諸眾生等，乃至諸法亦復然。」

རིན་ཆེན་འཕྲེང་བ་ལས་ཀྱང་། སྐྱེས་བུ་ཁམས་དྲུག་འདུས་པའི་ཕྱིར། །ཡང་དག་མ་ཡིན་ཇི་ལྟ་བར། །དེ་བཞིན་ཁམས་ནི་རེ་རེ་ཡང་། །འདུས་ཕྱིར་ཡང་དག་ཉིད་དུ་མིན། །ཞེས་གསལ་བར་གསུངས་སོ། །

《寶鬘論》云：「如六界集故，士夫非真實，如是一一界，集故亦非真。」

རྐང་པ་དང་པོའི་དོན་ནི་སྐྱེས་བུ་ཁམས་དྲུག་འདུས་པ་ལ་བརྟེན་ནས་བཏགས་པའི་ཕྱིར་ཞེས་པའོ། །

初二句，謂依六界合集假立為士夫。

རྐང་པ་གསུམ་པ་དང་བཞི་པའི་དོན་ནི་ཆ་དང་ཆ་ཅན་མེད་པ་མི་སྲིད་པས། ཁམས་རེ་རེ་ཡང་རང་གི་ཆ་དུ་མ་འདུས་པ་ལ་བརྟེན་ནས་བཏགས་པའི་ཕྱིར། ཡང་དག་ཏུ་སྟེ་རང་གི་ངོ་བོས་གྲུབ་པ་མིན་པའོ། །དེ་ཡང་ཆ་ཤས་

འདུས་པ་ལ་བརྟེན་ནས་བཏགས་པ་ཡིན་ན། ཆ་ཤས་དང་ཆ་ཅན་ད་དེའི་གཞིར་འཇོག་ཏུ་མི་རུང་ལ། དེ་གཉིས་ལས་ངོ་བོ་གཞན་པ་ཡང་དེའི་གཞིར་མི་སྲིད་པའོ། །

後二句，謂離分與有分之法，決定非有。故一一界皆依多分合集假立，則分及有分皆非安立爲彼之事。離彼二外，亦無異性可立爲彼之事也。

བུམ་པ་ལ་སོགས་པ་རྣམས་རྟོག་པས་བཞག་ལུགས་ཀྱི་ཆ་དེ་ཙམ་ཞིག །ཐག་པ་ལ་སྦྲུལ་དུ་བཏགས་པ་དང་འདྲ་བ་ཡིན་ཀྱང་། བུམ་སོགས་རྣམས་དང་ཐག་པའི་སྦྲུལ་གཉིས་ཡོད་མེད་དང་བྱ་བ་བྱེད་པར་ནུས་མི་ནུས་སོགས་ནི་གཏན་མི་འདྲ་སྟེ། དེ་གཉིས་ཀྱི་ཐ་སྙད་ངེས་པར་བྱ་དགོས་མི་དགོས་དང་། ཐ་སྙད་བྱེད་པ་ལ་གནོད་པ་ཡོད་མེད་སོགས་རྣམ་པ་ཐམས་ཅད་དུ་མི་མཚུངས་པའི་ཕྱིར་རོ། །

瓶等諸法由分別安立之理，雖與繩上假立之蛇相同，然瓶等諸法與繩上之蛇，爲有、爲無及有無作用等，則極不相同。以彼二事，須否決定名言，即立彼名有無違難等，極不同故。

རྟོག་པས་བཞག་པ་དེ་ལ་རང་རང་གི་བྱ་བྱེད་འཐད་པ་ནི། ཚིག་དང་དོན་གྱི་འགྲེལ་མཛད་རྣམས་ཀྱི་ནང་ནས། སངས་རྒྱས་བསྐྱངས་དང་ཞི་བ་ལྷ་དང་སློབ་དཔོན་འདི་གསུམ་གྱིས་འཕགས་པ་ཡབ་སྲས་གཉིས་ཀྱི་འགྲེལ་ལུགས་ཐུན་མོང་མ་ཡིན་པའོ། །དབུ་མའི་ལྟ་བ་མཐར་ཐུག་པའི་དཀའ་ས་ཡང་འདི་ཉིད་དོ། །

說分別安立之法，能有各別作用者，是佛護、靜天、月稱三大論師解釋龍猛父子意趣之不共勝法。此亦即是中觀見之究竟深處。

དེ་ལྟར་བྱས་ན་རིན་ཆེན་འཕྲེང་བ་ལས། གཟུགས་ཀྱི་དངོས་པོ་མིང་ཙམ་ཕྱིར། །ནམ་མཁའ་ཡང་ནི་མིང་ཙམ་མོ། །འབྱུང་མེད་གཟུགས་ལྟ་ག་ལ་ཡོད། །དེ་ཕྱིར་མིང་ཙམ་ཉིད་ཀྱང་མེད། །ཚོར་དང་འདུ་ཤེས་འདུ་བྱེད་དང་། །རྣམ་ཤེས་འབྱུང་བ་ལྟ་བུ་དང་། །བདག་བཞིན་དུ་ནི་བསམ་བྱ་སྟེ། །དེ་ཕྱིར་ཁམས་དྲུག་བདག་མེད་དོ། །ཞེས་དང་།

如《寶鬘論》云：「色法唯名故，虛空亦唯名，無種寧有色，故名亦非有。受想及行識，如大種如我，皆應如是思，故六界無我。」

ཐ་སྙད་གདགས་པ་མ་གཏོགས་པར། །གང་ཞིག་ཡོད་དམ་མེད་འགྱུར་བའི། །འཇིག་རྟེན་དོན་དུ་ཅི་ཞིག་ཡོད། །ཅེས་དོན་དམ་པར་མིང་ཙམ་ཡང་མེད་པ་དང་། ཐ་སྙད་དུ་མིང་གི་ཐ་སྙད་ཀྱི་དབང་གིས་བཞག་པ་ཙམ་མ་གཏོགས་པ་ཅི་ཡང་མེད་པར་གསུངས་པ་ལྟར་མིང་དུ་བཏགས་པ་ཙམ་དུ་གནས་སོ། །

又云：「唯除於假名，若云有云無，世間寧有此。」此說於勝義中，名亦都無，除名言中唯由名言增上安立，都無所有，故唯是假名。

དེ་རྣམས་ལེགས་པར་ཤེས་ན་ཆོས་ཐམས་ཅད་བརྟེན་ནས་གཞག་དགོས་པ་དང་། བརྟེན་ནས་བཏགས་པ་དང་བརྟེན་ནས་སྐྱེས་པ་ཉིད་ཀྱིས་རང་གི་ངོ་བོས་གྲུབ་པ་མེད་པ་དང་། ཐ་སྙད་གཞན་གྱི་དབང་གིས་བཞག་པ་མིན་པའི་རང་དབང་བའི་ངོ་བོ་མེད་པ་དང་། ཆོས་གང་ཡོད་པར་འཇོག་ནའང་བཏགས་དོན་མ་བཙལ་བར་འཇོག་པ་རྣམས་ལེགས་པར་ཤེས་པར་འགྱུར་རོ། །

若善了知以上諸義，則能善解一切諸法皆是依緣安立，依緣假設，依緣而生，皆無自性，皆無不由他名增上安立之自在體。隨立何法，皆是不尋彼假義而安立者。

卷四

卷　五

釋第六勝義菩提心之二

གཉིས་པ་ནི། སྔར་བཤད་པའི་མིང་གི་ཐ་སྙད་ཀྱི་དབང་ཙམ་གྱིས་བཞག་པ་མིན་པའི་ཡོད་པར་འཛིན་པ་ནི། བདེན་པ་དང་དོན་དམ་པར་དང་ཡང་དག་ཏུ་གྲུབ་པ་དང་། རང་གི་ངོ་བོས་དང་རང་གི་མཚན་ཉིད་ཀྱིས་དང་རང་བཞིན་གྱིས་ཡོད་པར་འཛིན་པ་ལྷན་སྐྱེས་ཡིན་ལ། དེས་བཟུང་བའི་ཞེན་ཡུལ་ནི་བརྟག་པ་མཐའ་བཟུང་གི་བདེན་ཚད་དོ། །

丑二、明執彼違品之實執。一切唯由名言增上安立爲有，若執非如是有，即是執實有、勝義有、真有、自性有、自相有、自體有之俱生執。此執所執之境，即是假設實有之量。

དགག་བྱ་ལ་དོན་དམ་གྱི་ཁྱད་པར་སྦྱར་བའི་དོན་དམ་ལ་ཚུལ་གཉིས་ཤེས་དགོས་པ་ནི་འདིར་ཡང་འདྲ་ལ། དབུ་མ་རང་རྒྱུད་པ་རྣམས་བདེན་པ་སོགས་གསུམ་དུ་གྲུབ་པ་ཤེས་བྱ་ལ་མི་སྲིད་པར་བཞེད་ཀྱང་། རང་གི་ངོ་བོས་གྲུབ་པ་སོགས་གསུམ་ནི་ཐ་སྙད་དུ་ཡོད་པར་བཞེད་དེ། དེ་ཁོ་ན་ཉིད་ཤིན་ཏུ་ཕྲ་བ་རེ་ཞིག་ལ་བདེ་བླག་ཏུ་རྟོགས་མི་ནུས་པ་རྣམས། དེ་ལ་བཀྲི་བའི་ཐབས་ལ་མཁས་པ་ཆེན་པོར་མཐོང་ངོ། །

於所破上所加勝義簡別，有二種勝義，此派亦同。中觀自續派雖於所知不許實有等三，然自性等三，則許名言中有。此於暫時未能通達最微細之真實義者，實爲引導證彼之大善方便也。

དེ་ལྟར་ཆོས་རྣམས་ཀྱི་ངོ་བོ་ཡུལ་ཅན་ཐ་སྙད་ཀྱི་རྟོག་པ་གཞན་ལ་རག་མ་ལས་པ་སྟེ། དེའི་དབང་གིས་བཞག་པ་མིན་པའི་རང་བཞིན་དེ་ཉིད་ལ་དགག་བྱའི་བདག་ཅེས་བྱ་ལ། དེ་ཉིད་ཁྱད་གཞི་གང་ཟག་གི་སྟེང་དུ་མེད་པ་ནི་གང་ཟག་གི་བདག་མེད་དང་། མིག་སྣ་སོགས་ཆོས་ཀྱི་སྟེང་དུ་མེད་པ་ནི་ཆོས་ཀྱི་བདག་མེད་དུ་གསུངས་པས། རང་བཞིན་དེ་གང་ཟག་དང་ཆོས་ཀྱི་སྟེང་དུ་ཡོད་པར་འཛིན་པ་ནི་བདག་གཉིས་ཀྱི་འཛིན་པར་ཤུགས་ཀྱིས་རྟོགས་ཏེ།

如是當知諸法體性若不依名言分別，非由分別增上安立，說彼體性即所破之我。此我於補特伽羅上非有，即補特伽羅無我，於眼耳等法上非有，即法無我。由此可知若執彼體於補特伽羅及法上有者，即二種我執。

བརྒྱ་པའི་འགྲེལ་པ་ལས། དེ་ལ་བདག་ཅེས་བྱ་བ་ནི་གང་ཞིག་དངོས་པོ་རྣམས་ཀྱི་གཞན་ལ་རག་མ་ལས་པའི་ངོ་བོ་རང་བཞིན་ཏེ། དེ་མེད་པ་ནི་བདག་མེད་པའོ། །དེ་ནི་ཆོས་དང་གང་ཟག་གི་དབྱེ་བས་གཉིས་སུ་རྟོགས་ཏེ། ཆོས་ཀྱི་བདག་མེད་པ་དང་གང་ཟག་གི་བདག་མེད་པ་ཞེས་བྱའོ། །ཞེས་པ་ལྟར་སྟེ།

如《四百論釋》云：「所言我者，謂諸法體性不依仗他，由無此故名爲無我。此由法與補特伽羅之差別，分爲二種，謂法無我與補特伽羅無我。」

འདི་ཉིད་ལས་ཀྱང་། ཆོས་དང་གང་ཟག་དབྱེ་བས་རྣམ་གཉིས་གསུངས། ཞེས་བདག་མེད་གཉིས་དགག་བྱའི་སྒོ་ནས་མ་ཕྱེ་བར་གཞི་ཆོས་ཅན་གྱིས་འབྱེད་པར་བཤད་དོ། །

本論亦云：「由人法分二。」故二無我，不由所破分別，乃以所依有法而分。

བདག་འཛིན་གྱི་འཇིག་ལྟ་ལྷན་སྐྱེས་ལ་ནི་རྩ་བར་ཕུང་པོ་དམིགས་པ་ཡིན་པ་བཀག་ཅིང་། འགྲེལ་བར་བརྟེན་ནས་བཏགས་པའི་བདག་དམིགས་པར་གསུངས་པས། ངའོ་སྙམ་པ་ཙམ་ཞིག་སྐྱེ་བའི་དམིགས་པའི་ང་ཙམ་དང་། གང་ཟག་ཙམ་ཞིག་ལ་དམིགས་པར་བྱའོ། །

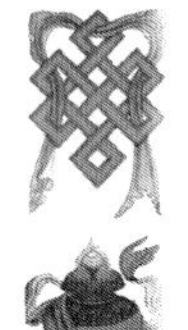

俱生我執薩迦耶見，本論破他以諸蘊爲所緣。釋論說：緣依蘊假立之我。故起我覺之所緣，乃「唯我」及「唯補特伽羅」。

རྣམ་པ་ནི་རང་འགྲེལ་ལས། ངར་འཛིན་པས་ཡོད་པ་མ་ཡིན་པའི་བདག་ཡོད་དོ་སྙམ་དུ་ཉེ་བར་བརྟགས་ནས། འདི་ཉིད་དུ་བདེན་པར་མངོན་པར་ཞེན་ཅིང་། ཞེས་གསུངས་པས་ང་དེ་བདེན་པར་གྲུབ་པར་འཛིན་པའོ། །

其行相，釋論云：「我執於非有我妄計有我，執此是實。」此謂執彼我爲實有。

གཞན་ཡང་རང་འགྲེལ་ལས། དེ་ལ་འཇིག་ཚོགས་ལ་ལྟ་བ་ནི་ང་དང་ངའི་སྙམ་པ་དེ་ལྟ་བུའི་རྣམ་པར་ཞུགས་པ་ཤེས་རབ་ཉོན་མོངས་པ་ཅན་ནོ། །ཞེས་གསུངས་པ་ལྟར་འཇིག་ལྟ་ལྷན་སྐྱེས་ཀྱི་དམིགས་པ་ལ་ངའོ་སྙམ་པའི་བློ་ངང་གིས་སྐྱེ་བ་དགོས་པས། རྒྱུད་གཞན་གྱི་གང་ཟག་རང་གི་མཚན་ཉིད་ཀྱིས་གྲུབ་པར་འཛིན་པའི་ལྷན་སྐྱེས་གང་ཟག་གི་བདག་འཛིན་ལྷན་སྐྱེས་ཡིན་ཀྱང་འཇིག་ལྟ་ལྷན་སྐྱེས་མིན་ནོ། །

釋論又云：「薩迦耶見執我，我所行相而轉，是染污慧。」此說俱生薩迦耶見之所緣，任運能起我覺。故執他補特伽羅爲自相有之俱生執，雖是俱生補特伽羅我執，然非俱生薩迦耶見。

ང་དང་ངའི་སྙམ་པའི་རྣམ་པར་ཞུགས་ཞེས་པས་ནི་ང་ཙམ་དང་ང་ཡི་བ་ཙམ་འཛིན་སྟངས་ཀྱི་རྣམ་པའི་ཡུལ་དུ་སྟོན་པ་མིན་གྱི། དེ་གཉིས་རང་གི་མཚན་ཉིད་ཀྱིས་གྲུབ་པར་འཛིན་པའི་རྣམ་པ་ཅན་དུ་སྟོན་པའོ། །

「執我、我所行相而轉」者，非顯我、我所執行相之境，是說於彼二自相有起執，即爲行相。

བདག་གིར་འཛིན་པའི་འཇིག་ལྟ་ལྷན་སྐྱེས་ཀྱི་དམིགས་པ་ནི། ང་ཡི་བ་ཉིད་ཡིན་གྱི། རང་གི་མིག་སོགས་

དམིགས་པར་མི་བཟུང་ངོ། །

俱生我所執薩迦耶見之所緣，謂我所法，非以我之眼等爲所緣。

རྣམ་པ་ནི་དམིགས་པ་དེ་ལ་དམིགས་ནས་ང་ཡི་བ་རང་གི་མཚན་ཉིད་ཀྱིས་གྲུབ་པར་འཛིན་པའོ། །

其行相，謂緣彼所緣，執我所爲自相有。

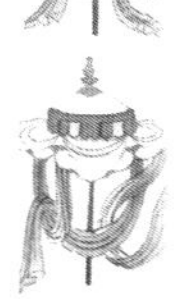

འོ་ན་བདག་གི་འདི་ཞེས་ཞེས་པའི་རང་འགྲེལ་ལས། འདི་ནི་བདག་གིའོ་སྙམ་དུ་ངར་འཛིན་པའི་ཡུལ་ལས་གཞན་པའི་དངོས་པོའི་རྣམ་པ་མ་ལུས་པ་ལ་མངོན་པར་ཞེན་པ་ཡིན་ནོ། །ཞེས་མིག་ལ་སོགས་པའི་གཞི་ལ་དམིགས་ནས་འདི་ནི་བདག་གི་ཡིན་ནོ་སྙམ་དུ་ཞེན་པ་བདག་གིར་འཛིན་པར་བཤད་པ་ཇི་ལྟར་ཡིན་སྙམ་ན།

若爾，何故釋論解「我所」云：「次念云：此是我所。謂除我執境外，貪著餘一切事。」此豈非說計著眼等事爲我所，即是我所執耶?

དེ་ནི་མིག་སོགས་རྣམས་བདག་གི་བར་མཐོང་ནས་བདག་གི་བ་ལ་བདེན་པར་མངོན་པར་ཞེན་པའི་དོན་ཡིན་གྱི། བདག་གི་ངའི་མཚན་གཞི་མིག་སོགས་དམིགས་པར་སྟོན་པ་མིན་ཏེ། དེ་ལྟར་མ་ཡིན་ན་འཇིག་ལྟ་དང་ཆོས་ཀྱི་བདག་འཛིན་གཉིས་མི་འགལ་བར་འགྱུར་བའི་ཕྱིར་རོ། །

彼論意說於眼等見爲我所，執我所爲實有。非說眼等是我所之所相事。若不爾者，則薩迦耶見與法我執應無差別。

ཆོས་ཀྱི་བདག་འཛིན་ལྷན་སྐྱེས་ཀྱི་དམིགས་པ་ནི། རང་གཞན་གྱི་རྒྱུད་ཀྱི་གཟུགས་ཕུང་སོགས་དང་། མིག་རྣ་སོགས་དང་། རྒྱུད་ཀྱིས་མ་བསྡུས་པའི་སྣོད་ལ་སོགས་པའོ། །རྣམ་པ་ནི་སྔར་བཤད་པ་ལྟར་རོ། །

俱生法我執之所緣，謂自他相續所攝之色蘊等、眼耳等及非相續所攝之器世等。行相如前說。

དེ་ལྟར་བདག་གཉིས་སུ་འཛིན་པ་དེ་ནི་འཁོར་བར་འཆིང་བའི་མ་རིག་པ་ཡིན་ཏེ། སྟོང་ཉིད་བདུན་ཅུ་བ་ལས། རྒྱུ་དང་རྐྱེན་ལས་སྐྱེས་དངོས་རྣམས། །ཡང་དག་པར་ནི་རྟོག་པ་གང་། །དེ་ནི་སྟོན་པས་མ་རིག་གསུངས། །དེ་ལས་ན་ལག་བཅུ་གཉིས་འབྱུང་། །ཞེས་ཆོས་ཀྱི་དངོས་པོ་ལ་དམིགས་ནས་ཡང་དག་ཏུ་གྲུབ་པར་འཛིན་པ་འཁོར་བའི་རྩ་བའི་མ་རིག་པར་གསུངས་ཏེ། ཆོས་ཀྱི་བདག་འཛིན་དེ་ལས་གང་ཟག་གི་བདག་འཛིན་གྱི་མ་རིག་པ་འབྱུང་བས། དེ་ལས་བཅུ་གཉིས་འབྱུང་བར་བཤད་དོ། །

此二種我執，即繫縛生死之無明。《七十空性論》云：「因緣所生法，分別爲真實，佛說是無明，彼生十二支。」此說緣諸法執爲真實，即生死根本之無明。從法我執，引生補特伽羅我執之無明，故說從彼生十二有支。

མ་རིག་པ་དེ་ལྡོག་པ་ལ་དེས་ཇི་ལྟར་བཟུང་བས་སྟོང་པ་དང་། ཇི་ལྟར་བཟུང་བའི་བདག་མེད་པར་མཐོང་བ་དགོས་ཏེ། སྟོང་ཉིད་བདུན་ཅུ་པ་ལས། །ཡང་དག་མཐོང་ཕྱིར་དངོས་སྟོང་བར། །ལེགས་ཤེས་མ་རིག་མི་འབྱུང་བ། །དེ་ནི་མ་རིག་འགག་པ་ཡིན། །དེ་ཕྱིར་ཡན་ལག་བཅུ་གཉིས་འགག །ཅེས་དང་།

破此無明，必須見彼所執爲空及無彼所執之我。《七十空性論》云：「見真知法空，無明則不生，此即無明滅，故十二支滅。」

ཆོས་དབྱིངས་བསྟོད་པ་ལས་ཀྱང་། བདག་དང་བདག་གི་ཞེས་འཛིན་པས། །ཇི་སྲིད་ཕྱི་རོལ་རྣམ་བརྟགས་པ། །བདག་མེད་རྣམ་པ་གཉིས་མཐོང་ན། །སྲིད་པའི་ས་བོན་འགག་པར་འགྱུར། །ཞེས་དང་། མཆོག་ཏུ་སེམས་ནི་སྦྱོང་བྱེད་པའི། །ཆོས་ནི་རང་བཞིན་མེད་པ་ཡིན། །ཞེས་དང་།

《法界讚》亦云：「若執我我所，即妄計外法，若見二無我，三有種當滅。」又云：「最上淨心法，是爲無自性。」

བཞི་བརྒྱ་པ་ལས་ཀྱང་། ཡུལ་ལ་བདག་མེད་མཐོང་ན་ནི། །སྲིད་པའི་ས་བོན་འགག་པར་འགྱུར། །ཞེས་དང་།

《四百論》亦云：「若見境無我，三有種當滅。」

དེ་ཕྱིར་ཉོན་མོངས་ཐམས་ཅད་ཀྱང་། །གཏི་མུག་བཅོམ་པས་བཅོམ་པར་འགྱུར། །རྟེན་ཅིང་འབྲེལ་བར་འབྱུང་བ་ནི། །མཐོང་ན་གཏི་མུག་འབྱུང་མི་འགྱུར། །དེ་ཕྱིར་འབད་པ་ཀུན་གྱིས་འདིར། །གཏམ་དེ་ཁོ་ན་བསྟད་པར་བྱ། །ཞེས་གསུངས་སོ། །

又云：「故一切煩惱，癡斷故皆斷。若見諸緣起，愚癡即不生，是故於此中，勵力宣此說。」

དེ་ལྟར་གསུངས་པའི་གཏི་མུག་ནི་དུག་གསུམ་གྱི་ཡ་གྱལ་གྱི་གཏི་མུག་ངོས་འཛིན་པའི་སྐབས་ཡིན་པས། ཉོན་མོངས་ཅན་གྱི་མ་རིག་པ་ཡིན་ཞིང་། མ་རིག་པ་དེ་ལྡོག་པ་ལ་སྟོང་པ་རྟེན་འབྱུང་གི་དོན་དུ་ཤར་བའི་རྟེན་འབྲེལ་ཟབ་མའི་དོན་རྟོགས་དགོས་པར་གསུངས་སོ། །

此所說癡，是三毒中之癡，故是染污無明。此說滅彼無明，必須通達「空即緣起」之甚深緣起義。

འགྲེལ་བ་མཛད་པས་ཀྱང་རྣལ་འབྱོར་པ་ཡིས་བདག་ནི་འགོག་པར་བྱེད། །ཅེས་བདག་འཛིན་གྱི་ཡུལ་སུན་ཕྱུང་བའི་ཚུལ་གྱིས་བདག་མེད་རྟོགས་དགོས་པར་གསུངས་སོ། །

釋論解「故瑜伽師當滅我」，謂由破除我執之境，通達無我。

དེའི་ཕྱིར་བདག་འཛིན་གྱི་ཡུལ་སུན་མ་ཕྱུང་བར་དེར་ཡུལ་ལ་ཡིད་ཕར་འགྲོ་བ་ཆུར་བསྡུས་པ་ཙམ་བྱས་ཀྱང་། དེས་ནི་བདག་མེད་ལ་ཞུགས་པར་འཇོག་མི་ནུས་པའི་ཕྱིར་རོ། །

故若未能破我執境，但於彼境攝心不使散亂，不可說爲通達無我。

དེའི་རྒྱུ་མཚན་ནི་ཡིད་ཡུལ་ལ་འཇུག་པ་ན་དམིགས་པ་དེ་བདེན་པར་འཛིན་པ་ཅིག་དང་། བདེན་མེད་དུ་འཛིན་པ་ཅིག་དང་། དེ་གཉིས་གང་གིས་ཀྱང་ཁྱད་པར་དུ་མ་བྱས་པར་འཛིན་པ་ཞིག་དང་གསུམ་ཡོད་པས། བདེན་མེད་དུ་མ་བཟུང་ཡང་བདེན་པར་འཛིན་མི་དགོས་པ་བཞིན་དུ། བདག་གཉིས་ལ་མ་ཞུགས་ཀྱང་བདག་མེད་གཉིས་ལ་ཞུགས་མི་དགོས་ཏེ། བློ་ཕྱུང་པོ་གསུམ་པ་ལ་གནས་པ་མཐའ་ཡས་པ་ཅིག་ཡོད་པའི་ཕྱིར་རོ། །

此謂心於境轉，總有三相：一執彼所緣爲實有，二執爲無實，三都無彼二差別相。如未執無實時，非即執爲實有。故未緣二我時，亦不定緣二無我。有無量心住彼第三類中。

བདག་ཏུ་འཛིན་པ་གཉིས་ཀྱང་རང་རྒྱུད་ཀྱི་སྟེང་དུ་ངོས་བཟུང་ནས། རང་གང་ལ་འཁྲུལ་བའི་གཞི་དེ་ཉིད་ཇི་ལྟར་བཟུང་བ་ལྟར་དུ་མེད་པར་གཏན་ལ་འབབ་དགོས་ཀྱི། དེ་ལྟ་མིན་པར་ཁ་ཕྱིར་ལྟའི་དགག་སྒྲུབ་ནི། ཀུན་མ་ནགས་ལ་སོང་བའི་རྗེས་སྣང་ལ་རྡུང་གཅོད་པ་དང་འདྲ་བས་གནད་དུ་མི་འགྲོའོ། །

是故要於自身認識二種我執，次於自所誤執之事，抉擇非如執有。若不爾者，唯於門外破立，全不得要領，如賊逃林中，於林外追尋也。

དེ་ལྟར་བདེན་འཛིན་ལེགས་པར་ངོས་ཟིན་ན། བདག་འཛིན་གཉིས་མིན་པའི་རྟོག་པ་དུ་མ་ཅིག་ཡོད་པ་ཤེས་པར་འགྱུར་བས། རྟོག་པས་གང་བཟུང་གི་ཡུལ་ཐམས་ཅད་དེ་ཁོ་ན་ཉིད་ལ་དཔྱོད་པའི་རིགས་པས་འགོག་པར་འདོད་པའི་ལོག་རྟོག་ཐམས་ཅད་ལྡོག་པར་འགྱུར་རོ། །

若能善知實執，則知有無量分別非二我執。彼妄執「凡分別心所取之境，皆是觀察真義正理之所破」等邪執，皆可斷除也。

འདི་དག་ལས་བརྩམས་པའི་བཤད་དགོས་པ་མང་དུ་ཡོད་ནའང་། འགའ་ཞིག་ནི་གཞན་མང་པོར་བཤད་ཟིན་ལ། འགའ་ཞིག་ནི་འོག་ཏུ་འཆད་པར་འགྱུར་བས་འདིར་མ་སྤྲོས་སོ། །༈ །།

此等之中著釋，雖須衆多，然而部分餘處已釋，部分下當宣說，故而此不繁述。①

གཉིས་པ་ལ་གཉིས། ཆོས་ཀྱི་བདག་མེད་རིགས་པས་བསྒྲུབ་པ་དང་། གང་ཟག་གི་བདག་མེད་རིགས་པས་བསྒྲུབ་པའོ། །

①此句諸漢譯本皆無，今據藏文補譯。

壬二、以理成立聖教真義分二：癸一、以理成立法無我，癸二、以理成立人無我。

དང་པོ་ལ་བཞི། མཐའ་བཞིའི་སྐྱེ་བ་བདེན་པ་གཉིས་ཀར་དགག་པ། དེ་ལྟར་བཀག་པ་ལ་རྩོད་པ་སྤང་བ། རྟེན་འབྱུང་གི་སྐྱེ་བ་ཉིད་ཀྱིས་མཐར་འཛིན་གྱི་ལོག་རྟོག་འགོག་ཚུལ། རིགས་པས་དཔྱད་པ་བྱས་པའི་འབྲས་བུ་དོན་གཟུང་བའོ། །

初又分四：子一、就二諦破四邊生，子二、釋妨難，子三、以緣起生破邊執分別，子四、明正理觀察之果。

དང་པོ་ལ་གསུམ། རང་བཞིན་གྱིས་སྐྱེ་བ་མེད་པའི་དམ་བཅའ་བཞག་པ། དེ་རིགས་པས་སྒྲུབ་པའི་སྒྲུབ་བྱེད་བསྟན་པ། མཐའ་བཞིའི་སྐྱེ་བ་བཀག་པས་གྲུབ་པའི་དོན་ནོ། །

初又分三：丑一、立無自性生之宗，丑二、成立彼宗之正理，丑三、破四邊生結成義。

དང་པོ་ནི། སྔར་བཤད་པའི་མཉམ་པ་ཉིད་བཅུའི་ནང་ནས་རང་བཞིན་གྱིས་སྐྱེ་བ་མེད་པར་མཉམ་པ་ཉིད་ཁོ་ན་རིགས་པས་བསྟན་པ་ཉིད་ཀྱིས། ཆོས་མཉམ་པ་ཉིད་གཞན་རྣམས་བསྟན་པ་སླ་བར་དགོངས་ཏེ།

今初，前說十種平等性中，此以正理成立自性無生平等性，則餘平等性亦易知之，

འཕགས་པས་དབུ་མའི་བསྟན་བཅོས་ཀྱི་དང་པོར། བདག་ལས་མ་ཡིན་གཞན་ལས་མིན། །གཉིས་ལས་མ་ཡིན་རྒྱུ་མེད་མིན། །དངོས་པོ་གང་དག་གང་ན་ཡང་། །སྐྱེ་བ་ནམ་ཡང་ཡོད་མ་ཡིན། །ཞེས་ཉེ་བར་བཀོད་དོ། །ནམ་ཡང་དང་གཞར་ཡང་ནི་རྣམ་གྲངས་སོ། །

故聖者於《中論》初云：「非自非從他，非共非無因，諸法隨於何，其生終非有。」「終」謂畢竟。

གང་ན་ཡང་ཞེས་པའི་སྒྲ། འགར་ཡང་གི་སྒྲའི་རྣམ་གྲངས་གང་དུ་མི་སྐྱེ་བའི་གཞི་སྟོན་པ་རྟེན་གྱི་ཚིག་གིས་ནི། ཡུལ་དང་དུས་དང་གྲུབ་པའི་མཐའ་བཤད་དོ། །

「隨於何」謂任於何，此所依聲，（於何）明無生之所依，謂時、處、宗派。

གཞི་དེ་གསུམ་དུ་གང་ཞིག་མི་སྐྱེ་བའི་གང་དག་གིས་སྒྲ་རྟེན་པའི་ཚིག་ནི། ཕྱི་ནང་གི་དངོས་པོ་བརྗོད་པའོ། །

於彼三事中何法不生？謂能依之內外諸法。

དེས་ན་བདག་ལས་ཞེས་སོགས་ཀྱི་གཞུང་གི་དོན་ནི། ཕྱི་ནང་གི་དངོས་པོ་རྣམས་ནི་ཡུལ་དུས་གྲུབ་པའི་མཐའ་

འགར་ཡང་བདག་ལས་སྐྱེ་བ་སྲིད་པ་མ་ཡིན་ནོ། །ཞེས་འདི་ལྟར་སྦྱར་ཏེ་བཤད་པར་བྱའོ། །དེ་བཞིན་དུ་དངོས་པོ་རྣམས་ནི་ནམ་ཡང་གཞན་ལས་དང་། གཉིས་ཀ་ལས་དང་རྒྱུ་མེད་ལས་སྐྱེ་བ་སྲིད་པ་མ་ཡིན་ནོ། །ཞེས་དམ་བཅའ་གཞན་གསུམ་ལ་ཡང་སྦྱར་རོ། །

由是「非自」等論義，應如是配釋：內外諸法，於任何時、處、宗派，自生決定非有。餘三宗亦應如是配釋。

ཚིག་གསལ་ལས། བདག་ལས་དངོས་པོ་གང་དག་ཅེས་བསྒྱུར་ཡང་འགྱུར་འདི་ལེགས་སོ། །

《顯句論》雖譯爲「從自諸法」，然以今譯爲善。

ཡུལ་གྱི་དབང་གིས་ཡུལ་འགའ་ཞིག་ཏུ་གུར་གུམ་མི་སྐྱེ་བ་དང་། དུས་ཀྱི་དབང་གིས་དུས་འགའ་ཞིག་གི་ཚེ་ལོ་ཏོག་མི་སྐྱེ་བ་ལྟ་བུ་ཡིན་ནམ་སྙམ་པ། ཡུལ་དུས་གང་ན་ཡང་ཞེས་པས་འགོག་པས་ནམ་ཡང་ཞེས་སྨོས་པ་དོན་མེད་པ་མིན་ནོ། །

或念不生，爲處所增上，如有處不生鬱金花；時間增上，如有時不生五穀耶？今云隨於何時、何處，即破彼執，故論置「終」字，非全無義。

དབུ་མ་པའི་གྲུབ་མཐའི་དབང་གིས་མི་སྐྱེ་ཡང་། །དངོས་པོར་སྨྲ་བའི་གྲུབ་མཐའི་དབང་གིས་སྐྱེའོ་སྙམ་པ། གྲུབ་མཐའ་གང་ན་ཡང་ཞེས་པས་འགོག་པས། དངོས་པོར་སྨྲ་བའི་ལུགས་ལ་མི་སྐྱེ་ཞེས་སྟོན་པ་མིན་ནོ། །

或念依中觀宗增上雖是無生，依實事宗增上應是有生。今云隨於何宗，即破彼執，非但於實事宗無生也。

རང་འགྲེལ་ལས་འདིར་མ་ཡིན་ཞེས་བྱ་བ་འདི་ཡོད་པ་ཉིད་ཀྱི་སྒྲུབ་བྱེད་རང་ལས་སྐྱེ་བ་དང་འབྲེལ་གྱི། ཡོད་པ་དང་ནི་མ་ཡིན་ཏེ། དེ་དགག་པ་དོན་གྱིས་འགྲུབ་པའི་ཕྱིར་རོ། །ཞེས་གསུངས་པའི་དོན་ནི་ཀྲང་པ་ཕྱི་མ་གཉིས་ཀྱིས་དམ་བཅའ་དང་། སྔ་མ་གཉིས་ཀྱིས་རྟགས་བསྟན་པར་འཆད་པ་ལྟར་སོ་སོར་མི་གཅོད་པར། བདག་ལས་སྐྱེ་བ་ཡོད་པ་མ་ཡིན། ཞེས་སྦྱོལ་བར་བྱ་ཞེས་པ་སྟེ་གཞན་གསུམ་ལའང་དེ་ལྟར་སྦྱོལ་ལོ། །

釋論云：「此中非字，與有之能立自生相連，非與有相連，破有義亦成立故。」此謂論義不可如彼，以後二句爲宗，前二句爲因者所釋，當釋爲「從自生終非有」。餘三宗亦爾。

རང་བཞིན་གྱིས་སྐྱེ་བ་ཡོད་ན་དེའི་སྒྲུབ་བྱེད་དུ་མཐའ་བཞིའི་སྐྱེ་བ་གང་རུང་ཁས་བླང་དགོས་པས་ཡོད་པའི་སྒྲུབ་བྱེད་ཅེས་སྨོས་སོ། །

若有自性生，則必須許成立彼之四生隨一，故云有之能立。

མཐའ་བཞིའི་སྐྱེ་བ་ཁེགས་ན་རང་བཞིན་གྱིས་སྐྱེ་བ་དགག་པ་ཡང་ཤུགས་ཀྱིས་འགྲུབ་པས། དེ་ལྟར་སྦྱར་བ་

ལ་རང་བཞིན་གྱིས་སྐྱེ་མེད་མི་འགྲུབ་པའི་སྐྱོན་མེད་པ་ནི་ཚིག་ཐ་མའི་དོན་ནོ། །

末句（破有義亦成立故）之義，謂若能破四邊生，則亦成立破自性生。故彼量式，無不成立無自性生之過。

དེས་ན་དབུ་མ་སྣང་བར་བཤད་པ་ལྟར་མཐའ་བཞིའི་སྐྱེ་བ་བཀག་པ་རྟགས་སུ་བྱས་ནས། རང་བཞིན་གྱིས་སྐྱེ་མེད་སྒྲུབ་པ་མི་རུང་ཞེས་པ་མིན་གྱི། ཟེར་ལྟར་སོ་སོར་གཅོད་པ་གཞུང་དེའི་དོན་མིན་ཞེས་པའོ། །

故不可如《中觀明論》所說，以破四邊生爲因，成立無自性生。

དངོས་པོ་རྣམས་ཡུལ་དུས་གྲུབ་པའི་མཐའ་འགར་ཡང་གཞན་ལས་སྐྱེ་བ་སྲིད་པ་མ་ཡིན། ཞེས་སྦྱར་བ་དང་།

又「諸法隨於何時處宗派，從他生決定非有，」

ཚིག་གསལ་ལས་ཀྱང་། རྐྱེན་ཉིད་འདི་པ་ཙམ་གྱིས་ཀུན་རྫོབ་གྲུབ་པར་ཁས་ལེན་གྱི། ཕྱོགས་བཞི་ཁས་བླངས་པའི་སྒོ་ནས་ནི་མ་ཡིན་ཏེ། དངོས་པོ་རང་བཞིན་དང་བཅས་པར་སྨྲ་བར་ཐལ་བར་འགྱུར་བའི་ཕྱིར་དང་། ཞེས་གསུངས་པས་གཞན་སྐྱེ་ནི་གསུང་རབ་ཀྱི་ཐ་སྙད་མིན་གྱི་གྲུབ་མཐའ་སྨྲ་བའི་ཐ་སྙད་ཡིན་ལ། དེ་ཡང་རང་གི་མཚན་ཉིད་ཀྱིས་གྲུབ་པའི་གཞན་ལ་བསམས་ནས་བྱས་པས། དེ་ཁས་བླངས་ན་རང་བཞིན་དང་བཅས་པར་སྨྲ་བར་འགྱུར་བའི་ཕྱིར་ལུགས་འདི་ལ་ནི་གཞན་སྐྱེ་ཐ་སྙད་དུ་ཡང་མེད་དོ། །

《顯句論》云：「唯由此因緣許世俗有，非許由四邊有，應說諸法有自性故。」故他生二字，非聖教之名言，乃餘宗之名言，意指有自相之他。若許彼者，即應許有自性，故此宗於名言亦不許有他生。

རྒྱུ་འབྲས་གཉིས་ངོ་བོ་ཐ་དད་པར་ཐ་སྙད་དུ་འདོད་མོད་ཀྱང་དེ་ཙམ་གཞན་སྐྱེའི་དོན་མིན་ཏེ། ཐ་སྙད་དུ་ཆོས་རེ་རེས་ཀྱང་ངོ་བོ་གཉིས་གཉིས་འཛིན་པར་གསུངས་པ་ལྟར་ངོ་བོ་གྲུབ་པ་ཡོད་ཀྱང་། རང་བཞིན་གྱིས་སྐྱེ་བའི་ངོ་བོར་མི་འདོད་པ་བཞིན་ནོ། །

雖名言中許因果異體，然彼非是他生之義。如名言中說一一法各有二體，然不許彼體即自性生之體①故②。

ཚིག་གསལ་ལས་དངོས་པོ་བདག་ལས་སྐྱེ་བ་མེད་པའི་དམ་བཅའ་མེད་དགག་ཏུ་བཤད་པ་ནི། དམ་བཅའ་གཞན་གསུམ་ལ་ཡང་འདྲ་བས། རང་བཞིན་མེད་པར་གཏན་ལ་འབེབས་པའི་སྐབས་སུ་བསྒྲུབ་བྱ་ནི་དགག་བྱ་བཅད་ཙམ་གྱི་མེད་པར་དགག་པ་ཡིན་ཏེ།

① 「體」，民族本作「生」。
② 「故」，廣化本作「性」。

《顯句論》說：「諸法無自生之宗是無遮」，餘三宗亦爾。故抉擇無自性時之所立，即唯遮所破之無遮。

ཚིག་གསལ་ལས། འདིག་རྟེན་དེ་ན་དེ་སྙེད་སྲ་ཡོད་པ། །ཐམས་ཅད་དངོས་མེད་ཅི་ཡང་མེད་པ་ཞེས། །བྱ་བ་ལ་སོགས་པ་འབྱུང་བས་ན། མེད་པར་དགག་པ་བརྗོད་པར་འདོད་པའི་ཕྱིར། དངོས་པོ་མེད་པའི་དོན་ནི་རང་བཞིན་མེད་པའི་དོན་ཡིན་ནོ། །ཞེས་གསུངས་པ་ལྟར་རོ། །

如《顯句論》云：「世間所有言，無事無所有。此等爲顯無遮故，無事即無自性義。」

རང་འགྲེལ་ལས་དམ་བཅའ་བ་བཞི་པོ་དེ་རྗེས་སུ་བརྗོད་ནས་རིགས་པས་བསྒྲུབ་པའི་ཕྱིར་བཤད་པ། ཞེས་གསུངས་ཤིང་། འོག་ནས་མཐའ་བཞིའི་སྐྱེ་བ་བཀག་པ་རྟགས་སུ་བྱས་ནས། དངོས་པོ་རྣམས་རང་བཞིན་གྱིས་སྐྱེ་བ་དང་བྲལ་བར་གསུངས་པ་དང་།

釋論亦云：「已說四宗，爲以正理成立故。」下文亦以破四邊生爲因，說諸法離自性生。

ཚིག་གསལ་ལས་ཀྱང་མཐའ་བཞིའི་སྐྱེ་བ་བཀག་པའི་མཐར། དེའི་ཕྱིར་སྐྱེ་བ་ཡོད་པ་མ་ཡིན་ནོ་ཞེས་བྱ་བ་འདི་བསྒྲུབ་པ་ཡིན་ལ། ཞེས་གསུངས་པས་དངོས་པོ་རྣམས་རང་བཞིན་གྱིས་སྐྱེ་བ་མེད་པ་སྒྲུབ་པར་མི་འདོད་པ་མིན་ནོ། །

《顯句論》破四邊生之後云：「故生非有，是所成立。」故非不許成立諸法無自性生。

ཚིག་གསལ་ལས། རྗེས་སུ་དཔག་པ་དག་ནི་གཞན་གྱི་དམ་བཅའ་བ་འགོག་པ་ཙམ་གྱི་འབྲས་བུ་ཅན་ཡིན་པའི་ཕྱིར་རོ། །ཞེས་གསུངས་པ་ནི་སྦྱོར་བ་རྣམས་ཀྱིས་ཕ་རོལ་པོས་རང་བཞིན་གྱིས་ཡོད་པར་དམ་བཅས་པ་འགོག་པ་ཙམ་དུ་ཟད་ཀྱི། །དེ་ལས་གཞན་མི་སྒྲུབ་པའི་དོན་ཡིན་གྱི་བཀག་པ་ཙམ་སྒྲུབ་པ་འགོག་པ་མིན་ནོ། །

《顯句論》云：「諸比量，唯以破他宗爲果。」此說諸比量式，唯破他人自性有之宗，不更成立別法，然非遮成立彼破。

དེ་བཞིན་དུ། ཁོ་བོ་ཅག་འདི་མེད་པ་དང་ཡོད་པར་མི་སྒྲུབ་ཀྱི། གཞན་གྱིས་ཡོད་པར་བཏགས་པ་དང་མེད་པར་བཏགས་པ་འགོག་སྟེ། མཐའ་གཉིས་བསལ་ནས་དབུ་མའི་ལམ་སྒྲུབ་པར་འདོད་པའི་ཕྱིར་རོ། །ཞེས་གསུངས་པ་ཡང་ཕ་རོལ་པོས་ཁས་བླངས་པའི་ཡོད་མཐའ་དང་། མེད་མཐའ་གཉིས་རྣམ་པར་གཅོད་པ་ཙམ་ཡིན་གྱི། དེ་མ་གཏོགས་པ་གཞན་མི་སྒྲུབ་ཅེས་པའི་དོན་ནོ། །

故彼又云：「吾等非成立有無，唯破他人增益之有無，破除二邊成立中

道。」此說唯破他人所計之有邊無邊，此外不成立餘法，

མཐའ་གཉིས་བཀག་པ་ཙམ་མ་བསྒྲུབས་པ་ཡང་མ་ཡིན་ཏེ། མཐའ་གཉིས་བསལ་ནས་དབུ་མའི་ལམ་སྒྲུབ་པར་གསུངས་པས་སོ། །

然非不成立破除二邊，以說破除二邊成立中道故。

རང་བཞིན་གྱིས་གྲུབ་པ་མེད་པ་ཡང་མིན་ན་ནི་ཕུང་གསུམ་མེད་པས་རང་བཞིན་གྱིས་ཡོད་པ་ཡིན་ཏེ། རྩོད་ཟློག་ལས། གལ་ཏེ་རང་བཞིན་མེད་ཉིད་ཀྱིས། །ཅི་སྟེ་རང་བཞིན་མེད་ལ་བཟློག །རང་བཞིན་མེད་པ་ཉིད་ལོག་ན། །རང་བཞིན་ཉིད་དུ་རབ་གྲུབ་འགྱུར། །ཞེས་གསལ་བར་གསུངས་པའི་ཕྱིར་རོ། །

若謂亦非無自性者，則應成有自性，離此更無第三品故。如《迴諍論》云：「若即無自性，遮於無自性，由遣無自性，即成有自性。」

དེ་འདྲ་བའི་བསྒྲུབ་བྱ་དང་སྒྲུབ་བྱེད་ཁས་ལེན་ཀྱང་རང་རྒྱུད་པར་མི་འགྱུར་བའི་རྒྱུ་མཚན་ནི། རྒྱས་པར་གཞན་དུ་ཡང་ཡང་བཤད་ཟིན་པས་མ་སྤྲོས་སོ། །

雖許有如是能立所立，然非自續派，如餘處已廣宣說。

འོ་ན་དགག་པ་གཉིས་ཀྱི་མཚན་ཉིད་ཇི་ལྟ་བུ་ཞེ་ན། སྤྱིར་དགག་པ་ནི་བློས་དགག་བྱ་དངོས་སུ་བཅད་ནས་རྟོགས་པར་བྱ་བ་ཡིན་པས། །རང་མ་ཡིན་བཅད་པ་ལྟ་བུ་དངོས་པོ་ལ་དགག་བྱ་བཅད་པ་ཙམ་དགག་པ་མིན་ལ། ཆོས་ཉིད་དང་དོན་དམ་བདེན་པ་ལྟ་བུ་སྒྲས་དགག་བྱ་དངོས་སུ་མ་བཅད་ཀྱང་དེའི་དོན་བློ་ལ་འཆར་བ་ན། སྤྲོས་པ་བཅད་པའི་རྣམ་པ་ཅན་དུ་འཆར་བ་རྣམས་དགག་པ་ཡིན་ནོ། །

二種遮遣之相云何？凡言遮者，謂由內心正遣所遮而得通達。若僅於有事法遮非自，如云非自體，此猶非是遮。又如法性及勝義之名，雖未正遣所遮，然心中現起彼義時，必現起遮遣戲論之相，此乃是遮。

དེ་ལ་གཉིས་ལས་མེད་དགག་ནི་བློས་དགག་བྱ་དངོས་སུ་བཅད་ནས་ཆོས་གཞན་མི་འཕེན་པའམ་མི་སྒྲུབ་པ་ཡིན་ཏེ། དཔེར་ན་བྲམ་ཟེས་ཆང་འཐུང་དུ་རུང་མི་རུང་དྲིས་པ་ན། ཆང་མི་བཏུང་ངོ་ཞེས་པ་ནི་ཆང་འཐུང་པ་རྣམ་པར་བཅད་པ་ཙམ་ཞིག་ཡིན་གྱི། །དེ་ལས་གཞན་པའི་བཏུང་བ་བཏུང་ངོ་ཞེའམ་མི་བཏུང་ངོ་ཞེས་མི་སྒྲུབ་པ་བཞིན་ནོ། །

遮有二種，一曰無遮，謂心遣所遮法已，不更牽引或更成立餘法。如問云：婆羅門可飲酒否？曰：不可。此語僅遮飲酒，不更成立可飲餘物。

མ་ཡིན་དགག་ནི་བློས་དགག་བྱ་བཅད་ནས་ཆོས་གཞན་འཕེན་པའམ་སྒྲུབ་པ་ཡིན་ཏེ། དཔེར་ན་སྐྱེས་བུ་གཅིག་དམངས་རིགས་སུ་སྙོན་འདོད་པ་ན་འདི་བྲམ་ཟེ་མ་ཡིན་ཞེས་པ་ནི། བྲམ་ཟེ་བཀག་པ་ཙམ་མིན་གྱི་བྲམ་ཟེ་

ལས་གཞན་པ། དེ་ལས་ཕྲོས་པ་ལ་སོགས་པས་དམན་པའི་དམངས་རིགས་ཡིན་པར་སྒྲུབ་པ་ལྟ་བུའོ། །

二曰非遮，謂心遣所遮法已，更牽引或成立餘法。如欲明某人是首陀羅①種姓，曰此非婆羅門。此語非但遮婆羅門，亦成立離婆羅門外之首陀種人。

ཆོས་གཞན་འཕེན་པ་ལ་དངོས་དང་ཤུགས་དང་སྐབས་ཀྱིས་འཕངས་པ་གསུམ་སྟེ།

於引餘法中，又分勢引、直引、時引三種。

དང་པོ་ནི། བདག་མེད་པ་ཡོད་ཅེས་པ་ལྟ་བུ་སྟེ་དགག་བྱ་གཅོད་པ་དང་། ཆོས་གཞན་འཕེན་པ་གཉིས་ཀ་ཚིག་གཅིག་གིས་སྒྲུབ་པའོ། །

初、如云：有無我。此語能遣所遮及直引餘法。二、如云：胖祠授晝日不食。此語義引餘法。②

གཉིས་པ་ནི། མཆོད་སྦྱིན་ཚོན་པོ་ཉིན་པར་མི་ཟ་བ་ཞེས་པ་ལྟ་བུ་སྟེ་དོན་གྱིས་བསྟན་པའོ། །དེ་གཉིས་ནི་དངོས་ཤུགས་ལ་འཕངས་པ་རེ་རེ་བ་ཡིན་ལ། གཉིས་ཀ་ལྡན་པ་ནི་མཆོད་སྦྱིན་ཚོན་པོ་ཉིན་པར་མི་ཟ་བ་རིད་པ་མིན་པ་ཡོད་ཅེས་པ་ལྟ་བུའོ། །

上二是別引，亦有一語俱引者，如云：胖祠授晝日不食而不瘦。

གསུམ་པ་ནི། སྐྱེས་བུ་ཞིག་རྒྱལ་རིགས་དང་བྲམ་ཟེ་གང་རུང་གཅིག་ཏུ་ངེས་ཤིང་ཁྱད་པར་མ་ངེས་པའི་སྐབས་སུ། འདི་བྲམ་ཟེ་མ་ཡིན་ཞེས་པ་ལྟ་བུ་རང་གི་ཚིག་གིས་མི་སྟོན་པ་སྟེ།

三、如已知某人非刹帝力種即婆羅門種，然未決定究爲何種。若於爾時云：此非婆羅門。此語雖未明說而意已顯。

ཤེས་རབ་སྒྲོན་མའི་འགྲེལ་བཤད་དུ་དྲངས་པ་ལས། དགག་པ་དོན་གྱིས་བསྟན་པ་དང་། །ཚིག་གཅིག་སྒྲུབ་པར་བྱེད་པ་དང་། །དེ་ལྡན་རང་ཚིག་མི་སྟོན་པ། །མ་ཡིན་གཞན་པ་གཞན་ཡིན་ནོ། །ཞེས་སོ། །

《般若燈論大疏》引頌云：「其遮由義顯，一言而成立，彼俱不自顯，非遮餘是餘。」

ཁ་ཅིག་གཞི་སྒྲུབ་པ་དང་ཚོགས་ན་མེད་དགག་མིན་པར་སྨྲ་བ་མི་འཐད་དེ། བྲམ་ཟེ་སྒྲུབ་པ་ཡིན་པས་བྲམ་ཟེས་ཆང་མི་འཐུང་བ་དགག་བྱ་བཅད་ཙམ་ཡིན་པ་མི་འགོག་པའི་ཕྱིར་ཏེ། དཔེར་ན་སྒྲ་མངོན་གྱུར་ཡིན་པས་སྒྲ་མི་རྟག་པ་ལྐོག་གྱུར་ཡིན་པ་མི་འགོག་པ་བཞིན་ནོ། །

入中論善顯密意疏

①「首陀羅」，民族本作「首陀」。
②原本此二句上下顛倒：「初如云：胖祠授晝日不食。此語義引餘法。二如云：有無我。此語能遣所遮及直引餘法。」

有說：若與所立事合，即非無遮，此不應理。如婆羅門雖是所立事，然說婆羅門不應飲酒，仍不礙其爲無遮。如聲是現見境，而聲無常不妨其爲不現見境也。

གཞན་དག་གཞི་དང་ཚོགས་ན་ཆོས་གཞན་འཕངས་སོ་ཞེས་པ་ཡང་མི་འཐད་དེ། བྲམ་ཟེ་ལྷ་བུ་ནི་ཆོས་གཞན་འཕེན་མི་འཕེན་རྟོག་པའི་གཞི་ཡིན་གྱི། འཕངས་པའི་ཆོས་གཞན་མིན་པའི་ཕྱིར་རོ། །

有說：若與所依合即牽引餘法。此亦不應理，如婆羅門是觀察引不引餘法之所依，非彼即所引之餘法也。

དེ་ལྟར་འཕགས་པའི་དམ་བཅའ་བཞི་འདིར་བཀོད་པ་ནི།

如是聖者四宗本論成立。頌曰：

དེ་ཉིད་དེ་ལས་འབྱུང་མིན་གཞན་དག་ལས་ལྟ་ག་ལ་ཞིག །གཉི་ག་ལས་ཀྱང་མ་ཡིན་རྒྱུ་མེད་པར་ནི་ག་ལ་ཡོད། །

彼非彼生豈從他，亦非共生寧無因。

འབྲས་བུ་དེ་ཉིད་དེའི་ངོ་བོ་ཉིད་ལས་འབྱུང་བ་མིན་པ་དང་། རང་གི་མཚན་ཉིད་ཀྱིས་གྲུབ་པའི་རྒྱུ་གཞན་དག་ལས་ལྟ་འབྱུང་བ་ག་ལ་ཞིག་སྟེ་དེ་མེད་པ་དང་། རང་གཞན་གཉིས་ཀ་ལས་ཀྱང་འབྱུང་བ་མ་ཡིན་པ་དང་། རྒྱུ་མེད་པར་ནི་འབྱུང་བ་ག་ལ་ཡོད་དེ་མེད་དོ། །

此謂彼果法非從彼自性而生，豈從有自相之他因而生，亦非從自他共生。寧復有無因而生者。

དངོས་པོ་རང་བཞིན་གྱིས་གྲུབ་པ་ཡོད་ན་མཐའ་བཞིའི་སྐྱེ་བ་གང་རུང་གིས་ཁྱབ་སྟེ། རང་བཞིན་གྱིས་སྐྱེ་བ་ལ་རྒྱུ་ཡོད་མེད་གཉིས་སུ་ཁ་ཚོན་ཆོད་ཅིང་། རྒྱུ་ཡོད་པ་ལ་རང་གཞན་རེ་རེ་བ་དང་གཉིས་ཀ་ཚོགས་པ་ལས་སྐྱེ་བ་གསུམ་དུ་ཁ་ཚོན་ཆོད་པས་དམ་བཅའ་བཞིས་ཆོག་གོ །

若有自性之事，則定從四邊隨一而生。以自性生中定屬有因無因二類。其有因中，又定屬或從自他各別因生，或從共因生之三類。故四宗足矣。

གཉིས་པ་ལ་བཞི། བདག་སྐྱེ་དགག་པ། གཞན་སྐྱེ་དགག་པ། གཉིས་ཀ་ལས་སྐྱེ་བ་དགག་པ། རྒྱུ་མེད་པར་སྐྱེ་བ་དགག་པའོ། །

丑二、成立彼宗之正理分四：寅一、破自生，寅二、破他生，寅三、破共生，寅四、破無因生。

དང་པོ་ལ་གཉིས། འགྲེལ་བ་མཛད་པའི་རིགས་པས་དགག་པ། རྩ་བ་ཤེས་རབ་ཀྱི་རིགས་པས་དགག་པའོ། །

初又分二：卯一、以釋論之理破，卯二、以中論之理破。

དང་པོ་ལ་གསུམ། དེ་ཁོ་ན་ཉིད་རྟོགས་པར་འདོད་པའི་གྲུབ་མཐའ་མཁན་གྱི་ལུགས་དགག་པ། གྲུབ་མཐས་བློ་མ་བསྒྱུར་བའི་ཐ་སྙད་དུ་ཡང་མེད་པར་བསྟན་པ། དེ་ལྟར་བཀག་པ་རྣམས་ཀྱི་དོན་བསྡུ་བའོ། །

初又分三：辰一、破自許通達真實之邪宗，辰二、明未學宗派者之名言中亦無，辰三、結如是破義。

དང་པོ་ལ་གཉིས། རང་དང་ངོ་བོ་གཅིག་པའི་རྒྱུ་ལས་སྐྱེ་བ་དགག་པ། རྒྱུ་དང་འབྲས་བུ་གཉིས་ངོ་བོ་གཅིག་པ་དགག་པའོ། །

初又分二：巳一、破從同體之因生，巳二、破因果同一體性。

དང་པོ་ལ་གསུམ། ངོ་བོ་གཅིག་པའི་རྒྱུ་ལས་སྐྱེ་ན་དོན་མེད་དུ་ཐལ་བ་དང༌། ངོ་བོ་གཅིག་པ་ལས་སྐྱེ་ན་རིགས་པ་དང་འགལ་བ་དང༌། དེ་དག་གི་ཉེས་སྤོང་གི་ལན་དགག་པའོ། །

初又分三：午一、從同體因生成無用，午二、從同體因生違正理，午三、破彼救難。

དང་པོ་ནི། དངོས་པོ་རྣམས་བདག་ལས་མི་སྐྱེ་བ་འདི་རྒྱུ་མཚན་གང་ལས་ངེས་ཤེ་ན།

今初，諸法不從自生，由何理而知？頌曰：

དེ་ཉིད་དེ་ལས་འབྱུང་ན་ཡོན་ཏན་འགའ་ཡང་ཡོད་མ་ཡིན། །

彼從彼生無少德。

སྐྱེ་བཞིན་པ་སྐྱེ་བའི་བྱ་བའི་བྱེད་པ་པོ་མྱུ་གུ་དེ་ནི། དེའི་རང་གི་ངོ་བོ་ལས་བྱུང་ན་དེ་ལྟར་འབྱུང་བ་ལ་འབྱུང་དགོས་པའི་ཡོན་ཏན་ལྷག་པོ་འགའ་ཡང་ཡོད་པ་མ་ཡིན་ཏེ། མྱུ་གུའི་རང་གི་ངོ་བོ་ཡོད་པ་ཉིད་སྔར་རྒྱུའི་དུས་ནས་ཐོབ་ཟིན་པའི་ཕྱིར་རོ། །

彼有生作用之芽，若從彼芽自體而生者，彼生毫無必須出生之增上功德，以芽之自體於前因位已成就故。

འདི་ལ་གྲངས་ཅན་པ་རྣམས་རྒྱུ་རྐྱེན་ཕན་ཚུན་སོ་སོ་ཐ་དད་པ་རྣམས་ལ་འབྲས་བུ་ཐུན་མོང་བ་གཅིག་ནི་ཡོད་ལ། དེ་ཡང་རྒྱུ་རྐྱེན་རྣམས་ལ་རང་བཞིན་གཅིག་པའི་གཙོ་བོ་གཅིག་རྗེས་སུ་འགྲོ་བ་མེད་ན་མི་རུང་བས། རྒྱུ་ནས་ཀྱི་རང་བཞིན་གང་ཡིན་པ་ཡང་། རྐྱེན་ཆུ་ལུད་སོགས་ཀྱི་རང་བཞིན་ཡིན་ལ། དེ་བཞིན་དུ་མྱུ་གུའི་རང་བཞིན་དང་དེའི་རྒྱུ་རྐྱེན་གྱི་རང་བཞིན་རྣམས་ཕར་ཡིན་ཚུར་ཡིན་དུ་འདོད་དེ། རྣམ་འགྱུར་ཐམས་ཅད་ཀྱི་རང་བཞིན་རྣམས་དེ་ལྟར་དུ་འདོད་དོ། །

數論外道見有互異諸因共生一果，故說因中若無一同一體性之自性隨轉，則不應理。故說大麥親因之體性，即是水糞等眾緣之體性。如是芽之體性與因緣之體性，亦同體相即。一切果法之體性皆爾。

དེའི་ཕྱིར་ས་མྱུག་ཕན་ཚུན་ཐ་དད་པ་ཁོ་ནར་འདོད་པས་མྱུ་གུ་མྱུ་གུ་ལས་སྐྱེ་བར་མི་འདོད་ཀྱང་། མྱུ་གུ་ནི་ས་བོན་དང་དེའི་རང་བཞིན་ལས་སྐྱེ་བར་སྨྲ་བ་ན། རང་བཞིན་གཉིས་གཅིག་ཡིན་པས་རང་གི་རང་བཞིན་ལས་ཀྱང་སྐྱེ་བ་དང་མྱུ་གུ་མི་གསལ་བ་རྒྱུ་དུས་ན་ཡོད་པ་སྐྱེ་བ་ནི་བདག་སྐྱེའི་འདོད་ཚུལ་ལོ། །

彼雖許種芽互異，不許芽從芽生，然說芽從種子及彼體性生時，以彼二法體性是一，理亦應許從自體生，即是從因位已有明顯之芽生。此即彼計自生之理。

གྲངས་ཅན་གྱི་ཁྱད་པར་འགའ་ཞིག་ནི་སྐྱེ་བར་མི་སྨྲ་བར་རྒྱུ་ལས་སྔར་མི་གསལ་བ་ཕྱིས་གསལ་བར་འདོད་མོད་ཀྱང་དོན་འདྲའོ། །

數論別派不說爲生，但說因中不明顯者後乃明顯，然義仍相同。

འདིས་སྤྱི་གསལ་ངོ་བོ་གཅིག་ཏུ་འདོད་པ་ཡང་དེ་ལྟར་ཡིན་གྱི། སངས་རྒྱས་པས་དངོས་པོ་དང་བུམ་པ་ངོ་བོ་གཅིག་ཏུ་འདོད་པ་དང་གཏན་མི་འདྲའོ། །

彼宗許總別同體義亦如是，與佛弟子說瓶與有爲同體之理極不相同。

དེ་ལྟར་མྱུ་གུའི་ངོ་བོའམ་རང་བཞིན་གང་ཡིན་ཐམས་ཅད་ས་བོན་གྱི་དུས་སུ་ཡོད་ན། མྱུ་གུའི་ངོ་བོ་ལས་དོན་གཞན་པའི་མྱུ་གུ་གསལ་བ་ཉིད་ཀྱང་མི་སྲིད་པས་རྒྱུ་དུས་ནས་མྱུ་གུའི་རང་བཞིན་ནམ་ངོ་བོར་མ་ཟད། མྱུ་གུ་ཉིད་ཀྱང་ཡོད་དགོས་པས། དེའི་ཚེ་དེ་གྲུབ་པའི་འོག་ཏུ་སླར་ཡང་སྐྱེ་བ་ལ་དོན་གནད་མེད་དོ། །

如是若芽之體性已於種子位具有者，離芽之體性外，非別有明顯之芽。則應因位非僅有芽之體性，應已有芽。若芽已有而更重生者，實屬無用也。

གཉིས་པ་ནི།

午二、從同體因生違正理

སྐྱེས་པར་གྱུར་པ་སླར་ཡང་སྐྱེ་བར་རིགས་པའང་མ་ཡིན་ཉིད། །སྐྱེས་ཟིན་སླར་ཡང་སྐྱེ་བར་ཡོངས་སུ་རྟོག་པར་འགྱུར་ན་ནི། །མྱུ་གུ་ལ་སོགས་རྣམས་ཀྱི་སྐྱེ་བ་འདིར་རྙེད་མི་འགྱུར་ཞིང་། །ས་བོན་སྲིད་མཐར་ཐུག་པར་རབ་ཏུ་སྐྱེ་བ་ཉིད་དུ་འགྱུར། །

生已①復生亦非理。若計生已復生者，

此應不得生芽等，盡生死際唯種生。

སྐྱེས་ཟིན་པར་གྱུར་པ་སླར་ཡང་སྟེ་སྐྱེས་ཟིན་པའི་འོག་ཏུ་བསྐྱར་ནས། སྐྱེ་བར་རིགས་པ་མ་ཡིན་པ་ཉིད་དོ། །འང་གི་སྒྲས་ནི་རང་གི་རང་བཞིན་ལས་སྐྱེ་ན་དོན་མེད་དུ་འགྱུར་བར་མ་ཟད་པའོ། །གལ་ཏེ་གསལ་བའི་ཕྱོགས་འཛིན་ནའང་འབྲས་བུ་གསལ་བ་རྒྱུ་དུས་ནས་ཡོད་ན་ནི་ཁས་བླངས་དང་འགལ་ལ་མེད་ན་ནི་འབྲས་བུའི་གསལ་བ་དང་དེའི་རང་བཞིན་གཉིས་གཅིག་ཐ་དད་དཔྱད་ལ་དགག་གོ།

已生而復重生者，非是正理。「亦」顯非但計從自體性生者爲無用，即計果顯者，顯果既於因位中有，亦自宗相違。若謂因中無者，應觀果顯與果之體性爲一爲異而破之。

བདག་སྐྱེ་རིགས་པ་དང་འགལ་ཞེས་པ་དམ་བཅའ་ཙམ་དུ་ཟད་པས་དེ་འགོག་པའི་རིགས་པ་སྟོན་པ་ནི། སྐྱེས་ཟིན་པའི་ས་བོན་སླར་ཡང་བསྐྱར་ནས་སྐྱེ་བར་ཡོངས་སུ་རྟོག་པར་འགྱུར་བ་སྟེ་འདོད་ན་ནི། རྒྱུ་མཚན་གང་གིས་ས་བོན་བསྐྱར་ནས་སྐྱེ་བ་བཀག་ནས། མྱུ་གུ་སྐྱེ་བར་འདོད་པ་སླར་ཡང་ས་བོན་དེ་སྐྱེ་བ་ལ་གེགས་ཅི་ཞིག་ཡོད་དེ་མེད་པས། མྱུ་གུ་དང་ལ་སོགས་པས་སྡོང་བུ་དང་སྦུབས་འཆའ་བ་སོགས་ཀྱི་སྐྱེ་བ་འཇིག་རྟེན་འདིར་གཏན་རྙེད་པར་མི་འགྱུར་རོ། །

其破彼之理，謂若計種子生已復更生者，復以何理能遮種子復生而許生芽。復生種子有何障礙，既無障礙，則芽苗莖等於此世間應皆不得生。

སྐྱོན་གཞན་ཡང་ས་བོན་དེ་ཉིད་བར་མ་ཆད་པར་སྲིད་པའི་མཐར་ཐུག་པར་རབ་ཏུ་སྐྱེ་བ་ཉིད་དུ་འགྱུར་ཏེ། སྐྱེས་ཟིན་པ་དེ་ཉིད་སླར་ཡང་སྐྱེ་དགོས་པའི་ཕྱིར་རོ། །

復有餘過，應彼種子盡生死際無間而生，以已生者復生故。

---

①「生已」，頌作「生亦」。

དེ་ནི་འབྲས་བུའི་རིགས་འདྲ་རྣམས་མི་སྐྱེ་བ་དང་། རྒྱུའི་རིགས་འདྲ་རྣམས་བར་མ་ཆད་དུ་སྐྱེ་བའི་སྐྱོན་གཉིས་བསྟན་ནས་རིགས་པ་དང་འགལ་བ་བརྗོད་པའོ།།

此舉應不生同類果，應唯無間生同類因之二過，斥其違正理也。

གསུམ་པ་ནི།

午三、破彼救難

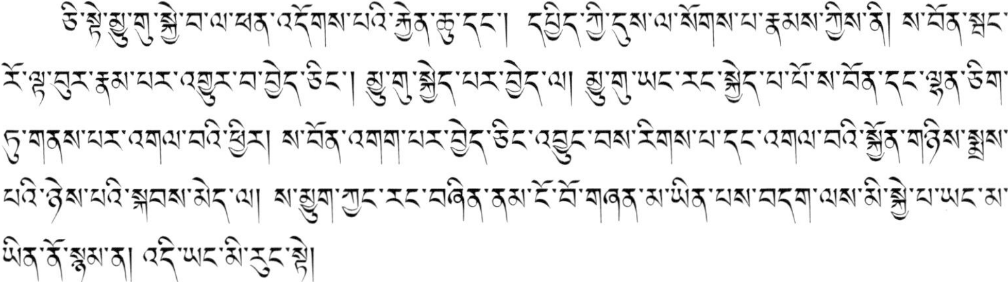
ཅི་སྟེ་མྱུ་གུ་སྐྱེ་བ་ལ་ཕན་འདོགས་པའི་རྐྱེན་ཆུ་དང་། དཔྱིད་ཀྱི་དུས་ལ་སོགས་པ་རྣམས་ཀྱིས་ནི། ས་བོན་སྔར་རོ་ལྟ་བུར་རྣམ་པར་འགྱུར་བ་བྱེད་ཅིང་། མྱུ་གུ་སྐྱེད་པར་བྱེད་ལ། མྱུ་གུ་ཡང་རང་སྐྱེད་པ་པོ་ས་བོན་དང་ལྷན་ཅིག་ཏུ་གནས་པར་འགལ་བའི་ཕྱིར། ས་བོན་འགག་པར་བྱེད་ཅིང་འབྱུང་བས་རིགས་པ་དང་འགལ་བའི་སྐྱོན་གཉིས་སྨྲས་པའི་ཉེས་པའི་སྐབས་མེད་ལ། ས་མྱུག་ཀྱང་རང་བཞིན་ནམ་ངོ་བོ་གཞན་མ་ཡིན་པས་བདག་ལས་མི་སྐྱེ་བ་ཡང་མ་ཡིན་ནོ་སྙམ་ན། འདི་ཡང་མི་རུང་སྟེ།

若作是念：由水時等能生芽之助緣，令種子變壞，令芽生起，芽與能生之種子同時安住成相違故，是種滅芽生，故無違正理之二過。又種子與芽，體性非異，亦非不從自生，此不應理。頌曰：

卷五

ཇི་ལྟར་དེ་ཉིད་ཀྱིས་དེ་རྣམ་པར་འཇིག་པར་བྱེད་པར་འགྱུར།།

云何彼能壞於彼。

གང་གི་ཕྱིར་ས་མྱུག་གཉིས་ཀྱི་རང་བཞིན་གཉིས་རྣམ་པ་ཐམས་ཅད་དུ་གཅིག་ཡིན་པས་ཇི་ལྟར་ན་མྱུ་གུ་དེ་ཉིད་ཀྱིས་ས་བོན་དེ་རྣམ་པར་འཇིག་པར་བྱེད་པར་འགྱུར་ཏེ་མི་འགྱུར་ཏེ། མྱུ་གུས་མྱུ་གུ་འཇིག་པར་མི་བྱེད་པ་བཞིན་ནོ་སྙམ་དུ་བསམས་སོ།།

種子與芽二性畢竟是一，云何彼芽能壞彼種？應不能壞，如芽不壞芽。

འདི་འདྲ་བའི་གནོད་པ་མཐོང་ཡང་མི་ལྡོག་པ་ནི། མྱུ་གུས་ས་བོན་འཇིག་པ་ནི་རྣམ་འགྱུར་གྱི་སྟེང་ནས་ཡིན་པས། རང་གིས་རང་འཇིག་པ་དང་ག་ན་འདྲ་སྙམ་དུ་གོལ་བ་བླུན་པས་ཡིན་ལ་ངོ་བོའམ་རང་བཞིན་ཐམས་ཅད་ཕར་ཡིན་ཚུར་ཡིན་དུ་སོང་ན་རྣམ་འགྱུར་སོ་སོར་ཡང་མི་འགྲུབ་པས་གནོད་པ་སྤང་མི་ནུས་སོ།།

彼見斯過而不救者，以彼愚昧，以爲芽能壞種是果位上事，與自壞自體云何相同耶？然一切體性既更互相即，則說果位與因各別亦不得成，故不能釋難也。

གཉིས་པ་ལ་གསུམ། ས་མྱུག་གཉིས་ལ་དབྱིབས་སོགས་ཐ་དད་མེད་པར་ཐལ་བས་དགག །དེའི་ཉེས་སྤོང་གི་ལན་དགག །གནས་སྐབས་གཉིས་ཀྱི་རེ་རེར་གཉིས་ཀ་འཛིན་མི་འཛིན་མཚུངས་པར་ཐལ་བས་དགག་པའོ། །

巳二、破因果同一體性分三：午一、種芽形色等應無異，午二、破其釋難，午三、二位中應俱有俱無。

དང་པོ་ནི། སྐྱོན་གཞན་ཡང་ཡོད་དེ།

今初，復有餘失。頌曰：

བྱེད་རྒྱུ་ས་བོན་གྱི་ལས་ཐ་དད་མྱུ་གུའི་དབྱིབས་དང་ནི། །ཁ་དོག་རོ་ནུས་སྨིན་པའི་ཐ་དད་ཁྱོད་ལ་མེད་པར་འགྱུར། །

異於種因芽形顯，味力成熟汝應無。

མྱུ་གུ་སྐྱེད་པར་བྱེད་པའི་རྒྱུ་ས་བོན་གྱི་ཁ་དོག་དང་དབྱིབས་ལ་སོགས་པ་ལས་ཐ་དད་པའི་མྱུ་གུའི་རིང་ཐུང་སོགས་ཀྱི་དབྱིབས་དང་། སྔོ་སེར་སོགས་ཀྱི་ཁ་དོག་དང་། མངར་སྐྱུར་སོགས་ཀྱི་རོ་དང་ནུས་མཐུ་དང་། སྨིན་པ་རྣམས་ཀྱི་ཐ་དད་པ་ཁྱོད་ལ་མེད་པར་འགྱུར་ཏེ། ས་མྱུག་གཉིས་ཀྱི་ངོ་བོ་དང་རང་བཞིན་ལ་རྣམ་པ་ཐམས་ཅད་དུ་ཁྱད་པར་མེད་པའི་ཕྱིར་རོ། །

汝宗應離芽之能生因種之形色顯色外，無別芽之長短等形色，青黃等顯色，甘酸等味，及勢力、成熟等，以種芽體性於一切種無差別故。

དེ་ལྟར་ཐལ་བ་ལས་ཐ་མི་དད་པར་དམིགས་པ་ཡང་མ་ཡིན་པའི་ཕྱིར། དེ་གཉིས་ཀྱི་ངོ་བོ་ཀུན་ནས་གཅིག་པ་ཡང་མ་ཡིན་ནོ་ཞེས་བཟློག་པ་འཕེན་པ་མཛད་དེ། བཟློག་པ་འཕེན་པ་དང་བཟློག་པ་རང་རྒྱུད་འཕེན་པ་ལ་ཁྱད་པར་ཤིན་ཏུ་ཆེའོ། །

由此能破量，反顯彼二，體性非一，非都無所異。故此宗反顯，與反顯自續有大差別。

དེ་ལ་ནུས་མཐུ་ནི་གཞང་འབྲུམ་གྱི་སྨན་ལུས་དང་ཉེ་བ་ཙམ་གྱིས་ནད་དེ་སེལ་བ་དང་། རྩི་སྨན་སོགས་འགའ་ཞིག་བཅངས་པ་ཙམ་གྱིས་ནམ་མཁའ་ལ་འགྲོ་བ་ལྟ་བུའོ། །

言勢力者，如治痔良藥，近身即病除；飛行神藥，手執即騰空。

རྣམ་པར་སྨིན་པ་ནི་རྐྱེན་མི་འདྲ་བ་ལས་རྫས་ཀྱི་ཁྱད་པར་འགྱུར་བ་སྟེ། དཔེར་ན་འོ་མས་བཅུས་པ་སོགས་ལས་སྐྱུ་རུ་ར་དང་། པི་པི་ལིང་སོགས་ལ་རོ་མངར་པོར་འགྱུར་བ་ལྟ་བུའོ། །

成熟者，謂由別緣轉成異物，如以乳灌橄欖。蓽茇等，則味轉甘美。

གཉིས་པ་ནི།

午二、破其釋難

ཅི་སྟེ་ས་བོན་གྱི་གནས་སྐབས་བཏང་ནས་མྱུ་གུའི་གནས་སྐབས་གཞན་དུ་གྱུར་པས། ས་མྱུག་གཉིས་གནས་སྐབས་ཐ་དད་པ་ཙམ་ཡིན་པའི་ཕྱིར་ས་བོན་དེ་ཉིད་མྱུ་གུར་འགྱུར་བ་ཡིན་ནོ་ཞེ་ན།

設作是念：捨種子位轉成芽位，種芽僅是分位差別，故即種子體性轉變成芽。頌曰：

གལ་ཏེ་སྔར་གྱི་བདག་གིས་དངོས་པོ་བསལ་ནས་དེ་ལས་གཞན། །ངོ་བོར་འགྱུར་ན་དེ་ཚེ་དེ་ཡི་དེ་ཉིད་ཇི་ལྟར་འགྱུར། །

若捨前性成餘性，云何說彼即此性。

གལ་ཏེ་སྔར་གྱི་ས་བོན་གྱི་བདག་གི་དངོས་པོའི་གནས་སྐབས་བསལ་ནས། གནས་སྐབས་དེ་ལས་གཞན་མྱུ་གུའི་གནས་སྐབས་ཀྱི་ངོ་བོར་འགྱུར་ན། དེ་ལྟར་འདོད་པ་དེའི་ཚེ་ས་བོན་དེ་ཡི་རང་བཞིན་ཉིད་མྱུ་གུའི་རང་བཞིན་དེ་ཉིད་ཡིན་ཞེས་ཇི་ལྟར་རིགས་པར་འགྱུར་ཏེ། དེའི་གནས་སྐབས་ཀྱི་དངོས་པོ་དེ་ཉིད་དེའི་དངོས་པོ་ཉིད་ཡིན་པའི་ཕྱིར་དང་། དེའི་ངོ་བོ་ལས་དོན་གཞན་པའི་དེའི་དངོས་པོ་མེད་པའི་ཕྱིར་རོ། །

若許全捨前種子性，轉成餘芽位體性，則說即種子體性是芽體性，云何應理？以彼位體性即是彼性，離彼位體性外別無彼性也。

དེས་ན་ས་མྱུག་འདི་གཉིས་ཀྱི་ངོ་བོ་རྣམ་པ་ཐམས་ཅད་དུ་ཐ་མི་དད་པ་ཉིད་ཉམས་པ་ཡིན་ནོ། །

故說種芽體性一切無異，不成。

ཅི་སྟེ་ས་མྱུག་གི་དབྱིབས་ལ་སོགས་པ་ཐ་དད་ཀྱང་། རྫས་ཐ་མི་དད་པས་མི་འགལ་ལོ་སྙམ་ན། དེ་ནི་མི་རིགས་ཏེ་དབྱིབས་ལ་སོགས་པ་མ་བཟུང་ན་ས་མྱུག་གི་རྫས་ཀྱང་མི་འཛིན་པའི་ཕྱིར་རོ། །

若謂「種芽雖形色等有別，然物體無別」，此亦不應理，以若不取形色等，別無種芽物體可取也。

གསུམ་པ་ནི།

午三、二位中應俱有俱無

སྐྱོན་གཞན་ཡང་ཡོད་དེ།

復有過失，頌曰：

གལ་ཏེ་ཁྱོད་ཀྱི་ས་བོན་མྱུ་གུ་འདིར་གཞན་མ་ཡིན་ན། །ས་བོན་བཞིན་དུ་མྱུ་གུ་ཞེས་བྱ་དེ་གཟུང་མེད་པའམ། །
ཡང་ན་དེ་དག་གཅིག་པས་ཇི་ལྟར་མྱུ་གུ་འདི་བཞིན་དུ། །དེ་ཡང་གཟུང་དུ་ཡོད་འགྱུར་དེ་ཕྱིར་འདི་ནི་ཁས་མི་བླང་། །

若汝種芽此非異，芽應如種不可取，

或一性故種如芽，亦應可取故不許。

གལ་ཏེ་ཁྱོད་ཀྱི་ལྟར་ས་བོན་དང་མྱུ་གུའི་ངོ་བོ་གཉིས་ལ་འཇིག་རྟེན་འདིར་ངོ་བོ་གཞན་པ་ཡོད་པ་མ་ཡིན་ན། ཇི་ལྟར་མྱུ་གུའི་གནས་སྐབས་སུ་ས་བོན་གཟུང་དུ་མེད་པ་དེ་བཞིན་དུ། མྱུ་གུ་ཡང་གཟུང་དུ་མེད་པར་འགྱུར་ཏེ། འམ་ཞེས་པ་ཡང་ན་ས་མྱུག་དེ་དག་གི་ངོ་བོ་རྣམ་པ་ཀུན་ཏུ་གཅིག་པས་ཇི་ལྟར་མྱུ་གུའི་གནས་སྐབས་སུ། མྱུ་གུ་འདི་གཟུང་དུ་ཡོད་པ་དེ་བཞིན་དུ། ས་བོན་དེ་ཡང་དབང་པོའི་ཤེས་པས་གཟུང་དུ་ཡོད་པར་འགྱུར་བ་ལས། མེད་པ་དེའི་ཕྱིར་ཉེས་པ་དེ་གཉིས་སྤོང་བར་འདོད་པས། ས་མྱུག་གཉིས་ཀྱི་ངོ་བོ་ལ་གཞན་མེད་པ་འདི་ནི་ཁས་བླང་བར་མི་བྱའོ། །

若如汝說，種芽體性於此世間非有異性者，則於芽位應如種子亦不可取，或因種芽體性畢竟一故，如於芽位有芽可取，種子亦應爲根識所取。欲離此二失，故不應許種芽體性全無異也。

རིགས་པ་དེ་རྣམས་ལེགས་པར་རྟོགས་ན་ཆོས་ཅན་ཐམས་ཅད་ཕན་ཚུན་དུ་ངོ་བོ་ཐ་དད་པ་ལ། དེ་རྣམས་ཀྱི་ཆོས་ཉིད་ཐམས་ཅད་ཕར་ཡིན་ཚུར་ཡིན་གྱི་གཅིག་ཏུ་འདོད་པ་དང་། གནས་སྐབས་སྔ་མའི་དུས་ཀྱི་ཆོས་ཉིད་དེ་ཉིད་གནས་སྐབས་ཕྱི་མའི་དུས་ཀྱི་ཆོས་ཉིད་དེ་ཉིད་དུ་འདོད་པའི་ལོག་རྟོག་ཐམས་ཅད་ལྡོག་པར་འགྱུར་རོ། །

若善解此諸正理者，則於妄計「一切諸法雖異，而彼法性更互爲一」，及妄計「前位之法性即後位之法性」等一切邪執，皆能遣除。

གཉིས་པ་ནི།

辰二、明未學宗派者之名言中亦無

དེའི་ཕྱིར་དེ་ལྟར་དེ་ཁོ་ན་ཉིད་རྟོགས་པར་འདོད་པའི་གྲངས་ཅན་གྱི་ལུགས། སངས་རྒྱས་པའི་ལུགས་ལས་གཞན་དུ་བརྟགས་པའི་བདག་སྐྱེ་བཀག་ནས། གྲུབ་མཐའི་ལུགས་གཞན་དུ་བློ་མ་སྦྱངས་པའི་འཇིག་རྟེན་པའི་ཐ་སྙད་དུ་ཡང་། བདག་ལས་སྐྱེ་བར་རྟོགས་པ་འདི་མི་འཐད་དོ་ཞེས་སྟོན་པ་ནི།

自命通達真實義之數論宗，離佛教別計之自生，已破訖。今顯未學宗派世間常人之名言中，若妄計自生，亦不應理。頌曰：

གང་ཕྱིར་རྒྱུ་ཞིག་ན་ཡང་དེ་ཡི་འབྲས་བུ་མཐོང་བའི་ཕྱིར། །དེ་དག་གཅིག་པ་ཡིན་ཞེས་འཇིག་རྟེན་གྱིས་ཀྱང་ཁས་མ་ལེན། །

因滅猶見彼果故，世亦不許彼是一。

གང་གི་ཕྱིར་རྒྱུ་ས་བོན་ཞིག་ནའང་ས་བོན་དེ་ཡི་འབྲས་བུ་མཐོང་བའི་ཕྱིར། ས་མྱུག་དེ་དག་ངོ་བོ་གཅིག་པ་ཡིན་ཞེས་འཇིག་རྟེན་གྱིས་ཀྱང་ཁས་མི་ལེན་ནོ། །

種子因已滅，猶有彼果可見，故世間常人，亦不許種芽體性爲一也。

卷五

གསུམ་པ་ནི།

辰三、結如是破義

གང་གི་ཕྱིར་དོན་དམ་པ་དང་འཇིག་རྟེན་གྱི་ཀུན་རྫོབ་ཀྱི་ཕྱོགས་གཉིས་ཀ་ལྟར་ཡང་བདག་ལས་སྐྱེ་བ་རིགས་པ་དང་འགལ་བ་དེའི་ཕྱིར།

自生於勝義世俗二品皆違正理。頌曰：

དེ་ཕྱིར་དངོས་པོ་བདག་ལས་འབྱུང་ཞེས་རབ་ཏུ་བརྟགས་པ་འདི། །དེ་ཉིད་དང་ནི་འཇིག་རྟེན་དུ་ཡང་རིགས་པ་མ་ཡིན་ནོ། །

故計諸法從自生，真實世間俱非理。

ཕྱི་ནང་གི་དངོས་པོ་རྣམས་བདག་ལས་འབྱུང་བ་ཡིན་ཞེས་རབ་ཏུ་བརྟགས་པ་འདི། །དེ་ཉིད་དོན་དམ་དང་ནི་འཇིག་རྟེན་གྱི་ཀུན་རྫོབ་ཏུའང་རིགས་པ་མ་ཡིན་ནོ། །

故汝妄計內外諸法從自生，隨於真實勝義與世間世俗俱不應理。

དེའི་ཕྱིར་འཕགས་པས་བདག་སྐྱེ་འགོག་པ་ན་དོན་དམ་པ་དང་ཀུན་རྫོབ་ཀྱི་ཁྱད་པར་མ་སྦྱར་བར་བདག་ལས་མ་ཡིན་ཞེས་བདག་སྐྱེ་སྤྱིར་བཀག་གོ །

以是聖者破自生時，不加勝義、世俗簡別，直云「非自生」而總破之。

དེས་ན་སློབ་དཔོན་ལེགས་ལྡན་འབྱེད་ཀྱིས་དངོས་པོ་རྣམས་ནི་དོན་དམ་པར་བདག་ལས་སྐྱེ་བ་མ་ཡིན་ཏེ། ཡོད་པའི་ཕྱིར་སེམས་པ་ཅན་བཞིན་ནོ་ཞེས་ཁྱད་པར་དུ་བྱེད་པ་དེའི་དོན་དམ་པར་ཞེས་པའི་ཁྱད་པར་དོན་མེད་དོ་ཞེས་བསམ་པར་བྱའོ། །

清辨①論師云：「諸法勝義非自生，有故，如有情。」所加勝義簡別，誠爲無用。

གཉིས་པ་ནི། སྐྱོན་ གཞན་ཡང་ཡོད་དོ། །

卯二、以中論之理破。復有過失，頌曰：

བདག་ལས་སྐྱེ་བར་འདོད་ན་བསྐྱེད་པར་བྱ་དང་སྐྱེད་བྱེད་དང་། །ལས་དང་བྱེད་པ་པོ་ཡང་གཅིག་ཉིད་འགྱུར་ན་དེ་དག་ནི། །གཅིག་ཉིད་མ་ཡིན་པས་ན་བདག་ལས་སྐྱེ་བར་ཁས་བླང་པར། །བྱ་མིན་རྒྱ་ཆེར་བཤད་པའི་ཉེས་པར་ཐལ་བར་འགྱུར་ཕྱིར་རོ། །

若計自生能所生，業與作者皆應一，

非一故勿許自生，以犯廣說諸過故。

འབྲས་བུ་བདག་ལས་སྐྱེ་བར་འདོད་ན། བསྐྱེད་པར་བྱ་བ་འབྲས་བུ་དང་། སྐྱེད་པར་བྱེད་པ་རྒྱུ་དང་། གང་ཞིག་བྱ་བའི་ལས་དང་། གང་གིས་བྱེད་པའི་བྱེད་པ་པོ་ཡང་གཅིག་ཉིད་དུ་འགྱུར་ན། དེ་དག་ནི་གཅིག་ཉིད་མ་ཡིན་པས་ན། བདག་ལས་སྐྱེ་བར་ཁས་བླང་བར་བྱ་བ་མིན་ཏེ། བསྟན་བཅོས་འདི་དང་རྩ་ཤེ་ལས་རྒྱ་ཆེར་བཤད་པའི་ཉེས་པར་ཐལ་བར་འགྱུར་བའི་ཕྱིར་རོ། །

若計果從自生，則所生果與能生因、所作業與能作者皆應成②一。然彼等

①「辨」，校正本作「辯」。
②「應成」，校正本作「應」。

非一，故不應許自生，以犯此論與《中論》廣說諸過故。

དེ་ལ་སྐྱོན་དང་པོ་ནི་རྩ་ཤེས་ལས། རྒྱུ་དང་འབྲས་བུ་གཅིག་ཉིད་དུ། །ནམ་ཡང་འཐད་པར་མི་འགྱུར་རོ། །རྒྱུ་དང་འབྲས་བུ་གཅིག་ཉིད་ན། །སྐྱེད་དང་བསྐྱེད་པ་གཅིག་ཏུ་འགྱུར། ཞེས་གསུངས་ཏེ་རྒྱུ་འབྲས་ངོ་བོ་གཅིག་ན་ཕ་དང་བུ་དག་གམ། མིག་དང་དེའི་རྣམ་ཤེས་དག་ཀྱང་གཅིག་ཉིད་དུ་འགྱུར་ཞེས་པའོ། །

其初過者，如《中論》云：「因果是一者，是事終不然，若因果是一，生及所生一。」謂因果若是一性，則父與子，眼與眼識皆應成一。

གཉིས་པ་ནི་རྩ་ཤེས་ལས། གལ་ཏེ་ཤིང་དེ་མེ་ཡིན་ན། །བྱེད་པ་པོ་དང་ལས་གཅིག་འགྱུར། །ཞེས་གསུངས་པའོ། །

第二過，如《中論》云：「若燃是可燃①，作作者則一。」

དེ་ལྟར་བཀག་པ་ན་ཕ་དང་བུ་དང་བྱེད་པ་པོ་དང་ལས་གཉིས་ཀྱང་ངོ་བོ་གཅིག་ཏུ་ཐལ་ཟེར་ན་འདོད་ལ། སྤྱིར་གཅིག་ཏུ་ཐལ་ཟེར་ན་མ་ཁྱབ་བོ་ཞེས་སྨྲ་མོད་ཀྱང་། སྔར་བཤད་པ་ལྟར་གྱི་རང་བཞིན་གཅིག་ཏུ་འདོད་ན་རྣམ་འགྱུར་ཡང་གཅིག་ཏུ་འཕུལ་ནུས་པའི་རིགས་པས་སྤོང་མི་ནུས་སོ། །

他雖救云：若謂父與子，作者與業體性應一，此是我所許。若謂總應成一，則犯不定過。然如前說，若計體性是一，則果相亦應是一。故不能釋難也。

སྐྱོན་དེའི་ཕྱིར་ཇི་སྐད་བཤད་པའི་སྐྱོན་གྱིས་འཇིགས་པས་བདེན་གཉིས་ཕྱིན་ཅི་མ་ལོག་པར་རྟོགས་པར་འདོད་པས། བདག་སྐྱེ་ཁས་བླང་བར་མི་བྱའོ་ཞེས་གསུངས་ལ། བདག་ལས་སྐྱེ་བ་ཡོད་མེད་ཀྱང་གཅིག་ཡོངས་སུ་གཅོད་པ་ཅིག་ཤོས་རྣམ་པར་བཅད་པ་མེད་ན་མེད་པའི་དངོས་འགལ་ཡིན་པས་བདག་ལས་སྐྱེ་བ་མེད་པ་ནི་ངེས་པར་ཁས་བླངས་དགོས་སོ། །

以是若怖所說眾過，欲求無倒通達二諦者，不應妄計自生。又有自生與無自生相違，既遮除一品，則於餘品決定。故無自生，定是所許。

གཉིས་པ་ལ་གཉིས། །ཕྱོགས་སྔ་མ་བརྗོད་པ་དང་། ལུགས་དེ་དགག་པའོ། །

寅二、破他生分二：卯一、敘計，卯二、破執。

དང་པོ་ནི། རང་སྡེ་དངོས་པོར་སྨྲ་བ་རྣམས་ན་རེ་རང་ལས་སྐྱེ་བ་དོན་མེད་པས་བདག་སྐྱེ་མི་རིགས་ཤིང་། དེ་མེད་པས་གཉིས་ཀ་ལས་སྐྱེ་བ་ཡང་མི་རིགས་སོ། །

今初，自教實事師言：自生無用故，自生非理。由無自生故，共生亦非理。

① 「若燃是可燃」，廣化本作「若然是可然」。

རྒྱུ་མེད་ནི་གཅིག་ཏུ་ཐ་ཆད་བས་དགག་པར་ཡང་རིགས་ན། གཞན་དག་ལས་ལྟ་ག་ལ་ཞིག་ཅེས་གཞན་སྐྱེ་འགོག་པ་མི་རིགས་ཏེ། རང་གི་མཚན་ཉིད་ཀྱིས་གཞན་དུ་གྲུབ་པའི་རྐྱེན་བཞི་དངོས་པོ་རྣམས་ཀྱི་སྐྱེད་བྱེད་དུ་གསུངས་པའི་གསུང་རབ་ལ་ལྟོས་ནས། མི་འདོད་བཞིན་དུ་ཡང་གཞན་ལས་སྐྱེ་བ་ཁས་བླང་བར་བྱའོ། །

無因生乃最下計亦應破，惟云「豈從他」而破他生，不應正理，以諸經說由他自相之四緣能生諸法，雖非所欲亦須許由他生。

རྐྱེན་བཞི་པོ་དེ་གང་ལ་འཇོག་པ་ལ། སྡེ་པ་ཁ་ཅིག་ནི་རྒྱུའི་རྐྱེན་ནི་མཛོད་ལས། རྒྱུ་ཞེས་བྱ་བ་རྒྱུ་ལྔ་ཡིན་ཞེས་བྱེད་རྒྱུ་མ་གཏོགས་པ་རྒྱུ་ལྔ་དང་།

何等爲四緣？有說：因緣是五因性，除能作因。如《俱舍》云：「因緣五因性。」

དམིགས་པའི་རྐྱེན་ནི། དམིགས་པ་ཆོས་རྣམས་ཐམས་ཅད་དོ། །ཞེས་རྣམ་ཤེས་དྲུག་གི་དམིགས་ཡུལ་གྱི་ཆོས་ཐམས་ཅད་དང་།

所緣緣，謂六識所緣境一切法。如云：「所緣一切法。」

དེ་མ་ཐག་རྐྱེན་ནི། སེམས་དང་སེམས་བྱུང་སྐྱེས་པ་རྣམས། །ཐ་མ་མིན་མཚུངས་དེ་མ་ཐག །ཅེས་ལྷག་མེད་དུ་འཇུག་པ་ལས་གཞན་པའི་སེམས་སེམས་བྱུང་སྔར་སྐྱེས་རྣམས་དང་།

等無間緣，謂除入無餘依涅槃心，其餘已生心、心所法。如云：「等無間非後，已生心心所。」

བདག་པོའི་རྐྱེན་ནི། བྱེད་རྒྱུ་ཞེས་བྱ་བདག་པོར་བཤད། །ཅེས་བྱེད་རྒྱུ་ལ་བཤད་པ་ལྟར་འདོད་ལ།

增上緣，謂能作因。如云：「增上即能作。」

རྒྱུ་དྲུག་ནི་མཛོད་ལས། བྱེད་རྒྱུ་ལྷན་ཅིག་འབྱུང་བ་དང་། །སྐལ་མཉམ་མཚུངས་པར་ལྡན་པ་དང་། །ཀུན་ཏུ་འགྲོ་དང་རྣམ་སྨིན་དང་། །རྒྱུ་ནི་རྣམ་པ་དྲུག་ཏུ་འདོད། །ཅེས་སོ། །

六因，如《俱舍》云：「能作及俱有，同類與相應，偏①行並異熟，許因唯六種。」

སྡེ་པ་ཁ་ཅིག་ནི། སྒྲུབ་པར་བྱེད་པ་ནི་རྒྱུ་ཡིན་ཞེས་མཚན་ཉིད་བསྟན་པ་ལས་ནི། གང་ཞིག་གང་གི་སྐྱེད་བྱེད་ས་བོན་གྱི་ངོ་བོར་གནས་པ་དེ་ནི་དེའི་རྒྱུའི་རྐྱེན་ནོ། །

又有說云：「能生者謂因。」此約體相而說。謂若有法爲彼法之能生，住

①「偏」，民族本作「遍」。

種子性，此法即是彼法之因緣。

རྒན་པོ་ལྷུང་བ་ལྟར་སེམས་སེམས་བྱུང་སྐྱེ་བཞིན་པ་རྣམས་རྟེན་འཁར་བ་དང་འདྲ་བའི་དམིགས་པ་གང་གིས་སྐྱེད་པ་དེ་ནི་དེའི་དམིགས་པའི་རྐྱེན་ནོ། །

如年老人依杖乃起，正生心、心所法，要依所緣乃生，此法即是彼所緣緣。

རྒྱུ་འགགས་མ་ཐག་པ་ནི་འབྲས་བུ་སྐྱེ་བའི་དེ་མ་ཐག་པའི་རྐྱེན་ཡིན་ཏེ། དཔེར་ན་ས་བོན་འགགས་མ་ཐག་པ་མྱུ་གུ་འབྱུང་བའི་རྐྱེན་ཡིན་པ་བཞིན་ནོ། །

因滅無間，即生後果，此因是果之無間緣，如種滅無間，即能生芽。

རང་འགྲེལ་ལས་ས་བོན་འགགས་མ་ཐག་པ་མྱུ་གུའི་མཚུངས་པ་དེ་མ་ཐག་པའི་རྐྱེན་ཡིན་པ་ལྟ་བུའོ། །ཞེས་གསུངས་ཤིང་ཚིག་གསལ་ལས་ཀྱང་དེ་མ་ཐག་རྐྱེན་འགོག་པའི་སྐབས་སུ། མྱུ་གུའི་མཚུངས་པ་དེ་མ་ཐག་པའི་རྐྱེན་བཀག་ལ། སངས་རྒྱས་བསྐྱངས་ཀྱང་དེ་བཞིན་དུ་བཞེད་པས་འདི་ནི་གཟུགས་ལ་ཡང་མཚུངས་པ་དེ་མ་ཐག་པའི་རྐྱེན་འདོད་པའི་ལུགས་སོ། །གང་ཞིག་ཡོད་ན་གང་འབྱུང་བ་འདི་ནི་དེའི་བདག་པོའི་རྐྱེན་ནོ། །

釋論云：「如種滅無間爲芽之等無間緣。」《顯句論》破無間緣時，亦破芽之等無間緣。佛護論師亦如是說。此是許色法亦是等無間緣之宗派。若有此法彼法乃生，此法即彼法之增上緣。

ཚིག་གསལ་ལས་སྔར་སྐྱེས་པ་དང་ལྷན་ཅིག་སྐྱེས་པ་དང་ཕྱིས་སྐྱེ་བ་ལ་སོགས་པ་ཡང་འདི་དག་གི་ནང་དུ་འདུ་བར་གསུངས་ཤིང་རང་འགྲེལ་ལས་ཀྱང་དང་པོ་མ་གཏོགས་པ་དེ་བཞིན་དུ་གསུངས་པ་ནི།

《顯句論》說：「前生、俱生、後生諸緣，亦皆攝於四緣中。」釋論除初句，餘亦如是說。

ཤེས་རབ་སྒྲོན་མ་ལས། སྡེ་པ་གཞན་གྱིས་བརྟགས་པའི་རྐྱེན་མདུན་དུ་སྐྱེས་པ་དང་ཡོད་པ་དང་མེད་པ་རྣམས་ཞེས་བསྒྱུར་བ་དང་དོན་གཅིག་ལ་འགྱུར་ཡང་དེ་ལྟར་ལེགས་སོ། །

《般若燈論》譯爲「餘部所計先生、有、無諸緣。」其義相同，譯文較善。

དེའི་དོན་ནི་འགྲེལ་བཤད་ལས་གནས་བརྟན་པའི་སྡེ་པས་ཐ་སྙད་བཏགས་པ་མདུན་དུ་སྐྱེས་པའི་རྐྱེན་ནི། དབང་པོ་རྣམས་ཀྱི་མངོན་སུམ་གྱི་མདུན་དུ་སྐྱེས་པ་དམིགས་རྐྱེན་ནོ། །ཡོད་པའི་རྐྱེན་ནི་རྒྱུ་དང་བདག་པོའི་རྐྱེན་ནོ། །མེད་པའི་རྐྱེན་ནི་དེ་མ་ཐག་པའི་རྐྱེན་ལ་བཤད་དོ། །

《入中論疏》解此義云：「上座部所說先生緣者，謂諸根現識之先生所緣緣。有緣者，謂因緣與增上緣。無緣者，謂無間緣。」

དེ་འདྲ་བའི་ཐ་སྙད་ཙམ་མི་མཐུན་པ་རྣམས་ནི་མཚན་ཉིད་ལ་བརྟགས་ན་བཞི་པོ་འདིར་འདུ་ལ། དབང་ཕྱུག་ལ་སོགས་པ་ནི་རྐྱེན་མ་ཡིན་པས་རྐྱེན་ལྔ་པ་ནི་ཡོད་པ་མ་ཡིན་ནོ། །ཞེས་ངེས་པར་འཛིན་ཏེ་མཛོད་ལས། བཞི་ཡིས་སེམས་དང་སེམས་བྱུང་རྣམས། །གསུམ་གྱིས་སྙོམས་པར་འཇུག་རྣམ་གཉིས། །གཞན་ནི་གཉིས་པོ་དག་ལས་སྐྱེ། །དབང་ཕྱུག་སོགས་མིན་རིམ་སོགས་ཕྱིར། །ཞེས་བཤད་པ་བཞིན་དུ་འདོད་དོ། །

此等唯名字略不同，察其體相，仍四緣中攝。由大自在天等非是緣故，當知更無第五緣。如《俱舍》云：「心心所由四，二定但由三，餘由二緣生，非天次等故。」

གཉིས་པ་ལ་གཉིས། གཞན་སྐྱེ་འདོད་པའི་ཕྱོགས་སྤྱིར་དགག་པ་དང་། སེམས་ཙམ་པའི་ལུགས་བྱེ་བྲག་ཏུ་དགག་པའོ། །

卯二、破執分二：辰一、總破他生派，辰二、別破唯識宗。

དང་པོ་ལ་ལྔ། གཞན་སྐྱེ་དགག་པ་དངོས། བཀག་པ་ལ་འཇིག་རྟེན་གྱི་གནོད་པ་སྤང་བ། དེ་ལྟར་བཀག་པའི་ཡོན་ཏན་བསྟན་པ། རང་བཞིན་གྱིས་སྐྱེ་བ་འགར་ཡང་མེད་པར་བསྟན་པ། བདེན་པ་གཉིས་ཀར་དུའང་རང་བཞིན་གྱིས་སྐྱེ་བ་བཀག་པའི་ཡོན་ཏན་བསྟན་པའོ། །

初又分五：巳一、正破他生，巳二、釋世間妨難，巳三、明破他生之功德，巳四、明全無自性生，巳五、明於二諦破自性生之功德。

དང་པོ་ལ་གསུམ། གཞན་སྐྱེ་སྤྱིར་དགག་པ། གཞན་སྐྱེ་བྱེ་བྲག་ཏུ་དགག་པ། འབྲས་བུ་ལ་མུ་བཞིར་དཔྱད་ནས་གཞན་སྐྱེ་དགག་པའོ། །

初又分三：午一、總破他生，午二、別破他生，午三、觀果四句破他生。

དང་པོ་ལ་གཉིས། ཧ་ཅང་ཐལ་བས་དགག །སྐྱོན་སྤོང་གི་ལན་དགག་པའོ། །

初又分二：未一、以太過破，未二、破釋妨難。

དང་པོ་ལ་གཉིས། ཧ་ཅང་ཐལ་བ་དངོས་དང་། དེ་དག་གི་མཐའ་དཔྱད་པའོ། །

初又分二：申一、正明太過，申二、抉擇彼過。

དང་པོ་ནི། གཞན་སྐྱེ་འདི་ནི་གཞག་པར་ནུས་པ་མ་ཡིན་ཏེ། རིགས་པ་དང་ལུང་དང་འགལ་བའི་ཕྱིར་རོ། །

今初，此他生義不能安立，違教理故。

ཕྱི་མ་ནི་ས་ལུ་ལྗང་པའི་མདོ་ལས། མིང་དང་གཟུགས་ཀྱི་མྱུ་གུ་དེ་ཡང་བདག་གིས་མ་བྱས་གཞན་གྱིས་མ་བྱས་

ཞེས་པ་ལྟ་བུའི་ལུང་ཕྱི་མ་ལྟ་བུ་མང་པོ་དང་འགལ་བའོ། །

教如《稻稈經》云：「此名色芽非由自生，非由他生。」違此等眾多破他生教故。

དེ་ལ་རིགས་པའི་དབང་དུ་བྱས་ནས་བརྗོད་པ།

今當說違理失。頌曰：

གཞན་ལ་བརྟེན་ནས་གལ་ཏེ་གཞན་ཞིག་འབྱུང་བར་འགྱུར་ན་ནི། །འོ་ན་མེ་ལྕེ་ལས་ཀྱང་མུན་པ་འཐུག་པོ་འབྱུང་འགྱུར་ཞིང་། །ཐམས་ཅད་ལས་ཀྱང་ཐམས་ཅད་སྐྱེ་བར་འགྱུར་ཏེ་གང་གི་ཕྱིར། །སྐྱེད་པར་བྱེད་པ་མ་ཡིན་མ་ལུས་ལ་ཡང་གཞན་ཉིད་མཚུངས། །

若謂依他有他生，火焰亦應生黑暗，

又應一切生一切，諸非能生他性同。

གལ་ཏེ་རང་གིས་ངོ་བོས་གྲུབ་པའི་རྒྱུ་གཞན་ལ་བརྟེན་ནས་རང་གི་ངོ་བོས་གྲུབ་པའི་འབྲས་བུ་གཞན་ཞིག་འབྱུང་བར་འགྱུར་ན་ནི། དེ་ལྟ་ཡིན་པ་འོ་ན་སེལ་བྱེད་མེ་ལྕེ་རབ་ཏུ་འབར་བ་ལས་ཀྱང་བསལ་བྱ་མུན་པ་འཐུག་པོ་འབྱུང་བར་འགྱུར་ཞིང་།

若謂他有自性之因，能生有自性之果者。如是則從能破暗之火焰，亦應生所破之黑暗。

གཞན་ཡང་རྒྱུ་ཡིན་མིན་ཐམས་ཅད་ལས་ཀྱང་འབྲས་བུའི་དངོས་པོ་ཡིན་མིན་ཐམས་ཅད་སྐྱེ་བར་འགྱུར་ཏེ། ཅིའི་ཕྱིར་ཞེ་ན།

又應從一切是因非因，生一切是果非果。

གང་གི་ཕྱིར་འབྲས་བུ་དེ་སྐྱེད་པར་བྱེད་པ་མ་ཡིན་པ་མ་ལུས་པ་ལའང་རྒྱུ་འབྲས་སུ་འདོད་པ་གཉིས་དང་། རང་གི་མཚན་ཉིད་ཀྱིས་གྲུབ་པའི་གཞན་ཉིད་མཚུངས་པར་ཡོད་པའི་ཕྱིར་རོ། །ཞེས་གཞན་གྱིས་ཁས་བླངས་པའི་གཏན་ཚིགས་ལ་བརྟེན་པའི་ཧ་ཅང་ཐལ་བ་གཉིས་སོ། །

何以故，以凡一切非能生彼果之法與汝許爲因果者，同是有自性之他故。此是依他許之因，出二種太過之失。

ཐལ་བ་དེ་གཉིས་བཤད་ན་ཇི་ལྟར་ས་ལུ་སྐྱེད་པའི་ས་བོན་རང་འབྲས་ས་ལུའི་མྱུ་གུ་ལས། རང་གི་མཚན་ཉིད་

ཀྱིས་གྲུབ་པའི་གཞན་ཡིན་པ་དེ་བཞིན་དུ། ས་ལུའི་མྱུ་གུ་སྐྱེད་བྱེད་མ་ཡིན་པ་མེ་དང་སོལ་བ་དང་། ནས་ཀྱི་ས་བོན་ལ་སོགས་པ་ཡང་ས་ལུའི་མྱུ་གུ་ལས་རང་གི་མཚན་ཉིད་ཀྱིས་གྲུབ་པའི་གཞན་ཡིན་པ་ནི་གཞན་སྐྱེ་སྨྲ་བ་རྣམས་ཀྱི་འདོད་ཚུལ་ལོ། །

解釋此二過，謂如能生之稻種，異於自果稻芽，是有自性之他，諸非能生稻芽之火、炭、麥種等，亦是異於稻芽有自性之他。

གཞན་ཡིན་ཚུལ་གཉིས་པོ་དེ་མཚུངས་པར་འདོད་ན། ཇི་ལྟར་ས་ལུའི་ས་བོན་གཞན་དུ་གྱུར་པ་ལས་ས་ལུའི་མྱུ་གུ་སྐྱེ་བ་དེ་བཞིན་དུ། མེ་སོལ་སོགས་ལས་ཀྱང་ས་ལུའི་མྱུ་གུ་སྐྱེ་བར་འགྱུར་དགོས་སོ། །

既許二種他義相同，則從他性之稻種能生稻芽，亦應從火炭等能生稻芽。

ཡང་ཇི་ལྟར་ས་ལུའི་མྱུ་གུ་གཞན་དུ་གྱུར་པ། ས་ལུའི་ས་བོན་ལས་སྐྱེ་བ་བཞིན་དུ། བུམ་སྣམ་སོགས་ཀྱང་ས་ལུའི་ས་བོན་ལས་སྐྱེ་བར་འགྱུར་རོ། །ཞེས་མཚུངས་པ་བྱེད་པའོ། །

又如他性之稻芽從稻種生，則瓶衣等法亦應從稻種生。

འདི་ནི་རྩ་ཤེས་ལས། རྒྱུ་དང་འབྲས་བུ་གཞན་ཉིད་དུ། །ནམ་ཡང་འཐད་པར་མི་འགྱུར་རོ། །རྒྱུ་དང་འབྲས་བུ་གཞན་ཉིད་ན། །རྒྱུ་དང་རྒྱུ་མིན་མཚུངས་པར་འགྱུར། །ཞེས་གཞན་སྐྱེ་ལ་ཧ་ཅང་ཐལ་བ་གསུངས་པའི་རིགས་པའོ། །ཐལ་བ་གཉིས་ཀ་ལ་བཟློག་པ་འཕེན་པ་འགྲེལ་བར་བཤད་དོ། །

如《中論》云：「因果是異者，是事亦不然，若因果是異，因則同非因。」

གཉིས་པ་ལ་གཉིས། གཞན་སྐྱེ་ལ་ཧ་ཅང་ཐལ་བ་འཇུག་པའི་རྒྱུ་མཚན། ཐལ་བ་ལས་བཟློག་པ་ཁས་ལེན་པ་མི་འགལ་བའོ། །

申二、抉擇彼過分二：酉一、明他生犯太過之理，酉二、許太過反義亦無違。

དང་པོ་ནི། འདིར་གཞན་སྐྱེ་ཁས་ལེན་པ་ལ་ཧ་ཅང་ཐལ་བའི་སྐྱོན་འཇུག་པའི་རྒྱུ་མཚན་ལ། བོད་ཁ་ཅིག་རྒྱུ་འབྲས་ལ་སྔ་ཕྱི་བས་ཁྱབ་ཅིང་། གཞན་ལ་དུས་མཉམ་དགོས་པའི་གནད་ཀྱིས་ཡིན་ཟེར་བ་ནི་ཤིན་ཏུ་མི་རིགས་ཏེ།

今初，此計他生犯太過之理。藏人有云：「因果定須前後，是他必須同時。」極不應理。

དེ་ལྟར་བཀག་པའི་སྐྱོན་ཐམས་ཅད་རང་ལ་མཚུངས་པར་འཇུག་པའི་ཕྱིར་དང་། དེ་ལ་ཁས་བླངས་མེད་དོ་

ཞེས་པས་བསྟོན་ན། དེའི་རྒྱུ་མཚན་འཚོལ་བའི་ངལ་བ་དོན་མེད་པའི་ཕྱིར་རོ། །

如是則破他之過，自亦同犯故。若強抵謂自無所許者，則推求彼理，徒勞無義。

ཡང་བོད་མང་པོས་རྟོག་གེ་བས་དུ་བ་ཁྱད་པར་བ་ཡོད་པ་ལ་མེ་ཡོད་པས་ཁྱབ་པ་དང་། བྱས་པ་ལ་མི་རྟག་པས་ཁྱབ་པ་སྒྲུབ་པ་ན། ཡུལ་དུས་ཐམས་ཅད་དུ་མི་འཁྲུལ་པ་སྒྲུབ་པ་ཡིན་ལ། དེ་སྒྲུབ་པའི་ཚེ་ནི་ཚང་མང་དང་བུམ་པ་ལྟ་བུ་ཆོ་བ་གཅིག་གི་སྟེང་དུ་བསྒྲུབས་ནས། དེ་ནས་དེ་དང་ཡུལ་དུས་གཞན་གྱི་ཁྱབ་པ་གཉིས་རིགས་མཚུངས་པའི་རྒྱུ་མཚན་གྱིས། ཁྱབ་པ་དེ་གཉིས་ཡུལ་དུས་ཐམས་ཅད་ཀྱི་སྟེང་དུ་མི་འཁྲུལ་བར་སྒྲུབ་པར་འདོད་པ་ལ། དེ་ལྟ་ན་གཞན་ཙམ་དུ་མཚུངས་པའི་རྟགས་ཀྱིས་ཧ་ཅང་ཐལ་བ་འཕེན་ཏེ། འདི་འདྲ་བ་ནི་ལྡོག་པ་གཅིག་པའི་དཔྱད་འཕུལ་ལོ། །ཞེས་ཟེར་རོ། །

又藏人多云：「如因明師，成立有煙決定有火，及成立所作性決定無常，是爲成立一切時處皆決定無誤。然成立時，要先於灶及瓶等少分法上成立決定。次以彼時處與餘時處，二種決定相同爲因，乃於一切時處之上，成立爲決定無誤。如是今者，亦以同是他故之因，出太過之失。此即同類推比之因也。」

འདི་ཡང་གཞུང་གི་དོན་མ་ངེས་ཤིང་རྟོག་གེའི་འཇུག་པ་ལ་རྣམ་པ་མ་ཤར་བའི་གཏམ་ཡིན་ཏེ། དུ་བ་ཁྱད་པར་བ་དང་བྱས་པ་གཉིས་ཡུལ་དུས་ཀྱིས་ཁྱད་པར་དུ་མ་བྱས་པར། སྤྱིར་མེ་དང་མི་རྟག་པ་ལ་མི་འཁྲུལ་བར་བསྒྲུབས་པས། མེ་ཡོད་པ་དང་མི་རྟག་པ་ཡིན་པ་ལོག་ཀྱང་། རྟགས་སུ་བཀོད་པ་གཉིས་མི་ལྡོག་པ་སྲིད་དམ་སྙམ་པའི་དོགས་པ་ལེགས་པར་གཅོད་ནུས་ལ། ཆོས་དེ་གཉིས་རྒྱུ་འབྲས་ཡིན་པ་ལོག་ཀྱང་གཞན་ཙམ་ཡིན་པ་ཞུགས་པ་དུ་མ་ཞིག་ཡོད་པས། དེ་གཉིས་མཚུངས་པའི་གོ་སྐབས་ག་ལ་ཡོད། དེས་ན་འདི་ནི་དཔྱད་འཕུལ་ཞེས་པའི་མིང་ཉིད་ཀྱིས་རིགས་པ་མི་ཤེས་པའི་སུན་འབྱིན་དུ་གསལ་བར་བྱས་ཏེ་གཞན་དུ་རྒྱས་པར་བཤད་ཟིན་ཏོ། །

此乃未解論義復不善因明之亂說。若於有煙及所作性，不加時處簡別，能總成立有火及無常，決定無誤者，則於非有火及非無常，以爲可有煙及所作性之疑惑皆能斷除。然此二法雖非因果，而是他者，實無量無邊，故彼二事不能相同。（二事謂因明中決定，與此處之破他生）此所說之推比，實乃不善正理之能破也，餘處已廣說。

འོ་ན་འདི་ཇི་ལྟར་ཡིན་ཞེ་ན། ཚིག་གསལ་ལས། རྐྱེན་ཉིད་འདི་པ་ཙམ་གྱིས་ཀུན་རྫོབ་གྲུབ་པར་ཁས་ལེན་གྱི།

ཕྱོགས་བཞི་ཁས་བླངས་པའི་སྐྱོ་ནས་ནི་མ་ཡིན་ཏེ། དངོས་པོ་རང་བཞིན་དང་བཅས་པར་ཐལ་བར་འགྱུར་བའི་ཕྱིར་དང་དེ་ཡང་རིགས་པ་མ་ཡིན་པའི་ཕྱིར་རོ། །རྐྱེན་ཉིད་འདི་པ་ཙམ་ཞིག་ཁས་བླངས་ན་ནི། རྒྱུ་དང་འབྲས་བུ་གཉིས་ཕན་ཚུན་ལྟོས་པའི་ཕྱིར་ངོ་བོ་ཉིད་ཀྱིས་གྲུབ་པ་ཡོད་པ་མ་ཡིན་པས། དངོས་པོ་རང་བཞིན་དང་བཅས་པར་སྨྲ་བར་འགྱུར་བ་མ་ཡིན་ནོ། །ཞེས་རང་གིས་སྐྱེ་བ་ཁས་ལེན་མི་ལེན་གྱི་ཁྱད་པར་གཉིས་དང་།

若爾云何？如《顯句論》云：「許世俗中唯眾緣生，非許四邊生。以諸法應有自性故。然彼非理。若許唯眾緣，因果亦是互相觀待而有，非自性有。故非說諸法有自性。」此說自宗所許生與不許生之差別理由。

དེ་གཉིས་ཀྱི་རྒྱུ་མཚན་དུ་ཕྱོགས་བཞིའི་སྐྱེ་བ་ཁས་བླངས་ན། རང་བཞིན་དང་བཅས་པར་སྨྲ་དགོས་པར་གསུངས་པས། གཞན་སྐྱེ་ཁས་བླངས་ན་རང་བཞིན་གྱིས་སྐྱེ་བ་ཁས་ལེན་དགོས་པ་དང་། རྟེན་འབྲེལ་གྱི་སྐྱེ་བ་ཙམ་ཞིག་ཁས་བླངས་ན། རང་བཞིན་གྱིས་སྐྱེ་བ་ཁས་ལེན་མི་དགོས་པར་གསལ་བར་གསུངས་སོ། །

謂若許四邊生即須許有自性。故亦顯說，許他生則須許自性生，許唯緣起生，則不須許自性生。

དེ་ལྟར་ན་གཞན་སྐྱེའི་གཞན་ནི་གཞན་ཙམ་ཞིག་མིན་གྱི། རང་བཞིན་གྱིས་གྲུབ་པའི་གཞན་ཡིན་པས་དེ་ཁས་ལེན་པ་ལ་ཧ་ཅང་ཐལ་བ་འཕེན་གྱི། གཞན་ཙམ་ཁས་བླངས་པ་ལ་འཕེན་པ་གཏན་མིན་ནོ། །

故知所言他生之他，非泛說他，乃有自性之他。是對許彼義者出太過之失，非說凡許他者即犯太過之失也。

འོག་ནས་ཀྱང་སྔར་ཕྱིས་སྐད་ཅིག་སྔ་ཕྱི་ཐ་དད་ཀྱང་རྒྱུད་གཅིག་ཏུ་འདོད་པ་ལ། གང་དག་རང་མཚན་ཉིད་ཀྱིས་སོ་སོ་བ། །དེ་དག་རྒྱུད་གཅིག་གཏོགས་པར་རིགས་མ་ཡིན། ཞེས་རང་གི་མཚན་ཉིད་ཀྱིས་གྲུབ་པའི་སོ་སོ་བ་ཡིན་ན། སྔ་ཕྱི་རྒྱུད་གཅིག་ཏུ་གཏོགས་པ་མི་རིགས་པར་གསུངས་པ་དང་འདི་གཉིས་རིགས་པ་འདྲའོ། །

下破許前後剎那互異而是一相續云：「所有自相各異法，是一相續不應理。」亦說若異是由自相而成，則計前後是一相續不應道理。與此處難道理相同。

དེ་ཡང་རང་གི་མཚན་ཉིད་ཀྱིས་གྲུབ་པའི་གཞན་ཡིན་ན་ལྟོས་པའི་འབྲེལ་བ་འགོག་ནུས་ལ། འབྲེལ་མེད་དོན་གཞན་དུ་སོང་ན་འབྲས་བུ་གཅིག་རང་གི་རྒྱུ་ལས་སྐྱེ་ན། རྒྱུ་མིན་པ་ཐམས་ཅད་ལས་ཀྱང་སྐྱེ་བ་དང་། རྒྱུ་གཅིག་གིས་རང་གི་འབྲས་བུ་སྐྱེད་ན་རང་གི་འབྲས་བུ་མིན་པའི་འབྲས་བུའི་དངོས་པོ་ཐམས་ཅད་སྐྱེད་པར་ཧ་ཅང་ཐལ་བ་འཇུག་པའོ། །

此復若是有自相之他，則能破其觀待關係。若成無關係之他，則此一果，既從此因生，亦應從一切非因生。又此一因，既能生此果，亦應生一切非果之法。太爲過失。

དེས་ན་འདི་འདྲ་བའི་རིགས་པ་ལེགས་པར་མི་གོ་བ་ནི། སྔར་བཤད་པ་ལྟར་གྱི་འདི་འདྲ་ཅིག་འགོག་པའི་དགག་བྱ་འཛིན་པའི་ཚོད་འཛིན་དང་། འདི་ཙམ་ཞིག་ཁས་ལེན་པའི་རྟེན་འབྱུང་གི་རྣམ་གཞག་གཉིས་སོ་སོར་ལེགས་པར་མ་ཕྱེད་པའི་སྐྱོན་ཡིན་པས། དགག་བྱ་འགོག་པའི་སྐབས་སུ་དགག་བྱའི་ཚད་འཛིན་བཤད་པ་དྲན་པར་བྱའོ། །

其未善了解如斯正理者，是因未善分別「齊何爲所破之量」，「齊何是所許之緣起建立」，致有彼失。故當憶前說所破之量齊也。

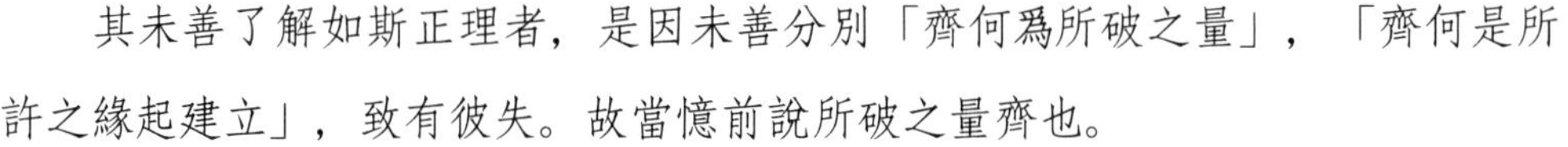

གཉིས་པ་ནི། གལ་ཏེ་སྔར་བཤད་པའི་ཐལ་བ་གཉིས་ལས་བཟློག་པའི་དོན་ཁས་ལེན་ན། ཚིག་གསལ་ལས། ཐལ་བར་འགྱུར་བ་བཟློག་པའི་དོན་དང་ཡང་ཕ་རོལ་པོ་ཉིད་འབྲེལ་བ་ཡིན་གྱི། ཁོ་བོ་ཅག་ནི་མ་ཡིན་ཏེ། རང་ལ་དམ་བཅའ་བ་མེད་པའི་ཕྱིར་རོ། །ཞེས་དང་།

酉二、許太過反義亦無違。若許前說二太過之反義者，則《顯句論》說：「太過反義亦唯屬他，非是我等，自無宗故。」

རང་བཞིན་མེད་པར་སྨྲ་བས་རང་བཞིན་དང་བཅས་པར་སྨྲ་བ་ལ་ཐལ་བ་བསྒྲུབས་པ་ན། ཐལ་བ་ལས་བཟློག་པའི་དོན་ཅན་དུ་ཐལ་བར་ག་ལ་འགྱུར་ཏེ། ཞེས་དང་།

卷五

又云：「說無性者爲說有性者出太過時，何能成爲太過反義。」

དེའི་ཕྱིར་ཐལ་བ་སྒྲུབ་པ་ནི་ཕ་རོལ་པོའི་དམ་བཅའ་བ་འགོག་པ་ཙམ་གྱི་འབྲས་བུ་ཅན་ཡིན་པའི་ཕྱིར། ཐལ་བ་ལས་བཟློག་པའི་དོན་དུ་འགྱུར་བ་ཡོད་པ་མ་ཡིན་ནོ། །ཞེས་གསུངས་པ་རྣམས་ཇི་ལྟར་དྲང་སྙམ་ན། སྐྱོན་མེད་དེ། དེ་ལྟར་གསུངས་པ་ནི་བདག་སྐྱེ་འགོག་པའི་སྐབས་ཁོ་ན་ཡིན་པས། དབུ་མ་པས་འཕངས་པའི་ཐལ་བ་ཀུན་ལ་མིན་གྱི། བདག་སྐྱེ་འགོག་པའི་ཐལ་བ་གཉིས་ལ་ཡིན་ནོ།

又云：「成立太過，唯以破他宗爲果故，非有太過之反義。」復如何通？答：無過。彼等唯約破自生說，破自生之二過應爾。非中觀師所出一切能破，皆如是也。

དེའི་ཐལ་ཆོས་ནི་སྐྱེ་བ་དོན་མེད་དང་ཐུག་མེད་དུ་ཐལ་བ་ཙམ་མིན་གྱི། སླར་ཡང་སྐྱེ་བ་དོན་མེད་དང་ཐུག་མེད་ཡིན་ལ། ཐལ་ཆོས་དེ་བཟློག་པའི་དོན་སླར་ཡང་སྐྱེ་བ་དོན་བཅས་དང་ཐུག་བཅས་ནི་གྲངས་ཅན་ཁོ་ན་འདོད་

ཀྱི། རང་ལ་དེའི་དམ་བཅའ་བ་མེད་པའི་རྒྱུ་མཚན་གྱིས། དེ་ཁས་བླངས་པའི་གྲུབ་མཐའ་དང་འགལ་བ་མེད་ཅེས་པའི་དོན་ཏེ་ལུང་དང་པོའི་དོན་ནོ། །

彼能破之法（後陳），非說「生便無用無窮」，是說「復生無用無窮。」其反義，爲「復生有用有窮」，唯是數論所許。因爲自無彼宗，故無違犯許彼宗之過失。此是初段論義。

སངས་རྒྱས་བསྐྱངས་ཀྱིས་ཀྱང་ཡང་སྐྱེ་བ་དོན་མེད་ཅེས་ཡང་གི་སྒྲ་སྨོས་ཤིང་། ཚིག་གསལ་ལས་ཀྱང་ཡང་གི་སྒྲ་སྨོས་ལ། འདིར་ཡང་སླར་ཡང་སྐྱེ་བར་ཡོངས་སུ་རྟོག་པར་འགྱུར་ན་ནི། ཞེས་གསུངས་པས་ཡོད་པ་དང་སླར་ཡང་སྐྱེ་བ་གཉིས་འགལ་གྱི་ཡོད་པ་དང་སྐྱེ་བ་མི་འགལ་ལོ། །

佛護亦云：「又生無用」，加一又字。《顯句論》亦說又字。本論則云：「若計生已復生者。」故有與復生雖犯相違，然有與生則不相違。

དེ་བཞིན་དུ་ཡོད་པ་དང་སླར་ཡང་སྐྱེ་བ་ཐུག་བཅས་འགལ་གྱི། ཡོད་པ་དང་སྐྱེ་བ་ཐུག་བཅས་གཉིས་མི་འགལ་ལོ། །

如是有與復生有窮雖成相違，然有與生有窮則不相違。

ལུང་གཉིས་པའི་དོན་ནི་རང་བཞིན་མེད་པར་སྨྲ་བ་དབུ་མ་བས། རང་བཞིན་དང་བཅས་པར་སྨྲ་བ་གྲངས་ཅན་ལ་སྔར་བཤད་པའི་ཐལ་བ་གཉིས་འཕངས་པ་ན། རང་ལ་བཟློག་དོན་འཕེན་པ་ཁས་ལེན་འདོད་མེད་ལ། དེ་མེད་ཀྱང་རང་དབང་མེད་པར་བྱེད་པར་ཡང་མིན་པས། ཐལ་བ་དེ་གཉིས་ལས་བཟློག་པ་ཁས་མི་ལེན་ཞེས་པའི་དོན་ནོ། །

第二段論義，謂說無自性之中觀師，對說有自性之數論，出前所說二太過時，自並未許彼反面義。自不許彼，非不能自由。故自不許彼二太過之反義。

ལུང་གསུམ་པའི་དོན་ནི་ཐལ་བ་གཉིས་ཀྱི་ཐལ་ཆོས་བཟློག་པའི་དོན་སླར་ཡང་སྐྱེ་བ་དོན་བཅས་དང་ཐུག་བཅས་ཀྱི་རྟགས་ཀྱིས་བདག་སྐྱེ་མེད་པ་མི་སྒྲུབ་ཀྱང་དགོས་པ་མེད་པ་མིན་ཏེ། གྲངས་ཅན་མི་འདོད་པའི་སྐྱེ་བ་དོན་མེད་དང་ཐུག་མེད་བསྒྲུབས་པས། གྲངས་ཅན་གྱིས་དམ་བཅས་པའི་བདག་ལས་སྐྱེ་བ་རྣམ་པར་བཅད་པ་ཙམ་ཞིག་སྒྲུབ་པའི་དགོས་པ་ཅན་ཡིན་པའི་ཕྱིར་རོ་ཞེས་པའི་དོན་ནོ། །

第三段論義，謂雖不能以彼二能破法之反義，復生有用有窮爲因，成立無自生，然彼能破非全無果。以彼成立數論所不樂之復生無用與無窮，便能破數論所許之自生。即以此爲果故。

ཏ་ཅང་ཐལ་བ་གཉིས་ལ་ནི་ཐལ་བའི་བཟློག་དོན་རང་ཉིད་ཀྱིས་ཁས་ལེན་པས། ཐལ་བ་ལས་བཟློག་པའི་དོན

ལ་རང་གིས་ཁས་ལེན་པ་དང་མི་ལེན་པ་གཉིས་ཤེས་པར་བྱའོ། །

今此二太過之反義則自宗亦許。故當知能破之反義，有自許不許之二類也。

གཉིས་པ་ལ་གཉིས། སྐྱོན་སྤོང་གི་ལན། ལན་དེ་དགག་པའོ། །

末二、破釋妨難分二：申一、釋難，申二、破救。

དང་པོ་ནི། འདིར་སྨྲས་པ་རྒྱུ་འབྲས་གཉིས་ལ་རང་གི་མཚན་ཉིད་ཀྱིས་གྲུབ་པའི་གཞན་ཉིད་ཀྱང་ཡོད་ལ། ཐམས་ཅད་ལས་ཐམས་ཅད་འབྱུང་བ་ཡང་མིན་ཏེ། རྒྱུ་འབྲས་སོ་སོར་ངེས་པ་མཐོང་བའི་ཕྱིར་རོ། །

今初，他釋論云①：因果二法雖是有自性之他，然非一切能生一切，現見因果各別決定故。頌曰：

རབ་ཏུ་བྱ་བར་ནུས་པ་དེ་ཕྱིར་འབྲས་བུར་ངེས་བརྗོད་ཅིང་། །གང་ཞིག་དེ་སྐྱེད་ནུས་པ་དེ་ནི་གཞན་ནའང་རྒྱུ་ཡིན་ལ། །རྒྱུད་གཅིག་གཏོགས་དང་སྐྱེད་པར་བྱེད་ལས་སྐྱེ་བ་དེ་ཡི་ཕྱིར། །སཱ་ལུའི་མྱུ་གུ་ནས་ལ་སོགས་ལས་དེ་ལྟ་མིན་ཞེ་ན། །

由他所作定謂果，雖他能生亦是因，

從一相續能生生，稻芽非從麥種等。

卷五

དེ་ཡང་འདི་ཡིན་ཏེ་གང་གི་ཕྱིར་དངོས་པོ་གང་ཞིག་གང་གིས་རབ་ཏུ་བྱ་བར་ནུས་པ་དེ་ཉིད་དེ་ཡི་འབྲས་བུར་ངེས་པར་བརྗོད་པ་ཡིན་ལ། དེའི་ཕྱིར་འབྲས་བུ་ངེས་སོ། །དེ་ཕྱིར་ཞེས་པ་འགྲེལ་པ་དང་མི་མཐུན་ནོ། །

若法由他法所作，定說此法為彼法之果。故果決定。

རྒྱུ་གང་ཞིག་འབྲས་བུ་དེ་སྐྱེད་པར་ནུས་པ་དེ་ནི་ངོ་བོས་གྲུབ་པའི་གཞན་ཡིན་ནའང་རྒྱུ་ཡིན་ལ། དེའི་ཕྱིར་རྒྱུ་ངེས་སོ། །

若彼因法能生此果，則彼雖是有自性之他，亦是此法之因，故因決定。

དེས་ན་གཞན་ཁྱད་པར་བ་ཁོ་ནས་རྒྱུ་འབྲས་སུ་འཇོག་གི །གཞན་ཉིད་ཀྱི་སྤྱི་གཞན་ཙམ་གྱིས་ནི་རྒྱུ་འབྲས་སུ་མི་འཇོག་གོ། །

以是當知唯特殊之他乃可立為因果，非凡是他者皆可立為因果。

གཞན་ཡང་ས་ལུའི་མྱུ་གུ་ནི་རང་དང་རྒྱུད་གཅིག་ཏུ་གཏོགས་པ་ས་ལུའི་ས་བོན་ལས་སྐྱེའི། རྒྱུད་མི་གཅིག་པ་

① 「他釋論云」，民族本作「他釋難云」。

ནས་ཀྱི་ས་བོན་སོགས་ལས་མི་སྐྱེའོ། །

復次稻芽要從與自是一相續所攝之稻種乃生，非從相續不一之麥種等生。

རྒྱུད་གཅིག་ཀྱང་སྐྱེད་བྱེད་མིན་པ་སྐད་ཅིག་མ་ཕྱི་མས་སྔ་མ་མི་སྐྱེད་པས། རྒྱུད་གཅིག་པའི་སྔ་མས་ཕྱི་མ་སྐྱེད་པར་བྱེད་པ་ལས་སྐྱེ་བ་དེ་ཡི་ཕྱིར། ས་ལུའི་མྱུ་གུ་ནི་ནས་ལ་སོགས་པ་ལས་ནས་ཀྱི་མྱུ་གུ་ལ་སོགས་པ་སྐྱེ་བ་དེ་ལྟར་སྐྱེ་བ་མིན་པས་ཐམས་ཅད་ལས་ཐམས་ཅད་མི་སྐྱེའོ་ཞེ་ན།

縱一相續攝如後刹那不能生前刹那，猶非能生。要前刹那生後刹那，乃是能生。是故稻芽不從麥種等生。非從一切能生一切也。

གཉིས་པ་ནི། ས་ལུའི་ས་མྱུག་སོ་སོར་ངེས་པ་འདི་ཀོ་རྒྱུ་མཚན་གང་ལས་ཡིན་ཞེས་རྒྱུ་འབྲས་ངོ་བོ་ཉིད་ཀྱིས་གྲུབ་པར་སྨྲ་བ་འདི་ལ་འདྲི་བར་བྱའོ། །

申二、破救。當問計因果有自性者：稻種稻芽，由何因緣各別決定耶？

སྨྲས་པ།ངེས་པ་མཐོང་བའི་ཕྱིར་རོ་ཞེ་ན། ཡང་ཅིའི་ཕྱིར་དེ་ལྟར་ངེས་པ་མཐོང་ཞེས་དེ་ལྟར་བརྒལ་ཞིང་བརྟགས་པ་ན། གང་གི་ཕྱིར་ངེས་པ་མཐོང་བ་དེའི་ཕྱིར་ངེས་པ་མཐོང་ངོ་ཞེས་དེ་ཙམ་ཞིག་སྨྲ་བ་འདེབས་ནི་ངེས་པའི་རྒྱུ་མ་བསྟན་པར་བཤད་ཟིན་པའི་ཉེས་པ་ཙུང་ཟད་ཀྱང་སྤང་བར་མི་ནུས་སོ། །ཞེས་གསུངས་ཏེ།

若謂見彼決定故。當更詰問；何故見其決定耶？若僅說云：由見彼決定，故說見彼決定。不能說明決定之理由，則不能救前說之過。

རང་གི་མཚན་ཉིད་ཀྱིས་གཞན་ཡིན་ཀྱང་ངེས་པ་མཐོང་བ་མི་འགལ་བའི་རྒྱུ་མཚན་མ་བསྟན་པས་སྔོན་སྔོང་གི་ལན་མིན་ཞེས་པའོ། །

由未說明，有自相之他與見彼決定不相違之理由，故終不能釋前難也。

གཞན་ཡང་རང་མཚན་གྱིས་གྲུབ་པའི་གཞན་ཉིད་རྒྱུ་འབྲས་ཡིན་མིན་ཀུན་ལ་ཐུན་མོང་བ་ཁྱད་པར་དུ་ཡོངས་སུ་མ་བཅད་པ་ཤིན་ཏུ་གྲགས་པ་འདི་ཉིད། ཕྱིར་རྒོལ་འདིའི་འདོད་པ་ལ་གནོད་བྱེད་དོ་ཞེས་བཤད་པ་ནི།

復次，既是有自相之他，則世所共知遍通一切是否因果都無差別。即此亦能違害敵宗。頌曰：

ཇི་ལྟར་ནས་དང་གེ་སར་དང་ཤི་ཀེང་ཤུ་ཀ་ལ་སོགས། །སཱ་ལུའི་མྱུ་གུའི་སྐྱེད་པར་བྱེད་པར་འདོད་མིན་ནུས་ལྡན་མིན། །རྒྱུད་གཅིག་ཁོངས་སུ་གཏོགས་མིན་འདྲ་བ་མ་ཡིན་ཉིད་དེ་བཞིན། །སཱ་ལུའི་ས

ས་བོན་ཡང་ནི་དེ་ཡི་མིན་ཏེ་གཞན་ཉིད་ཕྱིར།།

如甄叔迦麥蓮等，不生稻芽不具力，

非一相續非同類，稻種亦非是他故。

ཇི་ལྟར་ཏེ་དཔེར་ན་ནས་དང་པདྨ་ལ་སོགས་པའི་ཟེའུ་འབྲུ་གེ་སར་དང་ཀིང་ཤུ་ཀའི་མེ་ཏོག་ལ་སོགས་པ་རྣམས་གཞན་ཡིན་པའི་ཕྱིར། ས་ལུའི་མྱུ་གུས་བསྐྱེད་པར་བྱེད་པར་འདོད་པ་མིན་པ་དང་། ས་ལུའི་མྱུ་གུ་བསྐྱེད་བའི་ནུས་པ་དང་ལྡན་པ་མིན་པ་དང་། རྒྱུད་གཅིག་ཏུ་གཏོགས་པ་མིན་པ་དང་རིགས་འདྲ་བའི་སྔ་མ་མ་ཡིན་པ་ཉིད་དེ་བཞིན་དུ། ས་ལུའི་ས་བོན་ཡང་ནི་ས་ལུའི་མྱུ་གུ་དེ་ལ་ལྟོས་པ་ཡི་ཁྱད་པར་བཞི་དང་ལྡན་པ་མིན་ཏེ། རང་གི་ངོ་བོ་ཉིད་ཀྱིས་གྲུབ་པའི་གཞན་ཉིད་ཡིན་པའི་ཕྱིར་རོ།།

如麥種、蓮子、甄叔迦花等，由是他故，非稻芽之能生，不具生稻芽之能力，非一相續所攝，非同類前刹那。如是稻種亦非具觀待稻芽之四種差別，以是有自性之他故。

འདི་ཡང་འབྲེལ་མེད་དོན་གཞན་ལ་ཁྱད་པར་བཞི་ཡོད་མེད་ཀྱང་གཞག་པར་མི་ནུས་པའི་རིགས་པའོ།།

此理是說，既同是無關係之他，則不能安立具不具四種差別之不同也。

གཉིས་པ་ལ་གཉིས། རྒྱུ་འབྲས་སྔ་ཕྱི་བ་ལ་གཞན་སྐྱེ་དགག་པ། རྒྱུ་འབྲས་དུས་མཉམ་པ་ལ་གཞན་སྐྱེ་དགག་པའོ།།

午二、別破他生分二：未一、依前因後果破他生，未二、依同時因果破他生。

དང་པོ་ལ་གཉིས། དངོས་ཀྱི་དོན་དང་། བཀག་པ་ལ་རྩོད་པ་སྤང་བའོ།།

初又分二：申一、正破，申二、釋難。

དང་པོ་ནི། དེ་ལྟར་རེ་ཞིག་ཕྱིར་རྒོལ་གཞན་ལ་གྲགས་པའི་རང་གི་ངོ་བོ་ཉིད་ཀྱིས་གྲུབ་པའི་གཞན་གྲུབ་གྲུབ་ལྟར་བརྗོད་ནས་སུན་འབྱིན་བྱས་སོ།།

今初，如是依敵者所許有自性之他已破訖，今當宣說因果二法決無自性之他。頌曰：

མྱུ་གུ་ས་བོན་དང་ནི་དུས་མཉམ་ཡོད་པ་མ་ཡིན་ཏེ། །གཞན་ཉིད་མེད་པར་ས་བོན་གཞན་པ་ཉིད་དུ་ག་ལ་འགྱུར། །དེས་ན་མྱུ་གུ་ས་བོན་ལས་སྐྱེ་འགྲུབ་པར་འགྱུར་མིན་པས། །གཞན་ལས་སྐྱེ་བ་ཡིན་ཞེས་བྱ་བའི་ཕྱོགས་འདི་གཏང་བར་གྱིས། །

芽種既非同時有，無他云何種是他，

芽從種生終不成，故當棄捨他生宗。

དེ་ནི་རྒྱུ་འབྲས་གཉིས་ལ་ངོ་བོས་གྲུབ་པའི་གཞན་མི་སྲིད་པར་བཤད་པ། འདི་ན་བྱམས་པ་དང་ཉེར་སྦས་ཡོད་བཞིན་པ་དག་ཁོ་ན་ཕན་ཚུན་ལྟོས་ནས། འདི་ནི་འདི་ལས་ཞེས་གཞན་ཉིད་དུ་མཐོང་གི །མྱུ་གུ་ས་བོན་དང་ནི་དུས་མཉམ་དུ་ཡོད་པ་མ་ཡིན་ཏེ། ས་བོན་རྣམ་པར་མ་འགྱུར་བར་མྱུ་གུ་མེད་པའི་ཕྱིར་རོ། །

如現有彌勒與鄔波笈多，互相觀待，乃見此異於彼而是別法。然芽與種非同時有，種未變壞定無芽故。

ས་བོན་ལ་མྱུ་གུ་ལས་ངོ་བོས་གྲུབ་པའི་གཞན་ཉིད་མེད་ལ། དེ་མེད་པར་ས་བོན་མྱུ་གུ་ལས་གཞན་པ་ཉིད་དུ་ག་ལ་འགྱུར་ཏེ་མི་འགྱུར་རོ། །

以種子中無異於芽之自性他，他尚非有，云何可說種子是異於芽之他耶?

ངོ་བོས་གྲུབ་པའི་གཞན་ཉིད་མེད་པ་དེས་ན་མྱུ་གུ་ས་བོན་ལས་སྐྱེས་པ་ངོ་བོ་ཉིད་ཀྱིས་འགྲུབ་པར་འགྱུར་བ་མིན་པས་དངོས་པོ་རྣམས་གཞན་ལས་སྐྱེ་བ་ཡིན་ཞེས་བྱ་བའི་ཕྱོགས་འདི་གཏང་བར་གྱིས་ཤིག །

既無自性之他，則計有自性芽從種子生，決定不成。故當棄捨諸法從他生之宗。

འདི་ནི་ས་བོན་མྱུ་གུ་ལས་ཐ་དད་པ་དེ་རང་བཞིན་གྱིས་གྲུབ་པ་ཡིན་ན། རང་བཞིན་གྱིས་གྲུབ་པ་ལ་དུས་ནམ་ཡང་ལྡོག་པ་མེད་པས། ས་བོན་གྱི་དུས་ནའང་མྱུ་གུ་ལས་རྫས་ཐ་དད་དུ་འགྱུར་ལ། དེ་ལྟར་དེ་གཉིས་དུས་མཉམ་དུ་འགྱུར་བ་ལས་དེ་མེད་པའི་ཕྱིར། དེ་གཉིས་ལ་ངོ་བོ་ཉིད་ཀྱིས་གྲུབ་པའི་གཞན་མེད་ཅེས་སྟོན་པ་ཡིན་གྱི། རྒྱུ་འབྲས་གཉིས་ཐ་སྙད་དུ་ངོ་བོ་ཐ་དད་དུ་འདོད་པ་འགོག་པ་མིན་ཏེ། དགག་བྱ་ལ་གདུག་པ་ཤེས་དགོས་སོ། །

此說，若種與芽異而有自性。有自性者終不可改，於種子位亦應與芽異。若果爾者，則彼二法理應同時，然此非有。故彼二法無自性他，非於名言亦破彼二法有異也。當知此與所破有關。

གཉིས་པ་ནི། མྱུ་གུ་ས་བོན་དང་ནི་དུས་མཉམ་ཡོད་པ་མ་ཡིན་ཏེ། ཞེས་སྨྲས་པ་ནི་རིགས་པ་མ་ཡིན་ཏེ། ཇི་ལྟར་ཏེ་དཔེར་ན་སྲང་གི་མདའ་གཉིས་ཀྱི་གཅིག་མཐོ་བ་དང་ཅིག་ཤོས་དམའ་བ་དག་དུས་མཉམ་མ་ཡིན་པར་ནི་མིན་པ་སྟེ་དུས་མཉམ་པར་མཐོང་བ་དེ་བཞིན་དུ། བསྐྱེད་པར་བྱ་བ་མྱུ་གུ་དང་སྐྱེད་བྱེད་ས་བོན་དག་གི་རིམ་པ་བཞིན་དུ་སྐྱེ་བ་དང་འགག་པའི་བྱ་བ་གཉིས་དུས་གཅིག་ཡིན་པའི་ཕྱིར། ས་མྱུག་གཉིས་ཀྱང་དུས་མཉམ་པར་འགྱུར་རོ། །

申二、釋難。上說：「芽種既非同時有，」不應道理。如秤之兩頭，一頭昂起即一頭低落，現見同時非不同時。如是所生之芽與能生之種，如其次第生滅二事亦是同時，故種芽二法亦同時有。

དེའི་ཕྱིར་གཞན་ཉིད་ཡོད་པས་ཉེས་པ་མེད་དོ་ཞེ་ན།

以有他故，無上過失。頌曰：

ཇི་ལྟར་སྲང་གི་མདའ་གཉིས་མཐོ་བ་དང་ནི་དམའ་བ་དག །དུས་མཉམ་མ་ཡིན་པར་ན་མིན་པར་མཐོང་བ་དེ་བཞིན་དུ། །བསྐྱེད་པར་བྱ་དང་སྐྱེད་བྱེད་དག་གི་སྐྱེ་འགག་འགྱུར་ཞེ་ན། །

猶如現見秤兩頭，低昂之時非不等，所生能生事亦爾。

སྲང་གི་དཔེས་ས་མྱུག་གཉིས་ཀྱི་སྐྱེ་འགག་གི་བྱ་བ་གཉིས་དུས་གཅིག་ཏུ་རྟོག་ན་དེ་ནི་མི་རུང་སྟེ།

雖作是計，然非正理。頌曰：

གལ་ཏེ་གཅིག་ཆེ་ཡིན་ན་འདིར་དུས་གཅིག་མེད་དེ་ཡང་མིན། །

設是同時此非有。

གལ་ཏེ་སྲང་གི་དཔེར་མགོ་མཇུག་གཉིས་དུས་གཅིག་ཡིན་པས་མཐོ་དམན་གྱི་བྱ་བ་གཉིས་གཅིག་ཆོ་སྟེ་དུས་གཅིག་ཡིན་ན། དེ་ལྟ་ནའང་དཔེས་མཚོན་པའི་དོན་དངོས་འདིར་ནི་ས་མྱུག་དུས་གཅིག་པ་མེད་པས་མི་རིགས་སོ། །

若以秤喻，便計種芽之生滅二法爲同時者，此不應理。設秤兩頭同時有故，昂低二事可是同時。然種與芽非同時有，故不應理。

ཇི་ལྟར་མེད་པ་དེ་ལྟར་བསྟན་པའི་ཕྱིར་བཤད་པ།

如何非有？頌曰：

གལ་ཏེ་སྐྱེ་བཞིན་པ་དེ་སྐྱེ་ལ་ཕྱོགས་པས་ཡོད་མིན་ཞིང་། །འགག་བཞིན་པ་ནི་ཡོད་ཀྱང་འཇིག་ལ་ཕྱོགས་པར་འདོད་གྱུར་པ། །དེ་ཚེ་འདི་ནི་ཇི་ལྟ་བུར་ན་སྲང་དང་མཚུངས་པ་ཡིན། །སྐྱེ་བ་འདི་ནི་བྱེད་པོ་མེད་པར་རིགས་པའི་ངོ་བོའང་མིན། །

正生趣生故非有，正滅謂有趣於滅。

此二如何與秤同，此生無作亦非理。

གལ་ཏེ་སྐྱེ་བཞིན་པ་ཞེས་པ་དེ་ནི། ད་ལྟ་སྐྱེ་བ་ལ་མངོན་དུ་ཕྱོགས་པ་ཡིན་པས། མྱུ་གུའི་ངོ་བོར་མ་འོངས་པའི་ཕྱིར་ད་ལྟ་ཡོད་པ་མིན་ཞིང་། འགག་བཞིན་པ་ནི་ཡོད་ཀྱང་འཇིགས་ལ་མངོན་དུ་ཕྱོགས་པར་འདོད་པར་གྱུར་པའི་ཕྱིར་ད་ལྟར་ཡོད་པའོ། །

正生謂現在趣向於生，則芽之自體尚在未來，故現在非有。正滅謂現有趣向於滅，故現在仍有。

གང་གི་ཚེ་མྱུ་གུ་སྐྱེ་བ་ལ་ཕྱོགས་པའི་དུས་སུ་ས་བོན་ད་ལྟར་བ་དང་། མྱུ་གུ་མ་འོངས་པ་ཡིན་པ་དེའི་ཚེ། ས་མྱུག་གཉིས་པོ་འདི་ནི་ཇི་ལྟ་བུར་ན་སྲང་གི་མཐོ་དམན་གཉིས་དང་མཚུངས་པར་འགྱུར་ཏེ་མི་འགྱུར་ཏེ། སྲང་གི་མགོ་མཇུག་གཉིས་ནི་ད་ལྟར་བ་ཡིན་པའི་ཕྱིར། དེའི་མཐོ་བ་དང་དམའ་བའི་བྱ་བ་གཉིས་ཀྱང་དུས་གཅིག་ཏུ་ཡོད་ཀྱི། ས་མྱུག་གཉིས་ལ་ནི་དུས་གཅིག་པ་མེད་པའི་ཕྱིར་རོ། །

芽趣向於生時，種子是現在，芽是未來。爾時此種芽二法，如何能與秤之低昂相等耶？定不相等。以秤之兩頭俱是現在故，低昂二事，可同時有，然種芽二法同時非有故。

དེ་དག་གིས་ནི་བྱ་བ་གཉིས་དུས་གཅིག་པས་ས་མྱུག་གཉིས་ཀྱང་དུས་གཅིག་པ་དང་། དེའི་དཔེར་སྲང་མདའི་མཐོ་དམན་གཉིས་བཀོད་པའི་དཔེ་མ་གྲུབ་པར་བསྟན་གྱི། བྱ་བ་གཉིས་ལ་དུས་གཅིག་པ་སྲིད་ན་དུས་དེར་ཆོས་གཉིས་ཀྱང་ངེས་པར་དུས་མཉམ་ཞེས་སྟོན་པ་མིན་ནོ། །

他以生滅二事同時故，說種芽二法亦是同時，以秤低昂為喻，此是顯彼法喻不合。非說若二作用同時，則彼二法亦必同時也。

ཅི་སྟེ་ཆོས་ས་མྱུག་གཉིས་ལྟ་བུ་དུས་གཅིག་པ་མེད་ཀྱང་དེ་གཉིས་ཀྱི་བྱ་བ་ལ་དུས་གཅིག་པ་ཡོད་དོ་སྙམ་ན། དེ་ཡང་མི་རུང་སྟེ་རྒོལ་བ་དེ་དག་གིས་ཆོས་ལས་བྱ་བ་དོན་གཞན་དུ་ཁས་མ་བླངས་པའི་ཕྱིར་དང་། འདི་ནི་བྱ་བ་གཉིས་རང་བཞིན་གྱིས་གྲུབ་པ་འགོག་པའི་སྐབས་ཡིན་པའི་ཕྱིར་རོ། །

若作是念，種芽二法雖不同時，然彼二之作用（生滅）是同時有。此亦非理。以彼敵者離法外，不許有彼作用故。此是破二作用有自性。

སྐྱོན་གཞན་ཡང་ཡོད་དེ་སྐྱེ་བའི་བྱ་བ་ལ་ལྟོས་པའི་བྱེད་པ་པོ་མྱུ་གུ་ནི། སྐྱེ་བ་ལ་ཕྱོགས་པའི་དུས་སུ་མ་འོངས་པ་ཡིན་པས། དུས་དེར་ཡོད་པ་མ་ཡིན་ནོ། །

復有過失，觀待生起作用名能作者之芽，於趣向生時猶是未來，故於爾時尚屬非有。

དེར་དེ་མེད་ན་ཡང་རྟེན་བྱེད་པ་པོ་མྱུ་གུ་མེད་པར་བརྟེན་པ་སྐྱེ་བའི་བྱ་བ་འདི་ནི་ཡོད་པར་རིགས་པའི་ངོ་བོའང་མིན་པས་འགག་པ་དང་དུས་གཅིག་པར་མེད་པའི་ཕྱིར། བྱ་བ་གཉིས་དུས་གཅིག་པར་མི་རིགས་སོ། །

爾時既無所依作者之芽，則能依作用之生，亦非有體。由生與滅非同時有故，計二作用同時不應道理。

གལ་ཏེ་འཕགས་པ་སཱ་ལུ་ལྗང་པའི་མདོ་ལས། སྲང་མདའི་མཐོ་དམན་གྱི་ཚུལ་དུ་སྐད་ཅིག་གང་ཁོ་ན་ལ་ས་བོན་འགགས་བ་དེ་ཉིད་ལ་མྱུ་གུ་སྐྱེའོ། །ཞེས་སྲང་གི་དཔེ་འདི་ཉེ་བར་བཀོད་པ་མ་ཡིན་ནམ། དེའི་ཕྱིར་ས་མྱུག་གཉིས་སྲང་མདའི་མཐོ་དམན་དང་འདྲ་བར་འདོད་པ་འགོག་པར་མི་རིགས་སོ་ཞེ་ན།

若謂《稻稈經》云：「如秤低昂之理，於何刹那種子謝滅，即彼刹那有芽生起。」豈非以秤為喻耶？故破種芽如秤低昂，不應正理。

བཀོད་པ་ནི་བདེན་མོད་ཀྱི་དེ་ནི་གཞན་སྐྱེ་དང་། རང་གི་མཚན་ཉིད་ཀྱིས་སྐྱེ་བ་བསྟན་པའི་ཕྱིར་ཡང་མ་ཡིན་ནོ། །ཞེས་གསུངས་པས། གལ་ཏེ་སྐྱེ་བ་འདི་ནི་ཞེས་པས་སྐྱེ་བ་བཀག་པ་ནི་རང་གི་ངོ་བོས་གྲུབ་པའི་སྐྱེ་བ་ཙམ་བཀག་གི །ས་བོན་ལས་མྱུ་གུ་སྐྱེ་བ་ཙམ་འགོག་པ་གཏན་མིན་ནོ། །

釋論曰：「雖舉是喻，然非說他生，亦非說自相生。」由是當知，論言「此生」者，唯破有自相之生，非破芽從種生也。

འོ་ན་མདོ་དེ་ལས་ས་མྱུག་གཉིས་དུས་གཅིག་པ་སྲང་མདའི་མཐོ་དམན་གྱི་ཚུལ་དུ་མི་སྟོན་ན། དཔེ་དེ་དུས་མཉམ་པ་ཅི་འདྲ་ཞིག་ལ་དགོངས་ཞེ་ན། འགྲེལ་བར་ཅིག་ཅར་དུ་བརྟེན་ནས་འབྱུང་བ་མ་བརྟགས་པར་གྲུབ་པ་སྒྱུ་མ་ལྟ་བུ་གསལ་བར་བྱ་བའི་ཕྱིར་དུ་གསུངས་པར་བཤད་པའི་ཅིག་ཅར་དུ་བརྟེན་ནས་འབྱུང་བ་ཞེས་པ་ནི། བྱ་

བ་གཉིས་ཅིག་ཅར་དུ་ཡོད་པ་ལ་བྱ་དགོས་ཏེ། མདོ་དེར་སྲང་མདའི་མཐོ་དམའི་དཔེས་དུས་མཉམ་པ་གཅིག་སྟོན་དགོས་པ་ལ། ས་མྱུག་གཉིས་དུས་མཉམ་པ་ལ་ཟླ་ཁ་དུ་མི་རུང་བའི་ཕྱིར་རོ།།

若經非說種芽同時如秤低昂之理者，則彼譬喻，意說何等同時耶？釋論云：「是爲顯示同時緣起無諸分別如幻事故。」此所說同時緣起者，當是二種作用同時而有。以經中如秤低昂之喻，必顯同時有法，然不可說種芽二法同時有故。

དེས་ན་བྱ་བ་གཉིས་གཅིག་པ་བཀག་པ་ནི། རང་མཚན་གྱིས་གྲུབ་པའི་བྱ་བ་གཉིས་ཡིན་གྱི། བྱ་བ་གཉིས་སྤྱིར་དུས་མཉམ་པ་ཡོད་པ་བཀག་པ་མིན་ནོ། །དེ་ལ་སྐྱེ་བ་འདོད་ཕྱིན་ཆད་རྒྱུ་འགག་བ་དང་འབྲས་བུ་སྐྱེ་བ་ལ་མངོན་དུ་ཕྱོགས་པ་གཉིས་དུས་མཉམ་པ་ཞིག་དགོས་སོ།།

以是當知前破二種作用同時者，是破有自相之作用，非總破二種作用同時。故凡許有生，則應許因趣於滅與果趣於生，二事同時也。

དེ་ནི་སྐྱེ་བ་ཙམ་དང་ཐ་སྙད་དུ་སྐྱེ་བ་ཁས་ལེན་པ་ལ་མི་རིགས་པ་མེད་ཀྱང་། དོན་དམ་པ་དང་རང་གི་མཚན་ཉིད་ཀྱིས་སྐྱེ་བ་ཁས་ལེན་པ་ལ་འགལ་བ་ཡིན་ཏེ། སྔ་མ་ལ་ནི་རྒྱུ་འབྲས་ཀྱི་སྐྱེ་འགག་གི་བྱ་བ་གཉིས་དུས་མཉམ་ཡང་། རྒྱུ་འབྲས་གཉིས་དུས་མཉམ་མི་དགོས་ལ། ཕྱི་མ་ལ་ནི་བྱ་བ་དུས་མཉམ་ན་རྒྱུ་འབྲས་ཀྱང་དུས་མཉམ་དགོས་པའི་ཕྱིར་རོ།།

許此與許有生及名言生，雖無過失，然許勝義生及自相生，則成相違。以前者說因果之生滅雖是同時，然因果二法不必同時。後家[①]則說若作用同時，則因果亦必同時也。

འདི་ལྟར་འབྲས་བུ་སྐྱེ་བའི་བྱ་བ་ནི་འདི་སྐྱེ་ཞེས་པའི་བྱེད་པ་པོ་མྱུ་གུ་སོགས་ལ་བརྟེན་དགོས་པས་རྟེན་དང་བརྟེན་པའོ།།

又生果之作用，必曰「此生」依芽等作者而立，故成爲能依所依。

རྟེན་བརྟེན་པ་དོན་དམ་པར་གྲུབ་ན་ནི་རང་བཞིན་གཞན་དུ་འགྱུར་བ་མི་འཐད་པས། དུས་ནམ་གྱི་ཚེ་ཡང་བྱ་བ་རྟེན་དགོས་བས་མྱུ་གུ་སོགས་སྐྱེ་བ་ལ་ཕྱོགས་པའི་དུས་སུ་ཡང་། སྐྱེ་བའི་བྱ་བའི་རྟེན་དུ་མྱུ་གུ་ཡོད་དགོས་པས་རྒྱུ་འབྲས་གཉིས་དུས་མཉམ་དུ་འགྱུར་བ་སོགས་ཀྱིས་གནོད་པས་མི་འཐད་དོ།།

但能依所依若勝義有，則不應成爲他性。一切時中皆須有所依，故芽等趣向生時，亦應有生起作用所依之芽，則因果二法，犯同時有等過失，不應道理。

ཐ་སྙད་པའི་སྐྱེ་བ་ལ་ལན་ཅིག་རྟེན་བརྟེན་པར་སོང་ན་དུས་ཐམས་ཅད་དུ་འགྲོ་མི་དགོས་པས་མི་མཚུངས་སོ།།

其名言生，能依所依雖同時轉，非一切時皆必如是，故不相同。

---

①「家」，民族本作「者」，與文中「前者」相對應。

ས་བོན་དང་དུས་མཉམ་པའི་མྱུ་གུ་སྐྱེ་བའི་བྱ་བ་ནི། མྱུ་གུ་སྐྱེ་བ་ལ་ཕྱོགས་པའི་བྱ་བ་ཡིན་ལ། དེ་དང་མྱུ་གུ་གཉིས་སྒྲིར་རྟེན་བརྟེན་པ་ཡིན་བ་དང་། བྱ་བ་དེའི་དུས་སུ་མྱུ་གུ་མེད་ཀྱང་བྱ་བ་ཡོད་པ་མི་འགལ་བ་ནི། དཔེར་ན་སྒྲིར་འབྲེལ་ཡུལ་ཁེགས་ན་འབྲེལ་པོ་ལྡོག་པ་དང་། ས་བོན་འབྲེལ་ཡུལ་དང་མྱུ་གུ་འབྲེལ་པོ་ཡིན་པ་དང་། མྱུ་གུའི་དུས་ན་ས་བོན་ལོག་ཀྱང་མྱུ་གུ་མི་ལྡོག་པ་མི་འགལ་བ་བཞིན་ནོ། །

又與種子同時之生芽作用，是芽趣向於生之作用。雖此與芽亦是能依所依，但於彼時芽尚未有而有作用，亦不相違。如遣所依處亦遣能依法，是通常規。但種子是所依處，芽是能依法，於生芽時，種子雖遣，芽固存在，亦不相違。（同體系者，無所依則無能依；因果繫者，因滅果猶存也。）

དེ་འདྲ་བའི་ཚུལ་གྱིས་རིགས་པས་ཕར་ལ་བཀག་པ་དང་། བཀག་པའི་རིགས་པ་རང་ལ་མི་ལྡོག་པ་ལེགས་པར་ཤེས་ནས་དབུ་མའི་ལུགས་སྐྱོན་མེད་འཛུག་ཤེས་ན་དབུ་མ་པ་ཡིན་གྱི། འགོག་པའི་ཚེ་ལྟར་སྣང་འབའ་ཞིག་སྨྲས་ནས། དེ་ཉིད་རྩར་ལ་བཟློག་པའི་ཚེ་བསྙོན་འདིངས་པ་ལ་རེ་ན། ཁོ་བོ་ཅག་སྨྱོན་པ་དང་ལྷན་ཅིག་ཏུ་མི་རྩོད་དོ། །ཞེས་ཚིག་གསལ་ལས་གསུངས་པ་ལྟར་བྱའོ། །

若善了知以如是理破除他宗而自宗無犯，能正安立無過之中觀宗者，乃是中觀師。若破他時專說似能破，至他反難時，則以抵賴爲能事，即《顯句論》所說：「吾等不與瘋狂辯也。」

གཉིས་པ་ནི། འདིར་སྨྲས་པ་ས་མྱུག་དུས་མཉམ་པ་མེད་པས། ངོ་བོ་ཉིད་ཀྱིས་གཞན་ཉིད་མེད་པའི་ཕྱིར་གཞན་ལས་སྐྱེ་བ་མི་རིགས་ན། རྒྱུ་འབྲས་དུས་མཉམ་པ་ཡོད་པ་དེར་གཞན་ཉིད་ཡོད་པས་གཞན་སྐྱེ་ཡོད་དེ། དཔེར་ན་མིག་གི་རྣམ་ཤེས་དང་དེ་དང་དུས་མཉམ་པའི་ཚོར་བ་ལ་སོགས་པ་རྣམས་ལྟ་བུའོ། །

未二、依同時因果破他生。有作是說：「若種與芽非同時有，以無自性之他故，他生實不應理。若因果同時有，以有他故則有他生。如眼識與俱有受等。

མིག་དང་གཟུགས་སོགས་དང་ཚོར་བ་སོགས་ལྷན་ཅིག་འབྱུང་བ་རྣམས་དུས་མཉམ་པ་ཁོ་ནར་མིག་གི་རྣམ་ཤེས་སྐྱེད་པ་དེ་བཞིན་དུ། མིག་སོགས་དང་སེམས་ཀྱང་དུས་མཉམ་ཁོ་ནར་ཚོར་བ་ལ་སོགས་པ་རྣམས་ཀྱི་རྐྱེན་ཡིན་ནོ་ཞེས་ཁ་ཅིག་སྨྲའོ། །

眼、色、俱有受等，唯同時者，乃生眼識。如是眼等與心亦唯同時者，乃是受等之緣。」破彼，頌曰：

གལ་ཏེ་མིག་གི་བློ་ལ་རང་གི་སྐྱེ་བྱེད་དུས་གཅིག་པ། །མིག་ལ་སོགས་དང་ལྷན་ཅིག་འབྱུང་བ་འདུ་ཤེས་ལ་སོགས་ལས། །གཞན་ཉིད་ཡོད་ན་ཡོད་ལ་འབྱུང་བས་དགོས་པ་ཅི་ཞིག་ཡོད། །ཅི་སྟེ་དེ་མེད་ཅེ་ན་འདི་ལ་ཉེས་པ་བཤད་ཟིན་ཏོ། །

眼識若離①同時因，眼等想等而是他，

已有重生有何用，若謂無彼過已說。

གལ་ཏེ་མིག་གི་བློ་སྟེ་རྣམ་ཤེས་ལ་རང་གི་སྐྱེད་བྱེད་རང་དང་དུས་གཅིག་པ་མིག་ལ་སོགས་པ་དང་། དེ་དག་དང་ལྷན་ཅིག་འབྱུང་བའི་འདུ་ཤེས་ལ་སོགས་པ་རྣམས་རྒྱུན་ཉིད་དུ་རྟོག་ན། དེའི་ཚེ་འདུ་ཤེས་སོགས་ལ་བལྟོས་ནས་གཞན་ཉིད་ཡོད་དུ་ཆུག་ཀྱང་། རྒྱུ་དུས་ནས་ཡོད་པ་ལ་སླར་ཡང་འབྱུང་བས་དགོས་པ་ཅི་ཞིག་ཡོད་དེ་ཅུང་ཟད་ཀྱང་མེད་པས་སྐྱེ་བ་མེད་དོ། །

若汝妄計，與眼識同時之眼及俱有想等為能生因者，觀待想等縱使有他，然因位已有重生復有何用，既無少用，故他生非有。

ཅི་སྟེ་སྐྱེ་བ་མེད་པའི་སྐྱོན་སྤང་བར་འདོད་ནས་རྒྱུ་དུས་སུ་འབྲས་བུ་དེ་མེད་དོ་ཞེ་ན། དེའི་ཚེ་སྔ་ཕྱི་བ་འདི་ལ་ངོ་བོས་གྲུབ་པའི་གཞན་མེད་པའི་ཉེས་པ་སྔར་བཤད་ཟིན་ཏོ། །

若欲避免無生之過，謂因位無彼果者，則前後法中無自性之他，過失如前已說。

དེ་ལྟར་ན་རིགས་པ་འདིས་ནི་རྒྱུ་འབྲས་སུ་འདོད་པ་ལ་གཞན་ཉིད་ཡོད་ཀྱང་རང་བཞིན་གྱིས་སྐྱེ་བ་མི་སྲིད་ལ། དེའི་ཕྱིར་གཞན་ལས་སྐྱེ་བ་མི་སྲིད་པར་སྟོན་ཞིང་། རིགས་པ་སྔ་མས་ནི་རྒྱུ་འབྲས་ལ་སྐྱེ་བ་སྲིད་ཀྱང་རང་བཞིན་གྱིས་གཞན་ཡིན་པ་མི་སྲིད་ལ། དེའི་ཕྱིར་གཞན་སྐྱེ་མི་སྲིད་པར་སྟོན་ཏོ། །

此理是說：所計因果縱使有他，然無自性之生，故他生非有。前理是說，所計因果即使有生，然無自性之他，故他生非有。

དེས་ན་གཞན་ལས་སྐྱེ་བ་ཡོད་ཅེས་པ་ནི་བརྗོད་བྱའི་དོན་གྱིས་སྟོང་པས་སོང་སོང་ནས། དེ་ལྟར་བརྗོད་པའི་སྒྲ་འབའ་ཞིག་ལྷག་མར་ལུས་པར་འགྱུར་རོ། །

汝所言他生，但有其名，空無實義也。

① 「若離」，頌作「可有」。

གསུམ་པ་ནི།

午三、觀果四句破他生

སྐྱེད་པར་འབྱེད་པ་བསྐྱེད་བྱ་གཞན་སྐྱེད་པ་དེ་རྒྱུ་ཡིན་ན། །ཡོད་པའམ་འོན་ཏེ་མེད་དང་གཉི་ག་གཉིས་བྲལ་ཞིག་སྐྱེད་གྲང་། །ཡོད་ན་སྐྱེད་བྱེད་ཅི་དགོས་མེད་ལའང་དེས་ནི་ཅི་ཞིག་བྱ། །གཉིས་ཉིད་ལ་དེས་ཅི་བྱ་གཉིས་དང་བྲལ་ལའང་དེས་ཅི་བྱ། །

生他所生能生因，爲生有無二俱非，

有何用生無何益，二俱俱非均無用。

སྐྱེད་པར་བྱེད་པ་བསྐྱེད་བྱ་རང་ལས་གཞན་སྐྱེད་པ་དེ་རྒྱུ་ཡིན་ན། རྒྱུ་དེས་འབྲས་བུ་རང་བཞིན་གྱིས་ཡོད་པའམ། འོན་ཏེ་མེད་པ་དང་། ཡོད་མེད་གཉིས་ཀ་དང་། ཡོད་མེད་གཉིས་ཀ་དང་བྲལ་བ་ཞིག་སྐྱེད་གྲང་སྙེ་བརྟག་གོ །

若謂此能生生他所生，即是因者。當觀彼因，爲生已有之自性果，爲生無果，爲生亦有亦無之二俱果，爲生非有非無之俱非果耶？

དེ་ལ་རེ་ཞིག་འབྲས་བུ་རང་བཞིན་གྱིས་ཡོད་ན་དེ་ལ་སྐྱེད་བྱེད་ཀྱི་རྐྱེན་ཅི་ཞིག་དགོས་ཏེ་མི་དགོས་ཏེ། རང་བཞིན་གྱིས་ཡོད་པ་སྐྱེ་ན་སྐྱེས་ཟིན་སླར་ཡང་སྐྱེ་བར་འགྱུར་ལ། དེ་ཡང་མི་རིགས་པར་བསྟན་ཟིན་པའི་ཕྱིར་རོ། །

若謂已有自性果者，則復何用彼能生之緣？若生已有自性者，則成生已復生，此不應理。前已說故。

འབྲས་བུ་མེད་པ་ལའང་རྐྱེན་དེས་ཅི་ཞིག་བྱ་སྟེ། བོང་བུའི་རྭ་ལྟར་མེད་པའི་ཕྱིར་རོ། །

若無果者，則彼生緣亦有何益，如兔角非有故。

ཡོད་མེད་གཉིས་ཀ་ཚོགས་པ་ཉིད་ལ་རྐྱེན་དེས་ཅི་ཞིག་བྱ་སྟེ། དེ་གཉིས་ཚོགས་པ་མི་སྲིད་པའི་ཕྱིར་རོ། །

亦有亦無者，緣有何用，有無二俱定非有故。

ཡོད་མེད་གཉིས་ཀ་དང་བྲལ་བ་དེ་ལའང་རྐྱེན་དེས་ཅི་ཞིག་བྱ་སྟེ། དེ་གཉིས་གང་ཡང་མིན་པ་མི་སྲིད་པའི་ཕྱིར་རོ། །

非有非無者，緣亦何用，俱非有無定非有故。

卷五

卷　六

釋第六勝義菩提心之三

གཉིས་པ་ལ་གཉིས། འཇིག་རྟེན་གྱི་གྲགས་པས་གཞན་སྐྱེ་ཁས་བླངས་ནས་འཇིག་རྟེན་གྱི་གནོད་པ་སྤང་བ། འཇིག་རྟེན་གྱི་ཐ་སྙད་དུ་ཡང་གཞན་སྐྱེ་མེད་པས་འཇིག་རྟེན་གྱི་གནོད་པ་སྤང་བའོ། །

巳二、釋世間妨難分二：午一、假使世間共許他生釋世妨難，午二、明世名言亦無他生釋世妨難。

དང་པོ་ལ་གཉིས། འཇིག་རྟེན་གྱིས་གནོད་པའི་རྩོད་པ་དང་། དེས་མི་གནོད་པའི་ལན་བསྟན་པའོ། །

初又分二：未一、世間妨難，未二、答無彼難。

དང་པོ་ནི། གལ་ཏེ་གཞན་སྐྱེ་སྒྲུབ་པའི་ཕྱིར་དུ་རིགས་པ་གང་སྨྲས་པ་དེ་ནི། བུད་ཤིང་སྐམ་པོ་མར་གྱིས་བྲན་པ་ལྟར་ཁྱོད་ཀྱིས་བློ་གྲོས་ཀྱི་མེས་མ་ལུས་པར་བསྲེགས་པས། ཁྱོད་ཀྱི་ཤེས་རབ་ཀྱི་མེ་སྦར་བའི་རིགས་པའི་བུད་ཤིང་བསྐྱལ་བ་དེས་ཆོག་གི་ད་དེ་བསྐྱལ་མི་དགོས་སོ། །

今初，外曰：前爲成立他生所說諸理，如乾薪上注以油脂，被汝慧火焚燒殆盡，能使汝慧火熾盛之理薪，前者已足，不可更加矣。

འོ་ན་རིགས་པ་མ་བསྟན་པར་གཞན་སྐྱེ་འདོད་པའི་དོན་མི་འགྲུབ་པ་མ་ཡིན་ནམ་ཞེ་ན། དེ་ནི་མ་ཡིན་ཏེ་གང་ཞིག་འཇིག་རྟེན་ལས་གྲུབ་པ་དེར་ནི། རིགས་པ་གཞན་གྱིས་ཅི་ཡང་བྱ་བ་མེད་དེ། འཇིག་རྟེན་གྱི་མཐོང་བ་ནི་ཤིན་ཏུ་སྟོབས་དང་ལྡན་པའི་ཕྱིར་རོ་ཞེས་བཤད་པ།

問：倘不述正理，則所許他生之義，寧非不成？外曰：不爾。以世間成立者，不須更用餘理成立，世間現見最有力故。頌曰：

གང་གིས་རང་ལྟ་ལ་གནས་འཇིག་རྟེན་ཚད་མར་འདོད་པས་ན། །འདིར་ནི་རིགས་པ་སྨྲས་པ་ཉིད་ཀྱིས་ལྟ་ཀོ་ཅི་ཞིག་བྱ། །གཞན་ལས་གཞན་འབྱུང་བ་ཡང་འཇིག་རྟེན་པ་ཡིས་རྟོགས་འགྱུར་ཏེ། །དེས་ན་གཞན་ལས་སྐྱེ་ཡོད་འདིར་ནི་རིགས་པ་ཅི་ཞིག་དགོས། །

世住自見許爲量，此中何用說道理，

他從他生亦世知，故有他生何用理。

གང་གིས་འཇིག་རྟེན་པ་ཐམས་ཅད་རང་གི་ལྟ་བ་ཁོ་ན་ལ་གནས་ནས། འཇིག་རྟེན་གྱི་མཐོང་བ་ཚད་མར་འདོད་པས་ན་ཤིན་ཏུ་སྟོབས་དང་ལྡན་ཞིང་། ངོ་བོ་ཉིད་ཀྱིས་གྲུབ་པའི་རྒྱུ་གཞན་ལས་འབྲས་བུ་གཞན་འབྱུང་བ་ཡང་འཇིག་རྟེན་པ་རྣམས་ཀྱིས་མངོན་སུམ་དུ་རྟོགས་པར་འགྱུར་ཏེ། རིགས་པའི་འཐད་པ་ཡང་ཉེ་བར་འགོད་པ་ན། མངོན་སུམ་དུ་གྱུར་མ་གྱུར་གཉིས་ལས་གཉིས་པ་ལ་འགོད་པ་ཡིན་ལ།

一切世間皆住自見，許世所見即爲定量，此最有力。從他有自性之因，生他有自性之果，亦是世人現所見者。用正理成立者，謂現見不現見二法之中是不現見法。

དང་པོ་ནི། མངོན་སུམ་ཚད་མས་གྲུབ་པའི་ཕྱིར་དེ་ལ་འཐད་པ་འགོད་པ་མ་ཡིན་ནོ། །

前現見法，由現量成立故，不須更用正理成立。

དེའི་ཕྱིར་གཞན་སྐྱེ་ཡོད་པ་འདིར་ནི། དེ་ཡོད་པར་སྒྲུབ་པའི་རིགས་པ་གཞན་སྨྲས་པ་ཉིད་ཀྱིས་ལྟ་ཀོ་ཅི་ཞིག་བྱ། དེས་ན་གཞན་སྐྱེའི་སྒྲུབ་བྱེད་ཀྱི་འཐད་པ་གཞན་མེད་པར་ཡང་། དངོས་པོ་རྣམས་གཞན་ལས་སྐྱེ་བ་འགྲུབ་པས། གཞན་ལས་སྐྱེ་བ་ཡོད་པ་འདིར་ནི་རིགས་པ་གཞན་བསྟན་པས་དགོས་པ་ཅི་ཞིག་ཡོད་དེ་མེད་དེ། མངོན་སུམ་གྱིས་གྲུབ་པའི་ཕྱིར་རོ་ཞེ་ན།

今此他生亦復何須說餘道理成立爲有，縱無餘理成立他生，諸法他生亦能成立。故今成立有他生中，說餘道理更有何用，以現量已成立故。

གཉིས་པ་ནི། གང་ཞིག་གསུང་རབ་ཀྱི་དོན་ཕྱིན་ཅི་མ་ལོག་པར་མ་རྟོགས་ཤིང་། འཁོར་བ་ཐོག་མ་མེད་པ་ནས་དངོས་པོ་བདེན་འཛིན་གྱི་བག་ཆགས་བཞག་པ་སྨིན་པ་ལས་བྱུང་བའི་དངོས་པོ་ལ་བདེན་པར་མངོན་པར་ཞེན་པ་ཡུན་རིང་མོ་ནས་འདྲིས་པའི་མཛའ་བོ་དང་བྲལ་བ་སྟེ། འབྲལ་བར་བྱེད་པའི་ཐབས་རང་བཞིན་མེད་པའི་ཚུལ་ཡང་དང་ཡང་དུ་ཐོས་པ་དང་བྲལ་བ། འཇིག་རྟེན་གྱི་གནོད་པའི་རྗོལ་ཐབས་ཏེ་ཀླ་བརྗོལ་ལ་བརྟེན་པ་འདི་ནི།

未二、答無彼難。此乃未能無倒了知教義，復因無始生死以來，實執習氣成熟之力，恆於諸法執爲實有，如同親友。未多聽聞捨離方便無自性理。（釋論謂：驟聞令捨執法親友，深生不忍。）以是狂叫世間違害也。

འཇིག་རྟེན་གྱི་བྱུང་ཚུལ་མང་པོ་ཞིག་མ་བཤད་པར་འཇིག་རྟེན་གྱི་གནོད་པའི་ཀླ་བརྗོལ་ལས་བཟློག་པར་མི་ནུས་པས། ཡུལ་འདི་འདྲ་བ་ཞིག་ལ་འཇིག་རྟེན་གྱིས་གནོད་དོ་ཞེས་དེའི་གནོད་ཡུལ་ཁྱད་པར་ཅན་དང་། ཡུལ་འདི་འདྲ་བ་ལ་འཇིག་རྟེན་གྱིས་མི་གནོད་དོ་ཞེས་མི་གནོད་པའི་ཡུལ་ཁྱད་པར་ཅན་བསྟེན་དགོས་སོ། །

若不廣說世間道理，不能遣除世間違害之狂叫，故當詳說何等境界爲世間所違害，與何等境界爲世所不違害，闡明可害境與不可害境之差別。

དེ་ལ་བདེན་པ་གཉིས་ཀྱི་རྣམ་དབྱེ་བསྟན་པ་སྔོན་དུ་འགྲོ་བ་དགོས་པ་ལ་ལྔ།

此須先說二諦差別，分五：

བདེན་པ་གཉིས་ཀྱི་སྤྱིའི་རྣམ་གཞག །སྐབས་ཀྱི་དོན་ལ་སྦྱར་བ། བདེན་གཉིས་སོ་སོའི་ངོ་བོ་བཤད་པ། བཀག་པ་ལ་འཇིག་རྟེན་གྱིས་གནོད་པ་ལ་གནོད་བྱེད་བསྟན་པ། འཇིག་རྟེན་གྱིས་གནོད་པའི་གནོད་ཚུལ་བསྟན་པའོ། །

申一、二諦總建立，申二、正釋此處義，申三、別釋二諦體，申四、明破他生無世妨難，申五、明世間妨難之理。

དང་པོ་ལ་བཞི། བདེན་གཉིས་སུ་དབྱེ་བས་ཆོས་རྣམས་ལ་ངོ་བོ་གཉིས་གཉིས་ཡོད་པར་བརྗོད་པ། བདེན་གཉིས་ཀྱི་རྣམ་གཞག་གཞན་བསྟན་པ། འཇིག་རྟེན་ལ་ལྟོས་ཏེ་ཀུན་རྫོབ་ཀྱི་དབྱེ་བ་བཤད་པ། ཞེན་ཡུལ་ལ་འཁྲུལ་པའི་ཞེན་ཡུལ་ཐ་སྙད་དུ་ཡང་མེད་པར་བསྟན་པའོ། །

初又分四：酉一、由分二諦說諸法各有二體，酉二、明二諦餘建立，酉三、觀待世間釋俗諦差別，酉四、明名言中亦無亂心所著之境。

དངོས་ཀུན་ཡང་དག་བརྫུན་པ་མཐོང་བ་ཡིས། །དངོས་རྙེད་ངོ་བོ་གཉིས་ནི་འཛིན་པར་འགྱུར། །
ཡང་དག་མཐོང་ཡུལ་གང་དེ་དེ་ཉིད་དེ། །མཐོང་བ་བརྫུན་པ་ཀུན་རྫོབ་བདེན་པར་གསུངས། །

由於諸法見真妄，故得諸法二種體，
說見真境即真諦，所見虛妄名俗諦。

དང་པོ་ནི། འདི་ན་བདེན་གཉིས་ཀྱི་རང་གི་ངོ་བོ་ཕྱིན་ཅི་མ་ལོག་པ་མཁྱེན་པའི་བཅོམ་ལྡན་འདས་རྣམས་ཀྱིས་འདུ་བྱེད་སེམས་པ་སོགས་ནང་དང་མྱུ་གུ་སོགས་ཕྱི་རོལ་གྱི་དངོས་པོ་ཀུན་ཏེ་ཐམས་ཅད་ཀྱི་རང་གི་ངོ་བོ་རྣམ་པ་གཉིས་ནི་འཛིན་པར་འགྱུར་བར་ཉེ་བར་བསྟན་ཏེ། དེ་གང་ཞེ་ན། ཀུན་རྫོབ་བདེན་པའི་ངོ་བོ་དང་དོན་དམ་བདེན་པའི་ངོ་བོའོ། །

今初，諸佛世尊，正知二諦體性，宣說行思與芽等內外一切諸法有二體性：謂世俗諦體與勝義諦體。

འདིས་ནི་མྱུ་གུ་ལྟ་བུ་གཅིག་གི་ངོ་བོ་ལ་ཡང་ཕྱེ་ན་ཀུན་རྫོབ་ཡིན་པ་དང་། དོན་དམ་པའི་ངོ་བོ་གཉིས་ཡོད་པར་སྟོན་གྱི་མྱུ་གུའི་ངོ་བོ་གཅིག་ཉིད་སོ་སྐྱེ་དང་འཕགས་པ་ལ་བལྟོས་ནས་བདེན་པ་གཉིས་སུ་བསྟན་པ་གཏན་མིན་ནོ། །

此是說如芽一法之體，亦可分世俗與勝義二體，非說芽之一體，觀待異生與聖者，分爲二諦也。

དེ་ལྟར་བྱས་ན་ངོ་བོ་མེད་པའི་ཆོས་མི་སྲིད་པས། གཞི་གྲུབ་པ་ཡིན་ན་ངོ་བོ་གཅིག་དང་ཐ་དད་ལས་མི་འདའ་ལ། ངོ་བོ་ཡོད་པ་ཁས་ལེན་ཀྱང་རང་བཞིན་གྱིས་གྲུབ་པའི་ངོ་བོ་མེད་པ་མི་འགལ་ལོ། །

由此當知絕無無體之法。凡是有法，即不能超出一體異體。雖許有此體，然無自性之體亦不相違。

དེ་ལ་མྱུ་གུ་ལ་སོགས་པའི་དངོས་པོའི་ངོ་བོ་དོན་དམ་པ་ནི། ཡང་དག་པའི་དོན་མངོན་སུམ་དུ་མཐོང་བ་རྣམས་ཀྱི་ཡེ་ཤེས་ཀྱི་ཁྱད་པར་གྱི་ཡུལ་ཉིད་ཀྱིས་བདག་གི་རང་གི་ངོ་བོ་རྙེད་པ་ཡིན་གྱི། རང་གི་བདག་ཉིད་ཀྱིས་གྲུབ་པ་ནི་མ་ཡིན་ཏེ། འདི་ནི་ངོ་བོ་གཉིས་བཤད་པའི་གཅིག་ཡིན་ནོ། །

芽等諸法勝義諦體者，謂現見真義殊勝智所得之境體。此是二體之一，非自性有。

ཡེ་ཤེས་ཀྱི་ཁྱད་པར་ཞེས་པ་ནི་འཕགས་པའི་ཡེ་ཤེས་གང་ཡིན་གྱིས་རྙེད་པ་མིན་པར་ཡེ་ཤེས་ཀྱི་ཁྱད་པར་ཏེ་བྱེ་བྲག་པ་ཞིག་ལ་བྱེད་དེ། དེ་ཡང་ཇི་ལྟ་བ་འཇལ་བའི་ཡེ་ཤེས་ཀྱིས་རྙེད་པའོ། །

言殊勝智者，簡非一切聖智所得，乃如所有智之所得也。

ཡེ་ཤེས་དེས་རྙེད་པའམ་གྲུབ་པར་བསྟན་པ་ན་དེས་གྲུབ་རྒྱུ་ཞིག་བྱུང་ན་བདེན་གྲུབ་པོ་ཞེས་འཛིན་པ་དགག་པའི་ཕྱིར། རང་གི་བདག་ཉིད་ཀྱིས་གྲུབ་པ་ནི་མ་ཡིན་ནོ། །ཞེས་གསུངས་པས་འཕགས་པའི་མཉམ་གཞག་གི་ཡེ་ཤེས་ཀྱིས་དོན་དམ་བདེན་པ་གཞལ་ན། བདེན་གྲུབ་ཏུ་འགྱུར་བས་དེ་ཤེས་བྱ་མ་ཡིན་པ་སློབ་དཔོན་འདིའི་ལུགས་སུ་སྨྲ་བ་ནི། ལུགས་འདིས་མཉམ་གཞག་གིས་རྙེད་ཀྱང་བདེན་པར་མ་གྲུབ་པར་བཤད་པའི་དོན་ཡེ་མ་རྟོགས་བཞིན་དུ་མཁས་པའི་ལུགས་ཉམས་སུ་འཇུག་པའོ། །

此說是彼智所得者，爲破妄執彼智所得即是實有故。既言非自性有，故知有說：「聖根本智若量勝義諦，即成實有，非所知①攝，認爲是此師正宗」者，實未了解此宗所說：「雖是聖根本智所得，然非實有之義。」致令智者正宗日趣壞滅也。

①「知」，民族本作「智」。

དོན་དམ་ལས་གཞན་ཀུན་རྫོབ་པའི་ངོ་བོ་ནི། སོ་སོ་སྐྱེ་བོ་མ་རིག་པའི་རབ་རིབ་ཀྱི་ལིང་ཏོག་གིས་བློའི་མིག་མ་ལུས་པར་ཁེབས་པ་རྣམས་ཀྱིས་བརྫུན་པ་མཐོང་བའི་སྟོབས་ལས་བདག་གི་ངོ་བོ་ཡོད་པ་རྙེད་པ་ཡིན་ཏེ། བྱིས་པ་རྣམས་ཀྱི་མཐོང་བའི་ཡུལ་དུ་རང་གི་མཚན་ཉིད་ཀྱིས་གྲུབ་པར་སྣང་བ་དེ་བཞིན་དུ་རང་གི་ངོ་བོ་ཡོད་པ་ནི་མིན་ཏེ་ངོ་བོ་གཉིས་ཀྱི་གཅིག་ཡིན་ནོ། །

餘世俗諦體者：謂諸異生爲無明翳障蔽慧眼，由彼妄見之力所得體性①。此是二體之一，然非如異生所見境自相，即實有彼自性也。

དེ་ལྟར་དོན་དམ་བདེན་པ་རྙེད་པ་ལ་རྙེད་མཁན་འཕགས་པར་གསུངས་པ་ནི་གཙོ་བོ་ཡིན་པ་ལ་དགོངས་ཀྱིས། སོ་སོ་སྐྱེ་བོ་དབུ་མའི་ལྟ་བ་རྒྱུད་ལྡན་གྱིས་ཀྱང་མི་རྙེད་པར་བཞེད་པ་མིན་ནོ། །

如是說得勝義諦時，以聖人爲能得者，意取主要者說，非說具中觀見之異生全不能得也。

ཀུན་རྫོབ་རྙེད་པ་ལ་རྙེད་མཁན་སོ་སྐྱེ་རང་དགའ་བ་ལ་གསུངས་པ་ཡང་། ཀུན་རྫོབ་པའི་མཚན་གཞི་ཕྱི་ནང་གི་དངོས་པོ་རྣམས་མ་རིག་པའི་གཞན་དབང་གིས་མཐོང་བའི་གཙོ་བོ་ལ་དགོངས་ཀྱི། འཕགས་པའི་རྒྱུད་ཀྱི་ཐ་སྙད་པའི་ཚད་མས་དངོས་པོ་དེ་རྣམས་མི་རྙེད་པར་བཞེད་པ་མིན་ནོ། །

說得世俗諦時以通常異生爲能得者，亦意取主要由無明增上，見內外諸世俗法者，非說聖者身中之名言量不能得彼諸法也。

ཀུན་རྫོབ་ཀྱི་བདེན་པའི་མཚན་གཞི་བུམ་པ་ལ་སོགས་པ་རྙེད་པ་དབུ་མའི་ལྟ་བ་མ་རྙེད་པ་ལ་ཡང་ཡོད་མོད་ཀྱང་། གཞི་དེ་ཀུན་རྫོབ་ཀྱི་བདེན་པ་ཡིན་པར་ཚད་མས་རྙེད་པ་ལ་ནི། སྔོན་དུ་དབུ་མའི་ལྟ་བ་རྙེད་པ་ཅིག་ངེས་པར་དགོས་ཏེ། གཞི་དེ་ཀུན་རྫོབ་བདེན་པར་གྲུབ་ན་བརྫུན་པར་འགྲུབ་དགོས་ཤིང་། བརྫུན་པར་དངོས་སུ་འགྲུབ་པ་ལ་གཞི་དེ་ལ་སྔོན་དུ་བདེན་གྲུབ་ཚད་མས་ཁེགས་དགོས་པའི་ཕྱིར་རོ། །

未得中觀見者，雖亦能得瓶等世俗諦法，然以正量了知彼法爲世俗諦，則必須先得中觀正見。以成立彼法爲世俗諦，必須先成立爲虛妄，正能成立爲虛妄者，則於彼法先須以正量破其實有故。

དེས་ན་བརྫུན་པ་མཐོང་བའི་སྟོབས་ལས་ཞེས་པ་ནི། གང་ཟག་རང་དགའ་བ་དེ་རྣམས་ཀྱིས་བརྫུན་པ་མཐོང་ཡང་དེ་དག་གིས་བརྫུན་པར་འགྲུབ་མི་དགོས་ཏེ། དཔེར་ན་སྒྱུ་མའི་ལྟད་མོ་བས་སྒྱུ་མའི་རྟ་གླང་མཐོང་བ་ན་བརྫུན་པར་མཐོང་ཡང་། སྣང་བ་དེ་བརྫུན་པར་འགྲུབ་མི་དགོས་པ་བཞིན་ནོ། །

①「所得體性」，PDF作「所得（有我之）體性」。

言由妄見力者：謂通常衆生雖亦能見妄法，然非彼衆生皆能成立（能知）爲虛妄。如觀幻術人見所幻之象馬時，雖見妄法，然非能知所見爲妄也。

དེས་ན་ཀུན་རྫོབ་བདེན་པར་འཛོག་བྱེད་བརྫུན་པ་མཐོང་བས་རྙེད་པའི་དོན་ནི། ཤེས་བྱ་བརྫུན་པ་སླུ་བའི་དོན་འཇལ་བའི་ཐ་སྙད་པའི་ཚད་མས་རྙེད་པའོ། །

以是當知安立世俗諦謂妄見所得義者，是說能量虛妄所知境諸名言量之所得也。

སྔར་བཤད་པའི་རང་བཞིན་ནམ་ངོ་བོ་དེ་གཉིས་ལས་ཀྱང་། ཡང་དག་པའི་དོན་མཐོང་བ་སྟེ་འཇལ་བའི་རིགས་ཤེས་ཀྱིས་རྙེད་པའི་ཡུལ་གང་ཡིན་པ་དེ་ནི། དེ་ཉིད་དེ་དོན་དམ་པའི་བདེན་པ་སྟེ། འདི་ནི་རབ་རིབ་མཐུ་ཡིས་ཞེས་སོགས་ཀྱི་སྐབས་སུ་བཤད་པར་བྱའོ། །

如前所說二種體性之中，能見真義理智所得之境即勝義真諦。此於下文「由眩翳力」等時，茲當廣說。

ཤེས་བྱ་བརྫུན་པ་མཐོང་བ་ཐ་སྙད་པའི་ཚད་མས་རྙེད་པ་ནི་ཀུན་རྫོབ་ཀྱི་བདེན་པར་སྟོན་པས་གསུངས་ཏེ། དོན་དམ་པ་དང་ཀུན་རྫོབ་རྙེད་པའི་གཞི་གཉིས་སོ་སོར་གསུངས་ཀྱི་གཅིག་ལ་རྙེད་ཚུལ་གཉིས་བྱུང་བ་མིན་ནོ། །

能見虛妄所知諸名言量所得者，大師說名世俗諦。此說所得勝義世俗二事各別，非於一事有二種得相也。

卷六

གཉིས་པ་ནི། བདེན་པ་གཉིས་ཀྱི་དབྱེ་གཞི་ལ་འདོད་ཚུལ་མི་འདྲ་བ་མང་མོད་ཀྱང་། འདིར་ཤེས་བྱ་ལ་བྱ་སྟེ་ཡབ་སྲས་མཇལ་བའི་མདོ་བསླབ་བཏུས་སུ་དྲངས་པ་ལས། འདི་ལྟར་དེ་བཞིན་གཤེགས་པས་ཀུན་རྫོབ་དང་དོན་དམ་པ་གཉིས་ཐུགས་སུ་ཆུད་དེ། ཤེས་པར་བྱ་བ་ཡང་ཀུན་རྫོབ་དང་དོན་དམ་པའི་བདེན་པ་འདིར་ཟད་དེ། དེ་ཡང་བཅོམ་ལྡན་འདས་ཀྱིས་སྟོང་པ་ཉིད་དུ་རབ་ཏུ་གཟིགས་རབ་ཏུ་མཁྱེན། ལེགས་པར་མངོན་དུ་བྱས་པས་དེའི་ཕྱིར་ཐམས་ཅད་མཁྱེན་པ་ཞེས་བྱའོ། །ཞེས་གསུངས་ཏེ།

酉二、明二諦餘建立。二諦之所依[1]，雖有多種解釋，此中是以所知爲依。如《集學論》引《父子相見會》云：「如來了知世俗勝義，所知亦唯世俗勝義二諦中攝。諸佛世尊由於空性善見、善知、善證，故名一切種智。」

[1]「二諦之所依」，PDF作「二諦（分類）之所依」。

ཤེས་པར་བྱ་བ་ཡང་ཞེས་པས་ཤེས་བྱ་དབྱེ་གཞི་དང་། འདིར་ཟད་དོ་ཞེས་པས་བདེན་གཉིས་སུ་གྲངས་ངེས་པ་དང་། བདེན་པ་གཉིས་ཀ་དེ་བཞིན་གཤེགས་པས་ཐུགས་སུ་ཆུད་པའི་ཕྱིར་ཐམས་ཅད་མཁྱེན་པར་བསྟན་ཏོ། །

言所「所知亦唯」，明所知為依。言「二諦中攝」者，明二諦數決定，及明如來由了知二諦故名一切種智。

དེས་ན་དོན་དམ་བདེན་པ་ཤེས་བྱ་མ་ཡིན་པ་དང་། བློ་གང་གིས་ཀྱང་མ་རྟོགས་པ་སྤྱོད་འཇུག་གི་དགོངས་པར་འཆད་པ་ནི་ལོག་པར་འཆད་པའོ། །

故說「勝義諦非所知法，及說任何智慧皆不能證，為《入行論》意趣者」，實是倒說。

ཀུན་རྫོབ་ཀྱི་བདེན་པ་དང་དོན་དམ་པའི་བདེན་པ་གཉིས་སུ་འབྱེད་པ་ནི་དབྱེ་བའི་ངོ་བོའོ། །དབྱེ་བའི་དོན་ལ་ཡང་མི་འདྲ་བ་དུ་མ་ཞིག་འདུག་ཀྱང་། འདིར་ནི་གཉིས་ཀ་ལ་ངོ་བོ་ཡོད་ལ། དེ་ལ་ངོ་བོ་གཅིག་དང་ཐ་དད་གང་ཡང་མིན་པ་མི་སྲིད་པའི་ཕྱིར་དང་། ཆོས་ཅན་རྣམས་བདེན་སྟོང་ལས་ངོ་བོ་ཐ་དད་ན་བདེན་གྲུབ་ཏུ་འགྱུར་བའི་ཕྱིར། ངོ་བོ་གཅིག་ལ་ལྡོག་པ་ཐ་དད་པ་བྱས་པ་དང་མི་རྟག་པ་ལྟ་བུ་སྟེ།

世俗勝義二諦是所分體。所分之義雖有多解，此中則說二俱有體。又彼體性，亦定非是非一非異。諸有法體，若異空性，反成實有，故是一體，觀待為異，如所作與無常。

བྱང་ཆུབ་སེམས་འགྲེལ་ལས། ཀུན་རྫོབ་ལས་ནི་ཐ་དད་པར། །དེ་ཉིད་དམིགས་པ་མ་ཡིན་ཏེ། །ཀུན་རྫོབ་སྟོང་པ་ཉིད་དུ་བཤད། །སྟོང་ཉིད་ཁོ་ན་ཀུན་རྫོབ་ཡིན། མེད་ན་མི་འབྱུང་ངེས་པའི་ཕྱིར། །བྱས་དང་མི་རྟག་དག་བཞིན་ནོ། །ཞེས་གསུངས་སོ། །

《菩提心釋》云：「異於世俗諦，真諦不可得，說俗諦即空，唯空即世俗。離一餘亦無，如所作無常。」

རྐང་པ་དང་པོ་བཞིའི་དོན་ནི་ཀུན་རྫོབ་ལས་ངོ་བོ་ཐ་དད་པར་དེ་ཁོ་ན་ཉིད་ཡོད་པ་མིན་ཏེ། ཀུན་རྫོབ་པ་རྣམས་བདེན་པས་སྟོང་པ་ཡིན་པའི་ཕྱིར་དང་། བདེན་སྟོང་ཉིད་ཀྱང་གཞི་ཀུན་རྫོབ་ལ་འཇོག་པའི་ཕྱིར་ཞེས་པའོ། །

初四句義，謂非離世俗別有異體之真諦，即諸世俗法諦實空故。諦實空性亦即於世俗事上而安立故。

དེ་ནས་གཉིས་ཀྱིས་ནི་དེ་ལྟར་ཡིན་དང་མེད་ན་མི་འབྱུང་བའི་འབྲེལ་བ་ངེས་ལ། དེ་ཡང་བདག་གཅིག་པའི་འབྲེལ་བ་ཡིན་པས་བྱས་མི་རྟག་བཞིན་དུ་ངོ་བོ་གཅིག་པར་བསྟན་ནོ། །

次二句，明「無則不有」之關係決定，復是同體係，如所作與無常是一體性。

ཕྱེ་བ་སོ་སོའི་ངོས་འཛིན་ནི་སྔར་ཚད་མ་གཉིས་ཀྱིས་རྙེད་པ་སོ་སོའི་མཚན་ཉིད་དུ་བཤད་པ་བཞིན་ནོ། །

所分之義，謂如上所說二量所得，即各別體相。

གལ་ཏེ་འདི་དང་སྤྱོད་འཇུག་གཉིས་མཐུན་པར་འཆད་ན་དེ་ཉིད་ལས། ཀུན་རྫོབ་དང་ནི་དོན་དམ་སྟེ། །འདི་ནི་བདེན་པ་གཉིས་སུ་འདོད། །དོན་དམ་བློ་ཡི་སྤྱོད་ཡུལ་མིན། །བློ་ནི་ཀུན་རྫོབ་ཡིན་པར་བརྗོད། ཅེས་གསུངས་པ་འདི་ཇི་ལྟར་བཤད་པར་བྱ་ཞེ་ན།

設作是念，若說本論與《入行論》義同者，彼論云：「世俗與勝義，許此為二諦，勝義非慧境，說慧是世俗。」復如何通？

དེ་ལ་རྐང་པ་དང་པོ་གཉིས་ཀྱིས་བདེན་གཉིས་ཀྱི་དབྱེ་བ་བསྟན་ལ། ཕྱེ་བ་སོ་སོའི་ངོ་བོ་ངོས་འཛིན་པ་ན་དོན་དམ་བདེན་པའི་ངོས་འཛིན་ནི། དོན་དམ་ཞེས་པ་གཅིག་གིས་དང་། ཀུན་རྫོབ་བདེན་པའི་ངོས་འཛིན་ཀུན་རྫོབ་ཅེས་པ་གཅིག་གིས་སྟོན་ནོ། །

答：彼前二句是明二諦差別，後二句明所分體。「勝義」一句明勝義諦。「說慧」一句明世俗諦。

རྐང་པ་སྔ་མས་དོན་དམ་བདེན་པ་བློའི་ཡུལ་མིན་པར་དམ་བཅས་པ་རྐང་པ་ཕྱི་མས་སྒྲུབ་པར་འདོད་པ་ནི། གཞུང་དེ་དག་གི་དོན་དུ་གཏན་མི་སྣང་ངོ་། །

有說前句（第三句）立勝義諦非慧境之宗，以後句（第四句）成立者，實非論義。

དེས་ན་བདེན་གཉིས་ཀྱི་ངོས་འཛིན་འདི་ནི་ཡབ་སྲས་མཇལ་བ་བསླབ་བཏུས་སུ་དྲངས་པ་ལས། དེ་ལ་ཀུན་རྫོབ་ནི་འཇིག་རྟེན་གྱི་སྤྱོད་པར་དེ་བཞིན་གཤེགས་པས་གཟིགས་སོ། །དོན་དམ་པ་གང་ཡིན་པ་དེ་ནི་བརྗོད་དུ་མེད་པ་སྟེ། ཤེས་པར་བྱ་བ་མ་ཡིན། རྣམ་པར་ཤེས་པར་བྱ་བ་མ་ཡིན་པ། ཡོངས་སུ་ཤེས་པར་བྱ་བ་མ་ཡིན་པ། མ་བསྟན་པ། ཞེས་སོགས་གསུངས་པའི་དོན་སྤྱོད་འཇུག་ཏུ་བཀོད་པའོ། །

彼所明二諦亦如《集學論》引《父子相見會》云：「此中世俗，如來見為世間所行，勝義諦者，不可說、非所知、非所識、非遍知、不可見。」《入行論》中即安立此義。

དེ་ལ་དོན་དམ་བདེན་པ་ཤེས་པར་བྱ་བ་མ་ཡིན་པར་བཤད་པའི་དོན་ནི། འོག་ནས་བདེན་པ་གཉིས་ལ་འཇུག་པའི་མདོ་དྲངས་པའི་དོན་འཆད་པར་འགྱུར་བ་ལྟར་དུ་བློའི་ཡུལ་དུ་མི་འགྱུར་བ་ཡིན་ནོ། །

卷六

此說勝義諦非所知者，義如下文所引《入二諦經》所說之慧，謂非彼慧境。

དེ་ལྟར་མི་འདོག་པར་བློ་གང་གི་ཡང་ཡུལ་མིན་ན། རྒྱལ་བས་ཀུན་རྫོབ་དང་དོན་དམ་པ་སྟོང་ཉིད་ཀྱི་རྣམ་པ་ཅན་ཐམས་ཅད་མངོན་དུ་གྱུར་པས་ཐམས་ཅད་མཁྱེན་པར་འཇོག་པར་བཤད་པ་དང་འགལ་ཏེ། འོག་ཏུ་ཡང་མང་དུ་འཆད་པར་འགྱུར་རོ། །

若謂全非任何智慧之境，則經說如來由現證世俗勝義一切空相安立爲一切種智，應成相違。下當廣說。

ཀུན་རྫོབ་བདེན་པའི་ངོས་འཛིན་ནི་བློ་རྐྱང་པ་དེར་འཇོག་པའི་དོན་མིན་གྱི་བློའི་ཡུལ་ཡིན་ལ། དེ་ཡང་འཇིག་རྟེན་གྱི་སྤྱོད་པར་ཞེས་གསུངས་པས། འཇིག་རྟེན་ཏེ་ཐ་སྙད་པའི་ཤེས་པ་བརྫུན་པ་འཛལ་བའི་སྤྱོད་པར་ཏེ་སྤྱོད་ཡུལ་དུ་རྙེད་པའི་དོན་ཡིན་པས། བློའི་ཡུལ་ཀུན་རྫོབ་པར་འདོད་པའི་དོན་དེ་བཞིན་དུ་བྱའོ། །

明世俗諦中，非說唯安立彼慧爲世俗諦，是說彼慧之境，如經云：「世間所行。」世間謂能量妄法之名言識。所行謂彼境中所得之義。論說慧境爲世俗諦，理亦如是。

ཤེས་བྱ་ལ་བདེན་པ་གཉིས་སུ་ཕྱེ་བ་ནི། ཤེས་བྱ་ལ་དེ་གཉིས་སུ་གྲངས་ངེས་པར་སྟོན་པ་ཡིན་ཏེ། འདི་ལ་ལུང་ནི་སྔར་དྲངས་པའི་ཡབ་སྲས་མཇལ་བ་དང་། འཕགས་པ་དེ་ཁོ་ན་ཉིད་ངེས་པར་བསྟན་པའི་ཏིང་ངེ་འཛིན་ལས་ཀྱང་། གང་ཞིག་ཀུན་རྫོབ་དེ་བཞིན་དོན་དམ་སྟེ། །བདེན་པ་གསུམ་པ་གང་ཡང་མ་མཆིས་སོ། །ཞེས་གསལ་བར་གསུངས་ཤིང་།

分所知爲二諦者，明所知中二諦決定，此中教證，《父子相見會》，前已引訖。《決定真實三摩地經》亦云：「謂世俗勝義，更無第三諦。」

རང་འགྲེལ་ལས་ཀྱང་། དེ་བཞིན་དུ་བདེན་པ་གཞན་གང་ཅུང་ཟད་ཅིག་ཡོད་པ་དེ་ཡང་ཅི་རིགས་པར་བདེན་པ་གཉིས་ཀྱི་ཁོངས་སུ་གཏོགས་པ་ཁོ་ནར་ངེས་པར་བྱའོ། །ཞེས་ས་བཅུ་པ་ལས་བདེན་པའི་མིང་ཅན་མང་དུ་གསུངས་པ་ཐམས་ཅད་བདེན་གཉིས་སུ་འདུས་པར་གསུངས་ཤིང་།

釋論亦云：「如是略有餘諦，隨其所應，當知唯是二諦中攝。」此說《十地經》所說多種諦名，一切皆歸二諦中攝。

དེར་བཤད་པའི་ཕྱེ་སྟེ་རྟོགས་པའི་བདེན་པ་ནི་ཕུང་པོ་དང་ཁམས་དང་སྐྱེ་མཆེད་ཀྱི་རྣམ་པར་བཞག་པ་ལ་བཤད་པའི་ཕྱིར་ན། སློབ་དཔོན་འདིས་ཀྱང་བདེན་པ་གཉིས་སུ་གྲངས་ངེས་པར་བཞེད་དོ། །

經中所說成立諦，謂善分別蘊界處。故此論師亦許二諦數量決定。

རིགས་པ་ནི་གཞི་གང་ཞིག་བརྫུན་པ་སླུ་བའི་དོན་དུ་ཡོངས་སུ་བཅད་ན། མི་སླུ་བའི་དེ་ཁོ་ན་ཉིད་ཡིན་པ་རྣམ་

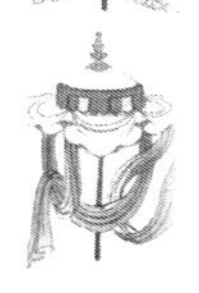

པར་བཅད་དགོས་པས། སླུ་མི་སླུ་ནི་ཕན་ཚུན་སྤངས་ཏེ་གནས་པའི་དངོས་འགལ་ལོ། །

理證，謂如一事，若已決斷爲欺誑虛妄，則必遮斷爲不欺真實，欺與不欺互相違故。

དེ་ཡིན་ན་ནི་ཤེས་བྱ་ཐམས་ཅད་ལ་ཁྱབ་པར་བྱེད་པས་གཉིས་དང་གཉིས་མ་ཡིན་གྱི་ཕུང་གསུམ་སེལ་བ་ཡིན་ཏེ་དབུ་མ་སྣང་བ་ལས། ཕན་ཚུན་སྤངས་ཏེ་གནས་པའི་མཚན་ཉིད་ཀྱི་ཆོས་དག་ནི། ཅིག་ཤོས་དགག་པ་གཞན་སྒྲུབ་པ་མེད་ན་མེད་པ་ཡིན་པའི་ཕྱིར། གཉིས་ཀ་མ་ཡིན་པའི་ཕྱོགས་སུ་རྟོག་པ་ཡང་རིགས་པ་མ་ཡིན་ནོ། །ཞེས་དང་།

由此遍於一切所知，故亦遣除俱是俱非之第三品。如《中觀明論》云：「凡互相違法，絕無遮其一品不成餘品者，故分別俱非品亦非正理。」

གང་ཞིག་ཡོངས་སུ་གཅོད་པ་གང་རྣམ་པར་བཅད་པ་མེད་ན་མེད་པ་དེ་གཉིས་ནི། ཕན་ཚུན་སྤངས་ཏེ་གནས་པའི་མཚན་ཉིད་ཡིན་ནོ། །གང་དག་ཕན་ཚུན་སྤངས་ཏེ་གནས་པའི་མཚན་ཉིད་ཡིན་པ་དེ་དག་ནི། རྣམ་པ་ཐམས་ཅད་ལ་ཁྱབ་པར་བྱེད་པ་དག་ཡིན་ནོ། །

又云：「若法決斷爲此，未有不遮斷爲彼者，此二即是互相違之相。若法是互相違相，則彼遍於一切種相。

གང་དག་རྣམ་པ་ཐམས་ཅད་ལ་ཁྱབ་པར་བྱེད་པ་ཡིན་པ་དེ་དག་ནི། ཕུང་པོ་གཞན་སེལ་བར་བྱེད་པ་དག་ཡིན་ཏེ། དཔེར་ན་ལུས་ཅན་དང་ལུས་ཅན་མ་ཡིན་པ་ལ་སོགས་པའི་བྱེ་བྲག་ལྟ་བུའོ། །ཞེས་གསུངས་པ་ལྟར་ཏེ། འདི་ནི་དངོས་འགལ་གཞན་ཐམས་ཅད་ལ་ཡང་ཤེས་པར་བྱའོ། །

卷六

若能遍於一切種相，則能遣除餘第三品，如有身與非有身等差別。」其餘一切正相違者皆如是知。

ཕུང་གསུམ་སེལ་བའི་དངོས་འགལ་ཅིག་སྟོན་རྒྱུ་མེད་ན་ནི། ཡོད་མེད་དམ་གཅིག་དང་དུ་མ་སོགས་གང་འདོད་ཅེས་མཐའ་གཉིས་སུ་ཁ་ཆོན་བཅད་པའི་བརྟག་པ་བྱས་ནས་འགོག་ས་མེད་ལ། ཡོད་ན་དངོས་འགལ་གཅིག་འགོག་པ་ནི་ཅིག་ཤོས་སྒྲུབ་པ་མེད་ན་མེད་པ་ཡིན་པས། དབུ་མ་ཐལ་འགྱུར་བ་ལ་དངོས་འགལ་མེད་ཟེར་བ་ནི། དགག་གཞག་གི་རྣམ་གཞག་མ་ཆགས་པའོ། །

若無能遣第三品之正相違者，則所許有無、一異等二邊觀察，皆不能破。若有者，則凡正相違法，遮其一品未有不成立餘品者。故說中觀應成派無正相違，是全未知破立之建立。

དངོས་འགལ་གཅིག་རྣམ་པར་བཅད་ན་ཅིག་ཤོས་ཡོངས་སུ་གཅོད་པ་དང་། གཅིག་འགོག་ན་ཅིག་ཤོས་སྒྲུབ་

དགོས་པ་ལ་དབུ་མ་ཐལ་རང་ལ་ཁྱད་པར་ཡོད་པ་མ་ཡིན་ནོ། །

凡正相違，遮斷一品則決定餘品，破遣一類即成立餘類，應成自續都無差別。

གསུམ་པ་ནི། ཀུན་རྫོབ་ལ་ཡུལ་ཡུལ་ཅན་གཉིས་ལས་ཐོག་མར་འཇིག་རྟེན་པའི་ཤེས་པ་ལ་ལྟོས་ནས་ཡུལ་ཅན་ལ་ཡང་དག་པ་དང་ལོག་པ་གཉིས་སུ་སྟོན་པ་ནི།

酉三、觀待世間釋俗諦差別。世俗諦中有心境二類，先依世間識明心之正倒。頌曰：

མཐོང་བ་བརྫུན་པའང་རྣམ་པ་གཉིས་འདོད་དེ། །དབང་པོ་གསལ་དང་དབང་པོ་སྐྱོན་ལྡན་ནོ། །
སྐྱོན་ལྡན་དབང་ཅན་རྣམས་ཀྱི་ཤེས་པ་ནི། །དབང་པོ་ལེགས་གྱུར་ཤེས་ལྟོས་ལོག་པར་འདོད། །
གནོད་པ་མེད་པའི་དབང་པོ་དྲུག་རྣམས་ཀྱིས། །གཟུང་བ་གང་ཞིག་འཇིག་རྟེན་གྱིས་རྟོགས་ཏེ། །
འཇིག་རྟེན་ཉིད་ལས་བདེན་ཡིན་ལྷག་མ་ནི། །འཇིག་རྟེན་ཉིད་ལས་ལོག་པར་རྣམ་པར་བཞག།

妄見亦許有二種，謂明利根有患根，
有患諸根所生識，待善根識許爲倒。
無患六根所取義，即是世間之所知，
唯由世間立爲實，餘即世間立爲倒。

ཤེས་བྱ་ལ་བདེན་པ་གཉིས་སུ་ཕྱེ་བར་མ་ཟད་བརྫུན་པ་མཐོང་བའི་ཡུལ་ཅན་ལའང་། ཡང་དག་པ་དང་ལོག་པ་གཉིས་སུ་འདོད་དེ། དབང་པོ་གསལ་བ་སྟེ་འཕྲལ་གྱི་འཁྲུལ་རྒྱུས་མ་བསླད་པའི་དབང་པོ་དང་། དེ་ལ་བརྟེན་པའི་ཤེས་པ་དང་། དབང་པོ་སྐྱོན་ལྡན་ཏེ་འཕྲལ་གྱི་འཁྲུལ་རྒྱུས་བསླད་པའི་ཡུལ་ཅན་གཉིས་སོ། །

非但所知中可分二諦，即見妄法之心，亦許有正倒二類。未被現前錯亂因緣損壞之明利諸根，及依此根所生諸識，與已被現前錯亂因緣損壞之有患根識也。

དེ་ལ་སྐྱོན་དང་ལྡན་པའི་དབང་པོ་ཅན་རྣམས་ཀྱིས་བསླད་པའི་ཤེས་པ་ནི། དབང་པོ་ལེགས་པར་གྱུར་པ་སྟེ་འཕྲལ་གྱི་འཁྲུལ་རྒྱུས་མ་བསླད་པའི་ཤེས་པ་ལ་ལྟོས་ནས། ལོག་པའི་ཤེས་པར་འདོད་ཅིང་། སྔ་མ་ནི་ཡུལ་ཕྱིན་ཅི་མ་ལོག་པ་འཛིན་པར་འདོད་དོ། །

有患諸根所起亂識，觀待未被現前錯亂因緣損壞之善淨根識，則許爲顛倒識。前者則許緣境非倒。

ཁྱད་པར་དེ་གཉིས་ཀྱང་དབུ་མའི་ལུགས་མིན་གྱི་འཇིག་རྟེན་པའི་ཤེས་པ་ལ་ལྟོས་ནས་ཡིན་ནོ། །

但此二種差別非是中觀[①]自宗，是觀待世間識而分。

ཡུལ་ཅན་ལ་ཕྱིན་ཅི་ལོག་མ་ལོག་གཉིས་སུ་ཕྱེ་བ་དེ་བཞིན་དུ། ཡུལ་ཡང་ཡིན་པར་སྟོན་པ་ནི། འཁྲུལ་གྱི་འཁྲུལ་རྒྱུའི་གནོད་པ་མེད་པར་དབང་པོ་དྲུག་གི་ཤེས་པ་རྣམས་ཀྱིས་གཟུང་བར་བྱ་བའི་དོན་གང་ཞིག་འཇིག་རྟེན་གྱིས་རྟོགས་པ་དེ་ནི། འཇིག་རྟེན་ཉིད་དེ་ཁོ་ན་ལས་བདེན་པ་སྟེ་ཡང་དག་པ་ཡིན་གྱི། འཕགས་པ་ལ་བལྟོས་ནས་ཡུལ་དེ་དག་བདེན་པ་དང་ཡང་དག་པར་འཇོག་པ་ནི་མ་ཡིན་ནོ། །

如心可分倒與不倒二類，其境亦爾。謂未被現前亂因所損六種根識所取之義，此是世間所知，唯由世間立名真實，非待聖者可立彼境名真實也。

འཕགས་པ་ཞེས་པ་དང་དབུ་མའི་ལུགས་ཞེས་པ་ནི་འདིར་དོན་འདྲའོ། །

此言聖者與言中觀宗，義同。

ལྷག་མ་སྟེ་གཟུགས་བརྙན་ལ་སོགས་པ་གང་ཞིག་དབང་པོ་རྣམས་ལ་གནོད་པ་ཡོད་པ་ན་ཡུལ་དུ་སྣང་བ་དེ་ནི། འཇིག་རྟེན་ཉིད་ལ་བལྟོས་ནས་ལོག་པར་རྣམ་པར་བཞག་གོ། །

餘謂影像等有患諸根所見之境，即由世間安立爲倒。

ཉིད་ཀྱི་སྒྲས་ནི་ཤེས་པ་དེ་རྣམས་འཁྲུལ་པར་འཇོག་པ་ལ་ནི། ཐ་སྙད་པའི་ཚད་མ་ཉིད་ཀྱིས་ཆོག་གི་རིགས་ཤེས་ལ་མི་ལྟོས་པར་སྟོན་པའོ། །

「即」字表示唯以名言量，即能安立彼諸識爲亂識，不待理智也、

དེ་ལ་དབང་པོ་ལ་གནོད་པའི་རྐྱེན་ནང་ན་ཡོད་པ་ནི་རབ་རིབ་དང་མིག་སེར་ལ་སོགས་པ་དང་དྷ་དུ་ར་ཟོས་པ་ལ་སོགས་པའོ། །

內身所有損壞諸根之因緣，如眩翳黃目等病，及食達都惹藥等。

དྷ་དུ་ར་ནི་ཐང་ཁྲོམ་སྟེ། དེའི་འབྲས་བུ་ཟོས་ན་ཐམས་ཅད་གསེར་དུ་སྣང་བའོ། །སོགས་པས་ནི་རིམས་ལ་སོགས་པ་བསྡུའོ། །

達都惹即商陸，誤食彼果，便見一切皆成金色。「等」字攝疫病等。

དབང་པོ་ལ་གནོད་པའི་རྐྱེན་ཕྱི་ན་ཡོད་པ་ནི། མེ་ལོང་དང་བྲག་ཕུག་ལ་སོགས་པ་ནས་སྒྲ་བརྗོད་པ་དང་། སོས་ཀའི་ཉི་མའི་འོད་ཟེར་བྱེ་མ་སྐྱ་བོའི་ཡུལ་དང་ཉེ་བར་གྱུར་པ་ལ་སོགས་པ་སྟེ། དེ་དག་ནི་དབང་པོ་ལ་གནོད་

① 「非是中觀自宗」，PDF作「非是（依）中觀自宗。」

པའི་རྐྱེན་ནང་ན་མེད་ཀྱང་། རིམ་པ་བཞིན་དུ་གཟུགས་བརྙན་དང་བྲག་ཆ་དང་སྨིག་རྒྱུ་ལ་ཆུ་ལ་སོགས་པར་འཛིན་པའི་རྒྱུར་འགྱུར་རོ། །

身外所有損根因緣，如照鏡，於空谷等處歌唱，春季日光與砂磧① 等境界現②前。爾時內根縱無損患，如其次第，亦見影像、谷響、陽焰水等。

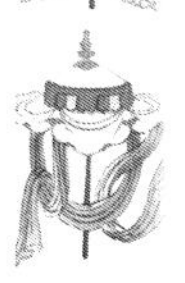

དེ་བཞིན་དུ་མིག་འཕྲུལ་མཁན་ལ་སོགས་པས་སྦྱར་བའི་སྔགས་དང་སྨན་ལ་སོགས་པ་ཡང་ཤེས་པར་བྱའོ། །

由幻師咒及所配藥等當知亦爾。

ཡིད་ཀྱི་དབང་པོའི་གནོད་པ་ནི་སྔགས་དང་སྨན་ལ་སོགས་པ་དེ་དག་དང་གྲུབ་མཐའ་ལོག་པ་དང་། གཏན་ཚིགས་ལྟར་སྣང་དང་གཉིད་ཀྱི་གནོད་པ་སོགས་སོ། །

意根之損壞因緣，如彼咒藥及邪教、似因、睡眠等。

གཉིད་ནི་དབང་པོ་དྲུག་གི་ནང་ནས་ཡིད་ཀྱི་གནོད་པར་གསུངས་པས། རྨི་ལམ་དུ་དབང་ཤེས་ཡོད་པར་སློབ་དཔོན་འདི་བཞེད་ཅེས་པ་ནི་ལོག་པར་བཤད་པ་ཆེན་པོའོ། །

此說睡眠是六根中意根之損壞因緣，故說此師許夢中有根識，實屬邪說。

དེ་ལྟར་ན་ཐོག་མ་མེད་པ་ནས་ཞུགས་པའི་བདག་ཏུ་འཛིན་པ་གཉིས་ཀྱིས་མ་རིག་པ་ལ་སོགས་པས་བསླད་པའི་གནོད་པ་ནི་འདིར་གནོད་པའི་རྒྱུར་མི་གཟུང་གི །སྔར་བཤད་པ་ལྟར་གྱི་འཕྲལ་གྱི་དབང་པོ་ལ་གནོད་པའི་འཁྲུལ་རྒྱུ་རྣམས་གཟུང་ངོ། །

由是當知無始時來二種我執無明等損害，非此所說損壞因緣。此唯取前說現前損壞諸根之錯亂因緣等。

དེ་ལྟ་བུའི་གནོད་པ་མེད་པའི་ཤེས་པ་དྲུག་གིས་གཟུང་བའི་ཀུན་རྫོབ་པའི་དོན་དང་། དེ་ལས་བཟློག་པའི་དོན་ལ་ཡང་དག་དང་ལོག་པར་འཛོག་པ་ནི་འཇིག་རྟེན་པའི་ཤེས་པ་ཁོ་ན་ལ་ལྟོས་ནས་ཡིན་ཏེ། དེ་དག་ཇི་ལྟར་སྣང་བ་ལྟར་གྱི་དོན་དུ་ཡོད་པ་ལ་འཇིག་རྟེན་པའི་ཤེས་པས་གནོད་པ་མེད་པ་དང་ཡོད་པའི་ཕྱིར་རོ། །

其無如是損患六種根識所取之世俗義，與有患諸識所取之義，安立爲正倒境者，唯是觀待世間識立，以認彼等如見爲有，是世間識有，無違害故。

འཕགས་པ་ལ་ལྟོས་ནས་ནི་ཡང་ལོག་གཉིས་སུ་མེད་དེ། ཇི་ལྟར་གཟུགས་བརྙན་ལ་སོགས་སྣང་བ་ལྟར་གྱི་དོན་དུ་མེད་པ་བཞིན་དུ། མ་རིག་པ་དང་ལྡན་པ་རྣམས་ལ་སྔོན་པོ་ལ་སོགས་པ་རང་གི་མཚན་ཉིད་ཀྱིས་གྲུབ་པར་སྣང་བ་ཡང་། སྣང་བ་ལྟར་གྱི་དོན་དུ་མེད་པའི་ཕྱིར་རོ། །དེའི་ཕྱིར་ཤེས་པ་དེ་གཉིས་ལ་འཁྲུལ་མ་འཁྲུལ་ཡང་དབྱེར་མེད་དོ། །

---

①「與砂磧」，PDF作「與（近）砂磧」。
②「現」，PDF及校正本作「觀」。民族本、上海本作「現」。

若[1]觀聖者則無正倒之別，如影像等非如所見而有，具無明者所見似有自相之[2]青等亦非如所見而有故。故彼二識亦無錯不錯亂之別也。

འོ་ན་དབང་པོ་གཟུགས་ཅན་ལ་འཁྲུལ་གྱི་གནོད་པ་ཡོད་པས་ཡུལ་ལོག་པར་སྣང་བ་དང་། ཡིད་ཀྱི་ཤེས་པ་ལ་གཉིད་ལ་སོགས་པའི་གནོད་པ་ཡོད་པས། རྨི་ལམ་དུ་མིར་སྣང་བ་སོགས་ལ་མི་ལ་སོགས་པར་འཛིན་པ་དང་། སད་དུས་སུ་སྒྱུ་མའི་རྟ་གླང་གི་སྣང་བ་ལ་རྟ་གླང་དང་སྨིག་རྒྱུ་ཆུར་སྣང་བ་ལ་ཆུར་འཛིན་པ་རྣམས་ཕྱིན་ཅི་ལོག་ཡིན་པར། འཇིག་རྟེན་པའི་བློ་རང་དགའ་བས་ཀྱང་རྟོགས་མོད་ཀྱང་། ཡིད་ལ་གྲུབ་མཐའ་ངན་པའི་གནོད་པ་ཡོད་པས་ལོག་པར་བཟུང་བའི་དོན་རྣམས། འཇིག་རྟེན་པའི་བློ་རང་དགའ་བས་ཕྱིན་ཅི་ལོག་ཏུ་མི་རྟོགས་པས། འཇིག་རྟེན་ཉིད་ལས་ལོག་པར་ཇི་ལྟར་བཞག་ཅེ་ན།

問：有患色根所見倒境，及意識上有睡眠等患，於睡夢中所見人物執爲人等，並醒覺時於幻象馬執爲象馬，於陽焰水相執爲真水。世人常識亦能了知此等傾倒。然意識上由惡宗所損邪執諸義，世人常識不知其倒。云何可說唯由世間立爲顛倒耶？

འདིར་གནོད་པ་ཡོད་མེད་དཔྱོད་པའི་གནོད་པ་ནི། ལྷན་སྐྱེས་ཀྱིས་ཕྱིན་ཅི་ལོག་ཏུ་འཛིན་པའི་གནོད་པ་ལ་མི་བྱེད་པས། གྲུབ་མཐའ་ངན་པས་བཏགས་པ་ནི་གྲུབ་མཐས་བློ་བསྒྱུར་བ་ཁོ་ནས་ལོག་པར་བཏགས་པའི་གཙོ་བོ་སོགས་ཡིན་ལ། དེ་དག་ཕྱིན་ཅི་ལོག་ཏུ་འཇིག་རྟེན་པའི་བློ་རང་དགའ་བས་མི་རྟོགས་ཀྱང་། དེ་ཁོ་ན་ཉིད་ལ་མངོན་དུ་མ་ཕྱོགས་པའི་ཐ་སྙད་པའི་ཚད་མས་ལོག་པར་རྟོགས་ན། འཇིག་རྟེན་པའི་ཤེས་པས་ལོག་པར་རྟོགས་པ་ཡིན་ནོ། །

答：此中所觀察有無損害之損緣，非是俱生邪執之損害。故惡宗所妄計，是說唯學惡宗者邪計之自性等（二十五諦中之自性）。世人常識雖不能知彼等顛倒，然未證真實義之名言量，能知其倒。故是世間識了知爲倒也。

བདག་འཛིན་ལྷན་སྐྱེས་གཉིས་ཀྱིས་བཟུང་བའི་དོན་ལྟ་བུ་ནི། གནོད་པ་མེད་པའི་དབང་པོས་བཟུང་བ་ཞེས་པ་ཡིན་ལ། འཇིག་རྟེན་པའི་བསམ་པ་རང་དགའ་བ་ལ་བལྟོས་ནས་ཡང་དག་པའམ་བདེན་པ་ཡིན་མོད་ཀྱང་ཐ་སྙད་དུ་ཡང་མེད་དོ། །

又如二種我執所執之義，是無患根識所取，觀待世間常識可是真實。然名言中亦非是有。

གལ་ཏེ་ཡང་དག་པའི་ཀུན་རྫོབ་མི་འདོད་པས་ཡང་ལོག་གཉིས་སུ་མི་བྱེད་ཀྱང་། མ་རིག་པས་བསླད་པའི་

---

①「若」，民族本、PDF及校正本作「無」。PDF註釋：原文無「無」字。
②民族本、廣化本無「之」字。

ཡུལ་དང་ཡུལ་ཅན་རྣམས་ལོག་པའི་ཀུན་རྫོབ་ཏུ་ཅིའི་ཕྱིར་མི་འཇོག་ཅེ་ན།

問：若由不許正世俗故，雖可不分正倒二類，但無明所損之心境，何故不安立爲倒世俗耶？

ཀུན་རྫོབ་ནི་ཐ་སྙད་པའི་ཚད་མས་འཇོག་དགོས་པའི་ཕྱིར་ལོག་པའི་ཀུན་རྫོབ་འཇོག་ན་ཡང་དེ་ལ་བལྟོས་ནས་འཇོག་དགོས་ན། མ་རིག་པའི་བག་ཆགས་ཀྱིས་བསླད་པ་ནི་འཁྲུལ་པར་ཐ་སྙད་པའི་ཚད་མས་མི་འགྲུབ་པའི་ཕྱིར་རོ། །

答：世俗是由諸名言①量所安立故，若安立倒世俗亦應待彼而立。然名言量不能成立由無明習氣所損者爲錯亂也。

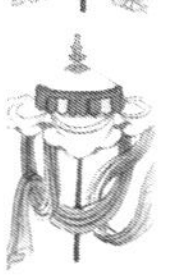

བཞི་པ་ནི། ད་ནི་བཤད་ཟིན་པའི་ཡིད་ཀྱི་གནོད་པས་ཞེན་ཡུལ་ལ་འཁྲུལ་བ་སྤྱིར་བསྟན་པའི་དོན་དེ་ཉིད། མཚན་གཞི་བྱེ་བྲག་ལ་དཔེར་བརྗོད་པའི་ཚུལ་གྱིས་བསྟན་པའི་ཕྱིར་བཤད་པ།

酉四、明名言中亦無亂心所著之境。上已總說有患意識於所著境迷亂，今更以譬喻別明彼義。頌曰：

མི་ཤེས་གཉིད་ཀྱིས་རབ་བསྐྱོད་མུ་སྟེགས་ཅན། །རྣམས་ཀྱིས་བདག་ཉིད་ཇི་བཞིན་བརྟགས་པ་དང་། །
སྒྱུ་མ་སྨིག་རྒྱུ་སོགས་ལ་བརྟགས་པ་གང་། །དེ་དག་འཇིག་རྟེན་ལས་ཀྱང་ཡོད་མིན་ཉིད། །
無知睡擾諸外道，如彼所計自性等，
及計幻事陽焰等，此於世間亦非有。

མི་ཤེས་པའི་གཉིད་ཀྱིས་ཡིད་རབ་ཏུ་བསྐྱོད་པའི་མུ་སྟེགས་ཅན་ཡིད་ལ་ཕྱིན་ཅི་ལོག་གི་གྲུབ་མཐའ་ངན་པ་དང་། གཏན་ཚིགས་ལྟར་སྣང་གི་གནོད་པ་ཡོད་པ་འདི་དག་ནི། དེ་ཁོ་ན་ཉིད་ལ་འཇུག་པར་འདོད་པས་སྐྱེ་བོ་མ་བྱང་བ་གནག་རྫི་དང་བུད་མེད་ལ་སོགས་པ་ཡན་ཆད་ལ་གྲགས་པའི་སྐྱེ་བ་དང་། འཇིག་པ་ལ་སོགས་པ་ཕྱིན་ཅི་མ་ལོག་པ་མ་བཟུང་བར། འཇིག་རྟེན་པ་རྣམས་ལས་ཕྱུལ་དུ་བྱུང་བར་འགྲོ་བར་འདོད་པས།

如被無明睡眠擾亂意識之外道，意中已有邪宗、似因之害緣，自以爲悟入真實義，於牧童、婦女共許之②生滅等，彼尚不能無倒正知，而欲超出世間之上。

①「名言」，民族本作「名言量」，上海本、PDF及校正本作「名量」。原文無「言」。
②「共許」，民族本作「所共許」。

དཔེར་ན་ཤིང་ལ་འཛེག་པས་ཡལ་ག་ཕྱི་མ་མ་བཟུང་བར་སྔ་མ་བཏང་བར་ལྟར། ལྟུང་བ་ཆེན་པོས་ལྟ་བ་ངན་པའི་རི་སུལ་དུ་ལྟུང་བར་འགྱུར་ཞིང་། བདེན་གཉིས་ལེགས་པར་མཐོང་བ་དང་བྲལ་བས་འབྲས་བུ་ཐར་བ་ཐོབ་པར་མི་འགྱུར་རོ། །

如攀樹者，未握後枝，已放前枝，定當墮落惡見山澗之中。由彼不能善知二諦，故不能得解脫妙果。

དེའི་ཕྱིར་མུ་སྟེགས་ཅན་འདི་རྣམས་ཀྱིས་རང་རང་གི་གཞུང་ལས་འབྱུང་བའི་བདག་ཉིད་ཇི་ལྟ་བ་བཞིན་དུ་ཡོན་ཏན་གསུམ་ལ་སོགས་པ་གང་བརྟགས་པ་ནི། འཇིག་རྟེན་གྱི་ཀུན་རྫོབ་ཏུ་ཡང་ཡོད་པ་མ་ཡིན་ནོ། །

故諸外道論中各別所計自性三功德等，雖於世間世俗亦定非有。

འདིས་ནི་ལུགས་འདིས་བློ་འཁྲུལ་པ་ཞིག་གི་ངོར་ཡོད་པ་ལ། ཀུན་རྫོབ་ཏུ་ཡོད་པར་འཛོག་ཟེར་བ་ལེགས་པར་བཀག་གོ །

有說此宗，凡是亂識見爲有者即立爲世俗有，此亦善破訖。

དེ་བཞིན་དུ་སྒྱུ་མ་དང་སྨིག་རྒྱུ་དང་གཟུགས་བརྙན་ལ་སོགས་པ་ལ་རྟ་གླང་དང་། ཆུ་དང་བྱེད་བཞིན་སོགས་སུ་བརྟགས་པ་གང་ཡིན་པ་དེ་དག་ཀྱང་། འཇིག་རྟེན་ཀུན་རྫོབ་ལས་ཀྱང་ཡོད་པ་མིན་པ་ཉིད་དོ། །

如是若計幻事、陽焰、影像等，爲實象馬、實水、實質等，亦於世間世俗決定非有。

དེ་ལྟར་ན་ཐ་སྙད་དུ་ཡོད་པ་ལ་ནི་ཚད་མས་གྲུབ་པ་ཞིག་དགོས་སོ། །དེ་འདྲ་བའི་ཞེན་ཡུལ་རྣམས་ཐ་སྙད་དུ་ཡང་མེད་ཀྱང་སྣང་ཡུལ་ལ་ནི་དེ་ལྟར་མི་བཞེད་དོ། །

故名言中有者，要由正量之所成立。雖彼等所著之境，於名言中亦不許有，然所見境①，則不許爾。

ད་ལྟ་གཟུགས་སྒྲ་སོགས་ལྔ་རང་གི་མཚན་ཉིད་ཀྱིས་གྲུབ་པར་དབང་ཤེས་ལ་སྣང་བ་ནི། མ་རིག་པས་བསླད་པ་ཡིན་པས་ཤེས་པ་དེ་དང་། གཟུགས་བརྙན་དང་བྲག་ཆ་སོགས་སྣང་བའི་དབང་ཤེས་རྣམས་ལ། ཕྲ་རགས་ཙམ་མ་གཏོགས་པ་སྣང་ཡུལ་ལ་འཁྲུལ་མ་འཁྲུལ་ལ་ཁྱད་པར་མེད་ཅིང་། སྒྲ་སོགས་རང་གི་མཚན་ཉིད་ཀྱིས་གྲུབ་པ་དང་། གཟུགས་བརྙན་བྱེད་བཞིན་དུ་ཡོད་པ་མི་སྲིད་ཀྱང་། བྱེད་བཞིན་དུ་མེད་པའི་གཟུགས་བརྙན་ཡོད་པ་བཞིན་དུ། རང་གི་མཚན་ཉིད་ཀྱིས་གྲུབ་པ་མིན་ཀྱང་སྒྲ་སོགས་ཡོད་དགོས་ལ།

現在根識見色聲等爲有自相者，是被無明損壞。故彼等識，與見影像，谷

① 「然所見境」，PDF作「然所見境。顯現境」。

響等之根識，除略有粗細，於所見境全無錯亂不錯亂之差別。自相所成之青等與有實質之影像等，同屬非有。如實質雖無影像是有，如是自相雖無，而青等是有。

དེ་ཡང་ཕྱི་རོལ་གྱི་དོན་དུ་ཡོད་པ་བཞིན་དུ་གཟུགས་བརྙན་ཡང་གཟུགས་ཀྱི་སྐྱེ་མཆེད་དུ་བཞེད་པ་ཡིན་ཏེ། འོག་ནས་གཟུགས་བརྙན་གྱིས་དེ་སྣང་བའི་དབང་ཤེས་སྐྱེད་པར་ཡང་གསུངས་སོ། །

如許青等是外境，故許影像亦是色處。下文亦說影像能生見彼之識也。

ཚུལ་དེ་དག་ནི་མིག་ལ་ཧ་སྒྲང་དུ་སྣང་བའི་སྒྱུ་མ་དང་བྲག་ཆ་སོགས་ལ་ཡང་ཤེས་པར་བྱ་སྟེ། ལུགས་དམ་པ་འདི་ཡི་རྣམ་བཞག་ཐུན་མོང་མ་ཡིན་པའོ། །

由此當知，眼識所見之幻事，耳識所聞之谷響等，亦皆如是。是爲此宗之不共建立也。

གཉིས་པ་ནི།

申二、正釋此處義

མིག་ནི་རབ་རིབ་ཅན་གྱིས་དམིགས་པ་ཡིས། །རབ་རིབ་མེད་ཤེས་ལ་གནོད་མིན་ཇི་ལྟར། །དེ་བཞིན་དྲི་མེད་ཡེ་ཤེས་སྤངས་པའི་བློས། །དྲི་མེད་བློ་ལ་གནོད་པ་ཡོད་མ་ཡིན། །

如有翳眼所緣事，不能害於無翳識，

如是諸離淨智識，非能害於無垢慧。

དེ་ཁོ་ན་ཉིད་ཀྱི་དོན་ཐ་སྙད་པའི་ཤེས་པས་མི་འཇོག་པ་དེའི་ཕྱིར། གཞན་སྐྱེ་འགོག་པ་ནི་འཇིག་རྟེན་པའི་ལྟ་བ་ཁོ་ན་ལ་གནས་ནས་མི་བྱེད་ཀྱི། འཕགས་པའི་དེ་ཁོ་ན་ཉིད་ཀྱི་གཟིགས་པ་ཁས་བླངས་ནས་དོན་དམ་པར་འགོག་པ་ཡིན་ནོ། །

諸真實義，非名言識之所安立，許是聖者真智所見，故破他生，非唯住於世間知見而破，是依勝義而破。

གང་གི་ཚེ་གཞན་སྐྱེ་དགག་པ་འདི་ལ་དོན་དམ་གྱི་ཁྱད་པར་སྦྱོར་བ་ཡིན་པ་དེའི་ཚེ། ཇི་ལྟར་མིག་ནི་རབ་རིབ་ཅན་གྱི་ཤེས་པས་སྐྲ་ཤད་ལ་སོགས་པ་དམིགས་པས། རབ་རིབ་ཀྱིས་མ་བསླད་པའི་ཤེས་པ་ལ་སྐྲ་ཤད་སོགས་མི་སྣང་བ་ལ་གནོད་པ་མིན་པ་ཇི་ལྟ་བ་དེ་བཞིན་དུ།

今破他生既加勝義簡別，猶如有眩翳眼識所見毛輪等，於無翳眼識不見毛輪者都無違害。

དྲི་མ་སྟེ་ཟག་པ་མེད་པའི་ཡེ་ཤེས་སྤངས་པ་སྟེ་དེ་དང་བྲལ་བའི་སོ་སྐྱེའི་བློ་མ་རིག་པས་བསྒྲིབས་པས། མ་རིག་པས་མ་བསྒྲིབས་པའི་དྲི་མ་སྟེ་ཟག་པ་མེད་པའི་བློ་ལ་གནོད་པ་ཡོད་པ་མ་ཡིན་པས། དོན་དམ་པར་གཞན་སྐྱེ་བཀག་པ་ལ་འཇིག་རྟེན་པའི་ངོར་གཞན་སྐྱེ་གྲུབ་ཏུ་ཆུག་ཀྱང་མི་གནོད་དོ། །

如是離無漏淨智、被無明所障之異生識，於未被無明障蔽之無漏淨慧亦無違害。故破勝義他生時，即使世間成立他生亦無違難。

དེའི་ཕྱིར་ཕ་རོལ་པོ་ནི་དམ་པ་མཁས་པ་དག་གིས་བཞད་གད་དུ་བྱ་བར་འོས་སོ། །

當知彼難實爲智者所笑之處。

གསུམ་པ་ལ་གཉིས། ཀུན་རྫོབ་ཀྱི་བདེན་པ་བཤད་པ་དང་། དོན་དམ་པའི་བདེན་པ་བཤད་པའོ། །

申三、別釋二諦體分二：酉一、釋世俗諦，酉二、釋勝義諦。

དང་པོ་ལ་གསུམ། ཀུན་རྫོབ་པ་གང་གི་ངོར་བདེན་ལ་གང་གི་ངོར་མི་བདེན་པ་དང་། ཀུན་རྫོབ་ཙམ་དེ་གང་ཟག་གསུམ་ལ་སྣང་བ་དང་མི་སྣང་བའི་ཚུལ་དང་། སོ་སྐྱེ་དང་འཕགས་པ་ལ་ལྟོས་ཏེ་དོན་དམ་པ་དང་ཀུན་རྫོབ་ཏུ་འགྱུར་ཚུལ་ལོ། །

初又分三：戌一、明於何世俗前爲諦何前不諦，戌二、三類補特伽羅見不見世俗之理，戌三、觀待異生聖者成爲勝義世俗之理。

དང་པོ་ལ་གཉིས། དངོས་ཀྱི་དོན་དང་། ཉོན་མོངས་ཀྱི་རྣམ་གཞག་ཐུན་མོང་མ་ཡིན་པ་བཤད་པའོ། །

初又分二：亥一、正義，亥二、釋煩惱不共建立。

གཏི་མུག་རང་བཞིན་སྒྲིབ་ཕྱིར་ཀུན་རྫོབ་སྟེ། །དེས་གང་བཅོས་མ་བདེན་པར་སྣང་དེ་ནི། །
ཀུན་རྫོབ་བདེན་ཞེས་ཐུབ་པ་དེས་གསུངས་ཏེ། །བཅོས་མར་གྱུར་པའི་དངོས་ནི་ཀུན་རྫོབ་ཏུའོ། །

癡障性故名世俗，假法由彼現爲諦，
能仁說名世俗諦，所有假法唯世俗。

卷六

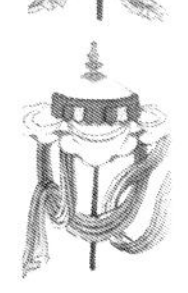

དང་པོ་ནི། འདིས་སེམས་ཅན་རྣམས་དངོས་པོ་ཇི་ལྟར་གནས་པའི་རང་བཞིན་ལྟ་བ་ལ་སྒྲིབ་པ་སྟེ་རྨོངས་པར་བྱེད་པའི་ཕྱིར་ན་གཏི་མུག་སྟེ། མ་རིག་པ་དངོས་པོའི་ངོ་བོ་རང་བཞིན་གྱིས་ཡོད་པ་མ་ཡིན་པ་ལ། རང་བཞིན་གྱིས་ཡོད་པར་སྒྲོ་འདོགས་པར་བྱེད་པ་ཡིན་ལུགས་ཀྱི་རང་བཞིན་མཐོང་བ་ལ་སྒྲིབ་པའི་བདག་ཉིད་ཅན་ནི་ཀུན་རྫོབ་པོ། །

今初，由此無明愚癡，令諸眾生不見諸法實性①，於無自性之諸法，增益為有自性。遂於見真實性障蔽為體，是名世俗。

འདི་ནི་ཀུན་རྫོབ་བདེན་པ་ཞེས་པའི་བདེན་པ། ཀུན་རྫོབ་པ་གང་གི་ངོར་འཇོག་པའི་ཀུན་རྫོབ་ངོས་འཛིན་པ་ཡིན་གྱི། ཀུན་རྫོབ་པ་སྤྱི་ངོས་འཛིན་པ་མིན་ནོ། །

此所說之世俗，是明世俗諦為於何世俗前②安立為諦之世俗，非明總世俗也。

ངོས་འཛིན་དེ་ཡང་ལང་ཀར་གཤེགས་པ་ལས། དངོས་རྣམས་སྐྱེ་བ་ཀུན་རྫོབ་ཏུ། །དམ་པའི་དོན་དུ་རང་བཞིན་མེད། །རང་བཞིན་མེད་ལ་འཁྲུལ་པ་གང་། །དེ་ནི་ཡང་དག་ཀུན་རྫོབ་འདོད། །ཅེས་དོན་དམ་པར་རང་བཞིན་མེད་པ་ལ་རང་བཞིན་ཡོད་པར་འཁྲུལ་བའི་བློ་ཀུན་རྫོབ་པ་ཡིན་པར་གསུངས་པའི་དོན་ནོ། །

如《楞伽經》云：「諸法世俗生，勝義無自性，無性而迷亂，許為真世俗。」此說於勝義無自性誤為有自性之心，即是世俗。

ཀུན་རྫོབ་དེ་ནི་ཀུན་རྫོབ་ཀྱི་སྐད་འདོད་སྒྲིབ་བྱེད་ལ་ཡང་འཇུག་པས་སྒྲིབ་བྱེད་དོ། །

世俗梵語③，有能障義，此世俗即為能障。

དེས་གང་ལ་སྒྲིབ་ན་ཡང་དག་ཀུན་རྫོབ་འདོད་ཅེས་པས་ཡང་དག་པའི་དོན་ལ་སྒྲིབ་པས་ཀུན་རྫོབ་བམ་སྒྲིབ་བྱེད་དུ་འདོད་ཅེས་པ་སྟེ། ཡང་ལོག་གཉིས་ཀྱི་ནང་ནས་ཡང་དག་ཀུན་རྫོབ་ཏུ་སྟོན་པ་མིན་ནོ། །

此為障何事耶？曰：「許為真世俗。」謂由障蔽真義故，許為世俗或能障。此非說正邪二世俗中之正世俗也。

ཀང་པ་དང་པོས་བསྟན་པའི་ཀུན་རྫོབ་དང་། ཀང་པ་ཕྱི་མ་གཉིས་ཀྱིས་བསྟན་པའི་ཀུན་རྫོབ་གཉིས་གཅིག་ཏུ་མི་བྱ་སྟེ།

初句所說之世俗，與後句所說之世俗，義全不同。

དང་པོ་ནི། རང་གིས་དངོས་པོ་རྣམས་སྐྱེ་བ་སོགས་སུ་གང་དུ་ཁས་ལེན་པའི་ཀུན་རྫོབ་ཡིན་ལ། ཕྱི་མ་ནི་དངོས་

---

①「諸法實性」，PDF作「諸法（本來存在的）實性」。
②「何世俗前」，PDF作「何世俗（心態）：既」。見境（中）前。
③「世俗梵語」，PDF作「世俗（之）梵語」。

པོ་རྣམས་གང་གི་ངོར་བདེན་པའི་བདེན་འཛིན་གྱི་ཀུན་རྫོབ་ཡིན་པའི་ཕྱིར་རོ། །

前者是自許諸法生等世俗中有之世俗。後者是諸法於何世俗前爲諦之實執世俗也。

ཀུན་རྫོབ་བདེན་འཛིན་དེའི་མཐུས་སྔོན་པོ་ལ་སོགས་པ་གང་ཞིག །རང་བཞིན་གྱིས་གྲུབ་པ་མེད་བཞིན་དུ་དེར་སྣང་བར་བཅོས་པའི་བཅོས་མ་སེམས་ཅན་རྣམས་ལ་བདེན་པར་སྣང་བ་དེ་ནི། སྔར་བཤད་པའི་འཇིག་རྟེན་གྱི་ཕྱིན་ཅི་ལོག་གི་ཀུན་རྫོབ་པ་དེའི་ངོར་བདེན་པས་འཇིག་རྟེན་གྱི་ཀུན་རྫོབ་ཀྱི་བདེན་པ་ཞེས་ཐུབ་པ་དེས་གསུངས་ཏེ། གསུངས་ཚུལ་ནི་སྔར་གྱི་མདོ་དེར་གསུངས་པའོ། །

由彼實執世俗之力，青等虛偽諸法，本無自性現有自性，於諸衆生現爲實有。由此於前所說世間顛倒世俗之前爲諦實故，能仁說爲世間世俗諦。即如前經所說也。

གང་ཟག་གསུམ་པོ་གང་གི་ངོར་མི་བདེན་པའི་རྟོག་པས་བཅོས་པས་བཅོས་མར་གྱུར་པའི་དངོས་པོ་ནི་དེའི་ཀུན་རྫོབ་པའི་ངོར་མི་བདེན་པས་ཀུན་རྫོབ་ཙམ་ཞེས་བྱའོ། །

由於三種人前不現爲諦實，而是分別假造虛偽諸法，由於彼世俗前不諦實故，名唯世俗。

རྟེན་འབྱུང་གཟུགས་བརྙན་དང་བྲག་ཆ་སོགས་ཅུང་ཟད་ཅིག་ནི་བརྫུན་ཡང་མ་རིག་པ་དང་ལྡན་པ་རྣམས་ལ་སྣང་ལ། སྔོན་པོ་ལ་སོགས་པའི་གཟུགས་དང་སེམས་དང་ཚོར་བ་སོགས་ཅུང་ཟད་ཅིག་ནི་བདེན་པར་སྣང་སྟེ། ཆོས་རྣམས་ཀྱི་ཡིན་ལུགས་ཀྱི་རང་བཞིན་ནི་མ་རིག་པ་དང་ལྡན་པ་རྣམས་ལ་རྣམ་པ་ཐམས་ཅད་དུ་མི་སྣང་ངོ། །

釋論說：「如影像谷響等少分緣起法，雖具無明者亦見其虛妄。如青等色法及心受等少法，則現爲諦實。諸法實性，則具無明者畢竟不見。

དེའི་ཕྱིར་རང་བཞིན་དེ་དང་གང་ཞིག་ཀུན་རྫོབ་ཏུ་ཡང་བརྫུན་པ་ནི་ཀུན་རྫོབ་ཀྱི་བདེན་པ་མ་ཡིན་ནོ། །ཞེས་གསུངས་པའི་དོན་བཤད་ན་ཅུང་ཟད་ཅིག་ཅེས་པ་ནི། ནག་ཚོའི་འགྱུར་ལས་འགའ་ཞིག་ཏུ་བསྒྱུར་བ་ལྟར་བདེའོ། །

故此實性與世俗中見爲虛妄者非世俗諦。」此所言「少法」，拏錯譯爲「有法①」較妥。

གཟུགས་བརྙན་སོགས་བརྫུན་ཡང་སྣང་བ་ནི་བརྫུན་པར་སྣང་བ་ཡིན་ལ། དེ་ནི་བྱད་བཞིན་དུ་སྣང་བ་དང་དེས་སྟོང་པ་གཉིས་ཚོགས་པའི་བརྫུན་པ་ཡིན་པས་དེའི་བདེན་སྟོང་ནི་བྱད་བཞིན་དུ་བདེན་པས་སྟོང་པ་ཡིན་གྱི།

① 「有法」，PDF作「有（些）法」。

གཟུགས་བརྙན་རང་གི་མཚན་ཉིད་ཀྱིས་གྲུབ་པའི་བདེན་སྟོང་གི་དོན་མེད་དོ། །

言影像等亦見爲虛妄者，是現似形質與彼質空二事相合之虛妄。彼之實空，亦是空無實質之義，非影像自性空之義。

དེའི་ཕྱིར་གཟུགས་བརྙན་བྱད་བཞིན་གྱིས་སྟོང་པར་གྲུབ་ཀྱང་། གཟུགས་བརྙན་རང་གི་མཚན་ཉིད་ཀྱིས་གྲུབ་པར་འཛིན་པའི་ཀུན་རྫོབ་ཀྱི་ངོར་བདེན་པ་ཡིན་པ་ལ་འགལ་བ་ཅི་ཡང་མེད་པའི་དངོས་པོ་ཡིན་པས་ཀུན་རྫོབ་ཀྱི་བདེན་པ་ཡིན་ནོ། །

故雖知影像由真①質空，而彼影像②於執有自相之世俗前現爲諦實，並不相違，故彼仍是世俗諦。

དེས་ན་གཟུགས་བརྙན་ཀུན་རྫོབ་ཀྱི་བདེན་པ་མིན་པར་གསུངས་པ་ནི། བརྡ་ལ་བྱང་བའི་འཇིག་རྟེན་གྱི་ཀུན་རྫོབ་ཀྱི་ངོར་བྱད་བཞིན་གྱི་གཟུགས་བརྙན་ལྟ་བུ་དེ། བྱད་བཞིན་ཡིན་པ་དེ་བརྫུན་པས་དེ་ལ་ལྟོས་པའི་ཀུན་རྫོབ་ཀྱི་བདེན་པ་མིན་པ་ལ་དགོངས་ཀྱི། མཐོང་བ་བརྫུན་པའི་ཀུན་རྫོབ་བདེན་པར་གསུངས། ཞེས་པས་བཤད་པའི་ཀུན་རྫོབ་བདེན་པར་མི་འཇོག་པ་ག་ལ་ཡིན།

以是當知，論說「影像非世俗諦」者，意說「善名言者世間世俗所見影像，現似形質已知爲妄」，是觀待彼心已非世俗諦。非不安立爲「所見虛妄名俗諦」所說之世諦也。

དེ་ལྟ་མ་ཡིན་པར་ཀུན་རྫོབ་ཏུ་བདེན་པར་མེད་ན་ཀུན་རྫོབ་བདེན་པ་ཡིན་པར་འགལ་ན། རང་གི་མཚན་ཉིད་ཀྱིས་གྲུབ་པ་ཐ་སྙད་དུ་ཡང་མེད་པར་གསུངས་པ་དང་། བདེན་གྲུབ་འགགས་པ་དང་བདེན་མེད་སྒྲུབ་པ་ཐམས་ཅད་ཐ་སྙད་དུ་བྱེད་པའི་རྣམ་གཞག་ཐམས་ཅད་དང་འགལ་བར་འགྱུར་རོ། །

若不如是，凡於世俗不諦實法，是世俗諦成相違者，則論說於名言中亦無自相，及名言中破除實有，成立無實，一切建立皆成相違。

དེའི་ཕྱིར་གཟུགས་བརྙན་སོགས་འཇིག་རྟེན་པའི་ཤེས་པ་རང་དགའ་བས་ཀྱང་འཁྲུལ་པར་ཤེས་པའི་ཡུལ་རྣམས་ཀུན་རྫོབ་བདེན་པ་མིན་གྱི་ཀུན་རྫོབ་ཙམ་མོ། །ཞེས་ཟེར་བ་ནི་བདེན་གཉིས་ཀྱི་གྲངས་ངེས་དང་། འཇིག་རྟེན་པ་ལ་ལྟོས་པའི་བདེན་བརྫུན་དང་། དབུ་མ་པས་འཇོག་པའི་བདེན་བརྫུན་ལ་གོ་བ་མ་ཆགས་པའི་གཏམ་དུ་སྣང་ངོ། །

是故有說：「世間常識亦知爲錯亂之影像等境，非世俗諦，唯是世俗。」是

① 「真」，民族本及校正本作「實」。
② 「彼影像」，PDF作「彼（與）影像」。彼復指影像，不能加與。藏文有說彼影像是有事，是有爲法。未譯。

於二諦決定，及觀待世間之實妄，並中觀師所立之實妄，全未獲得正解之語也。

རང་བཞིན་ནི་མ་རིག་པ་དང་ལྡན་པ་ལ་ཐམས་ཅད་དུ་མི་སྣང་ངོ་ཞེས་གསུངས་པ་ཡང་། མ་རིག་པ་མ་སྤངས་པའི་འཕགས་པས་དེ་ཁོ་ན་ཉིད་མངོན་སུམ་དུ་རྟོགས་པར་བཞེད་པས་ན། མ་རིག་པས་བསྒྲིབ་པའི་ཤེས་པ་ལ་དགོངས་ལ། འཕགས་པ་སློབ་པའི་རྗེས་ཐོབ་ཀྱི་ཡེ་ཤེས་དང་། སོ་སྐྱེའི་དེ་ཁོ་ན་ཉིད་ཀྱི་ལྟ་བ་རྣམས། མ་རིག་པ་དང་དེའི་བག་ཆགས་ཀྱིས་བསྒྲིབ་པ་ཡིན་པས་མངོན་སུམ་དུ་མི་སྣང་ཡང་། ཕྱིར་དོན་དམ་བདེན་པ་སྣང་བར་འདོད་དགོས་སོ། །

論言：「實性於具無明者畢竟不現」者，此許未斷盡無明之聖人，亦皆現證真實義，故是說現被無明障蔽之心。至於有學聖人之後得智及異生之真實義見，雖有無明及無明習氣所蔽，不能現見，然當許彼見勝義諦。

དེ་ལྟར་ན་རེ་ཞིག་སྲིད་པའི་ཡན་ལག་གིས་བསྡུས་པས་ཉོན་མོངས་ཅན་གྱི་མ་རིག་པའི་དབང་གིས། ཀུན་རྫོབ་ཀྱི་བདེན་པ་རྣམ་པར་གཞག་གོ་ཞེས་གསུངས་པས་ནི། ཆོས་རྣམས་བདེན་པར་འཛིན་པའི་མ་རིག་པ་གང་ཟག་དང་ཆོས་ཀྱི་བདག་འཛིན་དུ་གྲགས་པ་ནི་ཡན་ལག་བཅུ་གཉིས་ཀྱི་མ་རིག་པར་བཞེད་པས་ཤེས་སྒྲིབ་ཏུ་མི་བཞེད་དོ། །

釋論云：「此由有支所攝染污無明增上之力，安立世俗諦。」此說妄執諸法實有之無明人我法執，是十二有支中之無明。故不許爲所知障。

མ་རིག་པ་བདེན་འཛིན་དེའི་དབང་གིས་ཀུན་རྫོབ་ཀྱི་བདེན་པ་འཇོག་ཅེས་པ་ནི། བདེན་པ་ཀུན་རྫོབ་པ་གང་གི་ངོར་འཇོག་པའི་འཇོག་ཚུལ་སྟོན་པ་ཡིན་གྱི། ཀུན་རྫོབ་བདེན་པ་ཡིན་པའི་བུམ་སྣམ་སོགས་བདེན་འཛིན་དེས་འཇོག་ཅེས་པ་མིན་ཏེ། བདེན་འཛིན་དེས་བཞག་པ་ནི་རང་གིས་ཐ་སྙད་དུ་ཡང་མི་སྲིད་པར་བཞེད་པའི་ཕྱིར་རོ། །

言「由彼實執無明增上，安立世俗諦」者，是明待何世俗安立爲諦之理，非說瓶衣等世俗諦法要由彼實執安立。以彼實執所安立者，自宗於名言中亦不許有故。

དེས་ན་ཀུན་རྫོབ་ཀྱི་བདེན་པ་ཞེས་པའི་ཟུར་གྱི་བདེན་པ་གང་གི་ངོར་འཇོག་པའི་ཀུན་རྫོབ་དང་། བུམ་སོགས་ཀུན་རྫོབ་ཏུ་ཡོད་པར་འཇོག་པའི་ཀུན་རྫོབ་རྣམས་མིང་མཚུངས་པས། དོན་ཡང་གཅིག་ཏུ་འཁྲུལ་པ་མང་དུ་བྱུང་བས་ལེགས་པར་ཕྱེད་པར་བྱའོ། །

由世俗諦待何世俗爲諦實之世俗，與安立瓶等爲世俗有之世俗，名相同故，誤爲一義者頗多，當善分別。

འོ་ན་བུམ་སོགས་འདི་རྣམས་སངས་མ་རྒྱས་པའི་གང་ཟག་ཐམས་ཅད་ཀྱི་ཀུན་རྫོབ་ཀྱི་ངོར་བདེན་པ་ཡིན་ནམ། གང་ཟག་འགའ་ཞིག་གི་ཀུན་རྫོབ་ཀྱི་ངོར་མི་བདེན་པ་ཡང་ཡོད་ཅེ་ན།

卷六

若爾瓶等諸法，為於未成佛一切有情之世俗前，皆現為諦實耶？為於少數有情之世俗前，亦有不現為諦實者耶？

ཀུན་རྫོབ་ཀྱི་བདེན་པར་འཛོག་པའི་གཟུགས་སྒྲ་སོགས་དེ་ཡང་། ཉན་རང་དང་བྱང་སེམས་ཉོན་མོངས་ཅན་གྱི་མ་རིག་པ་སྤངས་པ། འདུ་བྱེད་གཟུགས་བརྙན་སོགས་དང་འདྲ་བར་གཟིགས་པ་རྣམས་ལ་ནི། བཅོས་མའི་རང་བཞིན་ཡིན་གྱི་བདེན་པ་ནི་མ་ཡིན་ཏེ། བདེན་པར་མངོན་པར་རློམ་པ་མེད་པའི་ཕྱིར་རོ། །ཞེས་གསུངས་པའི་དོན་བཤད་ན། གང་གི་ངོར་མི་བདེན་པའི་གང་ཟག་ནི་གསུམ་སྟེ། ཉན་རང་དང་བྱང་སེམས་སོ། །

論曰：「安立為世俗諦之色聲等法，此復於已斷染污無明，已見諸行如影像等聲聞、獨覺、菩薩之前，唯是假性，全無諦實。以無實執故。」此謂見非諦實之補特伽羅，略有三類：謂聲聞、獨覺、菩薩。

དེ་ཡང་ཉན་རང་དང་བྱང་སེམས་གང་ཡིན་ལ་མི་བྱེད་པས་ཁྱད་པར་སྨོས་པ་ནི། འདུས་བྱས་ཐམས་ཅད་གཟུགས་བརྙན་བཞིན་དུ་རང་བཞིན་གྱིས་སྟོང་ཡང་དེར་སྣང་བར་མངོན་སུམ་དུ་རྟོགས་པ་ནི་ཁྱད་པར་གཅིག་གོ། །

然非一切聲聞、獨覺、菩薩，故說差別，謂已現見一切有為諸法，空無自性現有①自性如影像等，是一差別。

དེ་ཙམ་ནི་བྱང་སེམས་ས་བདུན་པ་བ་མན་ཆད་དང་། ཉན་རང་འཕགས་པ་སློབ་པ་རྣམས་ལའང་ཡོད་པས་དེ་གཅད་པའི་ཕྱིར་དུ། གང་ཟག་གསུམ་པ་ལ་མ་རིག་པ་སྤངས་པ་ཞེས་གསུངས་པས་དག་པ་སའི་བྱང་སེམས་དང་། ཉན་རང་དགྲ་བཅོམ་པ་གཉིས་ལ་བྱ་སྟེ་དེ་གསུམ་གྱི་ངོར་མི་བདེན་པའོ། །

若唯此德，七地以下菩薩，及二乘有學聖人亦皆同有。為遮彼故，說彼三人中是已斷無明者。故是清淨地菩薩及二乘阿羅漢，於此三人前不現諦實。

གང་ཞིག་མི་བདེན་པ་ནི་དེ་ཡང་ཞེས་པ་ཕྱི་ནང་གི་ཆོས་རྣམས་སོ། །

為何法不實耶？論曰「此復」，謂內外諸法。

མི་བདེན་པའི་རྒྱུ་མཚན་ནི་བདེན་པར་རློམ་པ་སྟེ་བདེན་ཞེན་མེད་པའི་ཕྱིར་ཏེ། བདེན་འཛིན་གྱི་མ་རིག་པ་ཟད་པའི་ཕྱིར་རོ། །

不實之理，論曰：「無實執」，謂不執實有故，實執無明已斷盡故。

དེས་ན་ཕྱི་ནང་གི་ཆོས་རྣམས་གང་ཟག་གསུམ་པོ་དེའི་ཀུན་རྫོབ་ཀྱི་ངོར་བདེན་པར་མ་གྲུབ་པར་སྒྲུབ་པ་ཡིན་ནོ། །

此即成立內外諸法於彼三人之世俗前為非實有。

① 「現有自性」，PDF作「（而）現有自性」。

དེ་ལྟར་འགྲེལ་བས་དེ་རྣམས་ཀྱི་ངོར་ཀུན་རྫོབ་བདེན་པ་མིན་པར་ཡེ་མ་བསྒྲུབས་པར་བདེན་པ་མིན་ཞེས་བསྒྲུབས་པ་ལ། ཀུན་རྫོབ་བདེན་པ་མིན་པར་བསྒྲུབས་པར་འཛིན་པ་ནི། ཧ་ཅང་ཡང་བློའི་འཇུག་པ་རྩིངས་པས་སློབ་དཔོན་གྱི་དགོངས་པ་རང་གི་བློའི་དྲི་མས་སྦགས་ནས་འཆད་པའི་ལུགས་ངན་པའོ། །

如是解釋並未成立於彼等前非世俗諦，僅是成立非是諦實。故有執為成立非世俗諦者，是慧解太粗，以自心垢污論師意也。

དེ་ལྟར་སྒྲུབ་པ་ཡང་གང་ཟག་དེ་གསུམ་ལ་མིན་གྱི། དེ་གསུམ་གྱི་ངོར་བདེན་པ་མིན་པ་གང་ཟག་གཞན་བདག་ཅག་རྣམས་ལྟ་བུ་ལ་སྒྲུབ་པ་ཡིན་ནོ། །

又如上成立，亦非對彼三人成立，是對吾等諸餘有情，成立諸法於彼三人之前為非實有耳。

གང་ཟག་དེ་གསུམ་མིན་པའི་འོག་མ་རྣམས་ལ་ནི་ལྷན་སྐྱེས་ཀྱི་བདེན་འཛིན་ཡོད་པས། དེ་རྣམས་ཀྱི་ཀུན་རྫོབ་གང་ཡིན་ཐམས་ཅད་ཀྱི་ངོར་གང་ཡང་བདེན་པར་མ་གྲུབ་པར་སྒྲུབ་མི་ནུས་སོ། །

除彼三人之外，餘諸有情由有俱生實執故，於彼等任何世俗亦皆不能成立為非實有。

ཐོར་བཤད་པ་དེ་ལྟ་མིན་པར་དེ་དག་གི་ངོར་ཀུན་རྫོབ་ཀྱི་བདེན་པ་མིན་པ་བསྒྲུབ་ན་ནི། ཤིན་ཏུ་མ་འབྲེལ་བའི་སྒྲུབ་བྱེད་དུ་འགྱུར་ཏེ། བློ་དེའི་ངོར་གཞི་དེ་ཀུན་རྫོབ་བདེན་པར་འགྲུབ་པ་ལ་གཞི་དེ་བརྫུན་པར་འགྲུབ་དགོས་པས་དེ་ལ་བདེན་ཞེན་མེད་པ་རྒྱུ་མཚན་དུ་འགོད་པ་ནི་བཞད་གད་ཀྱི་གནས་སོ། །

若不如上釋，強謂是於彼等成立非世俗諦者，則此能立太無關係，謂於彼心成立某法為世俗諦時，須先成立彼法為虛妄，於①彼以無實執為理由，誠可笑故。

བློ་དེའི་ངོར་གཞི་དེ་ཀུན་རྫོབ་བདེན་པར་འགྲུབ་པ་ལ་གཞི་དེ་བརྫུན་པར་འགྲུབ་དགོས་པའི་རྒྱུ་མཚན་ནི། བུམ་སོགས་ལ་ཀུན་རྫོབ་བདེན་པ་ཞེས་པའི་ཚིག་ཟུར་གྱི་བདེན་པ་འཇོག་པ་ན་བློ་དང་དོན་གཉིས་ལས། དོན་ལ་བདེན་པར་མི་འཇོག་པར། བདེན་འཛིན་ཀུན་རྫོབ་པའི་ངོ་བོ་ཉིད་དུ་བདེན་པར་གཞག་དགོས་པར་མཐོང་བ་ན། ཁྱད་པར་དེ་མ་སྨྲར་ན་བདེན་པར་མི་འགྲུབ་ཅིང་བརྫུན་པ་ཡིན་པར་མཐོང་དགོས་པའི་གནད་ཀྱིས་ཡིན་ནོ།།

又於彼心，成立某法為世俗諦時，須先成立彼法為虛妄之理，謂說瓶等為世俗諦，安立此諦字，有心境二義，此非安立彼境為諦，要於實執世俗之前乃能

①「於彼」，PDF作「（故）於彼」。

安立為諦。若不加彼簡別，則不能成立為諦實，反應見為虛妄也。

གཉིས་པ་ནི། ལུགས་འདི་ལ་ཉོན་མོངས་ཀྱི་ངོས་འཛིན་མངོན་པ་གོང་འོག་ནས་བཤད་པ་དང་མི་མཐུན་པ་ཐུན་མོང་མ་ཡིན་པ་ཞིག་ཡོད་པ་དེ་ཤེས་པ་གལ་ཆེ་བར་སྣང་བས་དེ་བཤད་ན། དངོས་པོ་བདེན་འཛིན་ལ་གང་ཟག་དང་ཆོས་ལ་བདེན་འཛིན་གཉིས་ཡོད་ལ། དེ་ཉིད་བདག་འཛིན་གཉིས་སུའང་བཞེད་པ་ནི་སྔར་བཤད་ཟིན་ཏོ། །

亥二、釋煩惱不共建立。此宗明煩惱有不共理，與大小乘對法俱不相符，了知此理最為切要，故當略說。執法實有中，有緣人緣法二種實執，即許彼為二種我執，前已說訖。

བདེན་འཛིན་དེ་འཇུག་འགྲེལ་དང་། བཞི་བརྒྱ་བའི་འགྲེལ་པ་གཉིས་ཀར་ཉོན་མོངས་ཅན་གྱི་མ་རིག་པར་བཤད་ལ། མ་རིག་པ་དེ་ཉན་རང་དགྲ་བཅོམ་གྱིས་སྤངས་པ་དང་། བཞི་བརྒྱ་པའི་འགྲེལ་པར་མི་སྐྱེ་བའི་ཆོས་ལ་བཟོད་པ་ཐོབ་པའི་བྱང་སེམས་ཀྱིས་སྤངས་པར་བཤད་དོ། །

《入中論釋》與《四百論釋》，皆說彼實執是染污無明。又彼無明，說是聲聞、獨覺阿羅漢所斷，《四百論》說是得無生法忍之菩薩所斷。

དེའི་ཕྱིར་ཉོན་མོངས་ཅན་གྱི་མ་རིག་པ་ནི། བདག་མེད་པའི་དེ་ཁོ་ན་ཉིད་རིག་པའི་མི་མཐུན་ཕྱོགས་དང་། དེ་ཡང་རིག་པ་དེ་མེད་པ་ཙམ་དང་། དེ་ལས་གཞན་པ་ཙམ་ལ་མི་བྱེད་ཀྱི། འགལ་ཟླ་མི་མཐུན་ཕྱོགས་གང་ཟག་དང་ཆོས་རང་བཞིན་གྱིས་གྲུབ་པར་སྒྲོ་འདོགས་པའོ། །

故染污無明，是無我真實義明慧之違品，非僅無彼明，及離明之餘法。明之違品，即增益人法為有自性。

དེ་ལྟར་བྱས་ན་ཆོས་ཀྱི་བདག་ཏུ་སྒྲོ་འདོགས་པ་ཉོན་མོངས་ཅན་གྱི་མ་རིག་པར་འཇོག་པ་དང་། ང་དང་ང་ཡི་བ་རང་གི་མཚན་ཉིད་ཀྱིས་གྲུབ་པར་འཛིན་པ་གཉིས་འཇིག་ལྟར་འཇོག་པ་རྣམས་མངོན་པ་བ་དང་མི་མཐུན་ནོ། །

由是當知，安立增益法我為染污無明，及安立執我、我所有自相為薩伽耶見，皆與對法不合。

མངོན་པ་བའི་ལུགས་ཀྱིས་ནི་མཛོད་འགྲེལ་གྱི་གནས་དགུ་པ་ལས་བཤད་པ་ལྟར། གང་ཟག་རང་རྐྱ་ཐུབ་པའི་རྫས་སུ་ཡོད་པར་འཛིན་པ་འཇིག་ལྟ་ངར་འཛིན་དང་། བདག་གི་བ་རྣམས་གང་ཟག་རྫས་ཡོད་དེའི་དབང་བསྒྱུར་བྱར་འཛིན་པ་ནི། འཇིག་ལྟ་བདག་གིར་འཛིན་པར་འཇོག་པ་ཡིན་ཏེ་ཆེས་མི་མཐུན་ནོ། །

對法宗，如《俱舍論》第九品說，執補特伽羅有獨立實體，安立為我執薩伽耶見，執我所有為彼實體補特伽羅之所自在，安立為我所執薩伽耶見，則與

此宗極不相同。

གང་ཟག་རང་རྒྱ་ཐུབ་པའི་རྫས་ཡོད་དུ་འཛིན་པ་ནི་གྲུབ་མཐས་བློ་མ་བསྒྱུར་བ་ལ་ཡང་ཡོད་མོད་ཀྱང༌། གང་ཟག་ཕུང་པོ་དང་མཚན་ཉིད་མི་མཐུན་པའི་གཞན་དུ་ཡོད་པར་འཛིན་པ་ནི་གྲུབ་མཐས་བློ་མ་བསྒྱུར་བ་ལ་མེད་དོ།།

執補特伽羅有獨立實體，未學邪宗者雖亦可有，然執補特伽羅異諸蘊相別有餘相，則未學邪宗者決定非有。

དེ་ལྟར་ན་མཐར་འཛིན་པར་ལྟ་བ་ཡང་གཉིས་སོ།།

如是邊見亦有二類也。

གལ་ཏེ་གང་ཟག་དང་ཆོས་རང་གི་མཚན་ཉིད་ཀྱིས་གྲུབ་པ་ཡོད་པར་འདོད་པའི་ཕྱོགས་ལ། དེ་ལྟར་འཛིན་པ་དེ་རྣམས་ཉོན་མོངས་ཅན་གྱི་མ་རིག་པ་དང༌། བདག་འཛིན་གཉིས་སུ་ཇི་ལྟར་སྒྲུབ་ཅེ་ན།

設作是念：對許人法有自相之宗，云何成立彼等諸執爲染污無明及二種我執耶?

གང་ཟག་དང་ཆོས་རང་བཞིན་གྱིས་གྲུབ་པ་ནི། དེ་འགོག་པའི་རིགས་པ་རྣམས་ཀྱིས་ཁེགས་པར་འགྱུར་ཞིང༌། དེའི་ཚེ་དེ་ལྟར་འཛིན་པ་དེ་ཞེན་ཡུལ་ལ་འཁྲུལ་པའི་བདེན་འཛིན་དུ་འགྲུབ་ལ། དེ་གྲུབ་ན་གང་ཟག་དང་ཆོས་གཉིས་བདེན་གྲུབ་ཏུ་འཛིན་པ་བདག་འཛིན་གཉིས་སུ་འགྲུབ་པོ།།

答：先以破有自性之理，破除人法有自性，便能成立彼執是迷所著境之實執。此若成者，則亦能成立執人法實有爲二種我執也。

དེ་རྣམས་གྲུབ་ན་བདེན་འཛིན་དེ་དེ་ཁོ་ན་ཉིད་ཀྱི་དོན་རིག་པའི་འགལ་བ་མི་མཐུན་ཕྱོགས་སུ་འགྲུབ་པས། མ་རིག་པར་འགྲུབ་ཅིང༌། དེ་མ་ཟད་པར་དུ་འཇིག་ལྟ་ཡང་མི་འཛད་པར་སྒྲུབ་ནུས་པས། ཉོན་མོངས་ཅན་གྱི་མ་རིག་པར་འགྲུབ་པས་ཉོན་མོངས་ཀྱི་རྣམ་གཞག་ཐུན་མོང་མ་ཡིན་པ་འཛོག་ཤེས་པ་ཤིན་ཏུ་གལ་ཆེའོ།།

若此等皆成，則亦成立彼等實執爲了達真實義明慧之違品。故能成立爲無明，且能成立爲薩伽耶見，亦即成立爲染污無明。故了知煩惱之不共建立極爲重要也。

འདོད་ཆགས་ལ་སོགས་པ་ཉོན་མོངས་གཞན་རྣམས་ཀྱང་བདེན་འཛིན་གྱི་གཏི་མུག་ལས་འཇུག་ཚུལ་ནི། བཞི་བརྒྱ་པ་ལས། ལུས་ལ་ལུས་དབང་ཇི་བཞིན་དུ། །གཏི་མུག་ཀུན་ལ་གནས་འགྱུར་ཏེ། ཞེས་པའི་འགྲེལ་བ་ལས། གཏི་མུག་ནི་དེ་རྣམས་ཇི་ལྟར་བདེན་པར་རྟོགས་པ་ལས་རྨོངས་པ་ཉིད་ཀྱི་ཕྱིར། དངོས་པོ་བདེན་པའི་རང་གི་ངོ་བོར་ལྷག་པར་སྒྲོ་འདོགས་པར་རབ་ཏུ་འཇུག་གོ།

其餘貪等煩惱皆從實執愚癡發起之理，如《四百論》云：「如身根依身，癡遍住一切。」釋論云：「癡於通達真諦極愚蒙故，增益諸法諦實自性而轉。

འདོད་ཆགས་ལ་སོགས་པ་དག་ཀྱང་གཏི་མུག་གིས་ཀུན་ཏུ་བརྟགས་པའི་དངོས་པོའི་རང་བཞིན་ཁོ་ན་ལ། སྡུག་པ་དང་མི་སྡུག་པ་ལ་སོགས་པའི་ཁྱད་པར་སྒྲོ་འདོགས་པར་འཇུག་པ་ཉིད་ཀྱི་ཕྱིར། གཏི་མུག་ལས་ཐ་མི་དད་པར་འཇུག་པར་འགྱུར་ཞིང་། གཏི་མུག་ལ་བརྟེན་པར་ཡང་འགྱུར་ཏེ། གཏི་མུག་གཙོ་བོ་ཉིད་ཀྱི་ཕྱིར་རོ། །ཞེས་གསུངས་པ་ལྟར་བཤད་ན། འཇུག་གོ་ཞེས་པ་ཡན་གྱིས་གཏི་མུག་བདེན་འཛིན་དུ་སྟོན་ནོ། །

貪等亦唯於愚癡所遍計之諸法自性，增益愛非愛等差別而轉，故非異癡而轉，亦是依癡，癡最勝故。」「自性而轉」以上，明癡是實執。

ཆགས་སོགས་རྣམས་གཏི་མུག་ལས་ཐ་མི་དད་པར་འཇུག་པ་ནི། གཏི་མུག་དང་མཚུངས་ལྡན་དུ་འཇུག་གི་དེ་དང་བྲལ་བར་མི་འཇུག་པའོ། །

貪等非異癡而轉者，謂與癡相應乃轉，離癡則不轉。

དེའི་རྒྱུ་མཚན་ནི་ཆགས་སོགས་ནས་འཇུག་པ་ཉིད་ཀྱི་ཕྱིར་ཞེས་པ་ཡིན་ནོ། །

從「貪等」至「而轉故」，即說明其理由。

དེ་ལ་ཡུལ་ལ་ཡིད་དུ་འོང་མི་འོང་གི་ཁྱད་པར་སྒྲོ་འདོགས་པ་ནི་ཆགས་སྡང་གཉིས་སྐྱེ་བའི་རྒྱུ་ཚུལ་མིན་ཡིད་བྱེད་ཡིན་པས། ཆགས་སྡང་གཉིས་ཀྱི་འཛིན་སྟངས་སྟོན་པ་མིན་ནོ། །

於境增益悅意不悅意之差別者，是生貪瞋之因非理作意，非說貪瞋之行相。

དེས་ན་གཏི་མུག་གིས་ཀུན་བརྟགས་པ་ཁོ་ན་ལ་ཞེས་སོགས་ནི། རང་བཞིན་གྱིས་གྲུབ་པ་ཁོ་ནའི་ཡིད་དུ་འོང་མི་འོང་སྒྲོ་བཏགས་པ་ལ་བརྟེན་ནས་ཆགས་སྡང་གཉིས་འཇུག་པའི་ཕྱིར་ཞེས་པའོ། །

言「唯於癡所遍計」者，謂要依增益有自性之悅不悅意相乃有貪瞋轉故。

གཏི་མུག་གིས་བཏགས་པའི་བདེན་གྲུབ་ཁོ་ན་ཆགས་སོགས་ཀྱི་དམིགས་རྣམ་གཉིས་ཀྱི་ནང་ནས་དམིགས་པར་སྟོན་པ་མིན་ཏེ། བདག་འཛིན་ལྷན་སྐྱེས་གཉིས་ཀའི་དམིགས་རྣམ་གཉིས་ཀྱི་དམིགས་པ་གཞི་གྲུབ་པ་ཡིན་ལ། ཆགས་སོགས་ཀྱང་གཏི་མུག་དང་མཚུངས་ལྡན་ཡིན་པས་དམིགས་པ་མཚུངས་པའི་ཕྱིར་རོ། །

然此非說唯癡遍計之實有是貪等之所緣①，以二種俱生我執之所緣是有法，貪等②與癡相應，即同一所緣故。

①「貪等之所緣」，PDF作「是貪等（所緣與行相二者中）之所緣」。
②「貪等」，PDF作「（且）貪等」。

入中論善顯密意疏

ཚུལ་མིན་ཡིད་བྱེད་དེ་གཉིས་ཀྱིས་དྲངས་པའི་ཡུལ་ལ་འདོད་པའི་རྣམ་པ་ཅན་དང་། མི་འདོད་པ་རྒྱབ་ཀྱིས་ཕྱོགས་པའི་རྣམ་པ་ཅན་ནི། ཆགས་པ་དང་སྡང་བར་འགྱུར་བས། གང་ཟག་རང་སྐྱ་ཐུབ་པའི་རྫས་ཡོད་དུ་འཛིན་པས་དྲངས་པའི་འདོད་མི་འདོད་ཀྱི་རྣམ་པ་ཅན་ཙམ་ཞིག །འདོད་ཆགས་དང་ཞེ་སྡང་དུ་འཇོག་པ་མིན་པའི་ཕྱིར། ཆགས་སྡང་གཉིས་ཀྱང་འཇོག་ཚུལ་མི་འདྲའོ། །

要於二種非理作意所引境上，起希欲行相及厭背行相者，乃是貪瞋。唯執補特伽羅獨立實有所引之欲不欲相，猶不安立爲貪瞋。故安立貪瞋之理亦不相同。

གཏི་མུག་ལ་བརྟེན་པར་ཡང་འགྱུར་ཏེ་ཞེས་པ་ནི། རང་གི་མཚན་ཉིད་ཀྱིས་གྲུབ་པར་འཛིན་པའི་གཏི་མུག་སྔོན་དུ་སོང་བས་ཆགས་སོགས་འདྲེན་པའི་དོན་ནོ། །

言「亦是依癡」者，義謂執有自相之愚癡爲先，乃能引生貪等。

ལུས་ལ་ལུས་དབང་ཞེས་པའི་དཔེ་ནི། དབང་པོ་གཞན་བཞི་ལ་ལུས་དབང་ཟུར་དུ་བཞག་པའི་རྟེན་མེད་པ་བཞིན་དུ། ཉོན་མོངས་གཞན་ཐམས་ཅད་ཀྱང་གཏི་མུག་ལ་བརྟེན་ནས་འཇུག་ཅིང་། དེ་དང་མི་འབྲལ་བར་འཇུག་པའི་དོན་ནོ། །

身根依身之喻，謂如離餘四根，别無可立爲身根者，如是餘一切煩惱要依愚癡乃轉，不離愚癡而轉。

དེས་ན་གཏི་མུག་བཅོམ་པ་ཉིད་ཀྱིས་ཉོན་མོངས་ཐམས་ཅད་འཇོམས་པར་འགྱུར་བས། འདིའི་གཉེན་པོ་རྟེན་འབྱུང་རང་བཞིན་གྱིས་གྲུབ་པས་སྟོང་པའི་གཏམ་ཉིད་ལ་གུས་པར་བྱ་བར་གསུངས་སོ། །

於是若能破除愚癡，即能破除一切煩惱。故於能治愚癡緣起性空之論應當恭敬也。

དངོས་པོ་བདེན་འཛིན་འདི་ནི་འཁོར་བའི་རྩ་བའི་མ་རིག་པར་ཡང་སྟོང་ཉིད་བདུན་ཅུ་པ་ལས་གསུངས་ཤིང་།

《七十空性論》亦說諸法實執，爲生死根本無明。

རིགས་པ་དྲུག་ཅུ་པ་ལས་ཀྱང་། གང་ཡང་རུང་བའི་གནས་རྙེད་ན། །ཉོན་མོངས་སྦྲུལ་གདུག་གཡོ་ཅན་གྱིས། །ཟིན་པར་འགྱུར་རོ་གང་གི་སེམས། །གནས་མེད་དེ་དག་ཟིན་མི་འགྱུར། ཞེས་བདེན་འཛིན་གྱི་དམིགས་གཏད་གང་ཡང་རུང་བའི་གནས་ཤིག་རྙེད་ན། ཉོན་མོངས་པའི་སྦྲུལ་གྱིས་འཛིན་པར་གསུངས་ཤིང་།

《六十正理論》亦云：「若得隨一處，即被惑蛇咬，若心無所住，即不被彼咬。」謂若得隨一實執所緣之處，即被煩惱毒蛇所咬。

ཡང་དེ་ཉིད་ཀྱི་མཇུག་ཐོགས་སུ། གནས་དང་བཅས་པའི་སེམས་ལྡན་ལ། །ཉོན་མོངས་དུག་ཆེན་ཅིས་མི

འབྱུང་། །ཞེས་གསུངས་པས་འདི་ནི་འཕགས་པའི་བཞེད་པ་དམ་པའོ། །

又云①：「若心有所住，惑毒豈不生。」此即聖者所許②。

ཀང་པ་ཕྱི་མ་གཉིས་ཀྱི་མཚམས་སྦྱོར་དུ། གང་དག་གཟུགས་ལ་སོགས་པ་རྣམས་ཀྱི་རང་བཞིན་དམིགས་ཀྱང་། ཉོན་མོངས་པ་རྣམས་སྤོང་བར་འདོད་པ་དེ་དག་ལ་ནི། ཉོན་མོངས་པ་སྤོང་བ་མི་སྲིད་པ་ཉིད་དོ་ཞེས་བསྟན་པའི་ཕྱིར་གསུངས་པ་ཞེས་དང་།

後二句之征起文云：「若見色等有自性，而欲斷煩惱，此諸煩惱終不能斷，為顯此義故云。」

ཕྱི་འགྲེལ་ལས་ཀྱང་། དངོས་པོར་དམིགས་པ་ཡིན་ན་ནི་འདོད་ཆགས་ལ་སོགས་པའི་ཉོན་མོངས་པ་རབ་འབྱམས་ངེས་པར་བཟློག་ཏུ་མེད་པ་རྣམས་འབྱུང་ངོ་། །

釋文亦云：「若有法可得，定生貪等無量煩惱，必不可遮。

ཇི་ལྟར་ཞེ་ན། རེ་ཞིག་གལ་ཏེ་དངོས་པོ་དེ་ཡིད་དང་མཐུན་པ་ཡིན་ན་ནི། དེའི་ཚེ་དེ་ལ་རྗེས་སུ་ཆགས་པ་བཟློག་པར་དཀའོ། །ཅི་སྟེ་མི་མཐུན་ན་ནི་དེའི་ཚེ་དེ་ལ་ཁོང་ཁྲོ་ང་དང་ཚིག་པ་ཟ་བ་བཟློག་པར་དཀའོ། །ཞེས་གསུངས་ཤིང་།

所以者何？若彼法與意相順，即隨貪著難以③遮止。若不相順，則生憤怒亦難遮止。」

ཡུལ་དེ་ཡིད་དུ་འོང་མི་འོང་གང་ཡང་མིན་པ་ཞིག་ནའང་མ་རིག་པ་སྐྱེ་བར་འགྲེལ་བ་ལས་གསུངས་ཏེ། ཡུལ་དེ་རང་གི་མཚན་ཉིད་ཀྱིས་གྲུབ་པར་འཛིན་པ་ཞིག་རྒྱུད་ལ་འཇུག་བཞིན་པ་ན། ཡང་ན་འདོད་ཆགས། ཡང་ན་ཞེ་སྡང་སྐྱེ་དེ་གཉིས་མིན་ནའང་གཏི་མུག་གི་རིགས་འདྲ་འཇུག་པར་བཞེད་ལ།

釋論又說：「若境俱非悅不悅意，則生無明。」凡是內心執境有自相轉，或生貪欲，或生瞋恚，即俱非彼二，亦生同類愚癡。

སྤྱོད་འཇུག་ལས་ཀྱང་། དམིགས་པ་དང་ནི་བཅས་པའི་སེམས། །འགའ་ཞིག་ལ་ནི་གནས་པར་འགྱུར། །སྟོང་པ་ཉིད་དང་བྲལ་བའི་སེམས། །འགགས་པ་སླར་ཡང་སྐྱེ་འགྱུར་ཏེ། །འདུ་ཤེས་མེད་པའི་སྙོམས་འཇུག་བཞིན། །ཞེས་གསུངས་ཏེ་ཕྱོགས་འདི་ལ་སློབ་དཔོན་འདི་གཉིས་དང་སངས་རྒྱས་བསྐྱངས་གསུམ་འཕགས་པའི་དགོངས་པ་འགྲེལ་བ་ལ་ཁྱད་པར་མེད་དོ། །

---

①「又云」，PDF作「（該句之末）又云」。
②「所許」，PDF作「所許（十分正確）」。
③「貪著難以遮止」，PDF作「貪著（於彼，故）難以遮止」。

《入行論》云：「凡有所得心，若稍有所住，諸離空性心，滅已復當生，如無想等至。」關於此義，此二論師與佛護論師，解釋聖者意趣都無差別。

འདིའི་གནད་ཀྱིས་མི་རྟག་སོགས་བཅུ་དྲུག་གི་ལམ་ཙམ་གྱིས་མྱ་ངན་ལས་འདའ་བར་བཤད་པ་ནི་དགོངས་པ་ཅན་ཡིན་ལ། ལམ་དེའི་དབང་དུ་བྱས་པའི་ཉོན་མོངས་ཀྱི་ངོས་འཛིན་རྣམས་ཀྱང་ལྷག་མ་དང་བཅས་པ་ཡིན་ནོ། །

由此道理，說無常①等十六行相之道能得涅槃者，是密意語。依彼道增上所明煩惱亦非究竟。

དེ་དག་ལ་བརྟེན་ནས་ང་རྒྱལ་སོགས་ཀྱང་ཤེས་པར་ནུས་ལ། ཐུན་མོང་མ་ཡིན་པའི་མ་རིག་པ་དང་འཇིག་ལྟ་དང་མཐར་ལྟ་ལ་ཡང་ཀུན་བཏགས་དང་ལྷན་སྐྱེས་གཉིས་ཀ་ཤེས་པར་བྱ་སྟེ་ཚིག་མངས་སུ་དོགས་ནས་མ་བྲིས་སོ། །

慢等煩惱，依彼等義，亦可了知。不共無明及薩迦耶見、邊見，當知皆分分別與俱生二種，恐繁不錄。

དེ་བཞིན་དུ་ཆོས་རྣམས་བདེན་གྲུབ་ཏུ་འཛིན་པའི་རྣམ་རྟོག་ལ་སྒོམ་སྤང་ཆེ་འབྲིང་དགུར་བྱས་ནས། གཉེན་པོ་སྒོམ་ལམ་དགུ་དང་སྦྱོར་བ་ཡང་། གཟུང་འཛིན་རྫས་ཐ་དད་དུ་འཛིན་པའི་རྣམ་རྟོག་ལ་སྒོམ་སྤང་ཆེ་འབྲིང་དགུར་བྱས་ནས། སྒོམ་ལམ་དགུ་དང་སྤང་གཉེན་དུ་སྦྱོར་བར་བཤད་པ་བཞིན་དུ། རེ་ཞིག་ལ་ཆོས་ཀྱི་བདག་མེད་ཕྲ་རགས་གཉིས་ཀ་རྫོགས་པར་རྟོགས་མི་ནུས་པའི་གདུལ་བྱ་འགའ་ཞིག་གི་ངོར་གསུངས་པའི་དྲང་བའི་དོན་དུ་ཤེས་པར་བྱའོ། །

如是宣說執法實有之分別爲上中下九品修所斷，配九品能治修道者。如說②執著二取異體分別爲上中下九品修所斷，配九品修道，當知是爲不能③圓滿通達粗細二種法無我之有情而說，是不了義。

གཉིས་པ་ནི། དངོས་པོ་འདི་དག་ཀྱང་བྱིས་པ་རྣམས་ལ་ནི་རང་བཞིན་མེད་བཞིན་དུ་དེར་སྣང་བས་སླུ་བར་བྱེད་ལ། དེ་དག་ལས་གཞན་སྔར་བཤད་པའི་གང་ཟག་གསུམ་ལ་ནི། བཅོས་མར་གྱུར་པའི་དངོས་པོའི་རྟེན་ཅིང་འབྲེལ་པར་འབྱུང་བ་ཉིད་ཀྱིས་ནི་ཀུན་རྫོབ་ཙམ་དུ་འགྱུར་གྱི་བདེན་པར་མི་འགྱུར་རོ། །

戊二、三類補特伽羅見不見世俗之理。又此諸法於凡夫前，實無自性現有自性，故成欺誑。於前所說餘三人前，唯現緣起假法，故唯世俗都無真實。

དེ་ཡང་ཤེས་སྒྲིབ་ཀྱི་མཚན་ཉིད་ཅན་གྱི་ཉོན་མོངས་ཅན་མ་ཡིན་པའི་མ་རིག་པ་ཙམ་ཀུན་ཏུ་སྤྱོད་པའི་ཕྱིར། མ་རིག་པ་དང་དེའི་བག་ཆགས་ཀྱིས་བསླད་པའི་སྣང་བ་དང་བཅས་པའི་སྤྱོད་ཡུལ་ཅན་གྱི་རྗེས་ཐོབ་ལ་གནས་པའི་

①「說無常」，PDF作「說（僅以）無常」。
②「如說」，PDF作「（亦）如說」。
③「是爲不能」，PDF作「是爲（暫時）不能」。

འཕགས་པ་རྣམས་ལ་སྣང་གི །འཕགས་པ་སྣང་བ་མེད་པའི་སྤྱོད་ཡུལ་མངའ་བ་མཉམ་གཞག་ལ་གནས་པ་རྣམས་ལ་ནི་སྣང་བ་མིན་ནོ། །

又彼唯有所知障相不染污無明現行故，要於有彼無明及其習氣所染有相行後得位之聖者，乃能現起。於住根本定無相行之聖者，則皆不現。

འོ་ན་ལུགས་འདིས་ཤེས་སྒྲིབ་གང་ལ་བྱེད་ཅེ་ན། འཇུག་འགྲེལ་ལས། དེ་ལ་མ་རིག་པའི་བག་ཆགས་ནི་ཤེས་བྱ་ཡོངས་སུ་གཅོད་པའི་གེགས་སུ་གྱུར་པ་ཡིན་ལ། འདོད་ཆགས་ལ་སོགས་པའི་བག་ཆགས་ཡོད་པ་ནི་ལུས་དང་ངག་དག་གི་འཇུག་པ་དེ་ལྟ་བུའི་རྒྱུ་ཡང་ཡིན་ཏེ། མ་རིག་པ་དང་འདོད་ཆགས་ལ་སོགས་པའི་བག་ཆགས་དེ་ཡང་རྣམ་པ་ཐམས་ཅད་མཁྱེན་པ་དང་། སངས་རྒྱས་ཁོ་ན་ལ་ལྡོག་པར་འགྱུར་གྱི། གཞན་དག་ལ་ནི་མ་ཡིན་ནོ། །ཞེས་གསུངས་པ་ལྟར་ཏེ།

若爾，此宗立何爲所知障？釋論云：「此中無明習氣，能障決了所知。貪等習氣，爲身語如是轉因者亦爾。又彼無明貪等習氣，唯得一切種智成佛乃斷，非餘能斷。」

ལུས་དང་ངག་གི་འཇུག་པ་ནི་དགྲ་བཅོམ་པ་ལ་ཡོད་པ་སྤྲེའུ་ལྟར་མཆོང་བ་དང་། གཞན་ལ་ཆུང་མ་མོ་ཞེས་ཟེར་བའི་ལུས་ངག་གི་གནས་ངན་ལེན་སྟོན་པས་བཀག་ཀྱང་མ་ལོག་པ་ལྟ་བུ་ཡིན་ནོ། །

身語轉者，謂如阿羅漢有身語粗重，躍如猿猴，呼他小婢，大師雖遮仍不能改。

ཡང་ཞེས་པས་ཆགས་སོགས་ཀྱི་བག་ཆགས་ཤེས་བྱ་གཅོད་པའི་གེགས་སུ་ཡང་བསྟན་པས། ཉོན་མོངས་པའི་བག་ཆགས་རྣམས་ཤེས་སྒྲིབ་ཡིན་ཏེ། དེའི་འབྲས་བུ་གཉིས་སྣང་འཁྲུལ་པའི་ཆ་ཐམས་ཅད་ཀྱང་དེར་བསྡུའོ།།

「亦」字明貪等習氣亦障決了所知。故煩惱習氣是所知障，習氣所起一切錯亂二取，亦是彼攝。

ཉོན་མོངས་ཀྱི་ས་བོན་ལ་བག་ཆགས་སུ་བཞག་པ་ཅིག་དང་། ཉོན་མོངས་ཀྱི་ས་བོན་མིན་པའི་བག་ཆགས་གཉིས་ལས་ཤེས་སྒྲིབ་ཏུ་འཇོག་པ་ནི་ཕྱི་མ་སྟེ། ཉོན་མོངས་ཀྱི་ས་བོན་ཐམས་ཅད་ཟད་པས་བདེན་འཛིན་མི་སྐྱེ་ཡང་། བག་ཆགས་ཀྱིས་བསྒྱད་པས་སྣང་ཡུལ་ལ་འཁྲུལ་པའི་བློ་སྐྱེད་པའོ། །

又煩惱種子名曰習氣，與非煩惱種子之習氣，此立後者爲所知障。雖斷盡一切煩惱種子，不復生實執，然由習氣所染，於所現境仍起錯誤之心。

སངས་མ་རྒྱས་པའི་འཕགས་པ་རྣམས་ཀྱིས་ནི་ཤེས་སྒྲིབ་ཀྱི་མ་རིག་པ་མ་སྤངས་པས། རྗེས་ཐོབ་ཀྱི་སྣང་བཅས་ཀྱི་རྟོག་པ་དང་། མཉམ་གཞག་ཏུ་སྣང་མེད་དུ་འགྱུར་བའི་རེས་འཇོག་ཡོད་ལ། སངས་རྒྱས་རྣམས་ཀྱིས་ནི་

ཆོས་ཐམས་ཅད་ཀྱི་དོན་དམ་པ་དང་ཀུན་རྫོབ་པའི་རྣམ་པ་མངོན་པར་ཏེ་མངོན་དུ་གྱུར་པར་རྫོགས་པར་ཏེ་མ་ལུས་པར། །བྱང་ཆུབ་པ་སྟེ་རྟོགས་པའི་ཕྱིར་སེམས་དང་སེམས་བྱུང་གི་རྣམ་རྟོག་གི་རྒྱུ་བ་ཐམས་ཅད་གཏན་ལོག་པས། མཉམ་གཞག་དང་རྗེས་ཐོབ་ཀྱི་སྣང་བའི་རྟོག་པ་ཡོད་མེད་རེས་འཇོག་པ་མེད་དོ། །

又未成佛之聖者，由未斷所知障無明故，後得有相分別與根本無相智，各別而起。諸佛如來由於一切法勝義世俗相，現正等覺，故心、心所行，一切分別皆畢竟滅，根本、後得，有相、無相，不各別起。

གཏན་ཞེས་པའི་ཚིག་གིས་འཕགས་པ་གཞན་ལ་མཉམ་གཞག་ཏུ་ལོག་པ་ནི་རེས་འགའ་བར་སྟོན་ལ། དེའི་ཕྱིར་མཉམ་རྗེས་རེས་འཇོག་པ་ཡོད་དོ། །

言畢竟者，顯餘聖者唯根本位乃滅，故後得、根本各別而起。

དེས་ན་ཤེས་སྒྲིབ་ཀྱི་མ་རིག་པ་སྤྱོད་པའི་ཕྱིར། ཞེས་པ་ནི་སྣང་བ་ཡོད་པའི་རྒྱུ་མཚན་མིན་གྱི། མཉམ་རྗེས་སུ་སྣང་བ་ཡོད་མེད་རེས་འཇོག་ཏུ་འབྱུང་བའི་སྒྲུབ་བྱེད་དོ། །

言「所知障無明現行故」非是成立有相之理，是成立根本後得、有相無相各別而起。

སེམས་དང་སེམས་བྱུང་གི་རྒྱུ་བ་ནི་རྣམ་རྟོག་ལ་བཞེད་པ་ཡིན་ཏེ། ཚིག་གསལ་ལས། རྣམ་པར་རྟོག་པ་ནི་སེམས་ཀྱི་རྒྱུ་བ་ཡིན་ན་དེ་དང་བྲལ་བའི་ཕྱིར། དེ་ཁོ་ན་ཉིད་དེ་ནི་རྣམ་པར་རྟོག་པ་མེད་པ་ཡིན་នོ། །ཇི་སྐད་དུ་མདོ་ལས། དོན་དམ་པའི་བདེན་པ་གང་ཞེ་ན། གང་ལ་སེམས་ཀྱི་རྒྱུ་བ་ཡང་མེད་ན། ཡི་གེ་རྣམས་ལྟ་སྨོས་ཀྱང་ཅི་དགོས་ཞེས་གསུངས་སོ། །ཞེས་བཤད་དོ། །

心、心所行，謂諸分別。《顯句論》云：「分別謂心行，真實性義由離彼故，是無分別。如經云：云何勝義諦？謂尚無心行，況復文字。」

གསུམ་པ་ནི། དེ་ལ་སོ་སོའི་སྐྱེ་བོ་རྣམས་ཀྱི་དོན་དམ་པ་གང་ཡིན་པ་དེ་ཉིད་དེ། འཕགས་པ་སྣང་བ་དང་བཅས་པའི་སྤྱོད་ཡུལ་ཅན་རྣམས་ཀྱི་ཀུན་རྫོབ་ཙམ་ཡིན་ལ། དེའི་རང་བཞིན་སྟོང་པ་ཉིད་གང་ཡིན་པ་དེ་ནི་དེ་རྣམས་ཀྱི་དོན་དམ་པའོ། །ཞེས་གསུངས་པའི་སྔ་མའི་དོན་ནི། སོ་སྐྱེས་དོན་དམ་པར་གྲུབ་པར་བཟུང་བའི་བུམ་སོགས་དེ་ཉིད། །སྔར་བཤད་པའི་འཕགས་པ་གསུམ་མཉམ་གཞག་ལས་ལངས་པའི་རྗེས་ཐོབ་སྣང་བ་ཅན་རྣམས་ཀྱི་ཀུན་རྫོབ་ཙམ་ཡིན་པར་བསྟན་པས། དེ་རྣམས་ཀྱི་ངོར་བདེན་པ་ཙམ་གཙོད་ཀྱི་ཀུན་རྫོབ་བདེན་པ་ཡིན་པ་མི་གཙོད་ཅིང་། སོ་སྐྱེས་བུམ་སོགས་ལ་དོན་དམ་དུ་གྲུབ་པར་འཛིན་པའི་ཞེན་ཡུལ་འཕགས་པ་ལ་ཀུན་རྫོབ་ཏུ་འགྱུར་བར་སྟོན་པ་མིན་ཏེ་དེ་མི་སྲིད་པའི་ཕྱིར་རོ། །

卷六

戊三、觀待異生聖者成爲勝義世俗之理。論曰：「諸異生類所見勝義，即諸有相行聖者所見唯世俗。彼之性空，即彼等之勝義。」前句義，謂異生執爲勝義有之瓶等，即前所說三類聖者從根本定起，後得有相智所見之唯世俗。此僅遮彼前爲諦實，非遮世俗諦；亦非說異生執瓶等勝義有，即爲聖者所見之世俗，以彼非有故。

གཞུང་ཕྱི་མའི་དོན་ནི་རྟེན་འབྲེལ་ཀུན་རྫོབ་པའི་རང་བཞིན་ཆོས་ཉིད་འཕགས་པ་རྣམས་ཀྱི་དོན་དམ་པར་སྟོན་པས་བུམ་པ་ལ་སོགས་པའི་གཞི་གཅིག་ཉིད། སོ་སྐྱེ་ལ་ལྟོས་ནས་ཀུན་རྫོབ་དང་། འཕགས་པ་ལ་ལྟོས་ནས་དོན་དམ་སོ། །ཞེས་གཞུང་ལས་ཕྱིན་ཅི་ལོག་ཏུ་བཀྲོལ་སྟེ་སྨྲ་བ་ནི། བློ་གང་གི་ངོར་ཀུན་རྫོབ་བདེན་པར་སོང་བ་དེའི་ངོར་བདེན་པ་ཁེགས་དགོས་པ་མ་ཤེས་པའི་གཏམ་སོ། །

後句義，謂緣起世俗之法性，即聖者所見之勝義。故有倒解論義說①「瓶等一事，觀待異生爲世俗，觀待聖者爲勝義」，是由未知「於何心前爲世俗諦，即於彼心破除爲諦」也②。

སངས་རྒྱས་རྣམས་ཀྱི་དོན་དམ་པ་ནི་རང་བཞིན་ཉིད་ཡིན་ཞིང་། དེ་ཡང་བསླུ་བ་མེད་པ་ཉིད་ཀྱིས་དོན་དམ་པའི་བདེན་པ་ཡིན་ལ། དེ་ནི་དེ་རྣམས་ཀྱིས་སོ་སོ་རང་གིས་རིག་པར་བྱ་བ་ཡིན་ནོ། །ཞེས་གསུངས་སོ། །

論曰：「諸佛勝義是自性性，此復無欺誑故是勝義諦。此是彼等各別內證。」

རང་བཞིན་ཉིད་ཡིན་ཞིང་ཞེས་པའི་ཉིད་ཀྱི་སྒྲ་ནི་ངེས་གཟུང་ཡིན་ལ། དེས་གང་གཅོད་པ་ནི་འཕགས་པ་གཞན་རྣམས་ཀྱི་དོན་དམ་བདེན་པ་ནི་མཉམ་གཞག་ཏུ་སྣང་མེད་ཀྱི་རང་བཞིན་དང་། རྗེས་ཐོབ་ཏུ་སྣང་བཅས་ཀྱི་རང་བཞིན་དུ་འཛོག་པ་ལྟ་བུའི་རེས་འཛོག་མིན་པར། དུས་རྟག་ཏུ་རང་བཞིན་ལ་མཉམ་པར་བཞག་པའི་ཆོས་ཉིད་ཡིན་ཞེས་པའོ། །

言「是自性性」之「性」字，是決定詞。此簡餘諸聖者所見之勝義諦，謂非如「根本智位無相自性，後得智位有相自性，各別決定」，是恆時安住自性之法性也。

དེ་ཡང་ཞེས་སོགས་ཀྱི་དོན་ནི་དོན་དམ་བདེན་པའི་བདེན་པ་དེ་བདེན་གྲུབ་མ་ཡིན་པར་བསྟན་པར་བཞེད་

---

①「倒解論義說」，PDF作「倒解論義（而）說」。
②「爲諦』也」，PDF作「爲諦（之談）』也」。

ནས། དེ་ཁོ་ན་ཉིད་གཟིགས་པའི་ངོར་སླུ་བ་མེད་པར་གནས་པ་བདེན་པའི་དོན་དུ་བཤད་དོ། །

「此復」等義，謂勝義諦之諦字，非諦實義，是於見真實義之智前，無欺誑義。

གཉིས་པ་ལ་གཉིས། རྩ་བའི་ཚིག་དོན་བཤད་པ་དང་། དེ་ལ་རྩོད་པ་སྤང་བའོ། །

酉二、釋勝義諦分二：戌一、解釋頌義，戌二、釋彼妨難。

དང་པོ་ནི། དེ་ནི་དོན་དམ་པའི་བདེན་པ་བསྟན་པར་འདོད་པས། དོན་དམ་བདེན་པ་དེ་ནི་སྒྲས་བརྗོད་དུ་མེད་པའི་ཕྱིར་དང་། སྒྲ་དེའི་རྗེས་སུ་འབྲང་བའི་ཤེས་པའི་ཡུལ་མ་ཡིན་པ་ཉིད་ཀྱི་ཕྱིར། དངོས་སུ་བསྟན་པར་མི་ནུས་པས་ཉན་འདོད་པ་རྣམས་ལ་དེའི་རང་བཞིན་གསལ་བར་བྱ་བའི་ཕྱིར་དུ་སོ་སྐྱེ་རང་གིས་མྱོང་བའི་དཔེ་བཤད་པ། ཞེས་གསུངས་པའི་ཤེས་བརྗོད་ཀྱི་ཡུལ་མིན་པའི་དོན་ནི་དངོས་སུ་བསྟན་པར་མི་ནུས་པས་ཞེས་གསུངས་པ་ལྟར་ཏེ། དེ་ཡང་ནག་ཚོའི་འགྱུར་ལས་མངོན་སུམ་དུ་བསྟན་པར་མི་ནུས་ཞེས་འབྱུང་ངོ་། །

今初，今欲宣說真勝義諦，然勝義諦非言說境故，非隨言識所緣境故，不能直接顯示。當爲樂聞者，以異生自能領悟之譬喻，明彼體性。此云非言識境，義爲不能直接顯示。拏錯譯爲「不能現前顯示。」

དེའི་དོན་ནི་དེ་ཁོ་ན་ཉིད་ཀྱི་དོན་གཞན་ལས་ཤེས་པར་བྱ་བ་མིན་པར་གསུངས་པའི་འགྲེལ་བ་ཚིག་གསལ་ལས། ཇི་ལྟར་རབ་རིབ་ཅན་དག་གིས་སྐྲ་ཤད་ལ་སོགས་པའི་ངོ་བོ་ཕྱིན་ཅི་ལོག་པ་མཐོང་བ་ན། རབ་རིབ་མེད་པས་བསྟན་དུ་ཟིན་ཀྱང་། རབ་རིབ་མེད་པ་ལྟར་སྐྲ་ཤད་ལ་སོགས་པ་རང་གི་ངོ་བོ་མ་མཐོང་བའི་ཚུལ་གྱིས། རྟོགས་པར་བྱ་བ་ཇི་ལྟར་གནས་པ་བཞིན་རྟོགས་པར་མི་ནུས་ཀྱི། ཞེས་རབ་རིབ་ཅན་ལ་རབ་རིབ་མེད་པས་སྐྲ་ཤད་མེད་དེ་ཞེས་བསྟན་ཀྱང་། རབ་རིབ་མེད་པས་མཐོང་བ་འདྲ་བའི་སྐྲ་ཤད་མེད་པ་མི་རྟོགས་པར་གསུངས་པས། ཉན་པ་པོས་དེ་ལྟར་མ་རྟོགས་ཀྱང་སྐྲ་ཤད་མེད་པ་མི་རྟོགས་པ་མིན་ནོ། །

又真實義非從他能知，如《顯句論》云：「如眩翳人見毛髮等顛倒自性。無眩翳人雖爲宣說，然彼不能如無翳者了達毛等自性無可見，如實了達。」此說無翳人雖爲有翳者所說①無毛髮，然彼不能了達如無翳人所見無髮。聽者雖不能如是了達，然非不知無髮也。

དེ་དཔེར་བྱས་ནས་དེ་ཁོ་ན་ཉིད་བསྟན་པ་ན།མ་རིག་པའི་རབ་རིབ་ཀྱི་བསླད་པ་དང་བྲལ་བས་མཐོང་བ

① 「所說」，民族本作「說」。

འདྲ་བ་ཞིག་མི་རྟོགས་ཀྱང་། སྤྱིར་དེ་ཁོ་ན་ཉིད་མི་རྟོགས་པ་མིན་པར་བཞེད་པས་ན། དོན་དམ་བདེན་པ་ནི་ཟབ་མོའི་དོན་ཅན་གྱི་ངེས་དོན་གྱི་ལུང་དང་། དེ་ལྟར་སྟོན་པའི་ངག་གིས་བརྗོད་མི་ནུས་པ་དང་། དེའི་རྗེས་སུ་འབྲང་བའི་བློས་ཀྱང་རྟོགས་མི་ནུས་པ་མིན་ཏེ། དེ་ཁོ་ན་ཉིད་ཀྱི་དོན་ཤེས་བརྗོད་ཀྱི་ཡུལ་མིན་པར་གསུངས་པ་ཐམས་ཅད་ལ་ཡང་དེ་བཞིན་དུ་ཤེས་པར་བྱའོ། །

如此譬喻，爲彼宣說真實義，彼終不能如離無明翳者所見而了達，然非全不能了知真實義。故勝義諦，非詮深義之了義聖教，及說彼義之語所不能說，亦非隨順彼語之慧所不能知。凡說真實義非言識境者，應知一切皆爾。頌曰：

རབ་རིབ་མཐུ་ཡིས་སྐྲ་ཤད་ལ་སོགས་པའི། །ངོ་བོ་ལོག་པ་གང་ཞིག་རྣམ་བརྟགས་པ། །
དེ་ཉིད་བདག་ཉིད་གང་དུ་མིག་དག་པས། །མཐོང་དེ་དེ་ཉིད་དེ་བཞིན་འདིར་ཤེས་ཀྱིས། །

如眩翳力所遍計，見毛髮等顛倒性，
淨眼所見彼體性，乃是實體此亦爾。

མིག་རབ་རིབ་ཀྱིས་བསླད་པའི་མཐུ་ཡིས་རབ་རིབ་ཅན་གྱིས་རང་གི་ལག་གི་བསེ་རྟུ་ལ་སོགས་པའི་བཟའ་བཏུང་གི་སྣོད་ཀྱི་ནང་དུ། སྐྲ་ཤད་དང་ལ་སོགས་པས་སྦྲང་མ་ལ་སོགས་པ་མཐོང་བ་ན། སྐྲ་ཤད་དང་སྦྲང་མ་སོགས་ཡིན་པར་ངོ་བོ་ལོག་པ་གང་ཞིག་རྣམ་པར་བརྟགས་པ་ན། དེ་བསལ་བར་འདོད་ནས་སྣོད་དེ་ལ་ཡང་དང་ཡང་དུ་བསྒྲེ་བསྒྲོག་བྱེད་པའི་ཚེགས་ཐོབ་པར་རིག་སྟེ། མིག་དག་པའི་རབ་རིབ་མེད་པས་དེའི་གན་དུ་ཕྱིན་ནས། སྐྲ་ཤད་སོགས་དེ་དག་ཉིད་ཀྱི་བདག་ཉིད་གཞི་གང་དུ་མཐོང་བ་དེར་མིག་གཏད་ཀྱང་སྐྲ་ཤད་ཀྱི་རྣམ་པ་དེ་དག་མ་དམིགས་ཤིང་། སྐྲ་ཤད་དེའི་རྟེན་ཅན་ཏེ་ཁྱད་པར་གྱི་ཆོས་གང་ཡང་རྟོག་པར་མི་བྱེད་དོ། །

如有翳人由其眩翳損壞眼故，見自手所持食器等中，有毛髮虫蟻等相，妄計實有毛髮虫蟻等事。爲除彼故，遂將彼器數數傾覆。無翳淨眼人行至彼前，用目審視彼所見有毛髮等處，毛髮等相都不可得，更不分別毛髮等上差別之法。

ཡང་གང་གི་ཚེ་རབ་རིབ་ཅན་གྱིས་རབ་རིབ་མེད་པ་ལ། སྐྲ་ཤད་མཐོང་ངོ་ཞེས་རང་གི་བསམ་པ་སྟོན་པར་བྱེད་པ་དེའི་ཚེ། རབ་རིབ་ཅན་གྱི་རྣམ་རྟོག་བསལ་བར་འདོད་པས་དེའི་ངོར་བྱས་ནས། འདི་ནི་སྐྲ་ཤད་མེད་དོ་ཞེས་དགག་པ་ལྟར་བྱེད་པའི་ཚིག་སྨྲ་མོད་ཀྱང་། སྨྲ་བ་པོ་འདི་ལ་སྐྲ་ཤད་ལ་སྐུར་པ་འདེབས་པ་མེད་དོ། །

若有翳人述自心意告無翳人曰：見有毛髮。爾時爲除有翳人之妄分別故，曰：此中無髮。對彼人前雖說如是破除之語，然此說者無損減毛髮之過。

རབ་རིབ་ཅན་གྱིས་མཐོང་བའི་སྐྲ་ཤད་ཀྱི་དེ་ཁོ་ན་ཉིད་ནི། རབ་རིབ་མེད་པས་མཐོང་བ་དེ་ཡིན་གྱི། རབ་རིབ་ཅན་གྱིས་མཐོང་བ་དེ་མིན་ནོ། །

有翳人所見毛髮之真義，是無翳人所見，非有翳人所見也。

དཔེ་གཉིས་པོ་དེ་བཞིན་དུ་དོན་གྱི་སྐབས་འདིར་ཤེས་པར་གྱིས་ཤིག །ཤེས་པར་བྱེད་ཚུལ་ནི། མ་རིག་པའི་རབ་རིབ་ཀྱིས་གནོད་པ་བྱས་པ་སྟེ་བློ་བསླད་པས་དེ་ཁོ་ན་ཉིད་མ་མཐོང་བ་རྣམས་ཀྱིས། ཕུང་པོ་དང་ཁམས་དང་སྐྱེ་མཆེད་ལ་སོགས་པའི་རང་གི་ངོ་བོ་དམིགས་པ་ནི། ཕུང་སོགས་དེ་དག་གི་ངོ་བོ་ཀུན་རྫོབ་པ་སྟེ་རབ་རིབ་ཅན་གྱིས་སྐྲ་ཤད་དམིགས་པ་ལྟ་བུའོ། །

如彼二喻，當知此法亦爾。了知之理，謂無明翳損壞慧眼不見真實義者，見蘊界處時，僅見蘊等世俗性，如有翳人所見毛髮。

ཕུང་པོ་ལ་སོགས་པ་དེ་ཉིད་མ་མཐོང་བས་དམིགས་པ་དེ་དག་ཉིད། མ་རིག་པའི་བག་ཆགས་ཤེས་སྒྲིབ་དང་བྲལ་བའི་སངས་རྒྱས་རྣམས་ཀྱིས། རབ་རིབ་ཅན་མ་ཡིན་པའི་མིག་གིས་སྐྲ་ཤད་མ་མཐོང་བའི་ཚུལ་དུ། ཕུང་སོགས་ཀྱི་རང་བཞིན་གང་དུ་གཟིགས་པའི་ཡུལ་དེ་ནི་སངས་རྒྱས་དེ་རྣམས་ཀྱི་དོན་དམ་པའི་བདེན་པའོ། །

諸佛永離無明習氣所知之障①，如無翳人不見毛髮，而見蘊等真實性境，此即諸佛之真勝義諦也。

གཉིས་པ་ནི། གལ་ཏེ་རབ་རིབ་མེད་པའི་མིག་གིས་སྐྲ་ཤད་དུ་སྣང་བ་ཙམ་ཡང་མ་མཐོང་བ་བཞིན་དུ། སངས་རྒྱས་ཀྱིས་མ་རིག་པས་བསླད་པའི་བློ་ལ་སྣང་བའི་ཕུང་སོགས་ཀུན་རྫོབ་པ་མ་གཟིགས་ན། དེ་རྣམས་མེད་པར་འགྱུར་ཏེ། ཡོད་ན་ནི་སངས་རྒྱས་ཀྱིས་གཟིགས་དགོས་པའི་ཕྱིར་རོ། །

戊二、釋彼妨難。設作是念，如無翳眼不見毛髮等相，諸佛亦應不見無明染心所見之蘊等世俗法，是則諸法皆應非有，以凡有者佛必見故。

ཕུང་སོགས་ཀུན་རྫོབ་པ་རྣམས་མེད་ན་ནི་སངས་རྒྱས་ཐོབ་པ་ཡང་མེད་པར་འགྱུར་ཏེ། དང་པོར་སེམས་བསྐྱེད་པའི་གང་ཟག་ནི་མ་རིག་པས་བསླད་པ་ཅན་ཡིན་པའི་ཕྱིར་རོ་ཞེ་ན།

若無蘊等世俗法亦應無佛可成，以初發心之補特伽羅，有無明染故。

སྐྱོན་འདི་མེད་ཚུལ་བཤད་ན། སངས་རྒྱས་ཀྱི་ཡེ་ཤེས་ཀྱིས་ཤེས་བྱ་མཁྱེན་ཚུལ་ནི་གཉིས་ཏེ། དོན་དམ་བདེན

① 「所知之障」，民族本及校正本作「之所知障」，廣化本作「所知之障」。

པའི་ཤེས་བྱ་ཐམས་ཅད་མཁྱེན་ཚུལ་དང་། ཀུན་རྫོབ་བདེན་པའི་ཤེས་བྱ་ཐམས་ཅད་མཁྱེན་ཚུལ་ལོ། །

答曰：無過。佛智了達所知略有二理：謂了達勝義諦所知，及了達世俗諦所知。

དེ་ལ་དང་པོ་ནི། ཕུང་པོ་ལ་སོགས་པ་ཀུན་རྫོབ་པའི་སྣང་བ་རྣམས་མ་གཟིགས་པའི་ཚུལ་གྱིས། དེ་རྣམས་ཀྱི་དེ་ཁོ་ན་ཉིད་མཁྱེན་པའོ། །

初謂以不見蘊等世俗相而了達彼等真實義。

གཉིས་པ་ནི། མི་སྣང་ཡང་རྟོགས་པའི་ཤུགས་རྟོགས་སངས་རྒྱས་ལ་གཞག་ཏུ་མི་རུང་བའི་ཕྱིར། སྣང་ནས་མཁྱེན་དགོས་པས་ཇི་སྙེད་པ་མཁྱེན་པའི་ཡེ་ཤེས་དེའི་ངོར། ཡུལ་དང་ཡུལ་ཅན་གཉིས་སུ་སྣང་བའི་ཚུལ་གྱིས་མཁྱེན་པའོ། །

次謂諸佛不可有不見而知之疏知，必是見相而知。故盡所有智，是現見心境二相而知也。

སངས་རྒྱས་ཀྱི་ཇི་སྙེད་པ་མཁྱེན་པ་དེ་མ་རིག་པའི་བག་ཆགས་ཀྱིས་བསླད་ནས་ཕུང་སོགས་སྣང་བ་མིན་ཀྱང་། གང་ཟག་གཞན་གྱི་ཤེས་པ་མ་རིག་པས་བསླད་པ་ལ་སྣང་བ་སངས་རྒྱས་ལ་སྣང་དགོས་ཏེ། སྣང་བ་དེ་མེད་པར་མི་རུང་ལ་ཀུན་རྫོབ་དེ་ཡོད་ན་ཇི་སྙེད་པ་མཁྱེན་པས་དམིགས་དགོས་པའི་ཕྱིར་རོ། །

諸佛盡所有智，非由無明習氣所染而見蘊等，是由餘補特伽羅無明染識所現之相，佛亦應見。彼相既是世俗法，則盡所有智亦必見也。

རབ་རིབ་དང་བྲལ་བའི་མིག་ཤེས་ལ། རབ་རིབ་ཅན་ལ་སྣང་བའི་སྐྲ་ཤད་དུ་སྣང་བ་མེད་ཀྱང་། སྣང་བ་དེ་མེད་མི་དགོས་པས་སངས་རྒྱས་དང་མི་འདྲའོ། །

有翳人所見毛髮，眼無翳人雖不可見，然彼相不必非有，此與佛不同也。

གཉིས་སྣང་འཁྲུལ་པའི་བག་ཆགས་མ་ཟད་ཀྱི་བར་དུ་ཇི་ལྟ་བ་དང་། ཇི་སྙེད་པ་མངོན་སུམ་དུ་འཇལ་བ་གཉིས་ངོ་བོ་གཅིག་ཏུ་སྐྱེ་མི་ནུས་པས། མཉམ་རྗེས་རེས་འཇོག་ཏུ་འཇལ་དགོས་པས་ཡེ་ཤེས་སྐད་ཅིག་མ་གཅིག་གི་སྟེང་ནས་དེ་གཉིས་འཇལ་བ་མི་འོང་ངོ། །

未斷盡二取迷亂習氣以來，緣如所有與盡所有之現量，不能同體，根本、後得各別緣慮，故一刹那智不能雙緣彼二所知。

འཁྲུལ་པའི་བག་ཆགས་མ་ལུས་པ་སྤངས་པ་ན། ཡེ་ཤེས་སྐད་ཅིག་མ་རེ་རེའི་སྟེང་དུ་ཡང་ཡེ་ཤེས་གཉིས་ངོ་བོ་གཅིག་ཏུ་སྐྱེ་བ་རྒྱུན་མི་ཆད་པས། དུས་གཅིག་ཏུ་ཤེས་བྱ་གཉིས་མངོན་སུམ་དུ་འཇལ་མི་འཇལ་གྱི་རེས་འཇོག་མི་དགོས་སོ། །

斷盡迷亂習氣之後，每刹那智，皆是二智同體相續不斷，故於一時緣二所知，不須各別有現不現也。

དེས་ན། མཁྱེན་པའི་སྐད་ཅིག་གཅིག་གིས་ཀྱང་། །ཤེས་བྱའི་དཀྱིལ་འཁོར་ཀུན་ཁྱབ་ཅན། །ཞེས་གསུངས་པ་ཡང་མི་འགལ་ལོ། །

故論云：「雖一刹那智，周遍所知輪。」

ཡེ་ཤེས་གཉིས་ངོ་བོ་གཅིག་ཡིན་ཀྱང་ཡུལ་གཉིས་ལ་ལྟོས་པའི་མཁྱེན་ཚུལ་མི་འདྲ་བ་གཉིས་འོང་བ་ལ་འགལ་བ་ཅུང་ཟད་ཀྱང་མེད་པ་ནི། སངས་རྒྱས་བཅོམ་ལྡན་འདས་ཉག་གཅིག་གི་ཁྱད་ཆོས་སུ་འདུག་པ་ལ། དེ་ཁོ་ན་ཉིད་ཀྱི་མཁྱེན་ཚུལ་གཅིག་པུ་སངས་རྒྱས་ཀྱི་མཁྱེན་ཚུལ་དུ་བྱས་ནས། ཇི་སྙེད་པ་མཁྱེན་པ་སངས་རྒྱས་ཀྱི་ཐུགས་རྒྱུད་ལ་མེད་པར་གདུལ་བྱའི་རྒྱུད་ཀྱིས་བསྡུས་ཞེས། སངས་རྒྱས་ཀྱི་ཇི་སྙེད་པ་མཁྱེན་པ་ལ་སྐུར་པ་འདེབས་པ་དང་།

又彼二智雖是一體，觀待二境有二能知之相，亦不相違。是爲諸佛世尊所不共法。有說佛智唯一真實義智，其盡所有智，是所化相續所攝，非佛心所有，是謗諸佛盡所有智。

ཁ་ཅིག་ཇི་ལྟ་བ་མཁྱེན་པ་ཡང་སངས་རྒྱས་ཀྱི་ཐུགས་རྒྱུད་ལ་མེད་ཅེས་ཡེ་ཤེས་གཉིས་ཀ་ལ་སྐུར་བ་འདེབས་པར་སྣང་ངོ། །

有說如所有智亦非佛心所有，是俱謗二智也。

འདིའི་ལྷག་མ་འགའ་ཞིག་འབྲས་བུའི་སྐབས་སུ་བཤད་པར་བྱའོ། །

更有餘義，果位當說。

གལ་ཏེ་གཉིས་སྣང་ཐམས་ཅད་ནུབ་པ་རྣམ་པ་དེ་ལྟ་བུའི་རང་བཞིན་ནི་མཐོང་བ་མེད་པ་མ་ཡིན་ནམ། དེས་ན་ཇི་ལྟར་སངས་རྒྱས་དེ་དག་གིས་དོན་དམ་བདེན་པ་གཟིགས་ཤེ་ན།

若作是念，滅盡一切二取相之體性，豈非無可見，諸佛云何見勝義諦耶？

དེ་ཁོ་ན་ཉིད་ཀྱི་གཟིགས་ངོར་གཉིས་སྣང་ནུབ་པས་གཉིས་ཀྱི་ཚུལ་གྱིས་མི་གཟིགས་པ་ནི་བདེན་མོད་ཀྱི། འོན་ཀྱང་མ་གཟིགས་པའི་ཚུལ་གྱིས་དེ་དག་གིས་གཟིགས་སོ་ཞེས་བརྗོད་དོ། །

答：真實見前二取皆滅，實不以二取相見。然無可見即名曰見。

འདི་རྟོགས་པའི་ལན་དུ་འགྲོ་ཚུལ་ནི། ཇི་ལྟ་བ་མཁྱེན་པའི་ཡེ་ཤེས་དེས་ཕུང་སོགས་ཀྱི་དེ་ཁོ་ན་ཉིད་མངོན་སུམ་དུ་གཟིགས་པའི་ཕྱིར་དང་། ཕུང་སོགས་རྣམས་གཟིགས་ངོ་དེར་མ་གྲུབ་པ་དེ་དག་གི་དེ་ཁོ་ན་ཉིད་ཡིན་པའི་ཕྱིར་དང་། ཕུང་སོགས་མ་གཟིགས་པའི་ཚུལ་གྱིས་དེ་དག་གི་དེ་ཁོ་ན་ཉིད་གཟིགས་དགོས་པའི་ཕྱིར་ཏེ།

此謂如所有智，現見蘊等之真義，蘊等於彼見前不成實義，即是蘊等真義，故不見蘊等，乃見蘊等之真義也。

རང་འགྲེལ་ལས། དངོས་པོ་བྱས་པ་ཅན་ལ་མ་རེག་པར་རང་བཞིན་འབའ་ཞིག་མངོན་སུམ་དུ་མཛད་པས། དེ་ཉིད་ཐུགས་སུ་ཆུད་པའི་ཕྱིར་སངས་རྒྱས་ཞེས་བརྗོད་དོ། །

釋論云：「不觸所作性法，唯現證自性，由覺真實故曰佛陀。」

ཞེས་སངས་རྒྱས་ཀྱི་དོན་དམ་མཁྱེན་པའི་ཡེ་ཤེས་ཀྱིས་ཆོས་ཅན་ལ་མ་རེག་པར་ཆོས་ཉིད་འབའ་ཞིག་ཐུགས་སུ་ཆུད་པར་གསུངས་དེ་ཕུང་སོགས་མ་གཟིགས་པའི་ཚུལ་གྱིས་དེ་དག་གི་དེ་ཁོ་ན་ཉིད་གཟིགས་པར་གསུངས་པ་དང་དོན་གཅིག་གོ །

此說諸佛見勝義智不觸有法，唯覺法性，與說不見蘊等，乃見蘊等之真義，同一道理。

མཐོང་བ་མེད་པ་ནི་མཐོང་བ་དམ་པའོ་ཞེས་གསུངས་པའི་དོན་ཡང་། ཅི་ཡང་མི་མཐོང་བ་མཐོང་བར་མི་བཞེད་ཀྱི། །སྔར་བཤད་པ་ལྟར་སྤྲོས་པ་མ་མཐོང་བ་ནི་སྤྲོས་བྲལ་མཐོང་བར་འཇོག་པས། མཐོང་མ་མཐོང་གཞི་གཅིག་ལ་བྱེད་པ་མིན་ནོ། །

經說無見是最勝見，義亦非說全無所見名之爲見。是如上說，不見戲論立爲見離戲論。故見與無見非指一事。

དེ་ལྟར་ཡང་སྡུད་པ་ལས། གཟུགས་རྣམས་མི་མཐོང་ཚོར་བ་དག་ཀྱང་མི་མཐོང་ཞིང་། །འདུ་ཤེས་མཐོང་བ་མེད་ལ་སེམས་པ་མི་མཐོང་ཞིང་། །གང་ལ་རྣམ་པར་ཤེས་དང་སེམས་ཡིད་མཐོང་མེད་པ། །འདི་ནི་ཆོས་མཐོང་ཡིན་ཞེས་དེ་བཞིན་གཤེགས་པས་བསྟན། །ནམ་མཁའ་མཐོང་ཞེས་སེམས་ཅན་ཚིག་ཏུ་རབ་བརྗོད་པ། ། ནམ་མཁའ་ཇི་ལྟར་མཐོང་སྟེ་དོན་འདི་བརྟག་པར་གྱིས། །དེ་ལྟར་ཆོས་མཐོང་བ་ཡང་དེ་བཞིན་གཤེགས་པས་བསྟན། །མཐོང་བ་དཔེ་གཞན་གྱིས་ནི་བསྟན་པར་ནུས་མ་ཡིན། །ཞེས་མི་མཐོང་བ་ཕུང་པོ་ལྔ་དང་། མཐོང་བ་ནི་ཆོས་ཞེས་གསུངས་ལ།

如《般若攝頌》云：「不見諸色不見受，想無可見不見思，若心意識都①無見，如來說此己②見法。有情自言見虛空，觀彼虛空如何見，佛說見法亦如是，非見餘喻所能說。」此說不見者爲五蘊，見者爲法。

①「都」，民族本作「亦」。
②「己」，民族本、PDF作「已」。

དེ་ནི་དེ་ཁོ་ན་ཉིད་ཀྱི་དོན་ཏེ། སུས་རྟེན་འབྲེལ་མཐོང་བ་དེས་ཆོས་མཐོང་ངོ་ཞེས་གསུངས་པ་བཞིན་ནོ། །

此法即真實義，如云：「誰見緣起彼即見法也①。」

དེ་ཡང་དཔེར་ན་ནམ་མཁའ་ནི་ཐོགས་པའི་རེག་བྱ་བཅད་ཙམ་ཡིན་ལ། དེ་མཐོང་དམ་རྟོགས་པ་ནི་དགག་བྱ་སྒྲིབ་ཐོགས་ཡོད་ན་དམིགས་སུ་རུང་བ་ལས་མ་མཐོང་བ་ལ་བྱེད་པ་དང་འདྲ་སྟེ། དེར་ཡང་མཐོང་བའི་ནམ་མཁའ་དང་མ་མཐོང་བ་ནི་སྒྲིབ་ཐོགས་སོ། །

虛空喻者，謂唯遮質礙。見知彼者，謂若有所遮質礙，理應可見，然不可見。此所見即虛空，不見即質礙。

དཔེ་དེ་བཞིན་དུ་མཐོང་བ་མིན་པར་སྔོན་པོ་མཐོང་བ་བཞིན་དུ་དེ་ཁོ་ན་ཉིད་མཐོང་བ་ནི་རྐང་པ་ཐ་མས་བཀག་གོ། །

若謂非如是見，如見藍色乃見真實義者，是末句所破也。

མ་གཟིགས་པའི་ཚུལ་གྱིས་གཟིགས་པའི་ཤེས་བྱེད་དུ་བདེན་པ་གཉིས་ལ་འཇུག་པ་ལས། ལྷའི་བུ་གལ་ཏེ་དོན་དམ་པར་ན་དོན་དམ་པའི་བདེན་པ་ལུས་དང་ངག་དང་། ཡིད་ཀྱི་ཡུལ་གྱི་རང་བཞིན་དུ་འགྱུར་ན་ནི་དེ་དོན་དམ་པའི་བདེན་པ་ཞེས་བྱ་བའི་གྲངས་སུ་མི་འགྲོ་སྟེ། ཀུན་རྫོབ་ཀྱི་བདེན་པ་ཉིད་དུ་འགྱུར་རོ། །

為證以不見為見，引《入二諦經》云：「天子，若勝義中真勝義諦是身語意所行境性者，則彼不入勝義諦數，成世俗諦性。

འོན་ཀྱང་ལྷའི་བུ་དོན་དམ་པར་ན་དོན་དམ་པའི་བདེན་པ་ནི་ཐ་སྙད་ཐམས་ཅད་ལས་འདས་པ། །བྱེ་བྲག་མེད་པ་མ་སྐྱེས་པ་མ་འགགས་པ། སྨྲ་བར་བྱ་བ་དང་སྨྲ་བ་དང་། ཤེས་པར་བྱ་བ་དང་། ཤེས་པ་དང་བྲལ་བའོ། །

天子，然勝義中真勝義諦，超出一切言說，無有差別，不生，不滅，離於能說所說②，能知所知。」

ཞེས་གསུངས་པ་དྲངས་པའི་མདོ་སྡེ་མའི་དོན་ནི། དོན་དམ་པ་གཟིགས་པའི་ངོར་དོན་དམ་བདེན་པ་དེ། ཕུང་སོགས་ཀུན་རྫོབ་པ་མ་མཐོང་བའི་ཚུལ་གྱིས་གཟིགས་པ་མིན་པར། ཕུང་སོགས་ལུས་ཀྱི་དང་ངག་གི་སྤྱོད་ཡུལ་དང་། ཡིད་ཀྱི་ཡུལ་དུ་འགྱུར་བ་ལྟར་ཡུལ་དུ་འགྱུར་ན་ནི། དེ་ཁོ་ན་ཉིད་མངོན་སུམ་དུ་གཟིགས་པའི་ངོར་སྤྲོས་པ་དང་མ་བྲལ་བས། དོན་དམ་བདེན་པར་མི་འགྱུར་གྱི་ཀུན་རྫོབ་ཀྱི་སྤྲོས་པར་འགྱུར་རོ་ཞེས་པ་སྟེ། དེ་ལྟར་བྱས་ན་མ་གཟིགས་པའི་ཚུལ་གྱིས་གཟིགས་པའི་ཤེས་བྱེད་དུ་འགྲོའོ། །

卷六

---

①「見法也」，民族本作「見法」。
②「能說所說」，民族本作「所說能說」。民族本標點：「離於所說能說、能知所知」。

前段經義，謂勝義諦於見勝義智前，若非以不見蘊等世俗相而見，如蘊等是身語意所行境者，則現見真實義智，未離戲論，故非勝義諦，反成世俗戲論。是證「以不見之理而見」。

མདོ་གཉིས་པའི་དོན་ནི་དོན་དམ་པ་མངོན་སུམ་དུ་གཟིགས་པའི་ངོར་ནི། དོན་དམ་བདེན་པ་བྱེ་བྲག་མེད་པ་ནི་ཁྱད་པར་མི་འདྲ་བ་མང་པོ་མེད་པའོ། །གཞན་གསུམ་ནི་གོ་སླའོ། །གཟིགས་ངོ་དེར་སྣང་བའི་བྱ་བྱེད་དང་བྲལ་བ་ནི་སླའོ། །

第二段經義，言現見勝義智前，真勝義諦無差別者，謂無眾多不同之差別，「超出言說，不生，不滅」易知。於彼見前離能所說亦易解。

དེ་ཁོ་ན་ཉིད་མངོན་སུམ་དུ་གཟིགས་པའི་ཡེ་ཤེས་དེ་དོན་དམ་ཤེས་པ་དང་། དོན་དམ་བདེན་པ་དེའི་ཤེས་བྱར་འཇོག་ཐུབ་ཀྱང་། ཡེ་ཤེས་དེའི་ངོར་བྱ་བྱེད་དེ་གཉིས་དང་བྲལ་བ་མི་འགལ་བ་ནི། བྱ་བྱེད་གཉིས་ནི་ཐ་སྙད་པའི་བློ་ཁོ་ནའི་ངོར་འཇོག་པའི་ཕྱིར་ཏེ། དཔེར་ན་རིགས་ཤེས་རྗེས་དཔག་ཡུལ་ཅན་དང་། དོན་དམ་བདེན་པ་ཡུལ་དུ་འཇོག་ནུས་ཀྱང་། ཡུལ་དང་ཡུལ་ཅན་གྱི་བྱ་བྱེད་གཉིས་རིགས་ངོར་མ་འཇོག་པ་བཞིན་ནོ། །

現見真實義智，雖可立爲勝義智，真勝義諦是彼所知，然於彼智前離能知所知，亦不相違。以能所二相，唯於名言識前乃安立故。如比量理智雖可立爲能知心，真勝義諦亦可立爲所知境，然心境、能所，非就彼智而立也。

དེ་ནས་ལྷའི་བུ་དོན་དམ་པའི་བདེན་པ་ནི་རྣམ་པ་ཐམས་ཅད་ཀྱི་མཆོག་དང་ལྡན་པ་ཐམས་ཅད་མཁྱེན་པའི་ཡེ་ཤེས་ཀྱི་ཡུལ་གྱི་བར་ལས་འདས་པ་ཡིན་ཏེ། ཇི་ལྟར་དོན་དམ་པའི་བདེན་པའོ་ཞེས་བརྗོད་པ་ལྟར་ནི་མ་ཡིན་ནོ། །ཆོས་ཐམས་ཅད་ནི་བརྫུན་ཏེ་སླུ་བའི་ཆོས་སོ། །ཞེས་དྲངས་པའི་དོན་ནི།

經又云：「天子，真勝義諦，乃至超過具一切勝相一切智境，非如所言真勝義諦。一切諸法皆是虛妄欺誑之法。」

ཡིན་ཏེའི་བར་གྱིས་དོན་དམ་བདེན་པ་ཐམས་ཅད་མཁྱེན་པའི་ཡེ་ཤེས་ཀྱི་ཡུལ་ལས་འདས་པར་བསྟན་པ་དེའི་ཡུལ་ལས་འདས་ཚུལ།

「境」字以上，明勝義諦超過一切智境。「非如所言真勝義諦」，即明超過彼境之理。

ཇི་ལྟར་ནས་མ་ཡིན་ནོའི་བར་གྱིས་སྟོན་ཏེ། ཇི་ལྟར་འདི་དོན་དམ་པའི་བདེན་པའོ་ཞེས་བརྗོད་པ་ན་སྒྲ་དེའི་རྗེས་འབྲང་གི་རྟོག་པ་ལ། ཡུལ་ཡུལ་ཅན་སོ་སོ་བ་གཉིས་སུ་ཆད་པར་སྣང་བ་ལྟར་ཐམས་ཅད་མཁྱེན་པའི་ཇི་ལྟ་བ

མཁྱེན་པ་དེ་ལ་དེ་ལྟར་སྣང་བའི་ཚུལ་གྱིས་དེའི་ཡུལ་ལས་འདས་པ་སྟེ། གཉིས་སྣང་གི་ཆོས་ཐམས་ཅད་ནི་བརྫུན་པ་སླུ་བའི་ཆོས་ཡིན་པས། དེ་ཁོ་ན་ཉིད་ཀྱི་མི་སླུ་བ་འབའ་ཞིག་གཟིགས་པའི་ངོར་དེ་མེད་ཅེས་པའོ། །

如云「此是勝義諦」，隨逐此言之分別，便各別現起心境二相。若一切智中如所有智有如是相，彼必超過此境。以一切二取相法，皆是虛妄欺誑之法，故唯見真實義之不欺誑智，全無彼法也。

དེ་རྣམས་ཐམས་ཅད་དེ་ཁོ་ན་ཉིད་མངོན་སུམ་དུ་གཟིགས་པའི་ངོར་ཕུང་སོགས་ཀུན་རྫོབ་པ་མི་སྣང་བའི་ཁུངས་སོ། །

此等一切，皆是現見真實義之智不見蘊等世俗法之佐證也。

དེའི་ཕྱིར་དེ་ཁོ་ན་ཉིད་མངོན་སུམ་དུ་གཟིགས་པའི་ངོར། དངོས་པོ་དང་དངོས་པོ་མེད་པ་ལ་སོགས་པའི་གཉིས་ཆོས་ཀྱི་སྤྲོས་པ་ཐམས་ཅད་སྲིད་པ་མ་ཡིན་ཏེ། སྤྲོས་པ་དེ་དག་གི་རང་གི་ངོ་བོ་དེར་མ་དམིགས་པའི་ཕྱིར་རོ། །

是故現見真實義之智前，有事無事等一切二取法之戲論，皆定非有。以彼諸戲論自性皆不可得故。

དེ་ལྟར་ན་དེ་ཁོ་ན་ཉིད་བསམ་པ་ལ་དངོས་སུ་ན་འཕགས་པ་རྣམས་ཁོ་ན་ཚད་མ་ཡིན་གྱི། འཕགས་པ་མ་ཡིན་པ་ནི་དངོས་སུ་ཚད་མ་མ་ཡིན་པས། གཞན་སྐྱེ་འཕགས་པའི་དོན་དམ་གྱི་གཟིགས་ངོར་བཀག་པ་ལ་འཇིག་རྟེན་གྱིས་གནོད་པ་མ་ཡིན་ནོ། །

由是當知，說真實義時，唯諸聖者乃是親證之量，餘非聖者皆非親證之量，故約聖者見勝義智破他生時，全無世間妨難也。

བཞི་པ་ནི། ཅི་སྟེ་གཞན་སྐྱེ་དོན་དམ་པར་བཀག་པ་ལ་འཇིག་རྟེན་གྱི་གནོད་པ་བརྗོད་པར་འདོད་པས། དེ་ཁོ་ན་ཉིད་རྣམ་པར་དཔྱོད་པའི་སྐབས་སུ་དེ་ཁོ་ན་ཉིད་ལ་འཇིག་རྟེན་གྱི་མཐོང་བ་ཡང་ཚད་མར་ཁས་ལེན་ན་དེ་ལྟ་ཡིན་དང་

申四、明破他生無世妨難。若於勝義破他生時，欲舉世間妨難者，則觀真實義時，許世間見於真實義亦是正量。頌曰：

གལ་ཏེ་འཇིག་རྟེན་ཚད་མ་ཡིན་ན་ནི། །འཇིག་རྟེན་དེ་ཉིད་མཐོང་བས་འཕགས་གཞན་གྱིས། །
ཅི་དགོས་འཕགས་པའི་ལམ་གྱིས་ཅི་ཞིག་བྱ། །བླུན་པོ་ཚད་མར་རིགས་པའང་མ་ཡིན་ནོ། །
རྣམ་ཀུན་འཇིག་རྟེན་ཚད་མིན་དེ་ཡི་ཕྱིར། །དེ་ཉིད་སྐབས་སུ་འཇིག་རྟེན་གནོད་པ་མེད། །

若許世間是正量，世見真實聖何爲，

所修聖道復何用，愚人爲量亦非理。

世間一切非正量[①]，故真實時無世難。

གལ་ཏེ་འཇིག་རྟེན་གྱི་མཐོང་བ་དེ་ཁོ་ན་ཉིད་ལ་ཚད་མ་ཡིན་ན་ནི།འཇིག་རྟེན་རང་དགའ་བས་དེ་ཁོ་ན་ཉིད་མངོན་སུམ་དུ་མཐོང་བ་སྔ་རྟོགས་པའི་ཕྱིར་དང་། དེ་ཡང་འཁོར་བ་ཐོག་མ་མེད་པ་ནས་ཡིན་པས། མ་རིག་པ་སྤངས་པར་ཁས་བླང་དགོས་པས་དེ་ཁོ་ན་ཉིད་མངོན་སུམ་དུ་རྟོགས་པ་ལ་འཕགས་པ་གཞན་གྱིས་ཅི་ཞིག་དགོས་ཏེ་མི་དགོས་ལ། འཕགས་པའི་ལམ་ཚོལ་བ་ཡིས་ཀྱང་ཅི་ཞིག་བྱ་སྟེ་དགོས་པ་མེད་དོ། །

若果許世間見於真實義是正量者，世間常人皆已現見真實義故，復是無始生死以來即已見故，應許已斷無明，則爲現證真實義，何用餘諸聖者，亦復何用勤求聖道也。

འཇིག་རྟེན་རང་དགའ་བའི་བླུན་པོ་ནི། དེ་ཁོ་ན་ཉིད་ལ་ཚད་མར་རིགས་པའང་མ་ཡིན་ནོ། །

然許世間通常愚夫，於真實義爲正量，亦非道理。

དེའི་ཕྱིར་དེ་ཁོ་ན་ཉིད་ལ་དཔྱོད་པའི་སྐབས་སུ་དེ་ཁོ་ན་ཉིད་ལ་རྣམ་པ་ཀུན་ཏེ་ཐམས་ཅད་དུ་འཇིག་རྟེན་གྱི་མཐོང་བ་ཚད་མ་མིན་པ་དེ་ཡི་ཕྱིར། དེ་ཁོ་ན་ཉིད་ཀྱི་སྐབས་སུ་འཇིག་རྟེན་གྱི་གནོད་པ་མེད་དོ། །

故觀真實義時，世間常見於真實義一切非量，故觀真實義時無世間妨難也。

རྣམ་ཀུན་འཇིག་རྟེན་ཚད་མིན་ཞེས་པས་ལུགས་འདིས་ཚད་མ་གཏན་མི་འདོད་པར་སྟོན་པས། ལུགས་དེ་ཡང་དག་པ་མ་ཡིན་ནོ་ཞེས་སྨྲ་བ་དང་།

有說此宗既云：「世間一切非正量」，是全不許爲量，故非善宗。

ཁ་ཅིག་ལུགས་དེ་ལེགས་སོ་ཞེས་སྨྲ་བ་གཉིས་ཀས་ཀྱང་སློབ་དཔོན་འདིའི་བཞེད་པ་མ་རྟོགས་བཞིན་དུ་སྨྲས་པས། རང་གི་དེ་ཉིད་སྟོན་པ་ཙམ་དུ་ཟད་དེ། འཇིག་རྟེན་གྱི་མཐོང་བ་དེ་ཁོ་ན་ཉིད་ལ་རྣམ་པ་ཀུན་ཏུ་ཚད་མ་མིན་པར་བསྟན་པ་ལ། སྤྱིར་ཚད་མ་མི་བཞེད་པར་གོ་འདུག་པའི་ཕྱིར་རོ། །

有說此宗極爲善哉。二俱未解論師所許，妄爲解說徒自現[②]丑。論說世間常見於真實義一切非量，誤爲總說不許爲量故。

---

① 「量」，PDF、校正本作「道」。
② 「現」，民族本作「出」。

ཚད་མ་དང་གཞལ་བྱ་ཡང་ཚིག་གསལ་ལས་གསུངས་པ་ལྟར་ངོ་བོ་ཉིད་ཀྱིས་གྲུབ་པ་བཀག་ནས། ལྟོས་འཇོག་གི་ཚད་མ་དང་གཞལ་བྱ་འཇོག་པར་བཤད་པ་ལྟ་བུར་བྱེད་དགོས་ཏེ་འོག་ཏུ་འཆད་པར་འགྱུར་རོ། །

又能量所量，如《顯句論》：「破有自性，安立觀待之能量所量。」下當廣說。

ལྔ་པ་ནི། འོ་ན་ཇི་ལྟར་འཇིག་རྟེན་གྱིས་གནོད་པར་འགྱུར་ཞེ་ན།

申五、明世間妨難之理。若爾，何者有世間妨難？頌曰：

འཇིག་རྟེན་དོན་ནི་འཇིག་རྟེན་གྲགས་ཉིད་ཀྱིས། །གལ་ཏེ་སེལ་ན་འཇིག་རྟེན་གྱིས་གནོད་འགྱུར། །

若以世許除世義，即說彼爲世妨難。

འཇིག་རྟེན་ཉིད་ལས་གྲགས་ཤིང་གྲུབ་པའི་དོན་ནི། འཇིག་རྟེན་གྱི་གྲགས་པ་ཉིད་ཀྱིས་གལ་ཏེ་སེལ་ན། གང་ཟག་དེ་ལ་འཇིག་རྟེན་གྱིས་གནོད་པར་འགྱུར་རོ། །

若世間共許之義，以世間共許破除，即說彼有世間妨難。

དེ་ནི་དཔེར་ན་ཁ་ཅིག་གིས་ངའི་རྫས་ཕྲོགས་སོ་ཞེས་སྨྲས་པ་དང་། གང་ཟག་གཞན་ཅིག་གིས་དེ་ལ་དྲིས་པ་རྫས་དེ་ཅི་ཞིག་ཡིན། དེས་བུམ་པའོ་ཞེས་སྨྲས་པ་ལ། གཞན་དེས་བུམ་པ་ནི་རྫས་མ་ཡིན་ཏེ། གཞལ་བྱ་ཡིན་པའི་ཕྱིར་རྨི་ལམ་གྱི་བུམ་པ་བཞིན་ནོ། །

譬如有云：我物被劫。餘人問曰：爲爲是何物？告曰是瓶。他若難曰：瓶非是物，是所量故，如夢中瓶。

ཞེས་སུན་འབྱིན་པ་དེ་ལྟ་བུ་ལ་སོགས་པའི་ཡུལ་ལ་འཇིག་རྟེན་གྱིས་གནོད་ཀྱི། གང་གི་ཚེ་འཕགས་པའི་དོན་དམ་གྱི་གཟིགས་པ་ལ་བརྟེན་ཏེ། སྐྱེ་བོ་དོན་དམ་ལ་མཁས་པ་ཚད་མར་བྱས་ནས་དེ་ཁོ་ན་ཉིད་བརྟན་ལ་འབེབས་པ་དེའི་ཚེ། འཇིག་རྟེན་གྱི་གནོད་པ་ཡོད་པ་མ་ཡིན་ནོ། །

此等能破境，乃有世間妨難。若時依聖人勝義見，以善巧勝義之丈夫爲定量，抉擇真實義，爾時全無世間妨難。

མཁས་པས་ཕྱོགས་འདིས་གཞན་ཡང་དཔྱད་པར་བྱའོ་ཞེས་གསུངས་པ་ནི། ང་ནི་བུམ་པའི་བདག་པོ་དང་ལྷས་བྱིན་ནི་འཕྲོག་མཁན་མ་ཡིན་ཏེ། ཞེས་པ་དང་། ངའི་ཞིང་སྟེང་དུ་སྐྱེས་སོ་བྱས་པ་ན་ཅི་ཞིག་སྐྱེས་ཞེས་འདྲི་བ་ལ་སྨྱུ་

卷六

གུའོ་ཞེས་བྱས་པ་ན། སྨྱུ་གུ་ནི་སྐྱེ་བ་མེད་དེ་གཞལ་བྱ་ཡིན་པའི་ཕྱིར་ཞེས་པ་དང་། རྨི་ལམ་གྱི་གང་ཟག་དང་མྱུ་གུ་བཞིན་ཞེས་སྨྲ་བ་ད་ལྟ་དབུ་མའི་རིགས་པ་ཆེན་པོར་འདོད་པ་རྣམས་ལ་འཇིག་རྟེན་གྱིས་གནོད་པར་བསྟན་ནོ། །

論曰：「智者當以此理，觀諸餘事。」現在許為中觀之正理者，如云：「我非瓶主，天授非奪者。」又云：「若云我田上已生。問曰：何生。若謂芽生，當難云：芽無有生，是所知故。」又云：「如夢中人及芽。」此即顯彼皆有世間妨難也。

གཉིས་པ་ནི། དེ་ལྟར་འཇིག་རྟེན་གྱི་གྲགས་པའི་ངོར་གཞན་སྐྱེ་ཁས་བླངས་ནས་ཀྱང་འཇིག་རྟེན་གྱི་གནོད་པ་སྤངས་ཏེ། ད་ནི་འཇིག་རྟེན་གྱི་མཐོང་བ་ལ་ཡང་གཞན་སྐྱེ་མེད་པས་འཇིག་རྟེན་གྱི་ལྟ་བ་ལ་གནས་ནས་ཀྱང་གཞན་སྐྱེ་དགག་པར་འདོད་པ་ལ་འཇིག་རྟེན་གྱི་གནོད་པ་མེད་དོ། །ཞེས་བསྟན་པའི་ཕྱིར་བཤད་པ།

午二、明世名言亦無他生釋世妨難。如是已依世間許有他生，釋世間妨難。今當更說世間常見亦無他生，故住世間見破除他生亦無世間妨難。頌曰：

གང་ཕྱིར་འཇིག་རྟེན་ས་བོན་ཙམ་བཏབ་ནས། །བདག་གིས་བུ་འདི་སྐྱེད་ཅེས་སྨྲ་བྱེད་ཅིང་། །
ཤིང་ཡང་བཙུགས་སོ་སྙམ་དུ་རྟོག་དེས་ན། །གཞན་ལས་སྐྱེ་བ་འཇིག་རྟེན་ལས་ཀྱང་མེད། །

世間僅殖少種子，便謂此兒是我生，

亦覺此樹是我栽，故世亦無從他生。

རྒྱུ་མཚན་གང་གི་ཕྱིར་འཇིག་རྟེན་པ་རྣམས་ཕོའི་དབང་པོ་ཅན་འགའ་ཞིག་སྟོན་པ་ན། བུ་འདི་བདག་གིས་བསྐྱེད་ཅེས་སྨྲ་བར་བྱེད་ལ། དེ་ལྟར་བྱེད་ཀྱང་ཕ་འདིས་ཕོའི་དབང་པོ་ཅན་ཞིག་རང་གི་ལུས་ལས་བཏོན་ནས། བུ་དེའི་མའི་ཁོང་དུ་འཇུག་པ་ནི་མ་ཡིན་ནོ། །འོ་ན་ཅི་ཞེ་ན། བུ་དེའི་ལུས་ཀྱི་ས་བོན་དུ་གྱུར་པའི་མི་གཙང་བ་ཙམ་ཞིག་མ་དེའི་མངལ་དུ་བཏབ་པ་སྙེ་ལྟུགས་པའོ། །

如世間人指一男云：此兒是我生。然此男人，非將彼男，從自身出，納入母腹，是將此兒身之不淨種子，注入母胎也。

གང་གི་ཕྱིར་ཕ་འདི་བུ་དེའི་ལུས་ཀྱི་རྒྱུ་ལྟུགས་ནས་རང་གི་བུ་སྟོན་པར་བྱེད་པ་དེའི་ཕྱིར། ས་བོན་དང་བུ་གཉིས་རང་གི་མཚན་ཉིད་ཀྱིས་གྲུབ་པའི་གཞན་དུ་འཛིན་པ་མ་ཡིན་ནོ། །ཞེས་བྱ་བར་འཇིག་རྟེན་དུ་གསལ་བར་ངེས་སོ། །

由父僅注兒身之因，便云生兒，故世人不執種子與兒爲自相之他。此是世間共知之事。

དེའི་ཕྱིར་ས་བོན་གྱི་མི་གཙང་བ་དང་བུ་གཉིས་དང་། ནས་ཀྱི་ས་བོན་དང་མྱུ་གུ་གཉིས་ལ་སོགས་པ་ལ་གཞན་ལས་སྐྱེ་བར་འཛིན་པ་འཇིག་རྟེན་ལས་ཀྱང་མེད་དོ། །

故執種子與兒、麥種與芽等爲從他生，世間亦無也。

གལ་ཏེ་རང་གི་ངོ་བོ་ཉིད་ཀྱིས་གྲུབ་པའི་གཞན་དུ་འཛིན་ན་ནི། གང་ཟག་གཞན་ལྟར་བུ་དེ་བསྟན་ནས་འདི་ངས་བསྐྱེད་དོ་ཞེས་སྨྲ་བར་མི་འགྱུར་རོ། །

若執爲自性之他者，應如他補特伽羅，不可說此兒是我所生。

དེ་བཞིན་དུ་ཤིང་སྡོང་པོའི་ས་བོན་ཙམ་བཏབ་ནས་དེ་ལས་ཤིང་སྡོང་སྐྱེས་པ་ན། ཤིང་སྡོང་འདི་ངས་བཙུགས་སོ་སྙམ་དུ་རྟོག་པ་དེས་ན། འཇིག་རྟེན་གྱི་ངོར་གཞན་སྐྱེ་མེད་པ་སོགས་སྔ་མ་བཞིན་དུ་སྦྱར་རོ། །

如是僅殖樹種，種生樹後，便覺此樹是我所栽。是故世間亦無他生，如上廣說。

བཏབ་པའི་ས་བོན་གཉིས་ཤིང་སྡོང་དང་བུ་མ་ཡིན་ཀྱང་། དེ་གཉིས་བཏབ་པ་ལ་བརྟེན་ནས་ཤིང་སྡོང་དང་བུ་སྐྱེས་པ་ན། དེ་གཉིས་བསྟན་ནས་འདི་བདག་གིས་བསྐྱེད་ཅེས་འཇོག་ནུས་ཏེ། ན་བ་དང་སོས་པའི་ལག་པ་གང་ཟག་དེ་མ་ཡིན་ཀྱང་། ལག་པ་ན་བ་དང་སོས་པས་གང་ཟག་དེ་ན་བ་དང་སོས་པར་འཇོག་ནུས་པ་བཞིན་ནོ། །

所殖二種雖非彼樹彼兒，然由殖彼二種乃生兒樹。故指彼二，可云是我所生。如痛愈之手，雖非補特枷羅，然手痛愈，可說彼補特伽羅痛愈也。

卷六

དེ་ལྟར་འཇིག་རྟེན་གྱི་ཐ་སྙད་ལ་གཞན་སྐྱེ་མེད་ཀྱང་། གཞན་སྐྱེ་ཡོད་པ་འཇིག་རྟེན་གྱི་མཐོང་བས་འགོག་ནུས་པ་མིན་ཏེ། རྒྱུ་འབྲས་རང་བཞིན་གྱིས་ངོ་བོ་ཐ་དད་པ་འགོག་པ་ནི་དེ་ཁོ་ན་ཉིད་ལ་དཔྱོད་པའི་རིགས་པ་ལ་ངེས་པར་ལྟོས་པའི་ཕྱིར་རོ། །

如是世間名言中雖無他生，然世間常見不能破除他生，以破因果有自性異體，必待觀真實義之正理故。

དེའི་ཕྱིར་གྲུབ་མཐའ་སྨྲ་བ་གཞན་གྱིས་གཞན་སྐྱེ་ཁས་བླངས་པའི་དོན་ནི། རང་གི་མཚན་ཉིད་ཀྱིས་གྲུབ་པའི་གཞན་སྐྱེ་ཡིན་གྱི། ངོ་བོ་གཞན་དུ་གྲུབ་པ་ཙམ་མ་ཡིན་ལ། དེ་ཙམ་འཇིག་རྟེན་གྱི་ངོར་མ་གྲུབ་པ་ཡང་མིན་ནོ། །

他宗所計他生，是有自性之他生，非但有體之他，以唯有此非是世間所不成故。

གཞན་ལས་སྐྱེ་བ་འཇིག་རྟེན་ལས་ཀྱང་མེད། ཅེས་པའི་དོན་ནི། འཇིག་རྟེན་རང་དགའ་བས་ས་མྱུག་ལ་སོགས་

པའི་ཞེར་ལེན་གྱི་རྒྱུ་འབྲས་ལ་རང་གི་མཚན་ཉིད་ཀྱིས་གྲུབ་པའི་གཞན་དུ་འཛིན་པ་མེད་ཅེས་པ་ཙམ་མིན་གྱི། ཐ་སྙད་དུ་ཡང་གཞན་སྐྱེ་མེད་པར་སྟོན་པར་ཡང་ཤེས་པར་བྱ་སྟེ།

言「故世亦無從他生」者，非謂世間常人於種芽等親因果法，不執爲有自性之他，當知是說於名言中亦無他生。

གཉིས་ག་ལས་སྐྱེ་བ་འགོག་པའི་འགྲེལ་བར་ཡང་། དེ་ལ་ཇི་ལྟར་གོང་དུ་བདག་དང་གཞན་ལས་སྐྱེ་བ་འཇིག་རྟེན་གྱི་ཀུན་རྫོབ་དང་དོན་དམ་པར་ཡང་མི་རིགས་སོ་ཞེས་བསྟན་པ་དེ་བཞིན་དུ་ཅིག་གལ་གཉིས་སུ་སྐྱེ་བ་ལ་ཡང་ཇི་སྐད་དུ་བཤད་པའི་རིགས་པས་མི་སྲིད་དོ། །ཞེས་ཐ་སྙད་དུ་ཡང་གཞན་སྐྱེ་མེད་པ་གསལ་བར་གསུངས་པ་དང་།

如釋論破共生時云：「如上已說自生他生於世間世俗及勝義中皆不應理。如是說是共生，即以前理亦定非有。」此說名言中亦無他生。

ཚིག་གསལ་ལས་ཀྱང་། གལ་ཏེ་བདག་དང་གཞན་དང་གཉིས་ག་དང་རྒྱུ་མེད་པ་ལས་དངོས་པོ་རྣམས་སྐྱེ་བ་ཡོད་པ་མ་ཡིན་ན། ཇི་ལྟར་བཅོམ་ལྡན་འདས་ཀྱིས་མ་རིག་པའི་རྐྱེན་གྱིས་འདུ་བྱེད་རྣམས་ཞེས་གསུངས། ཞེས་པའི་ལན་དུ། བཤད་པར་བྱ་སྟེ། འདི་ནི་ཀུན་རྫོབ་ཡིན་གྱི་དེ་ཁོ་ན་ཉིད་ནི་མ་ཡིན་ནོ། །ཞེས་མ་རིག་པས་འདུ་བྱེད་སྐྱེད་པ་སོགས་ནི་ཀུན་རྫོབ་ཏུ་ཡིན་གྱི་དོན་དམ་པར་མ་ཡིན་པར་གསུངས་སོ། །

《顯句論》中問曰：「若謂諸法自生他生共生無因生皆非有者，云何世尊說無明緣行耶。」答曰：「此是世俗，非真實義。」此說無明生行等是約世俗，非於勝義。

ཅི་ཀུན་རྫོབ་ཀྱི་རྣམ་པར་གཞག་པ་བརྗོད་པར་བྱ་བ་ཡིན་ནམ་ཞེས་པའི་ལན་དུ། རྐྱེན་ཉིད་འདི་པ་ཙམ་གྱིས་ཀུན་རྫོབ་གྲུབ་པར་ཁས་ལེན་གྱི། ཕྱོགས་བཞི་ཁས་བླངས་པའི་སྒོ་ནས་ནི་མ་ཡིན་ཏེ། ཞེས་ཀུན་རྫོབ་ཏུ་རྐྱེན་འདི་ལ་བརྟེན་ནས་འདི་འབྱུང་གི་སྐྱེ་བ་ཁས་ལེན་པ་ལ་ཡང་། ཕྱོགས་བཞིའི་སྐྱེ་བ་ཁས་མི་ལེན་པ་གསལ་བར་གསུངས་པས། ལུགས་འདི་ལ་གཞན་སྐྱེ་ཀུན་རྫོབ་ཏུ་མི་འགོག་ཅེས་པ་ནི། ལུགས་འདི་ལེགས་པར་མ་རྟོགས་པའི་བཤད་པའོ། །

問曰：「何爲世俗建立？」答曰：「唯此緣性許爲世①，非許四邊。」此說雖世俗中許依此緣有此法生，然不許四邊生，極爲明顯。故有說此宗世俗中不破他生，是未善解此宗也。

① 「世」，民族本、廣化本作「世俗」。

གསུམ་པ་ནི། དེའི་ཕྱིར་དེ་ལྟར་དངོས་པོ་རང་བཞིན་གྱིས་གྲུབ་པ་མེད་པར་ཇི་སྐད་བཤད་པའི་ཚུལ་ལ། རྟེན་འབྱུང་རྟག་ཆད་མེད་པར་གྲུབ་པའི་སྒོ་ནས་རྟག་ཆད་ཀྱི་མཐར་མི་ལྟུང་བའི་ཡོན་ཏན་བསྟན་པའི་ཕྱིར་བཤད་པ།

巳三、明破他生之功德。由上所說諸法無自性，顯示緣起離常斷門，不墮常斷二邊之功德。頌曰：

གང་ཕྱིར་མྱུ་གུ་ས་བོན་ལས་གཞན་མིན། །དེ་ཕྱིར་མྱུག་ཚེ་ས་བོན་ཞིག་པ་མེད། །

གང་ཕྱིར་གཅིག་ཉིད་ཡོད་མིན་དེ་ཕྱིར་ཡང་། །མྱུག་ཚེ་ས་བོན་ཡོད་ཅེས་བརྗོད་མི་བྱ། །

由芽非離種爲他，故於芽時種無壞，

由其非有一性故，芽時不可云有種。

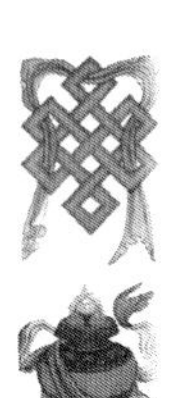

གལ་ཏེ་མྱུ་གུ་ས་བོན་ལས་རང་བཞིན་གྱིས་གྲུབ་པའི་གཞན་ཡིན་ན་ནི། ས་མྱུག་གཉིས་རྒྱུ་འབྲས་སུ་མི་རུང་བའི་ཕྱིར། ཐེ་ཚོམ་མེད་པར་མྱུ་གུ་ཡོད་བཞིན་དུ་ཡང་ས་བོན་རྒྱུན་ཆད་པར་འགྱུར་ཏེ། དེ་ལ་ནི་ས་མྱུག་འབྲེལ་མེད་དུ་སོང་ནས། མྱུ་གུ་ཡོད་ཀྱང་ས་བོན་གྱི་རིགས་བརྒྱུད་མ་ཆད་པ་ལ་མི་ཕན་པའི་ཕྱིར་ཏེ། དཔེར་ན་བ་མིན་ཡོད་པས་བ་ལང་ཤི་ནས་རིགས་བརྒྱུད་ཆད་པ་མིན་པ་ལ་མི་ཕན་པ་དང་། སོ་སྐྱེ་ཡོད་པས་འཕགས་པ་རྣམས་ཀྱིས་རང་ཉིད་ཀྱི་སྲིད་པར་འཁོར་བ་རྒྱུན་བཅད་པ་མིན་པ་ལ་མི་ཕན་པ་བཞིན་ནོ། །

卷六

若芽是離種子有自性之他者，則種芽二法不成因果。芽雖現有，種子亦必間斷無疑。以種芽既無關係，芽雖現有，於種子間斷全無益故。如雖有青牛，於黃牛死已間斷全無少益。雖有異生，於聖人自斷生死無少益也。

དེ་ལྟར་ཡིན་པ་ལ་རྒྱུ་མཚན་གང་གི་ཕྱིར་མྱུ་གུ་ས་བོན་ལས་རང་བཞིན་གྱིས་གྲུབ་པའི་གཞན་མིན་པའི་ཕྱོགས་ལ། དེ་གཉིས་རྒྱུ་འབྲས་སུ་མི་འགལ་བ་དེའི་ཕྱིར་མྱུ་གུ་ཡོད་པའི་ཚེ་ས་བོན་ཞིག་པ་སྟེ་དེའི་རིགས་བརྒྱུད་ཆད་པས་ཆད་པ་སྤངས་སོ། །

由是因緣，芽非離種子有自性之他，而是因果，全不相違。故有芽時，種子亦無壞滅間斷，遠離斷邊。

མྱུ་གུའི་དུས་སུ་ས་བོན་འགགས་པ་ལན་མང་དུ་བཤད་པས། ས་བོན་ཞིག་པའི་དོན་འགྲེལ་བས་ས་བོན་རྒྱུན་ཆད་པ་ལ་བཤད་ཅིང་། ས་བོན་མི་འཇིག་པ་བཀག་པར་གསུངས་པས། ས་བོན་གྱི་རྒྱུན་ཆད་པ་ཞེས་པ་དེའི་རིགས་བརྒྱུད་ཆད་པ་ལ་བཞེད་དོ། །

論中數說芽時種滅，故種子壞義，釋論說爲種子間斷。又論破種子不滅，故種子間斷是彼種類相續斷絕也。

གང་གི་ཕྱིར་ས་མྱུག་གཉིས་གཅིག་ཉིད་དུ་ཡོད་པ་མིན་པས་ས་བོན་དེ་ཉིད་མྱུ་གུར་འཕོས་པ་མིན་པའི་ཕྱིར། མྱུ་གུའི་དུས་ན་ས་བོན་མི་འཇིག་པ་བཀག་པ་དེའི་ཕྱིར་ཡང་། མྱུ་གུའི་ཚེ་ས་བོན་ཡོད་ཅེས་བརྗོད་པར་མི་བྱ་བས་རྟག་པར་ཡང་བཀག་པར་འགྱུར་རོ། །

由芽種二法非一性故，非即種子轉變成芽，破有芽時種子不滅，故不可說芽時有種，亦破常邊。

དེ་སྐད་བཤད་པ་ནི་རྒྱ་ཆེར་རོལ་པ་ལས། ས་བོན་ཡོད་ན་མྱུ་གུ་ཇི་བཞིན་ཏེ། །ས་བོན་གང་ཡིན་མྱུ་གུ་དེ་ཉིད་མིན། །དེ་ལས་གཞན་མིན་དེ་ཡང་མ་ཡིན་ཏེ། །དེ་ལྟར་རྟག་མིན་ཆད་མིན་ཆོས་ཉིད་དོ། །ཞེས་གསུངས་པའི་དོན་ནོ། །

此如《廣大游戲經》云：「有種芽亦爾，非種即成芽，非異亦非一，法性非斷常。」

དེ་དག་གི་དོན་ནི་ས་བོན་ཡོད་པར་གྱུར་ན་ས་བོན་གྱི་རྒྱུ་ཅན་མྱུ་གུ་ཡང་ཇི་ལྟ་བ་བཞིན་དུ་འབྱུང་ངོ། །

此謂若有種子，則以種子爲因芽亦出生。

དེ་འབྱུང་བ་ན་ས་བོན་ལས་ཉིད་དུ་སྐྱེ་ནས་འབྱུང་བ་མི་རུང་བས། ས་མྱུག་གཉིས་ངོ་བོ་གཅིག་གོ་སྙམ་ན། མྱུ་གུ་ས་བོན་ལས་གཞན་ནས་འབྱུང་བ་མིན་ཀྱང་ས་བོན་དེ་ཉིད་མྱུ་གུར་འཕོས་པ་མིན་ནོ། །

設有是念，若有芽生應非離種別生，故芽種應是一體。曰：芽雖非離種別生，然亦非種子轉變成芽。

དེའི་རྒྱུ་མཚན་ཅིའི་ཕྱིར་ཞེ་ན། མྱུ་གུ་དེ་ས་བོན་ལས་རང་བཞིན་གྱིས་གྲུབ་པའི་གཞན་དང་། རང་བཞིན་གཅིག་པ་ཉིད་དེ་ཡང་མིན་པའི་ཕྱིར་རོ། །

何以故？以芽非是離種別有自性之他，亦非一性故。

དེ་འདྲ་བའི་ཕྱོགས་གཉིས་ཅར་ཡང་བཀག་པ་ན་མྱུ་གུའི་རང་བཞིན་དེ་རྟག་ཆད་དང་བྲལ་བའི་ཆོས་ཉིད་དུ་གསལ་བར་བྱས་སོ། །

如是雙破二邊，即顯彼芽性，是離常斷之法性也。

དོན་འདི་ཉིད་མདོ་དེ་ཉིད་ལས། འདུ་བྱེད་རྣམས་ནི་མ་རིག་རྐྱེན་ཅན་ཏེ། །འདུ་བྱེད་དེ་དག་དེ་ཉིད་དུ་ཡོད་མིན། །འདུ་བྱེད་མ་རིག་འདི་གཉིས་སྟོང་པ་སྟེ། །རང་བཞིན་གྱིས་ནི་གཡོ་བ་དང་བྲལ་བ། །ཞེས་བྱ་བས་བཤད་དེ།

前經更解此義云：「諸行無明緣，行非真實有，行無明俱空，自性離動搖。」

入中論善顯密意疏

རྐང་པ་དང་པོས་ནི་འདུ་བྱེད་མ་རིག་པ་ལ་བརྟེན་ནས་འབྱུང་བའི་གཏན་ཚིགས་དང་། གཉིས་པས་ནི་འདུ་བྱེད་དེ་ཁོ་ན་ཉིད་དུ་ཡོད་པ་མིན་ཞེས་པའི་བསྒྲུབ་བྱ་དང་།

初句是明行依無明之緣起因。二句是明行非真實有之宗。

གསུམ་པས་ནི་རྒྱུ་འབྲས་གཉིས་ཀ་སྟོང་པར་བསྟན་ལ། བཞི་བས་ནི་སྟོང་ཚུལ་སྟོན་ཏེ། གཡོ་བ་ནི་མངོན་པར་འདུ་བྱེད་པ་ཡིན་ལ། དེ་དང་བྲལ་བ་ནི་འདུ་བྱེད་འདུ་བྱེད་ཀྱིས་སྟོང་པའོ། །

三句是明因果俱空。四句明空理。動搖即作行，離動即諸行行空。

དེ་ཡང་རང་བཞིན་གྱིས་གྲུབ་པ་དང་བྲལ་ལོ་ཞེས་དགག་བྱའི་ཁྱད་པར་བསྟན་ཏེ། དེ་ཁོ་ན་ཉིད་དུ་མེད་པ་དང་དོན་འདྲའོ། །

言「自性離」者，是明所破之簡別，與「真實中無」義同。

མདོ་དེའི་དོན་བསྟན་བཅོས་རྩ་ཤེས་ལས་ཀྱང་། གང་ལ་བརྟེན་ཏེ་གང་འབྱུང་བ། །དེ་ནི་རེ་ཞིག་དེ་ཉིད་མིན། །དེ་ལས་གཞན་པའང་མ་ཡིན་པ། །དེ་ཕྱིར་རྟག་མིན་ཆད་མ་ཡིན། །ཞེས་གསུངས་སོ། །

《中論》亦解彼經義云：「若法從緣生，非即彼緣性，亦非異緣性，故非斷非常。」（釋譯：若法從緣生，不即不異因，是故名實相，不斷亦不常。）

卷　七

釋第六勝義菩提心之四

བཞི་པ་ལ་གཉིས། རང་གི་མཚན་ཉིད་ཀྱིས་གྲུབ་པ་ཡོད་པར་འདོད་པ་དགག་པ་དང་། དེ་ལྟར་བཀག་པ་ལ་རྩོད་པ་སྤང་བའོ། །

巳四、明全無自性生分二：午一、破計有自相，午二、釋妨難。

དང་པོ་ལ་གསུམ། འཕགས་པའི་མཉམ་གཞག་དངོས་པོའི་འཇིག་རྒྱུར་ཐལ་བས་དགག །ཐ་སྙད་བདེན་པ་རིགས་པས་དཔྱད་བཟོད་དུ་ཐལ་བས་དགག །དོན་དམ་པའི་སྐྱེ་བ་མི་ཁེགས་པར་ཐལ་བས་དགག་པའོ། །

初又分三：未一、聖根本智應是破諸法之因，未二、名言諦應堪正理觀察，未三、應不能破勝義生。

དང་པོ་ནི། ཇི་ལྟར་རང་བཞིན་གྱིས་ཆོས་འགའ་ཡང་སྐྱེ་བ་མེད་དོ་ཞེས་བྱ་བ་འདི་ནི་གདོན་མི་ཟ་བར་ཁས་བླང་བར་བྱ་དགོས་སོ། །ཞེས་གསུངས་པ་ལྟར་དོན་འདི་ངེས་པར་ཁས་བླང་དགོས་ཞེས་སྨྲ་བར་རིགས་ཀྱི། འདི་ལ་ཁས་ལེན་གཞག་ཏུ་མི་རུང་ངོ་ཞེས་བཟློག་སྟེ་སྨྲ་བར་མི་བྱའོ། །

今初，論曰：「全無少法由自性生，決定應許此義。」應說決定須許此義，不可倒說此宗全無所許。

དེ་ལྟ་མ་ཡིན་ཏེ་

若不爾者。頌曰：

གལ་ཏེ་རང་གི་མཚན་ཉིད་བརྟེན་འགྱུར་ན། །དེ་ལ་སྐུར་བས་དངོས་པོ་འཇིག་པའི་ཕྱིར། །སྟོང་ཉིད་དངོས་པོ་འཇིག་པའི་རྒྱུར་འགྱུར་ན། །དེ་ནི་རིགས་མིན་དེ་ཕྱིར་དངོས་ཡོད་མིན། །

若謂自相依緣生，謗彼即壞諸法故，

空性應是壞法因，然此非理故無性。

གལ་ཏེ་གཟུགས་དང་ཚོར་བ་ལ་སོགས་པའི་རང་གི་མཚན་ཉིད་དེ་རང་གི་ངོ་བོ་ཉིད་ཀྱིས་གྲུབ་པའི་རང་བཞིན། རྒྱུ་དང་རྐྱེན་ལ་བརྟེན་ནས་སྐྱེ་བར་འགྱུར་ན་ནི། རྣལ་འབྱོར་པས་ཆོས་རྣམས་རང་བཞིན་གྱིས་གྲུབ་པས་སྟོང་པར་མངོན་སུམ་དུ་རྟོགས་པའི་ཚེ། དངོས་པོའི་རང་བཞིན་དེ་ལ་སྐུར་པ་བཏབ་པའི་ཚུལ་གྱིས་སྟོང་པ་ཉིད་རྟོགས་

པར་འགྱུར་ཏེ། མཉམ་གཞག་གིས་གཟུགས་སོགས་རྣམས་མ་དམིགས་པ་དགོས་ལ། དེ་རྣམས་རང་གི་མཚན་ཉིད་ཀྱིས་གྲུབ་ན་མཉམ་གཞག་གིས་དམིགས་དགོས་པ་ལས་མ་དམིགས་པའི་ཕྱིར། དེའི་ཚེ་དངོས་པོ་དེ་རྣམས་མེད་པར་འགྱུར་རོ། །

若謂色受等自相，係由自性所成之自體，是依因緣生者，則修觀行者，現證諸法自性空時。應是謗毀諸法自性而證空性。以根本智不見色等，若諸法有自性，根本智應見，然實不可見，則諸法應無。

དེ་མེད་ན་ནི་དངོས་པོ་དེ་རྣམས་མཉམ་གཞག་གི་སྔར་ཡོད་པ་ཕྱིས་མེད་པའི་འཇིག་པ་སྟེ་ཞིག་པར་འགྱུར་རོ། །

若諸法無者，於根本智前，諸法原有後乃成無，應是破壞。

དེའི་ཕྱིར་དེ་ལྟར་འཇིག་པ་ལ་མཉམ་གཞག་ཉིད་རྒྱུར་འགྲོ་དགོས་པས། ཐོ་བ་ལ་སོགས་པ་བུམ་པ་ལ་སོགས་པའི་འཇིག་རྒྱུ་ཡིན་པ་དེ་བཞིན་དུ། སྟོང་པ་ཉིད་མཐོང་བ་ཡང་དངོས་པོའི་རང་བཞིན་འཇིག་པ་དང་དེ་ལ་སྐུར་བའི་རྒྱུར་འགྱུར་བ་ཞིག་ན། དེ་ནི་རིགས་པ་ཡང་མིན་པ་དེའི་ཕྱིར་དངོས་པོ་རྣམས་ཀྱི་རང་གི་མཚན་ཉིད་ཀྱིས་གྲུབ་པ་ནི་ཡོད་པ་མིན་པས། དུས་ཐམས་ཅད་ཀྱི་ཚེ་རང་བཞིན་གྱིས་སྐྱེ་བ་ཁས་བླང་བར་མི་བྱའོ།

則根本智爲此破壞之因。若見空性是毀壞諸法自性之因，如錘等是擊壞瓶等之因者，不應正理。故知諸法都無自性，終不應許有自性生。

འདི་ལ་དབུ་མ་པ་རང་གི་མཚན་ཉིད་ཀྱིས་གྲུབ་པའི་སྐྱེ་བ་ཁས་ལེན་པ་རྣམས། རང་གི་མཚན་ཉིད་ཀྱིས་གྲུབ་ཀྱང་བདེན་གྲུབ་ཏུ་མི་འགྲོ་བར་འདོད་པའི་རྒྱུ་མཚན་གྱིས། གཟུགས་སོགས་རང་གི་མཚན་ཉིད་ཀྱིས་གྲུབ་ན་དེ་ཁོ་ན་ཉིད་མངོན་སུམ་དུ་གཟིགས་པས་དམིགས་མི་དགོས་སོ། །ཞེས་སྨྲ་མོད་ཀྱང་།

許有自相生之中觀師，以計「有自相非是實有」之理由，雖救云：「色等有自相，不必爲現見真實義之聖智所見。」

དེ་ཙམ་ནས་བདེན་གྲུབ་ཡིན་པར་སྔར་ཡང་བཤད་ཅིང་། སླར་ཡང་འཆད་པར་འགྱུར་བའི་རིགས་པས་ཉེས་པ་སྤོང་མི་ནུས་སོ། །

然有自相即成實有，前已解說。後理復破，故不能救也。

འདིར་འགྲེལ་བ་ལས། དཀོན་བརྩེགས་ལས་འོད་སྲུངས་གཞན་ཡང་དབུ་མའི་ལམ་ཆོས་རྣམས་ལ་ཡང་དག་པར་སོ་སོར་རྟོག་པ་ནི། གང་སྟོང་པ་ཉིད་ཀྱིས་ཆོས་རྣམས་སྟོང་པར་མི་བྱེད་དེ། ཆོས་རྣམས་ཉིད་སྟོང་པ་ཉིད་དང་། ཞེས་གསུངས་ཤིང་།

釋論於此處引《寶積經》云：「復次迦葉，中道正觀諸法者，不以空性令

諸法空，但法性自空。」

མཚན་མེད་དང་སྨོན་མེད་དང་མངོན་པར་འདུ་བྱ་བ་མེད་པ་དང་། མ་སྐྱེས་པ་དང་མ་བྱུང་བ་ལ་ཡང་དེ་བཞིན་དུ་གསུངས་པ་དྲངས་ཏེ། ཆོས་རྣམས་ལ་རང་མཚན་གྱིས་གྲུབ་པའི་རང་བཞིན་ཡོད་ན། ཆོས་དེ་རྣམས་རང་ངོས་ནས་སྟོང་བར་མ་སོང་བས་ཆོས་རྣམས་ཉིད་སྟོང་པ་དང་ཞེས་པ་མི་འཐད་ལ།

無相、無願、無作、無生、無起亦如是說。此說諸法，若有自相之體性，則非諸法自空。經說法性自空，則不應理。

རང་ངོས་ནས་ངོ་བོ་ཉིད་ཀྱིས་ཡོད་པ་མ་བཀག་པར། གཞན་ཞིག་གིས་སྟོང་པའི་སྒོ་ནས་སྟོང་བར་བསྟན་དགོས་པས། སྟོང་པ་ཉིད་ཀྱིས་ཆོས་རྣམས་སྟོང་པར་མི་བྱེད་ཅེས་པ་དང་འགལ་བས་དབུ་མའི་ལམ་གྱིས་ཆོས་རྣམས་ཀྱི་རང་བཞིན་ལ་སོ་སོར་རྟོག་པ་ན། ཆོས་རྣམས་རང་ངོས་ནས་རང་བཞིན་གྱིས་གྲུབ་པས་སྟོང་པར་སྟོན་པ་ཡིན་པར་བསྟན་ཏོ། །

尚[①]不從自體破除自性，須以他空而說名空，則違經說不以空性令諸法空。故是說以中道觀察諸法自性時，要從諸法自體空，乃爲自性空。

མདོ་འདིས་ནི་རྣམ་རིག་པས་གཞན་དབང་རང་གི་མཚན་ཉིད་ཀྱིས་གྲུབ་པས་མི་སྟོང་བ་དང་། དེ་གཟུང་འཛིན་རྫས་ཐ་དད་པ་མེད་པས་སྟོང་ཞེས་པ་ཡང་བཀག་ལ།

此經亦破唯識宗所說：依他起自相不空，由無異體能取所取說名爲空。

བརྒྱ་པ་ལས། སྟོང་མིན་སྟོང་ལྟན་མཐོང་མིན་ཏེ། །མྱང་འདས་བདག་གིར་གྱུར་ཅིག་ཅེས། ལོག་ལྟས་མྱ་ངན་མི་འདབ་བར། །དེ་བཞིན་གཤེགས་པ་རྣམས་ཀྱིས་གསུངས། །ཞེས་དང་།

《四百論》云：「願我得涅槃，非不空觀空，以佛說邪見，不能得涅槃。」

རྩ་ཤེས་ལས་ཀྱང་། སྟོང་ཉིད་ལྟ་བ་ཐམས་ཅད་ནི། །ངེས་པར་འབྱིན་པར་རྒྱལ་བས་གསུངས། །གང་དག་སྟོང་པ་ཉིད་ལྟ་བ། །དེ་དག་བསྒྲུབ་ཏུ་མེད་པར་གསུངས། །ཞེས་པས་ཀྱང་སྔར་གྱི་མདོའི་དོན་དེ་ཉིད་འཆད་དོ། །

《中論》亦云：「大聖說空法，爲離諸見故，若復見有空，諸佛所不化。」此等即是解前經義。

ཆོས་རྣམས་རང་གི་ངོ་བོས་སྟོང་ཞེས་པའི་བསམ་དོན་ཡང་དེ་ཉིད་ཡིན་གྱི། བུམ་པ་བུམ་པས་མི་སྟོང་བར་བདེན་པས་སྟོང་པ་ནི། གཞན་སྟོང་ཡིན་པས་བུམ་པ་བུམ་པས་སྟོང་པ་ནི་རང་སྟོང་ཡིན་ནོ་ཞེས་སྨྲ་བ་ནི་གཏན་ནས་མི་རིགས་ཏེ། བུམ་པ་བུམ་པས་སྟོང་ན་བུམ་པ་ལ་བུམ་པ་མེད་དགོས་ན། རང་ལ་རང་མེད་ན་གཞན་སུ་ལ་ཡང་མེད་པས་བུམ་པ་གཏན་མེད་པར་འགྱུར་རོ། །

① 「尚」，民族本作「倘」。

亦即說諸法自相空義。有說：「瓶不以瓶空，而以實空，是他空義。瓶以瓶空乃是自空。」極不應理。若瓶以瓶空，瓶應無瓶。若自法上無自法，他法上亦應無自法，則瓶應成畢竟無。

དེའི་ཚེ་དངོས་པོ་གཞན་ཐམས་ཅད་ཀྱང་དེ་དང་འདྲ་བས། དེ་ལྟར་སྨྲ་མཁན་ཡང་མེད་པར་འགྱུར་ཞིང་། འདིས་སྟོང་པ་དང་འདིས་མི་སྟོང་ཞེས་པའི་རྣམ་གཞག་གང་ཡང་མི་སྲིད་པར་འགྱུར་རོ། །

餘一切法皆應如是。作是說者亦應非有，則說以此是空，以彼不空等建立，應皆無有。

དེ་འདྲ་བའི་སྟོང་པ་དེ་ཁ་ཅིག་ཡང་དག་ཏུ་སྨྲ་ལ། གཞན་དག་ཆད་སྟོང་དུ་འདོད་པ་གཉིས་ཀ་ཡང་རྟེན་འབྲེལ་རྟག་ཆད་ཀྱི་མཐའ་དང་བྲལ་བར་རྒྱལ་བ་རྒྱལ་སྲས་ཀྱིས་ལན་ཅིག་མ་ཡིན་པར་བསྒྲུབས་པ་ལས་ཕྱི་རོལ་དུ་གྱུར་པ་ཡིན་ནོ། །

如斯之空，有說是真空者，有許是斷空者，彼俱未知，諸佛菩薩數數宣說緣起遠離常斷二邊之義。

ཁྱད་པར་དུ་ཀུན་རྫོབ་བདེན་པ་ཐམས་ཅད་ཁོ་རང་ཁོ་རང་གིས་སྟོང་པར་གཏན་ལ་འབེབས་དགོས་ཟེར་ནས། དེ་ཆད་སྟོང་དུ་འདོད་པ་ནི་མི་རིགས་པ་ཁོ་ན་སྟེ། གྲུབ་མཐའ་བཞི་པོ་སུ་ཡང་ལྟ་བ་དེ་ཆད་ལྟ་ཡིན་པར་ཤེས་ནས། དེ་རང་གི་རྒྱུད་ལ་སྐྱེད་པར་བྱེད་པ་སུ་ཡང་མེད་པའི་ཕྱིར་རོ། །

尤其宣說：「一切世俗諦，皆須抉擇自法以自法空」，而復許彼是斷空者，極不應理。以四宗中，絕無既知该見爲斷見，復令自身生彼見者也。

དེས་ན་དགག་བཞི་དེ་དགག་བྱའི་ངོ་བོར་མེད་པ་དང་། གཞི་དེ་དགག་བྱས་སྟོང་ཚུལ་ཡང་ཡིན་པས་སྟོང་པར་འདྲ་བཞིན་དུ། ཆོས་རྣམས་རང་གི་མཚན་ཉིད་ཀྱིས་གྲུབ་པས་སྟོང་པ་ནི་རང་གི་ངོ་བོས་སྟོང་པའི་དོན་ཡིན་ལ།

雖所依事無所破體，乃彼所依由所破空，其空相同。然說諸法以自相空，是自體空義，

དེ་ལས་གཞན་པའི་སྟོང་ཚུལ་རྣམས་རང་གི་ངོ་བོས་སྟོང་པ་མིན་པའི་རྒྱུ་མཚན་ནི། སྟོང་ཚུལ་སྔ་མ་ཚད་མས་གྲུབ་ཟིན་བྱེད་པ་མ་ཉམས་པའི་རིང་ལ། གྲུབ་མཐས་གཞི་དེ་བདེན་པའམ་དེའི་དོན་དུ་ཡོད་པར་འཛིན་པའི་སྒྲོ་འདོགས་སྐྱེ་མི་སྲིད་ལ། ཕྱི་མ་རྣམས་ཀྱི་དོན་ཚད་མས་གྲུབ་ཅིང་བྱེད་པ་མ་ཉམས་ཀྱང་། གྲུབ་མཐའ་བདེན་པའམ་བདེན་པའི་དོན་དུ་སྒྲོ་འདོགས་པ་མི་འགལ་བའོ། །

其餘之空，非自體空。此中理由，謂以正量成立前空，乃至功力未失之時，其由宗派妄執彼事爲實有之增益，定不得生。若以正量成立後空，乃至功

力未失之時，則起宗派之實有增益，都不相違也。

གཉིས་པ་ནི། འདིར་སྨྲས་པ་དོན་དམ་པར་སྐྱེ་བ་མེད་པས་བདག་དང་གཞན་ལས་སྐྱེ་བ་དགག་ལ་རག་མོད། གཟུགས་དང་ཚོར་བ་སོགས་ཚད་མ་གཉིས་ཀྱིས་དམིགས་པ་དེ་དག་གི་རང་བཞིན་ནི་གདོན་མི་ཟ་བར་གཞན་ལས་སྐྱེ་བར་འགྱུར་རོ། །

未二、名言諦應堪正理觀察。問：以無勝義生故，雖破自他生。然色受等法，是二量所得，應許彼等自性是從他生。

ཅི་སྟེ་དེ་ལྟར་མི་འདོད་ན་བདེན་པ་གཉིས་སུ་ཅི་སྟེ་བརྗོད་དེ་བདེན་པ་གཅིག་པོ་ནར་འགྱུར་རོ། །དེའི་ཕྱིར་གཞན་ལས་སྐྱེ་བ་ཡོད་དོ་ཞེས་ཟེར་རོ། །

若不許爾，如何說有二諦，應唯一諦，故定有他生。

འདི་ལྟར་རྒོལ་བ་ནི་དོན་དམ་པར་སྐྱེ་བ་མེད་པ་དང་། ཐ་སྙད་དུ་གཞན་སྐྱེ་འདོད་པར་སྣང་བས་དབུ་མ་རང་རྒྱུད་པ་འགའ་ཞིག་གོ །

此中敵者，許勝義無生，及①名言他生，故是自續中觀師。

རང་བཞིན་གྱིས་སྐྱེ་བའི་གཞན་སྐྱེ་ཀུན་རྫོབ་ཏུ་མི་འདོད་ན་བདེན་པ་གཅིག་པོ་ནར་འགྱུར་ཞེས་པ་ནི། རང་གི་མཚན་ཉིད་ཀྱིས་སྐྱེ་བ་ཀུན་རྫོབ་ཏུ་མེད་ན་ཡང་དག་ཀུན་རྫོབ་མེད་པར་འགྱུར་ལ། དེའི་ཚེ་ཀུན་རྫོབ་བདེན་པ་མི་སྲིད་པས་དོན་དམ་བདེན་པ་གཅིག་པུར་འགྱུར་ཞེས་པའི་དོན་ནོ། །

言若於世俗不許自性生之他生，應唯一諦者。義謂若於世俗無自相生，則無真正世俗。由無世俗諦故，應唯一勝義諦也。

དེའི་ལན་དུ་འདི་བདེན་མོད་ཀྱི་དོན་དམ་པར་ནི་བདེན་པ་གཉིས་ཡོད་པ་མ་ཡིན་ཏེ། དགེ་སློང་དག་བདེན་པ་དོན་དམ་པ་འདི་ནི་གཅིག་སྟེ། འདི་ལྟ་སྟེ་མི་སླུ་བའི་ཆོས་ཅན་མྱ་ངན་ལས་འདས་པའོ། །འདུ་བྱེད་ཐམས་ཅད་ནི་བརྫུན་པ་སླུ་བའི་ཆོས་ཅན་ན་ཞེས་འབྱུང་བའི་ཕྱིར་རོ། །ཞེས་གསུངས་སོ། །

答：此實如是，於勝義中非有二諦，如經云：「諸苾芻，勝諦唯一，謂涅槃不欺誑法。一切諸行皆是虛妄欺誑之法。」

དེ་དག་གི་དོན་ནི་རང་གིས་ཁས་ལེན་པའི་བདེན་པའི་དོན་ནི་མི་སླུ་བ་ཡིན་པས། མི་སླུ་བའི་བདེན་པ་པོ་ནར་འགྱུར་བས་དེ་འདིར་བདེན་མོད་ཅེས་གསུངས་སོ། །

---

①「及」，民族本作「乃」。

此等義說：自宗所許之諦義謂不欺誑。不欺誑之諦唯一。故曰：「此實如是。」

དོན་དམ་པར་ནི་ཞེས་པ་ནི་དེ་ཁོ་ན་ཉིད་གཟིགས་པའི་ངོར་ནི། ཀུན་རྫོབ་དང་དོན་དམ་པའི་བདེན་པ་གཉིས་མེད་དེ། དེའི་ངོར་ནི་དོན་དམ་བདེན་པ་ཉག་གཅིག་ཏུ་གསུངས་པའི་ཕྱིར་ཞེས་པའོ། །བདེན་པ་དམ་པ་ནི་དོན་དམ་པའི་བདེན་པའོ། །

言於勝義中者，謂於見真實義之智前，無有世俗勝義二諦，說彼智前唯一勝義諦故。言勝諦者謂勝義諦。

ཡེ་ཤེས་དེའི་ངོར་ཀུན་རྫོབ་བདེན་པ་མེད་པ་ནི་སླུ་བའི་ཆོས་ཅན་དུ་གསུངས་པས་ཤེས་སོ། །

以說彼智前無世俗諦，謂欺誑法，故可證知。

དོན་བསྡུ་ན་ཆོས་རྣམས་རང་གི་མཚན་ཉིད་ཀྱིས་གྲུབ་ན་འདུ་བྱེད་རྣམས་བརྫུན་པ་སླུ་བའི་ཆོས་ཅན་དུ་མི་འགྲུབ་པས། ཀུན་རྫོབ་བདེན་པ་མེད་པའི་ཕྱིར་བདེན་པ་གཉིས་མེད་པར་འགྱུར་ལ། རང་གི་མཚན་ཉིད་ཀྱིས་གྲུབ་པ་མེད་པའི་ཕྱོགས་ལ་ནི། ཀུན་རྫོབ་དང་དོན་དམ་བདེན་པ་གཉིས་ཀ་ཡོད་ཅེས་པའི་དོན་ནོ། །

總之，若諸法由自相有，則諸行不成虛妄欺誑之法，由無世俗諦故二諦俱無。無自相宗乃有世俗、勝義二諦。

གལ་ཏེ་སྔར་གྱི་ལུང་གིས་མྱང་འདས་གཅིག་པུ་བདེན་གྱི། འདུ་བྱེད་གཞན་བརྫུན་པར་གསུངས་པས་འདུས་བྱས་རྣམས་རང་གི་མཚན་ཉིད་ཀྱིས་མ་གྲུབ་ཀྱང་། མྱང་འདས་དོན་དམ་པའི་བདེན་པ་རང་གི་མཚན་ཉིད་ཀྱིས་གྲུབ་པ་མ་ཡིན་ནམ་སྙམ་ན།

設作是念，前經既說，唯涅槃諦實，餘諸行虛妄。諸有爲法雖無自相，涅槃勝義諦，寧非由自相有耶?

དེའི་བདེན་པ་ནི་མདོ་ཉིད་ལས་མི་སླུ་བའི་ཆོས་ཅན་ཞེས་གསུངས་པས་མི་སླུ་བའི་དོན་དུ་བཤད་ཀྱི། རང་བཞིན་གྱིས་གྲུབ་པའི་བདེན་པ་ནི་མ་ཡིན་ནོ། །འདུ་བྱེད་ཐམས་ཅད་ནི་བརྫུན་པ་སླུ་བའི་ཆོས་ཅན་ཞེས་གསུངས་པས་ཀྱང་སྔ་མའི་བདེན་པ་མི་སླུ་བའི་དོན་དུ་ཤེས་སོ། །

曰：涅槃之諦，經說爲不欺誑法，故是不欺誑義，非有自性之諦實。由說一切諸行皆是虛妄欺誑之法，亦可證知前所說諦是不欺之義也。

རིགས་པ་དྲུག་ཅུ་པའི་འགྲེལ་པ་ལས་ཀྱང་། འདུས་བྱས་ལོག་པར་སྣང་ནས་བྱིས་པ་སླུ་བར་བྱེད་པ་བཞིན་དུ། མྱང་འདས་དོན་དམ་པས་དེ་ལྟར་སྣང་ནས་མི་སླུ་བས་མྱང་འདས་བདེན་པ་དང་། གཞན་རྣམས་མི་བདེན་པར་གསུངས་པར་བཤད་པས། བདེན་མི་བདེན་གཉིས་སུ་ཕྱེ་བ་ནི་སླུ་མི་སླུའི་དོན་ཡིན་པར་གདོན་མི་ཟ་བར་འདོད་པར་བྱའོ། །

《六十正理論釋》亦云:「如有爲法顛倒顯現欺誑愚夫。涅槃勝義,則不如是顯現欺誑。故說涅槃諦實,餘不諦實。」故定應許,此分諦不諦實,是欺不欺誑之義。

རིགས་པ་དྲུག་ཅུ་པའི་འགྲེལ་པ་ལས་མྱང་འདས་ཀུན་རྫོབ་ཏུ་བདེན་པར་གསུངས་པ་ནི། མྱང་འདས་དོན་དམ་པའི་བདེན་པར་ཡོད་པ་ཀུན་རྫོབ་པའི་ངོར་འཇོག་པའི་དོན་ཡིན་གྱི། ཐ་སྙད་དུ་དེ་བདེན་པར་བཞེད་པ་མིན་ནོ། །

《六十正理論釋》說涅槃於世俗爲諦者,義謂就世俗前,安立涅槃勝義爲有,非許涅槃於名言中爲諦實也。

དེ་ལྟར་ན་ཀུན་རྫོབ་ཀྱི་བདེན་པ་ནི་དོན་དམ་བདེན་པ་ལ་འཇུག་པའི་ཐབས་ཡིན་པའི་ཕྱིར། བདག་དང་གཞན་ལས་སྐྱེ་བ་མ་དཔྱད་པར་འཇིག་རྟེན་པའི་ལུགས་ཀྱིས་ཐ་སྙད་བྱེད་པ་བཞིན་དུ། དབུ་མ་པས་ཀྱང་ཁས་ལེན་པར་བྱེད་དོ། །

由世俗諦是悟入勝義諦之方便,故中觀師,應如世人安立名言,亦不觀察自生他生,而許爲有。頌曰:

གང་ཕྱིར་དངོས་པོ་འདི་དག་རྣམ་དཔྱད་ན། །དེ་ཉིད་བདག་ཅན་དངོས་ལས་ཚུ་རོལ་ཏུ། །
གནས་རྙེད་མ་ཡིན་དེ་ཕྱིར་འཇིག་རྟེན་གྱི། །ཐ་སྙད་བདེན་ལ་རྣམ་པར་དཔྱད་མི་བྱ། །

設若觀察此諸法,離真實性無[①]可得,
是故不應妄觀察,世間所有名言諦。

འདི་ལྟར་གང་གི་ཕྱིར་གཟུགས་དང་ཚོར་བ་ལ་སོགས་པའི་དངོས་པོ་འདི་དག་ནི། ཅི་བདག་ལས་སྐྱེ་བ་ཞིག་གམ། ཅིག་གཞན་ལས་སྐྱེ་བ་ཞིག་ཅེས་དེ་ལྟ་བུ་ལ་སོགས་པར་རྣམ་པར་དཔྱད་པ་ན། དེ་ཁོ་ན་ཉིད་ཀྱི་བདག་ཉིད་ཅན་གྱི་དོན་དམ་པར་མ་སྐྱེས་པ་དང་མ་འགགས་པ་ལས། ཚུ་རོལ་ཏེ་གཞན་དུ་གྱུར་པའི་ཆ་སྐྱེ་བ་ལ་སོགས་པ་ཅན་ལ་གནས་པ་རྙེད་པ་མ་ཡིན་ཏེ།

設若觀察此色受等法,爲從自生,爲從[②]他生等,則唯見真實性,勝義無生無滅,離實性外,別無生等可得。

དེའི་ཕྱིར་འཇིག་རྟེན་ཐ་སྙད་ཀྱི་བདེན་པ་ལ་བདག་དང་གཞན་ལས་ཞེས་བྱ་བ་དེ་ལྟ་བུ་ལ་སོགས་པའི་རྣམ་

---

① 「無」,頌作「不」。
② 「從」,民族本作「復」。

པར་དཔྱད་པར་མི་བྱ་བར། འཇིག་རྟེན་པས་མཐོང་བ་འདི་ཡོད་ན་འདི་འབྱུང་ངོ་ཞེས་བྱ་བ་འདི་ཙམ་ཞིག་གཞན་འཇིག་རྟེན་ལ་རག་ལས་པའི་ཐ་སྙད་ལ་འཇུག་པའི་སྒོ་ནས་ཁས་བླང་བར་བྱ་སྟེ།

故世間名言諦，不應觀察自他生等。唯如世人所見，由此有故彼法生等，以是世間悟入名言之門，則應受許。

འཕགས་པ་ལྷས། ཇི་ལྟར་ཀླ་ཀློ་སྐད་གཞན་གྱིས། །གཟུང་བར་མི་ནུས་དེ་བཞིན་དུ། །འཇིག་རྟེན་པ་ཡི་མ་གཏོགས་པར། །འཇིག་རྟེན་གཟུང་བར་ནུས་མ་ཡིན། །ཞེས་དང་།

提婆菩薩云：「如於蔑戾車，餘言不能化，如是世未知，不能教世間。」

རྩ་ཤེས་ལས་ཀྱང་། ཐ་སྙད་ལ་ནི་མ་བརྟེན་པར། །དམ་པའི་དོན་ནི་རྟོགས་མི་འགྱུར། །དམ་པའི་དོན་ནི་མ་རྟོགས་པར། །མྱ་ངན་འདས་པ་ཐོབ་མི་འགྱུར། །ཞེས་དང་།

《中論》亦云：「若不依俗諦，不得第一義，不得第一義，則不得涅槃。」

རྩོད་ཟློག་ལས། ཐ་སྙད་ཁས་ནི་མ་བླངས་པར། །ངེད་ཅག་འཆད་པར་མི་བྱེད་དོ། །ཞེས་གསུངས་སོ། །

《迴諍論》云：「若不受名言，我等不能說。」

འདིར་དཔྱད་མ་དཔྱད་ནི་དེ་ཁོ་ན་ཉིད་ལ་དཔྱད་མ་དཔྱད་ཡིན་ལ། དེ་ཡང་དཔྱོད་ལུགས་ཇི་ཙམ་ཞིག་ནས་དེ་ཁོ་ན་ཉིད་ལ་དཔྱད་པར་འགྲོ་བ་ཤེས་པ་གལ་ཆེ་བས་ཅུང་ཟད་བཤད་ན་ཐལ་འགྱུར་བའི་ལུགས་ཀྱིས་ནི། ཐ་སྙད་གདགས་པས་མ་ཆོག་པར་མྱུ་གུ་སྐྱེ་ཞེས་པ་ལྟ་བུ་ལ། དེ་ལྟར་བཏགས་པའི་བཏགས་དོན་བདག་གམ་གཞན་ལས་སྐྱེ་ཞེས་ཚོལ་བ་ནས་དེ་ཁོ་ན་ཉིད་ལ་དཔྱོད་པར་འཇོག་གོ །

卷七

此中所言觀不觀察，是說觀不觀察真實義。此復了知齊何觀察是觀察真實義，最爲切要，故當略說。應成派說，若唯假名猶嫌不足，如云芽生，必須尋求此假立義，爲從自生，抑從他生。即安立爲觀真實義。

དེའི་ཕྱིར་འཇིག་རྟེན་གྱི་ཐ་སྙད་ཀྱིས་གང་ནས་འོངས་གང་དུ་འགྲོ་ཞེས་པ་དང་། ཕྱི་དང་ནང་གང་ན་ཡོད་ཅེས་སོགས་ཀྱི་དཔྱད་པ་རྣམས་དང་གཏན་མི་འདྲ་བ་ཤེས་པར་བྱའོ། །

故與世間言說，從何處來，向何處去，及言在內在外等之觀察，極不相同。

རང་རྒྱུད་པ་རྣམས་ཀྱིས་ནི་དེ་ཙམ་ནས་དེ་ཁོ་ན་ཉིད་ལ་དཔྱོད་པར་མི་འཇོག་གི །སྔར་བཤད་པ་བཞིན་གྱི་ཤེས་པ་ལ་སྣང་བའི་དབང་གིས་ཡོད་པར་བཞག་གམ། དེའི་དབང་གིས་བཞག་པ་མིན་པའི་དོན་གྱི་སྡོད་ལུགས་ནས་གྲུབ་པ་ཡིན་དཔྱོད་པ་ནས། དེ་ཁོ་ན་ཉིད་ལ་དཔྱོད་པར་འགྲོ་སྟེ། དགག་བྱའི་ངོས་འཛིན་མི་འདྲ་བའི་གནད་ཀྱིས། དེ་ཁོ་ན་ཉིད་ལ་དཔྱོད་མཚམས་ཀྱང་མི་འདྲ་བ་གཉིས་འོང་ངོ་། །

自續諸師，唯彼觀察，猶不立爲觀真實義，要如前說，觀其爲由於識顯現增上安立爲有，抑非由彼增上安立，是由彼義實體而有。如是乃是觀真實義。由明所破不同之關係，故觀察真實義之界限，亦不相同。

དེ་ལྟར་མ་གོ་བར་དཔེར་ན་གནས་འདིར་ལྷས་བྱིན་དོན་ལ་མ་འོངས་པ་ལ། དང་པོ་འོངས་པར་འཁྲུལ་དེ་ནས་འོངས་མ་འོངས་བརྟགས་པ་ན། མ་འོངས་པར་ཤེས་པ་ལྟ་བུ་ལ་བྱས་ནས། མ་དཔྱད་པའི་རྣམ་གཞག་ཐམས་ཅད་ལོག་པའི་དོན་ཅན་ཁོ་ན་དང་། དཔྱད་པའི་རྣམ་གཞག་རྣམས་མ་ལོག་པར་འདོད་པ་ནི་དབུ་ཚད་གང་གི་ཡང་ལུགས་མ་ཡིན་ཏེ། གཉིས་ཀའི་ལུགས་ཀྱིས་མ་དཔྱད་པའི་རྣམ་གཞག་ལ་ཚད་མས་གྲུབ་པ་དུ་མ་ཞིག་འབྱུང་བའི་ཕྱིར་རོ། །རྒྱས་པར་གཞན་དུ་བཤད་ཟིན་པས་མ་སྤྲོས་སོ། །

有未解此義者，妄謂譬如此處，天授實不曾來，誤彼已來，次審觀察爲來未來，乃知其未來。凡一切不觀察之建立，皆是顛倒，觀察之建立乃不顛倒。此說俱非中觀因明之義，以彼二派不觀察之建立，皆有無量以正量成立之事故。餘處已廣說，故不煩①贅。

དེ་ལྟར་དེ་ཁོ་ན་ཉིད་ལ་དཔྱོད་པའི་རིགས་པས་ཀུན་རྫོབ་པ་རྣམས་ལ་དཔྱོད་ན་ནི། འཇིག་རྟེན་པའི་ཐ་སྙད་ཐམས་ཅད་ཉམས་པར་འགྱུར་བར་ཤེས་པར་བྱའོ། །

如是當知，若以觀察真實義之正理觀世俗法，則一切世間名言，皆當失壞。

གསུམ་པ་ནི། ཅི་སྟེ་ཡང་དེ་ལྟར་དངོས་པོ་ལ་བདེན་པར་མངོན་པར་ཞེན་པ་ཐམས་ཅད་གཅོད་པ་ན། བྱེད་ཤ་འཐོན་པ་ཐ་སྙད་ཀྱི་བདེན་པ་ལ་བདེན་པར་ཞེན་པ་འདི་གང་ཀུན་བྱང་གཉིས་ཀྱི་འཆིང་གྲོལ་གྱི་རྒྱུར་འགྱུར་བ། རྫས་ཏེ་རང་གི་མཚན་ཉིད་ཀྱིས་གྲུབ་པའི་བདག་ཉིད་འགའ་ཞིག་ཏུ་སྐྱེ་བར་འགྱུར་བ་ཞིག་བྱ་དགོས་སོ་ཞེས་སྨྲ་ན། དེ་སྐད་དུ་སྨྲ་བ་ལ་ནི་ཚིག་ཙམ་ཞིག་ལྷག་མར་ལུས་པར་འགྱུར་རོ། །

未三、應不能破勝義生。如是於一切法上破實執時，其執名言諦實有者，驚惶失措大聲呼曰：自相實體，爲雜染、清淨、繫縛、解脫之因，應許有生也。彼雖作是說，亦唯存空言。

ཅིའི་ཕྱིར་ཞེ་ན།

何以故？頌曰：

① 「煩」，上海本、民族本、校正本及PDF均作「繁」。

入中論善顯密意疏

དེ་ཉིད་སྐབས་སུ་རིགས་པ་གང་ཞིག་གིས། །བདག་དང་གཞན་ལས་སྐྱེ་བ་རིགས་མིན་པའི། །
རིགས་དེས་ཐ་སྙད་དུ་ཡང་རིགས་མིན་པས། །ཁྱོད་ཀྱི་སྐྱེ་བ་གང་གིས་ཡིན་པར་འགྱུར། །

於真性時以何理，觀自他生皆非理，
彼觀名言亦非理，汝所計生由何成。

ཇི་ལྟར་དེ་ཁོ་ན་ཉིད་དོན་དམ་པ་ལ་དཔྱོད་པའི་སྐབས་སུ། ཇི་སྐད་བཤད་པའི་རིགས་པ་གང་ཞིག་གིས་གཟུགས་སོགས་བདག་དང་གཞན་ལས་སྐྱེ་བ་རིགས་པ་མིན་པ་དེ་བཞིན་དུ། ཐ་སྙད་དུ་ཡང་རིགས་པ་དེ་ཉིད་ཀྱིས་སྐྱེ་བར་རིགས་པ་མིན་པས། ཁྱོད་ཀྱི་རང་བཞིན་གྱིས་སྐྱེ་བ་ཚད་མ་གང་གིས་འགྲུབ་པར་འགྱུར་ཏེ་མི་འགྱུར་རོ། །

如以觀真實勝義時所說正理，觀察色等自生他生皆不應理。如是即以彼理觀察名言，亦不應理，則汝所計之自性生，爲由何量成立?

དེའི་ཕྱིར་རང་གི་མཚན་ཉིད་ཀྱིས་སྐྱེ་བ་ནི་བདེན་པ་གཉིས་ཅར་དུ་ཡང་ཡོད་པ་མ་ཡིན་ནོ་ཞེས་མི་འདོད་བཞིན་དུ་ཡང་། གདོན་མི་ཟ་བར་ཁས་བླང་བར་བྱའོ་ཞེས་གསུངས་པས།

由自相生，二諦俱無，汝雖不樂亦定當受許也。

དེ་ཁོ་ན་ཉིད་ལ་དཔྱོད་པའི་རིགས་པས་ཐ་སྙད་དུ་ཡང་སྐྱེ་བ་འགོག་པའི་སྐྱེ་བ་ནི། མཚམས་སྦྱོར་དུ་རྫས་ཀྱི་བདག་ཉིད་ཀྱི་སྐྱེ་བ་ལ་བཤད་ཅིང་། དོན་བསྡུར་སྔར་ལྟར་བཤད་པས་རང་གི་མཚན་ཉིད་ཀྱིས་སྐྱེ་བ་ཞེས་དགག་བྱ་ལ་ཁྱད་པར་སྦྱར་བ་ཁོ་ན་ལ་ཡིན་གྱི། སྐྱེ་ཙམ་ལ་ནི་གཏན་མིན་ཏེ། ཐ་སྙད་པའི་དོན་ལ་དོན་དམ་པའི་དཔྱད་པ་བྱར་མི་རུང་བར་ལན་དུ་མར་གསུངས་པའི་ཕྱིར་རོ། །

其以觀真實義正理①，於名言中所破之生，在接續文中謂「實體之生」，在結文中則如上說。故皆是於所破上加「自相生」之簡別，非破總生。於名言義不可作勝義觀察，已數宣說故。

དེ་ཁོ་ན་ཉིད་ལ་དཔྱོད་པའི་རིགས་པས་ཐ་སྙད་དུ་རང་གི་མཚན་ཉིད་ཀྱིས་གྲུབ་པའི་སྐྱེ་བ་མི་ཁེགས་ན། དོན་དམ་པར་གྲུབ་པའི་སྐྱེ་བ་ཡང་མི་ཁེགས་པར་བཞེད་པ་ནི་རང་གི་མཚན་ཉིད་ཀྱིས་གྲུབ་པ་ཙམ་ནས་བདེན་གྲུབ་ཏུ་འགྱུར་བས། དེ་ལ་ཐ་སྙད་དུ་ཞེས་སྦྱར་མ་སྦྱར་འདྲ་བར་བཞེད་པའོ། །

若觀察真實義之正理，不能於名言中破自相生，應許亦不能破勝義生。以有自相即成實有，故加不加名言簡別，都無差別。

---

① 「真實義正理」，民族本作「真實義之正理」。

དེ་ལྟར་ན་དགག་བྱ་ལ་རང་གི་མཚན་ཉིད་ཀྱིས་དང་། རང་བཞིན་གྱིས་དང་། རང་གི་ངོ་བོ་ཉིད་ཀྱིས་ཞེས་སོགས་ཀྱི་ཁྱད་པར་སྦྱར་བ་ནི་མཐའ་ཡས་པ་ཅིག་མདོ་སྡེ་དང་། ཡབ་སྲས་གཉིས་དང་སློབ་དཔོན་འདིའི་གཞུང་ལས་འབྱུང་ལ། དེ་འདྲ་བ་དེ་འགོག་པའི་ཚེ་དབུ་མ་པ་ཁ་ཅིག་ཕྱོགས་སྔར་བྱས་པ་ནི་སྔར་བཤད་པ་དང་།

如是於所破上，加自相、自體、自性等簡別者，於佛經中及龍猛師資，並此論師之論中，數見不尠。破彼等時，有一類中觀師亦是敵者，如前已說。

ཚིག་གསལ་ལས་ཀྱང་། འདི་ནི་དེ་ཁོ་ན་ལྟར་གདོན་མི་ཟ་བར་ཁས་བླང་བར་བྱ་སྟེ། དེ་ལྟ་མ་ཡིན་ན་ཀུན་རྫོབ་འཐད་པ་དང་ལྡན་པ་མ་ཡིན་ནམ། དེས་ན་འདི་དེ་ཁོ་ན་ཉིད་དུ་འགྱུར་གྱི་ཀུན་རྫོབ་ཏུ་མི་འགྱུར་རོ། །ཞེས་ཐ་སྙད་དུ་བཏགས་པ་ཙམ་གྱིས་མི་ཆོག་པར་བཏགས་དོན་བཙལ་བའི་དཔྱད་པ་བྱས་ནས་ཐ་སྙད་པའི་དོན་འཇོག་པ་བཀག་པ་ན།

《顯句論》亦云：「此唯應如是許，若不爾者，寧非世俗亦具正理。以是則成真實義，非世俗法。」此破「唯以假名猶覺不足，必要觀察假立之義，乃能安立名言義者」。

དེ་ལྟ་ན་དོན་དམ་པར་ཡོད་པར་འགྱུར་བ་དང་། གཟུགས་སོགས་ཀུན་རྫོབ་པར་མི་འགྱུར་ཞེས་གཟུགས་སོགས་དོན་དམ་དུ་གྲུབ་པར་ཁས་མི་ལེན་པ་དང་། ཀུན་རྫོབ་པར་འཇོག་པ་ཞིག་ལ་འཕེན་ལ། དེ་ཡང་དངོས་པོར་སྨྲ་བ་ལ་མིན་པས་དབུ་མ་རང་རྒྱུད་པ་ཡིན་པར་ཤིན་ཏུ་གསལ་ལོ། །

如是則色等成勝義有，非世俗有。此是與不許勝義有，而許世俗有者所出過難。此復非說實事師，故是說自續中觀師，極為明顯。

འདིར་སློབ་དཔོན་གྱིས་ཁ་ཅིག་འཕགས་པའི་ཞལ་སྔ་ནས། བདག་ལས་མ་ཡིན་གཞན་ལས་མིན། །ཞེས་སོགས་ཀྱི་གཞུང་གིས་སྐྱེ་བ་སོགས་བཀག་པ་ནི། གཟུང་འཛིན་རྫས་ཐ་དད་པའི་ཀུན་བཏགས་ཀྱི་སྐྱེ་བ་སོགས་བཀག་པ་ཡིན་གྱི། གཞན་དབང་བདེན་པ་བཀག་པ་མིན་པར་འདོད་པ་འདི་ཡང་། དེ་ལྟར་འགྲེལ་པའི་གཏན་ཚིགས་མེད་པར་མི་འགྲུབ་པས། དེ་སྐད་དུ་སྨྲ་བ་ལ་ནི་བརྒལ་ཞིང་བརྟག་པར་བྱ་བ་ཁོ་ནའོ། །ཞེས་བཤད་པའི་ཕྱོགས་སྔ་སྨྲ་བ་ནི། སྔ་རབས་པ་ཁ་ཅིག་སློབ་དཔོན་བློ་བརྟན་ལ་སོགས་པ་ཡིན་པར་སྨྲ་མོད་ཀྱང་། དེའི་གཞུང་ན་དེ་ལྟར་བཤད་པ་མི་སྣང་ངོ། །

論師又云：「有謂龍猛菩薩言『非自非從他』等破生者，是破異體能取所取遍計執生，非破依他起實有。此解無因不能成立，作是說者唯應結難。」此中敵者，先覺有說是安慧論師者，然安慧論中全無彼說。

བཞི་བརྒྱ་པའི་འགྲེལ་བར་སློབ་དཔོན་ཆོས་སྐྱོང་གིས་བཞི་བརྒྱ་པའི་ལྟ་བ་སེམས་ཙམ་དུ་བཀྲལ་བར་བཤད་པས་དེ་ལ་སྦྱར་ན་འགྲིག་གོ །

護法論師釋《四百論》作唯識解，似是指彼。

འོ་ན་ཟབ་མོའི་མདོའི་དོན་སེམས་ཙམ་དུ་འགྲེལ་བ་རྣམས་ཀྱིས་འཕགས་པའི་གཞུང་རྣམས་ཀྱི་དོན་ཇི་ལྟར་དུ་འགྲེལ་ཞེ་ན། སློབ་དཔོན་དབྱིག་གཉེན་ལ་སོགས་པའི་ཆེན་པོ་རྣམས་ཀྱི་གཞུང་ན། ཀླུ་སྒྲུབ་ཀྱི་གཞུང་གི་དོན་འདི་ལྟར་འགྲེལ་བ་ཡིན་ཞེས་གསལ་བར་མི་སྣང་ཡང་།

若爾將甚深經義作唯識解者，於龍猛論義，當如何釋？世親菩薩等之論中，未見解釋龍猛菩薩之論義。

རྣམ་བཤད་རིགས་པ་ལ་སོགས་པར་དགོངས་འགྲེལ་གྱི་མདོ་ལ་བརྟེན་ནས་ཤེར་ཕྱིན་གྱི་མདོ་དྲང་དོན་དུ་འཆད་པར་སྣང་བས། དེ་བཞིན་དུ་འཆད་པར་མངོན་ཏེ་འཕགས་པའི་གཞུང་འགོག་པ་ནི་མི་སྲིད་ལ། སྒྲ་ཇི་བཞིན་པར་འཆད་ན་ནི་ཤེར་ཕྱིན་གྱི་མདོ་སྒྲ་ཇི་བཞིན་པར་མི་འཆད་པ་མི་མཛད་ཅིག །སྒྲ་ཇི་བཞིན་པ་དྲང་དོན་དུ་བཤད་ན་དེའི་དོན་སེམས་ཙམ་དུ་འཆད་དགོས་པའི་ཕྱིར་རོ། །

唯《釋正理論》等，皆依《解深密經》，釋《般若經》爲不了義，應如是釋。以龍猛諸論未有破者，若如言解釋，則《般若經》亦應如言解釋。若說彼言爲不了義，則須將彼義作唯識釋也。

འོན་ཀྱང་ཆོས་ཐམས་ཅད་དོན་དམ་པར་མ་གྲུབ་པ་དང་། རང་གི་མཚན་ཉིད་ཀྱིས་མ་གྲུབ་པར་བཤད་པ་རྣམས་སྒྲ་ཇི་ལྟ་བ་བཞིན་དུ་རིགས་པས་འགྲུབ་པས། སྒྲ་ཇི་བཞིན་པ་ལ་གནོད་པ་མེད་པའི་ཕྱིར། དྲང་དོན་དུ་འགྲེལ་མི་ནུས་པ་ལ་དགོངས་ནས། བརྒལ་ཞིང་བརྟག་པར་བྱ་བ་ཁོ་ནའོ་ཞེས་གསུངས་ཏེ། སྒྲ་ཇི་བཞིན་པའི་བཟློག་ཕྱོགས་ལ་གནོད་བྱེད་དང་། དྲང་ཐད་ལ་སྒྲུབ་བྱེད་མཐའ་ཡས་པ་ཞིག་སྟོན་པ་ནི། གཞུང་གི་དོན་རྣམ་པ་གཞན་དུ་དྲང་དུ་མི་རུང་བར་སྒྲུབ་པ་ཡིན་པས་འདིར་མདོ་ཙམ་ལས་མ་གསུངས་སོ། །

然論說一切諸法非勝義有，非自相有。此如言義有理成立，無能違害，不可解釋爲不了義。故密意說「唯應結難」。於如言義，舉無量能立，於相違品出無量結難。即是成立彼教義不可引作別解也。

卷七

གཉིས་པ་ནི། གལ་ཏེ་རང་གི་མཚན་ཉིད་ཀྱིས་གྲུབ་པའི་སྐྱེ་བ་བདེན་པ་གཉིས་ཅར་དུ་ཡང་མེད་ན། གཟུགས་ལ་སོགས་པ་རྣམས་མེད་པར་འགྱུར་ལ། དེ་ལྟ་ན་གཟུགས་ལ་སོགས་པའི་ངོ་བོ་མིག་ལ་སོགས་པའི་ཤེས་པ་ལ་འཇིག་རྟེན་དུ་དམིགས་པར་མི་འགྱུར་ཏེ། དེ་ལྟ་མ་ཡིན་ན་རི་བོང་གི་རྭ་ལ་སོགས་པ་ཡང་མིག་ལ་སོགས་པའི་ཤེས་པ་ལ་སྣང་བར་འགྱུར་ཏེ། རྒྱུ་མཚན་ཀུན་ནས་མཚུངས་པའི་ཕྱིར་རོ་ཞེ་ན།

午二、**釋妨難**。問：若自相生二諦都無，則無色等。世間眼等識應不可見色等體性。若不爾者，應眼等識亦見兔角，理相等故。頌曰：

དངོས་པོ་སྟོང་པ་གཟུགས་བརྙན་ལ་སོགས་པ། །ཚོགས་ལ་ལྟོས་རྣམས་མ་གྲགས་པ་ཡང་མིན། །
ཇི་ལྟར་དེར་ནི་གཟུགས་བརྙན་སོགས་སྟོང་ལས། །ཤེས་པ་དེ་ཡི་རྣམ་པ་སྐྱེ་འགྱུར་ལྟར། །
དེ་བཞིན་དངོས་པོ་ཐམས་ཅད་སྟོང་ན་ཡང་། །སྟོང་ཉིད་དག་ལས་རབ་ཏུ་སྐྱེ་བར་འགྱུར། །

如影像等法本空，觀待緣合非不有，
於彼本空影像等，亦起具①彼行相識，
如是一切法雖空，從空性中亦得生。

དེའི་ལན་བཤད་པ། དངོས་པོ་སྟོང་པ་སྟེ་བརྫུན་པ་གཟུགས་བརྙན་དང་ལ་སོགས་པས་སྒྲ་བརྙན་ལ་སོགས་པ་རྣམས། མེ་ལོང་དང་བྱད་བཞིན་དང་བྲག་ཕུག་དང་། སྒྲ་སྒྲུང་བ་སོགས་ཀྱི་རྒྱུ་རྐྱེན་གྱི་ཚོགས་པ་ལ་ལྟོས་པ་སྟེ་བརྟེན་ནས་སྐྱེ་བ་འཇིག་རྟེན་ན་མ་གྲགས་པ་ཡང་མིན་ཏེ་གྲགས་སོ། །

法本空謂虛妄影像等，「等」谷響等。依待明鏡、本質、空谷、發聲等因緣合集，便生影、響等，非是世間不許有者。

ཇི་ལྟར་འཇིག་རྟེན་ལ་གྲགས་པ་དེར་ནི་གཟུགས་བརྙན་ལ་སོགས་པ་སྟོང་བ་སྟེ་བརྫུན་པ་བས། མིག་ལ་སོགས་པའི་ཤེས་པ་གཟུགས་བརྙན་ལ་སོགས་པ་དེ་ཡི་རྣམ་པ་ཅན་སྐྱེ་བར་འགྱུར་བ་ལྟར། བརྫུན་པའི་གཟུགས་བརྙན་ལས་བརྫུན་པའི་རྣམ་པ་ཅན་གྱི་ཤེས་པ་སྐྱེ་བ་དེ་བཞིན་དུ། དངོས་པོ་ཐམས་ཅད་རང་གི་མཚན་ཉིད་ཀྱིས་གྲུབ་པས་སྟོང་ན་འང་། དེས་སྟོང་པའི་རྒྱུ་དག་ལས་དེས་སྟོང་པའི་འབྲས་བུ་རབ་ཏུ་སྐྱེ་བར་འགྱུར་རོ། །

於彼世間所許有中，從虛妄之影像等，亦生具彼影像等行相之眼等諸識。如從虛妄影像，生虛妄行相之識，如是一切法，雖皆自相本空，然從自相空之因，亦得生自相空之果。

འདིར་གཟུགས་བརྙན་ལས་ནི་དེ་འཛིན་པའི་མིག་ཤེས་སྐྱེ་བར་གསུངས་པས། གཟུགས་བརྙན་དངོས་པོ་ཡིན་ཞིང་ཤེས་པ་དང་ངོ་བོ་ཐ་དད་པས་ནི། ཕྱི་རོལ་གྱི་དོན་ཡིན་ལ་དེ་ཡང་མིག་ཤེས་ཀྱི་དམིགས་རྐྱེན་ཡིན་པས། གཟུགས་ཀྱི་སྐྱེ་མཆེད་དུ་བཞེད་པ་ཡིན་ཏེ། ཟླ་གཉིས་དང་སྐྲ་ཤད་དུ་སྣང་བ་དང་སྒྱུ་མ་སོགས་དང་། སྒྲ་བརྙན་སོགས་

① 「具」，頌作「見」。

ལ་ཡང་དེ་བཞིན་དུ་ཤེས་པར་བྱའོ། །

此說從影像生緣影像之眼識，故知影像亦是有事。由與內識體異，故是外境，復是眼識之所緣緣，故許爲色處。第二月、毛輪相、幻相、谷響等，應知亦爾。

དེ་ལྟར་ན་དབང་ཤེས་འཁྲུལ་པ་ལ་སྣང་བའི་བྱད་དང་ཟླ་གཉིས་དང་སྐྲ་ཤད་སོགས་ནི། དབང་པོ་ལ་འཁྲུལ་གྱི་གནོད་པ་མེད་པའི་ཤེས་པ་ལྔ་ལ་སྣང་བའི་རང་གི་མཚན་ཉིད་ཀྱིས་གྲུབ་པ་དང་འདྲའོ། །

如是應知，錯亂根識所見之本質、第二月、毛輪等，與無現前錯亂之五根識所見之自相相同。

བྱད་བཞིན་སོགས་མི་སྲིད་ཀྱང་དེར་སྣང་བ་ནི་རང་གི་མཚན་ཉིད་ཀྱིས་གྲུབ་པ་ནི་སྲིད་ཀྱང་དེར་སྣང་བ་དང་འདྲའོ། །

本質等本來非有而現有本質，於本無自相現爲有自相相同。

གཟུགས་བརྙན་དང་སྒྲ་བརྙན་ལ་སོགས་པ་ནི་གཟུགས་དང་སྒྲ་ལ་སོགས་པ་དང་འདྲ་བས། དེས་ན་གཟུགས་སོགས་ལྔ་རང་བཞིན་གྱིས་གྲུབ་པ་ཕྱི་རོལ་ཏུ་མི་འཇོག་ཀྱང་དེར་སྣང་བའི་གཟུགས་སོགས་ཕྱི་རོལ་ཏུ་འཇོག་པ་བཞིན་དུ། གཟུགས་བརྙན་སོགས་བྱད་བཞིན་ཡིན་པ་སོགས་ཕྱི་རོལ་ཏུ་མི་འཇོག་ཀྱང་།

影像與谷響等，與色聲等相同。以是色等五境爲有自相雖不立爲外境，而現爲有自相之色等，則立爲外境，如是影像等爲本質雖不立爲外境，

གཟུགས་བརྙན་སོགས་ཕྱི་རོལ་ཏུ་འཇོག་སྟེ་དེ་གཉིས་ཕྱི་རོལ་ཏུ་འཇོག་མི་འཇོག་མཚུངས་པ་ཡིན་ནོ། །

其影像等亦可立爲外境。故彼二法可否立爲外境相同。

གཟུགས་བརྙན་བྱད་བཞིན་གྱིས་སྟོང་པ་ཙམ་གྱི་བརྫུན་པ་ནི། སྟོང་ཉིད་སྟོན་པའི་ལུང་རིགས་གང་ལ་ཡང་བློ་ཁ་མ་ཕྱོགས་པའི་འཇིག་རྟེན་པའི་རྒན་པོ་བརྡ་བྱང་ཐམས་ཅད་ཀྱིས་འགྲུབ་པས། དེ་ལྟར་རྟོགས་པ་དེ་རིགས་ཤེས་རགས་པ་ཅིག་ཏུ་འདོད་པ་ནི་མི་རིགས་པ་ཁོ་ནའོ། །

影像空無本質之虛妄義，世間老人，全未學習空性之教理者，亦能了知。故說了解彼義，是一種粗淺理智，不應道理。

གལ་ཏེ་དེ་ལྟ་ན་ནི་གཟུགས་བརྙན་བརྫུན་པར་གྲགས་པ་དེ་གྲུབ་ཀྱང་། དབུ་མ་པས་བཞག་པའི་བརྫུན་པར་མི་འགྲུབ་པས། སྔ་མ་དེ་ཕྱི་མའི་དཔེར་ཇི་ལྟར་འགྱུར་ཞེ་ན།

問：若爾，雖已成立世人所說之影像虛妄，仍不成立中觀所立之虛妄。前者如何爲後者喻？

སྐབས་འདིར་གཟུགས་བརྙན་སོགས་དཔེར་བཀོད་པ་ནི་འཇིག་རྟེན་པས་གྲུབ་ཟིན་དཔེར་འགོད་པ་ཡིན་གྱི། དབུ་མ་པས་བརྫུན་པར་བཞག་པ་གྲུབ་ཟིན་པ་ཅིག་དཔེར་འགོད་པ་མིན་ནོ། །

答：此舉影像等喻，是舉世間已極成者為喻，非以中觀所立之虛妄已極成者為喻。

དེ་ཡང་བྱད་བཞིན་དུ་སྣང་བའི་གཟུགས་བརྙན་ལྟ་བུ་དེ་ལ་སྣང་བའི་སྟེང་ནས་ཆ་འདི་ཙམ་ཞིག་བྱད་བཞིན་དུ་སྣང་ལ། འདི་ཙམ་ཞིག་བྱད་བཞིན་དུ་མི་སྣང་ངོ་ཞེས་རྣམ་པ་ཐམས་ཅད་དུ་དབྱེ་མི་ནུས་ལ། བྱད་བཞིན་གྱི་གང་སྣང་གི་ཆ་ཐམས་ཅད་ནས་སྣང་བ་ལྟར་དུ་ཡོད་པས་སྟོང་ཡང་།

此復是以影像現似本質，不能分別此分現似本質，某分不現似本質，雖一切分現似本質如現而空，

རང་གི་རྒྱུ་ལ་བརྟེན་ནས་སྐྱེ་བ་མི་འགལ་བ་དཔེར་བྱས་ནས་དེ་བཞིན་དུ་སྔོན་པོ་རང་གི་མཚན་ཉིད་ཀྱིས་གྲུབ་པར་སྣང་བ་ན་ཡང་། སྔོན་པོའི་སྟེང་ནས་རང་བཞིན་གྱིས་གྲུབ་པར་སྣང་མི་སྣང་གི་ཆ་གཉིས་དབྱེར་མེད་པར་སྣང་ལ། དེ་ལྟར་སྣང་བ་ཡང་གང་སྣང་གི་ཆ་ཐམས་ཅད་ནས་སྣང་བ་ལྟར་དུ་ཡོད་པས་སྟོང་ཡང་། རང་གི་རྒྱུས་བསྐྱེད་པ་དང་རང་གིས་འབྲས་བུ་བསྐྱེད་པ་མི་འགལ་བར་སྒྲུབ་པ་ཡིན་ཏེ།

然依自因生亦不相違。取此為喻，成立青色現似有自相，亦不可分別現不現有自相之二分，如斯顯現雖一切分皆如現而空，然自從因生，亦能生果，都不相違。

བྱད་བཞིན་ཀྱི་གཟུགས་བརྙན་ལ་དེར་གང་སྣང་གི་ཆ་ཐམས་ཅད་ནས་སྣང་བ་ལྟར་དུ་མེད་ཀྱང་གཟུགས་བརྙན་མེད་པར་མི་འགྲོ་བ་ཞིག་འཇོག་ཤེས་ན། སྔོན་པོ་ལ་ཡང་རང་མཚན་གྱིས་གྲུབ་པར་སྣང་བའི་ཆ་ཐམས་ཅད་ནས་སྣང་བ་ལྟར་གྱི་དོན་དུ་མེད་ཀྱང་། སྔོན་པོ་ཡོད་པར་ངེས་པར་འཇོག་ནུས་པ་ཞིག་འོང་ངོ་། །

若能了知，影像現似本質，雖一切分如現非有，然能安立影像不無，則亦能知青色現似有自相，雖一切分如現非有，然能安立青色是有。

ཞིབ་མོའི་བློས་གཟུགས་སོགས་ཀྱི་སྟེང་ནས་འདི་འགོག་འདི་མི་འགོག་ཅེས་པའི་རྣམ་པ་གཉིས་གཟུགས་བརྙན་གྱི་དཔེ་སྟེང་ནས་ཕྱེད་པ་ནི། དབུ་མའི་ལྟ་བ་རྟོགས་པ་ལ་མེད་མི་རུང་དུ་དགོས་པས་ཀློག་ཚོམ་མི་ཉན་ནོ། །

以精細慧辨色等上有破不破之二分，先就影像喻上而分，是求中觀見者必不可少之事，故不應略知便足也。

དེས་ན་འགྲེལ་པ་ལས་ཀྱང་གཟུགས་བརྙན་རང་བཞིན་མེད་པའི་རྒྱུ་དང་འབྲས་བུ་རྣམ་པར་བཞག་པ་ཡང་།

入中論善顯密意疏

ཤེས་བཞིན་དུ་མཁས་པ་སུ་ཞིག་གཟུགས་དང་ཚོར་བ་ལ་སོགས་པ་རྒྱུ་དང་འབྲས་བུ་ལས་ཐ་དད་པ་མེད་པར་གནས་པ་རྣམས་ཡོད་པ་ཙམ་ཞིག་ཏུ་དམིགས་པས། རང་བཞིན་དང་བཅས་པ་ངེས་པར་བྱེད། དེའི་ཕྱིར་ཡོད་པར་དམིགས་ཀྱང་རང་བཞིན་གྱིས་སྐྱེ་བ་མེད་དོ། །ཞེས་ཡོད་ཙམ་དང་རང་བཞིན་གྱིས་ཡོད་པ་དང་། སྔར་སྐྱེ་བར་བསྟན་ལ་འདིར་རང་བཞིན་གྱིས་སྐྱེ་བ་མེད་པར་བསྟན་པས། སྐྱེ་བ་དང་རང་བཞིན་གྱིས་སྐྱེ་བ་གཉིས་སོ་སོར་འབྱེད་པ་ཤིན་ཏུ་གསལ་བར་གསུངས་སོ། །

釋論亦云：「若知影像無自性之因果建立，誰有智者，由見有色受等不異之因果諸法，而定執爲有自性耶？故雖見爲有，亦無自性生。」前說有生，今說無自性生，是明說有與自性有、生與自性生之差別。

དེ་དག་མ་ཕྱེད་ན་དངོས་པོ་ཡོད་ཕྱིན་ཆད་རང་གི་ངོ་བོས་ཡོད་པ་དང་། རང་གི་ངོ་བོས་མེད་ཕྱིན་ཆད་ཡེ་མེད་དུ་སོང་ནས་སྒྲོ་འདོགས་དང་སྐུར་འདེབས་ཀྱི་མཐའ་གཉིས་ལས་མི་འདའ་སྟེ།

若不能分彼等差別，說法是有，便計爲自性有，說自性無，便執爲斷無，終不能出增減二邊。

བརྒྱ་བའི་འགྲེལ་བ་ལས། དངོས་པོ་དངོས་པོ་ཡོད་པར་སྨྲ་བའི་ལྟར་ན་ནི་ཇི་སྲིད་དུ་དངོས་པོ་དེའི་ཡོད་པ་ཉིད་ཡིན་པ་དེ་སྲིད་དུ། དེ་ལྟར་རང་གི་ངོ་བོ་ཡང་ཡིན་པ་ཉིད་ལ། གང་གི་ཚེ་རང་གི་ངོ་བོ་དང་བྲལ་བ་དེའི་ཚེ་དེ་ལ་དངོས་པོ་དེ་རྣམ་པ་ཐམས་ཅད་དུ་མེད་པའི་ཕྱིར། བོང་བུའི་རྭ་དང་འདྲ་བས་གཉིས་སུ་སྨྲ་བ་ལས་མ་འདས་པའི་ཕྱིར། འདིའི་མངོན་པར་འདོད་པ་ཐམས་ཅད་འགྲིག་དཀའ་བར་འགྱུར་རོ། །ཞེས་སོ། །

《四百論釋》云：「如實事師，乃至說彼法有，便計亦有自性。若時捨離自性，便執彼法畢竟非有，如同兔角。如此執著不出二邊，終難合理。」

དེས་ན་རང་གི་ངོ་བོས་མེད་པས་ཡོད་མཐའ་ཐམས་ཅད་དང་། དེ་ཉིད་ལ་རང་བཞིན་མེད་པའི་རྒྱུ་འབྲས་འཇོག་ནུས་པས་མེད་མཐའ་ཐམས་ཅད་ལས་གྲོལ་བ་ནི་སློབ་དཔོན་སངས་རྒྱས་བསྐྱངས་དང་ཟླ་བའི་ཞབས་ཀྱིས་འཕགས་པའི་དགོངས་པ་བཀྲལ་བའི་ཁྱད་ཆོས་སུ་སྣང་བས། ཡོད་པ་གཉིས་དང་མེད་པ་གཉིས་ཕྱེད་པ་ཤིན་ཏུ་གལ་ཆེའོ། །

以是當知，由無自性故離一切有邊，由能安立無自性之因果故離一切無邊，是佛護、月稱解釋龍猛菩薩意趣之別法。故善分別二種有義與二種無義，極爲切要。

གཟུགས་བརྙན་གྱི་དཔེས་གཏན་ལ་འབེབས་པ་ནི། ཡབ་སྲས་མཇལ་བ་ལས། མེ་ལོང་ཤིན་ཏུ་ཡོངས་དག་ལ། །ཇི་ལྟར་རང་བཞིན་མེད་པ་ཡི། །གཟུགས་བརྙན་སྣང་བ་དེ་བཞིན་དུ། །ལྗོན་པ་ཆོས་རྣམས་ཤེས་པར་གྱིས། །ཞེས་གསུངས་ཏེ། བརྟན་པའི་དཔེ་གཞན་རྣམས་ཀྱི་དཔེ་དོན་སྦྱོར་ཚུལ་ཡང་སྔར་བཞིན་དུ་ཤེས་པར་གྱིས་ཤིག །

卷七

以影像喻抉擇彼義，如《父子相見會》云：「如於明鏡中，現無性影像，大樹汝當知，諸法亦如是。」餘虛妄喻表法之理，亦應如是知。

ལྔ་པ་ལ་གཉིས། རྟག་ཆད་ཀྱི་ལྟ་བ་སྤང་སླ་བའི་ཡོན་ཏན་དང་། ལས་འབྲས་ཀྱི་འབྲེལ་བ་ཆེས་འཐད་པའི་ཡོན་ཏན་ནོ། །

巳五、明於二諦破自性生之功德分二：午一、易離常斷二見之功德，午二、善成業果之功德。頌曰：

བདེན་པ་གཉིས་སུའང་རང་བཞིན་མེད་པའི་ཕྱིར། །དེ་དག་རྟག་པ་མ་ཡིན་ཆད་པའང་མིན། །

二諦俱無自性故，彼等非斷亦非常。

དང་པོ་ནི། གོང་གི་ཕྱིར་དངོས་པོ་ཐམས་ཅད་གཟུགས་བརྙན་ལྟར་རང་བཞིན་གྱིས་ཡོད་པས་སྟོང་པ་དེ་ཉིད་ཀྱི་ཕྱིར། དོན་དམ་པ་དང་ཀུན་རྫོབ་བདེན་པ་གཉིས་སུའམ་གཉིས་ཅར་དུའང་རང་བཞིན་གྱིས་གྲུབ་པ་མེད་པའི་ཕྱིར། གཟུགས་སོགས་དེ་དག་རང་བཞིན་གྱིས་གྲུབ་པའི་རྟག་པ་མ་ཡིན་ལ། དེར་མ་ཟད་ཆད་པའང་མིན་ཏེ། ཆད་པ་ནི་མྱུག་ཚེ་ས་བོན་ཞིག་པ་མེད་པའི་སྐབས་སུ་བཤད་པ་ལྟ་བུའི་ཆད་པ་དང་།

今初，由一切法如同影像自性空故，於勝義世俗二諦之中俱無自性，故色等法，非有自性之常，亦非斷滅。言斷滅者，如「芽時種無壞」時所說之斷滅。

རྩ་ཤེས་ལས། སྔོན་བྱུང་ད་ལྟར་མེད་ཅེས་པ། །དེས་ན་ཆད་པར་ཐལ་བར་འགྱུར། །ཞེས་དངོས་པོ་རང་བཞིན་གྱིས་གྲུབ་པ་ཁས་བླངས་པས་སྔར་ཡོད་ཀྱི་དངོས་པོ་ཕྱིས་མེད་པའམ། ཞིག་པའི་མི་རྟག་པར་འདོད་ནའང་ཆད་ལྟར་འགྱུར་ཏེ། དངོས་པོ་རང་བཞིན་གྱིས་ཡོད་པར་ཁས་ལེན་ན་དེ་རྟག་མི་རྟག་གང་དུ་འདོད་ཀྱང་། རྟག་ཆད་ཀྱི་མཐར་ལྷུང་བའི་ལྟ་བར་གསུངས་པའི་ཕྱིར་རོ། །

《中論》云：「先有而今無，是則爲斷滅。」此說先計有自性之法，後時滅無之無常，皆是斷見。以說凡計諸法有自性已，隨計彼法爲常無常，皆是隨常斷二邊之邊見故。

འདིར་འགྲེལ་བར་རྩ་ཤེས་ལས། ཇི་ལྟར་སྟོན་པས་སྤྲུལ་པ་ཞིག་སྤྲུལ་ལ་དེས་ཀྱང་གཞན་ཞིག་སྤྲུལ་པ་དེ་བཞིན་དུ། བྱེད་པ་པོ་དང་ལས་དང་དེས་བྱས་པ་རྣམས་ཀྱང་དེ་རྣམས་དང་འདྲ་བར་གསུངས་པས། རང་བཞིན་མེད་པ་ལས་

རང་བཞིན་མེད་པ་རྣམས་སྐྱེ་བར་བསྟན་ཏོ། །ཞེས་གསུངས་པས་ནི། རང་བཞིན་གྱིས་མ་གྲུབ་པ་ལ་བྱ་བྱེད་ཐམས་ཅད་འཇོག་པས་ཆད་ལྟ་མེད་པར་སྟོན་པའོ། །

釋論此處引《中論》說：如佛世尊化一化人，彼復化一化人，作者作業與彼相等。謂是顯示從無自性生無自性，於無自性安立一切因果，無斷見失。

འདིར་ཀུན་རྫོབ་ཏུ་རང་གི་མཚན་ཉིད་ཀྱིས་གྲུབ་པ་མ་བཀག་ན་ཤིན་ཏུ་ཕྲ་བའི་བདག་མེད་མི་རྟོགས་པས། ཤིན་ཏུ་ཕྲ་བའི་རྟག་ཆད་ཀྱི་ལྟ་བ་རྒྱུད་ལ་མི་སྐྱེ་བ་ཡང་བྱ་དཀའ་བས། རྟག་ཆད་ཀྱི་ལྟ་བ་མ་ལུས་པར་སྤོང་བ་ནི། དགག་བྱ་དེ་ཀུན་རྫོབ་ཏུ་བཀག་པའི་ཡོན་ཏན་ནོ། །

若於世俗不破自相，則不能通達微細無我。最微細之常斷二見，亦難令不生。故能盡離一切常斷二見，是於世俗中破彼自相之功德。

དེ་ཀུན་རྫོབ་ཏུ་ཡོད་པ་ཁེགས་ན་དོན་དམ་ལ་ལྟོས་པའི་རྟག་ཆད་ཀྱི་ལྟ་བར་མི་ལྷུང་བར་མ་ཟད། ཀུན་རྫོབ་ལ་ལྟོས་ནས་རྟག་ཆད་ཀྱི་ལྟ་བའི་དྲི་མས་མི་གོས་པས་ན། རྟག་ཆད་ཀྱི་ལྟ་བ་སྤོང་སླ་བའི་ཡོན་ཏན་ཡོད་དོ། །

若能於世俗破有自相，非但不墮觀待勝義之常斷二見，亦必不爲觀待世俗常斷二見之所染污。故有易離常斷二見之功德也。

གཉིས་པ་ལ་གསུམ། རང་བཞིན་གྱིས་གྲུབ་པ་མི་འདོད་པ་ལ་ཀུན་གཞི་སོགས་ཁས་བླང་མི་དགོས་པར་བསྟན་པ་དང་། ལས་འགགས་པ་ལས་འབྲས་བུ་འབྱུང་བའི་དཔེ་བསྟན་པ་དང་། དེ་ལྟར་བསྟན་པ་ལ་རྩོད་པ་སྤང་བའོ། །

午二、善成業果之功德分三：未一、明不許自性者不須計阿賴耶等，未二、明從已滅業生果之喻，未三、釋妨難。

དང་པོ་ལ་གསུམ། མཚམས་སྦྱོར་གྱི་གཞུང་བཤད་པ་དང་། རྩ་བའི་ཚིག་དོན་བཤད་པ་དང་། དེ་ལས་འཕྲོས་པའི་དོན་བཤད་པའོ། །

初又分三：申一、釋連續文，申二、釋本頌義，申三、釋所餘義。

དང་པོ་ནི། དེ་ལྟར་བདེན་པ་གཉིས་གར་ཡང་རང་བཞིན་མེད་པས་རྟག་པ་དང་ཆད་པར་ལྟ་བ་རྒྱང་རིང་དུ་སྤངས་པ་འབའ་ཞིག་ཏུ་མ་ཟད་ཀྱི། ལས་རྣམས་འགགས་ནས་ཡུན་རིང་དུ་ལོན་ཡང་ལས་རྣམས་ཀྱི་འབྲས་བུ་དང་འབྲེལ་བ་ནི། ཀུན་གཞི་རྣམ་པར་ཤེས་པ་དང་སེམས་ཀྱི་རྒྱུན་དང་ཆུད་མི་ཟ་བ་དང་ཐོབ་པ་ལ་སོགས་པར་ཡོངས་སུ་རྟོག་པ་མེད་པར་ཡང་འཐད་པ་ཡིན་ནོ། །

今初，釋論云：「如是於二諦中俱無自性，非但遠離常斷二見。即業滅已經極久時，與諸業果仍相繫①，雖不別計阿賴耶諦②，內心相續，不失壞法，及以得等，亦極應理。」

ཞེས་རང་གི་མཚན་ཉིད་ཀྱིས་གྲུབ་པ་ཐ་སྙད་དུ་ཡང་མེད་པའི་ཕྱོགས་ལ་རྟག་ཆད་ཀྱི་ལྟ་བ་རྒྱང་རིང་དུ་བསྲིངས་པའི་ཡོན་ཏན་ཡོད་པར་མ་ཟད་ཀུན་གཞི་ལ་སོགས་པ་ཁས་མ་བླངས་ཀྱང་ལས་འབྲས་ཀྱི་འབྲེལ་པ་ཤིན་ཏུ་འཐད་པའི་ཡོན་ཏན་ཡོད་པར་བསྟན་ཏོ། །

此說於名言中不許有自相之宗，不但有遠離常斷二見之功德，更有不許阿賴耶識等，而善成立業果系屬之功德。

འཕགས་པའི་གཞུང་འགྲེལ་ཚུལ་ལ་རང་གི་མཚན་ཉིད་ཀྱིས་གྲུབ་པ་རྡུལ་ཙམ་མེད་ཀྱང་། བྱ་བྱེད་ཐམས་ཅད་བཞག་པས་ཆོག་པའི་འགྲེལ་ཚུལ་གྱི་ལུགས་ཐུན་མོང་མ་ཡིན་པ་འདི་ལ་བརྟེན་ནས།

解釋龍猛菩薩論之諸派中，其無微塵許之自相，而能安立一切作用者，是爲此宗不共釋規。

རྣམ་པར་དག་པའི་གྲུབ་མཐའ་འགྲེལ་བྱེད་གཞན་དང་ཐུན་མོང་མ་ཡིན་པ་མང་དུ་ཡོད་དེ། དེ་གང་ཞེ་ན་རེ་ཞིག་གཙོ་བོ་རྣམས་བརྗོད་ན། ཚོགས་དྲུག་ལས་ངོ་བོ་ཐ་དད་པའི་ཀུན་གཞི་རྣམ་ཤེས་དང་། རང་རིག་འགོག་ལུགས་ཐུན་མོང་མ་ཡིན་པ་དང་། རང་རྒྱུད་ཀྱི་སྦྱོར་བས་ཕྱིར་རྒོལ་གྱི་རྒྱུད་ལ་དེ་ཁོ་ན་ཉིད་ཀྱི་ལྟ་བ་སྐྱེད་པ་ཁས་མི་ལེན་པ་གསུམ་དང་། ཤེས་པ་ཁས་ལེན་པ་བཞིན་དུ་ཕྱི་རོལ་གྱི་དོན་ཡང་ཁས་བླང་དགོས་པ་དང་། ཉན་རང་ལ་དངོས་པོ་རང་བཞིན་མེད་པར་རྟོགས་པ་ཡོད་པ་དང་། ཆོས་ཀྱི་བདག་འཛིན་ཉོན་མོངས་སུ་འཇོག་པ་དང་། ཞིག་པ་དངོས་པོ་ཡིན་པ་དང་། དེའི་རྒྱུ་མཚན་གྱིས་དུས་གསུམ་གྱི་འཇོག་ཚུལ་ཐུན་མོང་མ་ཡིན་པ་སོགས་ཡིན་ནོ། །

依此可知，此清淨宗有多種不共餘釋之義。舉要言之，謂破離六識之異體阿賴耶識，破自證分，不許用自續因引生敵者真實義見，如許內識亦應許外境，許二乘人亦能通達法無自性，立法我執爲煩惱障，許滅是有爲，及以彼理安立三世等諸不共規。

དེའི་དང་པོ་ནི་སྐབས་འདིར་བསྟན་ལ། རང་རིག་ཁས་མི་ལེན་པ་རང་བཞིན་གྱིས་གྲུབ་པ་མི་འདོད་པ་ལ་ཐུག་ཚུལ་ནི་འཆད་པར་འགྱུར་རོ། །

初義是此處所明，由不許自相故不許自證分，下文當說。

① 「相繫」，民族本、校正本作「相繫屬」。
② 「諦」，民族本作「識」。

རང་རྒྱུད་མི་བཞེད་པ་དེ་ལ་ཐུག་ཚུལ་ནི་རྒྱས་པར་གཞན་དུ་བཤད་ཟིན་ལ། མདོར་བསྡུས་ཤིག་འདིར་ཡང་འཆད་དོ། །

由此故不許自續者，如餘處廣說，此中已略述。

ཕྱི་རོལ་ཁས་ལེན་པ་འདི་ལ་ཐུག་པ་ནི་འཆད་པར་འགྱུར་ལ། ལྟ་བ་ཡང་འདི་ལ་ཐུག་ཚུལ་ནི་སངས་རྒྱས་བསྐྱངས་ཀྱིས་ཉན་ཐོས་ཀྱི་སྡེ་སྣོད་ལས་ཆོས་ཐམས་ཅད་བདག་མེད་དོ་ཞེས་གསུངས་པའི་མེད་རྒྱུའི་བདག་ནི། ངོ་བོ་ཉིད་ཀྱིས་གྲུབ་པ་ལ་བཤད་པ་ལྟར་འདིར་ཡང་བཞེད་དེ། །དེ་ཡང་བདག་མེད་མཚན་ཉིད་རྫོགས་པའི་དོན་ནོ།

由此故許外境者，下當廣說。由此故許二乘人亦達法無自性者，如佛護說：「聲聞藏中說一切法無我，其所無之我，謂自性有。」此亦許爾，彼即無我相之圓滿義。

དེའི་ཕྱིར་གང་ཟག་གི་བདག་མེད་མཚན་ཉིད་རྫོགས་པ་ཡང་གང་ཟག་རང་གི་ངོ་བོ་ཉིད་ཀྱིས་གྲུབ་པ་མེད་པ་ལ་བྱ་དགོས་ལ། དེ་ཇི་བཞིན་དུ་རྟོགས་པ་ལ་ནི་ཆོས་ཀྱི་བདག་མེད་ཇི་བཞིན་པ་ཡང་རྟོགས་དགོས་པའི་གནད་དོ། །

故知補特伽羅無我之圓滿相，即補特伽羅無自性。欲如實通達補特伽羅無我，亦須如實通達法無我也。

དེ་ལྟ་ཡིན་ན་ཆོས་ཀྱི་བདག་འཛིན་ཉོན་མོངས་སུ་ངེས་པར་འདོད་དགོས་པས་ཉོན་མོངས་ཀྱི་ངོས་འཛིན་ལ་ཕྲ་རགས་གཉིས་དང་། མི་རྟག་སོགས་བཅུ་དྲུག་གི་ལམ་ཙམ་གྱིས་གྲོལ་མི་གྲོལ་གྱི་འདོད་ཚུལ་གཉིས་དང་། ཤེས་སྒྲིབ་མཚམས་གང་ནས་སྤོང་བ་མི་འདྲ་བ་སོགས་ཀྱི་ཁྱད་པར་མང་པོ་ཞིག་ཡོད་དོ། །

由是亦須安立法我執爲煩惱障，故明煩惱障有粗細二義，唯修無常等十六行相之道，有能不能解脫之二說。要至何位乃能斷所知障等差別甚多。

འོ་ན་དང་པོར་ཐེག་ཆེན་དུ་ཞུགས་པའི་དེ་ཁོ་ན་ཉིད་ཀྱི་ལྟ་བ་ལེགས་པར་གཏན་ལ་ཕེབས་པ་ཞིག་དང་། ཉན་རང་དུ་ལྟུང་བ་གཉིས་གཞི་མཐུན་སྲིད་པ་ནི་དབུ་མ་པ་གཉིས་ཀས་ཀྱང་འདོད་དགོས་ལ། དེ་ལྟ་ན་དེ་འདྲ་བ་དེས་ཆོས་ཀྱི་བདག་མེད་བསྒོམས་པས་མངོན་སུམ་དུ་འགྱུར་བ་དང་། དེ་ལྟར་མཐོང་ཟིན་གོམས་པར་བྱེད་པ་ཞིག་ཀྱང་འདོད་དགོས་སོ། །

問：兩派中觀師皆應許有先入大乘，善決真實見已，後復墮入二乘道者。又應許如斯行者，若善修習法無我義應能現證，及現見後能更修習。

དེ་ལྟ་ན་ལམ་དེས་ཆོས་ཀྱི་བདག་འཛིན་ཀུན་བཏགས་མཐོང་ལམ་ནས་སྤོང་བ་དང་། བདག་འཛིན་དེ་ལྷན་སྐྱེས། དེའི་སྒོམ་ལམ་ནས་ཀྱང་སྤོང་བ་འདོད་དགོས་པས། དངོས་པོ་རང་གི་མཚན་ཉིད་ཀྱིས་གྲུབ་པར་འཛིན་པའི་དབུ་མ་པའི་ལུགས་ལ་ཡང་ཆོས་ཀྱི་བདག་འཛིན་ལ་ཉོན་མོངས་ཅན་ཡིན་མིན་གཉིས་འདོད་དམ་སྙམ་ན།

卷七

復應許以如是道，於見道位斷分別法我執，於修道位斷俱生法我執。豈執諸法有自相之中觀宗，許法我執有是否煩惱障之二類耶?

འདི་ལ་གསལ་བར་བཤད་པ་མི་སྣང་ཡང་། རང་རྒྱུད་པ་དེ་དག་གིས་ཉན་རང་ལམ་དེ་ལྟར་སྒོམ་པ་ལ། ཆོས་ཀྱི་བདག་འཛིན་མངོན་གྱུར་རེ་ཞིག་སྤངས་པ་འོང་ཡང་། ཚོགས་མཐའ་ཡས་པ་བསགས་པའི་གྲོགས་མེད་པར་ཆོས་ཀྱི་བདག་འཛིན་གཉིས་པོ་གང་གི་ཡང་ས་བོན་སྤངས་པ་མི་འོང་ཞེས་བཞེད་དགོས་པས། ཤེས་སྒྲིབ་མངོན་གྱུར་བ་རེ་ཞིག་ལ་སྤངས་པ་ཉན་རང་ལ་ཡོད་ཀྱང་། ས་བོན་སྤངས་པ་མི་ཡོད་པར་སྨྲ་དགོས་སོ།།

答：於此未見明顯解釋，然自續中觀師似應說：二乘人修如是道，雖能暫斷法我執現行，由未修集無邊資糧以爲助伴，故不能斷二種法我執之種子。故二乘人雖有暫斷所知障現行者，然無永斷彼種子者。

སློབ་དཔོན་འདིའི་བཞེད་པས་ནི་ཆོས་ཀྱི་བདག་འཛིན་ཉོན་མོངས་ཡིན་པས། དེའི་ས་བོན་སྤངས་པ་ལ་ཚོགས་མཐའ་ཡས་པ་གསོག་པའི་གྲོགས་མི་དགོས་ལ། གཉིས་སྣང་འཁྲུལ་པའི་བག་ཆགས་ཀྱི་ཤེས་སྒྲིབ་སྦྱོང་བ་ལ་ནི། གྲོགས་དེ་ལྟ་བུ་མེད་པར་སྦྱོང་མི་ནུས་པར་བཞེད་དོ། །ཇི་སྐད་བཤད་པ་དེ་དག་གི་གོ་བ་ཆགས་ན་ཁྱད་ཤིན་ཏུ་ཆེ་བར་སྣང་བས་བཤད་དོ།།

此師許法我執是煩惱障，斷彼種子不須修集無邊資糧以爲助伴。若淨治二相錯亂習氣之所知障，則無彼助伴不能淨治也。若於上說能得正解，其益極大，故略開說。

གཉིས་པ་ནི། དངོས་པོ་རང་བཞིན་གྱིས་གྲུབ་པ་མེད་པར་འདོད་པའི་ཕྱོགས་ལ། ཀུན་གཞི་སོགས་ཁས་མ་བླངས་ཀྱང་ལས་འབྲས་ཀྱི་འབྲེལ་པ་འཐད་ཚུལ་ཇི་ལྟར་ཡིན་ཞེ་ན།

申二、釋本頌義。問：如何許諸法無自性宗，雖不許阿賴耶識等，業果關係亦極應理，頌曰：

གང་ཕྱིར་རང་བཞིན་གྱིས་དེ་མི་འགག་པ། །དེ་ཕྱིར་ཀུན་གཞི་མེད་ཀྱང་འདི་ནུས་ཕྱིར། །ལ་ལར་ལས་འགགས་ཡུན་རིང་ལོན་ལས་ཀྱང་། །འབྲས་བུ་ཡང་དག་འབྱུང་བར་རིག་པར་གྱིས། །

由業非以自性滅，故無賴耶亦能生，

有業雖滅經久時，當知猶能生自果。

ལས་དང་དེའི་འབྲས་བུའི་བར་དུ་ཡུན་རིང་པོར་ཆོད་པའི་དགེ་མི་དགེའི་ལས་ལས་ཀྱང་། བདེ་བ་དང་སྡུག་བསྔལ་སོགས་ཀྱི་འབྲས་བུ་འབྱུང་བ་ནི་རང་གི་སྡེ་པ་གོང་འོག་ཐམས་ཅད་འདོད་ལ། དེ་ལ་ལས་དེ་འབྲས་བུ་འབྱིན་པའི་སྔ་ལོགས་བར་དུ་གནས་ན་ནི་རྟག་པར་འགྱུར་ལ། རྟག་པས་དོན་བྱེད་པར་མི་ནུས་པས་ལས་ལས་འབྲས་བུ་འབྱུང་བའི་འབྲེལ་པ་མི་འཐད་དོ། །

雖業果中間隔極長時，然從善不善業生苦樂果，是內教上下諸部之所共許。若謂彼業，乃至未生果以前而安住者，應成常法，常法無作用，則從業生果之關係不應道理。

ལས་དེ་བྱས་པའི་སྐད་ཅིག་གཉིས་པར་ཞིག་ན་ནི། མཚམས་དེ་ནས་འབྲས་བུ་དངོས་སུ་འབྱིན་པའི་སྔ་ལོགས་ཀྱི་བར་དུ་ལས་དེ་མེད་ལ། ལས་ཞིག་པ་ཡང་དངོས་པོར་མེད་པས་ལས་ལས་འབྲས་བུ་ཇི་ལྟར་འབྱུང་བར་འགྱུར་ཞེས་བརྗོད་པའི་ལན་དུ། ལས་བྱས་པའི་སྐད་ཅིག་གཉིས་པར་འགགས་ཟིན་པའི་སྔ་ལོགས་ཀྱི་ལས་འགག་པ་ལ་མངོན་དུ་ཕྱོགས་པའི་ཚེ། ལས་ཀྱི་ནུས་པ་གཞག་པར་བྱ་བའི་ཕྱིར་ཁ་ཅིག་ཀུན་གཞི་རྣམ་པར་ཤེས་པ་རྟོག་པར་བྱེད་ལ། ཁ་ཅིག་བུ་ལོན་གྱི་དབང་རྒྱ་སྟེ་དེའི་ཡི་གེ་དང་འདྲ་བའི་ལས་གཉིས་ལས་དོན་གཞན་པ། ཆུད་མི་ཟ་བ་ཞེས་པ་ལྡན་མིན་འདུ་བྱེད་དུ་གྱུར་པ་ཞིག་འདོད་དོ། །

若謂造彼業後，第二剎那即謝滅者，從彼時起，乃至生果以前，應無彼業。其業謝滅復是無事。如何從業能生後果？爲答此難，於已造業第二剎那謝滅之前，業將滅時，爲欲保持業功能故，有計阿賴耶識者，有計離二業外有餘不相應行名不失法如債券者，

ཁ་ཅིག་ནི་ལས་གཉིས་ཀྱི་ཐོབ་པ་ཞེས་པ་དེ་གཉིས་ལས་དོན་གཞན་དུ་གྱུར་པའི་ལྡན་མིན་ཞིག་རྟོག་པར་བྱེད་དོ། །

有計離二業外有餘不相應行名二業之得者。

ཁ་ཅིག་ནི་ལས་ཀྱི་བག་ཆགས་ཀྱིས་བསྒོས་པའི་རྣམ་ཤེས་ཀྱི་རྒྱུན་རྟོག་པར་བྱེད་ལ། དེའི་ཕྱིར་ལས་འགགས་ཀྱང་ལས་ཀྱིས་ཕྱིས་ཡུན་རིང་པོ་ནས་འབྲས་བུ་འབྱིན་པ་མི་འགལ་བར་འདོད་དེ།

有計二業習氣所熏識相續者。故說業雖已滅，經極久時仍能生果，亦不相違。

ལས་ཀྱིས་ཀུན་གཞི་ལ་བག་ཆགས་འཇོག་པས་བག་ཆགས་དེ་ལས་ཀྱི་འབྲས་བུ་ཡིན་ལ། དེའི་རིགས་འདྲ་བརྒྱུད་པས་མཐར་འབྲས་བུ་འབྱིན་པས་དང་པོའི་ལས་ཀྱི་འབྲས་བུ་བརྒྱུད་པ་ལས་འབྱུང་བར་འདོད་པའོ། །དེ་བཞིན་དུ་གཞན་གསུམ་ལ་ཡང་ཤེས་པར་བྱའོ། །

以業於阿賴識熏成習氣，習氣即業之果，由彼同類輾轉相續，最後生果。許彼是從最初業果輾轉而生。餘三之義，應知亦爾。

དེའི་དང་པོ་ནི་སེམས་ཙམ་པ་འགའ་ཞིག་གོ །

初說是一分唯識宗。

གཉིས་པ་ནི་བྱེ་བྲག་ཏུ་སྨྲ་བ་ཡིན་པར་སྤྱན་རས་གཟིགས་བརྟུལ་ཞུགས་ཀྱིས་བཤད་དེ། ཁ་ཆེ་བྱེ་བྲག་ཏུ་སྨྲ་བ་ལས་གཞན་པ་ཞིག་གོ །

第二說，觀音禁說是毗婆沙師。然非迦濕彌羅毗婆沙師，應是其餘一分。

གསུམ་པ་ཡང་བྱེ་བྲག་ཏུ་སྨྲ་བའི་ནང་ཚན་གཅིག་གོ །

第三說是毗婆沙師中一分。

བཞི་པ་ལ་གསལ་ཁ་མ་བྱུང་ཡང་མཛོད་འགྲེལ་གྱི་གནས་དགུ་པ་དང་བསྟུན་ན་མདོ་སྡེ་པ་དང་ཁ་ཆེ་བྱེ་བྲག་ཏུ་སྨྲ་བའི་ཡང་འདོད་པ་ཡིན་པ་འདྲའོ། །

第四說雖無明文，若按《俱舍論》第九品義，似是經部，與迦濕彌羅毗婆沙師所許。

ཁ་ཆེ་བས་ཐོབ་པ་ཁས་ལེན་ཀྱང་ཐོབ་བྱའི་ཆོས་ལས་གཉིས་ཀྱིས་ཐོབ་པ་སྐྱེད་པར་མི་འདོད་ལ་འདིར་ནི་དེ་ལྟར་འདོད་པ་ཞིག་སྟེ་གང་གི་ལྟར་ན་ཞེས་པའི་དོན་ནོ། །

迦濕彌羅者雖亦許有得，然不許「得」是由所得法二業引生，此處是指如是許者。故論云：「如有。」

དབུ་མ་ཐལ་འགྱུར་བ་གང་གི་ལྟར་ན། ལས་རང་གི་བདག་ཉིད་ཀྱིས་མ་སྐྱེས་པ་དེའི་ལྟར་ན་ནི། གང་གི་ཕྱིར་ལས་དེ་རང་བཞིན་གྱིས་ཏེ་མི་འགག་པ་རང་བཞིན་གྱིས་མ་འགགས་པ་ལས་ཀྱང་འབྲས་བུ་འབྱུང་བ་མི་འགལ་བ་དེའི་ཕྱིར་ཀུན་གཞི་སོགས་ཁས་མ་བླངས་ཀྱང་། ལས་ལས་འབྲས་བུ་འདི་འབྱུང་བར་ནུས་པའི་ཕྱིར།

若如中觀應成派義，業非以自性生故，彼業亦非以自性滅，從非以自性滅業，引生自果，全不相違。故雖不許阿賴耶等，業亦能生果。

སེམས་ཅན་གྱི་རྒྱུད་ལ་ལར་ལས་གཉིས་བྱས་པ་འགགས་ནས་ཡུན་རིང་པོ་བསྐལ་པ་མང་པོ་ལོན་པ་ལས་ཀྱང་། ལས་ལས་འབྲས་བུ་ཡང་དག་པ་སྟེ་རྒྱུ་ལ་འབྲས་བུ་མི་འཁྲུལ་བར་འབྱུང་བར་རིག་པར་གྱིས་ཤིག །དེ་ལྟར་ན་ཕྱོགས་འདི་ལ་ནི་ལས་དང་འབྲས་བུའི་འབྲེལ་པ་ཆེས་ཤིན་ཏུ་འཐད་པར་འགྱུར་རོ། །

以是當知，有一類有情已造二業滅經多劫，仍從彼業能生自果，因果不亂。是故此宗業果系屬極爲應理。

དེ་རྣམས་ཀྱི་དོན་ནི་སྔར་བཞིན་བརྟད་པའི་ལན་སྨྲ་བ་པོ་བཞི་གས་ཀྱང་། ལས་ལ་སྐྱེ་བ་དང་འགག་པ་རང་གི་མཚན་ཉིད་ཀྱིས་གྲུབ་པ་ཁས་ལེན་ཞིང་། ལས་བྱས་པའི་འོག་ཏུ་འགགས་པ་དེ་རང་བཞིན་གྱིས་གྲུབ་པར་འདོད་དོ། །

前四家作如是答者，是因許業之生滅皆有自相，造業後之謝滅，亦是有自性。

དེ་ལ་སློབ་དཔོན་འདིས་དེ་འདྲ་བའི་འགགས་པ་ཡིན་ཀྱང་ཀུན་གཞི་སོགས་ཁས་ལེན་པས་སྐྱོན་མེད་ཅེས་ལན་འདེབས་པ་མི་རིགས་ཏེ། རང་བཞིན་གྱིས་གྲུབ་པའི་ཚུལ་གྱིས་ལས་སྐྱེ་བ་དང་འགགས་པ་མེད་པའི་ཕྱིར་རོ་ཞེས་འགོག་པ་ཡིན་ནོ། །

此師破云：若許如是之滅，謂由許有阿賴耶等故無過者，其答非理，以業無自性之生滅故。

ལན་འདེབས་ཚུལ་དེ་ཉིད་འཕགས་པའི་བཞེད་པ་ཡིན་པར་སྟོན་པ་ལ། གང་ཕྱིར་ལས་ནི་སྐྱེ་བ་མེད། །འདི་ལྟར་རང་བཞིན་མེད་དེའི་ཕྱིར། གང་ཕྱིར་དེ་ནི་མ་སྐྱེས་པ། །དེ་ཕྱིར་ཆུད་ཟར་མི་འགྱུར་རོ། །ཞེས་རྩ་ཤེར་གསུངས་པ་དྲངས་ཏེ། ལས་རང་བཞིན་གྱིས་གྲུབ་པ་མེད་པའི་ཕྱིར་རང་གི་བདག་ཉིད་ཀྱིས་སྐྱེ་བ་མེད་དོ། །

爲顯自宗答難，是龍猛菩薩所許，引《中論》云：「諸業本不生，以無自性故，諸業亦不失，以其不生故。」義謂由業無自性故，無自性生。

དེའི་ཕྱིར་ལས་རང་བཞིན་གྱིས་འགག་པ་མི་སྲིད་པའི་ཕྱིར། ལས་བྱས་པའི་འོག་ཏུ་འགགས་པ་དེ་རང་བཞིན་གྱིས་གྲུབ་པར་བཟུང་ནས་ཆུད་མི་ཟ་བར་རྟོག་པ་རིགས་པ་མིན་ནོ། །ཞེས་པའི་དོན་ནོ། །

由無生故無自性滅。故執造業後滅有自性，而別計不失法，不應道理。

རིགས་པ་དེ་ནི་ཆུད་མི་ཟ་བ་འགོག་པ་ལ་གསུངས་ཀྱང་གཞན་གསུམ་འགོག་པ་ལ་ཡང་ཁྱད་པར་མེད་དེ་རྒྱུ་མཚན་ཀུན་ནས་མཚུངས་པའི་ཕྱིར་རོ། །

此理雖正破不失法，亦破餘三，理相等故。

ཡང་མདོ་ལས། མི་ཡི་ཚེ་ཚད་ལོ་བརྒྱ་སྟེ། །དེ་སྲིད་འཚོ་ཞེས་བརྗོད་མོད་ཀྱི། །ལོ་ལ་སྤུང་པོར་སྤུངས་པ་མེད། །སྒྲུབ་པ་དེ་ཡང་དེ་དང་མཚུངས། །ཟད་པ་མེད་ཅེས་གང་སྨྲས་དང་། །ལས་ཟད་ཅེས་ནི་གང་སྨྲས་པ། །སྟོང་པའི་ཚུལ་དུ་ཟད་པ་མེད། །ཐ་སྙད་ཚུལ་དུ་ཟད་པར་བསྟན། །ཞེས་གསུངས་པ་དྲངས་ཏེ། རང་བཞིན་གྱིས་གྲུབ་པའི་ཟད་པའམ་འགག་པ་མེད་པ་དང་། དེ་གཉིས་ཐ་སྙད་ཀྱི་དབང་གིས་བཞག་པའི་ཁུངས་སོ། །

又引經云：「人壽量百年，說活爾許時，然年無可集，此行亦如是。我或說無盡，或時說有盡，依空說無盡，名言說有盡。」此證無自性之盡或滅，有

卷七

由名言力安立之盡滅。

ནག་ཚོའི་འགྱུར་ལས། ལོ་རྣམས་སྤུང་པོར་སྤུངས་པ་ནི། །མེད་པ་དེ་བཞིན་ཡང་དག་པར། །ཚོགས་པ་འདི་ཡང་བལྟ་བར་བྱ། །ཞེས་འབྱུང་ངོ་། །དེ་རྣམས་ནི་རང་བཞིན་གྱིས་ཏེ་མི་འགག་པ་ཞེས་དགག་བྱ་ལ་ཁྱད་པར་སྦྱར་བའི་སྐབས་ནས་བཤད་པའོ། །

拏錯譯爲：「諸年無可集，觀資糧亦爾。」此等如云：「非以自性滅。」於所破上，加簡別而說。

གསུམ་པ་ལ་གཉིས། འགག་པ་རང་བཞིན་གྱིས་མེད་པ་ཀུན་གཞི་ཁས་མི་ལེན་པའི་རྒྱུ་མཚན་དུ་འགྲོ་ཚུལ་དང་། ཀུན་གཞི་ཁས་མི་ལེན་ཀྱང་བག་ཆགས་ཀྱི་གཞི་འཇོག་པའོ། །

申三、釋所餘義分二：酉一、明滅無自性是不許阿賴耶[①]之因由，酉二、明雖不許阿賴耶亦立習氣之所依。

དང་པོ་ནི། གལ་ཏེ་རང་བཞིན་གྱིས་གྲུབ་པའི་འགག་པ་མེད་ཀྱང་རང་གི་ལུགས་ལ་ཡང་ལ་ལར་ལས་འགགས་ཞེས་དང་། འགགས་ཤིང་རང་བཞིན་ཡོད་མིན་པའི། །ཞེས་གསུངས་པས།

今初，問：自宗雖無自性之滅，然說「有業雖滅」，又云「滅非有自性」。

ཐ་སྙད་ཚུལ་དུ་ཟད་པར་བསྟན། ཞེས་པ་ལྟར་ལས་བྱས་པའི་འོག་ཏུ་ལས་དེ་འགགས་པ་ནི་འདོད་དགོས་ལ། དེའི་ཚེ་འགགས་པ་ནི་དངོས་པོར་མེད་ཅིང་ལས་འབྲས་ཀྱི་འབྲེལ་བའི་རྟེན་དུ་ཀུན་གཞི་སོགས་ཀྱང་མི་འདོད་ན།

如經說「名言說有盡」，亦許造業之後彼業謝滅。爾時業滅便成無事，復不許阿賴耶等爲業果連繫之所依。

ལས་འགགས་ནས་ཡུན་རིང་དུ་ལོན་པ་ལས། འབྲས་བུ་འབྱུང་བ་མི་འཐད་པར་བརྗོད་པ་སོ་ན་གནས་པས། སྔར་གྱི་ལན་དེ་དག་གིས་མི་ཚོག་གོ་ཞེ་ན།

則說業滅已久，生果非理之難，宛然存在，故唯上答，猶嫌不足。

སྐྱོན་མེད་དེ། གང་ཕྱིར་རང་བཞིན་གྱིས་དེ་མི་འགག་པ། དེ་ཕྱིར་ཞེས་པའི་རྒྱུ་མཚན་ཉིད་ཀྱིས་ལས་ཞིག་པའི་ཞིག་པ་ལས་ཕྱིས་ཀྱི་འབྲས་བུ་འབྱུང་བ་འགྲུབ་པས་ལན་ཟུར་པ་མ་གསུངས་སོ། །

答：無過。論云：「由業非以自性滅。」即以彼理由，便能從業滅之滅引

① 「阿賴耶」，校正本作「阿賴耶識」。

生後果。故不作別答。

དེ་ཡང་དངོས་པོ་རང་བཞིན་གྱིས་གྲུབ་པར་འདོད་པའི་ཕྱོགས་ཐམས་ཅད་ལ། ཞིག་པ་དངོས་པོར་མི་རུང་ལ་རང་བཞིན་གྱིས་མ་གྲུབ་པར་འདོད་པའི་དབུ་མའི་ཕྱོགས་ལ་ཞིག་པ་དངོས་པོར་གྲུབ་པའི་གནད་དོ། །

許諸法有自性之一切宗，皆不可說滅爲有事。許無自性之中觀宗，則可說滅是有事。

ལུགས་དང་པོ་ལ་ནི། མྱུ་གུ་ལྟ་བུའི་དངོས་པོ་ཅིག་ཞིག་པ་ན། མྱུ་གུའི་ཆ་ཤས་ཀྱི་དངོས་པོ་ཐམས་ཅད་ནི་ལོག་ལ། མྱུ་གུ་ལས་གཞན་པ་བུམ་པ་ལ་སོགས་པའི་དངོས་པོ་གཞན་གང་ཡང་མ་ཐོབ་པས། ཞིག་པ་དེ་དངོས་པོ་གཏན་མིན་པར་འདོད་དེ། སྔོན་པོ་ལ་སོགས་པ་སྐྱེ་མཆེད་རེ་རེ་བའི་དངོས་པོ་དང་། བུམ་པ་ལ་སོགས་པ་རང་གི་ཆ་ཤས་ཀྱི་དངོས་པོ་ཚོགས་པ་གང་ཡང་ཞིག་པ་དེའི་མཚན་གཞིར་མི་རུང་བའི་ཕྱིར་དངོས་པོ་མིན་ནོ་སྙམ་པའོ།།

以實事宗說，如苗滅時，苗之一切有事皆滅，離苗之外亦無其他有事，如瓶等可得，故許彼滅定非有事。以彼覺青處等一一分有事，或瓶等眾分合集之有事，皆不可說是滅之所相。故滅非有事也。

ལུགས་ཕྱི་མ་ལ་ནི། དཔེར་ན་ཉེར་སྦས་ཀྱི་ཕུང་པོ་ལྔ་རེ་རེ་བ་དང་ཚོགས་པ་གཉིས་ཀ་དང་། དེ་གཉིས་ལས་ངོ་བོ་ཐ་དད་པ་གཅིག་ཉེར་སྦས་ཀྱི་མཚན་གཞིར་འཛོག་རྒྱུ་མེད་ཅིང་། ཉེར་སྦས་ཀྱང་དེ་གསུམ་གྱི་མཚན་གཞིར་མི་རུང་ལ། རང་གི་ཕུང་པོ་ལ་བརྟེན་ནས་ཉེར་སྦས་སུ་བཏགས་པ་དངོས་པོ་ཡིན་པར་མི་འགལ་བ་བཞིན་དུ། ཞིག་པ་ཡང་ཞིག་རྒྱུའི་དངོས་པོ་དང་། དེ་དང་རིགས་མཐུན་པའི་དངོས་པོ་གང་ཡང་མཚན་གཞིར་མེད་ཀྱང་། ཞིག་རྒྱུའི་དངོས་པོ་ལ་བརྟེན་ནས་སྐྱེས་པའི་ཕྱིར་དངོས་པོའོ། །

中觀宗則說：如近密之五蘊，若一若多，及離此二之異體法，皆不可立爲近密之所相，近密亦非彼三之所相。然依自身諸蘊，假立近密爲有事，全不相違。如是所滅之有事及彼同類之有事，雖皆不可立爲滅之所相，然滅是依所滅法生，故是有事。

དེ་སྒྲུབ་པ་ལ་ལུང་རིགས་གཉིས་ཚིག་གསལ་ལས་གསུངས་པའི་དང་པོ་ནི། ས་བཅུ་པ་ལས། སྐྱེ་བའི་རྐྱེན་གྱིས་རྒ་ཤི་ཞེས་གསུངས་པ་སྟེ། ཤི་བ་ནི་གང་ཤི་བའི་སེམས་ཅན་དེ་ཞིག་པ་ཡིན་ལ། དེ་སྐྱེ་བའི་རྐྱེན་གྱིས་སྐྱེད་པར་གསུངས་པ་དང་།

《顯句論》中以聖教正理成立此義。初引聖教，如《十[1]地經》云：「生

---

① 「十」，民族本作「釋」。

緣老死。」死即所死有情之滅，說彼是以生緣而生。

ཡང་དེ་ཉིད་ལས་འཆི་བ་ཡང་བྱ་བ་གཉིས་སུ་ཉེ་བར་གནས་པ་ཡིན་ཏེ་འདུ་བྱེད་འཇིག་པར་ཡང་བྱེད་པ་དང་། ཡོངས་སུ་མི་ཤེས་པ་རྒྱུན་མི་འཆད་པའི་རྒྱུ་ཡང་འཛིན་པའོ། །ཞེས་འཆི་བས་བྱ་བ་གཉིས་བྱེད་པར་གསུངས་ཏེ།

又云：「死亦有二種①所作，一能壞諸行，二作無知相續不絕之因。」此說死能作二種事。

ཤི་བ་རྒྱུས་བྱེད་པ་དང་། ཤི་བས་མ་རིག་པ་སྐྱེད་པར་ཡང་གསུངས་པས། ཞིག་པ་ལ་སྐྱེད་པའི་རྒྱུ་ཡོད་པ་དང་། ཞིག་པས་འབྲས་བུ་སྐྱེད་ནུས་པ་ཡིན་ཏེ། འདི་ནི་རྒྱུན་གྱི་ཞིག་པ་ཡིན་ཡང་སྐད་ཅིག་མ་དང་པོ་དུས་གཉིས་པར་ཞིག་པ་ལ་ཡང་འདྲ་ལ། སྐད་ཅིག་མ་དང་པོ་དུས་གཉིས་པར་ཞིག་པའི་རྒྱུར་ཡང་བསྟན་ནོ། །

既說死由因生，復說死生無明，故滅亦應有能生因，及能生果。此雖是說相續之滅，第一刹那於第二刹那謝滅，理亦相同，故亦顯示第一刹那爲第二刹那謝滅之因。

དེས་ན་སེམས་ཅན་སྐྱེས་པ་དང་ཤི་བ་གཉིས་དང་སྐད་ཅིག་མ་གཉིས་པར་མི་སྡོད་པ་དང་། སྐད་ཅིག་མ་གཉིས་པར་མ་བསྡད་པ་རྣམས་ལ་དངོས་པོར་འཇོག་མི་འཇོག་དང་། རྒྱུས་སྐྱེད་མི་སྐྱེད་ཀུན་ནས་མཚུངས་སོ། །

由是當知，有情之生與死（粗無常），及第二刹那不住與已不住（細無常）立不立爲有事，是否由因所生，一切相同。

འདི་ལ་དགོངས་ནས་རྩ་ཤེས་ལས། དངོས་དང་དངོས་མེད་འདུས་བྱས་ཡིན། ཞེས་དང་། རིགས་པ་དྲུག་ཅུ་པ་ལས་ཀྱང་། རྒྱུ་ཟད་ཉིད་ལས་ཞི་བ་ནི། ཟད་ཅེས་བྱ་བར་དམིགས་པ་སྟེ། ཞེས་མྱུ་གུ་སོགས་ཀྱི་དངོས་པོ་དང་།

དེ་ཞིག་པ་དེའི་དངོས་པོར་མེད་པ་གཉིས་ཀ་འདུས་བྱས་དང་། སྣུམ་ལ་སོགས་པའི་རྒྱུ་ཟད་པ་ནི་མར་མེ་ལ་སོགས་པའི་འབྲས་བུ་ཟད་པའི་རྒྱུར་གསུངས་པས། འཕགས་པའི་བཞེད་པར་གདོན་མི་ཟ་བར་འདོད་པར་བྱའོ། །

依此密意，故《中論》云：「有無是有爲。」《六十正理論》云：「由因盡而滅，說彼名曰盡。」前說苗等有事，與苗滅等無事，俱是有爲。後說油等因盡，是燭等果盡之因。故定應許此是龍猛菩薩之意趣。

སྐད་ཅིག་དང་པོ་དུས་གཉིས་པར་ཞིག་པ་ནི་དངོས་སུ་དགག་བྱ་བཅད་ནས་རྟོགས་དགོས་པས། དགག་པ་ནི་ཡིན་ལ་མེད་དགག་ནི་མ་ཡིན་པས་མ་ཡིན་དགག་སྟེ། ཞིག་རྒྱུ་དེ་བཅད་པ་ཙམ་མིན་གྱི་དེ་བཅད་པའི་དངོས་པོ་ཞིག་འཕངས་པའི་ཕྱིར་རོ། །

① 「二種」，校正本作「二」。

第一刹那於第二刹那謝滅，要遮所破乃能通達，故是遮法。然非是無遮，故是非遮。以非唯遮所滅之法，要遮所滅引有事故。

སྐབས་འདིར་ལྡོག་མ་ནི་རྒྱས་པར་རྩ་ཤེའི་ཊཱིཀྐ་ལས་ཤེས་པར་བྱའོ། །འདི་ནི་ལུགས་འདིའི་རིགས་པ་ཕྲ་ལ་དོན་ཆེ་བ་ཅིག་ཏུ་འདུག་གོ །

諸餘能立，廣如《中論釋》說。此是本宗中最要極細之正理也。

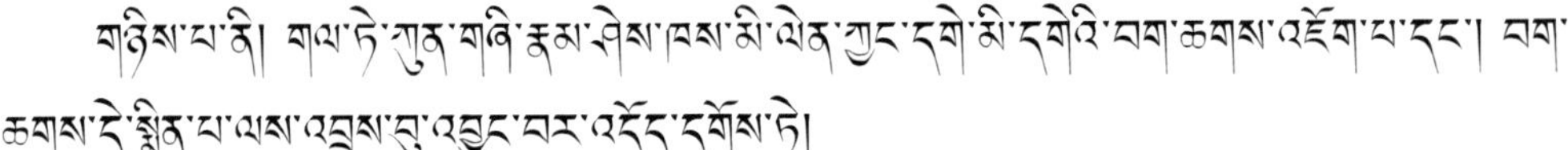
གཉིས་པ་ནི། གལ་ཏེ་ཀུན་གཞི་རྣམ་ཤེས་ཁས་མི་ལེན་ཀྱང་དགེ་མི་དགེའི་བག་ཆགས་འཛོག་པ་དང་། བག་ཆགས་དེ་སྨིན་པ་ལས་འབྲས་བུ་འབྱུང་བར་འདོད་དགོས་ཏེ།

酉二、明雖不許阿賴耶亦立習氣之所依。 問：此宗雖不許阿賴耶識，然須安立善不善業習氣，及由習氣成熟出生自果。

འཇུག་འགྲེལ་ལས། ཐོག་མ་མེད་པའི་འཁོར་བར་དངོས་པོའི་བག་ཆགས་བཞག་པ་ཡོངས་སུ་སྨིན་པ། དངོས་པོ་ལ་མངོན་པར་ཞེན་པ། ཞེས་དང་།

《入中論釋》云：「由無始生死傳來，諸法習氣成熟，貪著諸法。」

དེ་འདྲ་བ་གཞན་ཡང་མང་དུ་འབྱུང་བའི་ཕྱིར་རོ། །དེ་ཡང་བག་ཆགས་འཇོག་པའི་གཞི་མེད་པར་མི་རུང་བས་གཞི་དེ་གང་ཡིན་ཞེ་ན།

又云：「如斯流類餘亦甚多。」此復若無安立習氣之所依，則不應理。其所依爲何？

卷七

ཇི་ལྟར་ཀུན་གཞི་རྣམ་ཤེས་ཁས་ལེན་པ་རྣམས་ཀྱི་ལྟར་ན། ཉོན་ཡིད་ཀྱིས་ངའོ་སྙམ་དུ་དམིགས་པའི་གཞིར་གྱུར་པའི་ཀུན་གཞི་རྣམ་ཤེས་བག་ཆགས་ཀྱི་གནས་སུ་འདོད་པ་དེ་བཞིན་དུ་ལུགས་འདིས་ཀྱང་ངའོ་སྙམ་པ་ཙམ་གྱི་བློ་ལྷན་སྐྱེས་ཀྱི་དམིགས་པ་དེ་ཉིད་བག་ཆགས་སྒོ་བའི་གཞིར་བཞེད་དོ། །

答：如許阿賴耶識者，說染污意執我之根本阿賴耶識，爲習氣之依處。如是此宗，亦說俱生我執之所緣，爲習氣熏習之依處。

འོ་ན་འཇུག་འགྲེལ་ལས། སེམས་ཀྱི་རྒྱུན་བག་ཆགས་ཀྱི་གཞིར་གསུངས་པ་ཇི་ལྟར་ཡིན་ཞེ་ན། ང་ཙམ་དེ་ཉིད་སེམས་རྣམ་ཤེས་ལ་བརྟེན་ནས་བཏགས་པའི་རྒྱུད་ཡིན་པས། སེམས་ཀྱི་རྒྱུད་ཅེས་ཀྱང་བྱ་ལ། སེམས་ཉིད་ཀྱི་རིགས་འདྲ་ལ་དེའི་རྒྱུད་ཅེས་པ་ལྟར་ན། དེ་ཡང་རེས་འགའ་བའི་བག་ཆགས་སྒོ་བའི་གཞིར་འགྱུར་རོ། །

若爾，云何《入中論釋》說內心相續爲習氣之所依。曰：由此我事是依內心假立之相續，故亦說名內心相續。若如說心同類名心相續者，亦是少分習氣熏習之所依。

མ་རིག་པའི་བག་ཆགས་ཀྱི་ཚུལ་ནི། འཇུག་འགྲེལ་ལས། གང་གིས་སེམས་ཀྱི་རྒྱུད་འགག་པར་བྱེད་ཅིང་སྒོ་བར་བྱེད་ལ། རྗེས་སུ་བསྒྲོད་པར་བྱེད་པ་ནི་བག་ཆགས་ཏེ། ཉོན་མོངས་པའི་མུར་ཐུག་པ་དང་། གོམས་པ་དང་རྩ་བ་དང་བག་ཆགས་ཞེས་བྱ་བ་ནི་རྣམ་གྲངས་དག་གོ །

無明習氣之理，《入中論釋》云：「若法於心相續，染污、熏習、隨逐，是名習氣。煩惱邊際，串習、根本、習氣，是諸異門。

དེ་ནི་ཟག་པ་མེད་པའི་ལམ་གྱིས་ཉོན་མོངས་པ་སྤངས་སུ་ཟིན་ཀྱང་། ཉན་ཐོས་དང་རང་སངས་རྒྱས་ཀྱིས་སྤང་བར་མི་ནུས་ཏེ། ཏིལ་མར་དང་མེ་ཏོག་ལ་སོགས་པ་བསལ་དུ་ཟིན་ཀྱང་། བུམ་པ་དང་སྣམ་བུ་ལ་སོགས་པ་རྣམས་ལ་དེ་དང་ཕྲད་པས་ཡོན་ཏན་ཕྲ་མོ་དམིགས་པ་བཞིན་ནོ། །ཞེས་གསུངས་སོ། །

聲聞、獨覺以無漏道已斷煩惱，然猶不能斷彼習氣。如瓶衣等，已貯油花等物，後縱除去油花等物，猶有微細香氣可得。」

དགེ་མི་དགེའི་བག་ཆགས་ལ་སོགས་པའི་བག་ཆགས་གཞན་ལ་ཡང་གཞི་གཉིས་སུ་འགྱུར་བ་ཇི་ལྟར་རིགས་པར་སྦྱར་རོ། །

餘善不善等習氣，亦有二種所依，如理應知。

འོ་ན་མཐོང་ལམ་བར་ཆད་མེད་ལམ་གྱི་དུས་སུ་དེའི་སྤང་བྱ་མཐོང་སྤང་མེད་མོད་ཀྱང་། སྒོམ་སྤང་གི་བག་ལ་ཉལ་ཡོད་དགོས་ལ། དེའི་ཚེ་ཡིད་ཀྱི་ཤེས་པ་ནི་གཉིས་སྣང་འཁྲུལ་པའི་བག་ཆགས་ཀྱིས་མ་བསླད་པའི་ཟག་མེད་ཡིན་པས། དེའི་ངོ་བོར་བག་ལ་ཉལ་དེ་གནས་པ་མི་རིགས་ལ། དབང་ཤེས་ཀྱང་དེའི་རྟེན་དུ་མེད་ཅིང་གཟུགས་ཀྱང་དེའི་རྟེན་དུ་མི་རིགས་ལ་ཀུན་གཞི་ཡང་མི་འདོད་པས་དེའི་རྟེན་མེད་པར་འགྱུར་རོ་སྙམ་ན།

若爾見道無間道時，雖無見所斷煩惱，應有修所斷隨眠。爾時意識已成無漏，全無錯亂習氣所染。若謂隨眠寄彼體中不應道理，前五根識及色法，亦非彼隨眠之所依，復不許有阿賴耶識，故彼隨眠應無所依。

སྐྱོན་མེད་དེའི་ཚེ་ང་ཙམ་ཞིག་སྒོམ་སྤང་གི་བག་ལ་ཉལ་གྱི་རྟེན་ཡིན་པའི་ཕྱིར་ཏེ། སྤང་གཉེན་གཞན་ལ་ཡང་དེ་བཞིན་དུ་ཤེས་པར་བྱའོ། །

答曰：無過，爾時假我爲修所斷隨眠之所依故。餘能治所治時，應知亦爾。

ལུགས་འདིའི་གང་ཟག་གི་འཛོག་ཚུལ་ཐུན་མོང་མ་ཡིན་པ་ཤེས་ན་ནམ་མཁའ་དང་རྣམ་ཤེས་མཐའ་ཡས་དང་

ཅི་ཡང་མེད་པ་གསུམ་དུ་སྐྱེས་པའི་འཕགས་པའི་རྒྱུད་ལ། འཇིག་རྟེན་ལས་འདས་པ་ཟག་མེད་ཀྱི་སེམས་མངོན་དུ་གྱུར་པ་ན། འཇིག་རྟེན་པའི་སེམས་གཞན་མེད་པས་དེ་རྣམས་ཀྱི་འགྲོ་བ་ལྡོག་པར་འགྱུར་རོ། །ཞེས་པ་དང་།

若知此宗安立補特伽羅之不共道理，或問：生空無邊處、識無邊處、無所有處之聖者，現起出世無漏心時，由無其餘世間心故，彼等之趣生體應亦隨滅。

སྲིད་རྩེར་སྐྱེས་པའི་འཕགས་པ་ལ་ཅི་ཡང་མེད་པའི་སར་གཏོགས་པའི་ཟག་མེད་ཀྱི་སེམས་མངོན་དུ་གྱུར་པ་ན། སྲིད་རྩེ་དང་ཅི་ཡང་མེད་པ་གཉིས་ཀའི་སས་བསྡུས་པའི་འགྲོ་བ་ལྡོག་པར་འགྱུར་ཏེ། ཟག་མེད་ཀྱི་སེམས་དེའི་གནས་ནི་འགྲོ་བ་དེ་གཉིས་དང་། མྱ་ངན་ལས་འདས་པའི་འགྲོ་བར་མི་རུང་བའི་ཕྱིར་རོ། ཞེས་གསུངས་པའི་རིགས་པ་རྣམས་ཀྱིས་ཀྱང་མི་གནོད་པར་མངོན་ཏེ། ཟག་བཅས་དང་ཟག་མེད་ཀྱི་སེམས་གང་ཡང་འགྲོ་བ་དེ་དག་གི་མཚན་གཞིར་མ་བཞག་ཀྱང་འགྲོ་བ་བཞག་པས་ཆོག་པའི་ཕྱིར་རོ། །

或問：「生有頂天之聖者，現起無所有地所攝之無漏心時，有頂與無所有二地所攝之趣生體，皆應隨滅。以說彼無漏心之依處。是彼二趣體及涅槃趣體，不應理故。此等正理皆不成難，雖有漏心及無漏心，皆不安立爲彼等趣生體之所相，然可安立彼趣生體故。」

ཕྱོགས་སྔ་མའི་ལུགས་ནི། ལམ་མ་ཞུགས་དང་སློབ་པ་རྣམས་ཀྱི་འགྲོ་བའི་ངོ་བོ་མ་སྒྲིབས་ལུང་མ་བསྟན་གྱི་དབང་དུ་མཛད་པའོ། །

此就敵宗，說未入道者及有學聖人之趣生體是無覆無記法而答。

ལན་དེ་དག་ཀྱང་བདག་འདྲ་བས་ལུགས་ཆེན་པོ་རྣམས་ལ་རང་སྟོབས་ཀྱིས་བརྗོད་པར་ག་ལ་ནུས། འོན་ཀྱང་མགོན་པོ་ཀླུ་སྒྲུབ་ཀྱི་དགོངས་པ་ཇི་ལྟ་བ་བཞིན་དུ་རྟོགས་པར་འཇོག་ཤེས་པའི་ཤིང་རྟ་ཆེན་པོ་དག་གི་ལུགས་ལ་བརྟེན་ནས་སྨྲས་པ་ཡིན་ནོ། །

愚鈍如我，豈能自力答彼諸難？然依如實安立龍猛菩薩意趣之諸大車宗，故作是說。

དེ་རྣམས་ལ་དཔགས་ན་ཀུན་གཞི་སྒྲུབ་པའི་རིགས་པ་ལྷག་མ་རྣམས་ཀྱིས་ཀྱང་ལུགས་འདི་ལ་མི་གནོད་པར་མངོན་ཏེ། བློ་གྲོས་ཆེ་ཞིང་ཞིབ་ལ་རྣོ་བ་རྣམས་ཀྱིས་རྩད་གཅད་པར་བྱའོ། །

由此可知，成立阿賴耶識之諸餘道理，對於此宗皆不成難。諸具大慧細慧明利慧者當善思擇。

卷七

གཉིས་པ་ནི། སྔར་ལས་འགགས་པ་ལས་འབྲས་བུ་འབྱུང་བར་བཤད་པའི་དོན་དེ་ཉིད་དཔེའི་སྒོ་ནས་བཤད་པ།

未二、明從已滅業生果之喻。前說業滅能生自果，今以譬喻重明彼義。頌曰：

རྨི་ལམ་དམིགས་པའི་ཡུལ་དག་མཐོང་ནས་ནི། །སད་ཀྱང་བླུན་ལ་ཆགས་པ་སྐྱེ་འགྱུར་བ། །
དེ་བཞིན་འགགས་ཤིང་རང་བཞིན་ཡོད་མིན་པའི། །ལས་ལས་ཀྱང་ནི་འབྲས་བུ་ཡོད་པ་ཡིན། །

如見夢中所緣境，愚夫覺後猶生貪，
如是業滅無自性，從彼亦能有果生。

རྨི་ལམ་ན་བུད་མེད་བཟང་མོ་དམིགས་པའི་ཡུལ་དག་མཐོང་ནས་ནི། དེ་ནས་གཉིད་སད་ཀྱང་སད་པའི་ཚེ་ན་ཡང་སྐྱེ་བོ་བླུན་པོ་ལ་ད་ལྟ་འགགས་ཤིང་མེད་པ་ལ་དམིགས་ནས་ཆགས་པ་དྲག་པོ་སྐྱེ་བར་འགྱུར་བ་དེ་བཞིན་དུ་རང་བཞིན་གྱིས་ཡོད་པ་མིན་པའི་ལས་འགགས་པ་ལས་ཀྱང་ནི། ལས་ཀྱི་འབྲས་བུ་འབྱུང་བ་ཡོད་པ་ཡིན་ནོ། །ཞེས་ལས་ཞིག་པ་ལས་འབྲས་བུ་འབྱུང་བར་བསྟན་ནོ། །

如諸愚夫，於睡夢中見有美女，醒覺之後，緣彼已滅現無之夢境，猶生猛利貪著。如是從無自性已滅之業，亦得有業果發生也。此說業滅，仍能生果。

དེའི་ཤེས་བྱེད་དུ་སྲིད་པ་འཕོ་བའི་མདོ་ལས་རྒྱལ་པོ་ཆེན་པོ་འདི་ལྟ་སྟེ་དཔེར་ན་མི་ཞིག་ཉལ་བའི་རྨི་ལམ་ན་ཡུལ་གྱི་བུད་མེད་བཟང་མོ་དང་ལྷན་ཅིག་སྤྱོད་པར་རྨིས་ལ། དེ་ཉལ་བ་ལས་སད་ནས་ཡུལ་གྱི་བུད་མེད་བཟང་མོ་དྲན་ན། རྒྱལ་པོ་ཆེན་པོ་འདི་ཇི་སྙམ་དུ་སེམས།

為證此義，引《轉有經》云：「大王當知，譬如男子，於睡夢中見與美女共為稠密。既睡覺已，憶彼美女，大王，於意云何？

འོ་ན་གང་རྨི་ལམ་གྱི་ཡུལ་གྱི་བུད་མེད་བཟང་མོ་དང་ལྷན་ཅིག་ཡོངས་སུ་སྤྱོད་པར་རྨིས་ལ། དེ་ཉལ་བ་ལས་སད་ནས་ཡུལ་གྱི་བུད་མེད་བཟང་མོ་དྲན་པའི་མི་དེ་ཅི་མཁས་པའི་རང་བཞིན་ཅན་ཡིན་ནམ། གསོལ་པ་བཅོམ་ལྡན་འདས་དེ་ནི་མ་ལགས་ཏེ།

若此男子，夢與美女共為稠密，既睡覺已，憶彼美女，可說此人為有智否？王言，不也，世尊。

དེ་ཅིའི་སླད་དུ་ཞེ་ན། བཅོམ་ལྡན་འདས་རྨི་ལམ་གྱི་བུད་མེད་བཟང་མོ་ཡང་མ་མཆིས་ཤིང་། མི་དམིགས་པ་ལགས་ན། དེ་དང་ཡོངས་སུ་སྤྱོད་པ་ལྟ་ག་ལ་མཆིས་ཏེ། འདི་ལྟར་མི་དེ་ནི་ཕོངས་ཤིང་དུབ་པའི་སྐལ་བ་ཅན་དུ་

འགྱུར་ལགས་སོ། །ཞེས་དྲངས་པ་ནི་དཔེ་སྟོན་པའོ། །

何以故？世尊，由彼夢中美女非有，不可得故，況能與彼而行稠密。唯由彼人徒自勞苦。」

དེ་དོན་དང་སྦྱོར་བ་ནི། རྒྱལ་པོ་ཆེན་པོ་དེ་བཞིན་དུ་བྱིས་པ་སོ་སོའི་སྐྱེ་བོ་ཐོས་པ་དང་མི་ལྡན་པ་ཡང་མིག་གིས་གཟུགས་རྣམས་མཐོང་ནས་ཡིད་བདེ་བར་འགྱུར་བའི་གཟུགས་རྣམས་ལ་མངོན་པར་ཞེན་ཏེ། མངོན་པར་ཞེན་པར་གྱུར་ནས་ཆགས་པ་སྐྱེད་པར་བྱེད་དོ། །

此段出喻。次合法云：「大王，如是愚癡寡聞凡夫，眼見色時，心生喜樂，便起執著謂色實有，起執著已隨生染愛，

ཆགས་ནས་འདོད་ཆགས་ལས་བྱུང་བ་དང་། ཞེ་སྡང་ལས་བྱུང་བ་དང་། གཏི་མུག་ལས་བྱུང་བའི་ལུས་དང་ངག་དང་ཡིད་ཀྱིས་མངོན་པར་འདུ་བྱེད་དོ། །ལས་དེ་མངོན་པར་འདུ་བྱས་པར་གྱུར་ནས་འགག་གོ །

起染愛故隨貪瞋癡，發身語意造作諸業。然此諸業作已即滅。

འགགས་པ་ན་ཤར་ཕྱོགས་སུ་བརྟེན་ཏེ་གནས་པ་མ་ཡིན་པ་ནས། ཕྱོགས་མཚམས་རྣམས་སུ་མ་ཡིན་ནོ་ཞེས་བྱ་བའི་བར་དང་། ཞེས་གསུངས་ཏེ་ཐོས་པ་དང་མི་ལྡན་པ་ནི་དེ་ཁོ་ན་ཉིད་སྟོན་པ་ཐོས་པ་ལས་དེ་ཉིད་རྟོགས་པ་མེད་པའོ། །མངོན་པར་ཞེན་པ་ནི་བདེན་ཞེན་ནོ། །

滅已不依東方而住。」乃至「亦不依止四維上下。」寡聞，謂未聞真實義，不解真實。執著謂執爲實有。

卷七

ཆགས་པ་ལས་བྱུང་བའི་ལས་གསུམ་ལ་ནི། དགེ་མི་དགེའི་ལས་གཉིས་ཀ་དང་། ཞེ་སྡང་ལས་བྱུང་བའི་ལས་ནི་མི་དགེ་བ་དང་། གཏི་མུག་ལས་བྱུང་བ་ལ་ཡང་ལས་གཉིས་ཀ་གསོག་པ་ཡོད་དོ། །

由貪所發三業，通善不善二類業。瞋所發業，唯屬不善。癡所發業亦通二類。

ལས་བྱས་མ་ཐག་ཏུ་འགགས་པ་ནི་ཐ་སྙད་དུ་དང་། ལྷག་མས་ནི་འགག་པ་ངོ་བོ་ཉིད་ཀྱིས་གྲུབ་པ་བཀག་གོ །

業作已即滅，是依名言而說。餘文是破滅有自性。

དེ་ནས་དུས་གཞན་ཅི་ཙམ་ཞིག་ན་འཆི་བའི་དུས་དང་ཚེ་ཉེ་བར་གནས་པའི་ཚེ། དེ་དང་སྐལ་བ་འདྲ་བའི་ལས་དེའི་ཚེ་འཕེན་བྱེད་ཟད་ནས། རྣམ་པར་ཤེས་པ་ཐ་མ་འགག་པའི་ཚེ་འདི་ལྟ་སྟེ། དཔེར་ན་ཉལ་ཉལ་བ་ལས་སད་པའི་མིའི་ཡུལ་གྱི་བུད་མེད་བཟང་མོ་ལྟ་བུར་ཡིད་ལས་དེ་ཉིད་ལ་མངོན་དུ་ཕྱོགས་པར་འགྱུར་རོ། །ཞེས་གསུངས་ཏེ།

次云：「後臨終時，同分業盡，意識將滅，所作之業皆悉現前。譬如男子從睡覺已，憶念夢中所見美女，影像現前。」

སྐལ་པ་འདྲ་བ་སྟེ་ཕུང་པོ་རིགས་མཐུན་ཚེ་འདིར་གནས་པའི་ལས་ཟད་ནས། ཚེ་འདིའི་རྣམ་ཤེས་ཐ་མ་འགག་པའི་ཚེ། ཆགས་ལྡན་སད་མ་ཐག་ཏུ་རྨི་ལམ་གྱི་མཛེས་མ་དྲན་ཏེ། ཡིད་དེ་ལ་ཞུགས་པ་བཞིན་དུ་འཆི་ཁའི་ཚེ་ཚེ་ཕྱི་མར་གང་སྨིན་པའི་ལས་ཀྱི་ནུས་པ་སད་པའི་ལས་དེ་ལ་ཡིད་ཞུགས་པར་འགྱུར་གྱི་དྲན་པ་མིན་ནོ། །

同分謂同類五蘊。現世業盡，現世之最後識將滅時。如染愛男子，覺已無間，猶憶夢中美女，心生戀慕。如是臨命終時，於能感後世成熟之業，心意現前，然非憶念。

དེ་ལྟར་རྣམ་པར་ཤེས་པ་ཐ་མ་འགག་ཅིང་། སྐྱེ་བའི་ཆར་གཏོགས་པའི་རྣམ་པར་ཤེས་པ་དང་པོ་ཡང་ན་ནི་ལྷ་དག་གི་ནང་དུ་ཞེས་བྱ་བ་ནས། ཡང་ན་ནི་ཡི་དྭགས་རྣམས་སུ་འབྱུང་བར་འགྱུར་རོ། །ཞེས་བྱ་བའི་བར་དང་། ཞེས་གསུངས་ཏེ་ཐ་མ་འགག་པ་ནི་ཚེ་འདིའི་འོ། །

又云：「如是最後識滅，生分所攝最初識生或生天上。」乃至；「或生餓鬼。」最後識謂現世識。

སྐྱེ་བའི་ཆར་གཏོགས་པའི་རྣམ་ཤེས་དང་པོ་འབྱུང་བ་ལ་ལྷ་དག་གི་ནང་དུ་ཞེས་སོགས་གསུངས་ཤིང་། བར་སྲིད་འགྲོ་བ་དྲུག་པོ་མིན་པས་སྐྱེ་སྲིད་ཀྱི་རྣམ་ཤེས་ཡིན་ཏེ། སྐྱེ་འཆི་གཉིས་ཀྱི་བར་ན་བར་སྲིད་ཡོད་ཀྱང་མ་གསུངས་པ་མང་བར་སྣང་བས། གཙོ་བོར་སྐྱེ་འཆིའི་དབང་དུ་བྱས་པའི་ལས་འབྲས་བུ་དང་འབྲེལ་ཚུལ་གཏན་ལ་དབབ་པར་བཞེད་པའོ། །

生分所攝最初識生，謂生天等。中有非六趣攝，故是生有識。生死之間雖有中有，然多不宣說，故知主要是依生死抉擇業果之關係。

དེ་ནས་རྣམ་པར་ཤེས་པ་དང་པོ་དེ་འགགས་མ་ཐག་ཏུ་གང་ལ་རྣམ་པར་སྨིན་པ་མྱོང་བར་འགྱུར་བར་མངོན་པ་དེ་དང་སྐལ་པ་འདྲ་བའི་སེམས་ཀྱི་རྒྱུན་འབྱུང་ངོ་། །

次云：「其最初識滅已無間，彼同類心相續生起，分明領受所感異熟。

རྒྱལ་པོ་ཆེན་པོ་དེ་ལ་ཆོས་གང་ཡང་འཇིག་རྟེན་འདི་ནས་འཇིག་རྟེན་ཕ་རོལ་ཏུ་འཕོ་བ་ཡང་མེད་ལ། འཆི་འཕོ་བ་དང་སྐྱེ་བར་མངོན་པ་ཡང་ཡོད་དེ།

大王，曾無有法能從此世轉至後世，然有死生業果可得。

རྒྱལ་པོ་ཆེན་པོ་དེ་ལ་གང་རྣམ་པར་ཤེས་པ་ཐ་མ་འགགས་པ་དེ་ནི་འཆི་འཕོ་བ་ཞེས་བྱ། གང་རྣམ་པར་ཤེས་པ་དང་པོ་འབྱུང་བ་དེ་ནི་སྐྱེ་བ་ཞེས་བྱའོ། །

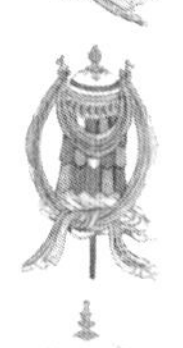

大王當知，最後識滅名之爲死，最初識起號之爲生。

རྒྱལ་པོ་ཆེན་པོ་རྣམ་པར་ཤེས་པ་ཐ་མ་འགགས་པའི་ཚེ་ཡང་གང་དུ་ཡང་མི་འགྲོའོ། །རྣམ་པར་ཤེས་པ་སྐྱེ་བའི་ཆར་གཏོགས་པ་འབྱུང་བའི་ཚེ་ཡང་གང་ནས་ཀྱང་འོང་བ་མེད་དོ། །

大王，最後識滅無有去處。生分所攝最初識生無所從來。

དེའི་ཅིའི་ཕྱིར་ཞེ་ན། རང་བཞིན་གྱིས་དབེན་པའི་ཕྱིར་རོ། །རྒྱལ་པོ་ཆེན་པོ་དེ་ལ་རྣམ་པར་ཤེས་པ་ཐ་མ་ནི་རྣམ་པར་ཤེས་པ་ཐ་མས་སྟོང་ངོ། །

所以者何？本性離故。大王，最後識由最後識空。

འཆི་འཕོ་ནི་འཆི་འཕོ་བས་སྟོང་ངོ། །ལས་ནི་ལས་ཀྱིས་སྟོང་ངོ། །རྣམ་པར་ཤེས་པ་དང་པོ་ནི་རྣམ་པར་ཤེས་པ་དང་པོས་སྟོང་ངོ། །སྐྱེ་བ་ནི་སྐྱེ་བས་སྟོང་ལ་ལས་རྣམས་ཆུད་མི་ཟ་བར་ཡང་མངོན་ནོ། །ཞེས་གསུངས་ཏེ་

死由死空業由業空，最初識由最初識空，生由生空。而彼諸業不曾散失。」

སྐྱེ་སྲིད་དུ་ཉིང་མཚམས་སྦྱར་བའི་སྔོན་ལས་ཀྱི་འབྲས་བུ་བདེ་སྡུག་ཅིག་མྱོང་བས།དེ་མྱོང་བའི་རྣམ་ཤེས་ཀྱི་རྒྱུན་སྐྱེ་སེམས་དང་པོ་ལས་སྐྱེ་བ་དང་། འཆི་འཕོ་བ་དང་སྐྱེ་བ་ཐ་སྙད་དུ་ཡོད་ལ། དོན་དམ་པར་མེད་པ་དང་དེའི་རྒྱུ་མཚན་རང་བཞིན་གྱིས་དབེན་ཞེས་པ་ནི། དགག་བྱ་ལ་ཁྱད་པར་སྦྱར་བ་སྟེ་རྣམ་ཤེས་ཐ་མ་སོགས་རང་རང་གིས་སྟོང་པར་གསུངས་པ་ལ་སྦྱར་བར་བྱའོ། །

此說於生有中結生相續，領受宿業苦樂果報。其能領受心識相續，是從最初生識而生。又說生死於名言有，於勝義無。其理由謂本性離故。是於所破加簡別言。當知此配最後識由自空等。

དེ་ལྟར་བསྟན་པ་ན་ལས་འབྲས་ཡོད་པ་མིན་པར་བཟུང་གིས་དོགས་ནས་ལས་རྣམས་ཆུད་མི་ཟ་བར་གསུངས་སོ། །

雖如是說，然恐妄執業果非有，故說諸業不曾散失。

གསུམ་པ་ལ་གཉིས། རྣམ་སྨིན་ཐུག་མེད་དུ་འགྱུར་པའི་རྩོད་པ་སྤང་བ་དང་། ཀུན་གཞི་ཡོད་པར་གསུངས་པའི་ལུང་དང་འགལ་བའི་རྩོད་པ་སྤང་བའོ། །

未三、釋妨難分二：申一、釋異熟無窮難，申二、釋違阿賴耶教難。

དང་པོ་ནི། གལ་ཏེ་ལས་རང་བཞིན་གྱིས་མ་སྐྱེས་པ་ལ་རང་བཞིན་གྱིས་ཟད་པ་མེད་པས་རྣམ་སྨིན་འབྱུང་བར་འདོད་ན་དེ་བཞིན་དུ་རྣམ་པར་སྨིན་ཟིན་པ་ལས་ཀྱང་ཡང་རྣམ་པར་སྨིན་པར་འགྱུར་བའི་ཕྱིར་ཐུག་པ་མེད་

卷七

པའི་སྨིན་དུ་འགྱུར་རོ་སྙམ་ན།

今初，難曰：若謂由業自性不生，自性不滅故，能感異熟者，如是已感異熟者，亦當更感異熟，便成無窮？頌曰：

ཇི་ལྟར་ཡུལ་ནི་ཡོད་ཉིད་མིན་མཚུངས་ཀྱང་། །རབ་རིབ་ཅན་གྱིས་སྐྲ་ཤད་རྣམ་པར་ནི། །
མཐོང་གི་དངོས་གཞན་རྣམ་པར་མ་ཡིན་ལྟར། །དེ་བཞིན་སྨིན་ལས་སླར་སྨིན་མིན་ཤེས་ཀྱིས། །
如境雖俱非有性，有翳唯見毛髮相，
而非見爲餘物相，當知已熟不更熟。

ཇི་ལྟར་དེ་དཔེར་ན་ཡུལ་ནི་ཡོད་པ་ཉིད་མིན་པར་མཚུངས་བཞིན་དུ། རབ་རིབ་ཅན་གྱི་མིག་གིས་ཡོད་པ་མིན་པའི་སྐྲ་ཤད་ལ་སོགས་པའི་རྣམ་པར་ནི་མཐོང་གི །དེ་ལས་གཞན་པའི་དངོས་པོའི་རྣམ་པ་བོང་བུའི་རྭ་དང་། མོ་གཤམ་གྱི་བུ་ལ་སོགས་པའི་རྣམ་པར་མཐོང་བ་མ་ཡིན་པ་ལྟར།

如境雖俱非有，然有眩翳之眼，唯見非有之毛髮等相，而不見爲兔角，石女兒等諸餘物相。

དེ་བཞིན་དུ་ལས་རང་བཞིན་གྱིས་གྲུབ་པ་མིན་པར་མཚུངས་བཞིན་དུ། སྨིན་མ་ཟིན་པ་ལས་སྨིན་པ་དང་། སྨིན་ཟིན་པ་ལས་སླར་ཡང་སྨིན་པ་མིན་པར་ཤེས་པར་གྱིས་ཤིག །དཔེ་འདི་ལས་ལས་རྣམས་ཀྱི་འབྲས་བུ་ངེས་པར་འགྲུབ་པ་འབའ་ཞིག་ཏུ་མ་ཟད་ཀྱི། དགེ་མི་དགེའི་ལས་ལས་ཡིད་དུ་འོང་མི་འོང་གི་འབྲས་བུ་ཡང་སོ་སོར་ངེས་སོ་ཞེས་བཤད་པ།

如是當知，業雖俱無自性，然未熟業能感異熟，其已熟業則不更熟。又此譬喻非但成立業定有果，且能成立善不善業，感苦樂果各別決定。頌曰：

དེ་ཕྱིར་རྣམ་སྨིན་མི་དགེ་ནག་པོའི་ལས། །རྣམ་སྨིན་དགེ་ཉིད་དགེ་ལས་ཡིན་མཐོང་ཞིང་། །
དགེ་མི་དགེ་མེད་བློ་ཅན་ཐར་འགྱུར་ཏེ། །ལས་འབྲས་རྣམས་ལ་སེམས་པའང་དགག་པ་མཛད། །
故見苦果由黑業，樂果唯從善業生，
無善惡慧得解脫，亦遮思惟諸業果。

རབ་རིབ་ཅན་གྱི་མིག་གིས་སྐྲ་ཤད་སོགས་མཐོང་བ་དང་། བོང་བུའི་རྭ་ལ་སོགས་པ་མི་མཐོང་བའི་ངེས་པ་དེའི་ཕྱིར་རྣམ་སྨིན་ཡིད་དུ་འོང་བ་ནི་མི་དགེ་བ་ལས་མི་འབྱུང་ལ། རྣམ་སྨིན་ཡིད་དུ་མི་འོང་བ་ནི་དགེ་བ་ལས་མ་ཡིན་པའི་ཕྱིར།

如有眩翳之眼，唯見毛髮等，不見兔角等決定不亂。故可愛異熟，不從不善業生，非愛異熟不從善業生。

རྣམ་སྨིན་མི་དགེ་བ་སྡེ་ཡིད་དུ་མི་འོང་བ་ནི། ནག་པོའི་ལས་ལས་ཡིན་ལ། རྣམ་སྨིན་དགེ་བ་སྡེ་ཡིད་དུ་འོང་བ་ནི་དགེ་བ་ལས་འབྱུང་བ་ཡིན་པར་མཐོང་ཞིང་། དགེ་བ་དང་མི་དགེ་བའི་ལས་མེད་པའི་བློ་ཅན་ཏེ་རང་བཞིན་གྱིས་གྲུབ་པ་མི་དམིགས་པར་རྟོགས་པ་ནི་འཁོར་བ་ལས་ཐར་བར་འགྱུར་རོ། །

故見非愛苦異熟，唯從黑業出生，可愛樂異熟，唯從善業出生。通達善不善業自性不可得慧者，便當解脫生死。

དེའི་ཕྱིར་རྒྱལ་བས་སོ་སོ་སྐྱེ་བོ་ལས་ཀྱི་ཁྱད་པར་འདི་དང་འདི་ལས་འབྲས་བུའི་ཁྱད་པར་འདི་དང་འདི་འབྱུང་བའི་རྒྱུ་མཚན་འཐད་སྒྲུབ་ཀྱི་རིགས་པས་ཞིབ་པར་ངེས་པར་དཔྱོད་པར་བྱེད་པ་རྣམས་ལ། ལས་དང་འབྲས་བུ་ལ་སྐུར་པ་བཏབ་པ་ལས་ཀུན་རྫོབ་འཇིག་པར་འགྱུར་དུ་འོང་སྙམ་སྟེ།

佛恐凡夫，樂以理智審細觀察，由如是如是差別業，感如是如是差別果之理由，毀謗業果壞世俗諦。

ལས་རྣམས་ཀྱི་འབྲས་བུ་རྣམ་པར་སྨིན་པ་ནི་བསམ་གྱིས་མི་ཁྱབ་བོ། །ཞེས་ལས་དང་འབྲས་བུ་རྣམས་ལ་བརྟེན་པའི་སེམས་པ་སྟེ་དཔྱད་པའང་དགག་པར་མཛད་དོ། །

故曰：「諸業異熟，不可思議。」遮止於諸業果而起思擇。

གཞུང་འདིར་དེ་འདྲ་བའི་སྒོ་མང་པོ་ནས་ལས་འབྲས་ཀྱི་ངེས་པ་སྟོར་དུ་དོགས་ནས་སྒོ་དུ་མ་ནས་ལས་འབྲས་ཀྱི་ངེས་པ་སྐྱེད་ཐབས་མཛད་པ་འདི་ཤེས་པར་གྱིས་ལ། སྟོང་པ་ཉིད་ཀྱི་ལྟ་བས་ཀྱང་དེའི་ངེས་པ་བརྟན་པའི་གྲོགས་བྱས་པའི་སྟེང་ནས། ད་རེས་རིན་པོ་ཆེའི་གླིང་དུ་ཕྱིན་པ་སྟོང་ལོག་ཏུ་མི་འགྲོ་བ་ལ་འབད་པར་གྱིས་ཤིག །

當知此論，由多門中恐於業果，退失定見，故由多門令於業果發生定解。即空性見，亦是資助業果決定。今到寶洲，宜善努力，幸勿徒手而返也。

གཉིས་པ་ལ་གསུམ། ལུང་འགལ་སྤོང་བའི་ཚིག་དོན་དངོས། ཡིད་ཤེས་ལས་ངོ་བོ་ཐ་དད་པའི་ཀུན་གཞི་བཤད་མ་བཤད་ཀྱི་ཚུལ། དགོངས་པའི་དབང་གིས་གསུངས་པའི་དཔེ་བསྟན་པའོ། །

申二、釋違阿賴耶教難分三：酉一、正釋違教之文義，酉二、離意識外說不說有異體阿賴耶之理，酉三、明密意言教之喻。

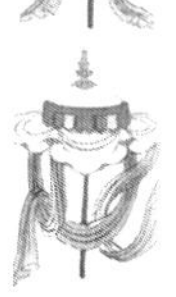

དང་པོ་ནི། གལ་ཏེ་དེ་ལྟར་ཀུན་གཞི་མེད་ཀྱང་ལས་འབྲས་ཀྱི་འབྲེལ་པ་རྣམ་པར་འཇོག་ནུས་ན། འོ་ན་ལང་ཀར་གཤེགས་པ་དང་། ལ་སོགས་པས་དགོངས་འགྲེལ་དང་། ཐེག་པ་ཆེན་པོའི་ཆོས་མངོན་པའི་མདོ་ལས། ཀུན་གཞི་རྣམ་པར་ཤེས་པ་ཞེས་པ། དངོས་པོའི་ཆོས་མཐའ་དག་པའི་ནུས་པའི་ཁྱད་པར་གྱི་གཞི་ས་བོན་ཐམས་ཅད་པ། རྒྱ་མཚོ་ལས་རླབས་རྣམས་འབྱུང་བ་ལྟར། ཕྱི་ནང་གི་དངོས་པོ་ཐམས་ཅད་སྐྱེ་བའི་རྒྱུར་གསུངས་པ་དེ། རྣམ་པ་ཐམས་ཅད་དུ་དེའི་རྣམ་གཞག་འཇོག་པ་མེད་ཞིག་གམ་ཞེ་ན།

今初，問：若無阿賴耶識，亦能安立業果關係者，則《楞伽經》及《解深密經》《阿毗達摩大乘經》等，說有阿賴耶識，爲一切有爲法功能差別之所依，名一切種，如海起波浪，作內外一切諸法生起之因。豈彼建立一切非有耶？

དེ་ལྟར་ནི་མ་ཡིན་ཏེ། དེ་སྐད་དུ་ཀུན་གཞི་ཡོད་པར་བསྟན་པས་འདུལ་བ་རྣམས་ལ་དེ་ཡོད་པ་ཉིད་དུ་བསྟན་པའི་ཕྱིར་རོ། །

答曰：不爾，對須說有阿賴耶識而調伏者，即應說有阿賴耶故。

འདིས་ནི་དགོས་པའི་དབང་གིས་ཀུན་གཞི་གདུལ་བྱའི་ངོར་ཁས་ལེན་པར་བསྟན་པས། རང་གི་ལུགས་ལ་དགོངས་པ་ཅན་དུ་སྟོན་པ་ན། གང་ལ་དགོངས་ནས་གསུངས་པའི་དགོངས་གཞི་ནི། རང་བཞིན་གྱིས་གྲུབ་པས་སྟོང་པའི་སྟོང་པ་ཉིད་ཁོ་ན་ལ་དགོངས་ནས། ཀུན་གཞི་རྣམ་ཤེས་ཀྱི་སྒྲས་བསྟན་པར་རིག་པར་བྱའོ། །

此說爲調伏眾生故，說有阿賴耶識。故自宗說彼是密意教。其密意之所依，當知唯說自性空之空性，名阿賴耶識。

དེ་ལ་ཀུན་གཞིར་གསུང་བ་ནི། རང་བཞིན་དེ་ནི་དངོས་པོ་ཐམས་ཅད་ཀྱི་རྗེས་སུ་ཞུགས་པའི་ཕྱིར་རོ། །

說彼名阿賴耶識之理由，謂由彼空性隨一切法轉故。

དགོས་པའི་དབང་གིས་ཀུན་གཞི་རྣམ་ཤེས་ཡོད་པར་སྟོན་པ་འབའ་ཞིག་ཏུ་མ་ཟད་ཀྱི། གང་ཟག་ཀྱང་རྫས་སུ་ཡོད་པར་སྟོན་ཏེ། དེས་འདུལ་བའི་སྐྱེ་བོ་ལ་དེ་ཡོད་པར་བསྟན་པས་རྗེས་སུ་འཛིན་པའི་ཕྱིར་རོ། །

又爲教化增上之力，非但說有阿賴耶識，亦說實有補特伽羅。對須說有實補特伽羅，方能調伏之眾生，即說有實補特伽羅而攝受故。

ཇི་སྐད་དུ་དགེ་སློང་དག་ཕུང་པོ་ལྔ་ནི་ཁུར་རོ། །ཁུར་འཁུར་བ་ནི་གང་ཟག་གོ །ཞེས་གསུངས་པ་ལྟ་བུའོ། །

如經云：「諸苾芻，五蘊即重擔，荷重擔者謂補特伽羅。」

འདི་ནི་གང་ཟག་རང་རྐྱ་ཐུབ་པའི་རྫས་ཡོད་དུ་འཛིན་པ་རྣམས་ཀྱིས་ཞུས་པའི་ངོར་དེ་མེད་པར་མ་བསྟན་པར་ཁུར་འཁུར་བའི་གང་ཟག་ཡོད་པར་གསུངས་པས། ཚིག་ལ་དངོས་སུ་མེད་ཀྱང་དོན་ནི་རྫས་ཡོད་དོ། །

此對執有獨立實有補特伽羅者，不說無彼，而說有能荷重擔之補特伽羅。文雖未言實有，義是宣說實有。

ཡང་གདུལ་བྱ་ཁ་ཅིག་ལ་ནི་གང་ཟག་རྫས་སུ་མེད་པའི་ཕུང་པོ་ཙམ་ཞིག་བསྟན་པར་མཛད་དེ། སེམས་ཞེས་བྱ་བའམ། ཡིད་ཅེས་བྱ་བའམ། རྣམ་པར་ཤེས་པ་ཞེས་བྱ་བ་དེ་ནི་དུས་རིང་པོར་དད་པ་དང་ཚུལ་ཁྲིམས་ལ་སོགས་པས་ཡོངས་སུ་བསྒོས་ཤིང་། གོང་དུ་འགྲོ་བ་ན་ཕྱི་མ་ལ་མཐོ་རིས་སུ་འགྲོ་བར་འགྱུར་རོ། །ཞེས་བཤད་པའོ།།

復爲一類衆生，說無實體補特伽羅，唯有諸蘊。如經云：「謂心意識，長夜熏修信戒等德，後生天趣。」

འདི་ཡང་མཐོ་རིས་དང་བྱང་གྲོལ་དུ་འགྲོ་བའི་ཚུལ་ལ་བདེན་པར་འཛིན་པ་ཅན་རྣམས། ཇེ་ཙམ་ཞིག་ཁས་བླང་བར་བྱ་སྙམ་པ་ལ། དེའི་བདེན་ཞེན་གྱིས་ཡུལ་མ་བཀག་པར་ཕུང་པོ་ཙམ་ཞིག་ཡིན་པར་བསྟན་པ་ན་ཕུང་པོ་བདེན་པར་དོན་གྱིས་སྟོན་པའོ། །

此是爲執著生天解脫爲實有者，暫不破彼實執之境，而說唯有諸蘊。義即顯示諸蘊實有。

འདི་དག་ཐམས་ཅད་ནི་དགོངས་པའི་དབང་གིས་གསུངས་པ་ཡིན་ནོ། །

此等一切皆是密意增上而說。

འདིར་གདུལ་བྱ་གང་ལ་དགོངས་ཏེ་གསུངས་པ་ཡིན་ཞེ་ན།

此等是爲何等衆生密意而說？頌曰：

ཀུན་གཞི་ཡོད་ཅིང་གང་ཟག་ཉིད་ཡོད་ལ། །ཕུང་པོ་འདི་དག་འབའ་ཞིག་ཉིད་ཡོད་ཅེས། །
བསྟན་པ་འདི་ནི་དེ་ལྟར་ཆེས་ཟབ་དོན། །རིག་པར་མི་འགྱུར་དང་ཡིན་དེ་ལའོ། །

說有賴耶數取趣，及說唯有此諸蘊，
此是爲彼不能了，如上甚深義者說。

དེའི་ལན་བརྗོད་པར་བྱ་སྟེ། ཀུན་གཞི་རྣམ་ཤེས་ཡོད་ཅིང་གང་ཟག་ཉིད་རྫས་སུ་ཡོད་ལ། ཕུང་པོ་འདི་དག་འབའ་ཞིག་སྟེ་དེ་ཙམ་ཉིད་བདེན་པར་ཡོད་ཅེས་བསྟན་པ་འདི་ནི། སྔར་བཤད་པ་དེ་ལྟར་ཏེ་དེ་ལྟ་བུའི་ཆེས་ཟབ་

པའི་དོན་ཟེ་ཞིག་རིག་པ་སྟེ་རྟོགས་པར་མི་འགྱུར་བའི་གདུལ་བྱ་གང་ཡིན་པ་དེ་ལ་དགོངས་ཏེ་གསུངས་སོ། །

經中說有阿賴耶識，或說有實補特伽羅，及說唯此諸蘊實有者。此等是爲不能了達如上所說甚深義之衆生，密意而說。

གདུལ་བྱ་གང་དག་ཡུན་རིང་པོར་མུ་སྟེགས་ཀྱི་ལྟ་བ་ལ་གོམས་པར་བྱས་པས་ཆོས་ཉིད་ཟབ་མོ་ལ་འཇུག་པར་མི་ནུས་ཤིང་།

若諸衆生，由其長夜習外道見，不能悟入甚深法性。

རིན་ཆེན་འཕྲེང་བ་ལས། བདག་ཡོད་མ་ཡིན་ཡོད་མི་འགྱུར། །བདག་གི་ཡོད་མིན་མི་འགྱུར་ཞེས། །བྱིས་པ་དག་ནི་དེ་ལྟར་སྐྲག །ཅེས་གསུངས་པ་ལྟར་ཆོས་ཉིད་ཐོག་མར་བསྟན་པ་ན་སྐྲག་ནས། སངས་རྒྱས་ཀྱི་བསྟན་པ་ལ་གཡང་ས་དང་འདྲ་བར་སེམས་པ་དེ་དག་བསྟན་པ་ལ་རྒྱབ་ཀྱིས་ཕྱོགས་ཤིང་མི་འཇུག་པས་དོན་ཆེན་པོ་སྒྲུབ་པར་མི་འགྱུར་རོ། །

如《寶鬘論》云：「謂我無當無，我所無當無，凡愚如是怖。」最初即爲宣說法性，深生恐怖，於佛聖教起險處想，便於聖教憎背不入，於是當失最大義利。

དེ་རྣམས་ལ་ཆེས་ཐོག་མར་ཟབ་མོའི་གནས་མཐར་ཐུག་པ་མ་བསྟན་པར་ཀུན་གཞི་རྣམ་ཤེས་དང་། ཕུང་པོ་བདེན་པ་སོགས་བསྟན་པས་ནི་དེ་ལ་བརྟེན་ནས་མུ་སྟེགས་ཀྱི་ལུགས་བསལ་ནས། དེ་དག་གི་དོན་ཆེན་པོ་འདྲེན་པར་འགྱུར་ཞིང་ཕྱི་ནས་གསུང་རབ་ཀྱི་དོན་ལེགས་པར་རིག་པ་རྣམས་རང་ཉིད་ཀྱིས་ཀུན་གཞི་ལ་སོགས་པ་ཡོད་པར་འཛིན་པ་སྤོང་བར་འགྱུར་བས། དེ་ལྟར་བསྟན་པ་ལ་ཡོན་ཏན་ཁོ་ན་འབྱུང་གི་སྐྱོན་ནི་མ་ཡིན་ནོ། །

故對此輩最初不說究竟深處，而爲宣說阿賴耶識，及實蘊等。先令依此除外道見，引導令得最大義利。後由善解經典真義，自能棄捨阿賴耶等。以是當知如是言教，唯生功德都無過失。

རིམ་པ་དེ་ལྟར་བྱ་བ་ལ་དགོངས་ནས་བརྒྱ་པ་ལས། གང་ཞིག་གང་གང་ལ་དགའ་བ། །དེ་ཡི་དེ་དེ་ཐོར་སྤྱད་བྱ། །ཉམས་པར་གྱུར་པ་དམ་ཆོས་ཀྱི། །སྣོད་ནི་ཅིས་ཀྱང་མ་ཡིན་ནོ། །ཞེས་གསུངས་སོ། །

依如是次第意趣，《四百論》云：「若樂何何事，先觀彼彼法，倘令已退失，便非正法器。」

ཚིག་དྲུག་ལས་ངོ་བོ་ཐ་དད་པའི་ཀུན་གཞི་བསྟན་དགོས་པ་ལ་ནི། ཕྱི་རོལ་དགག་དགོས་པས་གཟུང་འཛིན་རྫས་གཞན་གྱིས་སྟོང་པའི་དེ་ཁོ་ན་ཉིད་ཙམ་ཞིག་གི་སྣོད་དུ་རུང་ལ། སྔར་བཤད་པ་ལྟར་གྱི་ཀུན་གཞི་རྣམ་ཤེས་ཁས་མ་བླངས་ཀྱང་། ལས་འབྲས་ཀྱི་འབྲེལ་པ་འཇོག་ཤེས་པ་མིན་པས། ཆེས་ཟབ་པའི་དོན་རིག་པར་མི་འགྱུར་བ་ལ་གསུངས་པ་ཡིན་ནོ། །

離六轉識須說異體阿賴耶者，唯對堪說能所取空爲真實義之法器，亦必須破外境。若不許有如上所述阿賴耶識，則不能安立業果關係。故彼是對不能了解甚深義者而說。

གཉིས་པ་ནི། ཤེར་ཕྱིན་འབུམ་པ་སོགས་མང་པོར་རྣམ་ཤེས་ཀྱི་གྲངས་སྟོན་པ་ན། རྣམ་ཤེས་ཚོགས་དྲུག་བཤད་ཀྱི་དེ་ལས་མང་བ་མ་བཤད་པའི་མདོ་སྡེ་དུ་མ་ཞིག་ཡོད་པས། མདོ་སྡེ་ལས་ཀུན་གཞི་རྣམ་ཤེས་བཞག་མ་བཞག་གི་ཚུལ་གཉིས་བཀའ་སྩལ་པ་བཞིན་དུ།

酉二、離意識外說不說有異體阿賴耶之理。如《般若十萬頌》等無量經典說識數時，只說六識身，不曾多說。故佛經藏有建立不建立阿賴耶識之二類。

རྗེ་བཙུན་བྱམས་པས་ཀྱང་དེ་དག་གི་དོན་རྣམ་པར་འགྲེལ་བ་ན། དབུས་མཐའ་དང་མདོ་སྡེ་རྒྱན་དང་། ཆོས་ཉིད་རྣམ་འབྱེད་དུ་ཀུན་གཞི་རྣམ་པར་བཞག་པ་དང་ཕྱི་རོལ་མེད་པའི་ཕྱོགས་བཤད་ལ།

如是慈尊解經意時，於《辨中邊論》與《莊嚴經論》《辨法法性論》中，建立阿賴耶識破除外境。

མངོན་རྟོགས་རྒྱན་དང་། རྒྱུད་བླ་མ་ལས་ཀུན་གཞི་རྣམ་ཤེས་རྣམ་པར་མ་བཞག་པ་དང་ཕྱི་རོལ་མ་བཀག་པའི་ཕྱོགས་བཤད་དེ། །

於《現觀莊嚴論》與《寶性論》中，則不建立阿賴耶識不破外境。

སློབ་དཔོན་ཆེན་པོ་ཐོགས་མེད་ཀྱིས་ཀྱང་རྒྱུད་བླ་མའི་དགོངས་པ་རྣམ་རིག་ཙམ་གྱི་ལུགས་སུ་ཡི་མ་བཤད་པར། དབུ་མའི་ལུགས་སུ་བཤད་ལ།

無著菩薩解《寶性論》，亦不作唯識宗釋，而作中觀宗釋。

ཐེག་བསྡུས་སུ་ཀུན་གཞི་རྣམ་ཤེས་ཀྱི་སྒྲུབ་བྱེད་དུ་དྲངས་པའི་ཆོས་མངོན་པའི་ལུང་། རྒྱུད་བླ་མའི་འགྲེལ་བ་ལས། སེམས་ཅན་ལ་དེ་བཞིན་གཤེགས་པའི་ཁམས་གྲུབ་པ་སྙིང་པོར་གྱུར་པ་ཡོད་མོད་ཀྱི། སེམས་ཅན་དེ་དག་གིས་ཤེས་པ་མ་ཡིན་ནོ། །ཞེས་གསུངས་སོ། །

《攝大乘論》爲成立阿賴耶識所引之《阿毗達摩經》，於《寶性論釋》中，則引證一切有情皆有法性種性。如云：「雖諸有情皆有如來界藏，然彼有情自不能知。」

དེ་སྐད་དུ། ཐོག་མ་མེད་པའི་དུས་ཀྱི་ཁམས། །ཆོས་རྣམས་ཀུན་གྱི་གནས་ཡིན་ཏེ། །དེ་ཡོད་པས་ན་འགྲོ་ཀུན་

དང་། །མྱ་ངན་འདས་པའང་ཐོབ་པ་ཡིན། །ཞེས་སེམས་ཅན་ལ་ཆོས་ཉིད་ཀྱི་རིགས་ཡོད་པའི་སྒྲུབ་བྱེད་དུ་དྲངས་པས།

如云：「無始時來界，一切法等依，由此有諸趣，及涅槃證得。」

སློབ་དཔོན་འདིས་ཀུན་གཞི་རྣམ་ཤེས་ཀྱི་དགོངས་གཞི་སྟོང་ཉིད་དུ་བཤད་པ་དང་མཐུན་པའི་ཕྱིར། ཚོགས་དྲུག་ལས་ངོ་བོ་ཐ་དད་པའི་ཀུན་གཞི་གདུལ་བྱ་འགའ་ཞིག་གི་ངོར། དགོས་པའི་དབང་གིས་གསུངས་པར་བཞེད་དོ། །

與月稱論師說阿賴耶識意趣，是依空性而說，極相符合。故彼亦許，離六識身說有異體阿賴耶識，是爲度一類所化增上而說。

འོ་ན་བྱང་ཆུབ་སེམས་འགྲེལ་དུ། ཇི་ལྟར་ཁབ་ལེན་དང་ཉེ་བས། །ལྕགས་ནི་མྱུར་དུ་ཡོངས་སུ་འཁོར། །དེ་ལ་སེམས་ནི་ཡོད་མིན་ཏེ། །སེམས་དང་ལྡན་བཞིན་སྣང་བར་འགྱུར། །དེ་བཞིན་ཀུན་གཞི་རྣམ་ཤེས་ནི། །བདེན་མིན་བདེན་པ་བཞིན་དུ་ནི། །གང་ཚེ་འགྲོ་འོང་གཡོ་བར་འགྱུར། །དེ་ཚེ་སྲིད་པ་འཛིན་པར་བྱེད། །ཇི་ལྟར་རྒྱ་མཚོ་ལ་ནི་ཤིང་། །སེམས་ནི་མེད་ཀྱང་གཡོ་བར་འགྱུར། །དེ་བཞིན་ཀུན་གཞི་རྣམ་ཤེས་ནི། །ལུས་ལ་བརྟེན་ནས་གཡོ་བ་ཡིན། །ཞེས་ཀུན་གཞི་རྣམ་ཤེས་ཀྱིས་སྲིད་པ་འཛིན་པར་གསུངས་པ་ཇི་ལྟར་དྲང་ཞེ་ན།

問：《釋菩提心論》云：「如由近磁石，其鐵速動轉，彼鐵實無心，似有心顯現。如是阿賴耶，非實似有實，若時去來動，爾時取後有。如木在大海，無心亦動蕩，如是阿賴耶，依身而動轉。」此說阿賴耶識能取後有，當如何釋。

དེ་ནི་སེམས་ལས་དོན་གཞན་པའི་ཕྱི་རོལ་བཀག་ནས་སེམས་ཙམ་ཞིག་རང་བཞིན་གྱིས་གྲུབ་པ་མ་བཀག་པའི་སེམས་ཙམ་གསུངས་པ་ནི། བྱིས་པ་ཐམས་ཅད་སྟོང་པར་བསྟན་པ་ལ་སྐྲག་པ་སྤང་བའི་ཕྱིར་ཡིན་གྱི། ངེས་དོན་གྱི་དེ་ཉིད་མིན་པ་དང་།

答：彼論說：唯破離心外境，不破內心有自性，說唯心者，是爲遣愚夫於一切空起恐怖故，非真了義。

རྣལ་འབྱོར་སྤྱོད་པ་བ་རྣམས་ཀྱིས་གནས་གྱུར་པའི་སེམས་ཀྱི་དག་པ་རང་བཞིན་གྱིས་གྲུབ་པ་ཅིག །སོ་སོ་རང་གིས་རིག་པའི་སྤྱོད་ཡུལ་དུ་གྲུབ་པ་ཁས་བླངས་པ་བཀག་པའི་ཚེ། སེམས་བདེན་པ་མེད་ན་འཇིག་རྟེན་སྔ་མ་ནས་འདིར་འོང་བ་དང་། འདི་ནས་ཕྱི་མར་འགྲོ་བའི་གཡོ་བའི་བྱ་བ་མི་འཐད་དོ་སྙམ་པའི་རྩོད་པ་ཁོང་ན་གནས་པའི་ལན་དུ། ལྕགས་དང་ཤིང་ལ་སེམས་མེད་ཀྱང་ཡོད་པ་ལྟར་གཡོ་བ་བཞིན་དུ། ཀུན་གཞི་བདེན་པར་མེད་ཀྱང་བདེན་པར་ཡོད་པ་ལྟར་འགྲོ་འོང་གི་གཡོ་བ་དང་བཅས་པར་སྣང་ངོ་། །ཞེས་སྟོན་པ་ཡིན་པས་གཞུང་གཞན་ནས་བཤད་པ་ལྟར་གྱི་ཀུན་གཞི་རྣམ་ཤེས་རང་གི་མཚན་ཉིད་ཀྱིས་གྲུབ་པ་ཁས་ལེན་པ་ནི་མིན་ནོ། །

諸瑜伽師許轉依心清淨有自性，唯是各別內證之境。破彼執時，彼便難云：若心不實，則從前世來生現世，及從現世趣於後世，動轉作用皆不應理。爲答此難，說如鐵與木，雖實無心，而似有心亦能轉動。如是阿賴耶雖非實有，亦現有去來動作，似有實體。故非許有如餘論所說有自相之阿賴耶識。

གལ་ཏེ་ཀུན་གཞི་རང་གི་མཚན་ཉིད་ཀྱིས་གྲུབ་པར་ཁས་མི་ལེན་ཀྱང་། ཚོགས་དྲུག་ལས་ངོ་བོ་ཐ་དད་པའི་སྒྱུ་མ་ལྟ་བུ་ཀུན་བྱང་གི་ཆོས་ཀུན་གྱི་ས་བོན་ཐམས་ཅད་པ་ཁས་ལེན་ནོ་སྙམ་ན།

若謂雖不許有自相之阿賴耶識，可許離六識身，別有如幻爲一切染淨法之種子識。

དེ་འདྲ་བའི་ཀུན་གཞི་ཁས་ལེན་ན་ཀུན་གཞིའི་བག་ཆགས་སྨིན་པ་ལས་གཟུགས་སྒྲ་སོགས་སུ་སྣང་བ་ཙམ་དུ་ཟད་ཀྱི། ཕྱི་རོལ་གྱི་དོན་མེད་པར་ཁས་བླང་དགོས་ན།

曰：若許有如是阿賴耶識，則亦應許唯由阿賴耶識習氣成熟，現似色聲等境，別無外境。

དེ་ཉིད་ལས། ཤེས་པས་ཤེས་བྱ་རྟོགས་པ་སྟེ། །ཤེས་བྱ་མེད་པར་ཤེས་པ་མེད། །དེ་ལྟ་ན་ནི་རིག་བྱ་དང་། །རིག་བྱེད་མེད་ཅེས་ཅིས་མི་འདོད། །ཅེས་ཕྱིའི་ཤེས་བྱ་དང་ནང་གི་ཤེས་པ་གཉིས་ཡོད་མེད་མཚུངས་པས་གཅིག་མེད་ན་ཅིག་ཤོས་མེད་པར་གསུངས་ལ།

然彼論云：「由知知所知，離所知無知，何不許，無能知所知。」此說外境內心，有無相等，若無一此，餘一亦無。

འདི་ནི་གཞུང་འདིར་དོན་ཤེས་གཉིས་དོན་དམ་དུ་མེད་མཉམ་དང་ཐ་སྙད་དུ་ཡོད་མཉམ་ཡིན་པས། བདེན་གཉིས་གང་དུ་ཡང་དེ་གཉིས་ལ་ཡོད་མེད་ཀྱི་ཁྱད་པར་འབྱེད་པ་མི་འཐད་པར་གསུངས་པ་དང་ཁྱད་མེད་པས་ན། ཕྱི་རོལ་མེད་པའི་ཤེས་པ་ཡོད་པ་སློབ་དཔོན་གྱི་བཞེད་པ་མིན་ནོ། །

當知與本論所說：「心境二法，勝義俱無，名言俱有，於二諦中，俱不可分有無之別」。義理相同。故無外境唯有內識，非是龍猛菩薩所許。

དེའི་ཕྱིར་ཡིད་ཀྱི་ཤེས་པ་ལས་ངོ་བོ་ཐ་དད་པའི་ཀུན་གཞི་མི་བཞེད་པས་ཀུན་གཞི་ཞེས་གསུངས་པ་ནི། ཕྱིར་སེམས་རིག་ཅིང་གསལ་ཙམ་ལ་ཀུན་གཞིར་བཞག་པ་དང་། ཁྱད་པར་དུ་ཡིད་ཀྱི་ཤེས་པ་ལ་ཡིན་ཏེ། སེམས་སྤྱི་ཙམ་རང་བཞིན་གྱིས་གྲུབ་པ་བཀག་པའི་ལན་དུ། སེམས་བདེན་པར་མེད་པ་ལ་བྱ་བྱེད་རུང་བའི་ཚུལ་ཡིན་པའི་ཕྱིར་དང་། སྲིད་པར་སྐྱེ་བ་འཛིན་པའི་སེམས་ཡིད་ཤེས་ཡིན་པའི་ཕྱིར་དང་། ཡིད་ཀྱི་ཤེས་པ་ནི་ཀུན་ནས་ཉོན་མོངས་དང་རྣམ་བྱང་ཐམས་ཅད་ཀྱི་གཞི་ཡིན་པའི་ཕྱིར་རོ། །

卷七

既離意識不許異體阿賴耶識，則所言阿賴耶者，是總於內心明瞭分，特於意識立為阿賴耶。以是破心有自性，答他難時，說心雖非實，能作所作皆應理故。許能取後有之心是意識故。復許意識，是一切染淨法之所緣故。

དབུ་མ་སྙིང་པོར་ཡང་ཀུན་གཞི་སྨྲ་ཇི་བཞིན་པ་བཀག་ལ། སློབ་དཔོན་ཡེ་ཤེས་སྙིང་པོ་ཡང་། ཕྱི་རོལ་བཞེད་པས་ཀུན་གཞི་མི་བཞེད་དོ། །

《中觀心論》亦破阿賴耶為如實言。智藏論師許有外境，故亦不許阿賴耶識。

ཕྱི་རོལ་གྱི་དོན་འགོག་པའི་སེམས་ཙམ་པ་ལ་ཡང་ཀུན་གཞི་རྣམ་ཤེས་འདོད་མི་འདོད་གཉིས་སྣང་ལ།

即破外境之唯識師，亦有許不許阿賴耶識之兩派。

ཕྱི་རོལ་གྱི་དོན་མི་བཞེད་པའི་སློབ་དཔོན་ཀ་མ་ལ་ཤཱི་ལས་ཀྱང་། ཡིད་ཀྱི་བློ་ཁོ་ན་ནི་སྐྱེ་བ་གཞན་དང་ཉིང་མཚམས་སྦྱོར་བའི་ནུས་པ་ཅན་ཡིན་ནོ། །

不許外境之蓮華戒論師亦云：「唯此意識，有與餘生結生相續之功能，

ཇི་སྐད་དུ་ཡང་། ཆད་དང་མཚམས་སྦྱོར་འདོད་ཆགས་བྲལ། །ཉམས་དང་འཆི་འཕོ་སྐྱེ་བ་ནི། །ཡིད་ཀྱི་རྣམ་ཤེས་ཁོ་ནར་འདོད། །ཅེས་མཛོད་ལས་གསུངས་པ་དྲངས་པས།

如云：斷善根與續，離染退死生，許唯意識中。」此引《俱舍》為證。

སློབ་དཔོན་ཆེན་པོ་ཞི་འཚོ་ཡང་ཀུན་གཞི་རྣམ་ཤེས་མི་བཞེད་པར་གསལ་ལོ། །ཨ་བྷྱཱ་ཀ་ར་ཡང་དེ་དང་འདྲའོ། །

故靜命論師，亦必不許阿賴耶識。無畏論師意亦相同。

ཐེག་པ་ཆེན་པོའི་གསུང་རབ་གཞན་དུ་ཀུན་གཞི་རྣམ་ཤེས་ཞེས་གསུངས་པ་ཡང་། མིང་ཙམ་མ་རྟོགས་པ་དོན་འཛིན་གསལ་བར་མི་སྣང་ལ། དོན་ལ་དཔྱད་པ་ཚོགས་དྲུག་ལས་ངོ་བོ་ཐ་དད་པ་མི་བཞེད་པ་ཁོ་ནར་སྣང་ཞིང་། ལུགས་དེ་ཡང་ཕྱི་རོལ་ཁས་ལེན་པའི་ཕྱོགས་སུ་སྣང་བས་ཡིད་ཀྱི་རྣམ་ཤེས་ལ་མིང་དེ་ལྟར་བཏགས་པའོ། །

雖云：餘大乘經說有阿賴耶識。亦唯舉其名，未釋其義。審其文義，亦不許彼離六識身別有異體。且彼宗亦是許外境者，故是於意識上假立彼名也。

འདི་རྣམས་རྒྱས་པར་གཏན་ལ་འབེབས་དགོས་མོད་ཀྱང་མང་བས་འཇིགས་ནས་མ་བྲིས་སོ། །

酉三、明密意言教之喻

གསུམ་པ་ནི། གདུལ་བྱ་གཞུག་པར་བྱ་བའི་ཕྱིར་དང་པོ་ཀུན་གཞི་རྣམ་ཤེས་ལ་སོགས་པ་

為令眾生趣入故，非但先說阿賴耶識等。頌曰：

འཇིག་ཚོགས་ལྟར་དང་བྲལ་ཡང་སངས་རྒྱས་ཀྱིས། །ཇི་ལྟར་ང་དང་ང་ཡི་བསྟན་པ་ལྟར། །
དེ་བཞིན་དངོས་རྣམས་རང་བཞིན་མེད་མོད་ཀྱི། །ཡོད་ཅེས་དྲང་དོན་ཉིད་དུ་བསྟན་པ་ཡིན། །

如佛雖離薩迦見，亦嘗說我及我所，
如是諸法無自性，不了義經亦說有。

བསྟན་པ་འབའ་ཞིག་ཏུ་མ་ཟད་ཀྱི། འོན་ཀྱང་ཇི་ལྟར་ཏེ་དཔེར་ན་འཇིགས་ཚོགས་ལ་ལྟ་བ་བག་ཆགས་དང་བཅས་པ་དང་བྲལ་བས། ང་དང་ང་ཡིར་འཛིན་པའི་རྟོག་པ་ཐམས་ཅད་སྤངས་ཀྱང་། ང་དང་ང་ཡི་ཞེས་བསྙད་པ་འཇིག་རྟེན་གྱིས་ཆོས་ཀྱི་དོན་ཁོང་དུ་ཆུད་པའི་ཐབས་ཡིན་པའི་ཕྱིར།

如佛永離薩迦耶見並諸習氣，永斷一切我、我所執諸分別心，然由說我、我所，是令世人了知法義之方便。

སངས་རྒྱས་བཅོམ་ལྡན་འདས་ཀྱིས་ང་དང་ང་ཡི་ཞེས་ཇི་སྐད་བསྟན་པ་དེ་བཞིན་དུ། དངོས་པོ་རྣམས་རང་བཞིན་གྱིས་གྲུབ་པ་མེད་མོད་ཀྱི་སྟེ་ཀྱང་། རང་བཞིན་གྱིས་ཡོད་ཅེས་དྲང་དོན་ཉིད་དུ་བསྟན་པ་ནི། འཇིག་རྟེན་གྱི་རིམ་གྱིས་དེ་ཁོ་ན་ཉིད་ཁོང་དུ་ཆུད་པའི་ཐབས་ཡིན་ནོ། །

故佛世尊亦嘗說言，我及我所。如是諸法雖無自性，然不了義經說有自性者，是令世人漸次了知真實義之方便。

卷七

བསྡུ་ན་ང་ཞེས་པ་དང་ང་ཡིའོ་ཞེས་གསུང་པ་ལྟར་ན། དེ་དང་དེའི་རྟོག་པ་ཡོད་པ་ལྟར་སྣང་ནའང་།

རྟོག་པ་མེད་པ་ངེས་དོན་ཡིན་པ་བཞིན་དུ་ཆོས་རྣམས་རང་བཞིན་གྱིས་གྲུབ་པར་སྟོན་པ་དེ་སངས་རྒྱས་ཀྱི་དགོངས་པ་ལྟར་སྣང་ཡང་ཆོས་རྣམས་དེ་ལྟར་མེད་པ་དེ་ངེས་པའི་དོན་ནོ་ཞེས་པའོ། །

總之，如佛言我，言我所時，似有彼彼分別心，然無分別乃是了義。如是說諸法有自性時，雖似是佛之意旨，然諸法無自性，乃是了義。

ཐ་སྙད་ཀྱི་རྣམ་གཞག་འཇིག་རྟེན་དང་མཐུན་པར་འཇུག་ཚུལ་ཡང་ཤར་གྱི་རི་བོའི་སྡེ་པ་དང་མཐུན་པའི་ཚིགས་སུ་བཅད་པ་ལས། གལ་ཏེ་འཇིག་རྟེན་རྣམ་འདྲེན་རྣམས། །འཇིག་རྟེན་མཐུན་པར་མི་འཇུག་ན། སངས་རྒྱས་ཆོས་ཉིད་གང་ཡིན་དང་། །སངས་རྒྱས་སུས་ཀྱང་ཤེས་མི་འགྱུར། །

名言建立，須與世間相順之理，如東山住部，隨順頌云：「若世間導[1]師，不順世間轉，佛及佛法性，誰亦不能知。

[1]「導」，校正本作「道」。

ཕུང་པོ་དག་དང་ཁམས་རྣམས་དང་། །སྐྱེ་མཆེད་རང་བཞིན་གཅིག་བཞེད་ལ། །ཁམས་གསུམ་པོ་དག་སྟོན་མཛད་པ། །འདི་ནི་འཇིག་རྟེན་མཐུན་འཇུག་ཡིན། །མིང་མེད་པ་ཡི་ཆོས་ཀྱི་རྣམས། །བསམ་པ་མེད་པས་མིང་དག་གིས། །སེམས་ཅན་རྣམས་ལ་ཡོངས་བརྗོད་པ། །འདི་ནི་འཇིག་རྟེན་མཐུན་འཇུག་ཡིན། །

雖許蘊處界，同屬一體性，然說有三界，是順世間轉。無名諸法性，以不思議名，爲諸有情說，是順世間轉。

དངོས་མེད་ཉེ་བར་སྟོན་མཛད་ཅིང་། །སངས་རྒྱས་རང་བཞིན་ལ་བཞུགས་པས། །དངོས་མེད་འགའ་ཡང་འདིར་མེད་པ། །འདི་ནི་འཇིག་རྟེན་མཐུན་འཇུག་ཡིན། །དོན་དང་དོན་མེད་མི་གཟིགས་ལ། །འགོག་པ་དང་ནི་དམ་པའི་དོན། །སྨྲ་བ་རྣམས་ཀྱི་མཆོག་གསུང་བ། །འདི་ནི་འཇིག་རྟེན་མཐུན་འཇུག་ཡིན། །

由入佛本性，無事此亦無，然佛說無事，是順世間轉。不見義無義，然說法中尊，說滅及勝義，是順世間轉。

ཞིག་པ་མེད་ཅིང་སྐྱེ་མེད་ལ། །ཆོས་ཀྱི་དབྱིངས་དང་མཉམ་གྱུར་ཀྱང་། །ཚིག་པའི་བསྐལ་པ་སྟོན་མཛད་པ། །འདི་ནི་འཇིག་རྟེན་མཐུན་འཇུག་ཡིན། །དུས་གསུམ་དག་ཏུ་སེམས་ཅན་གྱི། །རང་བཞིན་དམིགས་པ་མ་ཡིན་ལ། །སེམས་ཅན་ཁམས་ཀུན་སྟོན་མཛད་པ། །འདི་ནི་འཇིག་རྟེན་མཐུན་འཇུག་ཡིན། །ཞེས་རྒྱ་ཆེར་གསུངས་པ་ལྟ་བུའོ། །

不滅亦不生，與法界平等，然說有燒劫，是順世間轉。雖於三世中，不得有情性，然說有情界，是順世間轉。」如是廣說。

དེ་རྣམས་ཀྱི་སློ་ཀ་ཐ་མས་སེམས་ཅན་རང་བཞིན་མེད་པའི་གང་ཟག་གི་བདག་མེད་དང་། ལྷག་མ་རྣམས་ཀྱི་དངོས་པོ་དང་དངོས་མེད་ཀྱི་ཆོས་རང་བཞིན་མེད་པའི་ཆོས་ཀྱི་བདག་མེད་བསྟན་ལ། ཤར་རིའི་སྡེ་པ་ནི་དགེ་འདུན་ཕལ་ཆེན་པ་ལས་རིམ་གྱིས་གྱེས་པ་ཡིན་པར་རྟོག་གེ་འབར་བ་ལས་བཤད་པས་ན། ཉན་ཐོས་ཀྱི་སྡེ་སྣོད་དུ་ཆོས་རང་བཞིན་མེད་པ་ཤིན་ཏུ་གསལ་བར་སྟོན་པ་ཞིག་ཡོད་པར་སྣང་ངོ་། །

其中末頌，明有情無自性之補特伽羅無我。所餘諸頌，明有事無事諸法無自性之法無我。《分別熾然論》說：東山住部是大眾部中分出。故聲聞藏中亦有明顯說法無自性者。

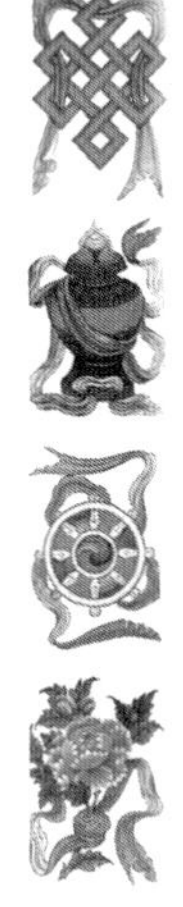

卷七